GUERRERO

SIMON SCARROW y T. J. ANDREWS

GUERRERO

Carataco, rebelde a Roma

Traducción de Ana Herrera

 edhasa

Consulte nuestra página web: https://www.edhasa.es
En ella encontrará el catálogo completo de Edhasa comentado.

Título original: *Warrior*

Diseño de la colección: Jordi Salvany

Diseño de la cubierta: Edhasa

Mapas de Tim Peters

Primera edición en pocket Edhasa: marzo de 2025

© Simon Scarrow, 2023
© de la traducción: Ana Herrera, 2023
© de la presente edición: Edhasa, 2025
Diputación, 262, 2º1ª
08007 Barcelona
Tel. 93 494 97 20
España
E-mail: info@edhasa.es

ISBN: 978-84-350-2268-2

Impreso en Barcelona por CPI Black Print

Depósito legal: B 2040-2025

Impreso en España

MAPA DE LA BRITANIA CELTA

MAPA DE LHANDAIN

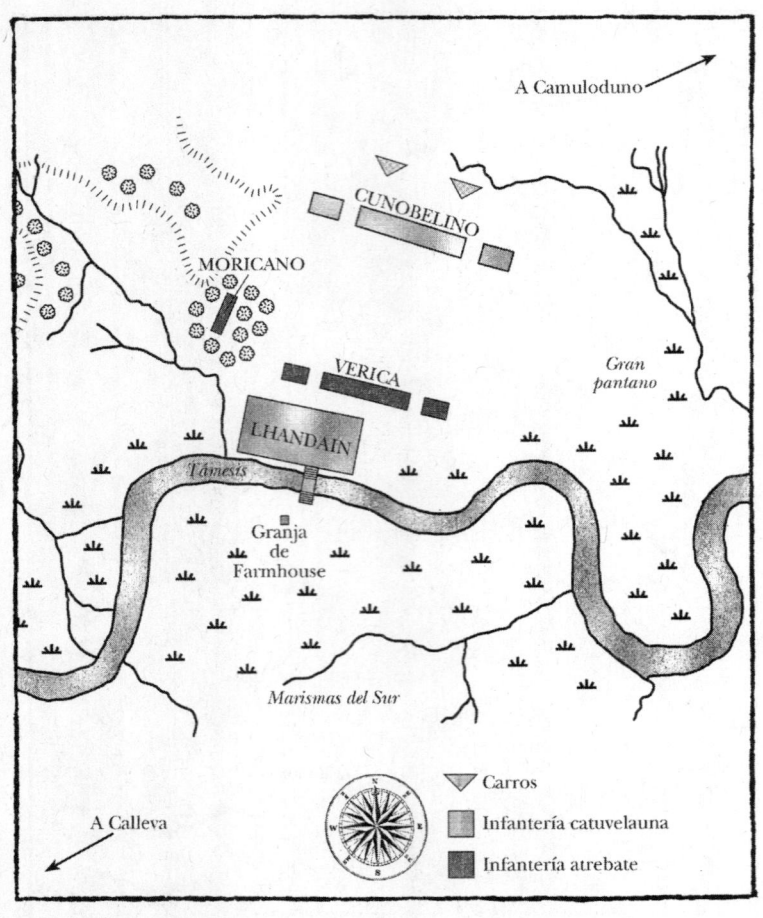

A Camuloduno

CUNOBELINO

MORICANO

Gran
pantano

VERICA

LHANDAIN

Támesis

Granja
de
Farmhouse

Marismas del Sur

A Calleva

Carros

Infantería catuvelauna

Infantería atrebate

MAPA DE MERLADION

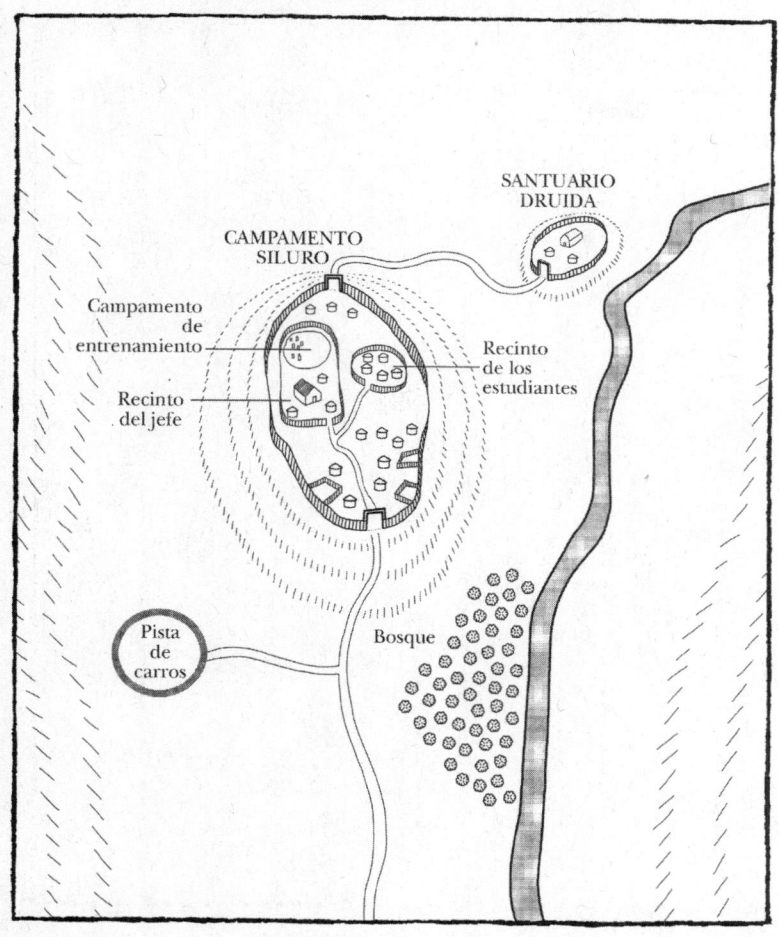

DRAMATIS PERSONAE

En Roma, 61 d. C.
Carataco: gran rey de los catuvelaunos y señor de la guerra de Britania.
Cayo Placonio Felícito: historiador.
Nerón Claudio César Augusto Germánico: último emperador de la dinastía Julio-Claudia.
Mardicca: mujer de Carataco.
Decio Espurino Tusco: historiador en desgracia.
Aelia: mujer de Felícito.
Lugno: propietario de taberna.
Vulcatio Arárico: antiguo centurión de alto rango de la Vigésima Legión.
Marco Cominio Largo: un historiador popular.
Marco Lucrecio: hijo del senador Marco Lucrecio Saper.
Sexto Afranio Burrus: comandante de la Guardia Pretoriana.
Lucio: bebé hijo de Aelia y Felícito.
Salidus: hijo mayor de Carataco.
Davos: portero y sirviente de Carataco.
Espitara: gladiador retirado.

Britania, 18-27 d. C.
Catuvelaunos
Cunobelino: rey de los catuvelaunos.
Adminio: hermano mayor de Carataco.
Togodumno: hermano menor de Carataco.
Epático: tío de Carataco y hermano menor de Cunobelino.
Bellocato: comandante de una de las bandas de guerra de los catuvelaunos.
Parvilio: comandante de la guardia real.
Maridio: hermano menor de Carataco.
Vodenio: hermano menor de Carataco.
Dubnocato: un joven guerrero.
Garmano: un miembro de la guardia real.
Maglocuno: un guerrero veterano.
Baloras: anciano de la tribu.

Trenico: anciano de la tribu.

Atrebates
Verica: rey de los atrebates.
Moricano: príncipe y primo de Trigomaris.
Epilo: hermano mayor de Verica.
Ebórico: aprendiz de druida y sobrino del rey.

Siluros
Vortago: jefe de Merladion.
Mendax: comandante de la guardia personal de Vortago.

Dobunios
Antedio: rey de los dobunios.
Sediaco: el sobrino del rey.
Lugoveso: un guerrero que bebe mucho.

Trinovantes
Vassedo: hábil cazador y guía.
Oreno: anciano noble.
Dubnovellauno: depuesto rey de los trinovantes.

Otros
Bladoco: mentor druida de Carataco.
Nemobno: guía exiliado regnio.
Lugraco: Gran Druida en Merladion.
Segorix: druida de alto rango en Merladion.
Tejanus: gladiador retirado, guarda personal de Adminio.
Cadro: estudiante en Merladion.
Trigomaris: antiguo gobernante de Lhandain.
Vegorix: amigo de Ebórico.
Durro: amigo de Ebórico.
Bogiodubno: rey de los durotriges.
Tingeto: antiguo rey de los regnios.

PRIMERA PARTE

EL REY EN ROMA

CAPÍTULO UNO

Roma, 61 d. C.

Dicen que la historia la construyen los grandes hombres, y, cuando se les permite, las grandes mujeres. Como la mayoría de lo que se dice, esto es una absoluta estupidez. En realidad, la historia la crean los historiadores que viven asidos a las togas de los hombres importantes, con la esperanza de que parte de su grandeza se les acabe pegando. Y esta historia no es distinta.

Empezó una cálida tarde de verano en un banquete en el que se celebraban las noticias que acababan de llegar desde Britania. Al fin habían aplastado la rebelión de los nativos, que había conseguido destruir tres de los asentamientos más importantes de la provincia. Decenas de miles de enemigos habían sido asesinados junto con su líder, una arpía feroz con un nombre bárbaro.

Los festines en el palacio imperial nunca eran tan divertidos como cabría esperar. A menos que formases parte del círculo más íntimo de Nerón, los divanes donde se comía no resultaban cómodos para permanecer en ellos largo rato. Además, aunque los platos se servían a su debido tiempo, a ninguno de los invitados se le permitía empezar a comer antes de que lo hiciera el emperador, con lo cual los platos se quedaban fríos; las salsas, congeladas, y los apetitos, bastante apagados. Y estaba también el estrépito de cientos de voces resonando en las altas paredes de la sala. Para mantener una conversación, era necesario subir el tono de voz, cosa que obligaba también a los de alrededor a hacer lo mismo, y el volumen general iba aumentando progresivamente hasta que se tenía que aguzar mucho el oído para captar alguna de las palabras que decía la persona que se reclinaba justo enfrente, y, pese a gritar para hacerte oír, la voz, a menudo, amenazaba.

El único respiro de tamaña algarabía era cuando el mayordomo del emperador pedía silencio para anunciar la llegada del siguiente plato o del siguiente entretenimiento. Éste era un antiguo instructor de la Guardia Pretoriana y, como tal, poseía una voz fuerte y grave. El hombre sabía cómo hacerse escuchar, y por un momento pensé que estaba desaprovechado en palacio, pues debería haberse dedicado al teatro. No se podía decir lo mismo de su amo, cuya voz fina y aflautada apenas llegaba más allá de las diez primeras filas de asientos, a menos que gritase, en cuyo caso sus palabras surgían con un chillido estrepitoso que daba dentera.

Lo único menos tolerable aún que el ruido era el silencio forzado, y eso sucedía en algunas ocasiones, cuando el emperador decidía someter a sus huéspedes a una de sus recientes composiciones musicales o poéticas. A veces, optaba por lo que él consideraba comedia; en esos casos, el mayordomo, de pie detrás de su amo, señalaba al público cuándo debía reírse. Sin embargo, Nerón prefería la tragedia, y, cuando se daba a ella, que era casi siempre, las lágrimas de muchos entre el público eran genuinas, aunque no por el motivo que suponía el emperador. Se debían, sobre todo, al aburrimiento. Yo, en todo caso, no lloraba, porque no deseaba animarlo. En resumen: los banquetes del emperador debían ser considerados como lo incomible seguido por lo indigesto.

Y luego estaba la cuestión de los invitados. Nerón invitaba personalmente a unos pocos elegidos, quienes ocupaban los puestos más cercanos al marco dorado y el cojín púrpura del sofá imperial, en el estrado que había en un extremo de la sala. Siempre eran los viejos amigos de costumbre: el elegante y persuasivo Séneca, cuyos halagos ridículamente aduladores Nerón se tomaba siempre al pie de la letra, y Burrus, comandante de la Guardia Pretoriana, que carecía de la habilidad de Séneca para suavizar los tópicos, pero lo compensaba con una lealtad obstinada. Y, junto a ellos, los actores favoritos del momento del emperador, los senadores que gozaran de su favor en ese momento y un puñado de los mejores poetas, músicos e incluso unos pocos historiadores de la capital. Y era buena idea tener a unos cuantos de éstos a tu lado, si no querías que la posteridad arrastrase tu nombre por el fango.

Los demás invitados formábamos un batiburrillo variopinto. Convocados a través de invitaciones de la corte que emitían los escribas del mayordomo, nos habían considerado adecuados para rellenar la lista de invitados. Eso incluía a senadores que no formaban parte del círculo íntimo y que pasaban gran parte del banquete mirando con ojos asesinos a los que se sentaban junto al emperador; a sus mujeres, todas con aire deprimido, ya que sabían que sus matrimonios concertados habían acabado obligándolas a respaldar a un caballo perdedor, y también a diversos jóvenes aristócratas o políticos en busca de fortuna... Y luego estaban los representantes menores de los círculos artísticos e intelectuales: filósofos desdeñosos, poetas con un éxito moderado, dramaturgos aspirantes a la recompensa lucrativa del patronazgo imperial, pintores y escultores que miraban por encima del hombro la decoración de la sala de banquetes y otros más. Esta última categoría me incluía a mí.

Cayo Placonio Felícito a vuestro servicio. Historiador.

Yo estaba en aquel banquete porque recientemente había completado la última de una larga fila de historias hagiográficas de familias nobles romanas. Había sido bien recibida, en gran medida, porque el senador que me encargó la historia era lo suficientemente rico como para asegurarse de que se entregasen copias de la obra a todos y cada uno de sus pares del Senado. Como consecuencia, yo esperaba obtener unos cuantos encargos más en los meses venideros. Era un buen trabajo: se pagaba bien, y casi podía escribir semejantes historias aun estando dormido. Invariablemente empezaban con algún vínculo espurio con una figura legendaria del pasado de Roma. Si el encargo era lo bastante generoso, podía incluso descubrir un vínculo con algún personaje mitológico…: una deidad menor en el árbol familiar normalmente ponía una sonrisa en los rostros de mis clientes. A partir de ahí, era cuestión simplemente de ir buscando en los anales e insertando antepasados más o menos oscuros en los momentos clave de la historia de Roma. Os sorprendería cuántos de los antepasados de mis clientes representaron un papel vital ayudando a la enérgica defensa de Horacio en el puente Sublicio contra la horda etrusca de Lars Porsena, o dirigieron la carga para destituir a Tarquinio el Orgulloso. Pero la historia suele escribirse para aquellos que pueden permitírsela.

No diré que me encantaba ese trabajo, pero sí que me ganaba la vida cómodamente con él. Mi sueño era, algún día, escribir una historia de verdad; la historia de un héroe genuino, que no requiriese un constante embellecimiento de ficciones, grandes y pequeñas, para hacer más aceptable la historia. Naturalmente, había muy pocas figuras de las familias senatoriales de Roma dispuestas a pagar por un relato de sus vidas o las de sus antepasados con todo lo bueno y lo malo. Allí de pie, en el Senado, vestidos con sus bellas togas, hablaban de honor e integridad, aunque eran tan venales como el líder de cualquier banda callejera de Roma. No había soborno que no aceptaran para defender una causa, ni soborno que no estuvieran dispuestos a pagar para ascender políticamente ellos mismos, los miembros de su familia o sus amigos. Se habrían apuñalado entre sí alegremente para conseguir ese objetivo.

Ese día, en el banquete, al ver las caras de los aristócratas que tenía a mi alrededor, me di cuenta de lo cansado que estaba de contar sus historias.

De repente, me fijé en un recién llegado a quien escoltaban a su sitio, no lejos del mío. Era un hombre alto, fuerte, con el pelo largo y gris sujeto hacia atrás con una simple tira de cuero. Llevaba un bigote poblado cuyos extremos le colgaban a los lados de la barbilla, y tenía las mejillas adornadas con unos tatuajes medio desvaídos en forma de remolino. Se veían más tatuajes en los brazos, debajo de las mangas de una túnica sencilla que se había sujetado con un cinturón. Imposible imaginarse a un individuo que tuviera más aspecto de celta, y eso allí llamaba tanto la atención como una polla balanceándose en un festival de eunucos. Ocupó su asiento entre los senadores e invitados de menor categoría, como yo mismo, lo que significaba que disfrutaba de un cierto estatus social. Me llamó la atención porque no lo había visto antes. Sin embargo, cuando apareció, muchos intercambiaron con él un gesto o lo saludaron con una mirada despectiva. Por tanto, sí lo conocían en los círculos sociales y no era ningún gorrón que se hubiese colado y que, sin saber cómo, hubiese conseguido pasar entre los pretorianos de guardia en palacio. Pero, por lo que parecía, no era bien recibido por todos.

Me acerqué a mi vecino, un filósofo estoico menor que acababa de servirse un vaso grande de vino de Falerno y masticaba un pastelillo relleno de carne de ternera picada.

—Ese hombre… —Hice un gesto discreto hacia el recién llegado–. ¿Sabes quién es?

El estoico se volvió y asintió. Masticó rápidamente y tragó antes de hablar.

—Lo conozco. Bueno, más bien sé cosas de él. Es britano. Fue el líder de las tribus que alzaron las armas contra nuestras legiones cuando invadimos la isla, durante el reinado de Claudio. Nos dio un poco de dolor de cabeza durante casi una década, y luego lo derrotaron y lo trajeron a Roma. Se suponía que lo iban a ejecutar en el Foro, junto con su familia, pero resultó ser un orador muy elocuente, halagó al viejo Claudio… y se les perdonó. Se les dio una casa y una pensión para que pasaran sus días en el exilio. Nunca se les permitirá abandonar Roma.

Conforme el filósofo hablaba, recordé algunos detalles de sus hazañas. Hizo algo más que dar un poco de dolor de cabeza…

—No recuerdo su nombre. ¿Y tú…?

—Carataco —dijo el estoico—. Al menos, así lo llaman aquí. Imagino que debe de tener algún nombre espantoso e impronunciable en su lengua nativa.

—Carataco —susurré yo. Se despertaba en mí un primer atisbo de curiosidad. Si aquél era el hombre que había logrado desafiar a Roma durante tanto tiempo, seguramente tendría una interesante y curiosa historia que contar.

Lo vi tomar algo de comida de las bandejas que tenía delante, en la mesa. Dos sofás más allá, más cerca de Nerón, un musculoso y joven aristócrata vestido con una túnica de un azul intenso era el centro de atención de una pequeña multitud de amigos de edad similar. Todos ellos, de poco más de veinte años, se mostraban con la jactanciosa arrogancia y la confianza propia de su clase social y edad. Además, eran muy ruidosos, y capté algunas de sus bulliciosas bravatas tratando de ridiculizar al celta. Pero Carataco sólo les dirigió una breve mirada que no traicionaba sentimiento alguno y volvió a su plato.

—¡Tú! ¡Amigo bárbaro! —lo interpeló el joven—. ¿No sabes que es de mala educación llegar tarde a un banquete?

El britano no respondió, ni reaccionó siquiera, y siguió masticando mientras perdía la mirada en el gentío.

–¡Que te estoy hablando! –El cabecilla se incorporó y señaló con un dedo al celta–. ¡Mírame cuando te hable!

Había elevado lo suficiente la voz como para que los invitados más cercanos cesaran en sus conversaciones y se volvieran hacia él. Como una oleada, el silencio se extendió a ambos lados de la sala de banquetes. Consciente de que todas las miradas se centraban en él, el joven se incorporó en su sofá, puso las manos en las caderas y respiró hondo.

–Te estoy llamando a ti, bárbaro. ¿Cómo te atreves a ignorarme? ¿Sabes quién soy, maldito seas?

Entonces el celta miró hacia un lado, y juro que vi un ligerísimo asomo de sonrisa en sus labios antes de replicar con una voz clara en la que resonó un acento muy leve:

–¿Por qué, amigo mío? ¿Te has olvidado?

Quizá fuera la bebida o quizá la innata estupidez de su clase. El joven inspiró con fuerza y se llevó el pulgar al pecho.

–¡Marco Lucrecio! Hijo del senador Marco Lucrecio Saper. Y te desafío por tu falta de respeto hacia nuestro emperador. Tú, escoria bárbara, tienes que aprender modales.

Sus amigos lo vitorearon, pero yo vi un brillo en los ojos del britano, que había dejado de comer y, con mucha calma, se volvía para encararse con el joven.

–¿Quieres pelear conmigo?

Lucrecio se echó a reír.

–Sí. Quiero pelear contigo y machacarte. Si tienes las pelotas de enfrentarte conmigo.

–Eso es ir un poco demasiado lejos, amigo romano –repuso Carataco, levantándose del sofá e irguiéndose en toda su estatura. Entonces anunció–: Acepto tu desafío.

Al final del salón el emperador y su mayordomo miraban la confrontación, aunque parecían enfrascados en una conversación seria. En ese momento, el último golpeó con la contera de metal de su bastón de mando en el suelo de mármol.

–¡Atención! –aulló–. ¡Atención, oídme todos! Su majestad imperial permite a Marco Lucrecio que dé una lección al exiliado. ¡Despejad el terreno!

Y el mayordomo señaló hacia el espacio frente al estrado, donde algunos artistas se estaban preparando para actuar. De inmediato, éstos se retiraron a los lados con la cabeza gacha, al tiempo que un optio pretoriano, encabezando a una sección de sus hombres, señalaba la zona de combate. Al momento, Lucrecio saltó del diván y se dirigió hacia el estrado, y vi cómo Carataco, tras suspirar, lo seguía. También los demás invitados se pusieron en pie y se acercaron al estrado para tener una mejor perspectiva. Los senadores, que eran los que estaban más cerca, tenían las mejores vistas, pero yo tampoco quería perderme la acción, de modo que me subí a la mesa y, con cuidado, aparté algunas bandejas con el lateral de las sandalias para afianzar la pisada y contemplar la pelea. Otros siguieron mi ejemplo.

Tras abrirse paso entre los senadores, Lucrecio entró en el espacio abierto, se acercó al estrado respetuosamente e inclinó la cabeza hacia Nerón. Por su parte, Carataco también se abrió camino entre la multitud, hostil en su mayoría, ignorando los insultos susurrados e incluso el escupitajo que le soltó un anciano aristócrata. Se secó el escupitajo con el dorso de la mano, y luego se desplazó por el improvisado escenario hasta quedar de pie junto a Lucrecio; también él, entonces, inclinó la cabeza como saludo. Nerón lo contempló con una sonrisa y se levantó para dirigirse a la multitud.

–¡Romanos! ¡Amigos! Tenemos una inesperada aportación al programa de entretenimientos esta noche.

Hubo sonrisas y carcajadas, y Nerón dejó que resonaran un momento, pero pronto levantó las manos pidiendo silencio.

–El joven Lucrecio se ha adelantado valientemente para defender el honor de Roma, impugnado por la tardía llegada de este exiliado bárbaro. Es hora de que recordemos a este britano el valor de los modales civilizados, ahora que ha aceptado el desafío de Lucrecio. He decidido que esta lucha se dirima con los puños desnudos, y el ganador será aquel que consiga la sumisión de su oponente. ¡A vuestros puestos, romano y bárbaro!

El alboroto circundante demostró la excitación del público cuando Lucrecio se acercó a la derecha del emperador, retorciendo los hombros; movió la cabeza de un lado a otro y apretó las manos hasta formar puños. Tenía un físico realmente potente, y pensé al instante que era uno de esos aristócratas vanos que valoran el músculo antes que el cerebro. Se consideran tan duros como gladiadores, con el privilegio de no tener que enfrentarse nunca a los peligros de salir a la arena. Sus antebrazos eran gruesos y musculados, y su cuello formaba un ángulo desde la línea de la mandíbula hasta los hombros. En contraste, Carataco, que doblaba en edad a su oponente, era esbelto y fibroso. Lo sentí por él. Tras perder su reino y ser capturado y arrastrado a Roma, donde se vería obligado a pasar el resto de sus días, ahora su sufrimiento se vería aumentado por una paliza. Por su postura ligeramente encorvada y la expresión de cansancio de su rostro, temí que ya se hubiera resignado a la derrota.

–¡Cincuenta sestercios por nuestro chico romano! –chilló el estoico que acababa de subirse a mi lado–. ¿Alguien acepta la apuesta?

Aunque los rostros se volvieron hacia él, nadie contestó, tan seguros estaban del resultado. En otras circunstancias, yo habría seguido su ejemplo, pero, ahora que había acabado mi último trabajo, mi bolsa estaba llena de plata y tenía un pálpito con aquel bárbaro. Había algo en Carataco, algo en la forma que tenía de comportarse, de moverse, que indicaba una confianza plena en sí mismo. Y, además, me sentía ciertamente osado.

–Yo acepto la apuesta.

Nos estrechamos las manos en el momento en que los dos hombres se situaban en lados opuestos del espacio abierto y los pretorianos bajaban las lanzas hasta colocarlas horizontales, para marcar la línea imaginaria que no podían cruzar los espectadores.

–¡Preparados para luchar! –gritó el mayordomo.

Lucrecio se inclinó hasta quedar medio agachado y bien equilibrado, manteniendo ante él los puños cerrados. Enfrente, Carataco dejó caer los brazos a los lados, con un aire casi despreocupado.

–¡Por el honor de Roma! –exclamó Nerón, e hizo un guiño a Lucrecio.

Eso era lo que me inquietaba. Aquella pelea había sido instigada deliberadamente desde el momento en que Carataco había llegado tarde. Lucrecio debió de recibir la orden de Nerón exigiendo la humillación del exiliado, y ahí estábamos, esperando a que empezase la acción. Nerón levantó una servilleta y esperó hasta tener la atención de ambos hombres. Luego agitó la tela en el aire y chilló:

–¡Empezad!

–¡Aaaaaaaarg! –aulló Lucrecio como un animal salvaje abalanzándose sobre el britano con los puños prestos a caer sobre su oponente.

Carataco se plantó sobre ambos pies y levantó las manos para recibir el ataque del aristócrata con expresión fría y calculadora. Mantuvo las manos abiertas, con las palmas, mientras Lucrecio se acercaba y, en el último momento, dio un paso a un lado con agilidad, paró el primer puño con su antebrazo, y con la derecha, pivotando al mismo tiempo sobre el pie que tenía delante, arrojó todo su peso en el golpe. El puñetazo dio en las costillas a Lucrecio, cerca de la axila, y éste, al notar el impacto, se desequilibró y trastabilló unos cuantos pasos, luchando por recuperar la estabilidad. Se oyeron gruñidos en la multitud, y Carataco retrocedió un poco, sin dejar de mirar fijamente al otro combatiente. El puñetazo habría hecho caer a un hombre distinto, pero Lucrecio estaba en forma y era fuerte, así que escupió en el suelo y volvió a acercarse, ahora más cautelosamente, con los puños y los antebrazos levantados para protegerse la cabeza.

–Así mejor, hijo. –Carataco se dirigió a él como un profesor que anima a un estudiante joven–. Mantén la guardia alta, así. Y vigila cualquier gesto de ataque…

Y, al mismo tiempo, el britano atacó con la bota delantera. Lucrecio miró hacia abajo e hizo ademán de apartarse a un lado, lo que proporcionó a Carataco el espacio libre necesario para golpear. Lanzó el puño izquierdo en un gancho, y, cuando Lucrecio se movía para bloquearlo, Carataco retiró el puño y atacó con la derecha, un golpe fuerte directo a la mandíbula que mandó al romano hacia atrás, aturdido.

–¿No te he dicho que mantuvieras la guardia alta? ¿Y el juego de pies? Te estás comportando como un novato inútil. Piensa antes de moverte.

Hizo una finta de nuevo, y Lucrecio bloqueó el falso ataque y amagó a su vez, antes de lanzar un gancho brutal. Carataco paró el golpe con facilidad y retrocedió un par de pasos para tener más espacio. El público vitoreaba a su hombre; algunos de ellos furiosos ahora que el bárbaro lo había golpeado dos veces con total impunidad. En el estrado, Nerón empezaba a fruncir el ceño, y sus labios estaban apretados en una fina línea.

–Una última cosa –sonrió Carataco–. La oportunidad.

Se echó hacia delante y amagó un golpe a la cara de Lucrecio. Instintivamente, éste levantó el antebrazo, y entonces Carataco le asestó una oleada de golpes en el costado, hasta que Lucrecio consiguió ponerse en guardia y salvaguardarse. Entonces, el britano le lanzó un potente derechazo en la nariz, y la cabeza de Lucrecio salió despedida hacia atrás con un crujido audible. El romano se balanceó unos instantes, y Carataco saltó ágilmente a un lado y otro frente a él.

–¿Estás preparado ya para empezar a luchar, chico?

Ardiendo de humillación y rabia, Lucrecio se abalanzó sobre él agitando los puños salvajemente. Esta vez consiguió impactar en el hombro de Carataco con la izquierda, tan fuerte que casi lo hace volverse, pero pronto éste se recuperó y empezó a parar y rechazar la lluvia de golpes que estaba recibiendo. Mientras tanto, Lucrecio, cada vez más frustrado por las evasivas del britano, iba consumiendo toda su energía; se echó un poco hacia atrás al fin, y ambos se contemplaron el uno al otro con aire cansado.

–Ya nos hemos divertido suficiente. –Carataco se aclaró la garganta–. Es hora de poner fin a la lección.

Dio un paso hacia delante, moviendo los puños en arcos pequeños para distraer a Lucrecio. Luego, acercándose más, se agachó y lanzó un gancho de derecha a la rodilla del romano. Y entonces vi cómo la articulación se movía hacia un lado, y al momento siguiente Lucrecio lanzó un aullido de dolor y cayó de rodillas.

–¡Ríndete! –exclamó Carataco, en voz alta–. ¡Dilo, dilo en voz alta!

Por el contrario, Lucrecio dio unos manotazos y falló en su objetivo.

–¡Ponte de pie y pelea, maldito!

–Un hombre debe saber cuándo lo han derrotado.

Carataco se acercó y le lanzó dos golpes con la izquierda, y luego disparó hacia él la derecha con tanta rapidez que no fui capaz de seguir el movimiento. Lucrecio cayó hacia atrás de espaldas, con los brazos extendidos; su pecho agitado trataba de no perder la respiración. Carataco se agachó, con una marcada inferencia en el rostro y lanzando una mirada salvaje de triunfo a su enemigo derrotado. Fue sólo un momento, pues enseguida recobró la compostura, y sus rasgos adoptaron una expresión de frío desdén. Levantó los puños y exclamó desafiante a la audiencia silenciosa que lo rodeaba:

–¡Soy Carataco! ¡Rey de la tribu de los catuvelaunos y señor de la guerra de Britania! ¡Reclamo mi victoria!

Sus palabras hicieron eco en las paredes. El emperador y sus invitados lo miraban en silencio. Noté la ira y la violencia tan claramente como si la sala se hubiera llenado del hedor de una curtiduría. Al poco, Nerón se incorporó y señaló con un dedo gordezuelo a Carataco.

–Tú eres un prisionero de Roma. Y aquí te quedarás, exiliado de tu tierra natal, hasta que mueras. ¡Eso es lo que eres! No lo olvides nunca, bárbaro.

Y, tras decir eso, el emperador se dio la vuelta y se escabulló por la puerta que había en la parte del fondo de la sala, hacia sus aposentos privados. Cuando desapareció, toqué con un dedo al estoico con el que había apostado.

–Me llevaré mis cincuenta sestercios ahora.

Una vez nos bajamos de la mesa, en cuanto él hubo abierto su bolsa y contado mis ganancias, le di las gracias con un gesto y me volví en busca del britano. Había vuelto a su sitio a acabar ya con los restos de su comida; se estaba ya poniendo el manto cuando llegué junto a él. Por un instante, nos miramos fijamente.

–Nunca había visto luchar así –exclamé, admirado–. ¿Dónde demonios aprendiste a pelear de esa manera?

Carataco esbozó una sonrisa leve y amarga.

–Aquí, en Roma. En el gimnasio de los baños de Atilo, en el Aventino, al final de la calle donde nos alojamos ahora mi familia y yo. Un hombre sabio siempre está dispuesto a aprender de aquellos que son mejores que él. Y ahora, si no te importa, ya he estado demasiado tiempo aquí y no soy bienvenido. Debo marcharme.

Sin esperar una respuesta, se dio la vuelta y se alejó. Lo vi perderse de vista con el corazón latiendo de emoción. Al fin había encontrado mi historia real, al héroe cuyas hazañas debía escribir. Pero primero tenía que convencerlo de que me las contara, para luego poder comprometerme en su escritura y por tanto probarme a mí mismo que era tan merecedor del título de «gran historiador» como Carataco era del de «señor de la guerra» de Britania.

–Mañana –murmuré, para mí mismo–, haré una visita a los baños de Atilo.

CAPÍTULO DOS

A la mañana siguiente, desayuné ligero en mi modesto alojamiento en la Esquilina entre las continuas quejas de mi mujer,
Aelia, sobre nuestros vecinos y el lloriqueo de nuestro pequeño Lucio por esto o por lo otro. Y luego hice algunas averigua-
ciones y descubrí que un gladiador retirado llamado Espitara
daba sesiones de boxeo en los baños de Atilo cada día a la
hora octava. Por eso, cuando fui a hacer mis recados diarios
andaba algo distraído, pensando en el espinoso asunto de
cómo acercarme mejor a mi posible cliente. Carataco, me parecía a mí, tenía un carácter difícil. Presumiblemente, su larga
experiencia le habría enseñado a no confiar en los romanos;
como mucho nos toleraría, en el mejor de los casos, igual que
nosotros tolerábamos la presencia de un bárbaro entre nosotros, los civilizados. Dudaba de que funcionase apelar a la va-
nidad del hombre, y ciertamente no podía ofrecerle un pago
a cambio de compartir su historia conmigo. De modo que
¿cómo convencerlo para que contase su historia a un ciuda-
dano de Roma, la misma gente que había derrotado a sus ejércitos y saqueado su reino?

Y había otro asunto, claro está: ¿quién en esta ciudad
leería algo sobre la vida de un señor de la guerra exiliado de
Britania, especialmente después de la reciente rebelión? Aun
así, cuanto más pensaba en ello, más me daba cuenta del interés que podía llegar a despertar el proyecto. Britania y sus

bárbaros habitantes ocupaban un lugar casi mítico en la imaginación de los romanos más humildes. La imagen del celta como valiente y noble salvaje incluso ostentaba un cierto atractivo exótico entre los nobles que vivían en el monte Celio. Los recientes problemas en la provincia no habían cambiado nada de esta realidad. ¿Acaso no había visto a la mujer de un aristócrata adinerado mostrando orgullosamente un torques de oro que lucía en torno a su cuello a sus invitadas, en una cena, la otra noche?

Y a muchos de los mejores gladiadores les había dado últimamente por cubrirse los brazos con tatuajes de remolinos celtas; unos cuantos atrevidos incluso habían empezado a pintarse el torso con glasto antes de cada enfrentamiento. No, encontrar un público no sería tan difícil. El mayor problema era cómo sonsacar al antiguo rey.

Me quedaban todavía unas cuantas horas de margen, así que me encaminé hacia la librería de Secundo, en el Argileto, en busca de material de lectura sobre Britania. Quizás allí encontrase la respuesta a mi interrogante. Saludé con un gesto al viejo propietario y me dirigí directamente a la sección de historia. Mientras hurgaba entre los casilleros, me sorprendió la escasez de material disponible sobre aquella isla distante. Aparte de alguna tabla en las historias generales, el grueso del material sobre Britania adoptaba la forma de memorias militares escritas por oficiales implicados en la invasión; la mayoría eran relatos egocéntricos de gloriosas victorias sobre los ignorantes nativos, incluyendo un espantoso volumen pergeñado por un gobernador menor de África llamado Vitelio. Ninguna de esas obras ofrecía información real sobre los britanos.

Una ojeada somera a los volúmenes dedicados a la Galia me ofreció más o menos el mismo modelo. La historia de la Galia estaba contada desde el lado romano. Los celtas, nuestros grandes enemigos a lo largo de los siglos, sólo eran visibles en los anales mientras se hiciese la guerra contra ellos. Una vez cumplido el dramático objetivo y sometidos al gobierno de Roma, se habían apartado obedientemente a un lado de la historia. «Quizá lo mismo puede ocurrir con nuestro Imperio algún día», cavilé. Si los celtas y su vasta civilización se desvanecían de repente de la historia, ¿era posible evitar que Roma sufriera el mismo destino? Por otra parte, uno podría aducir, con bastante razón, que, a diferencia de Roma, los celtas no tenían literatura propia, ni tampoco bibliotecas o registro escrito alguno para preservar su antiguo conocimiento.

Y de repente se me ocurrió: ¡ahí tenía el argumento! Los celtas habían quedado expulsados a los mismísimos bordes de nuestro mundo, gran parte de sus líderes habían sido asesinados o encarcelados, los bosquecillos sagrados de su culto druídico habían quedado destruidos y sus asentamientos, completamente romanizados. Muy pronto toda su cultura quedaría relegada al olvido en las nieblas del tiempo. Pero, como invitado de Roma, Carataco estaba en una posición única para añadir una voz celta al registro histórico. Era su oportunidad de contar las cosas desde el otro lado de la colina. Si confiaba su vida al pergamino, se aseguraría de que la historia de su gente no quedara perdida para futuras generaciones. Carataco podía conservar el mundo de los britanos, aunque fuera a pequeña escala, y quizás incluso corregir alguno de los grotescos tópicos de su gente en la imaginación colectiva. No podía ofrecerle una estatua en el Foro, pero sí un monumento escrito a su valiente lucha contra Roma.

«Es un argumento convincente», me dije a mí mismo, casi convencido de convencer a Carataco, y partí hacia el Aventino poco después con renovado entusiasmo. Las calles estaban atestadas de peatones, ganado y carretillas, de modo que tenía que ir con cuidado mientras me abría paso entre la multitud, evitando además los montones de basura en descomposición. Y, entretanto, los vendedores gritaban los precios de sus artículos, carísimos (y demasiado maduros), desde sus puestos de madera desvencijados. Los visitantes de nuestra ciudad se asombran ante la maravilla y la majestuosidad de Roma; en realidad, la única maravilla es que esta caótica ciudad aún no se haya incendiado y ardido hasta los cimientos.

Por fin, al llegar a las calles más altas del Aventino, la multitud empezó a clarear y el aire se volvió más respirable. Nunca me había gustado demasiado esa parte de la ciudad. Ah, sí, ya sé que esa zona está más de moda hoy en día, pero todavía tiene un cierto tufo de suburbio. Las casas son feas, los habitantes son sobre todo hombres nuevos muy aburridos, mercaderes, propietarios de almacenes y banqueros engordados por los beneficios del comercio en el embarcadero cercano. Ya sabéis a qué tipo me refiero: el pelo cortado a la moda de nuestro querido emperador, un asiento junto a la parte frontal del Teatro Marcelo para ver la última tragedia, túnicas hechas de la mejor seda y anillos de oro a juego con ellas. Es un sitio bastante deprimente como para que viva allí un antiguo rey.

Ya se había formado una cola cuando llegué a la casa de baños de Atilo. Me uní a ella y aguardé hasta llegar al pórtico de la entrada, pagué la entrada a un esclavo de cara agria y luego bajé los escalones de mármol que conducían al patio interior. Pasé junto a los vestuarios y seguí a los más jóvenes, que iban hacia la zona de ejercicio, en el centro del patio. Allí cerca, un grupo de hombres forzudos y robustos gruñía casi al unísono al levantar unas pesadas piedras con sus enormes manos. A un lado del patio, un empleado estaba sentado en un taburete, esperando para ofrecer sus servicios a los competidores empapados en sudor. Era un tipo gordo y calvo que llevaba una toalla enrollada por encima de su hombro, y un estrígil descansaba en su regazo. Levantó la vista y me miró con aire desaprobador cuando se dio cuenta de que me acercaba a él. Ambos sabíamos que yo allí estaba fuera de lugar.

—Estoy buscando a Espitara —dije—. Creo que entrena aquí.

El empleado señaló hacia un pequeño grupo de hombres que vitoreaba a un par de boxeadores.

—Por ahí —replicó con tono neutro—. Espitara es el que tiene el culo plano. No tiene pérdida. Una cicatriz grande en la cara. Pero, si estuviera en tu lugar, yo no me molestaría, amo.

—¿Por qué?

—Porque no entrena a principiantes.

Apartó la vista y la clavó de nuevo en los luchadores. Yo dejé a aquel tipo tan brusco y crucé el patio entre la muchedumbre para obtener una imagen mejor de los dos hombres que peleaban. Espitara, bajo y nervudo, estaba de pie a un lado del círculo de tiza, aullando instrucciones al más joven de los dos que practicaban. Reconocí al luchador de más edad de inmediato por el banquete de la noche anterior. Carataco bailoteaba ágilmente en torno a su oponente, mucho más joven, y le dirigía una infinidad de golpes rápidos. A su alrededor, los mirones lo jaleaban.

—¡Muévete! —aullaba Espitara al más joven—. ¡No te quedes quieto! ¡Que no eres una estatua, joder!

El hombre soltó un torpe gancho a Carataco, pero el britano lo esquivó fácilmente y, haciendo una finta, trató de golpear a su oponente en el rostro. El joven echó la cabeza hacia atrás, exponiendo así el pecho y, al instante, Carataco soltó el puño en su tripa. Lo espectadores soltaron un grito de aprobación, justo cuando el joven gruñía y trastabillaba hacia atrás. Carataco lo atacó entonces en la mandíbula, antes de que Espitara rápidamente se interpusiera entre los dos hombres. Agitó un dedo hacia el joven, y Carataco se quedó mirándolo.

—¿Qué te he dicho antes, chico? Tienes que luchar con los pies tanto como con las manos. ¿Cómo piensas que he sobrevivido a todas esas peleas en la arena, eh? ¿Ha sido acaso por mi altura?

–No, señor –replicó el otro, malhumorado, acariciándose la mandíbula.

–Velocidad, muchacho, todo consiste en la velocidad. Puedes ser el hijo de puta más duro de toda Roma, pero no ganarás ni una sola pelea si tienes los pies de barro. –Esitara miró a su alrededor–. Está bien, que pase la siguiente pareja. Vamos, señoritas. No tenemos todo el puto día.

Dos hombres se adelantaron, y Carataco y el joven se dirigieron hacia un sirviente que estaba de pie justo en el exterior del círculo de tiza. Éste, con rapidez, les quitó las suaves tiras de cuero que llevaban atadas en torno a las palmas y los antebrazos. La ruidosa multitud ya había desviado su atención hacia la siguiente pareja de contendientes. Entonces vi mi oportunidad. Corrí hacia ellos, sorteando a los espectadores, que ya rugían a los dos hombres que intercambiaban puñetazos en la arena.

Carataco y su joven oponente me miraron a la vez. Yo devolví brevemente la mirada al joven; había algo curioso en él. Me dirigí luego a Carataco.

–Has luchado muy bien. Un espléndido ejercicio, señor. Casi tan bueno como el del banquete de ayer, diría.

Una pequeña arruga se formó en la frente de Carataco.

–¿Y tú eres…?

Hice una ligera reverencia.

–Cayo Placonio Felícito, historiador de la élite, a tu humilde servicio. Nos conocimos brevemente anoche. Te pregunté dónde habías aprendido a luchar.

–Sí, ya me acuerdo. –La arruga se hizo más pronunciada–. ¿Qué estás haciendo aquí, romano? No me digas que has venido a aprender el arte de la lucha…

–En realidad, me preguntaba si podría hablar un momento contigo –miré de nuevo al joven por un momento, pero enseguida volví mi atención hacia Carataco–. En privado, si no te importa.

El joven frunció el ceño y miró a Carataco.

–¿Qué quiere este hombre de ti, padre?

Ahí me sorprendí, y Carataco debió de darse cuenta, porque movió una mano hacia el joven y dijo:

–Éste es Salidus, mi hijo mayor. El chico es un buen luchador, pero tiene mucho que aprender…, como él sabe perfectamente.

–Un placer conocerte.

Salidus me miró con una hostilidad apenas disfrazada.

–¿Qué tienes que tratar tú con mi padre?

–Como he dicho, es algo que me gustaría que hablásemos entre nosotros, en privado –repliqué sin más.

Salidus levantó la barbilla, desafiante.

–Bobadas. Lo que tengas que decir, nos lo puedes decir a los dos.

Carataco miró intensamente a su hijo.

–Déjanos, chico. Déjanos hablar.

–Pero, padre…

–Ve y trabaja con el saco. –Carataco señaló un saco de piel relleno de arena que colgaba de unas recias vigas al otro lado del patio–. Practica tus combinaciones, como hemos comentado. Ve.

Salidus me dirigió una última mirada hosca, pero enseguida nos dejó solos. Carataco se volvió hacia mí y esbozó un gesto de disculpa con las manos.

–Perdónalo. Mi hijo desconfía de los romanos.

–¿Ah, sí? Entonces no es muy distinto de todos nosotros.

Carataco sonrió débilmente.

–No puedes culparlo. Para Salidus es difícil vivir aquí en Roma. Mis otros hijos son demasiado jóvenes para recordar nuestra antigua vida en Britania, pero Salidus pasó allí gran parte de su niñez. Es un orgulloso celta de corazón.

–¿Quiere volver a casa?

–Algún día –sonrió el britano–. El chico tiene sueños. Pero yo no creo que ninguno de nosotros volvamos a ver jamás la tierra de nuestros padres. Ahora somos prisioneros de tu emperador.

–Tienes una casa en el Aventino –señalé–. Una pensión decente, una familia. Es una idea de prisión un poco rara. Muchos matarían por estar en tu situación.

–Vivimos en una jaula de oro –replicó Carataco, serio–. No estamos confinados en una celda olvidada en el Mamertino, desde luego, pero el efecto es más o menos el mismo.

–Aun así, hay destinos peores.

–¿Ah, sí? –Negó con la cabeza–. Yo en tiempos fui rey. No hay dignidad alguna en vivir al capricho de otro gobernante. Quizá debí elegir la muerte cuando tus soldados nos trajeron aquí, hace tantos años ya, en lugar de suplicar misericordia a ese idiota tartamudo de Claudio.

–Entonces, ¿por qué lo hiciste?

–Un oficial romano, un prefecto, vino a visitarme poco antes de la parada triunfal. Me convenció de que sería mejor para mí que viviera mis últimos días en paz que morir para la satisfacción de la multitud. –Carataco soltó una risa amarga–. No debería haber aceptado el consejo de un soldado romano.

–Un soldado, ¿eh? ¿Cómo se llamaba?

–Su nombre era Cato, un prefecto. –Carataco agitó una mano despectivamente–. Pero basta ya de hablar del pasado. ¿Y bien? ¿Para qué querías verme?

Hice una pausa mientras reflexionaba en cómo proceder. Seguramente, Carataco rechazaría todo lo que fuera muy directo, especialmente si lo hacía un desconocido. Tendría que hablar con mucho cuidado, lo sabía, construyendo los argumentos de tal manera que él pudiera apreciar las ventajas de confiar su historia a la palabra escrita.

–Tengo una propuesta que hacerte –dije al fin con delicadeza–. Una que estoy seguro de que interesará a un hombre como tú.

–¿Una propuesta? –repitió Carataco–. ¿Qué quieres decir? Habla claro.

No respondí la pregunta directamente, sino que, por el contrario, comencé a dar rodeos.

–La forma que tuviste de vencer a ese hombre imperial anoche fue impresionante. Luchaste con una tremenda habilidad y valor. Fue, si se me permite decirlo, una exhibición digna de un gran señor de la guerra.

Carataco meneó la cabeza, y su voz sonaba cansada cuando habló:

–Ya no soy señor de nada, ahora. Mi reino acabó pisoteado en el polvo hace mucho tiempo, bajo las botas de vuestras malditas legiones.

–Entonces quizá sea hora de recordar a Roma tu grandeza.

–¿Y cómo iba a hacer semejante cosa? ¿Luchando contra esos jóvenes arribistas arrogantes?

–Permitiéndome que escriba tu historia.

Carataco arrugó las cejas, uniéndolas en la frente.

–¿Tú? ¿Escribir mis memorias?

–Sí, ¿por qué no?

Soltó una risotada seca.

–Tu emperador piensa que soy un bárbaro inútil. Y esa misma opinión parece que la comparten muchos de los ciudadanos de aquí. No creo que encuentres mucho público para tu proyecto, romano.

–En tiempos fuiste un gran rey –repliqué yo, insistente, repitiendo el argumento que había ensayado de camino hacia la colina–. El azote de Roma. Soldados y niños por igual temblaban ante la mención de tu nombre. Tu reino quizá se haya desvanecido, como muchos otros de los reinos celtas, pero eso no significa que deba ser olvidado. Puede vivir de nuevo en las páginas de la historia. Cuéntame tu relato, y yo puedo ayudarte a preservar tu nombre en el futuro. Ésa es mi propuesta.

–Yo soy celta –dijo Carataco–. Nuestras historias no están escritas. No reducimos las grandes hazañas a simples palabras, como vosotros, los romanos. Ellas viven en nuestros corazones y mueren con nosotros, y pueden convertirse en leyendas después o bien desvanecerse con la memoria.

–Es posible. Pero ¿por qué arriesgarse a que tantas cosas queden olvidadas? –repliqué–. Ésta es tu oportunidad de explicar tu versión de la larga lucha contra Roma.

–¿Para qué? ¿Para que tus amigos ricos se diviertan en sus salones literarios leyendo historias del bruto incivilizado del norte?

–Esto sería diferente –respondí con gentileza.

–¿Por qué?

–Luchaste contra nosotros casi diez años, y viviste para contarlo. Eso en sí ya es inusual. La mayor parte de nuestros enemigos tuvieron un final mucho más espantoso.

–Habría sido mejor morir con orgullo –gruñó Carataco– que vivir como ejemplo de la magnanimidad romana.

–Pero tú puedes usar esta situación de forma ventajosa, ¿no lo ves? Tienes una visión única de la historia. Ningún otro britano está en posición de contar su versión. Si trabajas conmigo, podemos relatar la saga épica de un gran héroe celta. Será la primera que se publique. –Me encogí de hombros–. Y, a fin de cuentas, serviría para corregir todos esos momentos de vanagloria de los oficiales romanos que campan por todas partes. Tú puedes contar a la gente cómo fue de verdad.

Carataco me examinó con sus ojos grises.

–¿Y por qué iba a compartir mi historia contigo? –preguntó–. ¿Nada menos que con un engreído romano?

Abrí la boca, dispuesto a dar mi respuesta habitual, cuando un cliente cuestionaba mis credenciales: unas cuantas palabras cuidadosamente elegidas sobre mis largos años de experiencia compilando las ilustres historias de las familias más nobles de Roma, trabajando con unos plazos imposibles y haciéndome cargo de incontables peticiones de patriarcas muy ocupados y sus exigentes esposas, seguido por un breve (y adecuadamente humilde) resumen de mis talentos, y una mención de los entusiásticos comentarios que había recibido mi último encargo en los salones literarios de Roma. «Se facilitarán referencias a petición», terminaba siempre.

Pero me pareció que tal cosa no agradaría a Carataco. No podía engañarlo con halagos o con promesas abstractas de una reputación mejorada entre sus pares en el Senado. Tenía que intentar una táctica distinta.

—Tienes razón, claro está —dije al fin—. No se me ha perdido nada escribiendo la historia de un rey britano exiliado. Quizá puedas encontrar a algún galo medio alfabetizado en nuestra ciudad que esté dispuesto a emprender esta tarea en mi lugar. Alguien que comprenda mejor la mentalidad celta. Pero sí puedo ofrecerte una ventaja sobre cualquier otro escritor.

Los ojos de Carataco se entrecerraron.

—¿Y cuál es?

—La credibilidad —repliqué yo—. He pasado toda mi vida profesional embelleciendo los antepasados de las familias más ricas y más aburridas de Roma. Mi nombre, por tanto, despierta un cierto respeto entre nuestra élite intelectual y artística. Confíame tu historia, y seguro que atraerá la atención de todos desde aquí hasta Pompeya. —Hice una pausa y, al ver una duda momentánea en su mirada, asesté el golpe final—: ¿Y qué mejor forma de demostrar que tú eres igual a nuestra altiva élite que encargar a su historiador favorito que sea tu socio literario?

—¿Y quién pagará el trabajo que me propones? Si esperas una generosa compensación por mi parte, me temo que vas a quedar decepcionado.

—No esperaba ningún dinero —lo tranquilicé—. Me propongo cubrir mis gastos y trabajos con la mitad de los beneficios de la venta del libro, y el resto irá a parar a ti. Si el libro se vende tan bien como yo creo, será una considerable suma de dinero... Y se podría añadir además otro tanto con unas charlas con el tema de los celtas y su cultura, por ejemplo.

–¿Por eso quieres contar mi historia? ¿Para poder hacer fortuna?

–Ése es un motivo. Hay otros.

–¿Como por ejemplo? –se rio Carataco–. No me digas que estás interesado en dar voz a un viejo celta.

Me encogí de hombros.

–Nunca he escrito una historia semejante antes. Sería un honor, y un privilegio, relatar la historia de un héroe genuino por una vez.

–¿La verdad? No es que esté muy solicitado ese artículo en tu ciudad.

–Es mejor que difundir mentiras para los ricos ociosos.

Ahí sí tuve la sensación de que me lo había ganado. De hecho, había empleado todas las armas que tenía a mi disposición.

–¿Y bien? –le pregunté–. ¿Qué dices?

–Es una propuesta interesante –murmuró Carataco, acariciándose la barbilla.

–Es más que eso –dije yo–. Es una oportunidad de contar la historia del mayor guerrero de nuestra época.

–Ahórrate tus halagos, romano. –Carataco mostró una sonrisa cínica–. Si eso fuera cierto, no sería el prisionero de vuestro emperador adolescente. Por el contrario, él sería mi esclavo, o quizá su cabeza adornaría el poste central de mi salón real. Pero la propuesta es interesante, sí. No sé. Tengo que pensarlo. –Se tiró de un lado del bigote un momento, y luego se decidió–: Ven a mi casa esta noche. Es la que está más lejos en la calle, con una puerta verde, junto al altar de Neptuno.

–¿Y cuándo?

–Una hora antes de que se ponga el sol –dijo Carataco–. Te daré mi respuesta entonces.

* * *

Unas pocas horas más tarde, bajo la luz desfalleciente de la tarde, me dirigí hacia el Aventino. Llevaba conmigo mis utensilios de escribir, con la esperanza (más que la expectativa) de que Carataco me comenzase a contar su historia. Las calles estaban menos concurridas a aquella hora, pues la gente de posibles se retiraba a sus llamativas casas para la cena y comenzaban a colocarse los postigos de madera delante de la mayoría de las tiendas. Pasé junto a un par de sirvientes que preparaban antorchas para iluminar las calles, para aquellos lo suficientemente ricos para permitirse ese servicio, y poco después encontré la casa que andaba buscando. El yeso de la pared estaba algo agrietado en algunas zonas y manchado con excrementos de pájaros, y la pintura de la puerta se veía bastante descascarillada. Di dos golpes al llamador de cabeza de león y esperé. Al cabo de unos minutos, el cerrojo se abrió con un chirrido y finalmente la puerta se abrió. Me encontré frente a un robusto esclavo con una túnica muy desgastada que se quedó de pie en medio de la entrada, mirándome con esa mezcla de sospecha y desdén universal en los porteros de nuestra ciudad.

–¿Sí? –me preguntó en tono neutro.

–Cayo Placonio Felícito. Tengo una cita con tu amo, Carataco. Me espera.

El esclavo asintió con sequedad.

–Por aquí, señor.

Lo seguí por un estrecho patio hacia la entrada principal. Las malas hierbas sobresalían entre las grietas del pavimento ornamentado. La mayoría de las flores estaban marchitas, y me fijé en que algunas tejas de los tejados de terracota estaban dañadas o bien faltaban. Se notaba un ligero olor a humedad en el aire. Sin duda, en absoluto era el tipo de residencia apropiada para un rey.

Sin hacer ruido con sus pies desnudos, el portero me condujo a través del sombrío vestíbulo. El suelo lucía un mosaico de un gladiador matando a una serpiente de dos cabezas. En el otro lado de la casa se oían los gritos emocionados de niños jugando. Dimos la vuelta en torno al atrio y nos acercamos al estudio, que estaba en el extremo más alejado. Allí, ante el umbral, el esclavo se detuvo un momento y me hizo señas de que entrase.

Era una habitación parcamente amueblada, con un baúl en un rincón, un par de taburetes tapizados y una cortina deshilachada que lo separaba del resto de la casa. Unos estantes en forma de colmena corrían a lo largo de una de las paredes, y todos los compartimentos estaban llenos de rollos de papiro.

Carataco estaba sentado detrás de un escritorio de nogal, a mi izquierda, leyendo un libro al resplandor anaranjado de varias lámparas de aceite. Una jarra y un par de vasos de cerámica estaban situados frente a él en el escritorio. Al momento el britano levantó la vista y clavó su mirada en el esclavo.

–Gracias, Davos. Puedes dejarnos.

–Sí, amo –susurró éste, y, tras una reverencia, se dirigió hacia la parte delantera de la casa.

Carataco esperó a que no pudiera oírnos e hizo un gesto hacia los taburetes.

–Por favor –dijo–. Siéntate.

Me senté en el taburete más cercano y me coloqué las tablillas de cera y el estilo en el regazo. Mientras, Carataco sirvió un líquido oscuro y ambarino en ambos vasos.

–Cerveza –dijo, a modo de explicación–. De la Galia. Un amigo de Lugdunum me manda de vez en cuando. No es de la misma calidad que la que tenemos en casa, pero resulta aceptable. Espero que no te importe. No he conseguido acostumbrarme al sabor del vino.

Me tendió una copa. Indeciso, observé su contenido espeso y espumeante. Un aroma dulzón y enfermizo me llenó la nariz cuando me llevé el borde a los labios y tomé un sorbo del líquido malteado. Aquel sabor fuerte y amargo me dio náuseas. Cómo conseguí sonreír educadamente a mi sonriente anfitrión después del primer trago es algo que nunca sabré.

–¿Y bien? ¿Qué opinas? –preguntó.

–Deliciosa –afirmé, ignorando el gusto asqueroso que había quedado en mi boca–. Muy... intensa.

–Es fuerte, sí. Hace que te salga pelo en el pecho.

–¿Ah, sí? –le pregunté, alarmado, como corresponde a la perspectiva de volverse tan peludo como un bárbaro.

–Es un dicho nuestro, de Britania –sonrió Carataco.

–Ah, ya.

–Perdona el aspecto algo abandonado de mi morada –se disculpó, aunque nada había dicho yo–. He solicitado a palacio que arreglen los problemas que tiene, pero el tesoro imperial siempre encuentra nuevos motivos para denegarme la petición.

–¿No tienes ningún ingreso? –le pregunté.

–Tengo una pequeña pensión, cortesía del emperador, pero no es mucho, y apenas cubre nuestros gastos diarios. –Carataco sonrió a medias.

–Entonces ¿cómo puedes permitirte esta casa?

–Ah, ¿esto? –Carataco miró a su alrededor como si contemplara aquellas paredes por primera vez–. Pertenecía a uno de los muchos enemigos del difunto emperador. Un entrenador de gladiadores muy rico con ideas por encima de su nivel. Tengo entendido que formó parte del grupo de conspiradores secretos que intentaron asesinar a Claudio.

Rebusqué en mi memoria.

–¿Los Liberadores?

–Sí, ésos –asintió–. El caso es que en palacio hicieron decapitar al traidor, le confiscaron sus propiedades y vendieron sus gladiadores y su propiedad en el campo. A mi familia nos dieron su casa de la ciudad después de que el emperador me perdonara la vida. En realidad, ha resultado una maldición.

El mantenimiento es bastante difícil. Este sitio se come el dinero más rápido que un jugador con unos dados cargados.

–Quizá pueda tener una conversación amable con alguno de mis clientes... –le sugerí–. Tienen influencia. Podría haber alguna forma de aumentar tu pensión.

–Muy amable por tu parte, pero me temo que sería un esfuerzo baldío. Al emperador le complace mucho verme reducido al estatus de un pordiosero, prácticamente.

–Lamento oír eso.

–¿Sí? Pues la mayoría de tus conciudadanos no lo dirían. Me ven como poco más que una sangría del tesoro. Con frecuencia me dicen que me vuelva a mi país. Lo haría de buena gana, si Roma me dejase.

–Debe de ser duro esto, para ti y tu familia.

–Ni te lo imaginas.

–No –respondí enseguida–. Supongo que no.

–Pero no todo es malo. Hay algunos placeres que no requieren demasiado dinero. Hago ejercicio todos los días, juego con los nietos... Y, sobre todo, leo. –Carataco señaló el libro que tenía delante–. Roma me ha quitado muchas cosas, pero al menos me ha dado la oportunidad de leer y aprender más sobre vuestra cultura y vuestra historia.

–No sabía que los celtas disfrutaran con la lectura.

–Y yo tampoco sabía que los historiadores romanos se interesaran por los asuntos de los bárbaros exiliados. Así que quizás ambos deberíamos dejarnos sorprender.

No dije nada, pero sentí un ramalazo de simpatía por aquella figura melancólica. A pesar de la mezquindad de sus circunstancias y las humillaciones a que lo sometían en palacio, Carataco mantenía una serena dignidad, en agudo contraste con nuestro malcriado emperador. Me di cuenta de que, aun de mala gana, estaba empezando a sentir admiración por aquel guerrero curtido. Quizá los britanos no fuesen la simple y bárbara raza que yo había imaginado.

Él dio otro sorbo a su cerveza y miró contemplativamente su copa.

—He estado pensando en tu propuesta —dijo al fin, y levantó los ojos hacia mí.

Era el momento. Agarré el vaso con la mano derecha y esperé a que continuara.

—Te contaré mi historia, con lo bueno y lo malo. Pero con dos condiciones.

El corazón me latía con fuerza por la emoción.

—Sí, claro… —asentí con rapidez—. Cualquier cosa.

—Una: quiero que sea un relato sin adornos. Debe ser un relato honrado de mi vida y de la invasión, por feo que resulte. No deseo expurgar los detalles para hacerlo más digerible a la élite. Con ese fin, debo insistir en emitir una aprobación final de tu manuscrito.

—Y la tendrás —respondí al instante, alegrándome de poder ahorrarme el penoso ejercicio de glosar la historia por una vez—. ¿Cuál es la segunda condición?

Carataco se inclinó hacia delante, apoyó los codos en el escritorio y me miró directamente a los ojos.

—Esta historia mía no se publicará hasta después de mi muerte.

Lo miré sin saber qué decir.

—No te preocupes, romano. Soy un hombre viejo. No tendrás que esperar mucho, si es eso lo que te preocupa.

—Pero no lo entiendo… —balbucí—. ¿Por qué retrasarlo?

—Vivo a merced de tu emperador. Unas memorias de uno de sus prisioneros más notorios, y tan pronto después de la rebelión de Boudica, es probable que atraigan su ira. De un plumazo puede reducir mi pensión o quitármela del todo.

—Nerón no se atrevería a hacer tal cosa —lo tranquilicé—. Significaría dejar sin validez el edicto del deificado Claudio, y eso no es algo que se pueda hacer a la ligera.

–¿Estás seguro? He oído decir que el emperador reacciona con rapidez a la menor ofensa. La pelea de anoche difícilmente habrá conseguido congraciarme con él.

–Supongo que no –murmuré.

Carataco tenía razón. Por lo poco que sabía de Nerón, parecía tener la piel muy fina.

–Ya he causado bastante sufrimiento a mi mujer y a mis hijos –añadió el bárbaro–. También he leído lo suficiente como para saber que la verdad es más aceptable cuando los protagonistas están muertos. Dame tu palabra de que mantendrás guardadas estas memorias hasta que yo haya hecho el viaje con Lud al otro mundo, y yo te contaré mi historia. –Se encogió de hombros–. ¿Quién sabe? Quizás otro lleve la púrpura en ese momento.

Reflexioné un buen rato. La perspectiva de esforzarme para escribir la historia de la vida de Carataco sólo para sellarla y meterla en un baúl durante años me descorazonaba bastante. Pero, por otra parte, me había arriesgado con la historia de una vida, y era muy poco probable que encontrara a otro sujeto tan atrayente como el señor de la guerra britano. Su historia debía ser contada, y lo sabía. Aunque tuviera que esperar largo tiempo antes de publicarla.

–Muy bien –dije–. Tienes mi palabra.

La expresión de Carataco se animó.

–Bien. Entonces empecemos.

–¿Ahora? –Me enderecé.

–Sí, ¿por qué no? A menos que tengas algo mejor que hacer…

Sin replicar más, tomé rápidamente el estilo y abrí la tablilla de cera. Cartaco se llenó el vaso hasta el borde de cerveza con miel, tomó un sorbo y se echó hacia atrás en su silla, que era como un trono.

–¿Preparado? –me preguntó. Yo asentí–. Bien. Entonces empecemos por el principio…

CAPÍTULO TRES

Britania, 18 d.C.

Te enseñan que Roma no puede ser derrotada, que sus enemigos más allá de la frontera nunca pueden confiar en la victoria. Ves ante ti un exilio lastimoso, anhelando la madre patria, y te maravillas de cómo resistimos el poder de las legiones durante tanto tiempo. Pero todos los reinos pueden caer, y sus reyes con ellos. Un día, incluso tu emperador puede convertirse en lo que yo soy ahora. Te parecerá difícil de creer, tal vez. Oye, pues, mi relato y aprende cómo yo, Carataco, en tiempos gobernante de los catuvelaunos y señor de muchas tribus de Britania, he llegado a vivir en Roma hoy.

Nací en Verlamion, el asentamiento más grande del territorio de nuestra tribu. Cuando tenía sólo dos años, mi padre, el rey Cunobelino, recibió la noticia en su corte real de la aplastante derrota del general Varo y de las legiones romanas a manos de las tribus nativas de Germania. Mi padre no era un hombre religioso, pero, al conocer esas alegres noticias, de inmediato ordenó que se hicieran sacrificios a los dioses. Se arrojaron ricas ofrendas ceremoniales al río Ver y los druidas ejecutaron a un par de ladrones, y sus estertores de muerte pronosticaron grandes victorias para nuestro pueblo. O eso cuentan los relatos. No me sorprendería que la verdad fuera bastante distinta. Mi padre tenía talento para

45

acomodar los hechos a su política. Habría sido un excelente abogado romano.

Yo era demasiado joven como para recordarlo, pero me dijeron que fue una época llena de esperanza para todos aquellos que se oponían a Roma. Durante largos años, la vergüenza de la rendición de nuestros antepasados a manos de César había arrojado un velo negro sobre nuestra tierra. Las tribus de Britania veían con creciente inquietud cómo Roma fortalecía su dominio sobre la Galia y otros territorios, y temían el día en que las legiones cruzaran el mar una vez más.

Pero el desastre de Varo nos dio nuevas esperanzas. Por primera vez parecía posible derrotar a las legiones. Además, liberado de la angustia ante la perspectiva de una nueva invasión, mi padre consiguió expandir su influencia más allá de nuestras tierras nativas.

Poco después de mi primer cumpleaños, nuestros guerreros marcharon sobre Camuloduno, la gran capital de los trinovantes, en las tierras hacia el este. Su rey, Dubnovellauno, había jurado resistir cualquier intento de captura de su fortaleza, pero a sus seguidores les entró el pánico al ver aproximarse a nuestro ejército. Por eso, después de una breve lucha, huyó con su familia y sus partidarios hacia el sur, a través del Támesis. Mi padre se declaró enseguida rey de ambas tribus, y, durante un breve tiempo, conocimos la paz en nuestras tierras.

Éramos cuatro hermanos. Adminio, el primogénito, tenía cuatro años más que yo. Casi había sucumbido a unas fiebres en la infancia, y nuestros padres, consecuentemente, lo habían mimado mucho, consintiéndolo a la menor oportunidad.

Poco después de que nuestra familia se trasladara a Camuloduno, nació Togodumno. Desde pequeño fue un niño muy tozudo, testarudo, pero intrépido, y yo lo amaba muchísimo. Más tarde nuestra madre tuvo dos hijos más: Maridio y

Vodenio. Pero, el invierno siguiente a su nacimiento, Vodenio sufrió una tos muy fea y fiebre y murió a principios de la primavera. Mi padre lloró muchos meses después de su muerte. Quizá por eso siempre prefirió a Adminio. Había heredado el atractivo y el encanto de nuestra madre, y en muchos aspectos le recordaba a ella.

Pasé los primeros años de mi infancia en Camuloduno. Nuestro asentamiento no se parecía nada a vuestras ciudades romanas, con esas cuadrículas limpiamente dispuestas. Por aquel entonces no era apenas más que unas tierras de cultivo extensas, con establos para el ganado y unas chozas redondas, junto con unas pocas estructuras de piedra y un pequeño muelle en el río, frente al asentamiento. Ocasionalmente nos llegaban algunos bienes de la Galia en pequeños barcos mercantes, destinados a la aristocracia de nuestra tribu y a aquellos más adinerados de los territorios circundantes, aquellos dispuestos a pagar un plus por vino y cerámica samia. Una serie de terraplenes coronados con una recia empalizada protegían nuestro poblado contra cualquier ataque enemigo. Sin duda te habría parecido un lugar sucio y bárbaro comparado con tu propia y grandiosa ciudad. Pero era nuestro.

Mi familia vivía en el recinto real, en el lado sur de Camuloduno. A menudo yo jugaba con Adminio y Togodumno en los bosques y corrientes de los alrededores del asentamiento. Cazábamos y pescábamos, y nos peleábamos entre nosotros como suelen hacer los niños. Fue una época muy feliz.

Hasta que me mandaron lejos, a recibir entrenamiento con los druidas.

Fue el primer paso en un camino que me conduciría al trono de nuestra tribu y más tarde a convertirme en el señor de la guerra de Britania y enemigo jurado de Roma. Y todo ocurrió por causa de Bladoco, mi druida y mentor. Sin él, nunca me habría convertido en rey.

* * *

Por aquel entonces, yo tenía once años. Era una mañana gris y apagada de finales del otoño. El suelo estaba cubierto por barro removido, y una fina capa de humo de leña se cernía en el aire. Yo me dirigía al recinto real, hacia la sala grande, acompañado por Adiminio y Togodumno, y el lodo chasqueaba bajo nuestras botas de piel. Habíamos pasado unas horas jugando en un valle poco hondo que se extendía fuera del recinto. Pero no había tardado en aparecer uno de los sirvientes de nuestro padre para llamarnos al salón, para nuestra instrucción diaria con Bladoco, uno de los últimos supervivientes de la rama gálica del culto druida.

–Esperemos que esa vieja cabra no se alargue mucho hoy –murmuró Adminio al pasar junto a los establos–. Será otra historia de reyes muertos y hechizos mágicos, sin duda.

–¿Y qué tiene de malo eso? –pregunté yo.

–Pues que es aburrido, eso tiene –bufó Adminio, desdeñoso–. Una pérdida de tiempo. Deberíamos aprender a pelear, y no escuchar a ese apestoso galo.

Las lecciones habían sido idea de nuestro padre. Había insistido en que, como hijos del rey, debíamos recibir una buena educación tan pronto fuéramos lo bastante mayores para comenzar nuestros estudios. Cada mañana, a la hora tercera, Adminio, Togodumon y yo nos reuníamos en el salón, junto con los hijos de los nobles más ricos de Camuloduno, para estudiar bajo la tutela de Bladoco. Los druidas eran nuestros hombres más sabios, los que practicaban nuestros ritos sagrados y los guardianes de la sabiduría de los ancianos, entrenados en la magia, astrología, curación, lenguas, la historia de nuestras tribus y todo lo referente a los dioses. Nuestros reyes y ancianos confiaban en que ellos transmitirían sus conocimientos a nuestros niños, para que, una vez dotados de ellos, un día, ya hombres, pudieran dirigir a nuestro pueblo.

A mí me encantaban esas clases con Bladoco, particularmente las historias de nuestros antepasados y las muchas y grandes batallas en las que habían combatido. Hablaban de una época en la que los celtas gobernaban sobre la mitad del mundo conocido, mientras que Roma temblaba ante los vastos ejércitos de nuestros antepasados. Pero a Adminio y Togodumno no les gustaban nada. Preferían las bromas pesadas y jugar con sus amigos a escuchar historias del pasado.

—No sé por qué nuestro padre nos hace ir a esas clases —insistió Adminio, enfurruñado—. Sólo hablan de carros de oro y de robar ganado. Son bobadas absurdas.

—Es la historia de nuestro pasado —contesté yo—. Nuestra gente. Es importante. Además, las historias son divertidas.

—Para ti, a lo mejor…

—Si tan mal te parece, ¿por qué te molestas en ir? —me encaré con él. Adminio se había saltado algunas clases últimamente, pues prefería pasar las mañanas seduciendo a las hijas más jóvenes de los nobles locales.

—Se lo prometí a padre —repuso con tristeza—. Me dijo que me pegaría, si no asistía a las clases. —Hizo una pausa—. Quizás hubiera tenido que recibir la paliza. Cualquier cosa mejor que escuchar a ese miserable druida.

—Bladoco no está tan mal.

—Es muy aburrido. Y el aliento le huele a cebolla. Y es tan feo como los dientes de una bruja.

—¡No digas eso! —exclamó Togodumno, nervioso—. Te meterás en problemas. Los druidas oyen todo lo que dices.

Adminio se volvió hacia su hermano menor y frunció el ceño.

—¿Y quién lo dice?

—El tío Epático. Dice que es uno de sus poderes especiales. Los druidas pueden ver y oír tan bien como los dioses, dice. Cualquier niño que los maldiga se volverá ciego y se le caerá todo el pelo.

Adminio soltó una risotada cruel.

–¿Y tú te crees eso? Eres más tonto de lo que pareces, hermano.

–¡Calla!

–Cállate tú, cara de culo.

–Tiene razón –dije a Adminio–. No deberías reírte de Bladoco. Es un druida del tercer círculo. Y eso lo hace poderoso.

–Quizá. Pero aun así sigue siendo un maldito galo. Reconócelo, te gusta sólo porque tú eres su favorito…, su alumno preferido. –Adminio me miró acusador–. Eres el mimado del profesor. Eso es lo que eres.

–Al menos estoy aprendiendo algo –respondí, ofendido–. No como tú.

–¿Y para qué sirve? –Adminio meneó la cabeza amargamente–. Estudiar historia y poesía no nos servirá de mucho, piense lo que piense nuestro padre. No si Verica sigue causando problemas –añadió en voz baja.

Yo apreté los labios y desvié la mirada. Verica era el rey de los atrebates, una poderosa tribu que vivía en las ricas tierras del suroeste de nuestro territorio. Se había apoderado del trono atrebate unos años antes, tras arrebatárselo a su hermano mayor, Epilo, gracias a la ayuda de la plata romana usada para sobornar a muchos de los nobles de la tribu. Epilo había huido de la capital, Calleva, y se había refugiado en el este. Verica había permitido que los comerciantes romanos establecieran los puestos de comercio a lo largo de la costa y los ríos de su reino a cambio de plata, y muchas tribus temían que allá donde se aventuraran los comerciantes romanos los seguirían un día las legiones. Por entonces, Verica estaba volviendo su atención hacia nuestro territorio. Un mes antes habíamos recibido la noticia de que estaba agitándolo todo, cortejando el apoyo de nobles exiliados trinovantes y animándolos a levantarse contra sus señores catuvelaunos. La noticia había alarmado muchísimo a la corte real. Aunque Camuloduno estaba bastante segura, varios de los asentamientos periféricos seguían siendo leales al gobernante anterior, y muchos temían una costosa guerra civil si Verica continuaba apoyando a los exiliados.

Al llegar a la entrada del salón, levanté la vista. Un par de guardaespaldas vestidos con túnicas de un azul intenso vigilaban la puerta, con las lanzas apoyadas en el suelo, aunque miraban ociosamente el recinto casi desierto. Junto a ellos, el estandarte de nuestra tribu, el ciervo sagrado, ondeaba como la lengua de una serpiente con la débil brisa matinal. Los guardias inclinaron la cabeza en un respetuoso saludo al vernos y enseguida se hicieron a un lado, de modo que nosotros accedimos a la húmeda y pegajosa atmósfera del interior.

El salón estaba muy tranquilo aquella mañana. Mi padre había partido un poco antes para inspeccionar las últimas mejoras en las defensas de Camuloduno, y en los bancos sólo se veía a un puñado de nobles y guerreros de categoría inferior, a cada lado de la amplia avenida central. Un sirviente atizaba los troncos que ardían en el hogar en medio del salón. Cerca, una perra y varios cachorrillos yacían despatarrados en el suelo de losas de piedra, regodeándose al calor de las llamas. En el rincón más alejado, mis hermanos pequeños, Vodenio y Maridio, estaban sentados con los demás niños catuvelaunos, mientras una sirvienta les contaba un cuento.

Se había despejado un espacio frente a las mesas con caballetes más cercanas. Una docena de niños, hijos todos de la nobleza de Camuloduno, se sentaban en unos taburetes tapizados dispuestos en círculo, y parloteaban y hacían bromas entre ellos. En medio del círculo, destacaba una figura alta, con una túnica oscura y el pelo muy enmarañado. Era Bladoco, el consejero de mi padre. Al oír nuestros pasos, se levantó y se volvió hacia nosotros.

–Ah, los jóvenes príncipes, al fin –anunció con su suave acento galo. Miró a Adminio con sorpresa–. Incluso Adminio se ha dignado unirse a nosotros hoy, según veo.

Adminio se encogió de hombros.

–Le prometí a mi padre que asistiría, maestro Bladoco.

–Bien. Es algo extrañamente bondadoso por tu parte –sonrió Bladoco, enseñando sus dientes manchados–. Ya que estás aquí, quizá puedas también aprender un par de cosas.

–O me aburriré a muerte, que es lo más probable –murmuró Adminio en voz muy baja.

Los ojos del druida se afilaron hasta convertirse en puntas de daga.

–¿Has dicho algo?

–No, maestro.

Bladoco lo miró con frialdad.

–Estoy encantado de que hayas venido a asistir a estas clases. Pero, mientras estés aquí, espero que te apliques. Si te portas mal o creas problemas, no dudaré en informar a tu padre. ¿Queda claro?

–Sí, maestro –replicó Adminio, agachando ligeramente la cabeza.

–Bien.

Me senté en uno de los taburetes libres y examiné a Bladoco. Supongo que un desconocido hubiera pensado que parecía más un mendigo que un druida marchito. Era delgado y fibroso, con la piel del color de la leche de vaca y los ojos negros semejaban piedras incrustadas profundamente en su demacrada calavera. Como todos los de su culto, llevaba la barba trenzada y tatuajes en la frente y las manos. Amuletos mágicos de pelo de caballo retorcido y dientes de animales le adornaban las muñecas. Esperó hasta que todos estuvimos sentados, y entonces se aclaró la garganta para dirigirse a sus discípulos:

–Hoy continuaremos con la historia de vuestro gran antepasado, Casivelauno.

Sonaron algunos gemidos en el círculo, a los que se unieron mis hermanos. Yo me dispuse a escuchar con atención.

–Ayer –prosiguió Bladoco– terminamos cuando Casivelauno se alzó con el trono, después de haber soportado muchas reyertas. Había luchado contra traidores de su propia corte y vencido a tribus enemigas. Pero en ese momento ya se iba a enfrentar al mayor de sus enemigos: Julio César, el bárbaro asesino de celtas y el brutal conquistador de mi propia gente, los galos. Los romanos nos invadieron en un momento de muchas luchas y anarquía entre los pueblos de Britania. Y, además, las cosechas habían sido pésimas aquel año. Las mujeres y los niños se morían de hambre, y las gentes vivían en extrema inquietud. Sólo el rey Casivelauno se interponía entre las tribus y la aniquilación…

Bladoco era druida por formación, pero sabía tejer historias mucho mejor que cualquiera de los obsequiosos bardos de mi padre. Yo escuchaba atentamente cómo recitaba todos los detalles de la vida del antiguo rey, pero Adminio apenas le prestaba atención, y me di cuenta de repente de que mi hermano mayor susurraba algo al chico de pelo rizado que se sentaba a su lado, el mimado hijo de un noble trinovante. Bladoco los fulminó con la mirada, y los dos rápidamente se callaron.

–Bueno, veamos –dijo entonces, examinando los rostros de mis compañeros–. ¿Quién puede decirme los nombres de las cinco tribus que se rindieron al César y traicionaron al rey Casivelauno? ¿Alguien los sabe?

Sobre todos nosotros descendió el silencio. Los chicos se removían y se miraban los pies, pero nadie se atrevió a responder. Al fin, Bladoco deslizó la mirada hacia mí.

–Carataco, ¿podrías ilustrarnos?

Noté los ojos de todos los alumnos clavados en mí. A menudo parecía que Bladoco me elegía deliberadamente durante las clases, que me señalaba para las preguntas más difíciles. Incluso me parecía, en ocasiones, que casi quisiera que yo cometiera un error. Pero yo me negaba a ser derrotado, y su constante examen de mis conocimientos sólo me motivaba a estudiar más todavía.

–Por supuesto, maestro –respondí, confiado–. Los nombres de las tribus son los bíbrocos, los cenimagnos, los ancalitas, los segontiacos y los casos.

–Correcto. –Bladoco me miró pensativo un momento–. Excelente.

–Gracias, maestro.

–Ojalá algunos de tus compañeros mostrasen la misma devoción por los estudios.

Por el rabillo del ojo vi que Adminio murmuraba de nuevo al oído del chico del pelo rubio y rizado. Los dos empezaron a soltar risitas. Al instante, Bladoco se volvió hacia mi hermano.

–¿Tienes algo que decir que quieras compartir con nosotros, Adminio?

–No, maestro.

–¿Ah, no? –Bladoco señaló al chico que tenía a su lado–. Ciertamente, parece que a tu amigo Moxio hay algo que le parece divertido. Quizá pueda compartir la broma con todos nosotros...

–Pero si yo no decía nada, maestro. Estás equivocado.

Una expresión oscura pasó como una sombra por la cara del druida.

–No intentes engañarme. No has escuchado una sola palabra de lo que he dicho. Estabas bromeando con tu amigo.

–No, no, señor, ¡lo juro!

–Bueno, pues demuéstramelo. –Bladoco sonrió con crueldad–. Dime cuál de nuestros reyes conquistó Verulam. Como has estado tan atento a todo durante estas últimas semanas, esa pregunta no te debería resultar difícil.

Las mejillas de mi hermano se sonrojaron cuando el resto de la clase se volvió hacia él. Miró a su alrededor, como si esperase que alguien pudiera ahorrarle aquella vergüenza.

–Vamos, hermano –lo animé–. ¡Es fácil!

–¡Eh, calla! Deja que responda –saltó Bladoco. Dio un paso hacia Adminio y extendió las manos. A su lado, Moxio se movía nerviosamente y miraba al suelo–. Sigo esperando –añadió el druida.

Adminio se mordió el labio.

–Es... ¿el rey Ludno, maestro?

Bladoco meneó la cabeza.

–No.

–Es Tasciovano –intervine yo–. La respuesta es el rey Tasciovano. Todo el mundo lo sabe. Lud, hasta un tonto habría respondido bien.

Algunos chicos se rieron entre ellos. Bladoco levantó una mano.

–Ya basta. Creo que ya has dejado bien claro lo que querías.

Al recordar todo esto después de más de media vida, me doy cuenta de mi error. Tendría que haber seguido el consejo del druida. Pero no lo hice. Por el contrario, seguí hablando, ansioso por provocar más risas. Durante meses, Adminio se había burlado de mi amor por la historia y la poesía. Y en aquel momento podía aprovechar la oportunidad para reírme yo de él.

–Sólo digo esto, maestro: tendría que prestar más atención. –Incliné la cabeza hacia Adminio–. Si dedicaras la mitad del tiempo que dedicas a tu pelo a los estudios, a lo mejor aprenderías un par de cosas.

Una oleada de carcajadas hizo eco en el salón, pues todos los muchachos se echaron a reír, y yo sentí una extraña emoción ante su reacción. Algunos incluso se unieron a mí y empezaron a soltar leves insultos. Adminio encorvó los hombros y bajó la cabeza, evitando la mirada de sus compañeros.

–¡Silencio! –tronó Bladoco–. ¡Todos!

Al momento cesaron las risas y los murmullos, y un silencio incómodo se adueñó del salón, roto sólo por alguna tos ocasional y los sonidos distantes de los esclavos trabajando en la cocina cercana. Bladoco me miró torvamente, y luego se volvió hacia mi hermano.

–Creo que lo que Carataco intentaba decir es que la búsqueda del conocimiento requiere disciplina y concentración. Es un argumento válido, aunque lo haya expresado de una manera bastante torpe. –Hizo una pausa y me miró de nuevo, ceñudo. Después hizo una seña a Adminio–. Harías bien en seguir el ejemplo de tu hermano, aunque no copies sus modales. ¿Lo entiendes, chico?

–Sí, maestro –murmuró Adminio.

–Bien. Entonces sigamos con la lección…

A medida que fue pasando la mañana, cada vez que levantaba la vista me encontraba con la mirada de odio de Adminio, cuyos labios se mantenían muy apretados en una fina línea. Había sido un error reírme de él delante de todo. Siempre había habido mala sangre entre nosotros, ya que competíamos el uno con el otro por la aprobación de nuestro padre. Yo era el mejor estudiante, mientras que Adminio me ganaba en popularidad, pues era más guapo y tenía un carácter agradable.

Pero, al burlarme de él sólo por divertirme yo y a los otros presentes, sólo había conseguido herir su orgullo.

A partir de ese momento todo sería mucho peor. Adminio no olvidaría su humillación pública. Seguramente buscaría venganza. Sólo era cuestión de tiempo.

CAPÍTULO CUATRO

A la tarde siguiente, nos reunimos en el campo de entrenamiento para nuestra práctica diaria con las armas. Un viento helado de otoño susurraba por todo el recinto. Bajo la atenta mirada de mi tío, nosotros luchábamos en parejas con unas maderas crudamente talladas para que se parecieran a unas espadas. Epático era el comandante del ejército de nuestro padre y sabía luchar mejor que nadie en todo el reino. Aquellos de nosotros que éramos lo bastante mayores para empuñar una espada de madera practicábamos con oponentes de nuestro mismo nivel, mientras que los más pequeños, en cambio, jugaban con armas de juguete en la zona fangosa más cerca del salón. En la zona más alejada, varios guerreros veteranos lanzaban lluvias de golpes contra una fila de recios postes.

–¿Y a esto lo llamáis una pelea sangrienta? –aulló mi tío, al ver que yo atacaba débilmente a mi compañero de entrenamiento–. Se supone que tienes que matar a tu enemigo, no hacerle cosquillas, por Lud.

Hice una pausa para recuperar el aliento, agarré con fuerza la espada y me dispuse a atacar a mi oponente. Brigos era el hijo menor de un aristócrata trinovante que había cambiado de bando después de que su rey huyera al exilio. Era varios meses mayor que yo, pero más bajo, con el pelo oscuro y la cara redonda y regordeta. A nuestro alrededor, se oían una serie de agudos chasquidos al competir entre sí los otros muchachos.

57

–¡Vamos, Carataco! –rugió Epático–. ¿Qué esperas, una invitación o qué? ¡Ataca!

Yo me llené los pulmones de aire y al fin ataqué, esta vez apuntando al costado de Brigos. Éste paró el golpe, hizo una finta y me lanzó un mandoble transversal que me dio en el antebrazo. Me tambaleé hacia atrás, y luego lancé otra embestida descuidada. Epático gruñó, desaprobador.

–¡No, así no! –gruñó de nuevo. Se acercó y levantó la mano hacia Brigos–. Vale. Tú, saco de manteca, dame tu palo. A partir de ahora lo llevaré yo.

De mala gana, Brigos le tendió su espada y se retiró a una distancia segura. Epático se me quedó mirando; su enorme mano ya sujetaba la espada de madera. Con su bigote caído por los lados, los brillantes ojos azules y el pelo rubio que se había ido haciendo más escaso tras años de lavarlo con agua de cal, mi tío parecía un auténtico celta. Su rostro estaba cubierto de cicatrices, y me parecía muy viejo por aquel entonces ya, aunque sólo tenía treinta años. Pero todos los hombres te parecen viejos cuando eres un niño. Epático era orgulloso y arrogante, y también malhablado, con el genio vivo y una sed al parecer inagotable de cerveza. Pero también era el hombre más valiente al que había conocido, y lo amaba tanto como a mi propio padre. O incluso más, quizá.

–Cuando luches con una espada larga, todo consiste en el filo –me dijo, dando unos golpecitos a lo largo de la hoja de madera–. Así era como luchaban nuestros padres, y sus padres antes de ellos. ¿Y sabes por qué?

Yo negué con la cabeza, despacio.

–No, tío.

–Porque es un ataque brutalmente potente, por eso. –Su rostro se arrugó en una enorme sonrisa–. En una lucha cuerpo a cuerpo, un golpe con el filo de un arma es uno de los ataques más terribles que puedes asestar. Si lo haces bien y dominas la técnica, puedes destrozar la clavícula de un hombre, cortar tendones y músculos…, e incluso cortarle la cabeza de un único golpe, limpio.

Se apartó de mí unos pasos, tensó los músculos y se agachó hasta quedar en cuclillas.

–Atácame, y te demostraré lo que quiero decir.

–¿Tío?

Epático se echó a reír.

–No temas, no te voy a hacer ningún daño.

Cogí aliento y di un salto hacia delante, esperando sorprender a mi tío con una fuerte estocada en el pecho. Epático paró el golpe con facilidad, apartando mi arma hacia arriba, y al instante estaba dándose la vuelta en redondo hacia mi derecha. Se movía con mucha agilidad, y yo no conseguí ocultar una mueca de dolor cuando me dio un golpe en el costado con el duro borde de la espada de madera. Epático me vio retirarme y sonrió.

–¿Lo ves? Con un mandoble bien dirigido, puedes golpear a tu oponente arriba… o abajo. ¡Venga, otra vez!

Epático, con calma, esperó a que yo atacara. Sacudí la cabeza y ataqué con furia una vez más, pero él se apartó con toda facilidad y lanzó su espada hacia abajo. Me dio con suavidad en el muslo. El impulso hizo que yo fuera hacia delante, indefenso, y noté un suave golpecito en la columna: tenía la punta roma en la espalda. Trastabillé, tropecé y caí al suelo con un débil gemido. Desde el otro lado de la zona de entrenamiento, algunos de los chicos mayores me señalaron y se echaron a reír. Epático les gritó que volvieran a su entrenamiento, y luego me tendió una mano.

–Ignóralos –murmuró–. También fueron principiantes una vez. Puede que estés aún algo verde, pero tienes agallas. Y eso es lo más importante.

Yo acepté la mano y me puse de pie poco a poco.

–Valentía, muchacho –dijo Epático–. Eso es lo que nos convierte en celtas. A cualquier idiota se le puede enseñar cómo sujetar una espada o a arrojar una lanza, pero no se le puede enseñar a mantener el terreno cuando su enemigo carga hacia él. Eso es lo que nos convierte en lo que somos. Nuestro valor. No lo olvides nunca.

–No lo olvidaré –le dije.

Me miró fijamente a los ojos.

–Recuerda: dar un mandoble con una espada larga es la forma más rápida de ganar una pelea. Con un solo golpe matarás a tu enemigo y aterrorizarás a sus compañeros. Y eso impresiona mucho más que esas mujeres de las legiones romanas con sus diminutas hojas. Ya sabes lo que se dice de un hombre con una espada corta, ¿no?

–No, tío. –Lo miré sin comprender.

Epático meneó la cabeza.

–Da igual. Ahora, presta atención.

Dio un paso atrás y adoptó una pose de combate, empuñando la espada de madera sin esfuerzo, como si no pesara más que una pluma. Entonces bajó de golpe la espada con fuerza y con un movimiento repentino. Repitió el movimiento con más suavidad para demostrar la técnica.

–El truco para atacar con el borde es dejar que trabaje la espada. Usa la fuerza y el impulso de todo tu cuerpo. Dobla ligeramente las rodillas, mantén los hombros relajados y apunta a la cabeza, el cuello o la parte baja del torso. Ésos son los puntos vulnerables, de modo que causarás un mayor daño.

–¿Y si lleva armadura? ¿O casco?

–Aun así, ganarás el combate. Aunque el primer golpe no mate al hombre, lo abatirá mucho más rápido que el pedo de un perro en una choza. Luego lo puedes rematar mientras se retuerce en el suelo con un rápido aguijonazo en las tripas. O, mejor aún, puedes separarle la cabeza de los hombros y llevártela como trofeo –me guiñó un ojo–. A las mujeres catuvelaunas les gustan los hombres que tienen unas cuantas cabezas famosas clavadas en la fachada de su casa. Eso significa que es un buen guerrero.

–¡Yo quiero probar! –gritó Togodumno, mirando hacia nosotros–. ¡Quiero luchar también!

–Y a mí también me gustaría tener como esposa a una guapa princesa regordeta. Pero no podemos tener todo lo que deseamos, ¿verdad?

Una mirada de decepción cruzó por el rostro pecoso de mi hermano. Epático se volvió de nuevo hacia mí, ahora con el gesto serio de nuevo.

–Recuerda, primero el filo, y luego apuñala, si lo necesitas, para rematarlo. Requiere fuerza y habilidad luchar de esa manera, pero, en cuanto le pillas el punto, nunca pierdes. Los celtas llevamos siglos haciendo lo mismo, y no hay forma más segura de derrotar a tu enemigo en el campo de batalla.

–¿Y los galos? –pregunté yo.

–¿Qué pasa con ellos?

–Lucharon con sus espadas largas contra el César, con el rey Vercingetorix, y aun así perdieron.

–Sabes historia, ¿eh? –Epático frunció el ceño.

–Es lo que nos enseña Bladoco.

Mi tío arrugó la nariz con desagrado.

–No me gusta lo que cuentan los druidas. Los galos perdieron porque eran un puñado de cabras sumisas bebedoras de vino. Esos cobardes huían asustados de cualquier vieja. Quizá los aplastaran los romanos, pero habría sido una historia muy distinta si esos mierdas con sus penachos rojos hubieran probado suerte aquí.

–Tal vez –asentí, sin demasiada seguridad y deseando compartir la confianza de mi tío. A mi tierna edad, Bladoco ya me había contado lo suficiente de las legiones como para que las temiera–. ¿Crees que los romanos volverán por aquí?

–¿Y cómo quieres que lo sepa? Yo sólo soy un simple guerrero. –Epático se dio unos golpecitos con el dedo en un lado de la cabeza–. Tu padre, él es quien lo piensa todo. Por eso es el rey.

—Padre dice que los romanos no descansarán hasta que hayan conquistado todo el mundo.

—Eso parece, sí. Realmente los romanos son unos cerdos codiciosos. —Epático se arrodilló a mi lado y me apoyó una mano en el hombro—. Pero, si alguna vez vuelven, les daremos una buena paliza. Recuerda lo que te digo. Se cagarán en los pantalones antes de salir corriendo a sus putos barcos.

Yo me quedé mirándolo.

—¿Qué? —preguntó Epático.

—Has dicho palabrotas.

Él puso los ojos en blanco.

—Por Danu, no se lo cuentes a tu padre. Ya sabes cómo es… No parará de reñirme.

—Esa lengua tuya nos meterá en problemas un día de éstos, hermano —dijo una voz familiar.

Epático se incorporó y miró hacia el gran salón. Volví la vista también yo hacia allí, justo cuando una figura alta, de anchos hombros, aparecía en la puerta. Era mi padre, Cunobelino, gran rey de los catuvelaunos y los trinovantes.

Mi padre llevaba su atuendo habitual, una túnica finamente tejida, unos pantalones bastos, zapatos de cuero y un manto grueso de lana con borde de piel. Un torques de oro decorativo, tan grueso como una víbora, brillaba en su cuello. Un pequeño séquito lo seguía a pocos pasos por detrás: unos cuantos ayudantes, nobles y druidas con sus oscuras túnicas flotantes. Bladoco estaba entre ellos, cubierta la cabeza por una oscura capucha. El perro de caza grande y atigrado que trotaba obedientemente junto a mi padre olisqueó el polvo. Epático inclinó la cabeza.

—Señor.

A una señal de Epático, los otros chicos dejaron de practicar y agacharon también la cabeza hacia el rey.

—He pensado venir para ver qué tal les va a mis hijos —dijo mi padre—. No sabía que el lenguaje colorido formaba parte del entrenamiento.

La mirada intensa del rey descansó brevemente en mí. Aunque se llevaban unos pocos años solamente, mi padre parecía mucho mayor que Epático. Tras ocho años en el trono, la responsabilidad estaba empezando a pasar factura a su cuerpo. Tenía la barba recortada moteada de gris, y se habían formado patas de gallo en torno a sus ojos.

Mi tío se ruborizó.

—Lo siento, señor. Me he dejado llevar un poco. No volverá a ocurrir.

Mi padre hizo una mueca.

—Estoy seguro de que no es nada que los chicos no hayan oído antes.

Epático quiso responder, pero el rey lo hizo callar con un rápido gesto de la mano.

—Estoy preparando a mis hijos para que se conviertan en grandes guerreros —dijo—, no en bardos aduladores. No puedo esperar protegerlos del lenguaje del campo de batalla para siempre…, ¿verdad?

—No, señor. Por supuesto que no.

—¿Qué tal progresan?

—Bastante bien, señor. —Epático señaló a mi hermano mayor—. Adminio mejora cada día. Tiene que aligerar un poco los pies, y a veces se exhibe demasiado, pero va bien.

—¿Y Carataco? ¿Qué tal lo hace?

Epático se rascó la mandíbula, pensativo.

—Es muy pronto aún, señor. Sólo ha recibido unas pocas lecciones, y todavía comete muchos errores.

—También los cometíamos nosotros, a su misma edad.

—Ciertamente —sonrió Epático—. Pero es duro y le pone voluntad, y aprende rápido. Más rápido que la mayoría, diría incluso. Me recuerda a ti, si lo pienso bien.

Mi padre me miró con curiosidad, pero siguió hablando a Epático.

—Entonces, ¿promete?

—Creo que sí, señor. Con la instrucción adecuada, será un guerrero muy hábil. Tan bueno como su hermano, quizá.

Adminio bufó con desdén.

—¿Ese enclenque insignificante? No hablarás en serio, tío... Nunca será un guerrero decente. ¡Míralo! Está tan delgaducho como un cayado de pastor.

—A lo mejor es esbelto, pero el tamaño no lo es todo, señor —dijo Epático.

—¿Esbelto? —Adminio se rio—. No es más que un idiota. Tendrías que ocuparte sólo de tus lecciones de historia, hermano. Deja la batalla para los mayores.

—Yo podría derrotarte —solté.

—Tú eres un renacuajo flacucho —se burló Adminio—. Siempre lo has sido y siempre lo serás. Apuesto a que no podrías derrotar ni a un viejo ciego en una lucha con espada.

Unos cuantos de los chicos mayores se echaron a reír. Yo apreté la mandíbula. Una chispa de ira me inflamaba el pecho.

—Cállate la boca —dije en voz baja.

Adminio echó la cabeza atrás y se rio.

—¿O qué? ¿Me matarás?

—Podría hacerlo.

Adminio se acercó a mí. Ua mueca le retorcía el gesto.

—Los pequeños renacuajos no deberían hacer amenazas huecas —se mofó—. Podrían recibir más de lo que desean.

—No te tengo miedo —le contesté, mirándolo fijamente.

—Si te crees tan duro, ¿por qué no vienes aquí y me lo demuestras? —me retó—. Te aplastaré con una mano atada a la espalda.

Los adultos, atentos a nuestra trifulca, se rieron, divertidos.

—Sois los dos unos malditos idiotas —murmuró Epático con un bufido—. ¿Cuándo vais a dejar de portaros como un par de mocosos malcriados? Siempre peleándoos, los dos.

—Dejemos que luchen, Epático —intervino el rey.

Mi tío arqueó las cejas, sorprendido.

—¿Señor?

—Los chicos están en desacuerdo. Pueden dirimir sus diferencias en combate singular. Es la forma más antigua de nuestro pueblo —explicó el rey—. Será una oportunidad maravillosa de probar sus habilidades.

—Pero no sería un combate justo —protestó Epático—. Adminio es cuatro años mayor. Es una cabeza más alto, por lo menos, y está mucho más desarrollado.

—Los dos son niños. Y se están peleando todo el rato. Siempre se desafían el uno al otro. ¿No acabas de decirlo tú mismo?

Epático meneó la cabeza con fuerza.

—Hay una gran diferencia entre las peleas infantiles y el combate individual. Adminio lleva años entrenando. Carataco sólo ha recibido unas pocas lecciones. No tienen ninguna oportunidad en un combate como es debido.

—Sólo usarán armas de madera —señaló el rey—. No es probable que se hagan daño de verdad el uno al otro.

—Pero Carataco puede acabar muy malherido, aun así.

—Pues así aprenderá una valiosa lección —lo cortó mi padre con frialdad.

—¿Qué lección es ésa? —Epático levantó los brazos—. ¿Cómo dejarse dar una buena paliza por alguien mucho más grande que él?

—Carataco ha amenazado a su hermano mayor —dijo el rey—. Ha lanzado un desafío, Epático. El chico debe comprender que un guerrero que no puede respaldar sus palabras con actos no vale nada.

—El chico no quería decir eso, señor —respondió Epático—. Son sólo un par de cachorrillos intercambiando insultos.

—Quizá tendría que habérselo pensado mejor antes de abrir la boca. —La expresión del rey se volvió tensa—. Las palabras tienen poder. Carataco debe aprender a elegirlas con sabiduría o sufrir las consecuencias.

—Esto está mal…

La expresión de mi padre se endureció aún más.

–Te olvidas de ti mismo, Epático. Yo soy el rey. He decidido que mis hijos luchen, y eso es todo. Ahora, harás lo que yo te digo y los prepararás. ¿Queda claro?

Epático abrió la boca como si fuera a protestar una vez más, pero se lo pensó mejor e inclinó la cabeza en una ligera reverencia.

–Sí, señor.

–Bien.

Hubo un gran revuelo y mucha actividad cuando el séquito de mi padre formó un círculo alrededor de nosotros. También los guerreros que estaban al otro lado de la zona de entrenamiento dejaron sus armas y se acercaron, deseosos de ver la pelea entre los dos jóvenes príncipes. Adminio se adelantó, y ocupamos nuestras posiciones, el uno frente al otro en medio del círculo. Epático se quedó de pie entre nosotros, pues sería el árbitro para la ocasión. Algunos de los chicos mayores vitoreaban en voz alta y apoyaban a Adminio, y él dio las gracias a sus amigos con un breve gesto antes de ponerse en posición de lucha. Entonces me pareció ver un brillo de maldad en sus ojos.

–Ahora te toca a ti sufrir –susurró–. Me hiciste quedar como un idiota ayer. Lo lamentarás.

–Ya lo veremos –repliqué lacónicamente.

Él sonrió.

–Tu druida no será capaz de salvarte ahora. Cuando haya terminado contigo, suplicarás misericordia.

–Muy bien, vosotros dos… –Epático nos miró a ambos a los ojos–. Ésta es una pelea de entrenamiento, así que procuremos que sea limpia. Eso significa que nada de engañar ni intentar hacer daño de verdad el uno al otro. El ganador es el primero que saque a su oponente del círculo o le quite el arma. ¿Lo habéis entendido?

–Sí, tío –respondimos ambos.

Yo inspiré profundamente, flexioné las rodillas y mantuve el brazo de la espada apartado de mi costado, como me había enseñado Epático. Al momento, mi tío retrocedió y gritó que empezaba el combate. Inmediatamente, Adminio lanzó un rugido y cargó hacia delante. Las largas horas pasadas en el campo de entrenamiento habían adiestrado sus músculos, y la ferocidad de su ataque me pilló por sorpresa. Dirigió su espada de madera hacia mi cuello, y el crujido que se oyó cuando paré el golpe fue desgarrador. Antes de que pudiera recuperarme, Adminio se arrojó de nuevo hacia mí en una sucesión de golpes violentos que conseguí bloquear con dificultad, mientras sus amigos, repartidos entre la multitud, lo jaleaban con entusiasmo.

Pero Adminio no se detenía, y volvió a la carga con unos mandobles furiosos. Yo no tenía la misma fuerza que él, pero era más ligero de pies, así que me moví hacia la derecha para esquivar su ataque, y luego traté de golpearlo por debajo. Conseguí darle en el hueso de la espinilla. Adminio siseó, dolorido, pero el golpe no hizo otra cosa que ponerlo más furioso aún. Lanzó un golpe hacia mi cabeza, como si cortase madera. Vi el movimiento demasiado tarde, y el dolor me hizo tambalear cuando la espada de madera chocó contra mi hombro. Jadeé y di un paso hacia atrás, y casi perdí el equilibrio. Adminio hizo una pausa para regodearse en la adulación de sus partidarios.

–¡Acaba con él! –gritó uno de sus amigos.

–¡Aplástalo! –exclamó otro.

Me dolía muchísimo el hombro. Respiraba con aliento corto, entre jadeos erráticos. Sabía que estaba en problemas. No podía igualar de ninguna manera la habilidad o la fuerza de mi hermano. A no ser que encontrase alguna otra forma de derrotarlo, o al menos de forzar un empate, fácilmente podía caer herido gravemente.

Tensé los músculos y traté de tomar aliento, esforzándome por olvidar el dolor lacerante de mi hombro.

–¿Esto es lo mejor que sabes hacer, Adminio? –chillé–. ¿Y te llamas a ti mismo guerrero? He visto bebés mejores que tú. ¡Ni siquiera eres capaz de derrotar a tu hermano pequeño!

Unos cuantos de los mirones se rieron de buen grado. La burla puso furioso a Adminio. Su rostro se retorció de ira y se arrojó hacia mí de forma salvaje, queriendo asestarme un golpe tras otro. Mi arma temblaba con cada impacto, y me vi obligado a retroceder gradualmente cada vez más. Por un momento, miré con rapidez por encima de mi hombro: casi había llegado al borde del círculo.

–Ya te tengo –siseó Adminio, y levantó la espada de madera muy por encima de su cabeza, dispuesto a dejarla caer hacia abajo, hacia mi cráneo.

Pero, al hacerlo, expuso momentáneamente el torso, y entonces fui yo quien lo tomó por sorpresa. Sin pensármelo, descargué mi arma contra sus costillas. Adminio jadeó, conmocionado. Yo me moví hacia la derecha y él giró precipitadamente, esquivando el golpe, pero entonces di un salto y, poniéndome de puntillas, lo golpeé por segunda vez. La punta de madera dio de lleno en la mandíbula de mi hermano. Se oyó un crujido discordante, y la cabeza se le fue hacia un lado. Al instante, aflojó los brazos y cayó al suelo, y el arma se le soltó de la mano.

La multitud miraba con un asombrado silencio a mi hermano, que yacía en el suelo agarrándose la cara y bramando de dolor.

–¡Adminio ha perdido su arma! ¡El ganador es Carataco! –exclamó mi tío.

Togodumno fue el primero en gritar mi nombre con alegría, y en pocos momentos otros espectadores se unieron a él. Pronto gran parte de los allí reunidos me vitoreaba. Cuando los gritos llenaron el aire, me fijé en que mi padre hacía una seña a un par de personas de su séquito.

–¡Vosotros dos! Llevadlo dentro, al salón –ordenó, señalando a mi hermano–. Que se limpie.

Éstos corrieron a ayudar a Adminio, quien, despacio, trató de ponerse en pie. Luego, poco a poco, levantó la cabeza y escupió un cuajarón de sangre y un diente roto.

–No es justo –gruñó–. Lo tenía acorralado, padre. Yo tenía que haber ganado la pelea. Exijo la revancha.

–No hay segundas oportunidades en un combate singular –respondió nuestro padre, cortante–. Has subestimado a tu oponente, Adminio. Ése es un error grave, y harás bien en aprenderlo. Un hombre más hábil con la espada te habría dejado fuera de combate.

–Ha sido un golpe de suerte, eso es todo. –Adminio señaló el círculo–. Deja que volvamos a pelear. El mejor de tres combates, padre. Aplastaré a ese pequeño cara de culo la próxima vez…

–¡No! Mi decisión es definitiva. –Fulminó a Adminio con la mirada–. Has perdido. Y ahora tienes que aceptar el resultado con buen talante, como corresponde a un príncipe catuvelauno. ¿Está claro?

–Sí, padre.

Y, acompañado por los ayudantes del rey y seguido de cerca por un puñado de amigos, Adminio se marchó cojeando hacia el salón. Mi padre me sonrió levemente.

–Has luchado bien, Carataco. Aunque de una manera poco convencional… Una victoria excelente.

–Gracias, padre.

Sonrió de nuevo e hizo una seña con la cabeza a Epático.

–Creo que ya hemos visto bastante por hoy. Puedes reemprender tus clases.

–Sí, señor.

Mi padre partió hacia el salón, y, a su gesto, al momento la fila de sirvientes y nobles fue tras él. Entretanto, los guerreros volvieron a sus postes de madera, al otro lado del campo de prácticas. Epático ladró una orden al resto de los niños, y poco a poco éstos volvieron a sus posiciones. Cuando yo ya me volvía para reunirme con los demás, vi que Bladoco me hacía señas de que me acercara. Me examinó con expresión calculadora.

–Lo has hecho muy bien –dijo–. Pero has tenido suerte de que tu hermano perdiera la cabeza hacia el final, por decirlo así. Otro día podía haberte derrotado.

Yo negué con la cabeza.

–La suerte no ha tenido nada que ver con esto, maestro.

Bladoco me miró sorprendido.

–¿No?

–Yo sabía que no tenía ninguna oportunidad contra Adminio. En una batalla en igualdad de condiciones, no. Tenía que ponerlo furioso, obligarlo a actuar precipitadamente, y esperar que cometiera un error.

–¿Y por eso lo has provocado?

–Adminio tiene la piel muy fina –dije yo, frotándome el hombro dolorido–. Tiene orgullo. Yo sabía que, si lo insultaba delante de sus amigos, reaccionaría así. No puede evitarlo.

El druida inclinó la cabeza hacia mí y frunció el ceño.

–No hay muchos niños de tu edad que sean capaces de pensar en una estrategia así…

–Era la única manera que tenía de ganar.

–Sí. Supongo que es así. –Entrelazó los dedos–. Aun así, no hubieras tenido que luchar con Adminio si lo hubieses tratado con más cuidado ayer. Eso fue una tontería por tu parte.

–Pero no hice nada…

–Los dos sabemos que eso es mentira. Un bobo, creo que fue ése el término que usaste para describir a tu hermano.

–Dio la respuesta equivocada. No es culpa mía que no se moleste en estudiar.

–Quizá no. Pero hay otras formas de tratar a la gente –me regañó Bladoco–. Debes aprender a señalarles sus errores con gentileza, sin volverlos en tu contra. Tu conducta de ayer por la mañana fue completamente inaceptable.

Noté una oleada de ira hacia el druida. Acababa de probarme a mí mismo en una competición contra un oponente mucho más fuerte, y, en lugar de felicitarme, Bladoco me estaba riñendo.

–¿Qué más da? –repliqué, enfurruñado–. Yo tenía razón, ¿no? Si Adminio cree que herí sus sentimientos, es su problema. No el mío.

–A veces no se trata de tener razón. Es más importante conseguir que los demás vean las cosas como tú, hacerles pensar que ha sido idea suya. De esa manera puedes dar la vuelta a sus errores en tu beneficio. Sí, tú tenías razón, pero, al burlarte de él, no le dejaste otra opción que responder de la forma en que lo ha hecho. ¿No lo entiendes?

–Quizá no tenía que haberlo avergonzado –reconocí.

Bladoco me dirigió una mirada escrutadora.

–Eres un alumno prometedor. Y sabes luchar. Pero no llegarás muy lejos a menos que aprendas a ganarte a la gente. Un buen rey consigue sus victorias mediante la astucia y la persuasión tanto como por el valor en el campo de batalla.

–Yo no voy a ser rey –negué con la cabeza–. Adminio ocupará el trono algún día. Todo el mundo lo sabe.

–Quizá –sonrió extrañamente–. Puedes volver a tu entrenamiento.

–Gracias, maestro.

Me dirigí de nuevo al campo de entrenamiento. A poca distancia, Epático me miraba con los brazos cruzados encima del pecho. Hizo una seña hacia el druida, que se dirigía hacia el salón real.

–¿Qué quería de ti?

–Nada –le contesté–. Sólo quería hacerme unas preguntas.

–Preguntas –bufó–. Si fuera tú, yo vigilaría mucho a ése.

Miré a mi tío y fruncí el ceño. Como casi todo el mundo en nuestro reino, Epático tenía un miedo terrible a los druidas e intentaba apartarse de ellos a toda costa.

–¿Qué quieres decir?

–Que es un galo.

–¿Y qué? Son celtas, lo mismo que nosotros.

Epático emitió un ruido con la garganta.

–Quizás hablen el mismo idioma y adoren a los mismos dioses, pero eso es todo. No comprenden a nuestras tribus ni nuestra forma de vida.

–Padre confía en ellos.

–Tu padre los tolera. Hay una diferencia importante. Y sólo porque necesita el apoyo de los druidas para mantenerse en el trono. Pero, si el galo se está interesando por ti, tendrá sus razones.

–¿Por qué? –pregunté–. ¿Qué es lo que quiere de mí?

–No lo sé. Sólo él puede responder a esa pregunta. Ellos ven cosas que los demás hombres no vemos. Por eso los dioses los han elegido como sus sirvientes. Tú ten cuidado, ¿me oyes?

–Sí, tío.

–Venga, vuelve a tu entrenamiento.

En cuanto llegué junto a Brigos, la alegría por haber ganado la pelea rápidamente dejó paso a una intranquilidad que me corroía por dentro. Derrotar a Adminio no iba a hacer más que aumentar su enemistad hacia mí. Y ahora tenía que preocuparme además del druida. Bladoco había empezado a vigilarme muy de cerca las últimas semanas, sabía que a menudo me observaba desde lejos durante mis sesiones de entrenamiento con Epático, y luego me interrogaba después de la cena en el salón principal. Empecé a preguntarme por qué.

Sacudí la cabeza, para tratar de ocultar mis ansiedades en el fondo de la mente. No tenía sentido preocuparse por los motivos del druida ahora. Pronto averiguaría qué era lo que quería de mí.

CAPÍTULO CINCO

A menudo me ha parecido que los dioses tienen un sentido del humor muy retorcido. Más de una vez se han complacido rescatándome de las simas de la desesperación sólo para arrojarme de cabeza a algún tormento mucho más cruel. Salir del caldero y caer en las brasas, como solía decir mi padre. Quizá sea injusto, pero la vida no es ni justa ni buena… Ni tampoco lo son los dioses. Sólo sé que, cada vez que Lud me ha salvado de un desastre, el respiro sólo ha sido momentáneo. Otra amenaza cualquiera acechaba siempre, invisible, como la serpiente que se oculta a la sombra de un árbol caído.

Pasé los días después de la pelea mirando con ansiedad por encima del hombro. Mi victoria sobre Adminio no había hecho otra cosa que aumentar su hostilidad hacia mí, como yo había temido. Intenté evitarlo en lo posible, pero de vez en cuando me topaba con su mirada hosca y su ceño fruncido, con la mandíbula magullada de color morado y el labio muy hinchado. Era inevitable que viniera a por mí más tarde o más temprano, y sabía que entonces no tendría ninguna oportunidad contra él. No había forma de que Adminio volviera a caer en la misma trampa otra vez.

Mi situación parecía desesperada. Hasta que una tarde, a última hora, me convocaron al gran salón.

Nuestro grupo había terminado el entrenamiento de lucha un poco antes. El sirviente había recogido las armas, y yo estaba jugando con Togodumno y sus amigos en el campo, ya con poca luz, representando de nuevo las famosas batallas de nuestros antepasados.

–¡Mirad! –grité a los otros niños, señalando con mi espada de juguete a unos enemigos imaginarios–. ¡Ahí vienen César y sus perros romanos! ¡Están desembarcando en la playa!

–¡Los huelo desde aquí! –chilló Togodumno, muy emocionado–. ¡Apestan más que el aliento de un druida! ¡Apestosos romanos!

–¡A por ellos! ¡Venid conmigo! ¡A la carga!

Nuestro ruidoso grupo corrió hacia la empalizada, que estaba lejos, agitando las espadas y lanzando los gritos de batalla de nuestra tribu, y allí empezamos a desgarrar atolondradamente a los invisibles soldados romanos. En medio de la confusión, una voz brusca me llamó desde el campo de entrenamiento:

–¡Carataco!

Me detuve y me volví hacia ella. Uno de los guardaespaldas de mi padre se acercaba desde el gran salón; era un hombre con el pelo oscuro, y una cicatriz prominente le recorría la mejilla. Se detuvo a pocos pasos de distancia y me hizo señas imperiosamente.

–Sígueme.

–¿Yo? ¿Para qué? –pregunté.

–El rey quiere verte. En el vestíbulo.

–¿Ahora?

–Si no te importa –miró a Togodumno–. O puedo decir a tu padre que estás demasiado ocupado para ir a verlo…

–Vale –gruñí yo–. Vamos.

–Pero has dicho que jugarías con nosotros –se quejó Togodumno–. Me lo habías prometido…

–Y lo haré –le alboroté el pelo cariñosamente–. No tardaré mucho. Pronto, en cuanto haya terminado con nuestro padre, volveré. Enseguida. Lo juro.

74

Togodumno me miró indeciso.

—Será mejor que lo hagas…

Yo corrí tras el guerrero. Cruzamos juntos la zona de tierra hacia la entrada trasera, y me acompañó hasta la puerta de madera y más allá del alojamiento privado del rey y las habitaciones de almacenaje, hasta la cámara principal. A la temblorosa y anaranjada luz de las antorchas, vi que se había reunido una pequeña multitud de nobles, de pie, a un lado del estrado de piedra. Epático estaba entre ellos. Mi padre estaba sentado por encima, en su trono de madera tallada, y un espléndido perro negro de caza se hallaba tumbado a sus pies. Bladoco se encontraba a un lado del rey, con la capucha echada hacia atrás revelando su rostro pálido y lleno de cicatrices. Un par de guardaespaldas permanecían más allá, junto al borde del estrado.

—¡Ah, Carataco! —sonrió mi padre—. Aquí estás, hijo mío.

Despachó al hombre que venía conmigo con un movimiento brusco de la mano. El soldado se inclinó en una tiesa reverencia y luego se dirigió a la puerta. Mi padre me hizo señas de que me acercase.

—¿Deseabas verme, padre? —pregunté.

Él asintió brevemente.

—He pedido a mis consejeros que se unan a nosotros, ya que este asunto concierne al futuro de nuestra familia…, de nuestra tribu. Es importante que oigan lo que tengo que decir, antes de hacer el anuncio formal a mi pueblo.

—¿Anuncio, señor?

—Sí. —Mi padre me dedicó una breve sonrisa—. Has sido elegido por los druidas.

Yo fruncí el ceño.

—No lo entiendo…

—He estado hablando con Bladoco —explicó mi padre—. Me dice que te has convertido en un alumno ejemplar estos últimos meses. Un estudiante de raro talento, aparentemente.

–Lo hago lo mejor que puedo.

Eché un vistazo de soslayo, y me di cuenta de que varios de los nobles miraban a Bladoco con suspicacia e inquietud. No me sorprendía. Era bien sabido que a muchos de los consejeros de mi padre les molestaba la presencia de un extraño en la corte real, y frecuentemente ridiculizaban su ascendencia gala.

–No sólo has impresionado a Bladoco con tus estudios –continuó mi padre–, sino que claramente prometes como joven guerrero. Ya lo vimos el otro día.

–Sí, señor –murmuré, porque no sabía qué otra cosa decir. Me seguía preguntando por qué me había hecho llamar al salón.

Mi padre acarició ligeramente el cuello del perro y siguió hablando:

–Bladoco cree que tu educación sería mucho más completa en otro lugar, y yo me siento inclinado a estar de acuerdo con él.

–¿En otro lugar, señor?

Mi padre asintió.

–Bladoco ha pedido que te dejemos ir al cuidado de los druidas. Y he dado mi consentimiento.

Un bajo murmullo de sorpresa corrió entre los nobles. Era un honor singular para un chico de mi edad. Yo miré a mi padre, estupefacto.

–¿Voy a… aprender con los druidas? –pregunté. Mi mente corría a toda velocidad.

–Sí, durante un tiempo.

–¿Dónde?

Entonces fue Bladoco el que se dirigió a mí.

–Existe un lugar sagrado de aprendizaje, hijo mío. Algunos de los druidas más sabios de toda Britania se encuentran en ese santuario. Tú continuarás allí tus estudios, bajo mi supervisión.

–¿Y está lejos, maestro? –fruncí el ceño mucho más aún.

–Muy lejos. Hacia el oeste, no lejos de Merladion, la capital de los siluros.

–¿Los siluros? –Epático negó con la cabeza–. Pero esos salvajes atrasados viven en el otro extremo de la isla, señor. En el culo de Britania.

Bladoco miró a mi tío.

–¿Y qué?

–¿Por qué enviar a Carataco al oeste? ¿Por qué no hacer que estudie más cerca de nuestro reino? ¿En algún lugar donde nosotros podamos echarle un ojo?

Bladoco sonrió.

–Yo pasé un tiempo como novicio en Merladion, cuando salí por primera vez de las tierras de mi gente, en la Galia. Todo el conocimiento de los celtas se encuentra entre los druidas que residen en ese santuario. No existe mejor lugar para que Crataco aprenda.

–¿Y cuánto tiempo estaré fuera? –Tragué saliva.

Mi padre miró a Bladoco, como pidiendo su opinión.

–El aprendizaje será largo y difícil –respondió este último, con toda naturalidad–. Tendrás que aprender las leyes, rituales y costumbres de cada tribu, las historias de nuestros grandes antepasados y las hazañas de todos los reyes y héroes guerreros de Britania, tanto vivos como muertos. Además, estudiarás astrología, el sentido de los calendarios y las lenguas de las muchas otras tribus de las tierras. Todo eso lo aprenderás de memoria, de modo que puedas recitar cualquier cosa sin dudar ni un solo instante.

Epático hinchó las mejillas y exhaló.

–Parece muchísimo trabajo, y muy duro.

–No es fácil –estuvo de acuerdo Bladoco–. Normalmente cuesta un mínimo de siete años para un joven alumno completar la iniciación al primer círculo. Los que llegan al nivel tienen la elección de continuar su entrenamiento o volver con su gente para aplicar lo que han aprendido.

–¡Siete años! –exclamé yo.

–Como mínimo. No resulta raro que algún aspirante tarde quince o incluso veinte años antes de estar preparado para convertirse en druida.

Un noble con el pelo gris y fino, vestido con una bonita túnica morada, se adelantó entonces.

–Tengo una pregunta, señor.

–Por supuesto, Oreno. Di lo que quieras.

Oreno me señaló con un dedo largo.

–¿Por qué él? ¿Por qué no su hermano mayor?

–Adminio tiene muchos talentos. Sin embargo, sólo a los estudiantes más prometedores se les permite estudiar en el santuario. Bladoco ha dejado bien claro que Carataco es el candidato que más sobresale.

–¿Y qué pasará con Adminio, señor?

–Seguirá aquí a mi lado, observando la corte real y aprendiendo las exigencias del trono. Es una educación más adecuada para un futuro rey.

–¿Y el entrenamiento para el combate del muchacho? –señaló Epático–. ¿Quién le enseñará a luchar cuando esté lejos? No podemos descuidar sus habilidades con la espada.

–Bladoco me dice que el santuario está bajo la protección del jefe tribal más cercano –explicó mi padre–. Los druidas tienen un acuerdo con ese hombre para entrenar a los novicios en todos los aspectos del combate. El chico se alojará en la capital durante todo su entrenamiento. Junto con los otros estudiantes.

–¿Y por qué, en nombre de Lud, iba a acceder el caudillo a esto?

–Conozco bien a ese jefe –espetó Bladoco con voz áspera–. Es uno de los aliados más entusiastas de los druidas, y un excelente guerrero. Ha jurado obedecernos.

–Los siluros no se gobiernan con un solo rey –dijo mi padre–. Cada jefe hace un juramento de lealtad a sus señores druidas. Bladoco me ha explicado que los druidas tienen completa autoridad sobre la gente local en Merladion. Ellos suministran al santuario la comida, cerveza, guardaespaldas, esclavos..., lo que necesiten. A cambio, los druidas los protegen de los malos espíritus y arbitran cualquier disputa y tratado entre los caudillos.

—Parece un buen trato para los druidas —murmuró Epático.

Bladoco le dirigió una mirada asesina.

—Es un arreglo que nos beneficia mutuamente. Los siluros nunca se han quejado.

—El caso es que su jefe proporcionará a Carataco cualquier cosa que necesite mientras esté lejos de nosotros —intervino mi padre—. Como incentivo añadido, me propongo entregar al jefe un donativo generoso de monedas de plata, para compensarlo por su tiempo y los posibles problemas.

Mi padre debió de notar la angustia en mi rostro, porque se inclinó hacia delante y me sonrió tranquilizadoramente.

—No estarás solo, si es eso lo que te preocupa —me dijo—. Bladoco permanecerá contigo durante el tiempo que pases en Merladion, como tu mentor privado, hasta que estés preparado para volver a casa. Ésa es la costumbre para los novicios, según tengo entendido —añadió, mirando a Bladoco.

—Sí, señor —afirmó el druida.

Yo intenté sonreír, pero sólo podía pensar en la terrible perspectiva de dejar atrás a mi familia y amigos y el entorno familiar de mi niñez. Aunque no temía a los druidas tanto como mi tío o mis hermanos, tampoco tenía un gran deseo de vivir entre ellos ni entre sus seguidores siluros. Había oído decir algo de los suyos: unos guerreros muy curtidos y feroces que instilaban el miedo en los corazones de todas las demás tribus de Britania.

—¿Y quién supervisará la instrucción de los otros chicos cuando Bladoco esté fuera? —preguntó mi tío.

—Otro druida ocupará mi lugar —replicó Bladoco—. Ya he mandado en su busca. Llegará dentro de unos días.

—Perdóname, señor —habló Oreno—, pero no puedo evitar preguntarme si no estaremos perdiendo una valiosa oportunidad con respecto a nuestros intereses tribales...

Mi padre frunció el ceño.

—¿Qué quieres decir?

—Si Carataco se marcha, ¿por qué no confiárselo a alguno de nuestros gobernantes vecinos? Los icenos, quizá. O la casa de los corieltauvos, en el norte. Un intercambio de jóvenes príncipes entre familias reales sería muy bienvenido como garantía de paz y de amistad entre nuestras tribus.

—No tengo intención alguna de permitir que mi hijo sea educado por un puñado de alfareros y artesanos cobardes —respondió mi padre con dureza—. Además, ya he dado mi palabra a Bladoco.

—Una educación con los druidas es un gran privilegio, por supuesto. Pero temo que nuestra necesidad de aliados todavía es mayor, señor. Especialmente tras las últimas y preocupantes noticias sobre Verica.

El rey fijó su mirada en el noble.

—¿Estás en desacuerdo con mi decisión, Oreno?

El hombre cambió el peso de su cuerpo al otro pie.

—Señor, todos sabemos que Verica ha estado causando problemas en el sur. Ha reclutado a nobles trinovantes en desgracia para su causa, y está cortejando a los comerciantes romanos.

—Sí. ¿Y qué?

—Las intenciones de Verica están bastante claras, ¿no? Está decidido a expandir su influencia hacia el norte. Quiere sustituir a nuestra tribu como mayor poder de estas tierras.

—«Mi» tribu —señaló mi padre—. No tuya, Oreno. Tú eres un noble trinovante por nacimiento. ¿O te has olvidado de tu propio linaje en tu prisa por enriquecerte en mi corte?

Oreno bajó la cabeza.

–No soy leal a nadie más que a ti, señor. Te di mi palabra, desde el día en que te convertiste en rey.

Mi padre levantó la mano, cortando en seco su discurso.

–Ya basta de hablar de tu lealtad –exclamó, irritado–. Vamos al grano.

–Simplemente quiero sugerir que, como los atrebates se están haciendo más fuertes, sería inteligente buscar nuevos amigos entre las tribus. Los necesitaremos para protegernos contra futuros ataques.

–Verica no se atrevería a atacar en nuestro territorio –repuso mi padre–. Para empezar, no tiene fuerzas suficientes. Muchos de sus hombres han huido hacia el este para unirse a Epilo, y el puñado de guerreros que tiene bajo su mando apenas merece ese nombre. Cuesta años reclutar y entrenar a un ejército disciplinado, como sabes muy bien. Verica no supone una amenaza inmediata.

–De momento, no, pero podría causarnos problemas.

–Pues ya nos ocuparemos de ellos en su momento.

–¿Y mientras tanto, señor? ¿No haremos nada para proteger nuestros intereses?

–La posición de Verica no es tan firme como podría parecer. Mis espías en Calleva me dicen que muchos nobles se oponen a su gobierno, especialmente desde que ha empezado a animar a los comerciantes romanos a establecerse en sus tierras. Tendrá mucho trabajo consolidando su poder. Por supuesto, llegará el día en que no tendremos más remedio que enfrentarnos al usurpador atrebate...

–Pues sí, señor –dijo Bladoco–. Sobre todo, si Verica sigue cortejando a sus nuevos amigos romanos. Eso supondría un desastre para las tribus de esta isla. Britania podría ir por el mismo camino que la Galia, si no somos astutos ante la amenaza.

–Britania no es la Galia –bufó Oreno.

—No, pero ya hemos visto lo que ocurre cuando los jefes tribales, cegados por el poder y la riqueza, pretenden aliarse con el emperador. He oído contar que Roma se aprovechó de la debilidad y división de nuestro pueblo en la Galia, que nuestras tribus no consiguieron dejar a un lado sus diferencias, ni siquiera pese a que las legiones estaban devastando nuestras tierras, esclavizando a nuestro pueblo y destruyendo nuestros fuertes en las colinas. Si vamos a defendernos contra los de las crestas rojas, debemos construir una coalición bajo el estandarte de los catuvelaunos lo suficientemente fuerte para resistir a Verica y a sus aliados romanos. Sólo si unimos nuestras fuerzas y luchamos juntos podremos tener una oportunidad contra las legiones.

—Suponiendo que Roma vuelva a estas costas…

—Volverá, Oreno. Estoy seguro de ello.

—¿Y si Verica intenta atacarnos?

—Entonces aplastaremos a ese hijo de puta —dijo Epático.

—Pero, si está tan débil, ¿por qué no atacarlo ahora? —presionó Oreno—. Atajar el problema de raíz, por decirlo así.

—Ni hablar —dijo mi padre—. Nuestras fuerzas ya están demasiado desperdigadas defendiendo nuestras tierras tribales. Y lo sabes muy bien. Sencillamente, no podemos disponer de los hombres necesarios para invadir su reino.

Oreno meneó la cabeza.

—Pero, señor…

—Ya he tomado una decisión —saltó mi padre—. El asunto ya está fuera de discusión.

—Sí, señor.

Mi padre bajó la mirada hacia mí.

—¿Tienes alguna pregunta?

—¿Cuándo debo partir? —pregunté, lleno de ansiedad.

—Dentro de dos días —replicó Bladoco—. Todos los alumnos nuevos deben presentarse en Merladion dos días antes de la caída de las semillas, que será dentro de diez días. Las clases empiezan en el santuario el día después.

—La carretera del oeste es muy peligrosa, señor —comentó Epático, abriendo las manos—. El chico deberá pasar por las tierras de los dobunios. Hay muchos bandidos en esos lugares, y jinetes durotriges.

—Y por eso lo acompañarás tú. Junto con una pequeña escolta de mis guardias personales.

Epático se frotó la mandíbula.

—Necesitaré a buenos hombres para ese trabajo.

—¿Cuántos?

—Creo que con cuatro bastará.

—Como desees. Te dejo los detalles a ti.

Mi padre levantó la mirada y observó a su alrededor.

—Y ahora, si no hay nada más…

Nadie dijo una sola palabra. Al cabo de un momento, mi padre se levantó del trono. El perro se removió a sus pies y bostezó.

—Daremos un festín mañana por la noche —declaró—. Entonces se lo anunciaré a mi pueblo. Lo mejor de Camuloduno se unirá a nosotros en celebración.

—Una maravillosa sugerencia, señor —dijo Oreno.

Mi padre me miró con el ceño fruncido.

—¿Hay algún problema?

—No, señor —conseguí responder.

Una sonrisa se extendió por los labios de mi padre.

—Éste es un día grande, hijo mío. Tendrías que estar muy emocionado. Ser elegido por los druidas es un raro privilegio.

* * *

Partí de Camuloduno dos días más tarde. Era una bonita mañana de otoño, brillante y clara, y el aire estaba repleto de mosquitos. Bladoco, Epático y los otros cuatro hombres de la guardia real me observaban, de pie, desde las puertas de la ciudad, mientras mi padre se despedía de mí. Los druidas anunciaron de repente que habían visto un cuervo volando hacia el oeste, un buen augurio, justo cuando yo me subía a la montura. La puerta se abrió, Epático gritó a sus hombres, y salimos al trote del asentamiento, siguiendo el camino marcado por las rodadas que corría entre los empinados terraplenes defensivos.

Frente a mí se encontraba un camino incierto en una tierra que no conocía y en compañía de un druida en el que no confiaba. Pero no había vuelta atrás. Eché un último vistazo a Camuloduno.

Era la última vez que vería mi hogar hasta muchos años después.

CAPÍTULO SEIS

Te he prometido un relato honesto, romano, de modo que debo confesar que, mientras me alejaba de mi hogar, una sensación de terror me oprimía el pecho. No quería abandonar las comodidades de Camuloduno y odiaba al druida por haberme elegido; si me hubiesen dejado opinar al respecto, me habría quedado en la corte real. La amenaza de Adminio y sus amigos abusones no era nada comparada con la terrible perspectiva de pasar los siete años siguientes entre unos misteriosos druidas en uno de los lugares más recónditos de la isla.

Conforme cabalgábamos hacia el oeste, durante los días siguientes, el tiempo permaneció igual. He visto tu ciudad y sus alrededores, pero los mayores esplendores de Roma no se pueden comparar con la belleza de la campiña britana en una cálida tarde de otoño, cuando, mientras el sol baña la tierra con un tono dorado, las hojas de los árboles resplandecen, en rojo y oro, y el aire está cargado del aroma de la tierra húmeda, uno oye los cantos melodiosos de las aves.

Por las noches descansábamos en granjas aisladas que nos topábamos en el camino. Nos sentábamos en torno a una hoguera y nos llenábamos el vientre con estofado de cerdo, pan basto y un poco de queso. Epático siempre insistía en dar a los pobres granjeros algunas monedas por su amabilidad, y ellos siempre se negaban a aceptarlas, tal es la orgullosa costumbre de nuestras tribus. Tal vez creas que nuestro pueblo es bárbaro y guerrero, y quizás en algunos aspectos tengas razón, pero en una noche oscura, en una tierra poco familiar, no hay visión más bienvenida para un desconocido que la hospitalidad de un celta.

La tercera tarde cruzamos hacia el territorio de los dobunios, y mi humor mejoró. Era la primera vez en mi vida que me aventuraba fuera del reino de mi padre. Sentía un gran júbilo y mucha emoción mientras pasábamos por aquellos amplios y fértiles valles, colinas ondulantes e inmensos círculos de piedra, que, según se dice, fueron colocados allí por los gigantes que en tiempos recorrían nuestras tierras. Los dubonios estaban en paz con nuestra tribu, por aquel entonces, pero el granjero que nos dio la bienvenida en su casa redonda aquella noche echaba miradas intranquilas a mis guardias, y, cuando nos sonrió, no había calidez alguna en sus ojos. Aquella misma noche se sentó en silencio y con el rostro torvo junto al fuego, observándome con prevención. Yo recogía los restos de mi estofado con un trocito de pan, y, en un rincón de la choza, su gorda mujer acunaba a un bebé lloriqueante en sus rodillas.

—¿Algo te preocupa? —preguntó Bladoco, notando mi expresión sorprendida.

—El granjero. Parece que no le gustamos —repuse en voz baja.

—Claro que no. Tú eres catuvelauno.

Yo fruncí el ceño.

—¿Y eso qué tiene que ver?

—Tu tribu no es muy popular en estas tierras. La gente teme a los guerreros de tu padre.

—Pero somos amigos de los dobunios —repliqué—. No les deseamos ningún mal. Dile eso, maestro.

Bladoco murmuró algo al hombre en el melódico dialecto local. Aunque nuestras tribus compartían una lengua celta común, existía una asombrosa cantidad de acentos y jergas regionales, y para mí aquella lengua en particular era casi ininteligible.

El granjero gruñó y meneó la cabeza, y luego respondió en la misma lengua de sonido gutural. Ambos hombres se rieron de buena gana.

—¿Qué ha dicho? —pregunté.

—Te da las gracias por tus amables palabras, príncipe. Pero dice que los amigos de los catuvelaunos tienen el extraño hábito de convertirse en esclavos, o algo peor.

—Tiene mucha suerte de que vengamos en plan amistoso —comentó Epático—. En otro caso, degollaría a ese cabrón desagradecido.

—Y eso probaría que tiene razón, ¿no te parece? —espetó Bladoco con sequedad.

Epático se secó los dedos grasientos en la túnica.

—Típico de los malditos dobunios. Siempre hablando demasiado y diciendo que vendemos a los suyos a comerciantes de la Galia, pero, sin embargo, les parece muy bien comprar los vinos y baratijas de cualquier forastero que pase por nuestras tierras.

—Y ese comercio beneficia considerablemente a ambas partes, creo.

Epático inclinó la cabeza hacia el druida.

—¿De qué lado estás tú?

—De ninguno. Sólo respondo a las necesidades importantes de nuestro pueblo.

—Tú eres consejero del rey. Harías bien en recordarlo.

—Lealtad no es lo mismo que ceguera.

Mi tío bufó, burlón, y se sirvió otra copa de cerveza tibia. Yo miré inquisitivamente a Bladoco.

—¿Cuántos idiomas sabes hablar, maestro?

—Hablo fluidamente todos los dialectos de estas islas, y también sé algo de griego y latín.

—¿Latín? ¿Dónde lo aprendiste?

—En la Galia. Mi abuelo me lo enseñó. Era druida también. Uno de los hombres más importantes de nuestra tribu, los carnutes. Tuvo la premonición de darse cuenta de que un día Roma llegaría hasta nuestras tierras, y entonces necesitaríamos conocer el idioma de nuestros enemigos.

—Yo pensaba —repuse, frunciendo el ceño— que los romanos habían barrido a los druidas de la Galia.

Bladoco lanzó una carcajada amarga.

—Las legiones lo intentaron, niño. Mi abuelo, junto con otros druidas, se escondió en las cuevas, en lo más profundo del bosque. Allí siguieron practicando sus creencias, transmitiendo sus sagrados conocimientos a las generaciones más jóvenes, incluido yo. Pero cada año se volvía más peligroso quedarse anclado al sistema antiguo. Cuando nuestra tribu se levantó contra nuestros amos extranjeros, los soldados pasaron a cuchillo a muchos de los hombres, incluyendo a mi padre. Mi abuelo y yo conseguimos huir a Britania.

—¿Y no quieres volver a casa, maestro?

—¿Volver a qué? Todo lo que yo conocí quedó destruido por Roma. Mi abuelo pasó al otro mundo unos pocos años después de llegar aquí. Mi familia está muerta. Y la Galia no es más que una tierra de gente derrotada. Ahora éste es mi hogar.

Me quedé en silencio unos momentos, contemplando las llamas. Algo me escamaba desde que mi padre había hecho el anuncio en la gran sala. Y entonces decidí planteárselo a Bladoco:

—¿Por qué me elegiste a mí? —pregunté.

—Porque eres muy buen estudiante. Ya se lo expliqué a tu padre.

Pensé por un momento y meneé la cabeza.

—Hay otros niños que también son buenos estudiantes. Yo no era el único. Tiene que haber algo más.

—¿Tiene que haberlo?

Yo me quedé pensativo.

–Vas a pasar muchos años alejado de mi padre. No habrías elegido hacer eso, de no ser que hubiera una buena razón.

Bladoco se encogió de hombros.

–Siempre hay razones para todo, niño. En la forma que tiene el viento de susurrar entre los árboles, en las simples ondas de la superficie de un lago…

–No estoy seguro de entenderte, maestro.

–¿Crees en el destino? –suspiró el druida.

Lo miré fijamente y asentí, y él continuó:

–Los dioses nos hacen profecías, advertencias de cosas que van a venir. Pero una profecía no es más cierta que el revoloteo de un pájaro. Los dioses exigen que abracemos los planes que han previsto para nosotros. No basta con nadar en el río del destino. ¿Lo comprendes?

Yo negué con la cabeza.

–¿Los dioses tienen un plan para mí?

–Los dioses tienen planes para todos nosotros. Lo único que hay que preguntarse es si decides aceptarlos o no.

–Pero sigo sin entenderlo… –protesté–. ¿Qué quieres de mí?

–Cuando estés preparado, lo sabrás –respondió Bladoco, secamente–. Y ahora acaba de cenar. Necesitarás fuerzas para el resto del viaje.

* * *

Llegamos a Gobanio cinco días más tarde. Recuerdo que era un lugar inhóspito y poco notable. Las calles estaban inundadas de apestosas montañas de basura y desperdicios, y una nube de humo procedente de las fraguas llenaba el aire. Nos quedamos a pasar la noche en la cabaña del jefe del lugar, un hombre con el pelo oscuro que ostentaba un ceño permanente. A la mañana siguiente, en cuanto apareció el primer atisbo pálido de aurora, nuestra pequeña partida se puso en marcha de nuevo para recorrer el tramo final de nuestro viaje a Merladion.

El tiempo cambió aquel día. El cielo se oscureció y se llenó de nubes pesadas y grises que amenazaban lluvia, y un viento cortante nos azotaba el rostro. Sin embargo, nosotros continuábamos avanzando hacia el oeste a un trote constante, hasta que, al cabo de un rato, tras vadear un río poco hondo, dirigimos a los caballos a través de una vasta zona de cultivos donde podíamos ver también pequeñas granjas y rebaños dispersos. En la distancia, se alzaba una cordillera montañosa como puños oscuros que sobresalieran de la tierra; sus picos imponentes quedaban envueltos en jirones de niebla. En el aire se notaban ya las primeras señales del invierno, y noté que el viento tiraba de mi manto cuando Bladoco condujo a nuestro grupo hacia lo más profundo del valle. A medida que avanzaba la mañana, el viento se fue desvaneciendo y apareció el sol detrás de un hueco entre las nubes, justo cuando empezábamos a subir una alta colina cubierta de helechos y arbustos de retama.

–¿Falta mucho, maestro? –pregunté mientras ascendíamos la empinada pendiente.

–No estamos lejos ya, hijo mío –respondió Bladoco.

–Espero que sí, joder –murmuró Epático. Bebió un trago de su odre de agua y se limpió los labios–. Ese santuario tuyo está en medio de la nada.

–Por supuesto. El santuario es un lugar de reclusión y de paz donde uno puede volver sus pensamientos hacia el interior, libre de las desagradables distracciones del mundo exterior.

–Si me preguntas, a mí me suena muy aburrido.

–No lo es, en absoluto. Es el centro del saber druídico, un lugar de maravillas y conocimiento. Algunas de las cuestiones más importantes de nuestra fe se debaten allí.

Epático puso los ojos en blanco.

–Fascinante. Mientras haya una jarra de cerveza caliente y un buen trozo de cerdo asado esperándome, seré feliz.

No tardamos en aproximarnos a la cumbre de la colina. Bladoco, siempre por delante, nos guio hasta que llegamos a un pequeño claro, justo después de una larga fila de árboles. Allí se detuvo y señaló hacia el valle aislado que se veía por debajo.

–Ahí –dijo, conteniendo el aliento–. Ése es el lugar, Merladion.

Yo miré hacia abajo, entrecerrando los ojos por la débil luz de la tarde. El estrecho valle de un río se extendía ante mí, salpicado de granjas y bosques y rodeado por ambos lados por las áridas laderas de las montañas. En el centro, un asentamiento bastante extenso ocupaba la cumbre de una colina baja detrás de una muralla alta de tierra y una empalizada. Tras las puertas, se extendía el habitual conjunto de casas redondas de madera y paja, y, algo separado, un recinto más grande que supuse que sería el alojamiento del jefe. Unas cometas rojas flotaban perezosamente por encima, trazando formas imaginarias en el cielo.

–¿Dónde está el santuario? –pregunté.

Bladoco señaló a lo lejos un recinto separado con su empalizada, a menos de quinientos metros detrás de la colina, construido sobre un terreno elevado junto a un río. Un par de guardias permanecían junto a la entrada. En el interior divisé un puñado de casas redondas de piedra y un círculo de robles retorcidos. Un camino serpenteante conducía desde el complejo al asentamiento principal.

–¿Qué es ese lugar? –señalé una enorme estructura de madera situada en el centro del santuario de los druidas.

–Es el santuario sagrado –explicó Bladoco–. En nuestra fe se conoce como santuario de las Doce Calaveras. Está protegido por los guardias más leales de los druidas. Esos guerreros prestan juramento de defender el lugar con sus vidas.

–Debe de ser importante para que arriesguen su cuello para custodiarlo –observó Epático.

Bladoco le dirigió una sonrisa carente de humor.

–Está construido en el suelo más sagrado de Siluria. Se dice que ese lugar marca la entrada al otro mundo. Una vez al año, Lud hace sonar su cuerno de guerra, y todas las almas de los guerreros que han muerto desde la última ceremonia aparecen para iniciar su viaje a la otra vida. Los siluros hacen ofrendas en el santuario cuando ganan alguna gran batalla. Y se guardan en su interior muchos tesoros de incalculable valor.

–¿Y si alguien intenta robarlos? –pregunté yo.

–Nadie se atreve. Sufrirían el castigo más severo.

–¿Se los ejecutaría?

–Peor. Se les despellejaría vivos. Y sus cuerpos serían empalados en estacas y servirían de alimento para los cuervos.

Contuve un escalofrío y seguí a Bladoco, que ya trotaba ligeramente colina abajo. Cruzamos una corriente poco honda que recorría el fondo del valle y seguimos nuestro camino a través de un terreno abierto durante un kilómetro y medio, más o menos, hasta llegar a los pies de la colina. Desde allí subimos por la ladera hacia la fortaleza de los siluros, abriéndonos paso entre los brezos y espinos. Cuando nos acercábamos a la puerta de madera, nos salió al paso un centinela que gritó una orden. Bladoco levantó una mano, y a ese gesto nuestra partida se detuvo. Tras unos minutos, la puerta rechinó y se abrió.

Pocos pasos más allá de la entrada nos recibió una terna de guardias bien cubiertos por pieles. Uno de ellos se adelantó: era un hombre bajo, con el pecho peludo y una espesa barba. Tras él, los otros dos camaradas nos miraban con recelo mientras sujetaban fuertemente el mango de sus largas lanzas. El hombre barbudo intercambió unas palabras con Bladoco en el intenso y armonioso dialecto tan querido de los pueblos de aquella parte de nuestra isla. Aunque yo no entendía lo que decían, me dio la sensación de que los siluros tenían miedo del druida.

De repente, Bladoco me hizo un gesto, y dijo algo al siluro, que mostró una mirada de sorpresa, se encogió de hombros, miró por encima de su hombro y dio una orden a uno de sus compañeros. Este último se marchó a toda prisa hacia el recinto más grande. Unos momentos más tarde, apareció por el mismo camino una figura alta vestida con un manto negro. Un pequeño séquito seguía al siluro, un par de druidas entre ellos, con las características túnicas oscuras y el pelo desaliñado y salvaje. Cuando estuvieron ya muy cerca, Bladoco se bajó del caballo, y el resto de la partida también desmontamos al instante. El jefe saludó a Bladoco, y hablaron un rato antes de que éste se volviera hacia nosotros.

–Éste es Vortago –nos dijo–. El jefe de Merladion. Te da la bienvenida a su capital. Dice que es un gran honor que el rey Cunobelino haya confiado a su hijo al cuidado de su tribu.

–Dile que estoy muy agradecido –contesté yo.

Vortago me miró oblicuamente. Sonreía. Era alto y robusto, y llevaba el pelo largo y grasiento y un erizado bigote. Me fijé en que llevaba el manto de lana salpicado de barro, y sus dientes desiguales me recordaron a los círculos de piedras caídas que había visto unos días antes.

–Así que tú eres el príncipe catuvelauno –dijo, con un enrevesado acento que me costó mucho comprender–. Un poco jovencito, ¿no?

–Vortago estudió como iniciado una temporada antes de convertirse en el jefe de este lugar –me explicó Bladoco–. Pasó algún tiempo en uno de nuestros bosques sagrados, hacia el este, en el reino de tu padre.

–Entonces conocerás bien nuestras tierras, ¿no? –le pregunté.

—Bastante bien —replicó Vortago—. He viajado por Verulam y otros lugares. Pero no volvería allí ni por toda la plata de Britania.

—¿Por qué no?

—Porque no hay colinas. El paisaje es tan plano como la teta de una bruja. ¡Y qué mujeres! Beben más que los brigantes… —Se estremeció al recordarlo—. No, no, a mí dame el aire fresco de la montaña, siempre.

—Qué puñado de folladores de cabras de mierda —murmuró Epático.

Vortago pareció no haber oído sus palabras. Me miró y se acarició la mejilla, valorándome como un granjero lo hace en un mercado de ganado.

—Pensaba que vosotros, los del este, erais todos unos cabrones muy grandes y feos. Como ése. —Señaló con un grueso dedo a mi tío—. Pero a ti parece que una brisa ligera te puede tumbar, chico.

Yo sentí que la cara me ardía conforme me llenaba de rabia.

—A lo mejor soy joven, pero puedo pelear tan bien como cualquiera.

—¿Ah, sí? —El jefe siluro se echó a reír de nuevo—. Tus palabras son muy atrevidas. Al menos parecen las de un auténtico guerrero catuvelauno, aunque no tengas esa apariencia.

—Cosa que me recuerda… —intervino Epático— que el chico necesita un instructor mientras esté aquí. Alguien que le enseñe a luchar. Me han dicho que os encargáis de entrenar a los jóvenes.

—Por supuesto.

Vortago gritó una orden, y al instante un guerrero de piel morena y pelo canoso se adelantó de entre su séquito.

—Éste es Mendax —dijo—, el comandante de mi guardia personal. Está a cargo de la instrucción de los jóvenes iniciados. Ha sido entrenado en el uso de la espada desde la niñez.

Sabe cómo poner en forma a cualquier jovenzuelo. Hasta a un delgaducho como tú.

Y, al decir esa última afirmación, me miró. Mendax me observó de arriba abajo con un gesto que mostraba cierto desdén. Sus manos eran del tamaño de nudillos de cerdo, y su aliento apestaba a cerveza rancia y cebolla. Me fijé en que le faltaban dos dedos de la mano izquierda.

—Mendax es uno de mis mejores guerreros —prosiguió Vortago—. Ha comandado a mis hombres a la guerra en muchas victorias sobre nuestros enemigos —sonrió—. Me temo que no siente demasiado aprecio por tu tribu. Pero no encontrarás un entrenador mejor en toda Siluria.

El guerrero me contempló largo rato. Luego escupió en el suelo y murmuró algo a sus compañeros de armas en el dialecto local. Un coro de carcajadas rompió el aire.

—¿Qué es eso tan divertido? —preguntó mi tío.

Mendax sonrió.

—Simplemente les decía que los trinovantes deben de estar gobernados por mujeres y niños, si los catuvelaunos fueron capaces de conquistarlos con unos príncipes tan escuálidos.

—Pues tiene guasa, viniendo de un capullo siluro con coleta.

Un relámpago oscuro cruzó el rostro del siluro.

—Al menos yo tengo pelo. Mejor eso que sufrir la humillación de quedarse tan calvo como un bebé recién nacido.

Sus compañeros soltaron fuertes risotadas. Epático, furioso, tensó los músculos, y la nariz se le dilató.

—Te crees muy gracioso, ¿verdad? No te reirás tanto cuando te dé una patada en las pelotas.

—¡Silencio! —soltó Bladoco—. ¡Ya basta!

—No me mires a mí. Ha empezado ese idiota.

—No me importa. —El druida bajó la voz hasta que fue casi un susurro—: Somos los invitados de esta tribu, y te comportarás de acuerdo con ello. ¿Entendido? –Miró con dureza a mi tío, retándolo a desafiarlo.

–Está bien –respondió Epático de mala gana–. Que sea como quieres.

–Bien. –Bladoco asintió volviendo la vista hacia el jefe siluro–. Hemos viajado largos días. La guardia personal del príncipe necesita descansar y alimentar a sus caballos. Confío en que puedas proporcionarles refugio para la noche, y mañana partirán de nuevo hacia el este.

–Por supuesto. Hay sitio para ellos en los alojamientos para invitados. –El jefe señaló con la barbilla a Epático–. ¿Te unirás esta noche a nosotros en el salón? Tenemos mucha buena cerveza silura…

–¿Cerveza? –Los ojos de mi tío se iluminaron–. ¿Por qué no lo habías dicho antes?

Vortago hizo una seña con la cabeza hacia su comandante en jefe.

–Mendax te enseñará dónde quedan tus aposentos –me dijo a mí–. Te alojarás con el resto de los jóvenes alumnos.

–¿Hay muchos novicios? –pregunté.

–Unos cuantos. –Vortago se rascó la peluda mandíbula–. Han llegado nueve chicos este año, incluyéndote a ti. Aparecerán algunos más. La mayoría son príncipes de muy alta cuna, pero también hay algunos hijos de nobles de menor rango. Te llevarás muy bien con ellos, de eso estoy seguro. Suponiendo que no cambies de idea sobre tu lugar aquí…

–¿Qué se supone que significa eso?

El otro se encogió de hombros, indiferente.

–Algunos de los iniciados no pueden soportar la vida en Merladion. No serías el primero en abandonar y volver a casa a la primera penalidad. Ni serías el último tampoco.

–No me da miedo el trabajo duro.

–Todos dicen lo mismo –sonrió Vortago, burlón–. ¿Alguna pregunta, chico?

–¿Cuándo empiezo el entrenamiento?

–Mañana por la mañana, con las primeras luces. Al amanecer, los druidas te llevarán, junto con el resto de nuevos, al santuario. En cuanto hayáis terminado, volveréis aquí, por la tarde, para practicar tus habilidades de lucha. Entonces veremos de qué estas hecho realmente.

Entonces, se volvió y le dijo unas cuantas palabras a Mertax, y luego se giró en redondo y se encaminó de vuelta a su recinto privado. Epático fue tras él, muy de cerca, acompañado por el resto de la escolta real; chasqueaba los labios ante la perspectiva de servirse una buena jarra de cerveza.

Al mismo tiempo, Mendax gritó una orden, y los otros dos guerreros, obedeciendo al instante, se llevaron nuestras monturas a los establos que se encontraban junto a la puerta principal. Luego, el comandante dijo algo a Bladoco y me hizo señas de que lo siguiera por la avenida principal. Bladoco se volvió hacia mí y me hizo una ligera seña.

–Ve con Mendax.

Yo fruncí el ceño.

–¿Y tú adónde irás?

Él movió una mano en dirección al salón del jefe.

–A hablar con Vortago y sus hombres. El jefe tiene que ser compensado adecuadamente por proporcionarte lo necesario mientras seas su huésped. Te veré más tarde.

–¿Cuándo?

–En el banquete. Y ahora, corre. Y una cosa, Carataco…

–¿Sí, maestro?

–Intenta descansar algo antes del entretenimiento de esta noche. Lo vas a necesitar. Mañana te espera un gran día.

CAPÍTULO SIETE

Roma, 61 d. C.

Por un rato, en el estudio se hizo el silencio. Levanté la vista de mis notas, y vi que Carataco se echaba atrás en su silla. Apoyó sus callosas manos en el regazo y posó la mirada en algún punto del estante con celdillas que había detrás.

Era tarde. La noche había caído sobre la ciudad con sus correspondientes iniquidades y horrores. La casa estaba oscura y en quietud, excepto por el débil murmullo del agua de la fuente en el jardín trasero, donde la vegetación crecía a sus anchas. Más lejos, desde el exterior, se oían los gritos ebrios de los juerguistas en una taberna cercana. Ladró un perro, y alguien gritó al animal que se callara. Esperé por un momento a que Carataco continuara, pero parecía sumido en sus pensamientos, así que me aclaré la garganta.

–Debió de ser terrorífico para ti –dije, intentando romper el hechizo y volver a conducirlo hacia la narración–. Ser entrenado por los druidas, quiero decir.

Carataco clavó repentinamente su mirada en mí. Inclinó la cabeza ligeramente, y su frente se arrugó en un ceño.

–¿Qué te hace pensar eso?

Dudé, nervioso por no ofender a mi anfitrión con algún comentario despectivo sobre su fe, por muy desagradable que pudiera encontrarla yo personalmente.

–Es bien sabido que los druidas se dedican a algunas prácticas…, eh…, cuestionables. Los niños que aprendiesen con ellos probablemente estarían muy asustados.

–Te refieres a nuestro ritual sacrificio humano, supongo.

–Entre otras cosas, sí.

–¿Y te crees todos esos embustes?

Yo bajé la vista hacia mi libreta y reflexioné. Como muchos de mis compañeros historiadores, había leído algunas cosas sobre los druidas a lo largo de los años en diversos tratados y biografías. La mayor parte de lo escrito era sensacionalista, eso lo reconozco, con explicaciones gráficas de cómo los condenados acababan erizados de flechas o eran quemados vivos en el interior de un hombre de mimbre gigante, mientras los druidas, con sus ropajes oscuros, en fantasmales bosques de robles, consultaban a sus dioses mediante la inspección de vísceras humanas. Todo parecía bastante truculento, aunque sin duda los autores habían exagerado un poco para apabullar a sus delicados lectores. Pero la cantidad de relatos similares sugería que al menos debía de haber algo de verdad en todo ello.

–Pues sí, supongo que sí –repuse al fin–. No veo motivos para dudar de su veracidad.

Carataco sonrió con tristeza.

–No deberías creerte todo lo que lees.

–¿Me estás diciendo que las historias de sacrificios humanos son falsas? Dioses, te costaría mucho menos convencerme del mérito literario de la poesía del emperador.

Él negó con la cabeza.

–La práctica es cierta. Pero nuestra religión es algo más que altares empapados en sangre y hombres de mimbre. Mucho más. Tú más que nadie tendrías que saberlo.

–¿Qué quieres decir? –pregunté, frunciendo el ceño.

El viejo rey hizo una pausa, se inclinó hacia delante y se sirvió otra jarra de cerveza.

–Tú eres historiador. Sabes que los escribas no son observadores desapasionados de los acontecimientos. Cada escritor tiene sus objetivos... Incluso tú, Felícito.

Decidí ignorar ese comentario.

–¿Y qué tiene que ver esto con los druidas?

–Encuentras abominable nuestra fe, pero es porque sólo has oído una parte del relato, retorcida convenientemente para que se adapte a las necesidades políticas de tus generales y emperadores. –Se echó hacia delante–. ¿O crees acaso de verdad que nuestros druidas son los monstruos que ha inventado la imaginación popular?

–Quizá no –repliqué yo–. Quizá los druidas han sido mal entendidos por algunos, como tú dices. Pero eso no cambia el hecho de que supervisan y realizan sacrificios humanos. Eso es algo monstruoso. O eso dirían algunos –me apresuré a añadir.

–¿Y qué me dices de los esclavos y criminales a los que vosotros enviáis a la muerte en la arena? ¿No te parece una práctica igualmente truculenta?

–Pues, en realidad, sí. Esos espectáculos me resultan muy desagradables. No asisto a ninguno desde hace años. No soporto la visión de la sangre.

Carataco me miró sorprendido.

–Entonces eres un bicho raro en esta ciudad. He tenido el placer de asistir a los juegos unas cuantas veces, y la multitud contempla satisfecha y con placer cómo unas bestias salvajes despedazan a los hombres. Al menos, cuando los druidas sacrifican a alguien, es un gran honor ser elegido por ellos para aplacar la ira de nuestros dioses. Sin embargo, vosotros, los romanos, matáis por pura diversión, y os atrevéis a acusarnos a nosotros de bárbaros.

–No todo el mundo tiene una visión tan oscura de vuestras costumbres –señalé yo–. En ciertos círculos admiran a los druidas hoy en día, ¿sabes? Algunos de nuestros filósofos hablan abiertamente en favor de su sabiduría.

Una sonrisa se extendió por su desgastado rostro.

–Sí, he conocido a unos cuantos hombres de ese tipo. Estoicos sin humor que piensan que nuestras tribus existían en una especie de Arcadia salvaje, sin mácula alguna por las corruptoras influencias de la civilización. –Dio un largo trago de cerveza–. Deberían intentar vivir en un poblado siluro durante un mes.

–¿Cómo eran los druidas realmente, entonces? –le pregunté–. Tú estuviste allí. Dime cómo fue aprender con ellos.

–Tú eres romano. –Carataco meneó la cabeza–. No lo entenderías.

–Me gustaría intentarlo.

–¿Por qué? ¿Por qué te importa lo que yo piense de los druidas? No va a cambiar la opinión de tus lectores –se rio secamente–. Hay más posibilidades de que Roma arda hasta los cimientos, diría yo.

–Puede ser. Pero, si quiero captar adecuadamente tu historia, necesito conocer la verdad. Es tu relato, no el mío. Hablarme de los druidas; eso me ayudará a conocer tu forma de pensar.

El rey de los britanos apartó la mirada.

–No lo sé. Quizá sea más fácil si no nos centramos en el tiempo que pasé en el santuario.

–Me prometiste darme un relato completo y honrado de tu vida –respondí yo, y ambos nos sorprendimos por el sentimiento que se notaba en mi voz–. Pasaste muchos años con los druidas. Es, por tanto, una parte importante de tu historia, y hay que contarla con detalle. La obra, sencillamente, no estará completa sin ello.

Yo actuaba por puro egoísmo, naturalmente, y no me avergüenza reconocerlo. ¿Por qué me iba a avergonzar? Un escritor siempre va en busca de la gloria literaria. Los dioses saben que pasamos demasiado tiempo revolviendo la escoria hasta encontrarla. Y yo estaba seguro de que algún material nuevo sobre los druidas levantaría al menos un poco de controversia. Porque los druidas son como los monstruos marinos o la pornografía griega: nunca pasan de moda. No estoy seguro de por qué los romanos estamos tan fascinados por esa orden religiosa tan oscura y distante; pero sí era consciente de que era mucho más probable que esa biografía llamara la atención si contenía algunas escenas apropiadamente truculentas de sacrificios humanos y bosquecillos sagrados. Aunque tuviera que esperar varios años antes de poder publicarla oficialmente.

Carataco dejó la cerveza sobre la mesa y suspiró con cansancio. Las arrugas de su rostro parecieron ahondarse y ennegrecer como desfiladeros a la parpadeante luz de las lámparas de aceite. Tenía una mirada peculiar y distante que me recordaba a la de los veteranos indigentes y lisiados que, a menudo, recorren las calles de alrededor del Foro mendigando unas monedas a los viandantes.

–Pues no tenía ni idea –dijo al fin, mirando la pared, como si se dirigiera a las pilas de pergaminos almacenados en los estantes–. Ni idea de la escala de la tarea que tenía ante mí. El desafío era formidable.

–¿En Merladion? –pregunté.

Carataco asintió lentamente.

–Tenía que aprender deprisa. No se trataba sólo de estudiar leyes e idiomas. Tenía que aprender a sobrevivir. Fue mucho más duro de lo que jamás podía haber esperado. –Su mirada acuosa se encontró con la mía–. Vi cosas que jamás creerías.

–¿Qué cosas?

No respondió la pregunta directamente.

–Los druidas no son en absoluto los hechiceros malignos sobre los que has leído, romano. La verdad es muy distinta.

–¿Cómo?

Cogí de nuevo el estilo y, ansioso, esperé a que continuase. Pero entonces Carataco se derrumbó hacia atrás en la silla, vencido por la fatiga. Levantó los ojos hacia mí con los párpados cargados y llamó al portero. Al poco, oí el sordo rumor de unos pies por el atrio. Cuando el esclavo se acercó a la puerta, Carataco se incorporó un poco en su silla, con considerable esfuerzo, y le hizo una seña.

—Es tarde —dijo—. Continuaremos mañana. Davos encontrará un portador de antorcha de confianza. Haré que uno de mis esclavos te acompañe a casa.

Yo me levanté al instante.

—¿Y dónde me reuniré contigo?

—Vuelve aquí mañana por la mañana. A la hora tercera. Entonces te hablaré del tiempo que pasé con los druidas.

Lo dejé allí, solo, en aquel estudio poco iluminado, con sus pergaminos y sus pensamientos. El portero me guio por el vestíbulo hacia la salida, y aguardé un rato en el decadente jardín delantero, mientras un robusto esclavo iba a buscar a quien pudiera iluminarme el camino. Me senté y escuché el traqueteo de los carros de entrega de mercancías nocturnos que rodaban por las calles, sin dejar de reflexionar en lo que me había contado Carataco de los druidas. Estaba claro que le había ocurrido algo importante durante el tiempo que vivió en el santuario; algo que finalmente lo había puesto en el camino de convertirse en un señor de la guerra muy temido y en el más fiero enemigo con el que se había encontrado Roma en aquella condenada isla. Pero ¿qué podía ser?

Al día siguiente, me dije, averiguaría la verdad.

SEGUNDA PARTE

LA GUARIDA
DE LOS DRUIDAS

CAPÍTULO OCHO

Roma, 61 d. C.

A la hora convenida, volví a casa de Carataco. Había llovido con intensidad durante la noche, y aquella mañana el cielo seguía gris y nublado, pero ni siquiera el mal tiempo podía malbaratar mi humor. Mientras sorteaba los charcos de la calle, sentí crecer la emoción ante la perspectiva de la nueva entrevista. Mi conversación inicial con Carataco había ido bien, mejor de lo que me había llegado a imaginar. Por la noche, había corrido a casa a redactar y recomponer mis notas, y estuve trabajando febrilmente largas horas bajo el tenue resplandor de una lámpara de aceite de bronce. Conforme escribía, estaba seguro de que yo, Cayo Placonio Felícito, historiador menor y escriba de la aristocracia romana, había dado con un proyecto que preservaría mi nombre para la posteridad. Junto con el de Carataco, claro está.

Tras muchos años registrando las vidas generalmente aburridas de senadores y caballeros, ahora, finalmente, tenía la oportunidad de contar un relato más valioso. La vida de Carataco, de eso estaba seguro, se leería en todas las épocas. No pensé demasiado en el hecho de que el único relato sincero de la invasión de Britania sería narrado por un bárbaro exiliado. De lo que significa eso para nuestro glorioso Imperio, no estoy muy seguro, la verdad.

Su hogar del Aventino destacaba más decrépito aún a la cruda luz del día de lo que me había parecido la noche anterior. El hosco portero, Davos, me dejó entrar con un gruñido de desaprobación. En el patio interior, un niño pequeño y una niña jugaban con unas figuritas de madera. De pie, cerca de ellos, una mujer los contemplaba. Incliné la cabeza como saludo, pero ella me recibió con una mirada tan fría que podía haber pertenecido a un frigidario.

–Señora, permíteme que me presente –dije–. Me llamo…

–Sí, ya sé quién eres. Felícito no sé cuántos. El historiador. Ese del que habla mi marido. El romano.

Ella hablaba con un latín áspero, con mucho acento, y me costó un momento entender lo que me estaba diciendo.

–Lo siento. ¿Y tú eres…?

–Mardicca –respondió, inexpresiva–. Su mujer.

La examiné de cerca. Tenía unos cincuenta años, unos ojos verdes que rezumaban orgullo y un pelo largo y pelirrojo veteado de gris. Indudablemente, era celta: iba vestida a la moda de su atrasada cultura, con una túnica colorida bajo un manto plisado sujeto con un broche. El torques de oro en torno a su cuello estaba decorado en ambos extremos con un par de cabezas de serpiente. La esposa de Carataco no se parecía en nada a una mujer romana de noble cuna, pero, a su manera, en tiempos debía de haber sido bastante bella.

–Un placer, señora –dije.

–Tuyo, quizá. Ciertamente, mío, no.

Me quedé tan desconcertada por la brusquedad de sus modales que por un momento no supe qué responder.

–Pe… perdóname –tartamudeé–. ¿He hecho algo para ofenderte?

–Eres romano, ¿no? Eso ya es bastante malo, teniendo en cuenta de dónde vengo yo.

–¿Cómo?

–No importa. –Ella inclinó la cabeza a un lado–. Es una idea terrible, ¿sabes? Esa biografía tuya. No saldrá nada bueno de todo esto.

Yo arrugué el ceño, intrigado.

–Carataco es un gran hombre. Un auténtico héroe de su pueblo. Su historia merece ser contada.

–También es mi marido, padre de mis hijos y abuelo de esos dos. –Señaló a los niños–. Contar su historia no nos traerá más que disensiones en cuanto tu público lea un relato que está en contra de las falsedades vanas de la versión romana. Tú lo sabes, y yo lo sé. No finjas que no es así.

Levanté las manos en simulada rendición.

–He jurado a tu marido no publicar una palabra hasta que haya muerto. Él me ha hecho jurarlo. Su historia no le procurará ningún mal, señora. Te lo aseguro.

–¿Y qué pasa con nosotros, los demás? ¿Has pensado en eso, acaso?

Reconocí que no lo había pensado, y murmuré algo en el sentido de que la biografía haría que la gente fuera consciente de las heroicas hazañas de su marido, y así, quizá, de alguna manera, pudiera restaurar su reputación después de su muerte, lo que no podía hacer otra cosa que ayudar a la causa de su familia. Si tengo que ser sincero, ni yo mismo me creí el argumento, en realidad.

–Crees demasiado en tus conciudadanos –bufó Mardicca–. Tu emperador piensa que no somos más que bárbaros, y los demás tienen una opinión de nosotros incluso peor. ¿Qué te hace pensar que podrás hacerles cambiar de idea?

–La gente es voluble. Cambia de opinión.

–No. En lo que respecta a nosotros, los britanos, no. –Hizo una seña en dirección a la calle, fuera de los muros perimetrales–. Diez años llevamos viviendo aquí, y la gente todavía nos insulta. Nos llaman de todo: bebedores de leche, basura con torques... y otras muchas cosas. Es peor incluso desde el asunto de Boudica. No pasa un día sin que alguien insulte a mi familia en la calle. El mes pasado, unos idiotas incluso pintaron unos dibujos en la puerta delantera, diciéndonos que nos volviéramos a casa. No repetiré el otro vil mensaje que dejaron.

—Lamento oír eso.

Mardicca negó con la cabeza.

—Todo eso puedo soportarlo. Lud sabe que he aguantado cosas peores en mi vida. Pero los niños no han hecho nada malo. ¿Por qué deben ser castigados?

—Sólo intento ayudar, señora. —Moví los pies, incómodo, buscando algún pequeño consuelo que ofrecerle—. Quizás el libro atraiga la atención hacia el suplicio de tu familia. Podría convencer al emperador de que os diera una pequeña pensión para ti y tus hijos cuando Carataco ya no esté.

—No conoces bien a Nerón, ¿verdad? —Se echó a reír—. Antes preferiría ver cómo nos pudrimos.

—Sí —reconocí en voz baja—. Supongo que tienes razón.

—Mira —dijo Mardicca—, si de verdad quieres ayudarnos, deja en paz a mi familia. Mi marido ya ha sufrido bastante en manos de Roma. Todos hemos sufrido. Él debería estar dedicándose a asegurar un futuro para su progenie, no a sentarse en su estudio para regodearse en el pasado.

—Esto no es simplemente una biografía ociosa, señora. Es algo mucho más importante. Estamos relatando la verdad sobre su vida y sobre la invasión. Es la verdadera historia de cómo ocurrió todo.

Ella rio con amargura, y yo fruncí el ceño.

—¿Por qué tiene tanta gracia?

—Mi marido me dijo algo parecido anoche. No pude convencerlo de que cambiara de opinión, y parece que tú eres igual de tozudo. Está claro que pierdo el tiempo. Pero prométeme una cosa.

—¿Sí, señora?

–Tú tienes buenos contactos, me han dicho. Amigos en posiciones elevadas. ¿Es cierto eso?

–Tengo algunos conocidos en el Senado, sí.

Ella asintió.

–Cuando llegue el momento, si mi familia tiene problemas alguna vez, prométeme que nos ayudarás. Que no nos abandonarás.

–¿Por qué ibais a estar en peligro?

–Esto es Roma. –Mardicca hizo una mueca–. No soy idiota. Sé que el emperador no hará ningún movimiento contra nosotros mientras mi marido viva y esté bien. Él es una prueba viviente de la benevolencia de Roma, y demasiado valioso para tu precioso prestigio imperial. Pero, en cuanto él falte, nuestra familia será vulnerable. Quiero tu palabra de que nos ayudarás si algo le ocurre a Carataco.

–Por supuesto –respondí con total sinceridad–. Lo juro.

–Espero que seas un hombre de palabra. –Se apartó a un lado y cruzó los brazos por encima de su pecho ceñido con un cinturón–. Bueno, será mejor que vayas a buscarlo. Te estará esperando.

–¿Dónde está?

–En su estudio. Donde pasa la mayor parte del tiempo estos días. Enseñando a uno de sus nietos.

Le hice una nueva reverencia y me dirigí hacia el estudio. Allí me encontré a Carataco, que recorría la habitación de un lado a otro con las manos a la espalda. Un niño rubio, de no más de siete u ocho años de edad, estaba sentado en uno de los taburetes y recitaba algo en una lengua extranjera muy complicada. Me aclaré la garganta ruidosamente, y al momento ambos levantaron la mirada. Carataco puso una mano en el hombro del niño y sonrió.

–Eso es todo por hoy –dijo en latín–. Excelente trabajo. Y ahora corre y ve a jugar con tu hermano y tu hermana pequeña. Sé buen chico.

—Sí, señor —respondió el niño, y con ligereza se escabulló hacia la parte delantera de la casa.

Lo observé mientras pasaba a mi lado, y luego miré a Carataco sorprendido.

—¿Qué idioma era ése? Nunca antes lo había oído.

Él sonrió con tristeza.

—Catuvelauno. La lengua de nuestro reino, aunque ahora ya lo habla poca gente. El niño tiene talento natural. Es muy adelantado para su edad.

Había algo trágico en aquel anciano britano aferrado a sus antiguos valores incluso después de diez años de exilio.

—Mis nietos son descendientes de un rey —continuó—. Deben aprender a estar orgullosos de sus antepasados. Piense lo que piense Roma de nosotros.

—¿Qué más les enseñas?

—Algunas de nuestras costumbres, la historia de nuestras tribus, los nombres de nuestros dioses… De algún modo, modestamente, ayuda a mantener vivas nuestras tradiciones de alguna manera. —Su voz bajó hasta convertirse en un murmullo—. Aunque mi nuera no está de acuerdo.

—¿Ella no aprueba su educación?

—Piensa que mis nietos deberían aprender a ser más como sus superiores romanos —gruñó—. Ella me dice que debería dejar de intentar que se aferren a las cosas del pasado.

—Quizá tenga algo de razón. —Tendí las manos hacia delante—. Éste es su hogar, ahora.

Carataco me fulminó con la mirada, y su voz temblaba cuando respondió:

—Quizá seamos prisioneros de tu emperador, pero mi familia jamás considerará esta ciudad como su verdadero hogar. Nunca.

—Pero ellos no pueden volver a Britania. Tú mismo lo has dicho. ¿Quién sabe? Quizá se les confiera la ciudadanía romana algún día. Si se casan dentro de una familia romana o entran a formar parte del servicio militar...

–Nerón ya ha ofrecido la ciudadanía a mis hijos –me interrumpió Carataco–, a cambio de renunciar públicamente a sus orígenes bárbaros y alabar la gloriosa civilización de Roma. Incluso en el exilio, parece que tu emperador está decidido a avergonzarnos a mi familia y a mí.

Me di cuenta de que había tocado un punto sensible, de modo que me callé. Carataco se sentó en su silla y me hizo gestos para que me sentara a mi vez.

–Y ahora –empezó–, ¿por dónde íbamos?

Yo me senté, me apoyé la tableta de cera en el regazo y consulté mis notas.

–Por los druidas. Me contaste que tu padre te había enviado a estudiar con ellos, en su santuario de Siluria. Acababas de llegar a la capital silura, Merladion.

–Ah, sí, ya me acuerdo. –Algo brilló en sus ojos cuando se inclinó sobre el escritorio y me señaló con un dedo–. Antes que nada, debes ser consciente de que la idea romana de los druidas es completamente falsa. Los cuentos que han escrito sobre ellos no son más que burdas caricaturas. ¿Sabes por qué?

Negué con la cabeza.

–Porque son una amenaza –siguió–. Los druidas son una fuerza poderosa, más que cualquiera de nuestros reyes. Desde que me prendieron, han sido los únicos capaz de unir a nuestras tribus contra las legiones. Los romanos tienen la costumbre de convertir en monstruos todas las cosas que más temen.

–Pero todo eso pertenece al pasado –repliqué–. Su hogar espiritual en la isla de Mona fue destruido poco antes de la revuelta de Boudica. Todo el mundo lo sabe, la noticia corrió por el Foro. El general Suetonio Paulino y sus hombres arrasaron a los defensores y a los druidas y talaron los bosquecillos sagrados. El culto de los druidas ha desaparecido, dicen.

Carataco sonrió irónicamente.

—Si crees eso, es que eres más idiota de lo que pareces. Los druidas tienen otros lugares donde ocultarse, unos de los que tus generales no saben nada. Continuarán medrando en las sombras, como han hecho en el pasado.

—Quizá, pero no pueden esconderse eternamente. El emperador ha jurado eliminarlos de una vez para siempre.

—Una amenaza hueca. Los druidas no se dejarán atrapar tan fácilmente, por muchos bosquecillos que tus soldados quemen hasta los cimientos. El general Paulino ha cometido el mismo error que sus predecesores. Piensa que los druidas gobiernan las tribus mediante la ignorancia y el miedo. Si se hubiera preocupado por comprenderlos, se habría dado cuenta de la futilidad de su política.

—Entonces, ¿qué piensas realmente de ellos? —pregunté, curioso.

Carataco se quedó callado un momento; miraba por la ventana las ruinas desfallecientes del jardín.

—Los druidas eran muchas cosas para nuestras tribus —habló al fin—. Practicaban los sacrificios humanos y animales para los dioses, eso es cierto, pero también hacían otras muchas cosas.

—¿Como qué?

—En los inicios, los conocíamos como hombres sabios. Eran los más instruidos de la tierra. Teníamos miedo de los druidas, sí, pero también los respetábamos. Eran profetas, árbitros, sanadores y eruditos. Conocían los secretos de las estrellas y las historias más distantes de los celtas... Incluso dominaban el arte de la magia.

—¿La magia? —Apenas pude contener la risa.

Carataco entrecerró los ojos.

—¿No me crees?

—Ah, sí, seguro que tus druidas conocían un par de truquitos —respondí yo—. Puedes encontrar muchos ilusionistas fenicios en el Foro con un talento similar para el engaño.

El astuto y anciano britano meneó la cabeza.

—Los druidas son distintos. Tienen poderes que van más allá de lo que puedas imaginar. Ésa es una de las primeras cosas que aprendí en su santuario. La primera de muchas...

CAPÍTULO NUEVE

Britania, 18 d. C.

Mi tiempo en Merladion no empezó demasiado bien. Al poco de llegar a la capital de Siluria, me condujeron a lo que iban a ser mis aposentos, que estaban situados en un complejo donde se albergaba a los iniciados. Cuando los últimos rayos del sol poniente se hundieron detrás de los picos de las montañas distantes, Mendax, el comandante de la guardia personal del jefe del lugar, fue quien me acompañó más allá de las casas redondas densamente pobladas y de los rediles de los animales. Llegamos a un gran portón y entramos en un espacio amplio, donde varias chozas bajas estaban dispuestas en semicírculo. Unos doce novicios mayores que yo se sentaban por allí cerca, vestidos con túnicas sencillas marrones de una lana muy áspera. Llevaban la cabeza afeitada y el tatuaje de una hoz adornaba su mejilla. Unos pocos se me quedaron mirando, pero la mayoría parecía estar muy entretenidos con sus estudios, pues los oía recitar las lecciones.

Mendax me dirigió a una de las chozas y se detuvo ante una entrada enmarcada con madera. Dentro pude oír el escándalo de unas voces emocionadas.

–Entra –gruñó él.

Al traspasar el dintel, me encontré en un interior oscuro, apenas iluminado por el resplandor de varias velas de sebo situadas en un par de mesas de roble. Al otro lado de la choza, había un cierto número de petates provistos de mantas. En el centro, el suelo, muy sucio, descendía suavemente hacia un pequeño hogar. Al lado se veían un puñado de platos de madera, unos vasos de arcilla y un cubo hecho de duelas lleno de agua. Unos pocos alumnos estaban sentados en sus lechos, y otros tres chicos, en una de las mesas, jugaban a un juego con un tablero y unas figuritas de madera tallada.

–Tú dormirás aquí –me explicó Mendax con su acento cantarín. Señaló un espacio vacío en el suelo, junto a los petates–. Éste será tu hogar aquí. Mañana conocerás al Gran Druida. Tú y los demás novicios. Y luego comenzarás tu entrenamiento.

Noté que se me encogía el corazón al mirar a mi alrededor, porque aquello estaba muy lejos de las comodidades que había conocido en casa, en Camuloduno. Pero estaba decidido a no demostrar mi decepción ante aquel truculento siluro.

–¿Dónde está mi catre? –pregunté–. No hay nada.

–Los nuevos alumnos se traen sus propias camas. Es una norma del santuario.

–Pero yo no tengo –espeté–. No esperarás que duerma en el suelo como un perro, ¿no?

Mendax se encogió de hombros.

–No es mi problema.

–¿Podría comer algo, al menos? Me muero de hambre. No he probado bocado en todo el día.

–Más tarde –me contestó con frialdad–. Ya comerás esta noche. En la sala grande. Con los demás alumnos.

–Pero para eso faltan horas.

–Sí.

–Exijo hablar con tu jefe. Esto es inaceptable.

–No lo creo. –Mendax se echó a reír–. Ya no estás en Camuloduno. Ahora nos perteneces, mandamos nosotros, príncipe.

–¡Pero esto no es justo!

Mendax no respondió. Por el contrario, se dio la vuelta y salió rápidamente de la choza. Yo me quedé sentado en el espacio del suelo que me habían asignado y suspiré pesadamente. En cuanto hubo desaparecido de mi vista, uno de los chicos que estaban sentados a la mesa se levantó y se acercó.

–No le hagas caso –me dijo, alegre, con un espeso acento–. Mendax nos trata a todos igual. Piensa que está a cargo de un campo de entrenamiento militar, en vez de ser unos cuantos estudiantes de druida.

–Estoy empezando a darme cuenta.

El chico se presentó amistosamente.

–Me llamo Sediaco, por cierto. De las tierras de los dobunios. Encantado de conocerte.

Yo lo miré de arriba abajo. Sediaco debía tener un año o dos más que yo, supuse. Era flaco y desgarbado, con el pelo rubio muy corto y las mejillas pecosas. Hablaba con un ligero acento dobunio, sin duda suavizado por su alta cuna. Ciertamente, era más fácil entenderlo a él que a los campesinos que nos habíamos encontrado durante el viaje hacia el oeste.

–He oído decir que eres un príncipe –añadió Sediaco.

–Soy Carataco –asentí–. Hijo de Cunobelino.

Él abrió mucho los ojos.

–¿El gran rey de los catuvelaunos y los trinovantes? ¿Ése es tu padre?

–Sí –respondí, cansado–. ¿Has oído hablar de él?

–Pues claro. Todo el mundo ha oído hablar de tu padre. Es el gobernante más poderoso de esta tierra. Y el más temido, me atrevería a decir. –Hizo una pausa–. ¿Es la primera vez que sales de casa?

Yo volví a asentir, esta vez con tristeza.

–He pasado gran parte de mi vida en Camuloduno. Nunca he salido de allí, en realidad, excepto para viajar a veces en verano a las propiedades de nuestro primo en Verlamion. No sabía que esto sería así.

Él sonrió, comprensivo.

—Es duro al principio, sobre todo porque echas de menos a tu familia y tus amigos. Pero las cosas mejorarán. Ya lo verás.

—¿Llevas mucho tiempo aquí?

—Un año. Aún me acuerdo de mi primer día. Fue terrorífico. —Sediaco frunció los labios—. Aunque estoy seguro de que será peor para ti, mi querido amigo. Al ser el hijo de Cunobelino y eso...

Pregunté a Sediaco qué quería decir, y él se encogió de hombros, como disculpándose.

—Algunos de los demás vienen de tribus que han luchado contra tu padre en el pasado. No se tomarán demasiado bien tu presencia aquí.

—Entonces sus tribus tendrían que haber luchado mejor contra nuestros guerreros —contesté yo—. Si alguien tiene un problema con mi padre, pueden decírmelo a la cara y lo arreglaremos enseguida.

—Eso no sería prudente. Nuestros estudiantes menos ilustrados no son de los que suelen debatir las cosas. No sé si me explico.

—¿Y tu pueblo? —Lo miré fijamente—. ¿Nos odiáis?

—No somos distintos de cualquier otra tribu, supongo. Sentimos prevención hacia tu padre. Mi tío le tiene miedo, o eso he oído decir.

Yo enarqué las cejas.

—¿Tu tío?

—Antedio —me contestó—. El jefe de nuestro pueblo. Quizás hayas oído hablar de él. No es tan famoso como nuestro rey, obviamente.

Yo asentí. Sabía algo de los dobunios y su historia por mis lecciones con Bladoco. Recordaba vagamente que Antedio se había hecho cargo del gobierno de su tribu unos años antes y que recientemente se había convertido en un aliado cercano a mi padre. También sabía que nuestro pueblo tendía a mirar con desprecio a los dobunios, pues contemplábamos a nuestros aliados como poco más que a un puñado de campesinos atrasados y simplones moradores de los pantanos, enteramente carentes de sofisticación cultural o de logros militares. Decidí no mencionar nada de todo esto a Sediaco.

—¿Y tú, amigo mío? —me preguntó Sediaco—. ¿Cuál es tu historia?

—No hay mucho que contar. Mi maestro druida, Bladoco, le dijo a mi padre que debía continuar mi educación aquí, en el oeste. Mi padre accedió. Y eso es todo.

—¿Y tu padre te dejó marchar contento? ¿No deseaba que te quedaras en casa y aprendieras cómo gobernar el reino?

Yo negué con la cabeza.

—Mi hermano mayor, Adminio, es el favorito de mi padre. Él heredará el trono de nuestra tribu, no yo.

—¿Y qué se supone que harás tú, entonces?

—Tendré que encontrar otro papel en la vida, dice mi padre. Quizá tome los votos y me una al culto druida.

—Si tú lo dices… —Sediaco chasqueó la lengua—. Aunque dudo mucho de que te convenga.

—¿Por qué dices eso?

—Tú eres catuvelauno. Todo el mundo sabe que sois un pueblo muy guerrero. Lleváis la lucha en la sangre. No durarías mucho como barbagrís.

—¿Qué es un barbagrís?

—Así es como llamamos a nuestros profesores druidas —rio Sediaco—. Me han enseñado muchos de ellos desde que estoy aquí, y no me pareces muy adecuado para entrar en la orden.

Su comentario me irritó, aunque intenté no demostrarlo.

—¿Y tú? ¿No quieres unirte a los druidas?

Sediaco se echó a reír.

—Ni en broma. Estudiaré aquí lo suficiente para que me admitan en el primer círculo, pero luego me iré. No deseo pasar el resto de mi vida metido en un bosquecillo remoto, inspeccionando hígados de ovejas para averiguar la voluntad de los dioses.

—¿Y qué harás, pues?

—No lo sé. No lo he pensado aún. Quizá luche en uno de los grupos de guerreros de mi tío. Lo que sí sé es que preferiría ser un guerrero que un druida, siempre y en cualquier circunstancia. Todo eso del celibato y la abstinencia…

Y tembló visiblemente sólo con pensarlo.

—¿Qué puedes decirme del Gran Druida? —decidí cambiar de tema.

Sediaco se lo pensó un momento.

—Es un supervisor muy duro, pero justo. Aun así, tienes que tener cuidado cuando está cerca. Lo ve todo. Y también es un maestro de la magia.

—¿Quién lo dice?

—Algunos de los druidas, para empezar. Se dice que tiene el poder de adoptar la forma de cualquier animal, doblegar el tiempo a su voluntad e incluso hacerse invisible para los demás.

Yo lo miré con escepticismo.

—¿Y tú te crees todo eso de verdad?

—Al Gran Druida lo eligen los dioses como representante suyo en este mundo. ¿Quién sabe qué poderes podrían otorgar a un hombre semejante?

—Mi hermano dice que la magia no existe. Adminio dice que todo es una ilusión.

—Pronto cambiaría de opinión, si se entrenase con el Gran Druida. Confía en mí, yo he visto sus poderes con mis propios ojos.

Yo parpadeé, sorprendido.

—¿Lo has visto practicar la magia?

—Más de una vez. De todos modos, lo verás tú mismo muy pronto. En la ceremonia de iniciación de mañana.

Alcé aún más las cejas de la sorpresa.

—¿Qué es eso?

—¿No lo sabías? A todos los nuevos estudiantes se les pide que hagan un juramento ante el Gran Druida el primer día de sus lecciones. Es él quien lleva a cabo los ritos de iniciación en el santuario delante de todos los tutores y alumnos.

—¿Y qué tengo que hacer yo?

—Bah, no mucho. En realidad, es una formalidad. Muchos cánticos y adivinaciones, seguidos por un pequeño sacrificio. Y luego te marcan.

—¿Marcarme? —repetí yo.

Sediaco señaló el tatuaje que llevaba en la mejilla.

—Todos los iniciados deben afeitarse la cabeza y recibir la marca de iniciación antes de que se les permita empezar su aprendizaje.

Noté que se me revolvían las tripas.

—¿Y duele?

—Bueno, no es que sea muy agradable, la verdad. En cuanto los druidas saquen las agujas de hueso, verás lo que quiero decir. —Hizo una pausa—. Pero yo me preocuparía más por el entrenamiento, si estuviera en tu lugar.

—¿Tan duro es?

—Mucho. Las horas de estudio son largas, el entrenamiento para el combate es espantoso, y el tiempo en estos lugares normalmente es terrible. Y eso si no nos preocupamos por la mala comida y las ratas, que hurgan por las chozas todo el tiempo. La mitad de los chicos de mi año han abandonado por un motivo u otro, y cuentan que casi ninguno de los alumnos consigue pasar la iniciación para el segundo círculo.

—Ya veo —dije, en voz baja. Estaba empezando a desear que el druida no hubiera decidido nunca traerme a Merladion.

Sediaco vio mi expresión de inquietud y me miró a los ojos.

—Palabras sabias —dijo—. Hagas lo que hagas, no te enfrentes al Gran Druida. No te metas en problemas, haz exactamente lo que te diga, mantén la cabeza gacha, y todo irá bien.

—Intentaré recordar todo esto. Gracias.

—Dame las gracias en otra ocasión. —Me dio unas palmaditas en la espalda y agitó una mano hacia los otros alumnos de la mesa—. Y ahora deja que te presente a algunos de los chicos.

* * *

Un reguero constante de nuevos alumnos fue llegando a Merladion el mismo día que yo. Uno a uno los iban introduciendo en nuestra choza, y Mendax les asignaba un espacio en el suelo de tierra. Unos pocos se presentaron a los alumnos de mayor edad, pero la mayoría se sentó en el suelo, nerviosos, y se quedaron callados.

Aquella misma noche, uno de los ayudantes del jefe nos llamó al salón. Abandonamos el recinto y seguimos un sendero que conducía hacia el banquete en honor de nuestra llegada. Una vez llegamos a la zona que habitaba el jefe, seguí a Sediaco y a los otros novicios hasta un salón con el techo muy alto, iluminado por docenas de antorchas parpadeantes sujetas a unos soportes en las paredes de piedra. Muchas calaveras de los enemigos asesinados por los siluros decoraban los huecos de las paredes. Vortago, los ancianos de la tribu y sus guerreros ocupaban las mesas de caballetes junto al estrado, y un sirviente guio a nuestro grupo a unas pocas mesas en una esquina aparte del enorme espacio.

Mientras el resto de los novatos ocupaban su lugar, yo fui hacia el banco más cercano y me senté al lado de Sediaco. Un exquisito aroma de carne asada flotaba por el salón desde la cocina adyacente, y mi estómago rugió ante la perspectiva de poder tomar finalmente una buena comida después de mi largo viaje a Merladion. Justo entonces, otro alumno se acercó a nuestro banco y se quedó de pie a mi lado.

—Estás en mi sitio, creo —dijo—. Levántate.

Sorprendido y conmocionado, levanté la vista hacia él. Sería quizá dos o tres años mayor que yo, y varios centímetros más alto, con el pelo oscuro y grasiento y la cara marcada por la viruela. Detrás de él, dos novicios mayores más me miraban con expresión hostil.

—¿Estás sordo? —soltó el estudiante de pelo oscuro—. Estoy hablando contigo, babosa.

Los novicios sentados frente a mí se movieron hacia el extremo más alejado del banco sin decir una sola palabra. A mi lado, Sediaco se quedó mirando el suelo y guardó silencio.

—Nosotros nos hemos sentado aquí primero —dije yo—. Hay muchos otros espacios libres.

—No me importa. Éste es mi asiento. Vete de aquí, babosa. Tú y tu amigo. Esta mesa es para los venados. Las babosas se sientan con los suyos.

Hablaba con un acento suave, de alta cuna, pero el tono de su voz era amenazante y violento. Estaba yo a punto de contestar cuando Sediaco me rodeó el brazo con la mano.

—Vamos, Carataco. Busquemos otro banco.

—¿Carataco? —El chico se acercó unos pasos, y algo parecido al reconocimiento relampagueó en sus ojos—. Vaya, así que eres el hijo de ese perro salvaje de Cunobelino.

Yo tomé aliento con fuerza y repliqué, con tono frío:

—No te atrevas a hablar así de mi padre.

—Hablaré de él como quiera, pequeño gilipollas. —Frunció el ceño—. ¿Cómo, en el nombre de Lud, has conseguido

que te elijan para este sitio? He oído decir que los catuvelaunos son tan estúpidos como las bestias que pastorean.

—Yo no soy estúpido —protesté, sin convicción.

—¿Ah, no? —se rio el otro—. Pues me has engañado bien.
Los de tu estirpe son basura. Brutos incultos. Tan lerdos como
un poste. ¿Verdad, chicos?

Sus compañeros asintieron y murmuraron en asentimiento. Yo no dije nada, y el chico del pelo oscuro inclinó la cabeza hacia mí y me miró con una mueca taimada.

—Debo decir que a mí no me pareces un príncipe guerrero. Piel y huesos. Sinceramente, he visto zurullos que dan
más miedo que tú.

—Soy el hijo de un rey —repliqué, con toda la firmeza que
pude—. Y me tratarás de acuerdo con ello.

El chico dejó escapar una fea risotada.

—Tú eres el hijo de un pastor con ideas muy por encima de
su posición. Y ahora lárgate —espetó con dureza, y se acercó un
paso más. Parecía elevarse por encima de mí, y tuve que esforzarme para mantener su mirada amenazadora—. Muévete —ordenó—,
antes de que te pegue. Vamos. Apártate de mi camino, babosa.

—No te pelees con él —murmuró Sediaco, muy bajito—.
No vale la pena.

El chico mayor sonrió fríamente.

—Escucha a tu amigo, muchacho. Te está dando un consejo muy astuto.

Yo apreté los dientes y le arrojé una mirada final. Entonces
me levanté y me volví hacia otra mesa. Antes de que hubiera podido dar dos pasos, el chico del pelo oscuro me interceptó.

—Tendrías que vigilar. —Me soltó una mirada amenazadora—. Quizá seas hijo de un rey, pero aquí no eres más que
una babosa más. Aquí no hay guardias reales que te protejan.
—Y sonrió—. Y, ahora, apártate de mi vista.

Sediaco y yo encontramos un par de sitios en una mesa
cercana junto a algunos de los alumnos más jóvenes. Al sen-

tarnos, vi que aquel chico y sus amigos se reían mientras comían unos trozos de pan.

–No te lo tomes de forma personal –me dijo Sediaco–. Ebórico es un matón. Me temo que hace lo mismo con todas las babosas.

–¿Babosas?

Sediaco sonrió como para disculparse.

–Así es como llamamos a los recién llegados. Ebórico ha convertido en una costumbre meterse con ellos cada año. Aunque le disgustan especialmente los catuvelaunos, no sé por qué motivo.

–¿Y quién es él?

–¿Ebórico? No es nadie demasiado importante. Es sobrino de Verica, el nuevo rey de los atrebates. Uno de sus muchos sobrinos, me han dicho. El duodécimo en la línea de sucesión al trono o algo por el estilo. Un tipo realmente bruto y desagradable, como probablemente te habrás dado cuenta ya. Me asombra que aún se le permita seguir estudiando aquí. Pero supongo que incluso los druidas cometen errores... La mayor parte de los otros estudiantes viven aterrorizados por él.

–¿Y por qué no les dicen nada a los druidas?

–Tienen demasiado miedo. Si se chivan a sus mentores, Ebórico y sus camaradas lo pueden averiguar y darles una paliza.

Yo meneé la cabeza, furioso.

–Alguien debería hacer algo con él y sus amigos. No se les debería permitir que nos traten así.

Sediaco hizo un gesto de impotencia.

–Ebórico es uno de los venados. –Vio mi mirada interrogante y puso los ojos en blanco–. Los novicios superiores.

–¿Cómo?

–Como venado, Ebórico disfruta de ciertos privilegios sobre nosotros. Y, por lo que he oído, Verica ha hecho algunos donativos muy generosos al albergue recientemente. El Gran

127

Druida no querría preocuparlo castigando con demasiada dureza a su sobrino.

–¿Y entonces? ¿Se supone que hemos de vivir siempre con miedo de ese tipo?

Sediaco se encogió de hombros.

–Sí, así son las cosas. No podemos hacer nada. –Miró a su alrededor y bajó la voz–. Parece que eres un chico agradable, así que escúchame atentamente: apártate de Ebórico, a partir de ahora. En serio, no lo provoques.

–¿Y cómo se supone que debo hacer eso?

–Agacha la cabeza y no busques problemas. Confía en mí, ya tendrás los problemas suficientes aquí sin necesidad de hacerte enemigos.

Los sirvientes trajeron entonces unos cerdos asados, a los que siguieron varias bandejas de quesos y panes deliciosos, y yo, al ver que empezaban a servir a los guerreros y mesas principales, ya me relamía anticipando la comida. El jefe y su círculo de consejeros se sirvieron las porciones más selectas, amontonando en sus platos trozo tras trozo de humeante carne caliente y pan recién horneado. Cuando ellos acabaron, los sirvientes llevaron los restos del festín a nuestro rincón del salón, para que Ebórico y los otros novicios mayores pudieran servirse los trozos de menor categoría. Y sólo después llegaron las bandejas a nuestra mesa. Cuando tendí mi plato a uno de los sirvientes, miré desesperado cómo me ponía unos pocos restos de cartílagos y huesos en el plato.

–¿Qué es esto? –pregunté.

–¿Qué crees que es? Es tu cena. Disfrútala.

Eran unos miserables bocados de carne endurecida y grasa, y el trozo de pan que me había tocado en suerte estaba salpicado de moho.

–Pero si aquí apenas hay carne. ¿Cómo se supone que debo sobrevivir con esto?

–Pues es todo lo que tendrás, chico. Los restos, para las

babosas. Si no te gusta, no te lo comas.

Me volví hacia Sediaco, que masticaba furiosamente, con la frente fruncida, concentrado, una tira de carne. En el otro lado del salón, Ebórico y los iniciados de mayor edad se reían por alguna broma, deleitándose con sus trozos más tiernos, y el jugo de la carne corría por sus barbillas.

—¿Hay algún problema? —me preguntó Sediaco, sin dejar de comer.

—Esta comida. No puedo comerme esto. En mi casa estas sobras se las tiramos a los perros.

—No está tan mal. Te acostumbrarás. Ya lo verás.

Tomé un pequeño trozo de carne de mi plato, lo miré con suspicacia y lo mordisqueé. El asado no tenía gusto, y era tan duro y seco como el cuero viejo. Conseguí dar otro bocado y lo tragué con un sorbo de agua.

—Esto…, ¿no te vas a comer eso? —me preguntó Sediaco, señalando un trozo de cartílago en mi plato.

Yo negué con la cabeza.

—Sírvete.

Sediaco cogió la fibrosa grasa con una mirada hambrienta. Justo entonces, Vortago se levantó del trono. Al instante, todos los invitados dejaron de comer, prestos a escuchar obedientemente al jefe, que se disponía a pronunciar un breve discurso.

—Hay algunas caras nuevas aquí esta noche —empezó, y levantó el cuerno de beber en nuestra dirección—. A ellos, les doy la bienvenida. Imagino que echaréis de menos vuestros hogares. Algunos de vosotros estaréis preocupados por lo que os espera, sin duda. Deberíais estarlo. Vuestra niñez ha terminado. Sufriréis penalidades y hambre. Sólo aquellos que sean fuertes de corazón y duros y rápidos de pensamiento completarán su entrenamiento hasta el final. En cuanto al resto…, pues los enviaremos a casa, avergonzados, si no consiguen cumplir el nivel requerido por los druidas.

Vortago hizo una pausa, y yo estuve seguro de que me

miraba a mí directamente cuando continuó:

—Podéis estar seguros de esto, niños. Muchos habéis venido aquí, pero casi todos fracasaréis. Aquellos que aguanten serán los hombres elegidos por los dioses. Os deseo a todos y cada uno la mejor de las suertes. Vais a necesitarla, si queréis sobrevivir largo tiempo. Y ahora…, disfrutad del resto de vuestra comida.

Se sentó de nuevo e hizo una seña a uno de los esclavos. De inmediato, un par de bardos que se hallaban en la galería que discurría por encima del estrado empezaron a recitar un poema en verso muy largo celebrando la generosidad y heroicas hazañas de Vortago.

Yo decidí acabarme los patéticos restos del festín. La conversación con los demás iniciados me resultaba difícil. Éramos once en total: los mejores estudiantes procedentes de muchas tribus de nuestra tierra. Unos cuantos de ellos estaban claramente atemorizados por la reputación de mi padre, y preguntaban si era realmente cierto que era tan alto como un gigante y que iba por ahí con las manos cortadas de sus enemigos colgando en su cuello. Los otros parecían recelosos o directamente hostiles hacia mí, y me sentí aliviado en secreto cuando, al cabo de un rato, nos ordenaron que volviéramos a nuestras chozas.

Yaciendo allí en el suelo desnudo y frío aquella noche, rodeado de desconocidos, me sentí abrumado por la nostalgia. Echaba de menos angustiosamente a mi familia y mis amigos, y, para empeorar las cosas, tenía que preocuparme por evitar a Ebórico y sus amigos. Representaba una y otra vez el incidente del salón en mi cabeza, deseando haber sabido responder de otra manera. Ahora tendría que vigilar mis espaldas, por si intentaba meterse conmigo otra vez. Estuve dando vueltas durante horas, hasta que por fin caí en un sueño agitado.

CAPÍTULO DIEZ

Todavía estaba oscuro cuando nos despertaron los gritos de Mendax y los demás guardias. No había amanecido aún, cuando me levanté de la cama tambaleante y me froté los ojos. Un guardia me arrojó una túnica marrón y sencilla.

–¿Qué es esto? –pregunté, medio dormido.

–Tu ropa, chico nuevo. Todos los novicios llevan lo mismo. Normas del santuario. Vístete.

A toda prisa, me puse la túnica y me até las botas de cuero, y un hombre nos trajo un cubo lleno de pan fermentado y una jarra de agua fresca. Comimos de pie en torno a las mesas, y poco después los recién iniciados salíamos del recinto hacia la luz turbia y gris anterior al amanecer. Íbamos tras los guardias, por el camino que iba hacia la puerta, en el extremo más alejado de la capital. Bladoco y los demás maestros druidas nos esperaban de pie junto a la puerta, con sus túnicas negras ondeando por la brisa. Yo miré hacia atrás por encima de mi hombro, tratando de distinguir algo, buscando alguna señal de mi tío Epático, pero a aquella hora la zona del jefe estaba desierta.

Bladoco me saludó con una expresión seria.

–¿Pasa algo?

–Mi tío –dije–. Querría despedirme de él, maestro. Antes de que vuelva al este con la guardia.

El druida de barba gris meneó la cabeza firmemente.

—No hay tiempo. Debemos partir hacia el santuario. El Gran Druida os está esperando.

—Pero se lo prometí, maestro. Di mi palabra a Epático.

—Olvídate de tu tío. Ahora nos perteneces a nosotros —soltó Bladoco, fríamente—. Tu antigua vida en Camuloduno ha terminado. ¿Entendido?

Yo bajé la cabeza.

—Sí, maestro —murmuré.

A una orden de Mendax, los guardias abrieron la puerta, y nuestro grupo bajó por la colina boscosa hacia el santuario. Los primeros y débiles rayos de luz brillaron detrás de los picos de la montaña mientras descendíamos hacia una zona boscosa oscura. Caminamos por un sendero rústico a través del sotobosque enmarañado, cruzamos un estrecho puente de madera sobre unos rápidos donde el agua corría entre unas rocas relucientes, y poco después salimos de entre los árboles. Por delante, ya pudimos divisar el recinto de los druidas, situado en un espolón de tierra por encima de un tranquilo río. Un par de guardias se pusieron firmes al ver que nos acercábamos, se oyó un grito, y la puerta se abrió. Entonces seguí a los otros novicios y a nuestros mentores hacia el recinto rodeado por la empalizada.

No tardamos en entrar en un espacio amplio, con un camino flanqueado por unas columnas de piedra rústicas que llevaban inscritas líneas de runas. En el extremo más alejado de la avenida estaba el santuario sagrado de los druidas: una estructura techada de madera con una entrada enmarcada de roble, coronada por un par de cornamentas que eran las más grandes que había visto en mi vida. Levanté la vista y me detuve en seco. Una docena de calaveras humanas estaban colocadas en nichos por todo el dintel de madera, por encima de la puerta. Más allá, una vasta pila de espadas dobladas, escudos de bronce reluciente y cascos dispuestos en una oquedad poco honda, en medio del suelo pavimentado, reflejaban la luz de varias antorchas en sus soportes.

A la derecha del edificio se alzaba un recinto separado, con una zanja alrededor y una serie de huecos llenos de lo que parecían ser cráneos de animales, junto a un pequeño redil. En el extremo más alejado del santuario, unos escalones conducían a una plataforma elevada con un gran estrado donde se veía un altar gigantesco de piedra caliza. Unos robles retorcidos rodeaban la plataforma, y sus viejas ramas crujían y gemían con la brisa que silbaba en la cima de la colina.

–¿Qué piensas, chico? –susurró Bladoco.

Yo levanté la vista hacia el enorme santuario. Me sentía maravillado.

–Nunca había visto nada semejante.

–Ya te dije que era un lugar especial –se sonrió.

–¿Y quién vive ahí? –pregunté yo, señalando un pequeño grupo de chozas redondas situadas junto a la entrada principal.

–El Gran Druida y sus compañeros de mayor edad –explicó Bladoco–. Todos ellos, hombres del quinto círculo. Sólo a los que alcanzan el grado más elevado de aprendizaje se les permite vivir entre los espíritus del otro mundo.

–¿Y cuánto cuesta llegar al quinto círculo?

–Muchos años –dijo Bladoco–. Algunos hombres pasan la vida entera intentando llegar a tal nivel de sabiduría.

Mientras hablaba, un grupo de figuras con túnicas oscuras emergió de una de las chozas y comenzó a caminar hacia nosotros. Uno de ellos, un hombre arrugado que llevaba un bastón largo, con una pequeña hoz colocada en la punta, murmuró unas pocas palabras a Bladoco y los demás mentores.

–Bienvenidos al santuario de las Doce Calaveras, niños –dijo, volviéndose hacia nosotros–. Me llamo Segorix. Soy uno de los druidas de mayor edad aquí. Seguidme, por favor.

Dio la vuelta y nos guio hacia unos escalones de piedra que subían hasta la plataforma elevada. Nos detuvimos frente al estrado, y entonces los chicos mayores y sus maestros se distribuyeron en un círculo amplio. Por encima de ellos vi la silueta oscura de varios cuervos en los árboles; graznaban y nos miraban desde las alturas.

Una vez todo el mundo hubo ocupado sus posiciones, Segorix, el druida que llevaba la hoz, levantó las manos hacia el cielo y empezó a salmodiar algo en una lengua que no comprendí.

–¿Qué está ocurriendo? –pregunté.

–Los druidas están convocando a los dioses para que presencien la ceremonia de iniciación –dijo Bladoco–. Deben buscar la aprobación de Lud antes de comenzar los rituales.

Cuando Segorix dejó de cantar, uno de sus compañeros se adelantó hacia el centro de la plataforma. Era alto y llevaba una túnica suelta y blanca y una cadena de oro en el cuello. Con la mano derecha sujetaba unas varillas de hierro, cada una de ellas de la longitud de un astil de flecha, y llevaban grabadas una serie de marcas peculiares. El hombre gritó un conjuro y luego arrojó las varillas al suelo, y éstas se distribuyeron en la plataforma con un ruido metálico. Los demás eruditos se quedaron mirando al druida de túnica blanca, que se inclinó a inspeccionar los símbolos.

–¿Qué está haciendo? –susurré a Bladoco–. ¿Qué son esos bastones?

–Son bastones de adivinación –replicó Bladoco en voz baja–. Calla, chico.

De repente, mientras el druida examinaba las señales, se hizo un tenso silencio. Un momento más tarde, el hombre se enderezó y anunció algo en el mismo dialecto extraño. Entonces, varios de los otros druidas golpearon con sus bastones el suelo, al unísono.

–¿Qué ha dicho? –pregunté.

–El adivino dice que los augurios son altamente favorables. Lud ha dado su consentimiento. La ceremonia puede continuar.

–¿Y ahora qué?

–Ahora, esperaremos.

Algunos de los novicios de mayor edad murmuraron entre ellos en voz baja. Segorix dio un golpe con su bastón en el suelo de piedra, pidiendo silencio. Una quietud extraña cayó sobre el santuario. Durante un momento no se oyó sonido alguno excepto el débil aliento del viento que alborotaba las hojas de los robles que nos rodeaban.

–¿Dónde está? ¿Dónde está el Gran Druida? –murmuré, estirando el cuello.

–¡Silencio! –siseó Bladoco, cortante.

Al momento siguiente, el viento se calmó hasta convertirse apenas en susurro, y al poco murió, y unas nubes oscuras empezaron a reunirse por encima de nosotros, como aprisionando el cielo. El silencio se vio roto abruptamente por un ruido vacilante entre los árboles. Uno de los chicos gritó y señaló con un dedo hacia el cielo, por donde una bandada de cuervos revoloteaba sobre nosotros graznando con fiereza. Levantamos la vista hacia ellos, distraídos durante un momento.

–Bienvenidos, niños –nos saludó una voz ronca desde el altar.

Volvimos nuestra atención hacia ella inmediatamente. Una figura con túnica y un tocado de cornamentas en la cabeza se alzaba frente a nosotros, como si se hubiese materializado de repente en el aire. A pesar de su modesta estatura, aquel hombre transmitía intensidad. Tenía los ojos muy hundidos bajo unas cejas gruesas, y brillaban como carbones húmedos. Unos huesos angulosos le definían el rostro, y su piel arrugada parecía gris. Levantó un brazo huesudo, y los asistentes nos quedamos en silencio al momento.

–Me llamo Lugraco –prosiguió–. Gran Druida de las tribus siluras y guardián del santuario de las Doce Calaveras. A partir de ahora me llamaréis «Gran Maestro». ¿Entendido?

–Sí, Gran Maestro –replicamos todos al unísono.

El Gran Druida separó los labios y sonrió. Vi que llevaba los incisivos limados hasta formar unas puntas afiladas.

–Novicios –siguió, con tono áspero–, vuestros mentores druidas os han traído aquí para que os iniciéis en el primer círculo de nuestra orden. Es un gran honor. Cada uno de vosotros ha sido elegido por vuestras promesas intelectuales, vuestro deseo de conocimiento y vuestro potencial para leer las señales de nuestros dioses. Pocos sois los elegidos. Menos seréis los que tengáis éxito.

»En Merladion, vuestros logros pasados no cuentan. Se os requerirá que trabajéis más duro que nunca. Cada día os empujaremos hasta los límites de la resistencia mental y física. Habrá veces que sentiréis que ya no podéis continuar. Pero no hay lugar para las debilidades aquí. Fortaleza y disciplina lo son todo. Para tener éxito, debéis aprender a dominar vuestra mente y vuestro cuerpo.

»Hay tres cosas que pido a cada novicio: diligencia, trabajo duro y obediencia. Si seguís esas normas, al final os convertiréis en sabios conocedores del culto druídico. Aquellos de vosotros seréis seleccionados para continuar vuestro entrenamiento más allá del primer círculo, y aprenderéis los secretos de la profecía e incluso de la magia. Pero os costará muchos años de estudio alcanzar tales poderes. Muy pocos de nuestros novicios llegan tan lejos…, muy pocos.

Lugraco hizo una pausa nuevamente, asegurándose de que le prestábamos atención plena, antes de seguir adelante.

–Os reuniréis cada día a primera hora con vuestros mentores. Desde entonces, hasta la hora del mediodía, asistiréis a las lecciones. Ellos os encargarán tareas para el día siguiente. Puede ser que os tengáis que aprender de memoria una ley tribal o los días propicios de un mes en particular. Al final de cada mes, os examinaréis de un tema en particular ante vuestros compañeros. Aquellos que no lleguéis a los requisitos mínimos, seréis despedidos.

Señaló a nuestros mentores personales, los druidas que nos habían acompañado individualmente a Merladion.

–Vuestros maestros druidas supervisarán vuestro entrenamiento. Ellos son vuestros guías en este viaje, y es necesario que sigáis sus enseñanzas y sus órdenes en todo momento. ¿Comprendido?

–Sí, Gran Maestro –replicamos.

–Excelente. –Lugraco asintió y juntó las manos–. Vivimos bajo un código. Cada uno de vosotros se adherirá estrictamente a ese código o se verá castigado gravemente por desobediencia. Nuestra orden no tolera el robo, la embriaguez ni el trato con mujeres. Este santuario no ve con buenos ojos la tradición del duelo. Está prohibido para un novicio exigir satisfacción, excepto en determinadas instancias que conciernen al honor personal. Además de vuestros estudios, el jefe de la guardia os entrenará en el uso de las armas. Obedeceréis a vuestros entrenadores igual que a vuestros mentores. Y yo personalmente disciplinaré a cualquier estudiante que descuide su instrucción militar. –Levantó una mano y nos señaló a cada uno de nosotros, por turno–. ¿Queréis preguntar algo?

Yo miré a los demás novicios, pero nadie dijo una palabra.

–Entonces procederemos con los ritos de iniciación.

El Gran Druida se volvió hacia sus compañeros y señaló a un hombre que llevaba una hoz. Tras gritar una orden, este último se abrió un hueco en el círculo, y un par de druidas subieron los escalones. Llevaban con ellos a una cabra blanca que balaba sin cesar sujeta con una cuerda que le rodeaba el cuello. Con ellos iba otro druida que llevaba un cuenco grande de barro, y éste se detuvo al borde de la plataforma y esperó. Los otros dos condujeron a la cabra hasta el altar de piedra.

–Lud requiere una ofrenda –me explicó Bladoco–, para aceptar a los nuevos iniciados y para pedir a los dioses que os guíen favorablemente en vuestros estudios.

Los dos druidas desataron la cuerda que aprisionaba a la cabra por el cuello y la levantaron hasta el altar. Al mismo tiempo, el Gran Druida sacaba una pequeña daga, con una empuñadura de oro ornamentado, de debajo de los pliegues de su túnica. Se acercó al altar y levantó la daga hacia el cielo, y la punta relució bajo el sol naciente. Entonces entonó una frase en una lengua que yo no había oído jamás. Entretanto, los otros dos druidas sujetaban de costado a la cabra, que se resistía y balaba. El Gran Druida bajó la hoja brillante hacia la cabra y le abrió la garganta con un corte brutal.

El animal emitió un ruido espantoso y se agitó en violentos espasmos. Un gorgoteo dolorido escapó de su garganta abierta. El druida con el cuenco de barro se apresuró a acercarse y, arrodillándose junto al altar, recogió en el recipiente la sangre oscura que brotaba del cuello del animal. Tras una breve lucha, la cabra dejó de retorcerse; su cabeza cayó hacia atrás, sin vida. El Gran Druida levantó sus manos ensangrentadas hacia el cielo y aulló, a voz en grito:

—¡Lud, señor del otro mundo, acepta este humilde don de tus siervos! ¡Protege a estos niños y guíalos al empezar su viaje hacia los círculos interiores del culto druida!

Bajó los brazos, se apartó del altar y secó la hoja de la daga en su túnica, ahora salpicada de sangre. Un momento más tarde, un ayudante se acercó a nosotros con diversas guirnaldas de muérdago, mientras un segundo ayudante nos seguía muy de cerca con una copa grande para beber. Este último se acercó al altar y vertió la sangre de la cabra en la copa para beber, llenándola hasta el borde, y salpicó en ella diversas hierbas secas y hojas. Luego levantó la copa y me la ofreció a mí.

—Bebe —susurró Bladoco.

Yo miré el contenido y arrugué la nariz, con desagrado.

—¿Tengo que hacerlo, maestro?

—Debes hacerlo, niño. Te protegerá de los malos espíritus.

Tratando de aguantarme las arcadas, levanté las manos y acepté la copa.

–No lo escupas –me advirtió Bladoco–. Si no, el Gran Druida lo tomará como señal de que tu alma está corrompida.

Inspiré aire y me llevé la copa a los labios. Me obligué a tragar la sangre de la cabra, y al instante devolví la copa al ayudante, tratando de ignorar el sabor rancio que notaba en la boca. El hombre se fue desplazando por la fila de iniciados, y uno a uno bebieron, por turnos. Cuando hubo terminado, su camarada puso una guirnalda de muérdago en la cabeza de cada novicio, y luego el gran Druida nos hizo señas de que nos acercásemos.

Estábamos de pie, nerviosos, frente al Gran Druida. Y entonces él recogió el cuenco con la sangre de manos del hombre que estaba cerca y mojó el dedo en el líquido oscuro. Nos marcó a todos en la frente con la sangre al tiempo que murmuraba un hechizo entre dientes. Luego dejó el cuenco en el altar, junto al animal sacrificado, y juntó las manos.

–Y ahora, niños, repetid conmigo –dijo–: Juro ante los dioses del otro mundo y sus sirvientes…

Hizo una pausa, y nosotros repetimos sus palabras lentamente. No te explicitaré el resto del juramento, porque es un secreto conocido solamente por los druidas y aquellos a quienes enseñan. Repetir el juramento es someterse a un tormento eterno a manos de los dioses. Baste con decir que termina con las palabras: «Juro no poner nunca por escrito la sabiduría que me han transmitido mis tutores y preservar los misterios secretos de la orden con mi vida…».

En cuanto hubimos recitado el juramento, el Gran Druida nos hizo una seña.

–Ya está –anunció–. Lud ha dado testimonio. El juramento se ha tomado, los ritos sagrados se han realizado. Todos vosotros ahora pertenecéis a los druidas, en cuerpo y alma, desde este día hasta que dejéis el santuario. Y, ahora, puede empezar vuestra formación.

En cuanto finalizó la ceremonia de iniciación, abandonamos el altar y volvimos a bajar los escalones que conducían al espacio frente al santuario. Los estudiantes de mayor edad se marcharon con sus respectivos tutores, y yo seguí a los otros jóvenes novicios. Lugraco y Segorix nos condujeron a un rincón aparte del santuario. Unos momentos más tarde, se acercaron tres druidas. Uno llevaba una bandeja de madera con lo que parecían unas agujas de hueso, navajas de bronce y tijeras, y un pequeño botecito de barro lleno de pigmento. Nos fueron llamando por turno, nos afeitaron el pelo y nos pincharon la piel de la mejilla con una aguja de hueso, marcándonos a todos de la misma manera. En cuanto nos tatuaron, nos llevaron junto a un druida de rostro muy demacrado, y con él pasamos el resto de la mañana memorizando lo básico del culto. Más tarde, nos emparejamos con nuestros respectivos mentores individuales que nos iniciaron en la mejor comprensión de los dialectos tribales. Cuando el sol llegó a su cénit, el Gran Druida anunció que nuestra instrucción había terminado aquel día, y emprendimos el corto viaje de nuevo colina arriba hacia la capital, para empezar a entrenarnos con las armas.

Un par de guardias siluros nos esperaban junto a la puerta. Nos saludaron sin palabras y nos guiaron al otro lado del asentamiento, a una explanada de entrenamiento muy grande situada junto a la choza del jefe. Los muchachos mayores, bajo la mirada seria de sus entrenadores, empezaron inmediatamente a lanzar mandobles hacia una fila de postes de entrenamiento de madera. Y, entretanto, Mendax nos ordenó a los recién llegados que formáramos frente a un terreno vacío. Bladoco se quedó cerca con el resto de maestros druidas, observando la lección con ojos agudos.

El guerrero lisiado cruzó los brazos sobre su pecho.

–Bueno –empezó a hablar Mendax con su voz ronca en un catuvelauno quebrado, para hacerse comprender por los novicios–. ¿Cuántos de vosotros habéis recibido instrucción con la espada antes? ¿O con armas de entrenamiento?

La mayoría levantamos el brazo. Unos pocos no lo hicieron. Mendax separó los labios en una sonrisa torcida.

–Perfecto. Bueno, ya podéis olvidaros de todas las tonterías que os hayan enseñado en el pasado. A partir de ahora, vais a aprender a luchar como auténticos guerreros. ¡Como siluros!

Su voz resonó a través del yermo campo de instrucción. Hizo una pausa momentánea y nos miró ceñudo, dejando que su voz fuese penetrando en nuestro interior. Yo miré de soslayo a mis compañeros, y vi que miraban a Mendax con una mezcla de curiosidad y aprensión.

–Como sabéis –siguió el guardián–, somos gente de la montaña. También somos la tribu más dura de la tierra. A diferencia de la mayoría, nunca hemos sido conquistados por extranjeros. ¿Alguno de vosotros sabe cómo lo hemos conseguido?

La pregunta fue respondida con el silencio. Mendax nos fulminó con la mirada. Como no llegó ninguna respuesta, movió en arco un brazo en dirección a las montañas envueltas en niebla que se alzaban sobre nosotros a ambos lados del valle.

–Mirad a vuestro alrededor –gruñó–. ¿Veis esas grandes montañas como de sangre? Así es como hemos rechazado a los invasores. No cargando contra el enemigo sin orden ni concierto en campo abierto, como un hatajo de idiotas. No. Nosotros ganamos utilizando el paisaje como ventaja.

Me pitaron los oídos al oír sus palabras, pero aguardé a lo que estaba por decir.

–Aquí no combatimos en grandes batallas contra nuestros enemigos, atacándonos los unos a los otros con espadas y lanzas –prosiguió–. Aquí luchamos con el sigilo y la astucia. Usamos la cobertura natural de las montañas y bosques para pillar al enemigo por sorpresa, en el tiempo y el lugar que no-

141

sotros elijamos. Los golpeamos con fuerza, destripamos a esos hijos de puta y desaparecemos de nuevo antes de que sepan quién los ha atacado. Así es como hemos derrotado a nuestros enemigos durante siglos, aunque ellos fueran más y mejores.

Yo lo escuchaba con fascinación. El tipo de combate que me estaba describiendo Menadax era completamente diferente al de mi pueblo. Me habían educado en la creencia de que las tácticas de lucha y el combate singular eran la mejor forma de triunfar en el campo de batalla, cada guerrero midiendo sus habilidades y su valentía en combate cercano contra un oponente de valía. Tal enfoque ponía el énfasis en el prestigio y la gloria personal por encima de todas las cosas. Pero Mendax estaba sugiriendo algo muy distinto.

–Os entrenaréis en nuestro estilo de lucha durante el tiempo que paséis aquí –continuó–. Eso significa aprender todo lo que hay que saber sobre emboscadas, incursiones y ocultación. A lo largo de los años que vendrán, adquiriréis pericia para escalar, marchar largas distancias por los terrenos más duros de la tierra y usar espadas, lanzas, hondas, arcos y todos los aspectos de nuestra forma de guerrear. Cuando acabéis vuestra estancia en Merladion, seréis tan capaces como cualquiera de nuestros mejores guerreros –hizo una pausa y señaló hacia mí–. Hasta tú, príncipe debilucho.

A mi alrededor algunos de los otros niños se echaron a reír. Mendax esperó hasta que volviera el silencio, y luego habló de nuevo:

–¿Alguna pregunta?

Yo levanté la mano.

–¿Dónde están nuestras espadas de entrenamiento, maestro?

Mendax negó con la cabeza.

–No habrá armas. No las usaremos todavía. Al menos, no durante unos pocos meses.

Un coro de gemidos hizo eco en el campo de instrucción.

—Pero la mayoría de nosotros ya hemos usado armas —repliqué yo.

Mendax se acercó a mí.

—¿Estás cuestionando mi opinión, hijo? —dijo, señalándome con un dedo carnoso—. ¿Crees que piensas mejor que yo?

—No, maestro.

—¿Te gustaría quizá llevar tú la sesión de instrucción? ¿Enseñarnos a todos cómo se hace?

—No, maestro.

—Claro que no, joder, ya me lo imaginaba. No me importa lo que hayas hecho con esos pastores de tu tribu. Ahora estás en Merladion, y harás exactamente lo que yo diga y cuando yo lo diga. Si te digo que no hay armas, pues lo aceptarás y punto. ¿Queda claro?

—Sí, maestro.

—Bien, entonces, ¿me vas a dejar que continúe con la lección, hijo? ¿No harás más preguntas de listillo?

—No, maestro.

Él retrocedió y volvió a dirigirse al resto del grupo:

—Como decía, antes de que aprendáis a luchar, cada uno de vosotros tendrá que saber moverse como un guerrero siluro. No tiene sentido preparar una emboscada al enemigo si estáis demasiado cansados para sujetar una espada adecuadamente cuando llegue el momento de luchar.

Señaló hacia el terreno yermo que tenía detrás. Un camino burdo corría por el perímetro del terreno de instrucción, y los novicios más experimentados practicaban en los postes de madera a un lado.

—Empezaremos con algo bonito y fácil. Veinte vueltas. —Sus labios se abrieron en una sonrisa sádica—. El que acabe el último pasará la semana que viene limpiando los alojamientos. ¡Moveos!

* * *

Mendax nos hizo esforzarnos muy duramente el resto de la tarde. Después de completar las vueltas al terreno de instrucción, nos ordenó entrar en el asentamiento y correr repetidamente arriba y abajo por las colinas circundantes, cada novicio cargado con un saco lleno de piedras. Resultó extenuante, un trabajo más duro que cualquiera que hubiera soportado jamás antes, en Camuloduno, y, cuando hubimos acabado, me dolía horriblemente cada músculo de mi cuerpo. Una hora más tarde, cuando el cielo ya se fundía con la oscuridad, seguí a los demás novicios, todos exhaustos, hacia nuestro recinto. Los iniciados, entretanto, aprovechaban la oportunidad para descansar hasta la hora de la cena, bromeando unos con otros o jugando a sus juegos favoritos. Yo me improvisé un lecho con unas pocas ramas y unos helechos que había traído conmigo desde la colina.

–¿Cómo ha sido tu entrenamiento con Mendax? –me preguntó Sediaco, al llegar.

–Duro –murmuré, haciendo una mueca ante el dolor pulsátil que sentía en las piernas–. ¿Es así cada día?

Sediaco se echó a reír.

–Ah, no, es peor aún, amigo mío. Mucho peor. Te lo aseguro, Mendax es muy duro. Algunas de sus sesiones son tan brutales que acabas vomitando.

–Maravilloso. Algo más en lo que pensar.

–Ya te lo advertí.

–Ya lo sé –respondí en voz baja.

Al ver mi expresión abatida, me dio una palmada en la espalda.

–Vamos, anímate. Aquí no se está tan mal.

–¿Ah, no? –le pregunté, dolorido, con la vista fija en mi rudo lecho de ramas–. No tengo ni siquiera un sitio decente donde dormir. El entrenamiento es agotador físicamente. Mendax es un maltratador. Y, en cuanto a la comida… –negué con la cabeza–. Bueno, los restos miserables con que nos alimentaron en la cena no valen ni para los esclavos.

—La comida está bien, en cuanto te acostumbras. Y las cosas mejorarán. Ya lo verás —dijo Sediaco—. Yo soy un iniciado druida del segundo año. Me han entrenado en los poderes de la adivinación, ¿sabes?

—¿De verdad?

—Ah, sí. De hecho, ahora mismo estoy adivinando que estás a punto de meterte a escondidas en la cocina de la sala grande y robar un poquito del mejor hidromiel del jefe para que lo compartamos.

—¡No puedo hacer eso!

—Debes hacerlo, niño. —Sediaco adoptó la voz lenta y áspera del Gran Druida y me señaló con un dedo torcido—. ¡Se ha profetizado!

Me miró muy serio un momento y luego se echó a reír de repente, y yo reí con él, hasta que un súbito silencio cayó sobre la choza. Levanté la vista justo a tiempo de ver entrar a Ebórico, acompañado por los otros dos chicos que también iban con él en el festín de la noche anterior. Uno de ellos era un joven bajo y robusto, con una cicatriz rosada por encima del labio superior. El otro chico era al menos tan alto como Ebórico; tenía el pelo corto y rojo, y sus labios eran tan finos como la hoja de un cuchillo.

—Mierda —murmuró Sediaco.

—¿Qué quiere ése ahora? —pregunté.

—Lo mismo que quieren siempre los venados —murmuró Sediaco, desconsolado—. Amargarnos la vida.

Los novicios más jóvenes se quedaron en sus sitios, quietos y callados, mientras Ebórico paseaba la mirada por el interior de la choza. Al fin, centró su atención en mí, y una sonrisa muy fea se extendió por sus labios. Sus dos amigos se habían quedado junto a la entrada, mirándome torvamente.

—Bien, bien, Sediaco —dijo Ebórico—. Haciendo amistades, ¿eh? Y con el tonto del pueblo, nada menos. ¿De qué os estabais riendo?

Yo me levanté y lo miré fijamente.

–Métete en tus asuntos.

Ebórico me miró con fingido horror.

–¿Así es como hablas con tus superiores? Aquí estoy yo, un novicio superior, hijo de un respetado noble atrebate, y tú dirigiéndote a mí como si fuera un campesino cualquiera de baja cuna –chasqueó la lengua–. Qué pocos modales enseñan a los hijos de la nobleza en Camuloduno hoy en día, ¿verdad?

–Déjalo, Ebórico –lo interrumpió Sediaco–. Es nuevo. No pretende molestar.

–Yo juzgaré eso, campesino. No tú. A no ser que quieras que te machaquemos la cabeza para reírnos un poco.

Sediaco no respondió. Ebórico dirigió su mirada hacia mí y, de repente, las comisuras de sus labios se curvaron hacia arriba. Señaló el anillo de oro que yo llevaba en la mano izquierda; aquel que me había dado mi padre como seña de mi linaje real.

–Es una bonita pieza, ésa que tienes ahí. Muy bonita, realmente. –Su sonrisa se amplió–. Me la quedo.

Yo negué orgullosamente con la cabeza.

–Ni hablar. Es un regalo de mi padre.

–No me importa si es del mismísimo Lud. Me la darás ahora mismo, chico nuevo. Considéralo como una forma de compensación.

–¿Compensación? ¿Por qué?

–Por no haber tratado a un superior tuyo con el debido respeto. –El atrebate tendió la mano–. Y ahora dámelo, babosa.

–No –respondí con firmeza.

–Te lo explicaré de una manera sencilla: o me das ese anillo o mis amigos y yo te daremos una paliza. –Movió un pulgar en dirección a mis compañeros–. Y, en cuanto hayamos terminado, mearás sangre todo un mes.

Yo apreté los puños y retrocedí un par de pasos, como para apartarme de él. Ebórico miró por encima del hombro a sus amigos.

146

–Durro, échame una mano. Vegorix, tú vigila. Mira que no nos moleste nadie.

El chico más bajo y robusto se acercó rápidamente, y el más alto se colocó en medio de la entrada. Entonces Ebórico se adelantó hacia mí, al tiempo que cerraba las manos en unos tensos puños.

–Me darás las gracias por esto, chico nuevo. Estoy a punto de darte una valiosa lección de respeto a tus superiores.

Y, sin más, Ebórico se abalanzo sobre mí, dejando caer los hombros, en un intento de golpearme con fuerza en la cara. Yo vi el movimiento y, recordando lo que me había enseñado Epático, me moví hacia la derecha y logré esquivarlo; al instante siguiente, lancé mi puño sobre sus costillas, en un movimiento igual de frenético. Ebórico era mucho más alto y fuerte que yo, pero aun así el impacto lo sorprendió y dejó escapar un gruñido de rabia. Atacó entonces de nuevo, y esta vez yo doblé la cabeza, apartándola de su alcance, y le lancé una patada a la entrepierna. Ebórico soltó un gemido, trastabilló hacia atrás y se llevó las manos a las pelotas.

Antes de que pudiera golpearlo de nuevo, sin embargo, Durro saltó hacia mí con un chillido enloquecido. Me di la vuelta en redondo para enfrentarme a este nuevo adversario, que ya me lanzaba un puñetazo hacia la mejilla, e instintivamente levanté las manos para protegerme la cara. Al verlo, Durro apuntó más abajo, y yo respingué de dolor cuando sus nudillos me dieron en el estómago, quitándome todo el aire de los pulmones. Me doblé en dos y caí de rodillas, jadeando, y Durro cayó a mi lado también. Sediaco, que hasta ahora había permanecido en un rincón, echó a correr para ayudarme, pero el chico más alto, Vegorix, también se dio cuenta y lo interceptó.

Durro me echó al suelo de bruces y me sujetó allí, en el polvo, con la rodilla. Yo luché salvajemente, dando patadas e intentando soltarme de debajo de Durro, pero tal era el peso de su cuerpo que no conseguía moverme. A trompicones, Ebórico se llegó hasta mí y se arrodilló, aún jadeando tras el golpe a su entrepierna. Me agarró la muñeca izquierda y empezó a intentar quitarme el anillo del dedo índice.

–¡Suéltame! –grité yo.

–¡Cállate! –susurró Ebórico–. ¡Sujétalo fuerte, Durro!

Mientras él luchaba por quitarme el anillo, una voz ronca y familiar resonó abruptamente:

–¡Ya basta!

Ebórico y Durro se quedaron paralizados al instante, y al momento siguiente se apartaron. Cuando levanté la mirada, vi a Bladoco, de pie, dentro de la choza, con expresión severa. En silencio, observó la escena que tenía ante él y luego miró a los otros iniciados uno por uno, antes de dirigir su mirada a Ebórico.

–¿Qué está pasando aquí? –exigió.

Ebórico y Durro se pusieron en pie, y yo luché por recuperar el aliento.

–Lo siento, maestro –dijo Ebórico, inclinando la cabeza ante el druida–. Sólo estábamos jugando a luchar. ¿Verdad, chicos?

Durro y Vegorix murmuraron su asentimiento.

–¿Ah, sí? –Bladoco arqueó las cejas–. A mí no me parecía ningún juego.

Ebórico me dio una palmadita en la espalda.

–Él está bien, maestro. Es que nos hemos dejado llevar un poco. Pregunta a cualquiera de los chicos, te dirán lo mismo. Pregunta al nuevo, si no nos crees.

Bladoco me miró fijamente.

–¿Es así, chico?

–Sí, maestro –odiaba mentir a Bladoco, pero también sabía que, si le contaba la verdad sobre Ebórico y sus amigos, lo único que conseguiría sería empeorar las cosas. Sería mi palabra contra la de él, y los demás se asegurarían de ponerse de su lado. Y, además, quedaría marcado como chivato, y tal reputación seguramente no me congraciaría mucho con mis compañeros.

—¿Estás seguro? —preguntó Bladoco.

—Ebórico y yo estábamos practicando, divirtiéndonos —asentí–, y se nos ha ido un poco de las manos. —Ebórico no dejaba de mirarme–. Es culpa mía, en realidad. No ha pasado nada.

—Ya veo. —Bladoco se alisó un pliegue de la ropa–. Bueno, levántate. Tienes que venir conmigo.

—¿Ahora, maestro?

—Sí, ahora. Ponte de pie, niño. Ven.

Y salió de la tienda. Yo me levanté del suelo y me dirigí a la entrada, pero Ebórico se movió rápidamente hacia delante bloqueándome el paso.

—Te vigilaré de cerca, chico —dijo en un bajo susurro–. Hoy te has librado, pero te encontraré otra vez. Fíjate en lo que te digo. Y la próxima vez no habrá nadie que te salve.

Se apartó de mi camino, pero mantuvo la mirada fija en mí mientras yo salía de la choza. Bladoco me esperaba en la puerta, con las manos a la espalda. Al verme, frunció el ceño.

—¿Qué ha pasado ahí dentro? Cuéntamelo.

—Nada, maestro. De verdad. No ha pasado nada.

El druida me miró un momento más. Luego su gesto se relajó.

—Bueno, vámonos —susurró–. Ya has perdido bastante tiempo haciendo el idiota esta tarde.

—¿Adónde vamos? —le pregunté.

—A la sala principal. Tienes que recibir otra lección antes de la cena. Podemos encontrar un rincón tranquilo para estudiar allí.

—Pero nuestro entrenamiento ha terminado ya por hoy. Eso ha dicho Mendax.

Bladoco se volvió en redondo y me dirigió una mirada oscura.

–Soy yo quien está a cargo de tu entrenamiento. Nadie más. Respondes ante mí, y sólo ante mí. Tu trabajo termina cuando yo lo digo, y, si te digo que debemos estudiar más, me obedecerás sin discutir.

–¿Por qué tengo que estudiar cuando los demás descansan?

–Porque yo lo digo. Ése es motivo suficiente. –Una fría sonrisa cruzó por sus labios llenos de arrugas–. No estás en posición de cuestionar mi autoridad. ¿O prefieres dar otras veinte vueltas al campo de entrenamiento? Tú eliges.

Yo empecé a protestar, pero enseguida vi la mirada gélida que se reflejaba en sus ojos y apreté los labios una vez más. No tenía sentido alguno insistir.

–No, maestro –murmuré.

–Ya me imaginaba que no. Ven conmigo. Vamos a empezar tu instrucción en latín, y queda mucho antes de que demos el día por terminado.

–¿Latín? –Me detuve en seco–. ¿Por qué la lengua de los romanos?

La sonrisa de Bladoco se esfumó.

–Porque algún día serán tus enemigos, y un hombre sabio tiene que conocer su forma de pensar, si quiere derrotarlos.

CAPÍTULO ONCE

Las primeras semanas en Merladion pasaron en una nube de dolor y de agotamiento. Cada jornada empezaba con las primeras luces del alba, cuando los guardias nos despertaban, y ahí seguían largas horas de instrucción en el santuario con los druidas. Por las tardes, Mendax nos embarcaba en una serie de largas y brutales subidas y bajadas a las colinas cercanas, portando cargas cada vez más pesadas a la espalda. En cuanto Mendax juzgó que ya había trabajado lo suficiente nuestra fuerza y resistencia, comenzamos a practicar con armas y nos entrenábamos con espadas de madera, lanzas ligeras y arcos en los campos que quedaban a las fueras de Merladion. Yo había usado el arco antes en Camuloduno, y rápidamente me convertí en el tirador más habilidoso de nuestro grupo, ya que acertaba sistemáticamente en el centro de la diana. Pero mis habilidades pasaban inadvertidas para Mendax. En el mejor de los casos, sólo aumentaban su determinación para dedicarme un trato especial. Más tarde, cuando me presentaba ante Bladoco para las lecciones extra, todo el cuerpo me dolía por la fatiga. Tanto y tan duro trabajo me machacaba, pero el druida no mostraba simpatía alguna hacia mí e insistía en continuar mi educación hasta una hora antes de la cena.

–¿Otro día duro, mi buen compañero? –me preguntó Sediaco, viendo que me derrumbaba en mi improvisado petate.

Me dolía terriblemente la espalda tras varias semanas durmiendo sobre una capa fina de ramitas y helechos, y le había pedido a Mendax que me proporcionara un petate gastado de los suministros del jefe. Le había prometido que mi padre le reembolsaría el coste. Pero el siluro se echó a reír y me dijo que, si me volvía a quejar, me obligaría a dormir con los animales.

–Algo así –murmuré.

Aquella tarde, Bladoco me había examinado de latín y luego me había llevado al terreno de entrenamiento con la orden de que corriera doce vueltas, una por cada una de las respuestas equivocadas que le había dado. Cuando completé el castigo, apenas fui capaz de arrastrarme hasta la choza.

Sediaco estaba agachado junto al cubo de madera que había al lado del hogar. Llenó un vaso de barro de agua fresca del barril comunal y me lo tendió.

–Toma –dijo–. Bebe. Parece que lo necesitas.

Yo acepté el vaso y bebí, sediento.

–Gracias.

Sediaco me miró con expresión preocupada.

–Ese maestro druida tuyo te ha vuelto a castigar duramente, ¿no?

–Eso es decirlo muy suavemente.

–¿Tienes idea de por qué es tan duro contigo? Ninguno de los otros novicios ha recibido un castigo semejante. Es casi como si se cebaran contigo deliberadamente. Él y Mendax, los dos.

–Bladoco calcula que el entrenamiento extra es por mi bien. Es lo único que me dice.

–Qué raro. –Sediaco se acarició la mandíbula–. Tu mentor debe de tener sus motivos, supongo. Quizás ha visto algo en ti.

–O quizá quiera acabar conmigo.

–¿Reamente piensas eso?

—A veces me pregunto por qué se ha molestado en traerme aquí… —repuse yo, sombrío—. Lo único que hace es regañarme y castigarme cuando cometo el más mínimo error. Parece que no hago nada bien a sus ojos.

Sediaco se mordió el labio.

—Al menos tiene un beneficio todo ese trabajo de más.

—¿Ah, sí? —Me reí secamente—. ¿Y cuál es?

—Que te mantiene apartado de Ebórico. Mientras estés estudiando con tu druida, él no puede hacerte ningún daño.

Miré el vaso vacío y noté que me presionaba un peso invisible. Lo había intentado todo para evitar a Ebórico en el santuario. Para mi alivio, no había hecho ningún intento más de quitarme el anillo después de nuestro enfrentamiento en la choza, pero, a pesar de mis esfuerzos, cada vez que los druidas no miraban trataba de atormentarme, insultándome o imitando a mi padre delante de los demás novicios. En las cenas, en la sala común, Ebórico obtenía un perverso placer regodeándose con sus pasteles de miel mientras los demás subsistíamos a base de restos. A veces me obligaba a entregar mi comida a los perros de caza del jefe. En una ocasión me negué a someterme, medio muerto de hambre como estaba tras el agotador entrenamiento, pero el matón y sus lameculos vinieron a nuestra choza más tarde y me metieron la cabeza en el cubo comunal, mientras mis compañeros hacían ver que miraban a otro lado. Cierto es que, en ocasiones, Ebórico me ignoraba y la emprendía contra otras babosas, escupiendo en su caldo o bien aporreando a cualquiera que lo mirase de una forma que no le gustaba.

Cuando llegaba la noche y me echaba en la cama, la desesperación me consumía. En los momentos más negros pensé en huir de Merladion. Soñaba con llegar a un pueblo cercano y convencer a sus habitantes de que me devolvieran a mi familia. Sólo la vergüenza me contuvo de hacerlo de verdad. Si huía, mi nombre quedaría manchado para siempre a ojos de mi gente, y prefería sufrir a manos de Ebórico y sus adulado-res que ser tomado por un cobarde. Pero, en privado, me pre-guntaba cuánto tiempo más podría soportar antes de que la tentación se volviera irresistible.

–No importa –respondí, con desaliento–. No puedo esconderme eternamente de Ebórico. Y, de todos modos, él parece perfectamente capaz de hacerme la vida imposible aun-que no esté a su alcance.

–No eres el único en el que se fija –me recordó Sedia-co–. Hizo llorar a Cadro ayer.

–Lo sé, estaba ahí.

Hice una mueca al recordarlo. La noche antes había estado jugando a la pelota en el terreno por delante de nuestras chozas junto con Sediaco y unos pocos chicos más. Usábamos un par de mantos de lana doblados como porterías, y mi equi-po había defendido heroicamente una estrecha ventaja contra el otro, cuando la pelota de cuero aterrizó a los pies de Cadro, el hijo afable pero torpe de un noble menor de los cantiacos.

Yo corrí desesperadamente de vuelta hacia la portería, pero Cadro golpeó torpemente la pelota con su palo de madera y la envió volando a través del aire a una velocidad te-rrible. La bola se marchó muy lejos de la improvisada portería y acabó golpeando en la espalda a Ebórico, que estaba senta-do cerca con otros venados.

El silencio cayó como una piedra en todo el recinto. Ebó-rico se levantó cuan largo era y se volvió en redondo. En cuan-to vio la pelota a sus pies, levantó la mirada lentamente hacia la zona de juego, con el gesto huraño. Todos estábamos inmó-viles en nuestro sitio. Ebórico recogió la pelota y la levantó para que la viéramos todos.

–¿Quién ha lanzado esto? –preguntó.

No respondió nadie. Ebórico corrió hacia el jugador más cercano y se encaró a él.

–¡Tú! Dímelo, chico.

El muchacho dudó, sus labios temblaron. Ebórico lo agarró por el pliegue de la túnica y se lo acercó mucho.

—Dame un nombre, o por Lud que te saco los sesos de la calavera.

—Ha sido él —respondió el chico, angustiado, señalando a Cadro—. Lo ha hecho él.

Ebórico centró su mirada en Cadro y dio unos pasos hacia él. Éste miró a su alrededor, desolado, como pidiendo ayuda a sus compañeros de juego, pero ninguno de nosotros se atrevió a involucrarse.

—Conque me has dado con una pelota, ¿eh? —escupió Ebórico—. ¿Estás intentando insultarme?

—¡No! —Cadro hizo un gesto de súplica—. No quería hacerlo... —balbució, nervioso—. Ha sido un a-a-a-accidente, Ebórico. De ve-ve-verdad...

—Un a-a-a-accidente, ¿eh? —Ebórico hizo una mueca—. Entonces deberías tener mucho más cuidado, joder, gordo. Alguien puede acabar gravemente herido si vas tirando cosas por ahí de esa manera.

Cadro asintió a toda prisa.

—S-s-sí, Ebórico. Lo siento.

—Con decir lo siento no basta. Me has dado un golpe, gordo. —Su rostro se contrajo de furia—. Tienes que pagar por esto.

Los ojos del pequeño chico se abrieron mucho.

—Pero ha sido un accidente...

—Me importa un bledo —soltó Ebórico.

Y le descargó un puñetazo en el costado. Cadro se dobló en dos de dolor y cayó de rodillas, y entonces Ebórico lo empujó para que quedara tumbado y empezó a darle patadas en las costillas. Cadro chillaba, suplicando piedad, pero Ebórico agarró el palo caído y lo golpeó con él. Los demás miraban la escena con horror, y yo rechiné los dientes y di un paso hacia Ebórico, queriendo gritarle que se detuviera, pero Sediaco leyó mis intenciones, meneó la cabeza y me señaló sutilmente la presencia de Vegorix y Durro a varios pasos de distancia, dispuestos a atacar a cualquiera que se atreviera a interferir. Ebórico dio un último golpe a Cadro en la cara con el extremo romo del palo, y luego lo arrojó a un lado. El muchacho se quedó acurrucado en el suelo, gimiendo y haciendo esfuerzos por respirar.

—Vuelve a darme otra vez, si te atreves —bramó Ebórico.

—¡N-n-no, Ebórico! —suplicaba Cadro—. ¡Lo juro! ¡Po-por favor!

—Será mejor que no lo hagas, babosa gorda —gruñó quedamente el chico mayor. La próxima vez te rompo todos los huesos de tu inútil cuerpo.

Y, tras escupir sobre Cadro, se marchó hacia su choza seguido de inmediato de sus compañeros. Cadro se quedó acurrucado en el suelo fangoso. Nosotros abandonamos el juego después de aquello. Aquella misma noche, más tarde, en la oscuridad de nuestra choza, oí llorar bajito a Cadro.

—No está bien —dije yo, hirviendo de rabia—. No deberíamos tener que soportar todo esto. ¿Por qué nadie hace nada?

—¿Como qué? —preguntó Sediaco.

—Podríamos decírselo a los druidas —sugerí—. Decirles lo que Ebórico y sus amigos han hecho a Cadro. Por una vez tendrían que emprender alguna acción. No pueden permitir el acoso en el santuario.

—No hay pruebas. Los chicos mayores respaldarían la versión de Ebórico, y los druidas no nos creerían. Además, si te chivas, él lo averiguará. Y entonces te meterás en mayores problemas.

—Alguien tendría que enfrentarse a él, entonces. Darle una buena lección.

—¿Cómo? Ebórico es mucho más fuerte que cualquiera de nosotros.

Yo expuse que enfrentarse a Ebórico tenía que ser preferible a soportar meses, o incluso años, de acosos y humillaciones de manos de aquel bruto y sus cómplices. Había visto a mi hermano mayor, Adminio, meterse con algunos de los niños más menudos de Camuloduno y sabía que la única forma de tratar a los matones era enfrentarse a ellos. Intentar aplacar a tipos como ésos no sirve más que para envalentonarlos, expliqué. Pero, si uníamos fuerzas y nos enfrentábamos todos juntos a Ebórico, podríamos obligarlo a ceder. Sediaco escuchó pacientemente mi argumentación, pero luego negó con la cabeza.

—No funcionaría, mi querido compañero.

—¿Por qué no?

—Como te he dicho, todos tienen miedo de Ebórico. Hasta los venados. Ninguno de ellos se enfrentará a él. No se atreverán.

—Quizás ahora no —repliqué, en voz baja—. Pero, si uno de nosotros se enfrenta a Ebórico, puede inspirar a los demás para que se resistan también.

—Una idea muy buena, sí, pero mal encaminada. Ya has visto lo que ocurre si le llevas la contraria. Cualquiera que se atreva a desafiar a Ebórico y sus compinches acabará con una paliza de muerte.

—No podemos dejar que se salga con la suya, Sediaco.

—En eso estoy de acuerdo. Pero estás ignorando el problema principal. Más tarde o más temprano, Ebórico va a ir a por ti. Y tú acabarás recibiendo el mismo tratamiento que Cadro. —Al ver mi expresión, levantó las manos—. Lo siento, amigo. Odio todo esto tanto como tú. Pero es la verdad.

—Ya lo sé —respondí con los dientes apretados.

Sediaco me miró con expresión tensa.

—¿Qué vas a hacer?

—Pues no lo sé. —Me encogí de hombros—. Quizá deba ir y luchar contra él, yo mismo. Acabar con él de una vez para siempre.

—Olvídalo. —Sediaco negó con la cabeza—. No aguantarías. Vegorix y Durro lo siguen a todas partes. Están tan unidos como los cabos de una cuerda esos tres. Si te enfrentases a él, te darían una buena paliza.

Yo levanté los brazos, desesperado.

–Debe de haber alguna otra forma de ocuparse de él. Tiene que haberla.

Sediaco negó con la cabeza una vez más.

–No la hay, amigo mío. Confía en mí. Otros han estado en tu situación antes.

Yo lo miré intrigado.

–¿Qué otros?

Sediaco dudó por un momento, pero al fin respondió:

–Ebórico ha obligado a varios novicios a abandonar Merladion. Cada año, señala a uno de los chicos para un castigo especial. Yo lo he presenciado.

–¿Y yo soy su víctima de este año?

–Algo por el estilo. –Sediaco levantó los ojos hacia mí y puso cara de tristeza–. Lo siento. Ebórico no descansará hasta que te derrumbes. No puedes evitarlo ni encontrar una forma de derrotarlo, así que me temo que tus días aquí están contados.

CAPÍTULO DOCE

Unos días más tarde, me uní a los demás novicios en el valle que se extendía junto a Merladion para nuestra sesión vespertina de entrenamiento. En el borde de un campo vacío y rodeado por una amplia carretera de tierra, nos aguardaba Mendax, en pie frente a nosotros. Habían colocado un objetivo basto de mimbre, con forma de hombre, en medio del campo. A unos pocos pasos, junto a un par de carros ricamente decorados, se encontraban algunos de los novicios mayores, Ebórico y Sediaco entre ellos. Y, cerca, unos cuantos druidas se habían reunido para observar nuestras tareas en la conducción de carros. Los dos aurigas, elegidos especialmente por sus habilidades y experiencia en conducir, comprobaban los vehículos, las ruedas forradas de hierro y los arneses.

Mendax se aclaró la garganta antes de dirigirse a nosotros:

–Hoy, chicos –empezó con su habitual tono ronco–, los novicios mayores os harán una demostración de los usos y limitaciones de una de nuestras armas más antiguas: el carro de combate.

Una oleada de voces angustiadas me rodeó, y una palpable sensación de emoción revoloteó por el aire, como esperando a que el viejo y grueso guerrero continuara.

–Ahora, como algunos de vosotros ya sabréis seguramente, el carro no es tan popular como antes. De hecho, los galos dejaron de usarlos hace muchos años, y algunas de nues-

159

tras tribus no los construyen ya tampoco. Hay buenos motivos para ello. Hacen muchísimo ruido, son costosos de mantener y, en una batalla campal, son tan útiles como un caldero de madera. Pero, habiendo dicho esto, cierto es que también son una ventaja en algún determinado tipo de combate. –Entonces, me señaló–. Tú, debilucho, ¿para qué podríamos usar los carros?

–Pues…, ¿para los ataques relámpago, maestro? –respondí, dubitativo.

Mendax fingió quedar asombrado.

–Que me jodan. Pues es cierto, en realidad. Quizá no seas tan tonto como pareces.

Anduvo hasta el carro más cercano. Los radios de madera pulida de las ruedas relucían con un brillo apagado a la débil luz del atardecer. Ambos caballos, perfectamente cuidados, llevaban unos arneses recios, y un poste central de madera conectaba el yugo al suelo del carro. Los animales relincharon.

–El babosa tiene razón. Los carros todavía son útiles para preparar una emboscada, por un simple motivo: es la forma más rápida de transportar guerreros hacia la escaramuza y luego para salir de ella. Por eso nuestros antepasados los usaban para hostigar a ese maldito cerdo de Julio César, hace muchos años. Si se utilizan de una forma coordinada, los carros pueden conducir a un grupo de guerreros curtidos a un combate y sacarlos para que no sufran daño mucho más rápido que un galo se bebe una jarra de vino –sonrió–. Además, impresionan mucho a las mujeres. Confiad en mí. Ir subido en una de esas cosas seguro que capta la atención de cualquier guapa doncella con la que os encontréis.

Resonaron algunas risas, y Mendax dio unas palmaditas a la rueda forrada de hierro del carro.

–No hace mucho tiempo –prosiguió–, vuestros antepasados habrían corrido al combate en un carro con su conductor de confianza. Ahora, la pelea se dará sobre todo a lomos de caballo, o incluso a pie, pero aprender cómo manejar un carro todavía sigue siendo una prueba de habilidad y de nervios para cualquier guerrero de buena cuna. Eso significa saber cómo arrojar una lanza con precisión y en movimiento en el campo de batalla, dirigir a vuestro auriga y dominar el arte de saltar desde un vehículo en marcha sin romperse un tobillo o quedar como unos verdaderos idiotas. Y, ahora, prestad atención.

Se apartó de nosotros e hizo un gesto al entrenador a cargo de los iniciados de mayor edad. Este último hizo una seña para que se adelantase uno de los muchachos, un pequeño príncipe de los durotriges. Bajo nuestra atenta mirada, el durotrige se subió a la plataforma, tras el auriga, y apoyó la rodilla derecha contra la madera curva del panel lateral para tener estabilidad. Entonces, el entrenador le pasó una lanza ligera, con una punta de hierro fijada a la base; de inmediato, el auriga se agachó hasta quedar en cuclillas y pinchó a los caballos con la punta de una aguijada de metal, espoleándolos para que cogieran un trote suave. Cuando el vehículo se puso en marcha, resonó el tintineo de los bocados, el crujido de los arneses y el golpeteo insistente de los cascos.

—¡Ebórico! —llamó el entrenador.

El atrebate se adelantó de entre sus camaradas.

—¿Sí, maestro?

—Tú serás el siguiente. —El entrenador señaló el otro carro—. Todos sabemos que eres un jinete experimentado. Demuéstranos cómo se hace, ¿de acuerdo?

Ebórico sonrió, petulante.

—Como ordenes, maestro.

Nuestra atención estaba centrada en el campo de entrenamiento. El auriga gritó una orden y sacudió las riendas, y los caballos aumentaron la cabalgada hasta el galope, y el carro rápidamente fue adquiriendo velocidad. Conforme las ruedas traqueteaban en el desigual terreno, el conductor, experto, volteaba por el camino. Detrás de él, el joven durotrige inclinó ligeramente las rodillas y echó atrás el brazo derecho, apuntando al hombre de mimbre que se alzaba en el centro del campo. Examinó el objetivo y, estabilizándose con la mano izquierda, soltó la lanza algo torpemente, justo cuando el carro rebotaba en un terrón del suelo. El delgado hierro silbó en el aire, no muy alto; se quedó corto y golpeó el suelo a unos tres pasos del objetivo. Ebórico y sus amigos se rieron ante el fracaso del durotrige.

En ese preciso momento, noté un movimiento cerca. Miré un poco de soslayo, y vi que Cadro estaba remoloneando detrás del segundo carro. Echó un vistazo por un momento a los novicios de mayor edad y sus instructores, como para asegurarse de que nadie lo miraba. Pero todo el mundo observaba atentamente al príncipe durotrige y a su auriga, y no repararon en el joven grueso que estaba detrás de ellos.

Yo sí mantuve la mirada en Cadro, quien, arrodillado detrás del carro, empezaba a aflojar las correas de cuero que fijaban la plataforma a uno de los paneles laterales curvados. Trabajó rápidamente, y luego volvió la espalda a los espectadores. Unos momentos más tarde, el durotrige y su auriga completaron el circuito de campo, y este último tiró de las riendas para que los caballos se detuvieran.

—Buen trabajo —dijo Mendax. Dio la vuelta en redondo y ordenó—: ¡Ebórico! Ahora te toca a ti. Veamos qué tal te va, hijo. Demuestra a los cachorros más jóvenes cómo se hace.

—Con mucho gusto, maestro.

Ebórico marchó hacia el segundo carro y se subió a la plataforma principal, al mismo tiempo que su auriga tomaba las riendas. Antes de que se pusieran en movimiento, llamé a Mendax.

—¡Maestro!

Él me dirigió una mirada de extrañeza.

—¿Sí, debilucho?

Por un instante pasajero, pensé en alertar a Mendax de que el carro estaba manipulado. Pero cerré la boca y me lo pensé mejor. Se presentaba una oportunidad fabulosa de humillar a Ebórico delante de todos. Quizá la visión del joven sufriendo un accidente hiciera que perdiera algo de predicamento. Dada la mala sangre que había entre nosotros, Ebórico seguramente sospecharía que yo era el responsable en alterar aquel carro, en cuyo caso yo podría manipularlo para que me desafiara frente a los demás, y así tendría la oportunidad de ajustar las cuentas entre nosotros de una vez para siempre.

–¿Y bien? –me preguntó Mendax, irritado–. ¿Qué pasa?

–Déjame ir en su lugar –repliqué, sabiendo perfectamente que tal petición estaba destinada a ser rechazada.

Mendax me miró con curiosidad, pero enseguida su expresión cambió a una mirada pétrea.

–No pretendas correr antes de aprender a andar, chico. No me hagas perder más tiempo.

–Mis disculpas, maestro.

–Bien, entonces. –Se enderezó e hizo una seña a Ebórico–. Adelante.

Ebórico puso la mano en torno al astil del venablo y dio unas palmaditas a su auriga, que iba con el pecho desnudo, en el hombro. Era la señal de partir. El conductor tiró de las riendas, y el vehículo crujió y gimió cuando los caballos se pusieron al trote. Vegorix y Durro gritaron para animarlos, mientras los caballos rápidamente aumentaban la velocidad hasta un galope estruendoso, levantando con los cascos nubes de polvo. Ebórico aprestó las piernas y volvió ligeramente el torso antes de arrojar su lanza hacia el blanco en un hábil movimiento. El proyectil dio en la figura de mimbre a la altura del pecho, y al instante resonaron los gritos y vítores de sus leales partidarios atrebates.

–Vaya presumido –murmuró el chico que yo tenía al lado.

Miré de nuevo a Cadro y vi que miraba el carro con expectación. Al otro lado del campo, Ebórico y su auriga habían empezado a realizar una serie de trucos para la diversión de la gente. El conductor se dirigió hacia delante con los pies desnudos, a lo largo del eje de madera que conectaba con el yugo, de forma que su largo pelo se agitaba tras él, mientras que Ebórico se había quedado de pie en la plataforma trasera con una pose musculosa, levantando los brazos y flexionando sus impresionantes bíceps.

De repente, alguien gritó. Las correas de ambos lados de la plataforma se habían soltado, y entre la multitud se oyeron chillidos de horror cuando los paneles se derrumbaron. Ebórico cayó hacia atrás, agitando desesperadamente los brazos, y acabó estrellándose en el suelo detrás del vehículo aullando de dolor. En el mismo momento, el conductor perdió el equilibrio y cayó del poste central. Aterrizó de espaldas y rodó por el suelo, evitando por poco quedar aplastado bajo las ruedas mientras los caballos echaban a correr, arrastrando el destrozado carro tras ellos.

—¡Coged los caballos! —gritó Mendax—. ¡Moveos, vamos!

Un par de entrenadores corrieron hacia el carro, tomaron las riendas y trataron de calmar y controlar a los animales. Mendax echó a andar a toda prisa hacia el auriga, y otro instructor se acercó a Ebórico para ayudarlo. Le ofreció la mano, pero Ebórico la rechazó, furioso, y agitó la cabeza para despejarse antes de ponerse de pie. Algo inestable, a trompicones, se encaminó hacia los suyos, frotándose las costillas magulladas. Los otros instructores se llevaron el carro a un lado del campo, y uno de ellos empezó a inspeccionarlo buscando señales de daños. Una multitud de druidas y estudiantes se agolpó a nuestro alrededor.

—¿Qué ha ocurrido? —preguntó Mendax.

El entrenador se rascó el cogote.

—Pues parece que las correas de los paneles se han soltado —dijo, señalándolas—. Debían de estar un poco sueltas antes de que empezase la práctica…

–¡Imposible! –dijo el auriga con un tono nasal, intentando restañar el chorro de sangre que le salía de la nariz–. Yo mismo las he comprobado antes. Estaban tensas como un tambor.

–¿Y cómo se han aflojado, entonces? –preguntó Mendax.

–Igual estaban gastadas... –sugirió el entrenador.

El auriga meneó la cabeza con vehemencia.

–Alguien tiene que haberlas soltado deliberadamente. Es la única explicación.

Ebórico me miró fijamente y dio dos pasos hacia mí, con las aletas de la nariz dilatadas y los músculos de su cara retorciéndose por la rabia.

–Tú –me dijo, bullendo de ira–. Has sido tú, ¿verdad? Tú has hecho esto.

Yo fingí una mirada de sorpresa.

–No sé de qué me estás hablando.

–Maldita babosa... –escupió Ebórico.

Se abalanzó sobre mí con un grito enloquecido. Yo me eché hacia atrás para ponerme fuera de su alcance, y mi rapidez suscitó los vítores de algunos chicos. Ebórico lanzó un juramento y cargó hacia mí otra vez, pero, antes de que intentara darme un puñetazo, Mendax se abrió camino entre la multitud y se interpuso entre nosotros. Al instante siguiente, también Bladoco estaba allí, y nos miró severo a los dos por turno.

–¿Qué está ocurriendo aquí, en nombre de Lud? –siseó con ira.

–Esta babosa ha estado toqueteando el carro cuando nadie miraba –gruñó Ebórico con ira–. Me la ha jugado. Ha sido Carataco, lo sé.

Yo mantuve mi terreno y me dirigí a él con calma.

–¿Me estás llamando mentiroso?

Ebórico me miró con una mueca desdeñosa.

–Claro que sí, maldita sea.

Yo inspiré aire con fuerza, sabiendo que aquél era el momento que tanto había esperado. Durante semanas, Ebórico había estado infligiendo sufrimientos a los nuevos iniciados. Ahora yo tenía la oportunidad de poner fin a su reinado de terror.

—Se ha ofendido mi honor públicamente —dije—. Por lo tanto, exijo un duelo.

Ebórico soltó una risotada.

—No hablarás en serio.

—Me estás acusando de amañar tu carro —repuse yo con frialdad—. Reclamo mi derecho al duelo para resolver esta disputa, usando un arma de mi elección.

—No puedes hacer tal cosa.

Pero Bladoco intervino:

—La acusación es grave. El honor de Carataco se ha puesto en duda. Por lo tanto, está autorizado a pedir un duelo, según las reglas del santuario. A menos que desees disculparte…

—¡A la mierda! —gruñó Ebórico—. Esta babosa es quien ha actuado mal, no yo. Ha dañado mi vehículo. Preferiría masticar un zurullo antes que disculparme.

—Entonces no hay ninguna alternativa —contestó Bladoco—. Los dos combatiréis mañana, con la primera luz. Hasta la hora establecida, os comportaréis de una manera respetable el uno con el otro. ¿Cómo deseas pelear, Carataco? Las condiciones y elección de arma son tuyas, ya que eres la parte ofendida en este asunto.

—Ya me he decidido —me atreví a decir—. Nos arrojaremos flechas el uno al otro. A veinte pasos.

—¿Flechas? —Ebórico frunció el ceño. Una sombra de preocupación pasó por su rostro, pero rápidamente compuso su expresión—. A mí no me importa. Te derrotaré igual, babosa.

—Pues sea, flechas —asintió Bladoco, solemne—. Es una petición bastante inusual, pero, por supuesto, tú eliges. Lucharéis mañana al amanecer. Un druida será quien lo prepare todo. Mientras tanto, no quiero ningún problema más de ninguno de los dos. Y que los dioses defiendan a quien que tenga razón.

Sin decir nada más, Ebórico me dio la espalda y se fue con sus compañeros. Entonces Mendax gruñó una orden. Uno de los instructores siluros pasó un brazo en torno a la espalda del conductor herido para ayudarlo, y ambos hombres se dirigieron cojeando hacia la capital. Cuando la multitud se empezó a disolver, Sediaco se acercó a mí.

–¿Pero a qué estás jugando, en nombre de los dioses? –me preguntó en voz baja–. ¿Es que has perdido la cabeza?

–Es una cuestión de honor. No puedo dejar que quede impune después de insultarme. Seguro que lo entiendes.

–¡Pero con flechas! Por los dioses…, podrías acabar muerto.

–Soy muy consciente –dije con los dientes apretados–. Pero no tengo elección. O me enfrento a él o seguirá metiéndose conmigo siempre. Y con los demás chicos. Al menos de esta manera tengo una oportunidad de derrotarlo.

–¿Realmente crees que puedes ganar?

Yo dejé escapar un amargo suspiro.

–Si luchásemos con los puños desnudos o con espadas, Ebórico tendría la ventaja de su fuerza y su habilidad. Yo no aguantaría en una lucha contra él. Pero el arco se me da bien. Mi tío me enseñó a usarlo en Camuloduno –esbocé una sonrisa–. Confía en mí. Sé lo que estoy haciendo.

Sediaco miró en dirección a Ebórico y emitió un sonido estrangulado con la garganta.

–Eso espero, amigo mío… –susurró.

CAPÍTULO TRECE

Pasamos el resto de la tarde aprendiendo lo más básico de la conducción de carros de los mayores, que por turnos saltaban arriba y abajo a la plataforma de un vehículo en marcha, tratando de permanecer bien erguidos llevando espada y escudo, mientras el conductor corría en torno al campo a galope tendido. Más tarde, Mendax nos llevó a una larga carrera por las colinas. A mí me costaba prestar atención, y, a medida que transcurría el día, mi mente se concentraba cada vez más en el combate pendiente con Ebórico. Nunca me había enfrentado antes a la posibilidad de la muerte, y a cada hora que pasaba notaba cómo aumentaba poco a poco la ansiedad. Aquella noche, cuando nos sentamos en el salón principal, comí sólo algunos restos, mientras los que me rodeaban hablaban emocionados del duelo y de las respectivas proezas tanto de Ebórico como de las mías propias. Algunos incluso apostaban sobre el resultado, y no me sorprendió que la mayoría de los novicios parecieran estar de parte de mi oponente.

Dormí poco aquella noche y desperté, mucho antes de amanecer, con una sensación enfermiza del terror. Quizás había actuado demasiado precipitadamente al exigir un duelo. Sólo tenía once años y, a tan tierna edad, no tenía ningún deseo de unirme a mis antepasados en el otro mundo; sin embargo, estaba a punto de poner en peligro mi vida de una forma estúpida para zanjar una riña con un matón. Pero ya era demasiado tarde para echarse atrás. Poco antes de las primeras luces, Mendax entró en la choza, aún oscura, y me sacó de mis cavilaciones.

—¡Arriba, chico! –ladró–. ¡Es la hora!

Noté que todo mi cuerpo temblaba por los nervios, y me puse las botas con ciertas dificultades. Uno de los sirvientes me ofreció un trozo de pan basto y un poco de cerdo salado, pero la simple idea de comer me revolvía el estómago, así que decliné educadamente.

—¿Estás seguro, chico? –me preguntó–. Podría ser tu última comida en este mundo antes de unirte con Lud.

—Estoy bien, gracias –conseguí decir.

El sirviente se encogió de hombros, indiferente.

—Lo que prefieras.

—Los demás ya nos están esperando –me explicó Mendax mientras acababa de vestirme–. Uno de los druidas de mayor categoría ha elegido el lugar del duelo.

—¿Dónde va a ser? –pregunté.

—Un claro en el valle. No lejos de aquí. Ebórico y su partida ya han marchado hacia allí.

—¿Y mi druida? ¿Dónde está?

—Tu mentor está también allí. –Menax me miró con una curiosa mezcla de simpatía y admiración–. Será mejor que te des prisa. No querrás hacer esperar demasiado a los druidas…

El siluro se volvió y salió de la choza. Yo iba a seguirlo ya, cuando vi que Sediaco me miraba con expresión grave.

—¿Realmente quieres seguir adelante con esto? –me preguntó.

Yo meneé la cabeza lentamente.

—No me puedo echar atrás. Ahora no. Es un tema de honor personal.

—Ya lo sé, por Lud. Pero ¿vale la pena que te maten por una discusión con Ebórico?

—¿Preferirías que fuera un cobarde y saliera huyendo?

Sediaco levantó ambas manos.

—No estoy cuestionando tu valor. Nadie puede acusarte de falta de valentía. Sólo espero que sepas lo que estás haciendo, eso es todo.

—Si no me enfrento a Ebórico esta mañana —suspiré profundamente—, él seguirá haciéndonos la vida imposible. Al menos de esta forma tengo una oportunidad razonable de derrotarlo, aunque esté arriesgando el cuello. A no ser que tengas un plan mejor...

—No. Tristemente, no lo tengo.

—A Ebórico le hemos permitido que nos acosara durante demasiado tiempo —dije, sorprendiéndome ante la tranquilidad de mi voz, a pesar del nudo de temor que notaba en el pecho—. Ya es hora de que alguien se interponga.

Sediaco se encogió de hombros.

—Venga, entonces. Será mejor que nos vayamos.

El recinto estaba casi desierto cuando salimos al frío del amanecer. La mayoría de los novicios ya habían salido antes para tener el mejor sitio en el espectáculo. Una leve niebla colgaba sobre la tierra cuando Mendax nos condujo fuera de las puertas y bajamos por la colina hacia el fondo del valle. Íbamos a través del bosque, y yo era muy consciente de que aquéllos podían ser los últimos momentos de mi vida. Poco más tarde Ebórico podía dispararme una flecha en el pecho, y mi cuerpo sin vida sería devuelto a Camuloduno para ser enterrado de acuerdo con las costumbres de nuestro pueblo. Aparté a un lado ese torvo pensamiento y me recordé a mí mismo que necesitaba mantenerme firme si quería tener alguna oportunidad de ver otro amanecer.

Recorrimos un sendero de tierra que seguía más o menos el curso de un pequeño arroyo. Al cabo de medio kilómetro, llegamos a un amplio claro rodeado por un círculo de robles de ramas retorcidas. La rosada aurora se abría paso en el cielo; los últimos y pálidos jirones de niebla se despejaron.

Parecía cruel que todo ocurriera en una mañana tan bella, un último regalo de los dioses antes de arrebatarme la vida.

Ebórico se encontraba en el centro del claro, junto a un druida muy alto que llevaba al cuello una cadena de oro reluciente. Lo reconocí: era Segorix, el hombre que nos había saludado en la ceremonia de iniciación semanas antes. Cerca, dos ayudantes inspeccionaban los arcos de caza. Más lejos, Vortago y su séquito observaban los procedimientos desde una distancia segura, flanqueados por una hilera de guardias, druidas y guerreros. Yo los miré a la cara brevemente, buscando el rostro de mi druida. Bladoco se hallaba ligeramente apartado de los demás, y me miraba con intensidad.

Sediaco me deseó suerte y se alejó para ocupar su lugar junto al resto de los novicios. Se hizo un grave silencio a mi alrededor cuando avancé hacia mi oponente. Me esforcé por moverme con un paso tranquilo y rogué porque mi rostro no traicionara mis nervios. Entonces me detuve a la distancia de una espada de Ebórico, y Segorix, que actuaba como árbitro de la ocasión, me miró con una expresión seria.

–¿Estás decidido a seguir con este acto mortal? –nos preguntó a ambos, por turno–. Es la última oportunidad de resolver el asunto pacíficamente.

Yo respiré hondo y contesté:

–Ebórico ha atacado gravemente mi dignidad personal. Si está dispuesto a retirar su acusación y disculparse ante todos los que estamos aquí reunidos, me olvidaré del duelo.

–¡Jamás! –Ebórico me miró con un gesto arrogante, pero yo detecté una ligerísima inseguridad en su voz.

–Que empiece el duelo –anunció Segorix–. ¡Ayudantes!

Los dos hombres se apresuraron a traernos los arcos de caza. Tras comprobar el peso y la curvatura, elegí uno. Estaba hecho de tojo y me resultaba bastante pesado. El ayudante tendió el otro a Ebórico, y luego el segundo hombre nos dio a cada uno una flecha de la aljaba.

–Y ahora, muchachos, las reglas –siguió Segorix–. A mi orden, ocuparéis vuestra respectiva posición, a diez pasos de distancia el uno del otro. No apuntaréis al oponente hasta que yo dé la señal. En cuanto la dé, sois libres de disparar a vuestro antojo. Si uno de los dos falla, debe mantenerse firme y esperar a que el otro dispare. Si ambos tiros yerran el blanco, se declarará un empate y el honor se habrá restaurado por ambas partes.

Por un breve momento, mi mirada se encontró con la de Ebórico. Parecía tenso e impaciente.

–¿Comprendéis las normas? –preguntó Segorix.

–Sí, maestro –repliqué yo.

–Acabemos con esto –exclamó Ebórico.

Segorix me ordenó que me quedase de pie justo encima del lugar marcado por una banderita de color, y Ebórico ocupó su puesto en la otra marca, a veinte pasos de distancia. En cuanto Segorix estuvo satisfecho de nuestras posiciones, hizo una seña a los ayudantes, y éstos se retiraron hasta el borde del claro. Entonces el druida dio varios pasos hacia atrás, apartándose de nosotros, y levantó la voz para que todos pudiéramos escucharlo:

–¿Estáis preparados? –preguntó.

–Sí, maestro –contesté yo.

–Listo –asintió Ebórico.

Tenía la boca seca. Se me paralizaba el aliento en la garganta. En mi imaginación, veinte pasos me habían parecido una distancia razonable, pero allí, de pie frente a Ebórico, la distancia era tan corta que parecía casi imposible fallar.

–Podréis disparar después de mi señal –continuó Segorix.

Ambos aguardamos, tensos. El druida levantó su bastón y lo mantuvo en alto durante lo que me pareció un tiempo demasiado largo. De repente, lo golpeó contra el suelo con un ruido ensordecedor.

–¡Disparad!

En cuanto esta palabra salió de su boca, Ebórico tomó su flecha, la colocó en el arco y tiró de la cuerda, antes siquiera de que yo tuviera la oportunidad de mirar mi propia arma. Se oyó un chasquido, y el atrebate soltó la flecha, y yo me quedé helado de terror al ver que el astil se dirigía hacia mí en un arco bajo. Por unos instantes espantosos, no fui capaz de moverme, y noté que el corazón me golpeaba ferozmente en el pecho y que un terror frío se apoderaba de todas las partes de mi cuerpo. Pero ocurrió algo increíble: la flecha pasó varios centímetros por mi lado. Ebórico me miró horrorizado.

–¡No! ¡No puede ser! –chilló.

–¡Silencio! –gritó Segorix–. Tienes que mantenerte firme hasta que el ofendido haya disparado a su vez. Carataco, cuando estés preparado...

Una mirada de pánico relampagueó en la cara de mi oponente cuando se dio cuenta de la gravedad de su error. En su desesperación por disparar el primero lo había hecho con demasiada precipitación y había errado el objetivo. Ahora, impotente, no podía hacer otra cosa que esperar a que yo le apuntase.

Puse la flecha en el arco con serenidad. Aquieté mi respiración y miré a mi oponente, con calma, al tiempo que colocaba el arco a la altura de su pecho. Ebórico estaba quieto como una estatua, mirándome con una palidez mortal, mientras yo apuntaba hacia él, lenta y deliberadamente. Entonces lanzó un agudo grito de pánico y se arrojó a un lado, superado por el miedo.

Durante un instante pasajero, al recordar las horribles humillaciones que me había infligido Ebórico, pensé en apuntar a su figura echada en el suelo bocabajo. Me habría resultado muy fácil matarlo. Pero deliberadamente bajé el arco y apunté lejos. Cuando solté la cuerda, se oyó un crujido, y luego la flecha dio en el suelo entre nosotros. Algunos de los espectadores, que sin duda esperaban un final más violento para nuestro enfrentamiento, me rodearon y me vitorearon.

Un momento más tarde, Segorix corrió a toda prisa hacia el centro del claro, agitando su bastón para señalar el final del duelo. Miró a Ebórico con desprecio y exclamó:

—Declaro vencedor a Carataco.

Un puñado de espectadores aclamaron la decisión mientras los amigos de Ebórico corrían a levantarlo y ponerlo de pie. Atontado, al fin sacudió la cabeza. De repente, sintió nacer la ira y frunció el ceño, y, liberándose de sus compañeros, corrió hacia el druida. A un lado del claro, Vortago y unos cuantos druidas miraban hacia Ebórico con mal disimulado desdén. Los propios partidarios de Ebórico parecían poco contentos cuando él señaló con un dedo a Segorix.

—El duelo no ha terminado —espetó—. Exijo otro disparo, maestro.

Segorix lo miró con expresión rígida.

—Ni hablar. No has sido capaz de recibir el disparo de tu oponente de una manera honorable. Por lo tanto, has fallado la prueba del valor.

—Pero esa babosa ha tardado demasiado en disparar. Ha hecho trampa.

—A un duelista se le permite tomarse el tiempo que necesite para hacer su disparo. Carataco tenía derecho a prepararse. Quizá tú habrías dado en el blanco, si hubieses exhibido el mismo control.

Ebórico me miró con furia, impotente, con los ojos ardiendo de rabia.

—No he terminado contigo aún, babosa. Atrévete a enfrentarte a mí otra vez... Y te enseñaré quién es el que tiene más puntería.

—No habrá un segundo enfrentamiento —replicó Segorix con voz neutra—. El asunto ha quedado decidido. Todo ha terminado, chico.

Y, dando la espalda a Ebórico, gritó una orden a sus ayudantes. Uno de ellos se puso la mano hueca en torno a la boca y anunció a la multitud, a voz en cuello, el fin del espectáculo, mientras otro marchaba a recoger los arcos y las flechas caídas. De inmediato, los espectadores empezaron a abandonar el claro. Unos cuantos iniciados se volvieron por un momento para burlarse de Ebórico, pero la mayoría lo ignoraron y lo dejaron allí, insistiendo a gritos en una repetición. Fui tras mis compañeros, y me encontré a Sediaco esperándome al borde del claro.

—Parece que has tenido la suerte de los dioses de tu parte esta mañana —sonreía con evidente alivio—. Gracias a Lud. Por un momento pensé que estabas listo...

—Yo también —grazné.

Tal vez debería de haber sentido alivio por ganar el duelo, pero en realidad no sentía nada más que un hueco en el estómago y un gran cansancio. La ansiedad y los nervios de las últimas horas se habían cobrado un peaje importante, y no anhelaba más que descansar. Supongo que los gladiadores deben de sentir algo semejante después de salvar la vida en la arena.

—Es una lástima —comentó Sediaco con tristeza— que tu habilidad te haya abandonado esta mañana. Si hubieras dado en el blanco, habrías hecho callar permanentemente a Ebórico.

Yo negué con la cabeza y le expliqué que había fallado el blanco a propósito. Sediaco se me quedó mirando con asombro, y luego frunció el ceño.

—Pero ¿por qué demonios has hecho eso? Nos habrías hecho un favor a todos, si lo hubieses matado.

—No hacía falta. Ebórico se ha humillado él solo al tirarse al suelo. Si yo le hubiese dado entonces, hubiera sido cruel y vengativo. Ahora, Ebórico tendrá que vivir con el conocimiento de que le ha faltado valor para enfrentarse a un disparo y al desdén de los demás estudiantes y druidas. Es un justo castigo por sus actos.

—Bueno, una cosa es segura… —dijo Sediaco—. A partir de ahora no molestará a nadie más. En cuanto corra la voz de su humillación…

* * *

Aquella misma tarde, uno de los druidas me llevó aparte al final del entrenamiento para convocarme a los aposentos privados del Gran Druida. Lo seguí hacia el santuario, hasta que se detuvo frente a la casa redonda de mayor tamaño. Tras pedirme que esperara fuera, el druida retiró las pieles de animal que cubrían la entrada y se introdujo por debajo de las calaveras humanas clavadas al dintel. Yo esperé un rato, notando que a mi alrededor la oscuridad iba en aumento y escuchando murmullos de voces dentro de la choza. Unos momentos más tarde, el druida reapareció y me hizo un gesto para que entrase. Dudé, temeroso de lo que me podía esperar, pero el druida insistió, y al fin yo avancé a trompicones en la oscuridad.

Entré en un espacio amplio, iluminado por varias lámparas de aceite de bronce decoradas. Diversos cráneos de animales y talismanes colgaban de unos clavos de hierro colocados en los postes de madera que afianzaban la choza, a ambos lados de un lecho enmarcado en roble. El Gran Druida estaba sentado detrás de una mesa enorme, en la que descansaba una bandeja con jugosa carne de jabalí, unas hogazas de pan y un trozo de queso. Después de semanas de vivir de migajas y pasar hambre, la vista de aquel festín hizo que me sonaran las tripas dolorosamente.

Bladoco estaba de pie a un lado del Gran Druida. Tenía las manos enlazadas y me miró fijamente. Pero Lugraco me hizo señas de nuevo para que me acercase, y eso hice poco a poco, pese a los nervios, hasta que llegué a la mesa. Mientras, el Gran

Druida devoraba un trozo de carne especialmente tierna, y acompañaba la comida con una copa de hidromiel. Masticaba ruidosamente, y dejó escapar un eructo satisfecho. Luego se limpió la barba con un paño, se arrellanó en la silla y me examinó.

–Bladoco me ha contado lo de tu duelo –empezó con su tono ronco–. Debo decir que no me ha sorprendido del todo el resultado.

–¿No, Gran Maestro? –pregunté, sorprendido.

Lugraco sonrió.

–¿Crees que no conozco a mis estudiantes? Ebórico es un chico listo. Astuto, ciertamente. Y despiadado. Pero no arrojaría su vida por la borda sólo por un insulto.

El Gran Druida se metió otro trozo de jabalí asado en la boca y se llevó el paño a los labios antes de continuar.

–Me han dicho que Ebórico ha pedido otro duelo. Me ha hecho esa petición a través de su druida mentor. Supongo que lo sabes, ¿verdad?

–Sí, Gran Maestro –respondí.

–He discutido el asunto con tu mentor. No habrá más duelos. Le he dicho lo mismo a Ebórico. Si sigue insistiendo, haré que revoquen los privilegios como novicio superior.

Yo me quedé mirándolo en silencio, un tanto conmocionado. Que te quitasen los privilegios era el castigo más severo que podía sufrir un novicio. Ebórico perdería su lugar en la mesa superior a la hora de comer, y su elección de los bocados mejores, junto con su excelente petate y otras comodidades incontables que hacían la vida en Merladion ligeramente más tolerable.

–Te has portado bien, entiendo –añadió el Gran Druida, volviendo la mirada hacia Bladoco–. Sin embargo, espero que no causes ningún problema más a partir de ahora. –Yo intenté protestar, pero me interrumpió con un gesto de la mano–. Acepto que no tenías otro remedio que pedir el duelo, ya que Ebórico había cuestionado tu honor delante de todos tus compañeros. Pero un guerrero sabio elige sus peleas cuidadosamente. Ya aprenderás eso tú mismo, a su debido tiempo.

—Sí, Gran Maestro.

—Sin embargo, tengo que hacerte una pregunta.

—¿Sí, Gran Maestro?

Lugraco se inclinó hacia delante y me miró a los ojos.

—Ebórico te ha acusado de amañar su carro. Tú has negado su acusación y, como estabas dispuesto a apostar tu vida por ello, estoy seguro de que eres inocente. De modo que: ¿quién saboteó su vehículo?

Yo arrojé una mirada a Bladoco, y luego negué con la cabeza.

—No lo sé, Gran Maestro.

—Vamos. Habrás visto algo, ¿no? Estabas allí cuando pasó todo. Habla con sinceridad, niño.

Lugraco se arrellanó en la silla y esperó mi respuesta tamborileando con los dedos en la mesa. Yo rechiné los dientes y lo miré, indeciso entre la necesidad de contarle la verdad y mi deseo de proteger a Cadro.

—Lo siento, Gran Maestro —dije al fin—. Estaba demasiado ocupado observando las prácticas de carros. Como el resto de los novicios. Me temo que no vi nada.

Por el rabillo del ojo, vi que Bladoco me miraba con una expresión curiosa. Lugraco se acarició la barba un momento antes de descansar sus arrugadas manos en la mesa.

—Bueno, supongo que la identidad de ese malhechor saldrá a la luz muy pronto. Nada permanece mucho tiempo en secreto aquí. Es algo que también comprenderás a su debido tiempo.

—Sí, Gran Maestro.

El Gran Druida se aclaró la garganta.

—Eso es todo, Carataco. Puedes volver a tu aprendizaje. Espero que te dediques a tus estudios a partir de ahora.

—Sí, Gran Maestro —asentí, decidido—. Eso haré.

—Esperemos que sea así. Tu mentor me dice que muestras grandes avances. Sería una lástima que te distrajeras con pequeñas rencillas.

Ya había caído la noche casi en su totalidad cuando seguí a Bladoco fuera de la casa redonda. En el santuario, un grupo de druidas estaban sentados en el suelo junto a una de las chozas, sirviéndose unos cuencos de humeante caldo caliente, y otros charlaban en voz baja. Tras recorrer unos pocos pasos desde la casa redonda, Bladoco se detuvo.

—¿Por qué has mentido al Gran Druida, niño? —me preguntó; tenía el ceño fruncido.

La pregunta me sobresaltó. Levanté la vista hacia él.

—¿Maestro?

—Ayer te estaba observando —respondió Bladoco—. En las prácticas de carro. Vi al novicio que desataba los nudos del vehículo de Ebórico. Ese niño regordete, Cadro. Y sé que tú también lo mirabas. Viste lo que ocurrió, ¿verdad? Y sin embargo has decidido no contarle al Gran Druida su papel en el asunto. ¿Por qué?

Yo agaché la cabeza y confesé que había querido evitar causar más problemas a Cadro, aunque eso significase ocultarle la verdad al Gran Druida. Le conté que Cadro llevaba semanas siendo acosado por Ebórico, igual que muchos de nosotros, y supuse que había llegado un punto en que había decidido vengarse. Y, al verlo, confesé que yo había visto una oportunidad de manipular a Ebórico y obligarlo a luchar en un duelo, haciendo que me acusara frente a los otros estudiantes. Bladoco me escuchó atentamente, y sus arrugas se hicieron más hondas.

—Pero podías haber perdido —señaló—. Tu decisión de desafiarlo podía haber tenido como resultado tu muerte.

Yo negué con la cabeza.

—No, tenía una oportunidad justa de derrotarlo. He usado el arco muchas veces. Epático me enseñó a disparar. Y en cualquier caso no tenía elección. Tenía que resolver las cosas entre nosotros, maestro.

Bladoco me miró fijamente, y por un momento pensé que me iba a reñir. Pero dejó escapar un suspiro.

—Has hecho bien —dijo, aprobadoramente, para mi sorpresa—. Tus actos han demostrado valor y astucia.

—Gracias, maestro.

—Quizá puedas cumplir los planes que tengo para ti, después de todo.

—¿Planes? —Entonces fui yo quien frunció el ceño—. ¿Qué quieres decir?

Bladoco extendió las manos.

—Eres un chico con muchas cualidades. Con la adecuada guía y enseñanza, creo que serás capaz de conseguir grandes cosas entre tu tribu. Tu respuesta a la amenaza de Ebórico así me lo ha demostrado.

Yo moví los pies, dubitativo.

—¿Por eso me has traído aquí?

—Eres un estudiante excelente. Por eso te elegí, sobre todo. Pero además creo que tienes algo más, algo de lo que carecen los demás novicios: la capacidad de pensar con estrategia. Eso es inusual en alguien tan joven.

Yo me encogí de hombros.

—Sólo intentaba sobrevivir, maestro.

—Quizá. Pero he enseñado a los suficientes hijos de la nobleza para saber que la mayoría de ellos son unos derrochadores perezosos y autoindulgentes a los que sólo les preocupa atiborrarse a comer y conservar celosamente sus privilegios. La mayoría no ven más allá de su propia nariz. Pero tú eres distinto. Si los dioses están de tu parte, podrías convertirte en un gran guerrero, o quizás incluso en rey de tu pueblo.

Yo me burlé de él al oír eso:

—Te estás olvidando de mi hermano. Mi padre quiere que Adminio herede el trono. Lo ha dejado bastante claro.

–Por ahora. Pero eso podría cambiar.

–¿Qué te hace pensar tal cosa?

Bladoco echó una mirada al santuario.

–Adminio tiene su encanto, pero carece de los talentos necesarios para gobernar. A su debido tiempo, tu padre puede que se dé cuenta. –Hizo una pausa–. Pero, si deseas convertirte en rey algún día, debes estar dispuesto a sufrir por ello.

De repente, me di cuenta de todo, como si acabara de recibir un puñetazo.

–Por eso me has estado presionando todo este tiempo, ¿verdad? Para probarme…

Los negros ojos del druida brillaban como puntas de daga.

–El trabajo duro que has sufrido hasta el momento no es nada comparado con las dificultades que tendrás que sufrir en el futuro, muchacho. Especialmente si las legiones vuelven a nuestras costas.

Yo le dirigí una mirada dubitativa.

–¿Crees que van a volver?

–Creo que es sólo cuestión de tiempo –asintió Bladoco.

–No lo entiendo… ¿Por qué iban a querer invadirnos de nuevo? No nos han molestado durante décadas.

–Los romanos tienen sed de conquista. Una sed que no se saciará nunca. –Señaló hacia el suelo primero y luego hacia el cielo–. Creen que todo esto les pertenece tanto como el propio suelo de Roma. Más tarde o más temprano volverán, y debemos estar preparados.

–Aunque tengas razón, eso podría pasar dentro de muchos años –afirmé–. O más, décadas incluso.

–Nunca es demasiado pronto para prepararse. Y eso incluye entrenar a los posibles líderes futuros de nuestros reinos. Tu padre no vivirá para siempre, ya lo sabes.

Fruncí el ceño mientras trataba de pensar con rapidez. Apenas podía creer lo que me estaba contando. Había estado enfadado con Bladoco todas aquellas semanas por hacerme soportar horas de trabajo extra en el santuario. Y ahora, de repente, lo entendía todo. No se estaba metiendo conmigo. Por el contrario, me había probado para ver cuánto podía resistir, para juzgar si yo era capaz de cumplir sus planes a largo plazo. Unos planes que no me había revelado hasta el momento.

—Si quieres conseguir la grandeza, debes confiar en mí y hacer lo que te diga, sin cuestionarte nada. Pero debo advertirte una cosa: tu aprendizaje será más duro aún a partir de ahora. Lo que has sufrido hasta el momento en Merladion no es nada comparado con lo que está por venir. Sométete plenamente a mis exigencias, sin embargo, y a cambio yo te daré la guía y la sabiduría que requieres. Sólo entonces estarás listo para asumir un día el trono de tu padre.

Y, diciendo esto, se apartó e inclinó la cabeza a un lado. La anticipación y la emoción se retorcían en mi interior.

—¿Y bien, Carataco? —me preguntó—. ¿Estás dispuesto a empezar en serio tu trabajo?

CAPÍTULO CATORCE

Roma, 61 d. C.

–Y yo acepté la oferta del druida, por supuesto –me dijo Carataco con una sonrisa triste, mirándome desde el otro lado de la mesa de su estudio–. Era un idiota. No tenía ni idea de los peligros que iban a llegar.

–¿Qué quieres decir? –pregunté.

Carataco no respondió. Se puso de pie, dio la vuelta a su escritorio y apartó la cortina plegada que separaba la sala del patio trasero. La brillante luz del sol entró al instante a raudales, revelando la pátina de polvo que cubría los muebles. Pequeñas motas bailoteaban por el aire, como diminutos copos de nieve. Carataco despejó un camino entre las pilas de antiguos volúmenes del suelo y me indicó con un gesto que lo siguiera.

–Vamos a estirar las piernas. Me temo que no puedo permanecer mucho tiempo sentado. A mi edad, los huesos ya empiezan a oxidarse.

Aparté la tablilla, me levanté del taburete tapizado y lo seguí hacia el jardín. El estanque dejaba escapar un hedor pútrido que me recordaba los apestosos suburbios de la Suburra, y se veían hojas secas y tallos podridos diseminados por el camino. La fuente central todavía funcionaba, pero la cuenca estaba agrietada, y por debajo se había formado un charco de agua. Por un momento pensé en usar la escena como un símbolo acertado del trágico declive de Carataco, pero deseché al momento la idea. Aquélla no era una burda obra picaresca pergeñada por alguno de los disolutos cortesanos de Nerón para encandilar a los salones literarios de Roma. Yo aspiraba a algo mucho más importante.

Carataco se mantuvo muy callado mientras caminábamos en torno al pórtico. Decidí no preguntar nada. Según mi experiencia, es mejor dejar que el cliente vaya a su propio ritmo. El secreto es que el sujeto se sienta como si tuviera el control. Si lo presionas como un interrogador inflexible del palacio imperial, sólo conseguirás provocar una reacción defensiva. Mi trabajo consiste más bien en llevarlo de la mano y pasear con él por las rutas familiares de su pasado. Y eso era lo que estábamos haciendo en aquel preciso momento.

—Las cosas mejoraron en el santuario, después de aquello –dijo de repente–. Los otros iniciados ya no vivían con miedo de Ebórico. Todo el mundo sabía que era un cobarde.

—¿No lo son acaso todos los matones?

Carataco se detuvo y pensó un momento.

—Sí, supongo que lo son.

—¿Qué le ocurrió a Ebórico? Supongo que pasaría un tiempo bastante apurado después de vuestro duelo aquel amanecer…

—Ebórico ya no volvió a ser el mismo. La mayoría de sus amigos lo abandonaron. Le recuerdo como una criatura patética, comiendo solo a la hora de la cena. Fue desterrado del santuario un año más tarde.

—¿Por qué motivo? –pregunté, fingiendo que me importaba algo el destino de un aristócrata tribal menor. Nunca hace daño mostrar interés en los pequeños detalles de la vida de tu cliente, es algo que he aprendido con el tiempo, especialmente si deseas ganarte su confianza–. ¿Acosó a alguien más?

Carataco negó con la cabeza y me dedicó una sonrisa irónica.

–Rompió el voto de celibato. Al muy idiota lo pillaron en la cama con la hija de Vortago. Después de eso, los druidas no tuvieron más remedio que expulsarlo. Ni siquiera el tío de Ebórico pudo salvarlo.

Seguimos moviéndonos a paso lento en torno al jardín, y Carataco entre tanto ordenaba sus pensamientos. Dentro de la casa, Mardicca chillaba a sus nietos. Hubo un momento en que una voz infantil aguda perforó el aire, jurando su inocencia. Sonaba como cualquier casa familiar de nuestra ciudad. Quizás esos celtas rebeldes no fueran tan distintos de nosotros, después de todo, pensé yo. Carataco miró en dirección a la casa y esperó hasta que cesaron los gritos.

–Roma no es buena para mi familia –me dijo–. Vivir aquí convierte a los niños en blandos e indisciplinados. Están perdiendo el contacto con nuestros valores tradicionales.

–Quizá se pudieran beneficiar de una educación romana –señalé yo.

Carataco me miró con sus ojos pálidos. Había una furia tranquila en su voz cuando respondió:

–Entonces, ¿estás de acuerdo con mi nuera? ¿Crees que mis nietos deberían ser educados por mis enemigos? ¿Por los mismos desgraciados que me quitaron tierras y títulos?

–Simplemente sugiero que quizá pudieran aprender un par de cosas con un profesor privado. Analizar versos, escribir en latín y griego, retórica… Ese tipo de cosas. –Hice una pausa momentánea, y luego me vino la inspiración y continué fluidamente–. Si algo me has enseñado hasta el momento, es que hay que entender la forma de ser del enemigo. Puedo hacer que uno de mis conocidos os ofrezca sus servicios, si quieres.

–Mis nietos son celtas. Así no es como aprende nuestro pueblo. Nosotros guardamos nuestras historias aquí. –Y el britano se dio unos golpecitos en la cabeza–. Nuestra poesía, nuestra historia, nuestras historias, son mucho más ricas que cualquier cosa que puedas encontrar en la mayoría de los pergaminos polvorientos que he leído durante mi estancia en Roma. Nuestras historias y leyendas viven en nuestra alma. ¿Tienen que abandonar ellos su orgullosa herencia a cambio del dudoso privilegio de leer las obras de unos griegos muertos?

–Muchos de tus compatriotas darían su brazo derecho por la oportunidad de que su progenie estuviese escolarizada aquí –contesté.

Carataco se me encaró.

–No me hables de mis compatriotas, romano –replicó, enfadado–. Soy muy consciente de sus actitudes hacia nuestros conquistadores. Esos inútiles nobles que se alinearon con Roma siempre encuentran nuevas formas de congraciarse con el enemigo. Puede que hayan rendido sus valores en favor del vino y de las togas, pero yo no me dejaré intimidar tan fácilmente.

Había algo admirable en la forma que tenía aquel viejo rey de luchar por mantener las costumbres del pasado. «Qué diferentes habrían sido las cosas», me dije, «si todos los líderes britanos se hubiesen resistido a las legiones tan orgullosamente como Carataco». Por el contrario, muchos se habían arrojado enseguida a los pies de sus nuevos amos, casi en cuanto los primeros soldados desembarcaron en esa distante isla barrida por los vientos.

–¿Habrías preferido que tus hijos se entrenasen en un santuario druida? –le pregunté, medio en broma–. La vida allí no era nada fácil, por lo que me has contado hasta ahora.

Él sonrió.

–Quizá tengas razón. Pero estudiar allí me enseñó la importancia de la disciplina y el trabajo duro. Sin ello, dudo de que me hubiese convertido nunca en rey.

–¿Y qué ocurrió entonces? –me interesé–. ¿Después de que el druida te contara los planes que tenía para ti?

Carataco se encogió de hombros, cansado.

–No hay mucho más que contar. Yo me dediqué a mis estudios y a entrenar muchísimo con los siluros. El trabajo era implacable, como me había asegurado Bladoco. Tuve que esforzarme mucho más de lo que jamás me habría imaginado, pero estaba decidido a no fallar a mi mentor. Pasaban las estaciones, un año daba paso al siguiente, y al final completé mi iniciación.

–¿Y cuándo fue eso?

Él frunció el ceño. Reflexionaba.

–Siete años después de llegar a Merladion. Yo acababa de cumplir los dieciocho.

–¿Y qué ocurrió entonces?

–¿Quieres algún detalle escabroso, Felícito? –sonrió Carataco–. No había ningún hombre de mimbre lleno de criminales esperando a ser sacrificado a los dioses, si es eso lo que piensas.

–¿Cuántos fuisteis admitidos?

–Sólo unos pocos. Yo mismo, Cadro. Uno o dos más. Sediaco se fue el año anterior; volvió a la corte de su tío.

Me parecía bastante relajado entonces, y pensé que el momento era adecuado para presionarlo más sobre su anterior observación.

–Decías que había peligros que te acechaban –le recordé–. ¿Qué querías decir?

Nos habíamos detenido junto a un banco de piedra. Carataco se sentó y me hizo señas de que me sentara a su lado. Yo busqué el sitio cuidadosamente, evitando las cagadas de pájaro secas que salpicaban la superficie. El britano dejó descansar las manos en su regazo, y nos quedamos en aquella zona tranquila del jardín escuchando el murmullo constante de la fuente. Al final me dio su respuesta:

–Después de la iniciación, cada escolar tiene que decidir si continúa sus estudios en Merladion o vuelve a su tribu. Yo me había decidido ya, y quería quedarme.

Apenas conseguí ocultar mi asombro.

–Pero pensaba que lo odiabas... ¿No echabas de menos a tu familia? ¿A tu gente?

–Muchísimo. Pero Bladoco decía que podía beneficiarme si me quedaba en el santuario al menos un año o dos más, y yo había accedido a obedecerlo sin dudar. Ése era el plan, al menos –reflexionó–. Tal y como fueron las cosas, mis estudios terminaron de repente. Fue cuando empezaron los problemas. Cuando empezó todo.

Yo me enderecé sin quererlo.

–¿Qué problemas?

–El conflicto entre mi familia y el rey Verica.

–¿El gobernante de los atrebates, quieres decir? ¿El que había derrotado a su tío y se había apoderado del trono en Calleva?

Sus cejas pobladas se levantaron.

–Me sorprendes, romano. Te estás convirtiendo en un verdadero experto en luchas británicas.

–Hago lo que puedo.

Carataco sonrió brevemente, y su cara volvió a adoptar una expresión pensativa.

–Hubo mala sangre entre nuestra tribu y los atrebates durante muchos años –explicó–. Mi padre y Verica nunca se pusieron de acuerdo. Pero la situación se volvió mucho peor poco después de que yo empezara mi entrenamiento para el segundo círculo. Lo que hasta entonces era tensión entre los dos pueblos estalló en un conflicto violento. No teníamos ni idea por aquel entonces de que aquello conduciría al ocaso de los dos reinos.

–¿Por qué? ¿Qué ocurrió?

Carataco se puso de pie de repente en el banco en ruinas y dijo:

–Estoy cansado de estar aquí. Demasiados fantasmas. Vamos a hablar en algún otro sitio.

–Ciertamente –afirmé, cogiendo mi libreta y mi estilo–. ¿Se te ocurre alguno?

–Hay una taberna más abajo, en el Aventino. El Jabalí Borracho. Se supone que sirven platos celtas auténticos, aunque eso es falsear un poco la realidad. Pero la cerveza es pasable, y conozco al propietario. Nos encontrará un lugar tranquilo. Podremos hablar allí más tarde.

–¿Cuándo?

–A la hora nona. Después de que acabe en el gimnasio. Entonces te contaré lo de la guerra entre nuestras tribus, romano. La guerra que acabó por sellar el destino de nuestra isla.

TERCERA PARTE

EL PRÍNCIPE DE LA GUERRA

CAPÍTULO QUINCE

Roma, 61 d. C.

Llegué a la taberna que había elegido Carataco para nuestra siguiente entrevista a la hora convenida, aunque aguardé un rato en la esquina de una de las calles principales del bajo Aventino, tocando casi a un bloque de pisos medio derruido como los que dominaban en aquel sórdido rincón de la ciudad. Desde el exterior, El Jabalí Borracho no parecía un establecimiento demasiado halagüeño. El yeso de las paredes exteriores se había agrietado en algunos lugares, dejando a la luz los ladrillos que había debajo, y alguien había garabateado unas palabras obscenas bajo una de las ventanas. Un cartel pintado colgaba por encima de la oscura entrada, prometiendo «Bebida y comida caliente», lo cual situaba el establecimiento en un lugar bastante bajo de la escala general, pensé, porque vino y vituallas calientes era lo mínimo que se podía esperar de cualquier taberna medio decente.

Al fin, me decidí a abrirme camino entre la multitud de depravados que acechaban en las zonas más bajas del Aventino y entré en el local. Un olor rancio a cerveza y sudor humano llenaba el aire. A aquella hora tan temprana, la taberna estaba tranquila. Los trabajadores y estibadores de los muelles cercanos aún tenían que acabar el trabajo del día, y no conté a más de media docena de vejestorios sentados en las mesas de caballetes. Al mirar a mi alrededor, observé que se había hecho un burdo intento de recrear el mundo de los celtas. Las paredes estaban decoradas con motivos de espirales, junto con escenas bucólicas: reyes conduciendo sus carros, niños jugando ante una choza redonda, hombres con el pecho desnudo pintados con glasto y cazando un jabalí. Y una trompeta de guerra de bronce, con cabeza de animal, colgaba de la pared que estaba detrás del mostrador.

Me senté en un destartalado taburete, en la mesa vacía más cercana, e hice una seña al camarero robusto, la señal universal de bebida. Él dejó a un lado los platos sucios que estaba aclarando, se secó las manos en un trapo y se acercó a mi mesa.

–¿Qué te pongo? –preguntó con voz grave. Supuse que el hombre era de la Galia; incluso quizá, dado lo cerrado de su acento, un recién llegado a la ciudad.

–¿Tienes vino de la Galia? –le pregunté–. Que sea barato, preferiblemente.

El hombre gruñó.

–Galo no –gruñó el hombre–. Pero tenemos un vino britano que acaba de llegar, si te interesa. Recién descargado de la carreta.

Yo hice una mueca, horrorizado.

–¿Vino britano?

–Eso es. De la misma propiedad de Cogidubno. Tiene un viñedo muy grande ahora, o al menos eso dicen.

–Supongo que le habrá cogido el gusto… –comenté, recordando el nombre de varias de las memorias militares que había estado leyendo. Cogidubno era un noble menor britano al que le habían garantizado su reino en las antiguas tierras de los atrebates a cambio de su entusiasta apoyo a Roma.

–Es un poco basto –reconoció el camarero–. Pero está muy de moda entre la gente bien en el Celio. No se cansan de él. ¿Quieres probarlo?

Si eso era cierto, los estándares de los que vivían en ese distrito habían caído mucho.

—En otra ocasión, quizá... —Beber vino de la propiedad de un rey marioneta de los romanos no me iba a congraciar demasiado con Carataco—. ¿No tienes nada etrusco?

El camarero negó con la cabeza, serio.

—Vino britano. O, si no, cerveza. Tú eliges, amigo.

—Dioses, ¿pero qué clase de establecimiento es éste? —dije, incrédulo.

—La mayoría de nuestros clientes son celtas que buscan algo que les recuerde a su hogar. No servimos a los de fuera. Aunque cada vez vienen más de los tuyos, en verdad...

—¿De los míos? —lo miré intrigado.

El camarero asintió.

—Jóvenes caballeros romanos que quieren probar las delicias de nuestra comida y bebida. Algo con lo que presumir ante sus amigos, supongo. Para demostrar sus gustos exóticos. Te sorprendería saber cuánta gente de bien le ha pillado el gusto a la cerveza britana últimamente.

—¿Va bien el negocio? —le pregunté.

—Pues nos las arreglamos. —Se rascó la barba desaliñada—. Aunque a algunos de los habituales no les hace mucha gracia.

—¿Por qué no?

Él se encogió de hombros.

—Preferirían que los romanos fuesen a sus propias tabernas.

Pensé en hacer algún comentario malicioso sobre los celtas y su famosa hospitalidad hacia los desconocidos, pero algo en la expresión del camarero me hizo imaginar que compartía el disgusto de su patrón por mí y mis compañeros romanos.

—Tomaré el vino britano, pues —dije.

—Como desees. ¿Algo para comer también? Tenemos mucha comida celta de la buena. —Señaló el menú que estaba en la pared—. El plato especial de hoy es estofado de conejo.

–No, sólo el vino, por el momento. Y trae dos copas.

Tras encogerse de hombros, el camarero se dirigió al mostrador. Volvió al momento con una jarra y un par de copas de cerámica desportilladas, y las dejó descuidadamente en la mesa manchada.

–Serán tres sestercios.

Yo hice una mueca al oír el precio, pero saqué un puñado de monedas de la bolsa de cuero que llevaba atada al cinturón y las puse encima de la mesa. El camarero no hizo ningún movimiento para recogerlas, de modo que de mala gana añadí una pequeña propina, no sin preguntarme cómo le explicaría este último gasto frívolo a Aelia. Mi querida esposa me había reprendido aquella misma tarde en nuestro diminuto hogar, pues cuestionaba mi decisión de escribir la historia de Carataco. Estaba acunando a nuestro hijo pequeño, Lucio, que lloraba, cuando exclamó:

–¡Un britano! De todas las cosas absurdas que has hecho en tu vida, Cayo…, ¿por qué has accedido a escribir sus malditas memorias?

–En realidad, fue idea mía.

–¡Peor aún! –Aelia había gritado, ahogando los llantos histéricos del bebé–. ¿Tan mal está el negocio que te tienes que ver reducido a escribir para bárbaros exiliados? ¿Y todos tus contactos en el Senado?

–No tiene nada que ver con eso. Puedo tener muchos encargos cuando quiera. Simplemente, quería contar una historia emocionante, para variar. Una que sea realmente cierta. Ese tipo ha vivido una vida extraordinaria.

Aelia bufó.

–Espero que al menos Caradocos, o como sea que se pronuncie ese nombre bárbaro, te compense bien por tu tiempo.

–Me temo que no hay dinero en esto, querida –repuse–. Carataco está siendo muy maltratado por el emperador y no puede permitirse pagarme nada.

Aelia me había dirigido una de esas miradas suyas heladas, que podrían meter miedo hasta al pellejo de una vaca.

–¿Estás trabajando gratis para ese hombre, Cayo?

–Sí, pero eso no importa. ¿No lo ves? Es la gran historia jamás contada de nuestro tiempo, querida. Estoy seguro de que atraerá muchísimo más interés que todas las aburridas historias familiares que he escrito en el pasado. Esto podría abrirme nuevas puertas... Podría abrírnoslas a los dos –me corregí a toda prisa–. ¿Quién sabe? Si es un éxito, como espero, podríamos trasladarnos a una casa en el Celio, como siempre has querido.

–¡No seas idiota, Cayo! –respondió Aelia, sin intentar ocultar su burla–. ¿Crees de verdad que puedes hacer fortuna escribiendo sobre un arrugado y viejo britano?

–Si hubieras oído su historia, lo entenderías –repliqué, a la defensiva–. Su relato no se parece a nada que haya conocido jamás. Esta obra se puede convertir en una de las mejores historias de la época, estoy convencido de ello.

–Maravilloso. Todos nuestros sueños están a punto de hacerse realidad gracias a Carataco, según parece. ¿Y cómo propones que paguemos las facturas, queridísimo marido?

–Todavía me queda algo de plata del último encargo –señalé–. Con eso podemos mantenernos un tiempo, si es el dinero lo que te preocupa.

–No es eso –me riñó Aelia–. Tienes un hijo ahora, Cayo. Ya no puedes permitirte sucumbir a tus caprichos. Ahora mismo deberías estar haciendo amigos en la corte imperial, no perdiendo el tiempo con un rey olvidado que a nadie le importa.

El recuerdo de nuestra pelea me irritaba, pero intenté desecharlo. Busqué la jarra y me serví una generosa cantidad de vino. Di un sorbito con cautela, y el líquido ácido me quemó la garganta. Estuve a punto de llamar al camarero para quejarme por haber tenido que pagar por semejante veneno cuando vi que un tipo desaliñado salía del rincón más oscuro de la sala y se acercaba a mí.

–¡Felícito! ¡Cayo Placonio Felícito! –dijo, arrastrando las palabras y salpicando el vino de su copa en el suelo sembrado de paja. Sus pasos eran vacilantes–. ¿Eres tú? ¡Maldita sea!

Yo me lo quedé mirando, desconcertado, preguntándome cómo era posible que ese vagabundo me conociera. Parecía al menos diez años mayor que yo, con un pelo indómito ya clareando y una barba gris rala y una túnica parda desgastada por el tiempo. Me resultaba vagamente familiar, pero no recordaba dónde lo había visto. Sólo cuando estuvo junto a mí me levanté de un salto, pues de repente pude reconocer su rostro.

–¡Por Júpiter! ¡Decio Tusco!

Decio Espurino Tusco era un historiador menor que se había congraciado con el círculo más íntimo del anterior emperador escribiendo serviles hagiografías de todos sus aliados. Ahora, a pesar de adular a Nerón, su carrera iba cuesta abajo. El rumor era que algunos de los protagonistas de sus anteriores historias habían perdido el favor. Fatalmente, en algunos casos. Y el barro se adhiere a los que rodean a semejantes personajes. Nos habíamos conocido en una tediosa fiesta, un año antes, en la que estuvimos por un rato discutiendo los méritos relativos de Enio y Naevio. Me había resultado un hombre aburrido, otro de los aduladores de la familia imperial que se apoyaban en la fuerza de sus conexiones, pero sin ninguna habilidad en la escritura. Nuestros caminos se habían cruzado un par de veces desde entonces, pero los últimos meses Tusco había sido conspicuo por su ausencia en palacio. El encontrármelo ahora en un entorno tan miserable me dejó momentáneamente conmocionado.

–Qué agradable sorpresa –mentí, tratando de recomponer el gesto–. Ah, qué inesperado…

–¿Te importa? –Tusco señaló el taburete que tenía enfrente y se sentó antes de que yo pudiera responder. Al dejar la copa sobre la mesa, derramó una buena parte del vino. Estaba borracho, eso quedaba bien claro. Su aliento apestaba a vino barato, tenía la cara hinchada y los ojos mostraban el velo de un bebedor veterano. Me parecía casi irreconocible, tan distinto del hombre aburrido y bien vestido con el que había cenado unos meses atrás. Hice un esfuerzo heroico por ocultar mi molestia ante su intrusión y sonreí.

–¿Qué estás haciendo aquí? –le pregunté–. ¿Investigando los antros de la plebe para alguna nueva sátira menipea, quizá?

Tusco meneó la cabeza y señaló con un grueso pulgar en dirección al edificio destartalado ante el que yo también había pasado de camino a la taberna.

–Vivo a la vuelta de la esquina. –Hizo una pausa para soltar un eructo–. En el cuarto piso. Arriba, con los pichones, como se suele decir.

–Ah –conseguí como pude disimular mi horror.

–Éste es mi local. El vino es horrible, pero la compañía es agradable. Y no te encuentras con demasiadas caras familiares –siguió, intentando justificar su elección de tasca–. Bueno, ¿y qué te trae a ti por aquí?

–Me tengo que reunir con alguien –dije, precavidamente.

–¿Un amigo?

–Más bien un conocido, se podría decir.

Vi una chispa en sus ojos y sonrió.

–¿Todavía tienes generosos encargos de la gente de valía del Senado? ¿Quién es tu nuevo cliente? ¿Lo conozco?

–Pues no puedo hablar de eso –repliqué, recordando que Tusco tenía una reputación de insaciable cotilla. Si dejaba escapar algo de mi proyecto con Carataco, todos los piratas de Roma lo sabrían antes de que se pusiera el sol–. ¿Y tú? ¿Qué tal te va estos días?

Una nube oscura cubrió el rostro envejecido del historiador, y bufó, iracundo.

–No he tenido suerte –murmuró–. No me han encargado ni un trabajo desde hace meses, gracias a que alguien sacó a relucir un poema poco halagador que escribí hace años sobre el emperador Claudio. Le pasaron una copia a Nerón. Mi carrera está arruinada.

Dio un sorbo de vino y miró al suelo con pesar. No puedo decir que lo sintiera demasiado por él. Si vas a escribir unos ripios metiéndote con alguien, elige un objetivo del que puedas burlarte. Todo lo que se va acaba volviendo, se podría decir. Pero por eso mismo yo encontraba su aspecto descuidado muy preocupante.

–Seguro que no es para tanto –dije–. Tienes muchos amigos en las posiciones más elevadas. No te habrán abandonado todos, ¿verdad que no?

Tusco sonrió sin humor.

–No sabes de lo que es capaz Nerón. Quizás haya abolido los juicios por traición, pero es un malvado con todas las de la ley. Todo el mundo le tiene miedo. Ha hecho saber a todos que quien se asocie conmigo pagará un elevado precio...

Yo me removí en mi asiento, incómodo, en silencio. Tusco, entretanto, vaciaba el resto de su copa. No era ningún secreto que a Nerón le disgustaban las críticas personales, y siempre había que andar con pies de plomo en torno al trono imperial, pero Tusco me estaba sugiriendo algo mucho más siniestro. Sabía lo suficiente de historia como para recordar los oscuros días de Claudio; había leído los relatos de cómo sacaban de sus casas a los supuestos enemigos del emperador en medio de la noche para someterlos a juicios secretos en las entrañas de palacio. Nerón había asegurado que él estaba cortado de un paño muy distinto, y declarado su apoyo al Senado, pero ¿acaso no habían hecho las mismas promesas sus predecesores?

–No es sólo el emperador –siguió Tusco–. Ese comandante de la Guardia Pretoriana es una buena pieza. Se ha empeñado en destruir mi reputación.

–¿Burrus?

–Ese mismo –asintió Tusco–. Es un hijo de puta de mala entraña. Peor incluso que Nerón, según dicen algunos.

Yo hice una mueca al oír ese nombre. Había visto a Sexto Afranio Burrus en el banquete imperial, la otra noche, y lo conocía un poco. Como comandante de la Guardia Pretoriana, estaba más cerca de Nerón que nadie, excepto quizá Séneca. También había rumores de que Burrus había ayudado a liquidar a la madre de Nerón, Agripina, aunque podía ser poco sensato airear esos pensamientos en voz alta.

Miré a mi alrededor, sobrecogido por el miedo de que uno de los espías del emperador pudiera verme compartir una bebida con un escritor caído en desgracia.

–¿Y qué vas a hacer? –le pregunté, en voz baja.

–¿Qué puedo hacer? –Tusco se encogió de hombros–. Sin la aprobación del emperador, no obtendré patronazgo alguno para continuar con mi trabajo. Tengo unos pequeños ingresos como tutor privado, pues enseño a los hijos de propietarios de almacenes y comerciantes, pero apenas me da para pagar el alquiler.

–Siento mucho todo esto… –dije, intentando suprimir un escalofrío. Y, después de todo, era cierto, ya que los escritores tenemos una carrera vulnerable a los vagos caprichos de la moda y las arenas cambiantes de la política. Uno no puede evitar sentir una cierta simpatía por aquellos que caen en desgracia, incluso por los que escriben los ripios de peor calidad.

Él desoyó mis preocupaciones con un movimiento de la mano.

–He salido bien parado, comparado con otros. El mes pasado Burrus y sus matones fueron a por Salonio.

Me quedé con la boca abierta.

–¿El dramaturgo?

Tusco asintió con gravedad.

—Los guardias lo arrestaron en su casa, en medio de la noche. Lo llevaron a palacio, le dieron una paliza hasta dejarlo al borde de la muerte, y lo obligaron a desprenderse de su propiedad en la Campania.

—¿Con qué excusa?

—Incluir una crítica velada a Nerón en su última e interminable tragedia. —Tusco puso los ojos en blanco—. Al parecer, alguien del público informó de sus preocupaciones a Burrus. Sin duda, ese alguien está ya planeando la nueva cocina de su casa de Campania.

—Es terrible —respondí, distraído, mirando hacia la entrada con la esperanza de que Carataco apareciese y pudiera librarme así de seguir escuchando aquella historia tan deprimente—. Escucha, me gustaría mucho seguir hablando contigo, pero...

De repente Tusco puso un brazo en la mesa. Con su mano sudorosa me agarró la muñeca y me miró con expresión desesperada. Por un momento, me horroricé al pensar que iba a abochornarnos a los dos pidiéndome algo de dinero, o, que los dioses lo impidieran, que defendiera su caso ante mis contactos en el Senado..., algo que le iría de maravilla, seguro. Por el contrario, se inclinó por encima de la mesa y me habló en voz baja:

—Mira, Felícito —me dijo—, tú eres un tipo listo. Sigue mi consejo y ve con los ojos abiertos. Nerón puede parecer ridículo, con todas sus afectaciones artísticas, pero es peligroso. Él y el resto de su círculo íntimo. Si te enemistas con ellos, no esperes clemencia. Aunque no sea culpa tuya.

Yo reí nerviosamente.

—Dudo de que el emperador y sus colegas se molesten por alguien como yo. No soy importante. Dioses, dudo siquiera de que Nerón sepa que existo...

—Yo pensaba lo mismo —dijo Tusco—. Y mira lo que me ha pasado.

Nervioso, di un trago de aquel vino rancio. Ya me sentía hasta un poco mareado. Con las prisas y la emoción por contar la historia de Carataco, no había prestado atención a cómo podían reaccionar en palacio. El desagrado de Nerón por el antiguo señor de los britanos era bien conocido y, entonces, ¿podría intentar censurar la obra o incluso impedir su publicación? No tenía ni idea. Estaba a merced de las poderosas fuerzas de la política imperial, y por primera vez tuve la idea turbadora de que escribir la vida de Carataco quizá no resultase tan fructífero como yo esperaba.

Justo entonces me di cuenta de que Tusco, que había levantado la vista hacia la entrada, estaba atónito. Seguí su mirada, y vi allí a una figura alta y esbelta, con las mejillas tatuadas y el pelo largo y gris. El hombre se había detenido justo en la puerta de la taberna y miraba los rostros de los clientes. Tusco hizo un guiño hacia él.

—Ey —dijo—, ¿no es ése Carataco?

Antes de que yo pudiera responder, el antiguo rey de los britanos se encontró con mi mirada y vino hacia nuestra mesa. Se detuvo a un par de pasos de distancia y dirigió su mirada intrigada a Tusco, y este último le devolvió una mirada sorprendida. Yo me levanté, y mi taburete rozó el suelo al despedir rápidamente al viejo historiador.

—Sí. Bueno… —Hice una pausa y carraspeé—. Encantado de volver a verte, Decio Tusco. De verdad. Me ha encantado que nos pusiéramos al día. Me gustaría seguir hablando contigo en otra ocasión.

Afortunadamente, Tusco todavía estaba más o menos lúcido, a pesar de estar completamente borracho. Recompuso su gesto, se dio con las manos en las rodillas y se levantó del taburete con toda la dignidad que pudo.

—Por supuesto, claro. Yo… Bueno, ya me iba. Cuídate mucho, Felícito.

—Tú también.

Saludó con la cabeza a Carataco, nos deseó buenas tardes a los dos y se dirigió a la salida. Lo seguí con la mirada, mientras éste hacía una pausa en la esquina de la calle y miró en nuestra dirección. Por un breve momento, un brillo de comprensión relampagueó en sus ojos. Luego se volvió y desapareció entre la multitud.

—¿Un amigo tuyo? —Carataco me miró con curiosidad.

—Sólo un antiguo conocido —dije.

El britano arqueó una ceja.

—No sabía que los escritores romanos eran amigos de los infortunados mendigos de su ciudad.

—Y no lo somos. En realidad, era un colega historiador. —Carataco me miró con curiosidad, y yo añadí—: Es una larga historia. Ya te la contaré en otra ocasión.

Él se encogió de hombros e hizo una seña al camarero, que al momento acabó de limpiar una de las mesas y se introdujo en una habitación que había detrás del mostrador. Unos momentos más tarde, un hombre de anchos hombros con el pelo largo y oscuro y la barbilla llena de cicatrices salió de allí y vino cojeando hasta nuestra mesa. Me miró con interés y sonrió a Carataco. Los dos hombres se aferraron de los brazos e intercambiaron un cálido saludo en su dialecto gutural.

—Éste es Lugno —dijo Carataco en latín, señalando a la enorme figura que estaba de pie junto a él—. Un viejo amigo. Es el propietario de este local.

—¿Eres de Britania también? —le pregunté.

Lugno dejó escapar una sonora carcajada.

—Debes de estar bromeando. Jamás he puesto los pies en esa isla de peludos hijos de puta, gracias a Lud.

—Lugno es de la Galia —explicó Carataco—. De la tribu de los arvernos. Era un gran boxeador en su juventud. Peleó contra los pugilistas más duros del Imperio.

—¿Ah, sí? —fingí interés. Los celtas, según sabía yo, tenían una rica tradición de boxeo, y muchos de los campeones de nuestro tercer deporte favorito (después de cortarse unos a otros a pedacitos en la arena o correr en unos carros absurdamente frágiles) procedían de sus tierras.

—«El rey de los celtas», me llamaban —dijo Lugno con una clara nota de orgullo en la voz—. Nunca perdí un solo combate, ¿sabes? Cuando me retiré, me establecí aquí e invertí todas mis ganancias en este lugar. No es mucho, ya lo sé, pero es mío.

—Lugno ayudó a mi familia cuando llegamos a la ciudad —me explicó Carataco—. Él conoce a todos los celtas que hay en Roma. Sin él, nos habría resultado mucho más difícil aún adaptarnos.

Yo fruncí el ceño.

—Suponía que galos y britanos eran rivales…

—Sí, es cierto —replicó Lugno con una sonrisa—. La mayor parte del tiempo no podemos ni mirarnos los unos a los otros. Pero no hay demasiados celtas en esta ciudad, y tenemos la obligación de permanecer unidos. Porque los romanos no nos van a hacer ningún favor, ¿verdad?

—No —respondí—. Supongo que no.

Lugno me miró.

—Carataco me dice que estás escribiendo sus memorias… —Yo asentí, y el enorme galo emitió un profundo sonido gutural—. ¿Qué te hace pensar que los romanos querrán leer algo sobre la vida de uno de nosotros, eh? Despreciáis demasiado a nuestros pueblos.

—Cierto —asentí—. Pero también venimos a vuestras tabernas a beber vuestra cerveza y nos regodeamos con vuestros platos. Somos una nación contradictoria, en realidad.

Él sonrió, dejando al descubierto sus dientes podridos.

—Bien dicho. —Me dio un golpecito juguetón en el hombro—. Quizá cuando termines puedas escribir también mi biografía. Tengo muchas cosas que contar.

—De eso estoy seguro —respondí con diplomacia.

—A mi amigo y a mí nos gustaría hablar en privado, Lugno —intervino Carataco—. Sin que nos miren ojos curiosos.

—Por supuesto. Por aquí.

Y nos hizo pasar a una mesa en un rincón de la taberna, lejos del resto de clientes. Hizo una seña al camarero, y este último cogió la jarra y las copas de la otra mesa y nos las llevó a la nueva. Ofrecí a Carataco una copa de vino, pero él negó con la cabeza y pidió al camarero que le trajera una jarra de cerveza. No tardó el hombre en volver con un tanque lleno del oscuro brebaje y, tras rechazar con educación el pago que le ofrecía Carataco, se retiró de nuevo al mostrador.

—¿Qué opinas? —preguntó Carataco, señalando nuestro entorno con un amplio gesto de su brazo tatuado.

—Tiene un cierto encanto —dije, buscando algún posible cumplido para aquel cuchitril deprimente—. Supongo que eres cliente habitual…

Carataco asintió.

—Vengo aquí una o dos veces a la semana. En parte por las comodidades, pero sobre todo por los cotilleos. Siempre hay alguien que tiene noticias de Britania. Así es como me mantengo informado sobre mi antigua tierra.

—¿Por qué no lees las gacetas que colocan en el Foro cada semana, como todos los demás? Mencionan Britania muy a menudo.

—¿Y tú crees que cuentan toda la historia, romano? —sonrió débilmente Carataco.

Mientras Carataco hablaba, me sentí de nuevo afectado por la tragedia de su existencia en Roma. Lejos de su antiguo reino, viviendo en una casa destartalada en la ciudad y reducido a recabar información sobre el territorio que en tiempos había gobernado hablando con desconocidos en una taberna. Supuse que echaba terriblemente de menos la tierra de sus antepasados, y murmuré algo a ese respecto.

–Allí no hay nada para mi familia ahora mismo –me contestó torvamente Carataco–. Nuestros reinos han caído ante vuestras legiones, nuestros altares druidas han sido arrasados hasta los cimientos. Los que se opusieron a Roma han sido pasados a cuchillo o vendidos como esclavos, y al mismo tiempo gente como Cogidubno se ha postrado a los pies de sus nuevos amos. Quizá las cosas habrían sido distintas si la rebelión de Boudica hubiese tenido éxito, o si los brigantes no me hubieran traicionado... –Su voz se fue apagando, y por fin meneó la cabeza con firmeza–. No importa. Todo eso se ha perdido ya. Pronto toda nuestra forma de vida habrá desaparecido. Cuando llegue ese día, lo único que quedará serán sitios como éste.

–Y tus recuerdos –le recordé–. No te olvides de eso. El relato de tu vida durará más que cualquier edificio de nuestra ciudad.

Él me dedicó una amarga sonrisa.

–¿Estás seguro de que es mi nombre el que quieres que pase a la historia? ¿O el tuyo?

La incomodidad que sentía debió de transparentarse en mi rostro. Carataco sonrió.

–Seamos honrados uno con el otro, romano. Tú tienes tus propios motivos para querer contar mi historia. No necesitamos fingir que estás haciendo esto por simpatía por la difícil situación de mi pueblo.

–Estoy haciendo esto para contar la historia de un auténtico héroe de nuestro tiempo. Eso es todo.

Él se echó a reír.

–Tú eres historiador. Anhelas el reconocimiento literario, como cualquier escritor. De alguna manera, no eres tan distinto de los gobernantes de nuestras tribus, decididos a que se honre su historia en canciones de todos los grandes bardos de las tierras. La diferencia es que ellos cantan los hechos, mientras que vosotros, los escritores, sois las pulgas que viven de su sangre.

–Puedes ser –dije, tomando mi tableta encerada–. Pero, aun así, me necesitas para que escriba tu historia.

–Y tú necesitas mi cooperación para que te cuente el heroico relato que te conseguirá la adulación de los salones literarios de Roma.

Después de mi desalentadora conversación con Tusco, no estaba tan seguro de que la obra fuese bienvenida por los mandamases de Roma, pero decidí no compartir mi preocupación con Carataco.

–Cierto –dije–. ¿Y qué me quieres contar entonces?

–Desde el principio he insistido en un relato honrado de la invasión –replicó intensamente Carataco–. Espero que tu motivación no se vea influida por tus propias ambiciones, Felícito. Después de todo, un relato expurgado seguramente sería más aceptable para tus amigos de palacio. Y sin duda ayudaría en tu carrera.

–No, en absoluto –dije yo–. Te doy mi palabra de que esta historia será fidedigna. Me propongo ser honrado.

–Me alegro de oír eso. –Dio un sorbo y se echó hacia atrás–. Y ahora continuemos con el relato.

Yo miré las notas que había tomado en la tableta.

–Habías empezado a hablar del conflicto entre tu tribu y los atrebates, bajo el rey Verica.

El rey britano asintió y juntó sus manos llenas de cicatrices.

–Sí, me acuerdo. Nadie lo sabía entonces, claro, pero esa lucha fue el principio del fin para nosotros.

–¿Y eso?

–Tus compañeros historiadores escriben que éramos una gente pendenciera, y no se equivocaban en eso. La verdad es que siempre estábamos peleándonos, siempre con discusiones absurdas que daban lugar a conflictos constantes. –Hizo una pausa y se miró las manos–. Si hubiese sabido cómo iba a terminar aquello, quizás habría actuado de una manera diferente, y Roma quizá no nos habría invadido nunca ni conquistado nuestras tierras.

—¿Realmente piensas eso? —lo desafié—. ¿O es simplemente una mentira cómoda que te cuentas a ti mismo?

Carataco me dirigió una mirada dura.

—La victoria de Roma en Britania no estaba garantizada, por mucho que digan tus presuntuosos historiadores. Si nuestras tribus hubieran sido capaces de unirse, en lugar de luchar unas contra otras, el resultado habría sido muy distinto. Pero la guerra entre nuestra tribu y la de Verica lo hizo imposible.

—¿Y cómo ocurrió todo eso?

—Como empiezan siempre las cosas entre las tribus. Una disputa acalorada, empeorada en gran medida por unos idiotas obstinados que confundieron compromiso con debilidad.

Levanté el estilo y esperé a que Carataco continuase. Su mirada era distante, perdida más allá de mi hombro, y su aguda mente iba recordando acontecimientos que habían ocurrido media vida antes.

—Yo tenía dieciocho años cuando todo empezó —dijo al fin—. Por aquel entonces me estaba entrenando con los druidas y había decidido continuar los estudios en el santuario, al menos unos pocos años más. Pero todo cambió una tarde...

CAPÍTULO DIECISÉIS

Britania, 24 d. C.

El curso de la historia se ve alterado a menudo por la más pequeña de las acciones. Se puede estar en desacuerdo, pero sólo puedo decirte la verdad que yo he visto en ello. Lo único que sé es esto: las semillas de nuestra caída se sembraron mucho antes de que las legiones volvieran a nuestras costas, y todo ocurrió a causa de un príncipe menor britano del que vosotros, romanos, nunca habéis oído hablar. De no haber sido por Trigomaris, la larga y costosa guerra entre nuestras tribus quizá no habría ocurrido nunca, y el destino de nuestra isla habría sido muy distinto. Quizá la invasión sencillamente nunca hubiese tenido lugar. Aunque sólo los dioses saben tales cosas con total seguridad...

Los problemas empezaron en mi último año en el santuario. Muchos de los otros muchachos habían vuelto ya con sus familias por entonces. Mi buen amigo Sediaco había abandonado el santuario el año anterior. Nos habíamos hecho íntimos, como hermanos, en aquel tiempo juntos, y me resultó muy triste verlo partir. Pero yo comprendía su alivio al tomar aquella decisión. Sediaco realmente no disfrutaba con la forma de vida ascética que practicaban los druidas; hacía tiempo ya que deseaba volver a casa, sin duda para ejercer su conside-

213

rable encanto entre las rubias mujeres de los dobunios. Aun así, lo echaba terriblemente de menos.

Los pocos que habíamos decidido quedarnos en Merladion nos sometíamos a una rutina extenuante de estudio del folklore, práctica con las armas e instrucción religiosa. El ritmo era implacable, pero, cuando yo me sentía demasiado cansado para seguir, recordaba el voto que había hecho a mi mentor druida, años antes. Había jurado a Bladoco que soportaría las penalidades y el dolor sin quejarme, y que aceptaría su guía cuando me la ofreciera. Sólo entonces, me había dicho, a través del trabajo duro y la guía de los dioses, tendría una oportunidad de suceder algún día a mi padre en el trono de mi tribu.

Hacia finales del otoño, emprendí mi iniciación al primer círculo. Ese día, aquellos de nosotros que habíamos completado los estudios fuimos conducidos al santuario ante el Gran Druida. Los druidas, sus guardias… Todos se habían reunido junto al altar para presenciar la ceremonia. Un guardia introdujo una varilla de hierro en las brasas encendidas, y todos hicimos un juramento que no puedo repetir. Bebimos una poción de sangre de cabra fresca mezclada con hierbas recogidas con la mano izquierda por un curandero druida, y luego recibimos la marca que significaba nuestra aceptación en el círculo. Entonces, el guardia envolvió un trapo de lana en torno al final de la varilla y la sacó del brasero. Se dirigió hacia mí con aquella punta al rojo blanco por el calor y apretó la punta contra mi frente. Yo no pude dejar de dar un respingo al notarla, pues un dolor lacerante me recorrió el cuerpo. Fue breve, pero angustioso, y luego el guardia apartó el atizador y yo caí redondo al suelo, y las lágrimas me salían solas.

Ser marcado de esa manera es un gran honor entre nuestras tribus. Aquellos que llevan la marca del primer círculo son contemplados con gran consideración. Es un símbolo del conocimiento que han recogido a los pies de los druidas, los más sabios de todos los hombres. Sigue siendo uno de los días más orgullosos de toda mi vida, y yo estaba dispuesto a comprometerme a años de estudio para llegar al segundo círculo.

Una tarde, un novicio oyó que los guardias decían que mi padre ahora gobernaba Cantio. Su gobernante, el rey Epilo, había unido a los príncipes en disputa de aquel reino y decidió marchar al norte para conquistar Camuloduno a nuestra familia. Pero mi padre había comandado a un gran grupo de guerreros contra él y lo consiguió derrotar en una gran batalla. Muchos de ambos bandos murieron. El mismo Epilo murió también durante la batalla. Y corrían rumores de que mi padre planeaba regalar el trono de los cantiacos a mi hermano mayor, Adminio, para prepararlo para gobernar algún día a nuestro pueblo. Pasaron los meses, y yo empecé a dudar de que la profecía del druida se convirtiera algún día en realidad.

Más tarde nos llegaron nuevas noticias, traídas por un grupo de bardos viajeros y contadores de historias. La mala sangre entre nuestra tribu y los atrebates había ido empeorando sistemáticamente, y se decía que Verica, en busca de nuevos aliados para afianzar su posición, había fomentado unos vínculos más estrechos con Roma.

Tras la invasión de Roma, durante décadas las tribus habían convivido bajo un delicado equilibrio de poder, supervisado por el consejo de druidas, y había quien temía que la creciente rivalidad entre nuestro pueblo y los atrebates amenazase con perturbar ese acuerdo. Pocos, sin embargo, creían que pudiera conducir a una guerra abierta. Ambos bandos tenían mucho que perder en tal conflicto. Pero las tristes noticias continuaron llegando con cuentagotas a través de Siluria durante aquel duro invierno.

Cuando los días se hicieron más largos, yo redoblé mi entrenamiento con armas con mi instructor siluro. Mendax me presionaba mucho, hasta que fui lo suficientemente fuerte para marchar treinta kilómetros al día y subir y bajar las empinadas colinas del valle con pesadas cargas de rocas a mi espalda. Con ese estímulo aprendí los secretos de la ocultación, y me movía silenciosamente por la noche, establecía alijos de armas, planificaba emboscadas...; bueno, cualquier aspecto de la guerrilla de montaña. También me había vuelto hábil en el uso de la honda, el arco y la espada larga. Entrené miles de horas, aun cuando el tiempo era malo, bajo la lluvia, asestando repetidos golpes al recio poste de madera con la hoja, hasta que los músculos del antebrazo me ardían por el esfuerzo.

A veces me frustraba el inacabable esfuerzo que suponía la vida bajo el escrutinio de los druidas. Me lamentaba por tener que soportar las duras condiciones en Merladion, mientras que mis hermanos crecían con las comodidades de la corte real en Camuloduno. En mis momentos de mayor desesperación, me preguntaba si alguna vez volvería a ver mi hogar.

Y entonces, una tarde de principios de otoño, mi tío apareció en Merladion.

Había sido un día especialmente duro, y yo había vuelto a la atestada choza redonda que compartía con los demás aprendices para descansar un rato antes de cenar. Estaba sentado en las mantas de mi petate, recitando la lección que habíamos aprendido antes, por la mañana, cuando un guardia muy robusto apartó la cortina de cuero que cubría la entrada. Entró en la choza, dio unos pocos pasos y entrecerró los ojos para distinguir el interior. Cuando al fin me vio, me llamó.

–De pie, príncipe. Ahora mismo. Se te requiere. En el salón del jefe.

–¿Ahora mismo?

–Eso ha dicho Vortago.

Me incorporé con una sensación de tirantez en el pecho. Que te convocase el jefe de Merladion era algo muy inusual. Vortago raramente se interesaba por las vidas de los estudiosos de druida que habitaban su capital, excepto en alguna ocasión rara en que asistía a nuestras prácticas con la espada o a los partidos semanales de pelota que jugábamos contra los hijos de los aristócratas locales.

–¿Qué pasa? –pregunté.

El guardia encogió sus amplios hombros.

–¿Cómo cojones quieres que lo sepa? No soy adivino. Venga, date prisa. Me puse de pie y seguí al guardia. Una fuerte ráfaga de viento soplaba a través del valle cuando salí de la casa, y apuñaló mi piel como mil agujas de hueso. Hacía un frío y una humedad terribles, y al cabo de unos momentos ya estaba tiritando con mi basta túnica.

–Vaya tiempo de mierda –murmuró el guardia, mirando con el ceño fruncido hacia el cielo gris–. Y parece que viene un tiempo peor aún... El valle quedará inundado antes de que acabe el otoño.

Cruzamos por la puerta que conducía al complejo del jefe. Un par de guerreros de aspecto aburrido estaban apoyados contra un carro, a un lado del porche cubierto, bebiendo una jarra de cerveza. Me dedicaron una mirada indiferente, hicieron una seña al guardia y nos dejaron pasar.

Un fuerte olor a madera quemada me sorprendió cuanto entramos en el salón. El guardia me condujo hacia el estrado que estaba al otro lado, donde Vortago estaba sentado en su trono de madera, con una mirada seria clavada en mí. A su lado, un par de hombres le cuidaban las espaldas con unas largas lanzas. Bladoco estaba también allí, con la capucha echada hacia atrás revelando su cara pálida y demacrada. Mi maestro druida saludó mi presencia con un leve gesto.

A su derecha, en pie, pude ver a una figura de anchas espaldas vestida con un grueso manto de lana. Se volvió hacia mí en cuanto oyó los pasos. Primero, a la débil luz del fuego no lo reconocí. Luego sus rasgos se percibieron con mayor claridad, y yo me detuve abruptamente, con la boca abierta por la sorpresa.

–¡Tío! –exclamé.

–Hola, chico –repuso Epático.

Yo sonreí feliz, corrí hacia él y nos agarramos los antebrazos.

–Por Lud, cómo has crecido –siguió–. ¿Qué te han dado de comer aquí?

Me sentí rebosante de alegría por ver a mi tío después de ocho largos años. Pero enseguida vi la expresión tensa en su rostro, e instantáneamente supe que algo iba mal.

–¿Qué estás haciendo aquí?

Antes de que pudiera responder, Vortago se inclinó hacia delante en su trono y habló:

–Parece, Carataco, que tu tiempo con nosotros ha llegado a su fin.

Yo lo miré sorprendido, momentáneamente sin palabras. Luego me volví hacia Epático.

–¿Es cierto eso?

–Sí, así es. –Mi tío había envejecido considerablemente. Ahora, su pelo rubio era casi totalmente gris, y su frente estaba surcada por hondas arrugas–. Tengo que escoltarte en tu camino al este –continuó–. A ti y al druida. Órdenes de tu padre.

–¿Y qué pasa con mis estudios? –dije, entrecortadamente–. Me estoy entrenando para el segundo círculo. Ya he empezado la instrucción.

–Lo siento, chico, pero no se puede evitar. El rey me ha ordenado que te lleve a casa, y eso es todo. Ya he explicado la situación a tu mentor. Él está de acuerdo en que es lo mejor.

–Pero… ¿por qué?

–Hay problemas –me explicó él–. Entre nuestro pueblo y esos escurridizos cerdos sureños, los atrebates.

–¿Qué problemas? –Fruncí el ceño.

Él dudó y miró de soslayo a Bladoco antes de hablar.

–El príncipe Trigomaris ha muerto.

–¿Trigomaris? –pregunté sorprendido–. ¿El gobernante de Lhandain?

–Sí. El mismo.

Fruncí aún más el ceño conforme iba digiriendo las noticias. Sabía alguna cosa de Trigomaris por mis profesores druidas. Era el gobernante de un reino pequeño, pero rico, situado a las orillas del Támesis, en la frontera entre nuestra tribu y la de los atrebates. Aunque Lhandain era independiente, aquel territorio había pertenecido en tiempos a nuestra tribu, en los días del rey Casivelauno; su gente hablaba nuestro dialecto, y compartíamos gran parte de las costumbres. En años recientes, Lhandain había florecido bajo el reinado del príncipe, convirtiéndose en un puesto comercial muy rico al que arribaban los mercaderes de Roma y de otros lugares. Pero la corte real en sí misma permanecía fuertemente dividida entre dos facciones, una leal a nuestra tribu y otra que apoyaba a los atrebates, quienes también querían el control del lucrativo comercio a lo largo del río.

–¿Qué ha ocurrido? –pregunté.

–Hubo un accidente mientras Trigomaris estaba cazando, tres días antes de la última luna llena. Al parecer, uno de los nobles de su séquito le disparó una flecha.

–¿Por error?

–Eso es lo que he oído. No conozco todos los detalles.

–Pero ¿qué tiene que ver eso conmigo? ¿O con mi padre?

–Como probablemente sabrás ya, Trigomaris no tiene hijos. Su mujer murió hace tres inviernos, y el príncipe murió sin designar a un sucesor. Lo que significa que nuestra tribu podría heredar sus tierras, legítimamente.

Asentí, recordando los detalles vagamente. Dos generaciones antes los druidas habían establecido un acuerdo entre nuestra tribu y la casa gobernante de Lhandain. Estos últimos, temiendo el creciente poder de los atrebates en el sur, habían accedido a devolver Lhandain a los nuestros en el caso de que el linaje real no produjera ningún heredero.

–Pero no es tan sencillo –continuó Epático.

–¿Qué quieres decir?

–Hubo una revuelta en Lhandain –suspiró–. Después de anunciarse la muerte del príncipe. Uno de los nobles atrebates se declaró a sí mismo legítimo gobernante.

–¿Quién? –pregunté.

–Una sabandija que responde al nombre de Moricano. Es primo del príncipe. Pasó casi toda su niñez en la corte, en Calleva, de modo que puedes imaginar dónde están sus lealtades… –Notaba la ira en la voz de mi tío–. Tras la muerte del príncipe, Moricano llamó a reunión al consejo de ancianos, y allí denunció la alianza con nuestra tribu y declaró que Lhandain le pertenecía legalmente. Luego exigió que los ancianos lo reconocieran como nuevo gobernante. Algunos de los nobles protestaron…, y estalló la revuelta. Pero Moricano tenía el apoyo de la guardia real, e hizo que arrestaran y ejecutaran a los rebeldes. Ahora ha jurado lealtad a Verica.

–¿Cómo os habéis llegado a enterar de todo esto?

–Unos cuantos de los nobles leales a nuestra tribu consiguieron escapar de Lhandain antes de ser detenidos por la guardia de Moricano. Vinieron directos a Camuloduno con las noticias.

–¿Y qué papel representa Verica en todo esto?

–¿Tú qué crees? –exclamó Epático–. Respalda la reclamación al trono de Moricano. Verica ha hecho saber que, si alguien intenta interferir en la política interna de Lhandain, será visto como un ataque a la propia Calleva y tomará represalias con la fuerza.

–Pero nuestras tribus tenían un tratado… Y era vinculante por ambas partes. Los druidas fueron testigos. Seguramente eso debe de contar para algo, ¿no, tío? Además, es nuestra tierra, está en nuestro lado del río. Esa gente son parientes nuestros, siempre lo han sido.

—Moricano no lo ve así –dijo Bladoco–. Asegura que tenía un acuerdo con el príncipe Trigomaris. Además, dice que tiene pruebas que apoyan su derecho al trono.

–¿Pruebas? –fruncí el ceño de nuevo–. ¿Qué pruebas?

Epático negó con la cabeza.

–No importa. Esto no va de Moricano. Es sobre su aliado, Verica. Ese perro lamebotas de los romanos lleva años intentando expandir su influencia hacia el norte al otro lado del río. –Se dio un golpe con el puño cerrado en el muslo–. Y ahora va a apoderarse de Lhandain justo ante nuestras narices.

–Si permitimos que Verica –intervino Bladoco– se expanda hacia Lhandain, Roma mostrará enseguida interés por uno de los puertos clave de Britania. Lhandain estará repleto de mercaderes romanos y agentes imperiales antes de que pase mucho tiempo. Y, si eso sucede, será demasiado tarde para detenerlos. Las legiones los seguirán muy pronto, en cuanto se den cuenta de lo vulnerables que son esas tierras ante cualquier ataque. Destruirán los cultos, impondrán sus durísimos impuestos a las tribus, esclavizarán a las mujeres y los niños y destruirán a todos aquellos que los desafíen. Ya ocurrió una vez en la Galia; ocurrirá aquí también, antes de que pase mucho tiempo, si no detenemos a los atrebates.

Yo miré a Epático.

–¿Realmente crees que Verica intentará anexionarse Lhandain?

–Apostaría el huevo derecho a que sí. Confía en mí, dentro de poco veremos ondeando allí el estandarte de los atrebates.

–Moricano igual pone objeciones… –señaló Vortago.

Epático se echó a reír.

–Es una marioneta de un pequeño establecimiento comercial con un puñado de guerreros bajo su mando. Si Moricano intenta resistirse, Verica se lo sacará de encima a punta de espada y colocará a otro hombre en su puesto. Pero dudo de que llegue a eso… Lo más probable es que Verica lo mantenga en el trono mientras le sea útil. En cuanto las cosas se hayan tranquilizado, se apoderará de las tierras discretamente y jubilará a Moricano regalándole una propiedad en el sur.

Yo pensé largo rato.

—¿Y qué tiene que decir mi padre a todo esto?

—Insiste en que deben mantenerse los términos del tratado original, ya que ambos bandos lo firmaron de buena fe. Pero, si los atrebates ganan Lhandain, será una costosa derrota para nosotros. Verica controlará el comercio que fluye por el río, y con ello los beneficios que provienen de él.

—No sólo eso —añadí yo, con mi mente disparada a toda velocidad—. Le daría el control del paso del Támesis también.

—En cualquier caso, todo eso significa problemas —concluyó Epático.

—¿Y padre irá a la guerra?

Mi tío negó con la cabeza, lentamente.

—Todavía no. Le preocupa provocar a los romanos.

Bladoco, que había permanecido muy quieto mientras hablábamos, rompió el silencio.

—Existe una comunidad comercial importante en Lhandain, en la que se incluye también un grupo influyente de romanos. Existe el riesgo de que, si tu padre declara la guerra a Moricano y a sus aliados atrebates, ellos traten de alentar el interés romano en el resultado del combate.

—¿Realmente crees que Verica iría a buscar el apoyo de los romanos, maestro? —Lo miré a los ojos.

—Es algo que no se puede descartar. Otros reyes han rogado por su causa ante el Imperio en el pasado, a pesar del riesgo obvio de fomentar más aún la interferencia romana en los asuntos de la isla. Y sabemos que Verica ha dado la bienvenida al comercio romano en su propio territorio.

—Eso es decirlo muy suavemente —gruñó Epático—. He oído que esa serpiente incluso ha organizado una cuadrícula de calles en Calleva, igual a la de esas ciudades romanas cercanas al mar –retorció el rostro con disgusto ante la idea.

–¿Y qué podemos hacer? –pregunté.

Epático se rascó la barbilla.

–Tu padre ha convocado al Consejo de Druidas para que dictaminen. Sus consejeros apoyan la decisión. El rey quiere intentar resolver esta disputa sin derramamiento de sangre, si es posible. –Hizo una pausa–. Y quiere que tú asistas a las negociaciones.

–¿Por qué yo?

–Porque has estudiado casi ocho años con los druidas. Conoces los detalles de las leyes tribales mejor que nadie, y será muy útil tenerte a mano para aconsejar al rey y ayudarlo a obtener un resultado favorable.

–Yo no puedo asistir a tu padre en este asunto –dijo Bladoco–. Como miembro del Alto Consejo de Druidas, debo viajar a Lhandain para encontrarme con los demás antes de la reunión. Buscaremos la guía de los dioses, antes de oír lo que tenga que decir cada parte y emitir nuestro juicio, y hay que llevar a cabo unos rituales. De modo que la responsabilidad de ayudar a tu padre recae en ti.

–Además, ahora ya eres un hombre –añadió Epático–. El segundo en la línea del trono catuvelauno. Tu padre cree que has aprendido lo suficiente de los druidas para toda una vida. Es hora de que empieces a aprender a ser rey.

El tono de su voz sugería que Epático aprobaba entusiásticamente la conclusión de mis estudios en Merladion.

–¿Cuándo y dónde es esa reunión? –pregunté yo con un suspiro.

–Dentro de diez días. En un bosquecillo sagrado, a pocos kilómetros al norte de Lhandain. Las tres partes han sido invitadas a acudir a la reunión y presentar sus argumentos al consejo de druidas.

–¿Tres? –exclamé yo.

Mi tío asintió.

–Verica ha insistido en acudir a la reunión, dado el interés atrebate en el territorio.

–El consejo debe alcanzar una clara mayoría para que su dictamen tenga peso –nos recordó Bladoco.

–¿Y si no alcanzan a tomar una decisión? –pregunté yo.

–Entonces habrá guerra. Lisa y llanamente.

–¿Ha accedido Verica a dejar que sean los druidas quienes tengan la última palabra?

–No tiene elección –afirmó Epático–. No puede ir en contra de los deseos del consejo de los druidas, ¿verdad? Ofendería a todas las tribus de Britania. –Epático se encogió de hombros–. Al menos, de esta manera, tendremos una oportunidad de presentar nuestro caso. Si los druidas tienen sentido común, verán el peligro que representa dejar que Lhandain caiga en manos de los atrebates y sus amigos romanos y votarán a favor de devolver esa tierra a nuestra tribu.

–¿Y si la decisión va en contra de nuestros intereses?

–No será así. No, si los druidas juegan limpio. Pero, sea cual sea el caso, tu padre te quiere a su lado, y vamos a necesitar todos los guerreros que podamos si las cosas se ponen feas. Además, parece que ahora sabes empuñar una espada. –Me miró y asintió aprobadoramente–. La última vez que te vi eras delgaducho como una guadaña. Y ahora fíjate… –sonrió–. Quizás esos hijos de puta de siluros peludos tengan una ligera idea de cómo se lucha, a fin de cuentas…

–¿Dónde está ahora mi padre?

–En Camuloduno, con el resto de la familia. Se ha ordenado a los jefes catuvelaunos que acudan allí, y partiremos juntos a la reunión con el consejo druida.

–Viajaré contigo hasta Verlamion –dijo Bladoco–. Pero desde allí seguiré mi propio camino hacia Lhandain.

Yo me dirigí a Epático:

–¿Cuándo nos vamos?

–Mañana por la mañana, con las primeras luces. Dos guerreros de la guardia real han venido hasta aquí conmigo –se volvió hacia Vortago–: Necesitaremos un par de monturas para estos dos. Y la comida suficiente para cinco hombres, y también para los caballos.

–Por supuesto –replicó Vortago–. Doy por sentado que vuestro rey me lo reembolsará.

Epático le dirigió una mirada torva.

–Creía que eras amigo de nuestra tribu…

–Y lo soy –una débil sonrisa pasó por los labios del jefe–, pero no soy ningún idiota. No quiero que parezca que hago ningún tipo de favor a los catuvelaunos. Las otras tribus podrían tener una impresión equivocada y suponer que estoy tomando partido por vosotros en esta disputa.

Epático bufó, desdeñoso.

–Los siluros y su famosa neutralidad, ¿eh? Será verdad que vivís en el culo del mundo, pero un día de estos tendréis que elegir bando.

–Quizá. Pero, hasta entonces, dejaremos que vosotros, los orientales cabezotas, os hagáis pedazos los unos a los otros.

Bladoco vio la expresión dura en el rostro de mi tío y se adelantó.

–Procuraré que te compensen adecuadamente –dijo a Vortago–. Recibirás un buen precio por los caballos y los suministros. Tienes mi palabra.

–Me alegro de escuchar eso.

Epático hizo un grave gesto hacia Bladoco.

–Confiemos en que tus amigos druidas decidan este asunto a nuestro favor. Porque, si no lo hacen, habrá problemas. Ni siquiera los dioses serán capaces de impedir que estalle una guerra.

CAPÍTULO DIECISIETE

Al día siguiente, poco después de que hubiese despuntado la aurora, nuestra pequeña partida salió a caballo de Merladion. Hacía un calor poco habitual para el otoño, y el sol vibraba en la refulgente cúpula de cielo, bruñendo los montículos desnudos de las colinas circundantes y haciendo arder los jirones lechosos de niebla que se agarraban al suelo. Yo no sentía alivio alguno al abandonar el santuario después de ocho largos años. Por el contrario, a medida que íbamos avanzando por las hondas rodadas del camino que se dirigía hacia el este, sólo pensaba en el revuelo que me esperaba en casa.

Aquella noche descansamos en un pueblo de la frontera con la tribu de los dobunios. Epático regateó con el cacique, y por unas pocas monedas me consiguió una túnica finamente tejida, una capa con dibujos y unos pantalones con que reemplazar la harapienta túnica que yo había vestido hasta ese momento en el santuario. Al día siguiente, cruzamos las tierras de los dobunios. Eran nuestros aliados naturales, pero percibí la ansiedad de nuestros anfitriones cuando nos deteníamos a descansar por la noche. En su capital, un rostro familiar me saludó en la entrada principal. Era Sediaco. Me encantó volver a verlo, pero la amenaza de la guerra pesó mucho durante el breve tiempo que pasamos juntos.

–Todos los jefes de las tribus dicen lo mismo –me explicó mientras comíamos en el salón real con su tío, el rey Antedio.

–¿Y qué dicen? –pregunté yo.

Sediaco bajó la voz para que Bladoco no lo pudiera escuchar.

–La asamblea de druidas no resolverá nada. Es una pérdida de tiempo.

–Entonces tus jefes son mejores profetas que los druidas mismos, según parece… –sonreí ante mi propia broma, bastante endeble. Pero, en realidad yo no creía en la perspectiva de una resolución pacífica. La enemistad entre nuestro pueblo y los atrebates era tan honda que dudaba de que el consejo de druidas pudiera resolver la reyerta.

–¿Nos apoyará tu tío, si hay guerra? –pregunté, para llenar el silencio.

–El rey hará lo que sea mejor para los dobunios –Sediaco sonrió levemente.

–¿Y eso qué significa?

–Tu padre lo ha colocado en una situación difícil. Mi tío no tiene interés alguno en verse implicado en lo que considera una disputa entre los catuvelaunos y los atrebates. Y algunos de los jefes también se están cuestionando la sabiduría de buscar una alianza con los catuvelaunos, si nos vamos a ver arrastrados a un conflicto.

–Pero él ha accedido a respaldar nuestra reclamación…

–Sí, es verdad. Y, si llega el momento, honraremos el tratado y lucharemos junto con tu padre, dentro de lo razonable. Aunque a muchos no les gustará, claro está.

–Verica es nuestro enemigo común –lo presioné–. Vosotros también compartís una frontera con él. Si está dispuesto a robar nuestras tierras, ¿qué le impedirá invadir también vuestro territorio?

–Sí, tienes razón, pero los jefes no lo ven así. Sólo les preocupan sus propios pueblos. Tendrán que suministrar su cuota de hombres para las bandas de guerra, cosa que significa que no habrá nadie para recoger las cosechas si el conflicto dura demasiado tiempo. Las cosechas se pudrirán, y será un invierno muy duro para nuestra tribu. Entonces, esos mismos jefes pedirán compensaciones por sus pérdidas. A mi tío le costará mucha plata mantenerlos tranquilos, e incluso puede que no baste.

De repente me sentí muy cansado.

–¿Hay acaso alguna tribu de Britania que mire más allá de sus propios y mezquinos intereses?

–¿Por qué iban a hacerlo, amigo mío, cuando nuestros gobernantes son tan aficionados a la guerra? Si tu granja está amenazada por tus vecinos del otro lado del río, no te afectan las preocupaciones de reyes distantes. Ni morir en sus guerras.

–Entonces esperemos no llegar a ese punto… –respondí.

Abandonamos la capital al día siguiente, y tres jornadas más tarde llegamos a Abondun, un asentamiento muy extenso establecido en un valle junto a la confluencia de dos ríos, cuyo acceso por tierra estaba rodeado por una serie de enormes fortificaciones defensivas. Abondun había sido en tiempos un pueblecito pequeño, pero, con el crecimiento de los intereses romanos en Lhandain y las tierras aledañas, un pequeño número de mercaderes extranjeros se habían establecido en la zona, dispuestos a aprovechar que nuestros bienes apetecían mucho a los romanos. Algunos de los habitantes de la ciudad se habían hecho ricos con ese comercio, y unos pocos de los recién llegados habían visto la oportunidad de explotar a los habitantes. Como resultado, en Abondun habían abierto sus puertas un puñado de tabernas al estilo romano que ofrecían una selección de vinos importados y algunas cervezas tradicionales, que intercambiaban por joyas, pieles y cosas semejantes para los que carecían de monedas. Al cabo de unas pocas horas en compañía del jefe local y su familia, Epático había sugerido probar la bebida que ofrecían en esas tabernas, un lugar que le había recomendado un guerrero en Camuloduno. Yo accedí porque no tenía nada mejor que hacer. Bladoco, sin embargo, tenía en muy mala consideración este tipo de establecimientos y había decidido quedarse en el salón del jefe para pasar la noche, junto con los otros dos guerreros.

Fuimos dando tumbos por las oscuras callejuelas hasta que al final encontramos el lugar: una estructura endeble de madera en las afueras de Abondun, junto a los talleres, forjas y almacenes. Encima de la puerta se veía el tosco símbolo de una hoja de viña pintada en un tablero. Desde dentro salían voces escandalosas, intercaladas con carcajadas ebrias. Nos acercamos a la puerta; ésta se abrió, y salió un hombre corpulento con una túnica con dibujos. Dio unos cuantos pasos tambaleantes, luego se dobló sobre sí mismo y vomitó en el suelo.

–¿Y dices que te han recomendado este sitio…? –miré con escepticismo a Epático.

–Mi amigo dice que es la que tiene una mejor oferta.

Yo arqueé las cejas y lo miré.

–¿O sea que las hay peores?

–A mí me parece muy animada. De todos modos, es mejor esto que oír parlotear toda la noche al jefe y sus colegas.

Con un bufido, Epático abrió la puerta. Entramos en el ambiente cálido y húmedo de la taberna, y tuve que entrecerrar los ojos para que se adaptaran al brillo parpadeante color albaricoque del hogar y las lámparas de aceite. Una docena de clientes, más o menos, se sentaba en unas mesas por toda la sala. Vaciaban copas de vino y cerveza. Muchos de ellos llevaban túnicas con dibujos, pantalones y torques de oro de la casta local de los guerreros, y tenían los brazos y caras adornados con detallados tatuajes de espirales. Unos pocos hicieron una pausa y nos miraron cuando nos acercamos al mostrador.

Epático hizo señas al camarero, un hombre con la barba descuidada y una apagada túnica marrón, y rápidamente éste se acercó, escrutándonos con unos ojos lacerantes bajo sus gruesos párpados.

–¿Qué os puedo ofrecer?

—Sírvenos una jarra de cerveza —dijo Epático—. Con dos vasos.

El camarero asintió y sacó una jarra y un par de vasos de barro descascarillados de algún lugar de detrás del mostrador. Nos los acercó, extendió la palma de la mano y pidió un precio exorbitante. Epático bufó, agraviado.

—Estarás de broma. No pienso pagar tal cosa.

—A mí no me eches la culpa —respondió el camarero. Hablaba nuestra lengua con un fuerte acento galo, tan marcado que era difícil entenderlo—. Es por los problemas que ha habido en Lhandain; han alterado el comercio de artículos por el río. No he recibido un envío decente desde hace semanas, y lo que consigo me está costando el doble.

—Eso no es problema nuestro.

—Sí que lo es, si quieres disfrutar de mi excelente establecimiento —dijo el galo, sin asomo alguno de ironía.

—Al precio que nos quieres cobrar, debes de estar haciendo una fortuna.

El camarero se encogió de hombros.

—Paga o lárgate, pero deja de hacerme perder el tiempo. A mí me da igual cualquiera de las dos cosas.

—Tío, tranquilo —le dije yo, en voz baja—. No queremos causar ningún problema.

Epático me devolvió la mirada, furioso. Vi que tenía los puños apretados a los lados, y por un instante pensé que iba a dar un puñetazo. De repente, sin embargo, su mirada torva desapareció; buscó su bolsa de cuero y sacó de ella unas cuantas monedas de plata.

Entre el humo y el escándalo de las voces y las risas, mis ojos se vieron atraídos hacia un puñado de figuras de aspecto muy robusto que estaban sentadas en un par de mesas con caballetes, junto al hogar.

—¿Quiénes son ésos? —pregunté, señalando hacia el grupo.

El galo arrugó el gesto.

–Ésos de ahí son nobles del norte. Viajaron aquí hace una semana por órdenes del rey Antedio en persona.

–¿Por qué? ¿Está amenazada Abondun?

El galo me dirigió una mirada de extrañeza.

–Estamos en la frontera entre los atrebates y los catuvelaunos. Al rey le preocupa que Verica pueda decidir atacarnos también, si la situación con Lhandain empeora. Lo usaría como pretexto para tomar nuestros puestos comerciales. Aunque ésos no tienen nada que hacer frente a los hombres de Verica. Pasan la mayor parte del tiempo bebiendo y fanfarroneando, en lugar de entrenándose.

–Debe de ser bueno para el negocio.

Él se encogió de hombros.

–Bueno en según qué aspectos. Malo en otros.

–¿Qué quieres decir?

–Han espantado a algunos de mis habituales –parecía amargado–. Prefieren ir a beber a otros sitios un poco menos… ruidosos.

–¿Y qué problema es ése? –dijo Epático–. Tienes muchos clientes, por lo que parece.

–Saco más beneficios del vino. La gente bien de aquí no se cansa del vino. Venderían a su propia madre por una jarra. El margen de la cerveza, tristemente, no es tan bueno, ni muchísimo menos. Apenas saco provecho.

–Mentiroso… –Epático puso las monedas con un golpe en el mostrador y miró al galo con el ceño fruncido.

Agarró la jarra y los vasos y se fue a la mesa libre más cercana.

–Estos malditos galos –murmuró–. Unos ladrones, todos ellos.

Nos sentamos en el banco, toscamente construido. Desde allí teníamos una buena visión de la taberna. Epático levantó la jarra y sirvió el líquido ambarino en ambos vasos, llenándolos hasta el borde. Me tendió uno.

–Aquí tienes. Bájalo por el gaznate.

Yo di un sorbo a la cerveza. Al otro lado de la mesa, Epático chasqueaba los labios, aprobadoramente.

–No está mal, ¿eh? Los dobunios pueden ser unos granjeros perezosos, pero saben hacer cerveza, eso desde luego.

Yo miré a mi alrededor.

–Parece que esta taberna es un sitio popular.

Epático se burló.

–Es una moda pasajera. Beber en tabernas nunca cuajará. ¿Por qué sentarse entre un grupo de desconocidos cuando puedes beber alcohol en la comodidad de tu propia casa? No tiene sentido.

–Pero nosotros estamos bebiendo aquí –señalé.

–Es distinto. Y no vamos a emborracharnos con vino extranjero, como ésos de ahí. –Los señaló con la barbilla–. Míralos. Llevarán togas y hablarán latín, y se supone que son nuestros aliados...

–No me había dado cuenta de que la influencia romana se había extendido tanto tierra adentro.

Mi tío rio amargamente.

–Si te parece que las cosas están mal aquí, tendrías que ver Calleva. –Cuando le pregunté qué quería decir, repuso–: Por lo que nos cuentan los viajeros, la ciudad está repleta de mercaderes. Verica incluso los entretiene ofreciéndoles banquetes, ¿puedes creértelo? Y la cosa va a peor. Un puñado de romanos se ha asentado también en Camuloduno. Extienden sus tentáculos por nuestras tierras como un maldito monstruo marino.

Yo fruncí el ceño. Siempre había habido unos cuantos comerciantes galos viviendo en nuestra capital tribal, pero esto parecía peor.

–¿Y mi padre lo tolera?

–No le queda más remedio. Algunos de los ancianos se han hecho ricos por sus tratos con los comerciantes, y muchos de ellos han empezado a consumir vino romano y otros lujos. Incluyendo a tu hermano mayor.

–¿Adminio? ¿Ahora le gusta el vino?

–No sólo eso –afirmó mi tío–. Adminio se ha hecho amigo de unos cuantos mercaderes. Últimamente he visto a algunos merodeando por la corte real.

–No me imagino que mi padre pueda aprobar eso, conociendo la visión que tiene de Roma.

–¿Y qué va a decir? –Epático cambió de postura en el banco–. Las cosas están muy complicadas en casa, chico. Tu padre ha luchado mucho para resistirse a la intrusión cada vez mayor de Roma en los asuntos de nuestro pueblo. Pero también es realista, y sabe que no podemos arriesgarnos a hacer enfadar a los romanos o a sus amigos entre la nobleza catuvelauna. De modo que permite que un puñado de comerciantes opere en nuestro terreno, siempre que se mantengan apartados de nuestra política y no causen ningún problema. Es una línea muy fina, pero, hasta ahora, esa situación ha mantenido contento a todo el mundo. Pero ese asunto de Lhandain tiene a la corte dividida.

Al ver mi mirada interrogatoria, mi tío se apresuró a continuar:

–Algunos de los ancianos están preocupados por la insistencia de tu padre por reclamar Lhandain con todos los medios posibles. Creen que Lhandain da más problemas de lo que vale, sobre todo si los romanos se ven arrastrados a participar en la lucha.

–Pero esa tierra es nuestra. Se nos prometió. Nuestros antepasados se dieron la mano.

–Estoy de acuerdo. Pero los ancianos lo ven diferente. No lo dirán públicamente, pero les preocupa que tu padre esté sobreestimando la importancia de Lhandain.

Yo negué con la cabeza.

–Mi padre no puede dejar que caiga en manos de los atrebates. Eso significaría que un reino prorromano conseguiría el control de un puesto comercial muy lucrativo, justo ante nuestras puertas.

–Ya lo sé. Pero nosotros no somos los que tenemos que tomar las decisiones importantes. Tu padre ha conseguido equilibrar los intereses en competencia de los nobles. –Epático contempló su vaso brevemente–. Entre tú y yo, la situación le está pasando factura.

–¿Cómo?

–Está muy cansado. Y se ha vuelto precavido. Sabe que esta disputa puede dividir a la tribu si la maneja erróneamente. No puede permitirse tener a nobles poderosos o al consejo de los sabios en su contra.

–Pero no importa lo que piensen –exclamé yo–. Si los druidas no logran resolver la situación, todos los guerreros de la tribu pedirán la cabeza de Verica.

–Espero que tengas razón. Pero sí hay una cosa que sé…

–¿Qué es?

–Si tenemos que ir a la guerra, será muy dura. Verica lleva años fortaleciendo a sus guerreros.

Se bebió los últimos restos de cerveza, y unas gotas doradas le cayeron por la barbilla. Luego buscó la jarra y volvió a rellenar ambos vasos.

–Vale. Basta de política. Celebremos.

Yo fruncí el ceño.

–¿Qué estamos celebrando?

–El final de tus estudios, idiota. ¿Qué, si no? –Me dio una alegre palmada en el hombro–. ¡Apuesto a que te alegras mucho de alejarte de ese agujero de mierda!

Yo gruñí internamente; había recordado la asombrosa capacidad de absorción de bebida de mi tío. No podía mantener el mismo ritmo que él, de modo que intenté bajar el paso dando pequeños sorbitos a aquella bebida especiada y tibia. Pero, después de varias cervezas, una densa niebla empezó a velarme la mente, y encontré difícil concentrarme en

Epático, que me explicaba otra de sus antiguas historias de guerra. Un poco más tarde él vació las últimas gotas de la jarra en su vaso y arrojó unas pocas monedas más en la mesa.

–Aquí. Vete a por otra ronda –dijo.

Yo levanté la vista hacia él.

–¿Y por qué yo?

–Porque lo he dicho yo, joder, por eso.

Me dirigió una mirada pétrea. Yo recogí las monedas y me dirigí al mostrador. La cabeza me daba vueltas. Andar era peor aún que estar sentado, y tenía que concentrarme en el simple acto de poner un pie delante del otro. La taberna estaba repleta de bebedores a aquella hora tardía, y una multitud de guerreros estaban de pie junto al mostrador, riendo y parloteando en el familiar dialecto gutural de los dobunios. Iba trastabillando poco a poco cuando una figura robusta que llevaba un vaso de cerveza oscura se apartó de sus camaradas y chocó conmigo. Su bebida se derramó encima de mi túnica nueva.

–¡Vigila por donde vas, torpe! –gruñó el hombre.

Yo me detuve y traté de concentrar en él mi mirada ebria. Iba vestido con unos pantalones de color y una túnica rayada sujeta a la cintura por un cinturón de cuero, y se había trenzado el pelo largo formando una coleta, a la manera de los dobunios. Los brazos, muy musculosos, los llevaba tatuados por completo. Las cicatrices rosadas de sus nudillos y su rostro apuntaban a una larga experiencia de combate. Con los ojos relampagueantes por la ira, dio un paso hacia mí y me pinchó con un dedo en el pecho.

–Acabas de derramarme la cerveza –dijo el dobunio, acercando la cara a unos centímetros de la mía. Su habla se veía entorpecida por la bebida, y percibía el hedor acre de su aliento–. Me tienes que pagar otra.

Se me tensó la mandíbula. Noté que la ira latía en mis venas, mezclada con la cerveza.

–Yo no te debo nada. Mira mi túnica. ¡Está empapada! Eres tú quien me debe una bebida a mí.

–Una mierda –gruñó el dobunio–. No es culpa mía. Tendrías que haber mirado por dónde ibas. –Escupió en el suelo cubierto de heno–. Y ahora, págame.

–No.

El dobunio dejó su vaso en el mostrador y dio otro paso hacia mí, con las manos apretadas formando unos puños tensos. La conversación entre sus compañeros había cesado, y ahora todos centraban su atención en nosotros. El ambiente se había vuelto hostil, y aquel hombre me contemplaba con una mueca desdeñosa.

–No te lo volveré a pedir amablemente –gruñó.

Yo tensé los músculos y me obligué a plantarle cara.

–Si es así como quieres arreglarlo, amigo...

A medida que me acercaba, y aunque de forma borrosa, noté que algo se movía por el rabillo del ojo. Era Epático, que se había levantado de la mesa.

–¿Qué está pasando aquí? ¿Qué coño pasa?

–Apártate de esto, viejo –arrastró las palabras el dobunio–. Esto a ti no te incumbe. Sólo nos afecta a mí y a este apestoso cagarro.

Mi tío levantó las manos.

–No hay necesidad de todo esto, chicos. Habéis bebido demasiado los dos. No os portéis como unos idiotas.

–El único idiota que veo por aquí es este pedazo de mierda –respondí yo con los dientes apretados.

El dobunio me miró con expresión salvaje.

–Ah, conque esas tenemos, ¿eh?

Yo empecé a contestarle, pero el camarero dio la vuelta al mostrador y corrió hacia nosotros, agitando los brazos furiosamente.

–¡No, aquí no, caballeros! –chillaba el galo. Señaló una pequeña puerta en la parte posterior de la taberna–. Si tenéis algún problema, salid ahí fuera. No permito peleas aquí dentro.

Los gruesos labios del guerrero se curvaron en las comisuras, en una ebria sonrisa.

–Por mí, bien. Me da lo mismo un sitio que otro.

–Venga, vamos a acabar con esto –dije yo a mi vez.

–¡Pelea! ¡Todo el mundo fuera! –gritó alegremente uno de los bebedores.

Se oyó el sordo chirrido de los bancos y taburetes al rozar el suelo, y los clientes se levantaron y corrieron hacia la puerta trasera de la sala. Algunos se llevaron las bebidas, y muchos cuchicheaban con voz excitada del aliciente inesperado pero bienvenido para el entretenimiento de la velada. Por los fragmentos de las conversaciones que pude captar, la mayoría parecía estar a favor del dobunio. Epático vio que me dirigía vacilante hacia la puerta, chasqueó la lengua y meneó la cabeza.

–¿Es necesario realmente? –me preguntó en voz baja.

–¿Qué quieres decir? –hablé yo con voz pastosa–. Tú siempre te estás metiendo en peleas, tío. O eso decías, al menos.

–No cuando voy completamente borracho, entonces no. Mira cómo estás, chico. No estás en condiciones de pelear. Por Lud, si apenas puedes tenerte en pie…

–Pero ya lo has visto, la culpa es del patoso ése –protesté con amargura–. Si quiere pelea, pues ya le daré yo pelea…

La puerta que nos había indicado el camarero daba a una calle muy estrecha, limitada por tres lados por unos cobertizos de piedra. Habían arrojado allí montañas de basura de la taberna, y un hedor fétido a estiércol y humo de leña llenaba el aire, espeso. El suelo era de barro pisoteado, y se me adhería a las suelas mientras me dirigía al improvisado círculo. Ocupé mi puesto a tres pasos del guerrero, y dos de los bebedores sacaron unas antorchas de pez del interior de la taberna, cuya luz anaranjada y oscilante iluminaba la escena mientras se iban juntando allí todos los espectadores.

Un guerrero bajito, con el pelo erizado, se había adjudicado a sí mismo el papel de árbitro. A mí los ojos me seguían haciendo chiribitas, y me obligaba a hacer un ímprobo esfuerzo por escuchar lo que nos decían.

—Debe ser todo honrado, caballeros —dijo el hombre, gritando para hacerse oír por encima del estruendo de los escandalosos espectadores—. El primero en ceder pierde la pelea. ¿Preparados? —Ambos asentimos, y yo noté que las piernas me flaqueaban—. ¡Empezad entonces!

Y dio un salto hacia atrás cuando el enorme guerrero, con un grito enloquecido, cargó hacia mí con toda violencia, aunque algo tambaleante. Bajó el hombro y me dirigió un golpe desgarbado con el brazo derecho, apuntando a mi mandíbula. Pero el dobunio maldijo, pues había calculado mal la distancia y su puño pasó inofensivamente por el aire, fallando el blanco por varios centímetros. Los espectadores se echaron a reír.

—¡Venga, Lugoveso! —gritó uno de los espectadores—. ¡Tú lo sabes hacer mejor!

—¡Intenta darle la próxima vez! —le instó otro.

Yo sacudí la cabeza, mareado, intentando frenéticamente despejar la niebla que había detrás de mis ojos. Luego me arrojé hacia delante, lanzando un puño hacia el costado de mi oponente. Había pasado innumerables horas en el terreno de entrenamiento de Merladion aprendiendo a luchar bajo la guía de Mendax, pero ahora notaba los miembros muy pesados y lentos, como si me estuviera moviendo a través de una nieve espesa, y el guerrero esquivó mi ataque fácilmente y dio dos pasos hacia atrás, hacia el muro de piedra. Unas voces entre la multitud nos azuzaban a la lucha; otras se reían ante nuestros patéticos intentos de acertar con un golpe. Yo me lancé hacia delante una vez más, y traté de golpear de nuevo, apuntando en esta ocasión a su barbilla. El dobunio se arrojó hacia mi izquierda en el último momento, y yo di en la pared que él tenía inmediatamente detrás, rozándome los nudillos contra la pared de piedra y provocando otro coro de sonoras carcajadas.

—¿A esto lo llamáis pelea? —aulló alguien con voz ronca—. ¡A ver si alguien le da un golpe a alguien, por Lud!

Al darme la vuelta para enfrentarme al dobunio, casi perdí el equilibrio. Logré concentrarme justo a tiempo para ver que el guerrero venía hacia mí como un toro enloquecido, dispuesto a pegarme en la cabeza. Me quedé helado, pero, antes de que me alcanzara, el dobunio lanzó un súbito grito de sorpresa, resbaló en un charco oscuro y cayó hacia delante agitando los brazos. Chapoteó en el barro a pocos pasos de distancia, bocabajo en el charco.

Hubo un silencio en la callejuela mientras, poco a poco, mi oponente se rehacía. Movió la cabeza, toda manchada de porquería y barro, como también sus ropas. Yo pensé que volvería a cargar contra mí, pero el hombre y yo nos miramos a los ojos, y en aquel momento lo absurdo de aquella pelea nos quedó claro a los dos, porque el pecho del dobunio se movió arriba y abajo y de repente se echó a reír. Yo sonreí, y pronto estábamos los dos riéndonos a carcajadas bajo la mirada asombrada de la multitud. Al cabo de unos momentos, el guerrero se acercó a mí tambaleándose y me ofreció la mano, como ebrio amistad.

—Te sugiero, hermano, que lo dejemos en tablas. Antes de que los dos sigamos haciendo el ridículo más espantoso.

—No podría estar más de acuerdo.

Nos agarramos los antebrazos, y el árbitro entonces se adelantó rápidamente hacia el ring y dijo a los espectadores:

—¡Enteraos todos, ya está! ¡La lucha ha terminado! ¡Volved a beber!

La multitud rápidamente se deshizo, y algunos de ellos se fueron refunfuñando sobre la decepcionante pelea al volver a la taberna. Epático se quedó en el callejón, esperándome, junto con dos de los amigos del guerrero.

–Me llamo Lugoveso –me dijo el dobunio–. ¿Y tú eres…?

–Carataco –respondí–. De la tribu de los catuvelaunos.

El guerrero abrió mucho la boca.

–¡Joder, por los dioses! ¿Eres el hijo… del rey Cunobelino? –tartamudeó.

Yo asentí y le enseñé el anillo de oro que denotaba mi estatus como príncipe de la casa real catuvelauna. Cuando volvió a alzar la mirada, su rostro había enrojecido. Como violentado, dio un paso atrás e inclinó la cabeza ante mí.

–Perdóname, señor –dijo–. Si lo hubiera sabido, no me habría atrevido a desafiarte…

Yo lo corté en seco con un gesto de la mano.

–No tienes por qué disculparte, Lugoveso. La culpa ha sido tanto mía como tuya.

–Sí, eso es cierto. –El dobunio se frotó la nuca–. Y…, en fin…, no quería decir esas cosas que dije antes, señor. Eso de que eras un cagarro apestoso y tal.

Yo sonreí.

–He pasado la mayor parte de los últimos ocho años viviendo con los siluros. Me han llamado cosas mucho peores, créeme. Pero deberías tener más cuidado con esa lengua tuya en el futuro, hermano. Nunca se sabe con quién estás hablando…

–Sí, señor.

Yo incliné la cabeza en dirección a la taberna.

–¿Quieres unirte a nosotros para beber algo? Paga mi tío.

La cara de Lugoveso se iluminó.

–Eso sí que me gustaría.

Compartimos una jarra de cerveza con Lugoveso y sus camaradas. Cuando nos separamos, una hora más tarde, los tres dobunios se fueron en busca de los entretenimientos que se ofrecían en uno de los locales más dudosos de Abondun. Lugoveso me dijo adiós con una sonrisa torcida antes de volverse y desaparecer tras el bajo dintel de madera de la puerta.

—Un tipo grandote, ése —dijo Epático. Se rascó el codo y eructó con fuerza—. Sólido como un menhir. Tienes suerte de no haber tenido que luchar con él estando sobrio.

Mi mirada se cruzó con la de mi tío.

—¿Qué quieres decir con eso? Yo me las arreglo solito.

—No lo dudo, pero ese hombre es enorme. Calculo que al mismo Taranis le podría dar una buena tunda. Sin duda, parece que sería útil tenerlo a mano en un encontronazo. Cosa que es más de lo que puedo decir del resto de su gente...

—¿No crees que los dobunios sepan luchar?

—¿Esta gentuza? —Epático se echó a reír—. No son más que un puñado de destripaterrones y alfareros en su mayoría. No han luchado en una guerra desde hace años. La mayoría de ellos no sabrían distinguir el pomo de la punta de la espada. Si acabamos luchando contra Verica, serán los nuestros los que llevarán el peso de la lucha, no esta gente.

Sospeché que la opinión de mi tío sobre los dobunios era un ejemplo más de la antipatía que gobernaba las relaciones entre nuestras tribus, incluso con aquellos a los que considerábamos nuestros aliados.

Él se acabó el resto de la cerveza y dio con el vaso en la mesa.

—Y ahora, venga —añadió—, acábate rápido la bebida.

—¿Por qué? Pensaba que nos quedaríamos aquí.

—Hay otro sitio cerca, según tu nuevo amigo. Ofrecen un tipo de combate mano a mano distinto, cortesía de unas cuantas guapas putas —sonrió—. ¿Quién sabe? A lo mejor hay futuro en estas tabernas, después de todo...

CAPÍTULO DIECIOCHO

Cinco días tardamos en llegar a la antigua capital, Verlamion. El asentamiento ocupaba una meseta que daba a un valle bajo junto al río, parcialmente rodeado por una serie de orillas herbosas y empinadas, coronadas por una empalizada baja. Fuera de las imponentes fortificaciones, el paisaje estaba sembrado de granjas aisladas y ganado. A lo lejos, más allá de los valles espesos y bosques que rodeaban la meseta, se podía distinguir la débil silueta de la fortaleza donde el rey Casivelauno había opuesto resistencia en tiempos a las legiones de César. Desde entonces había permanecido vacío, un fantasmal recordatorio de ese tiempo terrible en el cual Roma amenazaba con invadir las tribus de Britania. Yo siempre sentía un escalofrío cuando ponía los ojos en ese lugar.

Aunque ya no era el símbolo del poder de nuestra tribu, Verlamion había continuado floreciendo en los años siguientes a que mi padre hubiese trasladado la corte real al este, a Camuloduno, gracias a su posición estratégica en las principales rutas comerciales. La nobleza se había hecho rica por los impuestos sobre bienes que pasaban por el valle, pero la amenaza de la guerra con Verica había provocado la intranquilidad entre la gente de la ciudad, y el asentamiento vivía en esos momentos en un estado de pánico.

Su ansiedad era comprensible. Si Moricano y sus aliados tenían éxito en su reclamación, conseguirían el control del flujo lucrativo del comercio a lo largo del Támesis. Los atrebates entonces podrían cortar el suministro de bienes a Verlamion, o incluso intentar tomar el campamento por la fuerza. La captura de nuestra antigua fortaleza tribal sería una victoria significativa para los atrebates. Desde Verlamion, podrían atacar hasta lo más hondo de nuestro territorio, quizás incluso llegar a amenazar el mismo Camuloduno.

Intenté apartar de mí esos pensamientos lúgubres cuando preparábamos la partida de nuevo a la mañana siguiente. Bladoco se unía desde ese momento a sus compañeros miembros del consejo en Lhandain, mientras que nosotros continuábamos hacia Camuloduno. Dos días más tarde, llegamos a la gran capital de nuestra tribu. Un par de guardias nos saludaron en la zanja exterior y nos guiaron por la puerta fortificada del extenso asentamiento. Nos detuvimos frente a los establos, donde una multitud de aspecto mísero parecía aguardar algo. Algunos de ellos habían erigido burdas tiendas; otros yacían en camastros de helechos y juncos. Algunos se nos quedaron mirando, hablando entre ellos en voz baja. Ofrecían un aspecto patético. Vi también a madres consolando a sus niños que lloraban, y niños muy flacos vestidos con harapos.

Epático hizo señas a uno de los guardias que estaban junto a la puerta, un guerrero bajo y robusto vestido con unos pantalones de un color azul intenso, y éste se acercó marcando el paso e inclinó la cabeza ante él como saludo.

–¿Sí, señor?

–¿Quién es toda esta gente? –preguntó Epático, señalando con el pulgar en dirección a la andrajosa multitud.

–Refugiados, señor –dijo el guardia–. De Lhandain.

–¿Y qué están haciendo aquí?

El guardia nos miró, sorprendido.

–¿Es que no os habéis enterado de la noticia? Moricano ha expulsado a todos los catuvelaunos de Lhandain. Han llegado cientos de esos pobres desgraciados en los últimos días. La gente de aquí no está demasiado contenta, como os podéis imaginar.

Mi tío apretó la mandíbula.

–Ese hijo de puta de Moricano… La mayor parte de esa gente llevaban generaciones viviendo en Lhandain.

El guardia se encogió de hombros.

–Yo sólo te digo lo que sé, señor.

–¿Y cómo ha conseguido Moricano expulsar a todas esas personas de sus hogares? –pregunté yo–. No creía que tuviera los hombres suficientes para hacer tal cosa…

–Verica envió a una de sus bandas de guerra a Lhandain. Para proteger la independencia del asentamiento, aseguró. –El guardia escupió con desdén–. Sus hombres se apoderaron de las tierras de todos los que tuvieran sangre catuvelauna y les ordenaron que se fueran de inmediato.

–¿Y qué ocurrió a los que se negaron…?

–Los mataron, según he oído decir.

–¿Y dónde está el rey ahora? –preguntó Epático.

El hombre señaló un recinto separado, en el extremo final del asentamiento.

–En el recinto real, señor.

Dejamos nuestras monturas a unos guerreros de la guardia de mi padre e iniciamos el duro camino que conducía al asentamiento. Camuloduno había cambiado mucho desde que me fuera a aprender con los druidas. Se habían erigido unas tabernas destartaladas en los sucios callejones entre las casas redondas, densamente apretadas. Había muchos más guerreros de lo habitual, y se les veía sentados en los bancos en el exterior de los establecimientos de bebidas, riendo y discutiendo los unos con los otros, unos pasándose jarras de vino y otros apostándose sus posesiones a juegos de dados. Una fila de almacenes y talleres de madera se extendía a lo largo de la orilla del río, y un equipo de esclavos descargaba artículos de los barcos que estaban fondeados. Un mercado concurrido ofrecía artículos romanos a aquellos que deseasen saciar su apetito de vino extranjero o de ropa fina. Muy cerca, en las afueras del asentamiento, se habían levantado una serie de moradas que pertenecían al puñado de comerciantes que recientemente se habían establecido en nuestro territorio.

Tras pasar junto a las tabernas, nos encaminamos hacia el gran complejo, en el extremo más alejado de la ciudad. Los tres guardias nos hicieron pasar por las puertas con un gesto y luego reemprendieron su ociosa charla. Yo seguí a Epático hacia el gran salón con viveza junto a las hileras de mesas de caballetes vacías. Al fondo ya se veía la gran puerta que daba paso a la siguiente estancia. Con sorpresa, empezamos a oír una serie de crujidos y golpes cuando salimos a la zona de entrenamiento que había detrás del salón. A la izquierda, una docena de guerreros de la guardia real practicaban con los postes de madera, asestándoles despiadados mandobles y aguijonazos con sus largas espadas. Mi padre estaba muy cerca, flanqueado por sus consejeros y nobles. Al oír nuestros pasos, uno de sus ayudantes miró en nuestra dirección y nos señaló. Al instante, el rey de los catuvelaunos se volvió y, alejándose majestuosamente del terreno de entrenamiento, vino a saludarme, rodeado por su séquito. Una sonrisa resplandecía en su rostro.

–¡Carataco, hijo mío! Bienvenido a casa.

Me sorprendió lo viejo que parecía mi padre. Las patas de gallo en el rabillo de los ojos eran más prominentes ahora, y su barba era más blanca que gris. Pero sus ojos azules todavía eran tan inquietos y calculadores como siempre. Me fijé en un par de chicos que estaban de pie obedientes a su lado. El mayor no parecía que tuviera más de diez u once años; tenía la piel pálida, las mejillas redondas y pecosas y los ojos muy azules. El otro debía de ser dos o tres años más joven, con el pelo rubio y rizado, y llevaba un amuleto de plata en torno al cuello. Ambos me miraron fijamente mientras yo hacía una reverencia al rey.

–Hola, padre.

Cunobelino me agarró por los hombros y me examinó.

–Qué buen aspecto tienes, hijo mío. Delgado, pero fuerte. Por Lud, apenas te reconozco. Te has convertido en un hombre desde la última vez que te vi.

–Gracias, padre.

–¿Cómo ha ido el viaje? –preguntó, con el tono brusco que usaba siempre cuando se dirigía a sus hijos.

Yo intercambié una rápida mirada con Epático.

–Nada digno de señalar.

–Bien, bien. –Mi padre parecía cansado, pensé–. Me han dicho que has prosperado mucho en tus estudios con los druidas. Un iniciado del primer círculo, nada menos.

Asentí, y mi padre sonrió.

–Tu madre habría estado muy orgullosa. Siempre fue devota seguidora de los druidas, como sabes.

–Sí, padre.

–Quizá tus logros inspiren a estos muchachos para que hagan mayores esfuerzos. –Puso una mano en el hombro del chico pecoso–. ¿Recuerdas a Maridio? Se ha convertido en un chico muy fuerte. Y Vodenio también –añadió, señalando al más pequeño.

La última vez que había visto a mis hermanos menores eran apenas bebés. Ellos me miraron con timidez, y yo les sonreí calurosamente.

–Hola, hermanos míos.

–Supongo que tu tío te habrá explicado los motivos de tu regreso –dijo mi padre, cambiando de tema–. Imagino que no deseabas abandonar tus estudios, pero debes comprender la urgencia de la situación en Lhandain. Un remoto santuario de druidas no es lugar para un príncipe en estos momentos críticos.

–Parece que las cosas han empeorado desde que me fui.

–Epático señaló en dirección a los establos y a la gente acampada allí a cielo abierto.

–Sí. –Mi padre hizo una mueca–. Parece que Verica está decidido a expulsar a cualquier disidente de Lhandain.

–Deberíamos hacérselo pagar, señor –murmuró Epático–. A él y a ese cabrón traicionero de Moricano. No debemos permitir que se salgan con la suya y traten a los nuestros como perros.

Mi padre lo fulminó con la mirada.

–Confiaremos en los druidas para resolver esta situación, hermano. Tal y como hemos discutido.

–Sí, señor.

Mientras hablábamos, una silueta fibrosa se había ido acercando desde del campo de entrenamiento. Su torso desnudo mostraba unos músculos muy trabajados, y llevaba el pelo castaño claro en unas espesas trenzas que le caían por unos anchos hombros. El sudor hacía relucir su cuerpo. Era más alto que yo, varios centímetros, observé, y lo reconocí al momento, a pesar de los largos años que había pasado separado de mi familia.

–¡Togodumno! –exclamé.

Mi hermano pequeño sonrió.

–¡Por los dioses del otro mundo, Carataco! ¡Eres tú!

Extendió su musculoso antebrazo, y yo me apresuré a agarrarlo. Lo miré con asombro, porque apenas podía creer que el tozudo hermanito que dejé atrás en Camuloduno se hubiera convertido en este poderoso guerrero.

–Cuánto me alegro de verte, hermano.

–Lo mismo digo. –Me dio un ligero puñetazo en el hombro–. Y ya era hora, por cierto. El lugar de un guerrero está aquí, entre su gente, no sentado a los pies de un ermitaño barbudo en un bosquecillo sagrado. Esperemos que no se te haya olvidado pelear como a un verdadero catuvelauno mientras estabas por ahí aprendiendo lenguas y hechizos.

–¿De verdad puedes hacer hechizos? –preguntó Vodenio. Me miró con los ojos muy abiertos.

–No, todavía no –reí un poco–. Hay que estudiar muchos años para aprender los secretos de la magia. Pero conozco un montón de cuentos e historias. Puedo recitar la historia y la tradición de las tribus de Britania en muchas lenguas.

Vodenio parecía decepcionado.

–Eso suena aburrido…

–Me gustaría oír una historia de los druidas –dijo Maridio–. ¿Puedes contarme una, Carataco? ¿Por favor?

–Quizá más tarde –intervino mi padre–. Vuestro hermano ha hecho un largo viaje. Debe de estar cansado.

Justo entonces, una figura esbelta y atractiva, con el pelo rubio muy corto, que parecía venir del salón real, apareció ante nosotros. Me costó un momento darme cuenta de que era Adminio, mi hermano mayor. Llevaba una túnica con dibujos de diseño romano, unos pantalones de color morado y botas de cuero. En algunos de sus dedos relucían unos anillos de oro, y del cinturón le colgaba una daga muy ornamentada, con dibujos de plata incrustada. Lo seguían varios jóvenes de cara lampiña. De inmediato supe de qué tipo de gente se trataba: los aduladores hijos de nobles menores y consejeros de la corte, alineados con el presunto heredero del trono de mi padre, con la esperanza de compartir algún día los frutos de su reinado.

Adminio levantó un brazo como saludo, y sus labios se separaron en una leve sonrisa, revelando sus dientes blancos y perfectos.

–Mi querido hermano, es maravilloso volver a verte. –Su sonrisa se fue ampliando, pero había insinceridad en sus ojos, y supe entonces que los amargos celos que mi hermano siempre me tuvo no habían menguado en los años que llevaba apartado de mi hogar.

–Lo mismo digo, hermano –repliqué yo.

Adminio examinó los intrincados tatuajes de mi rostro y brazos.

–Has adquirido algunas marcas nuevas muy interesantes, según veo. ¿Y qué es esto, si se puede saber? –Señaló la marca que yo llevaba en la frente, la de mi iniciación al primer círculo–. Dime, ¿están marcados todos los eruditos druidas de este modo, como los miserables esclavos que se venden en los mercados de la Galia?

Unos cuantos de los jóvenes de su séquito se rieron secamente. Yo lo miré con serenidad.

–Lo habrías descubierto tú mismo –dije–, si te hubieras dedicado a tus estudios, en lugar de a beber con tus amigos. Podrías haber mostrado un poco más de ambición.

–¿Ambición? ¿Quieres decir la oportunidad de vivir entre las tribus salvajes de las montañas? Sinceramente, creo que prefiero las partes más civilizadas de nuestra isla.

–Los siluros no son ningunos salvajes.

–¿Ah, no? –Adminio olisqueó el aire–. Pues ciertamente apestas como ellos, hermano.

Nuestro padre se interpuso entre nosotros y puso una mano a cada uno en un hombro.

–Estoy seguro de que Adminio bromea. Está encantado de verte, hijo mío. ¿Verdad que sí?

Adminio curvó los labios por las comisuras en una cínica sonrisa.

–Sí, padre. Por supuesto.

–Bien. –Mi padre asintió enérgicamente–. Habrá un festín esta noche para celebrar tu regreso, Carataco. Entre tanto, Parvilio te enseñará tus habitaciones. –Y señaló a uno de los guardias–. Ven al salón al anochecer. Hablaremos entonces. Hay muchas cosas que discutir.

CAPÍTULO DIECINUEVE

Aquella misma tarde, cuando el crepúsculo se apoderaba poco a poco del valle, me dirigí hacia el gran salón, pasando por el centro para dirigirme a las cámaras privadas de mi padre, en la parte trasera del edificio. Ante la puerta se encontraba un cauteloso guardián, con un corto venablo en la mano derecha. Al verme, el hombre golpeó con el puño el marco de la puerta y anunció mi llegada al rey. Un momento más tarde resonó la voz estentórea de mi padre desde detrás de la cortina de cuero. El guardia echó atrás la pesada piel de animal y entré en los aposentos privados de mi padre. Un hogar de leña chasqueaba en una esquina de la habitación. Mantos de pieles cubrían parcialmente el suelo enlosado, y cráneos de animales, trofeos de las muchas cacerías que había disfrutado mi padre en su juventud, adornaban las paredes.

Él estaba sentado a la cabecera de la gran mesa del consejo, a la izquierda de su lecho, lujosamente tapizado. Epático, Togodumno y Adminio se sentaban en torno a la mesa, junto a un cierto número de jefes y nobles menores. La mayoría de los rostros me eran familiares, pero a otros no los había visto nunca. Algunos llevaban ropas romanas, una evidente señal de la creciente influencia de Roma. Había varias jarras de plata llenas de vino y cerveza, pero, a diferencia de los demás, mi padre no bebía. Eso no me sorprendió. A él siempre le había gustado pensar con la cabeza clara. Ése era uno de los motivos por los cuales había sobrevivido mucho más que otros reyes.

–¡Ah, aquí estás, Carataco! –exclamó mi padre, y señaló con la mano hacia el asiento vacío a la izquierda de mi tío–. Únete a nosotros, por favor.

En cuanto tomé asiento, mi padre hizo una breve ronda de presentaciones. Luego se dirigió a todos:

–Os he convocado aquí, señores, para informaros de la situación general antes de reunirnos con el Consejo de Druidas. Como sabéis, me temo que estamos a punto de una gran guerra entre nuestras tribus. No hay garantía alguna de que las conversaciones tengan éxito, pero yo estoy decidido a buscar una solución pacífica.

Hizo una pausa para dejar que sus palabras fueran calando en nosotros, y yo miré a mi alrededor, a los demás miembros del consejo del rey. Algunos eran guerreros muy estimados que habían marchado junto a mi padre en sus batallas contra los trinovantes y los cantiacos; otros eran aristócratas de cara fina, hombres que poseían muchas tierras y, gracias a sus riquezas, habían amasado considerables seguidores, y unos cuantos contaban con la lealtad de cientos de guerreros y esclavos. Eran algunos de los hombres más poderosos del reino, me di cuenta. Aunque mi padre era un gran gobernante, necesitaba el apoyo de sus nobles y el consejo de sabios en todos los temas importantes.

–Los druidas nos han convocado al sagrado círculo de Senomago, a unos ochenta kilómetros de aquí, en las afueras de Lhandain –continuó–. La reunión tendrá lugar dentro de tres días. Ellos escucharán las reclamaciones de ambos lados, y luego tomarán una decisión. Moricano estará allí, junto con Verica y su séquito. Y yo iré acompañado por todos vosotros y mi guardia personal. Además, nos escoltará un grupo de hombres escogidos.

Epático levantó una ceja.

–¿Sospechas que puede haber una encerrona, señor?

–¿Una emboscada en tierra sagrada? –Mi padre se permitió una risita–. Dudo de que nadie, ni siquiera Verica, considerase la posibilidad de una táctica tan lamentable. Pero no quiero correr riesgos.

–¿Y las armas, señor? –preguntó Bellocato. La robusta figura barbuda dirigía una de las partidas de guerra de mi padre. Era un hombre orgulloso, con un temperamento muy fiero y un sentido del orgullo bastante quisquilloso; el tipo de hombres que creían en las tradiciones guerreras de nuestra tribu.

–Los druidas nos han permitido llevar armas durante nuestras conversaciones, pero yo les he asegurado que mantendremos las espadas envainadas en todo momento. –El rey hizo una pausa de nuevo y miró a su alrededor, pasando la vista uno a uno por todos los rostros–. Tenéis que entender esto, señores: no habrá violencia en esta reunión. Mostraremos respeto al otro bando en todo momento.

Bellocato inclinó la cabeza.

–Como desees, señor.

Uno de los señores más viejos del consejo se aclaró ruidosamente la garganta. Era Oreno, un noble de rostro delgado, piel arrugada y pelo plateado. Había servido al antiguo rey de los trinovantes antes de cambiar su lealtad por mi padre, después de que nuestra tribu conquistase Camuloduno. Era un oportunista, y yo no confiaba en él.

–¿Sí, Oreno? –le preguntó mi padre–. Puedes hablar con libertad.

–Señor –Oreno juntó las manos y se inclinó hacia delante–, perdóname, pero ¿es probable que los druidas voten a nuestro favor?

El rey señaló con la cabeza en mi dirección.

–Carataco ha pasado ocho años viviendo y entrenándose con los druidas. Él ha estudiado en uno de sus santuarios más sagrados y se ha aprendido sus leyes de memoria. Conoce su forma de pensar mejor que ninguno de nosotros. Lo he hecho venir hasta aquí para que nos aconseje sobre cómo enfocar el consejo.

—Ya veo. —Los ojos grises de Oreno se deslizaron hacia mí—. ¿Bien, Carataco? ¿Apoyarán los druidas nuestra causa?

Yo fruncí los labios un momento.

—Es difícil saberlo. Hay unos cuantos cultos distintos entre los miembros del consejo. Algunos vienen de tribus que no son amigas de los catuvelaunos. Pero, dicho esto, su primera lealtad es con su culto, no con su tribu. Han hecho el juramento de ser imparciales. Yo confío en que muchos aceptarán que la justicia está de nuestra parte…, aunque otros serán más difíciles de convencer.

—Pero el consejo tiene que aceptar nuestro caso, ¿no? —Bellocato extendió las manos encima de la mesa—. Lhandain pertenece a nuestro bando. Moricano y sus secuaces están pisoteando el tratado que garantiza nuestro derecho a Lhandain. Están rompiendo su palabra, y no hay nada más sagrado para las tribus que la palabra empeñada por sus gobernantes.

Su comentario suscitó un murmullo de conformidad entre los nobles de mayor edad. Yo guardé silencio unos momentos, y luego contesté.

—No se trata simplemente de un asunto de leyes. Hay algunos entre los druidas que temen el poder creciente de nuestra tribu. Tales hombres no se dejarán ganar fácilmente.

—Entonces, ¿qué tenemos que hacer?

—Debemos convencerlos de que es necesario mantener el tratado —dijo mi padre—. Debemos convencer a los miembros más reacios del consejo para que apoyen nuestra causa.

—Pero ¿cómo, señor? —preguntó Bellocato—. Por lo que dice tu hijo, muchos druidas preferirían vernos frustrados que resolver con justicia el asunto.

–Hay formas de ganar sin usar una espada larga, Bellocato. –Mi padre sonrió–. Y es un punto que deberías comprender muy bien.

Oreno parecía escéptico.

–¿Y qué hay de esa supuesta prueba que ha jurado que proporcionaría Moricano, apoyando su reclamación de Lhandain, señor? ¿Sabemos algo de eso?

–Me temo que no.

Epático bufó.

–Sea lo que sea, no influirá en la decisión del consejo. Tenemos un juramento sagrado entre nuestras tribus, presenciado por los druidas. No hay nada más fuerte que eso.

–¿Y si perdemos? –preguntó Oreno a mi padre–. ¿Estás sugiriendo en serio que abandonemos Lhandain en manos de Moricano y los atrebates?

–De eso trata el arbitrio, Oreno –replicó el rey–. Todas las partes deben acatar la decisión del consejo. Suponiendo que realmente lleguen a tomar una decisión…

Los asistentes se removieron en sus sillas, incómodos. No había mayor poder en nuestra tierra que el Consejo de Druidas: hombres del círculo interno de cada culto, elegidos por los dioses para dictaminar en todos los asuntos legales de nuestras tierras. Cualquiera que desafiara su juicio se convertiría en un desterrado de su propio reino.

Bellocato meneó la cabeza.

–Pero, si el voto va a quedar dividido, como insinuaba Carataco, entonces, ¿por qué nos estamos molestando siquiera en hablar con los atrebates? ¿Por qué no marchamos a Lhandain de inmediato, señor, antes de que Verica tenga la oportunidad de enviar a más hombres y fortalecer su posición?

–¿Y que Verica se escabulla y vaya a pedir ayuda a los romanos? –Adminio levantó los brazos–. ¿Por qué íbamos a arriesgarnos a provocar una pelea con Roma sobre un puesto comercial?

Bellocato no ocultó su desdén.

–Los catuvelaunos jamás rehuimos una batalla. Especialmente cuando nuestra causa es justa y nuestro enemigo está equivocado, señor.

–Enemigo es una palabra bastante fuerte, mi querido amigo. No estamos en guerra contra los atrebates, ni tampoco contra Roma.

–Bueno, quizá todavía no…

–Sabemos que Verica –continuó mi padre– ha estado tratando de fortalecer sus vínculos con Roma. Incluso hay rumores de que trata de buscar una alianza formal con el emperador. Si nuestros guerreros se apoderaran de Lhandain, es casi seguro que los romanos se decantarían por ellos en cualquier conflicto.

–Más motivo aún para acabar con ellos ahora mismo. –Bellocato se dio un golpe con el puño en la palma de la mano–. Mis hombres están dispuestos a luchar, señor. Da la orden, y juro por los dioses que pasaremos a cuchillo a Moricano.

–¡Ya basta! –suspiró cansadamente mi padre–. Ya hemos pasado por esto muchas, muchas veces. No debemos hacer nada que comporte el riesgo de atraer a Roma a nuestras luchas… Al menos, no antes de haber agotado todas las posibilidades de paz. –Bellocato iba a hablar de nuevo, pero mi padre lo cortó abruptamente–. Si los druidas son incapaces de alcanzar una mayoría clara, entonces y sólo entonces, iniciaremos la acción. ¿Queda perfectamente claro?

–Sí, señor –respondió Bellocato en voz baja.

–Entonces, continuemos. Y no vuelvas a cuestionar nunca más mi opinión.

* * *

Un rato después, mi padre se levantó del trono, muy tieso, y dio por acabada la reunión. Yo seguí a los demás miembros del consejo fuera de la cámara real. Me encontré con Togodumno esperándome en la creciente oscuridad del exterior.

–Unos cuantos nos vamos a tomar unas copas –me dijo–. ¿Quieres venir con nosotros?

Me sentí brevemente tentado, pero el día había sido muy largo, estaba cansado después del largo viaje desde Merladion y necesitaba un tiempo para pensar.

–Otra noche, quizá.

–Como quieras. –Togodumno miró a nuestro alrededor para asegurarse de que nadie pudiera escucharnos–. ¿Qué te parece todo lo que se ha dicho?

Yo dudé.

–El tío tenía razón. El consejo está muy dividido. Este asunto de Lhandain significa problemas.

Mi hermano inspiró hondo.

–Y no sabes ni la mitad… Desde que Moricano reclamó el trono, el consejo ha estado dividido. Las cosas han ido tan mal que la mitad de los consejeros de nuestro padre ni siquiera se sientan en la misma mesa cuando hay un banquete. Es un milagro que no se hayan matado a golpes ahora mismo.

–Ya veo… Parece que tienen miedo de provocar a Roma.

–¿Y te parece mal? Las cosas han cambiado desde que te fuiste, hermano. Y no para mejor… A muchos de los ancianos de Camuloduno les ha empezado a gustar el vino y los cachivaches romanos. Incluso Adminio se ha contagiado de sus costumbres últimamente.

–Eso he visto.

Togodumno parecía turbado.

–¿Crees que los druidas nos fallarán?

–Espero que no. Pero, si tuviera que apostar unas monedas, yo diría que el resultado más probable es un voto dividido, sin un ganador claro.

–Bueno –suspiró Togodumno–, pues, si los druidas no pueden ponerse de acuerdo sobre el tema, habrá guerra. Como ha dicho padre.

–Sí, es lo más probable. Y, si llega el caso, entonces no podemos permitirnos luchar entre nosotros. Si eso pasara, Verica será el último de nuestros problemas.

* * *

Mi padre celebró un festín aquella noche en honor de mi llegada a la virilidad y de mi regreso del santuario. Después de los brindis ceremoniales, me hizo señas para que me acercara a su asiento, situado encima del estrado de piedra, y cogió un paquete envuelto en fina tela.

–Un guerrero noble necesita un arma adecuada –anunció. Desenvolvió la tela, dejando al descubierto una espada larga bellamente decorada. Sonrió–. Es la espada de Tasciovano –explicó–. Perteneció a tu abuelo. Él la empuñó en la batalla de Verlamion, y esta misma espada fue la que acabó con el rey trinovante Ariovisto en combate singular. Ahora es tuya. Un regalo para celebrar que has completado tus estudios.

Yo empuñé el mango enjoyado y comprobé el peso y el equilibrio. La espada era sorprendentemente ligera comparada con los pesados bastones de madera con los que me entrenaba en Siluria. Incliné la cabeza hacia mi padre, y me di cuenta de que Adminio me miraba con unos celos mal disimulados.

La bebida fluyó libremente a medida que la noche avanzaba. Los invitados se mezclaban entre sí, compartiendo bromas y relatando antiguas historias de heroísmo contra duros enemigos. Nuestros banquetes eran muy escandalosos en comparación con la formalidad de las tranquilas reuniones romanas. Una pequeña multitud vitoreaba a dos hombres que intercambiaban puñetazos en un rincón del salón. Cerca, un viejo guerrero vomitaba en las losas de piedra, y su compañero manoseaba a una de las sirvientas. Yo bebí mucho aquella noche, porque, en nuestra tribu, a un aristócrata también se le mide por su capacidad de consumir enormes cantidades de cerveza.

Cuando, al final de la velada, ya soñoliento, miré a mi alrededor, me di cuenta de que la mayoría de los invitados se habían ido o estaban desplomados en sus mesas o durmiendo contra la pared. En un rincón, los dos guerreros habían reemprendido su intercambio de golpes, mientras que sus colegas los seguían animando. Sólo unos pocos hombres seguían festejando o hablando tranquilamente. Me fijé entonces en una joven que, a solas, tomaba un trago de su cuerno. Debía de tener más o menos mi edad; era alta y de piel blanca, con las mejillas redondas y un pelo rojizo que le llegaba hasta los hombros. Su túnica de un verde intenso hacía juego con el color de sus ojos, y llevaba un pesado torques de oro en torno a su esbelto cuello, lo que mostraba su estatus de mujer noble. Me pareció increíblemente bella. Me la había encontrado por la mañana en la casa real, pero, como tenía que atender a tantos asuntos, no había tenido tiempo de presentarme.

–¿Estás disfrutando de la fiesta, señora? –dije, con voz pastosa, al acercarme a su mesa.

Ella sonrió con ironía.

–No tanto como algunos, señor.

–¿Señora?

La joven noble me señaló con su cuerno.

–Parece que habéis celebrado esta noche con entusiasmo. Felicidades, señor. Me asombra que todavía puedas mantenerte en pie.

Ella sonrió de nuevo, de modo que sugería que estaba ligeramente divertida, más que ofendida, por mi estado de embriaguez.

–No tienes por qué preocuparte, señor. Yo me crie en una casa llena de guerreros. Estoy acostumbrada a sus payasadas de borrachos.

—Me presentaré, señora —tartamudeé—. Soy…

—Carataco. Sí, ya sé quién eres. El estudioso druida. Supongo que es un gran logro. Para alguien de tu tribu…

—¿Qué significa exactamente eso? —Fruncí el ceño.

—Digamos que algunos de tus parientes tienen fama de comportarse como unos brutos…, a veces.

—Eso no es justo.

—¿Ah, no? ¿Y qué me dices de tus compañeros? —preguntó, señalando a los que se peleaban—. Creo que demuestra mi afirmación, ¿no te parece?

—No todos somos así, señora.

—No, supongo que no —me volvió a sonreír, y noté que algo cálido se movía en mi pecho—. ¿Y tú, señor? ¿Disfrutaste de tus estudios con los druidas?

Asentí.

—Fue difícil al principio, estar tan lejos de mi hogar y mi familia, y el entrenamiento era muy duro. Pero llegó a gustarme. Tenía mucho que aprender de ellos…, y todavía me queda mucho por aprender.

—¿Por qué no te has quedado allí?

—Pues porque no ha podido ser. —Me encogí de hombros—. La voluntad de los dioses a veces es difícil de entender.

Ella me dirigió una mirada considerada.

—¿Crees de verdad en eso, Carataco? ¿En la voluntad de los dioses?

—Creo en lo que nos enseñan los druidas —murmuré, cauteloso—. Los dioses nos pueden guiar hasta el borde del agua…

—Pero debemos cruzar nosotros mismos, aunque el camino sea peligroso —me interrumpió ella—. Sí, ya conozco la cita. De la saga de Beranio.

—¿Y cómo sabes eso? —La miré, asombrado.

—Mi padre pensó que debía tener una educación adecuada —se explicó—. Hizo que enviaran a algunos tutores desde la Galia, pese a los grandes gastos, para que me enseñaran todo lo que sabían. Siempre dijo que uno debe buscar el conocimiento si quiere distinguir la verdad de la falsedad.

–Parece que es un hombre sabio.

–Lo era.

Una mirada distante nubló sus ojos. Se bebió el resto de su cerveza y se puso de pie.

–Encantada de conocerte. Espero que no te duela demasiado la cabeza mañana.

–¿Ya te vas, señora? –pregunté con torpeza.

–Es tarde, y estoy cansada. –Al otro lado de la sala, se oyeron unos rugidos emocionados cuando uno de los luchadores acertó a su oponente en la mandíbula con un gancho salvaje y lo lanzó contra la mesa, donde se estrelló y volcó un montón de platos y vasos de arcilla–. Y me gustaría retirarme a mi cuarto antes de que estos gamberros empiecen a romper los muebles.

–No me he quedado con tu nombre…

–Es que no te lo he dicho. –Ella sonrió, juguetona–. Me llamo Mardicca.

–Buenas noches, señora.

–Buenas noches, señor.

La vi partir. No supe explicarme por qué, en aquel momento, pero algo en Mardicca me intrigaba. Quería saber más de ella. Pero entonces apareció por allí Togodumno, con una sonrisa ebria, y me pasó un brazo por encima del hombro.

–¿Haciendo amigos, hermano?

–¿Quién es ésa? –le pregunté–. No recuerdo haberla visto antes por la corte.

–¿Mardicca? –hipó él–. Es la hija del rey Epilo.

Me mordí el labio. Recordaba la noticia que llegó el invierno anterior sobre la victoria de nuestra tribu sobre los cantiacos, en la batalla de Duroverno. Epilo había muerto en combate a manos de mi padre, ante sus guardaespaldas, cuando nuestras fuerzas asaltaron el complejo real.

–¿Y qué está haciendo aquí?

–Padre la trajo a nuestra casa –explicó Togodumno– después de que los ancianos cantiacos se pasaran a nuestro lado. Mardicca no tenía familia en Duroverno, y su abuela era una noble catuvelauna, así que a padre le dio pena y le permitió vivir con nosotros.

–¿Y por qué ha hecho tal cosa?

–Padre tiene planes para ella. Quiere usarla para conseguir una alianza con otra tribu a través del matrimonio.

–Ah, claro…

–Pero yo opino que estaríamos mejor sin ella –continuó Togodumno.

–¿Ah, sí? ¿Y por qué?

–Porque es demasiado lista, y la mayoría de nuestros parientes no le caen bien.

–Después de lo que le ocurrió a su familia, no es de extrañar.

Togodumno se quedó pensativo.

–Pues a lo mejor… –dijo al fin–. Pero prefiero a cualquier buena mujer catuvelauna, de lejos. Todas esas damas atrebates creen que son mejores que nosotros –arrugó el gesto con repugnancia–. Francamente, preferiría enfrentarme a una horda de guerreros icenos que casarme con ella.

CAPÍTULO VEINTE

Era una mañana clara de otoño cuando partimos para la asamblea del círculo sagrado. Una pequeña multitud se había reunido frente a la puerta principal para vernos partir. El ánimo entre los locales era moderado y un tanto nervioso, sin los vítores y gritos de apoyo habituales para el rey, y me sentí muy aliviado cuando al fin traspasamos la puerta y emprendimos el camino que conducía al sur, hacia Lhandain.

La partida contaba con más de cien hombres. Los guardaespaldas reales formaban la cabeza de la columna, y yo cabalgaba tras ellos, junto al rey, Adminio, Togodumno y el resto del séquito. Nuestros hermanos más jóvenes, Vodenio y Maridio, habían recibido la orden de quedarse en Camuloduno, para su gran decepción. Por detrás marchaban los diversos jefes catuvelaunos menores, seguidos a su vez por sus hombres. Cada guerrero llevaba un torques a su estilo personal, y también una espada larga o una daga. La espada de Tasciovano colgaba de mi costado, introducida en el cinturón de metal que llevaba abrochado en torno a la cintura.

Fuimos hacia el sur a través de una serie de valles bajos y praderas exuberantes. Los hombres cantaban mientras trabajaban en los campos, y niños escuálidos salían corriendo de sus chozas para vernos pasar; algunos corrían excitadamente junto a nuestros caballos, y otros pedían comida o monedas de plata a los nobles de mi padre. Y las mujeres jóvenes sonreían coquetamente a los guardaespaldas. En aquel momento, la guerra parecía distante.

—El viejo parece cansado —murmuró Togodumno, que se había situado a mi lado, señalando con la mirada a nuestro padre.

El rey cabalgaba a poca distancia por delante de nosotros, examinando el horizonte con expresión tensa, con Adminio a su lado.

—¿Te sorprende acaso? —dije yo—. Lleva el destino del reino sobre los hombros.

—Padre no debería preocuparse. Aunque las cosas vayan mal, nuestros guerreros aplastarán a los atrebates como si fueran sabandijas. Ya podemos recrearnos en el día en que los bardos canten nuestras gloriosas victorias sobre los hombres de Verica.

—¿Gloriosas victorias? —Levanté una ceja—. Los atrebates son los guerreros más duros de esta tierra, hermano. ¿Qué te hace pensar que será fácil derrotarlos?

—Será una lucha reñida —reconoció Togodumno—, pero nosotros llevamos el combate en la sangre. Por eso somos catuvelaunos. —Agarró las riendas y escupió en el suelo—. Y, de todos modos, preferiría resolver esta disputa con el frío acero en lugar de hablar como vejestorios.

—¿Crees que nuestro padre se ha equivocado al someter el asunto al consejo de druidas?

Togodumno se mordió el labio.

—No. Él quiere probar y ahorrar derramamiento de sangre por ambos lados, y yo respeto su decisión. Pero la lucha será lo mejor, si las conversaciones no tienen éxito. Al menos así podremos ganar Lhandain con honores y dar al traste con cualquier ambición que pudiera tener Verica de socavar nuestro lugar por encima de las otras tribus.

—Quizá —pensé un momento antes de continuar—. Pero, aunque derrotar a Verica sea tan fácil como tú dices, tal victoria llevaría consigo sus propios peligros. Hay algunos cultos druidas que temen el poder creciente de los catuvelaunos. Contemplan a los atrebates como un contrapeso. Si los derrotamos, entonces nuestro pueblo será más poderoso que nunca. Me pregunto cuánto les costará a las demás tribus aliarse contra nosotros para protegerse…

Togodumno soltó una risita.

—Creo que sobreestimas la voluntad de cooperar de los celtas, hermano.

Yo me encogí de hombros.

—Siempre hay una primera vez. Si pudiéramos contar con una voluntad común semejante, nada se podría oponer a la voluntad de la gente de esta isla.

—¿Ni si quiera Roma? —Togodumno me miró divertido.

—Puede —aventuré—. Creo que se avecina una época en la cual quizá tengamos que responder a esa pregunta. Y antes de lo que estamos dispuestos a aceptar. Si ganamos a los atrebates, nos enfrentaremos a la posibilidad de que ellos vayan corriendo a buscar el apoyo de los romanos. ¿Y quién sabe adónde nos conduciría eso? No envidio a nuestro padre.

—Ya puedes decirlo… A veces me pregunto si ser rey vale la pena, con tanto sufrimiento.

—Adminio no parece compartir esa idea —murmuré yo, bajando la voz.

—No. —La expresión de Togodumno se endureció—. Ha dejado bien claras sus ambiciones. Ese hijo de puta engreído actúa como si nuestro padre le estuviera manteniendo el trono caliente.

—¿Y qué piensa padre?

Togodumno encogió sus anchos hombros.

—Siempre ha favorecido a Adminio como sucesor. Pero no aprueba algunos de sus hábitos; especialmente, a sus nuevos amigos.

—¿Los mercaderes romanos, quieres decir?

Él asintió, y luego bajó la voz:

–En los últimos tiempos hay dos que raramente te miran a los ojos. Y la cosa ha empeorado desde que empezó el problema con Lhandain. Padre ha estado insistiendo al consejo de sabios sobre que tenemos que recuperar el control de Lhandain por todos los medios posibles, pero Adminio afirma una y otra vez que no deberíamos ir a la guerra con los atrebates. Le preocupa que Roma se vea arrastrada también.

–Adminio tiene razón en eso –repuse yo.

Togodumno sonrió torvamente.

–Será mejor rezar a los dioses para que esas conversaciones tengan éxito entonces, hermano.

Me quedé callado y aparté la vista, sobrecogido por una aguda sensación de frustración. La hostilidad entre nuestro reino y los atrebates amenazaba con conducirnos a una guerra potencialmente ruinosa, de gran coste para ambos bandos. Incluso parecía que los druidas se sentían impotentes.

Aquella noche acampamos junto a un río pedregoso, y partimos de nuevo al clarear, al día siguiente. La segunda tarde, llegamos a un pequeño pueblo no lejos de la frontera con el reino de Lhandain. Mi padre ordenó el alto, y rápidamente convocó a sus consejeros mientras abrevábamos a los caballos en una corriente cercana.

–Senomago está sólo a tres kilómetros de distancia –nos explicó–. La reunión debe empezar al caer la noche. Iremos directos hacia el crómlech. Los druidas ya deberían estar allí. En cuanto hayan llegado todas las partes, comenzarán las ceremonias rituales. Y luego vendrán las conversaciones.

–¿Cuánto tiempo durarán, señor? –preguntó Epático.

–Dependerá de lo largos que sean los argumentos de ambas partes. Y después vendrá la votación. De todos modos, volveremos aquí en cuanto se haya decidido el asunto. Dormiremos en el pueblo. Es el duodécimo día de la luna, así que tendremos luz que nos guíe en nuestro regreso.

Descansamos brevemente en el pueblo y cenamos ligero, un poco de pan y queso. El jefe del lugar se acercó a presentar sus respetos al rey. Era un hombre viejo, con la cara como el cuero basto y una barba gris rala que colgaba de su barbilla como una telaraña. Como muchos lugareños, había oído hablar de la reunión a los viajeros, y expresó su sincera esperanza de que los druidas evitaran una guerra entre las tribus.

—¿Por qué? —le pregunté yo. El jefe se retorció las manos y señaló en dirección al sur—. Mi gente hace negocios con los romanos en Lhandain. Nos compran el grano y lo envían en barco por mar —sonrió, revelando unos dientes manchados—. Las legiones del Rin están hambrientas.

Yo le dirigí una fría mirada.

—Estás alimentando los vientres de los soldados que quizás un día nos roben nuestras tierras.

Él se encogió de hombros.

—Los romanos pagan un buen precio. Yo también tengo bocas que alimentar.

No tenía nada más que decirle. A veces, pensé, éramos un pueblo desesperante.

* * *

Partimos poco después, hacia Senomago, siguiendo una senda a través de un valle poco hondo bordeado a ambos lados con densos y oscuros bosques. Estábamos ya en territorio de Lhandain. La atmósfera era opresiva, y yo miraba con cautela hacia los árboles en busca de cualquier señal de enemigos emboscados entre las sombras. Tuve que hacer un esfuerzo por relajarme. Moricano y sus aliados habían jurado respetar las normas de la reunión, y era muy improbable que rompieran su juramento, pues se arriesgaban a incurrir en la ira de los druidas.

Media hora más tarde atravesamos una pequeña arboleda, y el camino se volvió abruptamente empinado, hacia la cima de una colina herbácea salpicada con árboles cortados. Azuzamos a nuestras cansadas monturas hacia arriba, y no mucho más tarde, según se iba acercando el ocaso, pude ver por primera vez Senomago. El sagrado recinto de los druidas se distinguía ya por debajo de nosotros, en una llanura extensa. Una plana cinta de hierba, de apenas un kilómetro de largo y con postes de piedra alineados a intervalos regulares, corría hacia una puerta abierta en el extremo occidental de un vasto recinto circular, rodeado por un terraplén de tierra bajo y una zanja.

A poca distancia más allá de la puerta, se había dispuesto un amplio círculo de unas sesenta piedras coronadas por unos dinteles horizontales, rodeadas por un círculo exterior de antorchas parpadeantes. En el lado sur, se encontraba una pequeña entrada y una avenida que conducía hacia la orilla del Támesis, a cinco kilómetros de distancia. Más allá del recinto, el paisaje estaba salpicado con túmulos de enterramiento que pertenecían a los caudillos locales y los guerreros más renombrados, cada uno de ellos del tamaño de una colina pequeña. Ardían los fuegos en los espacios entre los hitos en ambas avenidas, iluminando la escena a lo largo y ancho en ambas direcciones. Las llamas significaban que los druidas estaban disponiéndolo todo para las ceremonias. Hay que llevar a cabo algunos rituales antes de tales reuniones, pero no los describiré aquí, ya que son sagrados para nuestro pueblo y los dioses me castigarían por compartir los detalles con los romanos que pudieran leer este relato.

—Vaya espectáculo —observó Togodumno.

—Es una forma de expresarlo —dijo Epático—. Este sitio me da escalofríos.

—Me pregunto quién lo construiría… —repuso Togodumno.

—Gigantes, ¿quién, si no? Los mismos que iban vagando por estas tierras hace cientos de años.

–Parece que nuestros amigos los atrebates ya han llegado –intervino mi padre, al tiempo que señalaba hacia una gran
multitud de figuras y caballos que se agolpaban en el campo
abierto junto a la avenida principal. Supuse que al menos debía de haber doscientos de ellos, en total.

–Parece que Verica ha traído a todos los nobles que ha
encontrado –dijo Epático.

–Es una demostración de fuerza –expuse yo–. Verica
quiere que veamos a qué nos enfrentamos si al final entabla-
mos batalla con Moricano y sus aliados. Es un movimiento
muy astuto.

–No le parecerá tan astuto cuando tenga mi espada clavada en el estómago…

Mi padre frunció el ceño.

–No amenazaremos a nadie en ningún momento durante estas conversaciones. Debemos presentar nuestro caso al
consejo con la cabeza fría, sin recurrir a los insultos. Tales tácticas sólo conseguirían volver a los druidas contra nosotros.
Vamos. –Y tiró de sus riendas–. Acabemos con esto.

Espoleamos a nuestras monturas ladera abajo, mientras
el sol se escondía totalmente por el horizonte, ahogando el
valle en una oscuridad lúgubre. Cuando al fin llegamos al
tramo de terreno liso frente a la avenida iluminada por el
fuego, a la orden de mi padre, nos detuvimos y desmontamos. Por delante, la delegación atrebate había empezado a
abrirse camino hacia el interior del crómlech, acompañada
por sus guerreros y consejeros. Un grupo separado de seguidores, guardias y sirvientes esperaba en el borde del recinto,
junto a los caballos de sus amos. Y cerca, también en pie, había algunos de los soldados encargados de guardar las espaldas a los druidas.

Tres druidas, ataviados según su costumbre con túnicas
negras, se acercaron rápidamente a nosotros. Al momento me
di cuenta de que Bladoco estaba entre ellos. Se detuvieron a

unos pasos de distancia, y entonces, uno de ellos, un hombre bajito y grueso, con una capucha subida por encima de su cabeza tatuada, se adelantó e hizo una ligera reverencia a mi padre.

–Bienvenidos –hablaba nuestra lengua con muy mal acento–. Por favor, dejad aquí vuestros caballos y seguidme. Debemos ir dentro. El Gran Consejo está preparado para empezar la ceremonia.

Se dio la vuelta y comenzó a caminar por la avenida a paso rápido, y entonces mi padre ordenó a sus sirvientes que esperasen allí con las monturas. Al mismo tiempo, el resto de nuestra partida se unía a los atrebates restantes, que se apresuraban a dirigirse a la puerta principal. Mientras comenzábamos nuestro camino hacia el recinto, Bladoco se puso a mi lado. Parecía examinar de cerca a los demás druidàs, que iban a unos cuantos pasos por delante de nosotros.

–Escucha atentamente –dijo, hablándome en un tono bajo–. Hay algo que deberías saber…

Había una cierta urgencia en la voz de mi mentor, algo que nunca había oído antes.

–¿Qué ocurre, maestro?

Bladoco se quedó callado al notar que un guardaespaldas druida pasaba a su lado, y sólo volvió a hablar cuando éste se hubo alejado lo suficiente.

–Alguien ha intentado sobornarme en Lhandain.

Yo me detuve de repente y me quedé mirándolo.

–¿Quién?

Bladoco me hizo gestos de que siguiera andando.

–Un comerciante romano. No me dio ningún nombre, pero aseguraba que actuaba en nombre de un grupo de comerciantes del asentamiento que están muy preocupados. Quería que yo votase a favor de un resultado atrebate.

–¿Y cuándo ha sido esto?

–Hace dos días. Poco después de que llegase el Gran Consejo.

La inquietud se clavó en mi cuerpo como un cuchillo.

–¿Se han acercado a alguien más del Gran Consejo? –Hice la pregunta obvia.

–Creo que sí.

–Entonces –tragué saliva– debemos decírselo a los demás druidas. De inmediato.

–Eso no sería prudente.

–¿Por qué no, maestro?

Bladoco se humedeció los labios y miró a su alrededor.

–Temo que algunos de los miembros del consejo puedan haber tenido... menos principios, digamos, en sus tratos con los romanos que yo mismo.

Y entonces me sobresalté.

–¿Crees que habrán aceptado los sobornos?

–Algunos druidas no son inmunes a las tentaciones del vino y las monedas romanas –replicó él con amargura.

Un escalofrío recorrió mi columna vertebral, y de repente noté frío, a pesar de la calidez de los fuegos que ardían a cada lado de la avenida de piedra.

–¿Tenemos alguna prueba?

Bladoco negó con la cabeza.

–Todavía no.

–Entonces, ¿qué vamos a hacer, maestro?

No hubo tiempo para una respuesta, ya que nos acercábamos a la multitud que se arremolinaba justo en el interior de la puerta. Docenas de calaveras humanas se habían clavado en las enormes columnas de madera que había a cada lado de la entrada, víctimas de ofrendas sacrificiales a nuestros dioses. Más allá, la zanja interior estaba llena de huesos de animales sacrificados. Todo aquel lugar desprendía el inconfundible hedor de la muerte.

Varios ayudantes de los druidas estaban muy ocupados dirigiendo a los recién llegados a sus puestos. Uno de ellos nos hizo señas, y lo seguimos a través del círculo de fuego hasta llegar a las piedras sagradas, tan altas como tres hombres y cubiertas casi por completo de liquen. Ocupamos nuestros lugares en el lado izquierdo del círculo, y Bladoco y los demás druidas se unieron al resto de los miembros del consejo, que permanecían a los lados de un gran altar de piedra manchado de sangre seca. Los delegados atrebates se habían reunido a la derecha del círculo; sus guerreros se podían identificar fácilmente por sus peinados, torques y mantos con dibujos. Muchos de ellos nos miraban torvamente, con expresiones de silenciosa hostilidad.

—No puedo decir que me haga feliz estar aquí ni que crea en nuestras probabilidades –murmuró Epático–. Nos superan muchísimo en número. Si esto sale mal, vamos a tener problemas.

—No seas ridículo –saltó Adminio, irritable–. Ni siquiera Verica y sus amigos serían tan idiotas como para luchar en terreno sagrado.

—¡Calla! –siseó mi padre.

En cuanto todo el mundo hubo ocupado sus puestos, un druida que llevaba una hoz de bronce se adelantó y pidió silencio. Por un momento, no se oyó más sonido que el agudo chasquido de los fuegos y el chirrido distante de los chotacabras. Entonces, un druida de barba blanca emergió de entre la espesa oscuridad que había más allá de las piedras. El tocado con cuernos que llevaba en la cabeza denotaba su posición como Gran Druida, representante electo de Lud en nuestro mundo, dotado de los poderes para comunicarse con los dioses. Se detuvo junto al altar y paseó su mirada por las filas de la realeza, nobles, guerreros y druidas que completaban la escena.

—Antes de empezar, todos los presentes deben hacer un juramento. –Su frágil voz resonó en las piedras–. Cada uno de vosotros debe jurar respetar cualquier dictamen que emita este consejo ante los dioses. Cualquiera que se niegue a aceptar las decisiones tomadas hoy sufrirá la vergüenza de los deshonrados y será un desterrado de las tribus para siempre. Y ahora repetid el juramento, después de mí.

Todos los presentes pusimos la mano derecha sobre nuestras espadas envainadas y repetimos las palabras que salmodiaba el Gran Druida. Al acabar, éste se volvió hacia mi padre.

–¿Traes la ofrenda para los dioses?

–La traigo.

El rey dijo algo a Parvilio, el comandante de su guardia, quien rápidamente hizo una seña a dos de sus hombres. Éstos arrastraron hacia delante una figura esquelética vestida con unos pantalones hechos jirones. Tenía las manos atadas con cuerda a la espalda, y su pecho desnudo estaba cubierto de verdugones y cicatrices de aspecto doloroso.

El hombre en cuestión era un ladrón de ganado, uno de los malhechores más bajos de nuestra tribu. Y por ello ahora iba a ser sacrificado a los dioses por los druidas. Quizá, romano, te escandalices por esta costumbre nuestra, y no serías el único. He oído a muchos de tus compatriotas expresar su disgusto ante este tipo de prácticas, pese a que al mismo tiempo comentan con emoción la última orgía de derramamiento de sangre en el anfiteatro de Roma... Pero debo contarte la historia de lo que ocurrió realmente, por muy desagradable que te parezca. Y la verdad es que debemos apaciguar a nuestros dioses antes de tales reuniones. Llevar a cabo una asamblea sin su consentimiento, en tierra sagrada, sólo incitaría su furia y comportaría grandes sufrimientos para nuestra gente.

El Gran Druida tomó la daga que le tendía uno de sus ayudantes. Y luego cerró los ojos y pronunció las palabras sagradas de nuestra fe. Entretanto, los guardias empujaron al prisionero hacia el altar y lo obligaron a ponerse de rodillas. El hombre no protestó ni suplicó por su vida; no se atrevió a hacerlo, porque sólo a aquellos que dan la bienvenida a la muerte con valentía se les permite unirse a Lud en el gran salón del otro mundo, donde festejarán la otra vida con la mejor carne y la cerveza más refinada. Para dar fuerzas al prisionero en su viaje, uno de los ayudantes le tendió una bebida hecha con el zumo de unas flores de endrina mezcladas con hierbas y la sangre de un toro blanco sacrificado. El hombre vació la copa de un sorbo y se comió el cuenco de setas que le dio después un segundo ayudante.

El Gran Druida empezó otro conjuro. Y, al finalizarlo, levantó la daga por encima de su cabeza. Vi cómo la punta reflejaba la luz ardiente de las llamas un momento antes de que la hoja bajara repentinamente y se clavara en la nuca del prisionero. Éste se agitó en un espasmo y dejó escapar un gorgoteo; al instante, cayó hacia delante, al suelo, donde comenzó a retorcerse. Rápidamente, los druidas se acercaron hasta él y, agachados, estudiaron las convulsiones de sus miembros y el flujo de sangre que manaba de su herida para determinar cuál era la voluntad de los dioses.

Pronto el bandido exhaló su último aliento. Entonces, los ayudantes apartaron su cadáver, y el Gran Druida se alzó en toda su altura y se dispuso a hablar de nuevo a ambas delegaciones.

–Los espasmos de muerte han sido propicios –declaró–. Lud ha aceptado este regalo en su honor. La reunión puede comenzar.

Y el Gran Druida, tras entregar la daga ensangrentada a uno de sus sirvientes, juntó las manos a su espalda y miró a la multitud reunida en torno al círculo de fuego y piedra.

–Estamos aquí esta noche para resolver las reclamaciones sobre el reino de Lhandain, gobernado en los últimos tiempos por el príncipe Trigomaris. Entre nosotros hay representantes de la corte real de Lhandain, de sus aliados los atrebates y de los catuvelaunos. Ahora oiremos a ambas partes, que alegarán sus argumentos. Y luego votarán todos los miembros del consejo. En cuanto a los demandantes, la delegación catuvelauna hablará primero.

Mi padre se adelantó y posó su mirada en los druidas junto al altar, dirigiendo su discurso directamente al consejo.

–Hombres sabios del Gran Consejo –empezó mi padre–, soy Cunobelino, rey de los catuvelaunos, trinobantes y cantiacos. Os doy las gracias por concederme esta oportunidad de explicarme ante vosotros. Procuraré ser breve en mis argumentos, pero no confundáis brevedad con falta de sustancia. Porque los hechos del caso que nos ha reunido aquí son fáciles de ver. Lhandain pertenece a los nuestros. No hay, sinceramente, ninguna reclamación más justa que la nuestra.

Hizo una pausa y entrecruzó las manos a en espalda. Mantenía fija la mirada en los druidas, como para asegurarse de que tenían toda su atención. Ni una sola vez miró hacia los atrebates; y, al hacerlo así, los volvía casi irrelevantes para el debate. Mi padre sabía cómo pronunciar un discurso tan bien como cualquier aspirante a Cicerón en los tribunales legales de Roma.

–Como todos sabéis, existía un acuerdo entre nuestra tribu y el abuelo del difunto y honorable príncipe Trigomaris; y dicho acuerdo establecía claramente que sus tierras pasarían a nuestro reino si se daban las circunstancias de que muriera sin descendencia de varón alguno. Ese acuerdo, debo añadir, fue aceptado por todo el consejo de nobles en Lhandain. En realidad, este mismo venerable consejo presenció el tratado en su momento.

El Gran Druida apoyó la mejilla en su puño cerrado; parecía reflexionar.

–Pero ese tratado ya no es válido. Moricano asegura que la tierra se la prometió a él el propio Trigomaris.

–Es mentira, y como tal sale de los labios del usurpador y traicionero Moricano –contestó mi padre–. Trigomaris declaró públicamente su intención de no dejar nunca que sus tierras cayeran en manos de los atrebates. Nunca jamás habría accedido a renegar de nuestro tratado.

–Ésa es una opinión que algunos atrebates se atreven a discutir –explicó el Gran Druida–. ¿Tienes alguna otra base en la que sustentar tu reclamación, Cunobelino, aparte de un tratado del que nadie casi se acuerda ya, establecido hace generaciones, sin ningún testigo vivo que confirme tu versión de los hechos?

–Sostengo la reclamación de los antepasados y el linaje. –Mi padre hizo un movimiento amplio con el brazo, abarcando el valle que nos rodeaba–. Señores, mirad a vuestro alrededor. Esta tierra ha sido hogar de nuestra gente durante generaciones. En tiempos perteneció a mi antepasado, Casivelauno. El pueblo de este reino habla nuestra lengua, practica nuestras costumbres y sus familias se casan entre ellas. Muchos han peleado en nuestras partidas. Lhandain es y siempre será catuvelauno en todo, excepto en el nombre. Nada puede alterar la verdad desnuda de los antepasados y el linaje.

–Es una reclamación que se puede discutir –lo interrumpió el Gran Druida–. Las tribus no pueden anexionarse tierras simplemente porque unos cuantos de sus habitantes se trencen el pelo de la misma forma.

–¿Pero de qué lado está ése? –susurró Epático.

–Del nuestro, no –murmuré yo–. Eso seguro.

Mi padre negó con la cabeza vigorosamente.

–Los vínculos entre Lhandain y nuestra tribu son mucho más profundos que todo eso. Somos hermanos de sangre. Pero existe además otro motivo para conceder ese territorio a los nuestros; quizás el motivo más importante de todos, incluso más que el tratado entre nuestras dos tribus.

–Sigue, Cunobelino –pidió el Gran Druida.

–La influencia de Roma está creciendo sigilosamente en nuestras tierras. Todos sabemos que eso es cierto. Algunos de nosotros hemos intentado resistir a su intrusión, en lo posible, comerciando con los extranjeros, aun tratando de mantenerlos apartados en todo momento. Esto no siempre ha sido fácil.

Pero otros han cogido un camino distinto, han buscado incluso vínculos más estrechos con los romanos. Hombres como Verica. Si permitís que el reino caiga en manos del príncipe Moricano y sus aliados atrebates, seguramente fomentarán un mayor interés romano en nuestras tierras. ¿Es eso lo que queremos?

–El rey ha planteado un argumento excelente –intervino Bladoco–. Todos sabemos lo que ocurrió cuando Roma interfirió en los asuntos tribales de la Galia, hermanos. Innumerables guerreros masacrados, la tierra reducida a escombros, las mujeres y niños de las familias más nobles condenados a la depredación de la esclavitud.

El Gran Druida puso los ojos en blanco.

–Vamos, Bladoco. Unos cuantos mercaderes romanos no constituyen una grave amenaza. Los extranjeros han comerciado con los asentamientos de nuestras tribus durante generaciones sin problema alguno.

–Esta vez es distinto. –Mi padre se estaba acalorando ya. Yo notaba que su voz temblaba ligeramente de rabia cuando continuó–: Durante muchos años, fue así, vivimos sin miedo a las represalias o a la invasión por parte de nuestros enemigos más odiados del otro lado del mar. Pero temo que esos tiempos hayan quedado atrás. Las legiones han aplastado a las tribus germánicas, sus líderes han sido exiliados o pasados a cuchillo, y la frontera a lo largo del Rin no está segura en absoluto. ¿Cuánto tiempo pasará hasta que Roma vuelva sus codiciosos ojos hacia nosotros de nuevo? Debemos actuar ahora, para evitar que el veneno de Roma penetre en nuestras tierras. Y la única forma de hacer tal cosa es otorgar Lhandain a nuestra tribu. Sólo los catuvelaunos tenemos la fuerza necesaria para evitar la gran calamidad que amenaza a las tribus de nuestra isla.

Fue un discurso elocuente, más de lo que sé que transmite mi descripción. Dudo de que cualquiera de los grandes y admirados oradores de Roma hubiera podido pronunciar uno mejor. Pero, sin embargo, cuando examiné las expresiones cautas de los rostros de los druidas, me pregunté si habíamos sido capaces de captar su favor.

Hubo una larga pausa, un silencio antes de que el Gran Druida se volviese hacia mi padre.

–¿Tienes algo más que añadir?

–No.

–Entonces, por favor, oigamos a la otra parte.

Mi padre se retiró del centro del círculo, y el Gran Druida hizo señas a la zona donde se reunían los atrebates para que presentaran su caso. De entre ellos se adelantó un hombre alto y delgado de mediana edad, con la barba pulcramente recortada; llevaba una túnica de lana de la mejor calidad, intrincadamente tejida con motivos dorados. Sus rasgos me recordaron a los de un halcón, y vi un brillo acerado en sus ojos cuando se colocó en el círculo. Ya entonces me di cuenta de que era un hombre peligroso, en el cual no se podía confiar en absoluto.

–El rey Verica desea hablar –dijo el Gran Druida.

–Gracias, sabios hombres del Gran Consejo. –Verica miró a su alrededor–. Todos conocéis mi nombre. Soy Verica, hermano de Epilo, hermano de Tincomaro, hijo de Comio. Mi gente puede seguir a nuestros antepasados hasta remontarse a las grandes tribus de la Galia. Os hablo aquí esta noche como amigo del príncipe Moricano, legítimo heredero del trono de Lhandain.

Hizo una pausa, que aprovechó para señalar a un hombre delgado, con el pelo oscuro y rizado, las mejillas suaves y una túnica corta al estilo romano debajo de un manto de vivos colores. Junto al príncipe Moricano permanecía de pie un guardaespaldas de aspecto duro con un morral de cuero colgado al hombro.

–Busco la paz y la prosperidad para todos –continuó Verica–. Es mi más ferviente deseo que evitemos la guerra con los catuvelaunos. Todos hemos escuchado las graves palabras de nuestro querido amigo Cunobelino. Él ha acusado a mi gente de establecer vínculos con Roma, y nos condena por hacerlo. Pero ¿cuál es la alternativa?, me pregunto yo. ¿Deberíamos negarnos a vender nuestros bienes a sus comerciantes, y así empobrecernos nosotros? ¿Rechazar a esos comerciantes no invitaría acaso más a la conquista? Al menos de este modo podemos disfrutar del resultado de una relación mutuamente beneficiosa. Roma desea una relación en paz con nuestras tribus.

—¿Paz, Verica? —bufó mi padre—. Díselo a la gente masacrada de la Galia y de Hispania. Sí, amigos, existe la paz romana. Se impone con la punta de una espada, y, si damos la bienvenida al enemigo con los brazos abiertos, como sugiere Verica, seremos los arquitectos de nuestra propia destrucción.

—Hablas de una época que pasó hace mucho, Cunobelino. Los tiempos han cambiado. Roma ya no tiene apetito de conquistas.

—¿Y por qué íbamos a creerte, Verica? —preguntó mi padre—. Tú aseguras que quieres la paz, pero cuentas con un asesino entre tus amigos…

Los ojos de Verica se entrecerraron.

—¡Explícate!

—Amigos… —mi padre señaló a Moricano—, todos conocemos los rumores que rodean a la muerte de Trigomaris: muerto en un accidente de caza por una flecha disparada por uno de sus nobles, nos han dicho. Y, sin embargo, el hombre en cuestión era muy hábil con el arco. Y ahora ese hombre también ha muerto en circunstancias sospechosas, apuñalado en el cuello tres días después de la muerte del príncipe…

Verica sonrió despectivo.

—¿Sugieres que ha habido algo sucio en eso, Cunobelino?

—No sugiero nada, Verica. Los hechos hablan por sí solos, ¿no es así?

–¡Basta! –El Gran Druida gritó con toda la fuerza de sus pulmones–. Evitaréis hacer más acusaciones viles frente al consejo. Verica, continúa, por favor.

El atrebate asintió con un gesto y se volvió para hablar directamente a los druidas:

–Como decía, hombres sabios…, Roma no tiene motivos para atacar nuestras tierras. Ahora mismo disfruta de los beneficios del comercio con nuestras tribus, sin la preocupación de una conquista militar. ¿Por qué abandonar la comodidad y comenzar una lucha enviando a las legiones? Sí existe, además, de hecho, otra amenaza a la que nos enfrentamos. Una más cercana a nuestro hogar y que amenaza todos nuestros intereses. Hablo de los catuvelaunos.

Hubo un silencio mientras Verica se dirigía hacia el centro del círculo y señalaba a nuestros nobles.

–Estos hombres, bajo su belicoso rey, han conquistado las tierras de los trinovantes y los muchos reinos divididos de los cantiacos, y, sin embargo, no hemos hecho nada para detenerlos. ¡Ellos son los auténticos agresores, no Roma! –exclamó, y su voz hizo eco en las altas piedras–. Dad a Cunobelino el control de Lhandain, y tendrá las manos libres para extenderse por las tierras de todas las tribus del sur de nuestra isla. Nadie estará a salvo de sus guerreros.

–¡Es mejor que nuestra tierra esté gobernada por los suyos, en lugar de ser un títere de Roma! –gritó Epático, entre un coro de risas de nuestro lado.

Mi padre lo cortó:

–Esto no tiene nada que ver con otras tierras. Estamos aquí para discutir la legítima propiedad de Lhandain. No nos distraigas del asunto que tenemos entre manos, Verica.

–Por el contrario, Verica ha tocado un punto importante –intervino el Gran Druida–. Recuerdo a mis compañeros, miembros de este consejo, que siempre nos hemos enorgullecido de nuestra estricta devoción por equilibrar los poderes de las muchas tribus de esta bella isla. Somos conscientes del riesgo que entraña permitir que una u otra tribu se vuelva demasiado poderosa. ¿Vamos a abandonar esa política para satisfacer la cuestionable reclamación del rey Cunobelino y sus partidarios?

Bladoco carraspeó.

—Gran Señor, si me permites…

—¿Sí, Bladoco?

—Es cierto que en el pasado este consejo se ha visto guiado por el principio de conseguir un equilibrio de poder entre las tribus. Pero me pregunto si esa política sigue siendo el rumbo más sabio, dado el creciente interés de Roma por nuestros asuntos.

—¿Cómo dices, Bladoco?

—Gran señor, hemos oído al rey Cunobelino hablar de la amenaza a la que podemos enfrentarnos algún día por parte de nuestros antiguos enemigos del otro lado del mar. Y ésa es una amenaza que conozco demasiado bien.

El Gran Druida sonrió con indulgencia.

—Estamos familiarizados con tus orígenes galos, Bladoco. Nunca has dejado de recordarnos el destino de tus antepasados. Ve al grano.

—Nuestras tribus fueron aplastadas por los romanos porque estábamos demasiado ocupados peleándonos entre nosotros. Por el contrario, deberíamos haber dejado a un lado nuestras diferencias. Cuando nuestros líderes se dieron cuenta de la gravedad de la amenaza y juraron lealtad a Vercingetorix, era demasiado tarde. Lo ocurrido debería servirnos como advertencia. Si seguimos divididos, nuestra resistencia se desmoronará frente a las legiones romanas. Sólo mediante la unidad tenemos la oportunidad de enfrentarnos a ellos.

—¿Crees que deberíamos dejar que los catuvelaunos subyuguen libremente a sus vecinos?

—Creo, gran señor, en la idea de una sola alianza tribal, una poderosa, con la fuerza suficiente para resistir a nuestros enemigos. Eso sería útil para los intereses de todos. Y, en cualquier caso, sería preferible a discusiones absurdas sobre diminutos reinos.

–¿Una sola alianza, dominada por un solo rey?

–No carece de precedentes, gran señor. Las tribus formaron una alianza bajo Casivelauno cuando nos invadió César.

El Gran Druida hizo una mueca, como si hubiese bebido leche agria.

–¡Y mira cuál fue el resultado, Bladoco! En la Galia quizás hagáis las cosas de una manera distinta, pero aquí tenemos una rica tradición de independencia para las tribus.

–Demasiado cierto, maldita sea –murmuró Epático.

–No –susurré yo, como respuesta–. Lo que dice Bladoco es sensato.

–¡Pfff! Sólo lo dices porque es tu mentor. Las tribus nunca se pondrán de acuerdo y dejarán a un lado sus diferencias.

–Por ahora no, quizá. Pero, si Roma nos amenaza de veras, eso sería muy distinto.

–No conoces a las tribus, chico. Míralos. –Señaló a los hoscos atrebates–. Esa gente preferiría sacarse los ojos que luchar con nosotros.

El Gran Druida miraba con frialdad a Bladoco, y una nota de irritación se abrió paso en su voz cuando volvió a hablar:

–Éste no es el momento de atender tus designios personales. Te sugiero que centres tu atención en la cuestión que tenemos entre manos. Puedes continuar, Verica.

Algo relampagueó en los ojos del rey atrebate.

–Gracias, gran señor. –Hizo una pausa, y luego volvió a dirigirse a los demás miembros del consejo–. Cunobelino asegura que Lhandain pertenece a su tribu, como ya habéis oído. Pero yo tengo pruebas irrefutables de que las tierras fueron legadas a nuestro aliado, el príncipe Moricano.

Señaló al príncipe, que se volvió hacia su guardaespaldas. Al instante, éste sacó un pergamino de su morral de cuero y se lo tendió a Verica. Vi que mi padre intercambiaba una mirada interrogativa con Epático, mientras el rey atrebate sujetaba en alto el pergamino para que todos lo vieran.

—Aquí tengo un acuerdo por escrito, que lleva la marca de Trigomaris, confirmando su deseo a la hora de la muerte de ver sus tierras transferidas a Moricano —declaró—. Es un documento legalmente vinculante, señores. Su veracidad no se puede negar.

Un murmullo de sorpresa corrió entre los nobles. Aquello era nuevo. Por supuesto, nosotros no teníamos un lenguaje escrito propio; nuestros códices y juicios se pasaban oralmente de una generación a la siguiente, y la palabra de un hombre se consideraba tan vinculante y sagrada como un juramento hecho ante el propio Lud.

—Este documento está escrito en latín —continuó Verica—. Establece claramente los deseos de Trigomaris, como cualquiera que esté versado en la lengua latina puede leer por sí mismo. Lhandain se otorga al príncipe Moricano.

—Te estás burlando de nuestras leyes, Verica —lo acusó mi padre—. ¿Un pergamino en la lengua de nuestros enemigos? Esto no tiene sentido para nosotros. Los estimados miembros del consejo seguramente tratarán esa prueba con el desprecio que merece.

—No tuvimos otro remedio. Trigomaris estaba gravemente enfermo después de su accidente de caza —añadió Moricano con su voz rasposa—. Dadas las circunstancias, tuvimos que transcribir sus deseos enseguida. Un mercader romano que previamente había recibido instrucción como escribiente se ofreció a redactar el documento y presenciar las firmas como testigo, de modo que no hubiera malentendido alguno sobre las intenciones del príncipe. —Verica extendió la mano—. ¿No te lo crees, Cunobelino? Aquí. Puedes verlo tú mismo.

Mi padre me hizo una seña. Yo era el único de nuestros representantes que sabía leer latín, pues había estudiado la lengua de los romanos durante muchos años en Merladion. Tomé el pergamino, lo desenrollé por la parte de abajo y pasé la vista por el sencillo texto. El documento había sido escrito en un lenguaje legal conciso. Al final, se habían colocado tres marcas separadas.

–¿Qué dice? –preguntó Cunobelino, impaciente.

Yo tragué saliva.

–Lo que dice Verica, padre, es un acuerdo firmado entre Trigomaris y Moricano, presenciado por un mercader romano de nombre Basiano. Estipula que Lhandain y sus alrededores serán de Moricano.

Verica volvió su atención a los druidas.

–Este documento, con las firmas que lleva, es la única prueba que necesitáis para tomar una decisión, señores. Estoy seguro de que estaréis de acuerdo en que es mucho más fiable que cualquier vago tratado verbal hecho mucho antes de que naciésemos ninguno de nosotros.

Mi padre meneó la cabeza.

–Esto es ridículo. Trigomaris no sabía leer latín… No podía tener ni idea de lo que estaba firmando. Los druidas no pueden aceptar esto.

Verica fingió sentirse ultrajado.

–¿Estás sugiriendo que lo engañamos? Realmente, esas acusaciones son indignas de ti, Cunobelino.

Continuó la discusión. Los druidas expusieron sus ideas por turno. Cuando la luna creciente había subido ya por encima de los árboles, el Gran Druida levantó la mano y señaló el fin del debate.

–Ya hemos oído bastante –anunció–. Ahora, hermanos, debemos votar. Concluyamos este asunto.

Noté la tensión en el aire nocturno todo el rato que ambas delegaciones posaron su mirada en los druidas y esperaban su veredicto.

Al fin, el Gran Druida se puso en pie ante el consejo.

–Todos los que estén a favor de conceder el reino de Lhandain a los catuvelaunos, que levanten la mano –anunció con voz imperiosa.

Un pequeño número de druidas levantaron la mano. Al contarlos, sentí que el corazón se me encogía. Menos de un tercio del consejo había votado a nuestro favor. Hubo gruñidos de decepción y maldiciones en voz baja entre algunos de los nobles cuando el Gran Druida llamó a que levantasen la mano todos aquellos que estaban de acuerdo con un resultado a favor de los atrebates y un grupo mucho más grande levantó el brazo por encima de su cabeza, incluido él mismo. A mi lado, Epático juraba en voz baja.

–Mierda. No puedo creerlo…

–El tema está zanjado –declaró el Gran Druida–. Hay una clara mayoría a favor del príncipe Moricano. Por lo tanto, será reconocido a partir de ahora como gobernante legítimo de Lhandain, y los catuvelaunos, por su parte, accederán a cejar en cualquier posible reclamación sobre sus tierras. Es la voluntad del Gran Consejo.

La delegación atrebate se dedicó de inmediato a celebrarlo, lanzando vítores y dándose palmadas en la espalda los unos a los otros. Miré por un momento a mi izquierda: bajo la luz de las llamas, mi padre los miraba con la rabia grabada en sus rasgos. De repente, sin advertencia alguna, Bladoco se apartó del altar y se movió rápidamente hacia el borde del crómlech. Yo estiré el cuello, esforzándome para mirar más allá del mar de delegados, y oí que Bladoco gritaba a uno de los guardaespaldas druidas que se hallaba junto a la entrada. Éste se volvió al instante y bajó corriendo por la avenida de fuego; volvió unos momentos más tarde llevando un bonito caballo blanco con un par de alforjas de cuero colgando del borrén. Bladoco tomó las riendas y guio al animal más allá de las antiguas piedras, hacia el terreno desnudo que había en el centro del círculo.

—¡Hermanos del Gran Consejo! —gritó.

De inmediato, el griterío cesó, y ambas delegaciones miraron a Bladoco. A poca distancia, el Gran Druidda permanecía rígido, con la cara nublada por la confusión.

—¿Qué estás haciendo, en nombre de Lud? —exigió.

Bladoco ignoró la pregunta y señaló el caballo que tenía a su lado.

—Para el beneficio de los presentes, ¿puedes confirmarnos que ésta es tu montura, Gran Señor?

—Pues claro que lo es —soltó, impaciente, el Gran Druida—. ¿Qué significa todo esto?

—¿Qué cojones está pasando? —susurró Epático.

—No lo sé —murmuré yo. Un temblor frío me bajaba por la espina dorsal.

La multitud observó en silencio cómo Bladoco desataba las correas de cuero de una de las alforjas. Yo miré al Gran Druida, y vi una expresión de alarma en su rostro marcado por la viruela.

—¿Qué estás haciendo? —exigió—. ¡Deja eso, maldito idiota!

Antes de que pudiera protestar más, Gladoco vació el contenido de la bolsa. Una lluvia de monedas de plata recién acuñadas cayó en cascada al suelo, a sus pies, ante el silencio asombrado de druidas, nobles y guerreros. Por un momento, todos se quedaron demasiado conmocionados para reaccionar. Sólo mi padre se acercó a la brillante pila de monedas. Se agachó, tomó un puñado y las miró a la luz del fuego.

—Estas monedas llevan la efigie del emperador Tiberio —dijo en voz alta.

Bladoco asintió.

—Hace dos días, señor, se me acercó un mercader romano en Lhandain. Ese hombre aseguró que actuaba en nombre de unos agentes imperiales que deseaban garantizar un resultado a favor de los atrebates para el reino. Yo rechacé su oferta de monedas de plata, pero, cuando fui a informar de mis sospechas a la mañana siguiente, el mismo mercader salía de los aposentos privados del Gran Druida.

–¡Mentira! –exclamó éste, salpicando saliva por las comisuras de los labios–. ¡Mentiras infundadas!

–Es la verdad. –Bladoco hablaba a mi padre, pero su mirada seguía posada en el Gran Druida.

–¿Y por qué no nos has dicho nada antes? –exigió mi padre.

–Yo tenía sospechas, pero no estaba seguro. Y no deseaba poner en peligro mi posición en el Consejo favoreciendo abiertamente a uno de los lados antes del debate. Pero, cuando nuestro estimado líder ha apoyado la reclamación atrebate, mucho más débil, he comprendido que realmente había aceptado las monedas romanas. –Fulminó a sus compañeros con la mirada–. Sospecho que no es el único entre vosotros que ha hecho tal cosa.

Varios de los druidas que habían votado de nuestra parte miraron acusadoramente a sus compañeros. El Gran Druida miró de nuevo la plata esparcida por el suelo y se humedeció los labios.

–¡Esto es un ultraje! –gritó mi padre.

Los gritos de protesta y de ira hacían eco en el crómlech cuando Verica se movió hacia el centro del círculo, con las manos elevadas en un gesto de apaciguamiento.

–Seguramente es un truco, amigos míos… –dijo con suavidad–. Es posible que uno de los sirvientes catuvelaunos haya colocado esa alforja aprovechando que estábamos todos aquí. Obviamente, es un intento desvergonzado de enturbiar el buen nombre del gran señor de los druidas.

–¿Realmente esperas que nos creamos eso? –Cunobelino lo miró burlón, con la voz temblorosa por la rabia–. Nos has robado el voto, Verica. Como un ladrón barato, que es lo que eres. Tú y tus amigos romanos. ¡Basura!

Entonces arrojó las monedas a la cara de Verica.

Y se desató el infierno.

CAPÍTULO VEINTIUNO

Lo que ocurrió a continuación ha sido disputado largo tiempo por ambas tribus. Verica aseguraba después que primero vio cómo mi padre y sus guerreros desenfundaban sus espadas, y que por eso chilló a sus hombres para que lo defendieran. Mi padre siempre insistió en que nuestros guerreros sacaron sus armas después de que Verica hubiese aullado una orden a sus hombres. Si sucedió así, Verica fue el responsable de iniciar la batalla del Crómlech. Hay diversas versiones en conflicto sobre los acontecimientos de aquella noche, ninguna de las cuales se pone de acuerdo en los pequeños detalles, y ni siquiera yo estoy seguro de lo que ocurrió… Y eso que estuve allí, romano.

Pero lo que sí sé es que un momento después de que mi padre hubiese arrojado las monedas a la cara de Verica, resonaron una serie de chirridos y siseos y que los hombres de ambos bandos sacaron sus espadas y cargaron hacia el centro del círculo para defender a sus reyes. Más o menos al mismo tiempo, Epático y los guerreros que estaban más cerca de mi padre, conscientes del peligro, salieron en estampida para enfrentarse a la horda atrebate, aullando los temibles gritos de batalla de nuestra tribu. Se batieron en un mar de relampagueantes hojas de acero, y rápidamente se unieron a ellos el resto de hombres de las dos tribus. Por encima de sus aullidos llegué a escuchar que los druidas nos imploraban que no luchásemos en tierra consagrada, pero sus ruegos cayeron en oídos sordos. Unos y otros luchaban ya con feroz decisión.

En medio de la refriega, uno de los guardaespaldas de Verica me desafío y se llegó a mi lado asestando salvajes mandobles en su camino. El borde de su larga espada resplandecía bajo las llamas del hogar. Yo arranqué mi espada de su vaina y levanté el brazo; bloqueé a toda prisa sus ataques y retrocedí, rechinando los dientes por el dolor ardiente que me subía repentinamente por el brazo. El hombre gruñó y cargó de nuevo, y esta vez, tras esquivarlo, moví mi hoja hacia delante hasta clavarla hondamente en su costado. El hombre aulló de agonía cuando la punta le desgarró el estómago, como un cuchillo que corta un saco lleno de grano, y cayó entre alaridos y agarrándose las tripas.

—¡Eso es! —rugió Epático, que atacaba furiosamente a otro atrebate—. ¡Matadlos! ¡Cortadlos a pedazos!

La lucha se había extendido ya por todo el crómlech. En las historias, nos cuentan que las batallas son asuntos muy limpios, con claras columnas de hombres que se enfrentan en terreno abierto, pero aquello no fue así, en absoluto. Si miraba a mi alrededor, yo sólo veía un amasijo de cuerpos entrelazados que se daban estocadas sin cesar unos a otros, acompañado todo por los gritos enloquecidos de los heridos y moribundos, los gruñidos de los hombres que luchaban y el agudo entrechocar del acero contra el acero. Era imposible saber quién estaba ganando.

Miré por detrás de mi hombro, y entonces vi que, a varios pasos de distancia, el Gran Druida se arrodillaba junto al montón de monedas de plata y las cogía a puñados para volver a guardarlas en su alforja, totalmente ajeno a la enconada lucha que se daba en el círculo. Su caballo blanco yacía despatarrado en el suelo, de costado. El asta de una lanza le sobresalía de un flanco, y sus relinchos de agonía rompían el aire nocturno. Un momento más tarde, uno de nuestros guerreros agarró al druida por su túnica y lo arrojó con fuerza al suelo. Éste levantó las manos, suplicando misericordia a gritos, pero fue acallado para siempre cuando el hombre abatió sobre él su espada con tanta fuerza que casi le parte la cabeza por la mitad.

Un leve movimiento hizo que me volviera de nuevo. Un guerrero con el pecho desnudo y un mostacho largo que le caía a los lados venía hacia mí, dirigiendo el afilado borde de su espada hacia mi cabeza. No tuve tiempo de evadir el ataque. Levanté el brazo derecho, absorbí el golpe con mi propia espada y retrocedí, mientras el guerrero seguía asestando una sucesión de brutales estocadas y tajos. Me ardían los músculos por el esfuerzo de detenerlo, y fui consciente enseguida de que no podía defenderme de él durante mucho rato.

El guerrero gruñó, frustrado, y se arrojó de nuevo hacia delante. Esta vez lo cogí por sorpresa: una finta hacia él, apuntando a su pecho, y luego me agaché en el último instante para golpearlo en el muslo. El hombre siseó y apretó los dientes al sentir que el filo le rebanaba la carne, cortando músculos y tendones. Se tambaleó hacia atrás, fuera de mi alcance, pronunciando una serie de maldiciones, mientras la sangre manaba a borbotones de la profunda herida. Entonces pude aprovechar la ventaja y desencadené una serie de golpes durísimos sobre el atrebate, haciéndolo resbalar con la sangre que ya empapaba el suelo.

Sin darle tiempo a respirar, lancé un tajo justo por debajo de su guardia, y conseguí herirlo en las costillas, aunque poco profundo, y seguí con un rápido pinchazo hacia su cabeza. El hombre saltó hacia atrás para esquivarme, y soltó un grito, al tropezar en el cadáver de uno de los guardaespaldas de Verica. Cayó pesadamente al suelo y la espada se le escapó de la su mano. Y entonces desapareció de mi vista, pisoteado entre el enjambre de guerreros que luchaban, unos sobre otros, con ferocidad.

Por aquel entonces, como he dicho, la tierra ya estaba resbaladiza por la sangre. Y también por la orina y la mierda de los intestinos vaciados de los muertos y malheridos. Conteniendo el aliento, eché un vistazo por encima de mi hombro, y al momento noté un vuelco en el estómago. A lo largo de todo el crómlech, los hombres de ambos bandos estaban enzarzados en una serie de combates individuales, pero, aunque los nuestros luchaban muy valerosamente, estábamos en peligro de vernos superados por el enemigo. Por todas partes nuestros guerreros se estaban viendo obligados a retroceder, cedían terreno sistemáticamente a las fuerzas combinadas de Verica y Moricano. Fijé la vista en un extremo del círculo, donde un noble atrebate aporreaba con un hacha la cabeza de un oponente hasta matarlo. Sus sesos quedaron esparcidos por el suelo.

—¡Estos hijos de puta son demasiados! —aulló Bellocato.

Justo entonces percibí un movimiento por el rabillo del ojo. Paseé la mirada a mi alrededor, más allá del círculo de fuego, y descubrí que varias figuras entraban a la carrera por la puerta principal. El pequeño número de guardias atrebates que habían estado esperando fuera del crómlech corrían a unirse a la lucha. Se echaron encima de los catuvelaunos que pillaron más cerca, lanzando mandobles como locos y abatiendo a varios de ellos antes de que pudieran defenderse. Y, entretanto, los druidas intentaban escapar a la desesperada, corriendo en todas direcciones para huir de la masacre.

Busqué frenéticamente a mi padre en aquella maraña de cuerpos apretados. Togodumno, Adminio y un puñado de guardias luchaban junto a él en la parte exterior del círculo. En torno a ellos, la tierra estaba alfombrada con cuerpos rotos, espadas abandonadas y entrañas sangrantes. Para entonces, al menos la mitad de nuestros hombres habían sido abatidos por el enemigo, calculé. La lucha se había extendido más allá de los confines del círculo, y unos cuantos de los nuestros, sabedores de que la derrota era inminente, ya retrocedían hacia la muralla, pero el enemigo los mató antes de que pudieran escapar. Me di cuenta de que estaríamos derrotados en poco tiempo.

–¡Padre! ¡Tenemos que ir hasta los caballos! –grité, metiéndole prisa–. ¡Antes de que acabe todo!

–Tiene razón, joder –gruñó Epático. Tenía el rostro embadurnado de sangre, aunque no se sabía si era suya o de algún otro–. Si nos quedamos aquí, estamos muertos.

Mi padre asintió torvamente, como aceptando la situación. Llamó a mis hermanos, de forma apenas audible por encima del sonido estruendoso de la lucha, pero ellos de inmediato se apartaron del círculo y se dirigieron hacia la puerta principal, seguidos rápidamente por Bellocato y el grueso de los guardaespaldas. Yo corrí tras ellos, varios pasos por detrás, aún con la espada en la mano derecha, mientras Epático y sus hombres se quedaban en el círculo para tratar de mantener al enemigo a raya el máximo tiempo posible.

–¡Vamos, tío! –grité yo–. ¡Nos vamos! ¡Ahora!

Epático y los últimos guerreros, que eran pocos, se dieron la vuelta y echaron a correr en pos de nosotros, que ya sorteábamos el círculo exterior de fuego. Algunos estaban heridos, y los que permanecíamos ilesos los ayudamos a salir. Por detrás, los atrebates seguían enzarzados en luchas individuales, y los pocos que intentaron atacarnos fueron derrotados por los guardaespaldas de mi padre. Cuando nos acercábamos a la entrada, miré por encima de mi hombro. Buscaba a Bladoco, pero no vi ni rastro de él.

* * *

Pero no podíamos esperarlo, debíamos seguir. Y al final, con varios traspiés, conseguimos cruzar la puerta, también Epático y los otros rezagados. A poca distancia por delante, mi padre y mis hermanos nos aguardaban junto a un grupo de la guardia real. A menos de un kilómetro, la avenida se abría hacia la amplia zona de tierra desnuda a lo largo del fondo del valle. Nuestra única esperanza, lo sabía bien, era alejarnos rápidamente del crómlech, ocuparnos de los atrebates que acechaban fuera y conseguir huir a caballo. Sólo entonces podríamos cabalgar de vuelta a Camuloduno, al abrigo de la oscuridad, y burlar a nuestros perseguidores. Allí, al menos, estaríamos a salvo de los atrebates y libres de tramar nuestra venganza. Si es que sobrevivíamos el tiempo suficiente...

Habíamos avanzado un trecho cuando uno de los guerreros soltó un grito de pánico. Al mirar por encima de mi hombro, vi un movimiento confuso en la puerta. Al instante, un pequeño grupo de atrebates cargaba por la avenida; iban armados con una gran variedad de lanzas, hachas de combate y espadas. Apreté la mandíbula, lamentándome del cansancio y del dolor que sentía en todos los músculos, y empujé hacia delante al hombre que cojeaba a mi lado, pues los heridos nos estaban obligando a ir más despacio. Cuando volví de nuevo la vista hacia atrás, sentí un escalofrío, pues los atrebates nos estaban dando alcance con rapidez.

Seguí avanzando con el corazón latiendo cada vez más deprisa. Por delante, mi padre y sus acompañantes casi habían alcanzado sus monturas. Otra mirada hacia atrás me avisó de que los atrebates que nos perseguían estaban ya a menos de cincuenta pasos de distancia. Era imposible que nosotros pudiéramos llegar hasta los caballos. Y entonces oí un grito de guerra a mi espalda. Los atrebates ya caían sobre nosotros entre el brillo parpadeante de puntas de espadas y lanzas.

Uno de ellos, un hombre flaco armado con una lanza, se arrojó hacia mí dibujando una mueca que dejó al descubierto sus dientes desnudos. Yo empujé a un lado a mi compañero herido, para apartarlo y que no sufriera daño, y luego di un salto para esquivar al atrebate, que ya apuntaba a mi estómago. Noté un dolor muy intenso cuando la punta de su lanza me hirió en el costado, rasgando la tela de mi túnica y rozándome las costillas. Rechiné los dientes y trastabillé hacia atrás, quedando fuera de su alcance, pero entonces mi oponente atacó de nuevo, ahora apuntando más arriba, al tiempo que lanzaba un tremendo rugido. Pero leí sus intenciones, vi la punta en forma de hoja dirigiéndose hacia mí, y me dejé caer en cuclillas. La lanza susurró al pasar por encima de mi cabeza, peinándome, y antes de que él pudiera retirarse me abalancé sobre él de un salto, con la espada en ángulo. No me preocupaba dónde herirlo; sólo sabía que, si no lo golpeaba antes de que me atacara de nuevo, moriría. El filo de la espada se clavó hondamente en el tobillo del atrebate; cortó músculo y tendones y destrozó el hueso. Él lanzó un grito espantoso y, tras caer de espaldas, se agarró con la mano el pie casi seccionado. Cuando levantó la vista hacia mí, yo ya atacaba de nuevo, y había un terror animal en su mirada, que suplicaba por su vida. Yo lo maté de todos modos de un tajo en la garganta. El atrebate me maldijo, un momento antes de que sus palabras quedaran perdidas entre el ruido gorgoteante mientras se atragantaba con su propia sangre.

La pelea se enardeció durante lo me que pareció un largo tiempo. Vi a uno de los guardaespaldas de mi padre recogiendo su mano cortada del suelo empapado en sangre. Un atrebate lanzó un aullido agónico cuando su oponente le pinchó en la entrepierna con la lanza, lacerando sus órganos vitales. Otro catuvelauno cayó con un hacha de combate enterrada entre los omoplatos. Unos y otros se provocaban entre aullidos, audibles incluso por encima de los gemidos de los heridos de muerte. En un momento dado, miré a otro lado, y vi que Epático, a varios pasos de distancia, sangraba abundantemente de un corte en el brazo, pero aun así se defendía con saña de un lancero y un segundo atrebate que empuñaba una espada. Epático acertó al primero con un golpe terrible en el estómago, pero, al caer de rodillas, el segundo se adelantó y lanzó un mandoble hacia abajo que rasgó el costado de la túnica de mi tío. Epático se tambaleó hacia atrás, casi resbalando en la tierra empapada en sangre, y el hombre de la espada dio otro paso hacia delante.

Corrí hacia ellos, empujé a un lado a un guardia catuvelauno, que se miraba ahora el muñón ensangrentado que antes era su antebrazo izquierdo, y me abalancé luego sobre el otro. Éste debió de oír mis gritos, porque se dio la vuelta en redondo sin haber conseguido abatir a Epático, y su rostro adoptó una expresión de sorpresa y horror, justo cuando la punta de mi espada se clavó n su abdomen. Su boca se aflojó, y emitió un ligero ruido de queja.

Liberé mi arma del moribundo y me arrodillé junto a mi tío. Epático había caído de rodillas y apretaba agónicamente los ojos. La sangre manaba a borbotones de la enorme herida que tenía en el flanco. Lo ayudé a levantarse y le pasé un brazo en torno a la cintura, y entonces vi que Togodumno venía hacia nosotros desde el lugar donde estaban los caballos rugiendo como un loco. Cayó sobre el atrebate más cercano y lo cortó en dos con un torrente de rápidos mandobles y tajos. Y vi también que lo seguían a la carrera algunos otros guerreros para unirse a la lucha. No les costó demasiado liquidar al enemigo, que se vio enseguida superado en número. Al poco, los atrebates yacían muertos en el suelo.

–¡Vamos! –me chilló Togodumno–. ¡Vámonos!

Y es que más enemigos se acercaban corriendo por la avenida, entre aullidos rabiosos, para intentar impedirnos escapar de aquella locura asesina. Togodumno agarraba a mi tío por el abdomen, apoyando su peso hacia el otro lado, y partimos a toda prisa hacia las monturas. El color había desaparecido de su rostro, su respiración era errática, y me preocupaba que fuera a perder la conciencia. Por detrás de nosotros, nuestros hombres ayudaban a los heridos que aún podían caminar. Los menos afortunados quedaron atrás. Algunas de aquellas almas perdidas nos gritaban que los matásemos en lugar de permitir que cayeran en manos del enemigo, pero nada podíamos hacer por ellos.

Tras otros cien pasos, más o menos, al fin llegamos junto a los caballos. Nuestros perseguidores aún debían recorrer el doble de esa distancia, aunque se acercaban muy deprisa. Levantamos a Epático a la silla de una de las monturas de reserva y lo sujetamos a ella, lo más erguido posible, y todos corrimos a montar nuestros respectivos caballos. Epático se balanceaba pesadamente, y por su lividez supuse que había perdido ya una cantidad importante de sangre. Llamé a dos de los guardias de mi padre y les di instrucciones de que cabalgasen a su lado.

—Haced lo que sea, pero no permitáis que se caiga —les ordené, luchando por acallar la tensión que denotaba mi voz—. ¿Entendido?

—No os preocupéis por mí —gruñó Epático débilmente. Se apretaba la túnica manchada de sangre con la mano—. No pienso morir aquí, chico. No en este maldito sitio.

Togodumno y yo subimos a nuestras monturas a toda prisa. Adminio ya había salido al galope, junto a padre y sus guardaespaldas de más alto rango. Azucé a mi caballo y lo dirigí hacia el pie de las colinas que se veían más allá, y mi hermano y mi tío me siguieron al instante. Por detrás, por la avenida, los atrebates seguían corriendo hacia nosotros con toda su alma. Algunos se detuvieron y nos arrojaron unas lanzas, en un último intento de evitar nuestra huida. Éstas sisearon por el aire. La mayoría se quedó corta y cayó al suelo con un sordo golpe, justo detrás de nosotros. Pero una acertó a un caballo en el flanco. El animal lanzó un relincho de agonía y se encabritó, y luego cayó de lado, aplastando al jinete bajo su peso. Al mirar por encima del hombro, vi que el hombre hacía esfuerzos por soltarse de debajo del peso del caballo moribundo, pero unos momentos después aparecieron a su lado dos atrebates que blandían sus hachas de combate. Los gritos lastimosos del guardia hendieron la noche.

Entretanto, el resto de nuestros perseguidores ya se subían a sus monturas para proseguir la persecución. Pronto se perdieron en la oscuridad impenetrable, y nosotros nos fuimos alejando del crómlech, pero mantuvimos bien vigilada nuestra retaguardia mientras subíamos las colinas. Dos veces aquella noche tuvimos que improvisar alguna emboscada, atentos como estábamos a los ruidos de los cascos de los caballos detrás de nosotros. En ambas ocasiones, pasamos a cuchillo al enemigo, y sólo dos de nuestros hombres sufrieron unas ligeras heridas. Justo poco después del segundo ataque conseguimos cruzar la frontera, y en ese momento los atrebates abandonaron su persecución. Más calmados al fin, azuzamos de nuevo a nuestras monturas y nos dirigimos hacia la seguridad del pueblo más cercano. Allí dejamos que los pobres animales, reventados, descansaran, y el jefe ordenó a los guerreros que custodiaran el campamento mientras los demás nos ocupábamos de los heridos.

Epático se había ido debilitando y, cuando lo ayudamos a bajar de la silla, apenas estaba consciente. Lo pusimos en una carreta, junto con los heridos más graves, y Bellocato le rasgó la túnica y se la ató alrededor de la cintura para detener la hemorragia; pero, aparte de eso, poco más podíamos hacer por él hasta que regresáramos a Camuloduno. La visión del cuerpo ensangrentado de su hermano yaciendo en la carreta enfureció por completo a mi padre, y pude ver incluso lágrimas agolpadas en sus ojos.

—¿Vivirá? —pregunté a Bellocato, mientras éste improvisaba el vendaje.

Bellocato hizo una pausa para secarse la sangre de las manos en los sucios pantalones. Parecía exhausto.

—No lo sé, señor… He visto a hombres recuperarse de heridas semejantes. Pero otros…

Su voz se extinguió, y todos comprendimos lo que quería decir. Durante un breve tiempo, nadie dijo nada. Nos quedamos allí, en la oscuridad, junto al alojamiento del jefe, escuchando los gemidos de agonía de nuestros compañeros heridos. Unos sirvientes nos trajeron agua y comida, pero, aunque estábamos muy fatigados, ninguno de nosotros tenía hambre. Miré a mi alrededor; no más de treinta de nosotros habíamos escapado a la carnicería en el crómlech, menos de un tercio de la partida que había abandonado Camuloduno. Me pregunté de nuevo qué destino habrían sufrido Bladoco y los que se habían quedado atrás. Recé en silencio a Lud para que los protegiera de nuestros enemigos.

–¿Cuáles son tus órdenes, señor? –Bellocato interrumpió mis pensamientos. Se dirigía a mi padre.

–Que los hombres estén preparados para partir con las primeras luces. Volvemos a Camuloduno. Pide al jefe que nos proporcione vituallas para treinta hombres, y también alimento para los caballos.

–Sí, señor.

–Verica lamentará todo esto –gruñó mi padre. No hablaba con nadie en particular, sino que miraba hacia la inmensa negrura que había más allá de la empalizada. Mantenía las manos apretadas en unos puños tensos a su costado–. Le arrancaré el corazón por lo que nos ha hecho esta noche –siguió, con voz temblorosa–. Los atrebates van a sufrir. Todos y cada uno de ellos. Lo juro.

CAPÍTULO VEINTIDÓS

Roma, 61 d.C.

–Nuestra partida salió del pueblo al amanecer y cabalgó de vuelta a Camuloduno lo más rápido que pudimos –concluyó Carataco–. El jefe nos dejó a algunos de sus guerreros para el camino, por si nos atacaban, pero no hallamos ningún contingente enemigo. No nos deteníamos para nada, sólo para abrevar y que los caballos descansaran, y llegamos a Camuloduno dos jornadas después, por la tarde. Poco después, Bladoco apareció en las puertas de la ciudad. Nos contó que había conseguido escapar del baño de sangre a pie junto con otros pocos hombres más. Afortunadamente, pudieron despistar a los atrebates y habían viajado de noche hasta nuestra capital. Por él supimos que los que se habían quedado atrás habían muerto. Los atrebates no tomaron prisioneros.

–¿Y tu tío? –pregunté al britano–. ¿Qué fue de él?

–Cuando llegamos a Camuloduno, Epático perdía la conciencia a cada rato, por la pérdida de sangre –explicó Carataco–. Mi padre lo puso al cuidado del sanador real. Y no era el único que estaba mal. Muchos de los heridos más graves sucumbieron por sus heridas a lo largo de los siguientes días. Éstos fueron enterrados como es costumbre en nuestro pueblo.

Yo contuve un escalofrío, porque casi se me había olvidado que los britanos, como sus hermanos de la Galia, insistían en enterrar a los muertos en el suelo, cerca de sus asentamientos, en lugar de quemarlos, como hacemos los pueblos más civilizados. Todo muy desagradable, estaréis de acuerdo, y otro motivo más por el cual nadie en Roma lloraba la muerte de los celtas y su atrasada cultura.

Carataco se sumió en uno de sus habituales silencios. Miraba a través de mí, hacia algún punto indefinido en la distancia, como si su mente se estuviese transportando de vuelta a aquella isla envuelta en niebla de su juventud. Esperé a que continuara.

—Así fue como empezó todo —dijo al fin—. Los problemas entre mi pueblo y los atrebates. Aunque estoy seguro de que representarás todos estos acontecimientos con mayor habilidad que yo. Debes perdonar mi pobre intento de describirlos —sonrió con ironía—. Me temo que carezco de tu talento para las palabras, Felícito.

—Muy al contrario. Creo que lo has narrado todo muy bien. Y tu capacidad de rememorar es extraordinaria. Nunca he conocido a nadie que pudiera recordar tan vivamente todos los detalles de una batalla en la que combatió hace media vida.

—¿Dudas acaso de la veracidad de mi relato?

—No, en absoluto. Era sólo una observación.

—Puedes confiar en mi memoria, si eso te preocupa —repuso Carataco—. Me educaron los druidas, después de todo, y es imposible medrar bajo su guía a menos que tengas una cierta habilidad para memorizar una gran cantidad de conocimientos. Además, uno tiende a recordar los momentos más decisivos de la vida con detalles vivaces. Debe ser así. ¿Cómo, si no, te explicas que tus compañeros historiadores puedan escribir los discursos pronunciados por vuestros generales antes de las batallas?

Yo me sonrojé al oír sus palaras. Era uno de los secretos peor guardados entre la clase literaria romana, que los largos discursos puestos en boca de nuestros comandantes y enemigos eran totalmente inventados. Presumí que Carataco lo sospechaba, y murmuré algo sobre las licencias artísticas y la necesidad de transmitir la verdad emocional del momento al lector, aunque las palabras en sí no fueran enteramente fidedignas.

—Espero sinceramente que no sientas la necesidad de añadir alguna ficción colorista en este proyecto –dijo.

—No, en absoluto.

—Bien –sonrió–. El caso es que sé que mi historia queda al cuidado de un escriba cumplido. Tu escrito del clan de Macrino lo demuestra.

—¿Has leído mis obras? –intenté disimular mi sorpresa. Debía haber imaginado que Carataco buscaría algunos de mis encargos anteriores, dada su pasión por la palabra escrita.

—Algunas –dijo Carataco–. Las hagiografías de los senadores más conocidos, y un par de proyectos menores.

O pude evitar hacerle la pregunta obvia:

—¿Y qué opinas?

—Tienes un tono claramente refinado, sobre todo en tus trabajos más antiguos. Sobrio y recio, sin esa prosa grandilocuente propia de las obras de peor calidad que se distribuyen en el Argileto. Confío en que mi historia esté en manos de un escriba bien cumplido.

—Gracias –repliqué torpemente. No sabía qué más decir. No estaba acostumbrado a que un bárbaro britano hiciera cumplidos sobre mi estilo de escritura.

Tuve la sensación de que Carataco estaba intentando halagarme. Hasta el momento, no había demostrado ningún interés por mis cualidades como escritor, y, sin embargo, ahora me prodigaba alabanzas. ¿Tal vez pretendía que presentase su relato a una luz determinada? Quizá deseara asegurarse de que lo pintaba de una forma heroica, para que los futuros lectores vieran al Carataco que él deseaba que vieran.

Me pregunté de nuevo por qué había decidido contarme su historia. En mi profesión, los motivos de mis clientes normalmente están bastante claros: un deseo de bruñir las credenciales familiares antes de una campaña electoral al Senado, o para impresionar a amigos poderosos con influencia en el palacio imperial. Incluso he aceptado encargos de reescribir historias supuestamente ya redactadas por los propios clientes (cosa que ocurre más a menudo de lo que uno podría pensar; nada ayuda a la propia carrera que asegurar que ha escrito una historia exhaustiva de uno de los reyes etruscos menos importantes). Tal vez, ingenuamente, había supuesto que Carataco deseaba conservar la historia de su isla. Pero ahora empezaba a sospechar que podía haber otros motivos.

Era tarde. Una multitud bulliciosa de estibadores y trabajadores había venido a la taberna, ansiosos de derrochar sus salarios tan bien ganados con jarras de vino carísimo y juegos de dados. En una esquina, dos hombres discutían por las cualidades respectivas de los Azules y los Verdes. Fuera, al débil resplandor de la luz que salía por la puerta de una taberna que había al otro lado de la calle, un par de putas, vestidas provocativamente, llamaban a los viandantes borrachos y gritaban los precios de sus dudosos servicios (y, a mi oído, anatómicamente imposibles). Roma por la noche no es del gusto de todos los que aquí vivimos, menos aún de los más adinerados, pero sí diré una cosa: es mucho menos aburrida que las cenas que se dan arriba, en el monte Celio.

–¿Y qué pasó entonces? –pregunté, nervioso por seguir con nuestra narración–. Después de que volvieseis a vuestra capital.

Carataco bebió un sorbo de cerveza.

–La guerra era inevitable. Mi padre tenía que empezar los preparativos para los meses siguientes. Había que discutir muchos planes en el consejo y reclutar hombres para las partidas de guerra.

–¿Y los ancianos?

–¿Qué pasa con ellos?

–Has dicho que algunos de ellos sentían simpatía por los romanos. O, al menos, no deseaban que se entorpeciese el comercio con el Imperio. ¿Se oponían a los planes de tu padre?

Carataco negó con la cabeza.

–La batalla del Crómlech lo cambió todo. Mi padre les hizo entender que los días en que podían mantener una relación ambigua con los romanos habían acabado, y los desafió a elegir un bando. Sabía, por supuesto, que no podían escoger a los romanos por delante de a su propio pueblo. A partir de ese momento, no tuvieron más remedio que apoyar a mi padre.

–¿Incluso aquellos que habían argumentado en contra de apoderarse de Lhandain a toda costa?

–Sí.

–Entonces un cínico diría que la batalla llegó en un momento conveniente para tu padre.

–¿A qué te refieres? –preguntó Carataco.

–Según me has contado, la corte de Camuloduno estaba terriblemente dividida antes de la reunión con los druidas, y tu padre necesitaba una forma de unir a las facciones en lucha. –Me encogí de hombros–. Los actos de Verica en el crómlech le vinieron muy bien.

–Quizá. Pero no era ésa su intención. Y la paz no duró demasiado…

Recordé algo que había leído en algunas memorias militares sobre la invasión.

–El general Plaucio prologó su *Relato de la última conquista de Britania* con una breve historia de las tribus. Aseguraba que Camuloduno era un puesto comercial muy floreciente los años antes de que las legiones llegasen por primera vez a Britania.

–¿Y qué?

–Tu tribu debió de mantener algún tipo de contacto amistoso con los comerciantes –sugerí–. Tu padre no cortaría completamente con los romanos después de la batalla.

–Claro que no –se rio él–. Nuestra tribu se hacía fuerte en parte gracias al comercio marítimo. No habría servido a nuestros propósitos expulsar a los comerciantes de Camuloduno.

–Sólo intento entender vuestra política hacia Roma. Dices que tu padre nos despreciaba, hasta el punto de que estaba dispuesto a ir a la guerra para evitar que Lhandain cayera bajo influencia romana. Y, sin embargo, continuasteis aprovechándoos del comercio. Eso parece bastante contradictorio.

Él asintió.

–Hay un dicho en nuestra tribu, Felícito: «Si deseas mantener al lobo fuera del redil, debes arrojarle algo de carne».

Me di cuenta de que había empezado a llamarme por mi *cognomen*. Una señal de su creciente confianza en mí, quizá. O, más probablemente, un sutil intento de ganarse mi amistad, para que yo en verdad escribiera el relato que él quería.

–No estoy seguro de entenderlo.

–Mi padre comprendía que siempre es mejor mantener cerca a tus enemigos. Permitió que los romanos se quedaran, en parte porque eso le permitía tenerlos controlados y captar sus intenciones. Sentía que era posible negociar con los romanos sin inducir una mayor implicación en nuestros asuntos. Al final, resultó que no tenía razón.

–¿Aprobaste la decisión de tu padre de permitir que los romanos permanecieran en Camuloduno?

–Hasta cierto punto. Acepté que era necesario no provocar a Roma innecesariamente. Pero también pensaba que la presencia de los comerciantes en nuestra tierra establecía un peligroso precedente. Eso había quedado bien claro con el intento del emperador de sobornar al Gran Consejo.

No pude evitar un gesto de sorpresa al oír aquello, y mis cejas se arquearon. Aquélla era una afirmación extraordinaria; un comentario destinado, sin duda, a atraer la atención de los parlanchines que frecuentan los salones literarios.

–¿Sospechaste de la implicación imperial?

–Los druidas recibieron su pago en monedas romanas –expuso Carataco–. Y fue un comerciante romano quien redactó los documentos que transferían las tierras a Moricano. Todo fue obra de agentes imperiales, estoy convencido de ello.

Algo me chocaba.

–¿Por qué iba a molestarse Roma en apoyar a los atrebates? No teníamos ningún tratado con Verica –le recordé, tratando de recordar las obras que había consultado–. No había motivos para que Roma respaldara esa petición.

–Creo que el emperador, o sus asociados, vieron el Gran Consejo como una oportunidad de sembrar la discordia entre las tribus.

–¿Tienes pruebas de lo que dices?

–No las necesito. ¿Por qué, si no, iban a conspirar los romanos para sobornar al Gran Consejo? Sería mucho más fácil invadir Britania si estábamos demasiado ocupados peleándonos entre nosotros y no unidos contra nuestro enemigo común.

–Pero todo esto ocurrió muchos años antes de la invasión. Quince años –repliqué–. Nuestro emperador, Tiberio, no tenía interés alguno en conquistar vuestra isla en aquella época. Ni siquiera estaba en Roma. Se había retirado a Caprae, por aquel entonces.

La sonrisa se abrió camino en los labios del britano.

–Eres historiador, Felícito. ¿No crees que todo emperador ha contemplado secretamente una invasión de nuestras tierras en un momento u otro?

Tuve que admitir que tenía razón. En el pasado, nuestros gobernantes habían barajado frecuentemente (y en público) la posibilidad de mandar una expedición militar a Britania, pues eso podía significar la oportunidad de bruñir sus reputaciones completando la invasión que el mismísimo César se había visto obligado a abortar años atrás. Sólo había faltado la voluntad política necesaria para emprender una campaña tan arriesgada (y desorbitadamente cara), pero todo había cambiado cuando la Guardia Pretoriana elevó a la púrpura a ese viejo idiota y senil de Claudio.

Decidí conducir de nuevo a Carataco al tema que teníamos entre manos.

–¿De modo que Cunobelino declaró la guerra a los atrebates? –Él asintió–. ¿No le preocupaba que Verica viniera corriendo a pedirnos ayuda?

–Mi padre no lo creía probable. El momento era oportuno. Roma estaba preocupada por un levantamiento de los frisios, y, si los atrebates eran aplastados lo bastante rápido, sería demasiado tarde para que interviniera Roma.

–Tu padre era un hombre astuto.

Hubo un súbito relámpago de ira en los ojos del britano.

–¿Eso te sorprende?

–No, en absoluto. Sólo le estaba haciendo un cumplido.

–Nuestros reyes han sido tan astutos y taimados como vuestros gobernantes –exclamó Carataco con intensidad–. No cometas el error de pensar que somos gente sin astucia simplemente porque vivimos en chozas, en lugar de palacios. ¿Tienes acaso alguna idea de lo difícil que es gobernar nuestras tribus, mantenerlas unidas, a pesar de los celos y las enemistades y de los nobles que conspiran para apuñalarte por la espalda, a la primera señal de debilidad?

–Lo siento –carraspeé–. No quería ofenderte.

–Por eso muchos detestan a Roma, Felícito. Os han dicho que pertenecéis a la civilización más grande que ha conocido jamás el mundo y dais por sentada vuestra superioridad. Vuestros generales cometieron el mismo error en Britania. Pensaron que éramos unos bárbaros ignorantes, y sus legiones lo pagaron con sangre.

Yo no tenía deseo alguno de verme arrastrado a un fatigoso debate sobre los méritos de la invasión de Britania, así que decidí esperar a que su irritación cediera.

–¿Qué ocurrió a continuación? –le pregunté, tras una larga pausa–. Después de que tu padre decidiera ir a la guerra...

–Al principio, no mucho. Por aquel entonces estábamos al principio del otoño. No se podía luchar hasta la primavera siguiente, porque debíamos dedicarnos a recoger la cosecha. Pero eso me dio una idea. Vi una oportunidad, ¿sabes?, para reducir las fuerzas enemigas.

Esperé a que continuase. En la taberna resonaban los gritos porque dos seguidores de las carreras de carros, borrachos, habían empezado a insultarse y ya amenazaban con llegar a las manos. Carataco se puso en pie, señalando con ello el final de la entrevista.

–Quizá podamos continuar la discusión en otra parte... –le pregunté esperanzado, ansioso por conocer más detalles–. Conozco otra taberna a pocas calles de aquí. Es un poco menos... ruidosa. ¿Podemos hablar allí?

–No esta noche –respondió Carataco–. Estoy cansado. Quiero ir a casa.

Hice un intento heroico de enmascarar mi decepción.

–¿Cuándo podemos volver a vernos?

–Pronto. Dentro de unos días. Tengo unos asuntos que resolver. Ya mandaré a algún esclavo a tu casa con un mensaje cuando pueda seguir hablando.

Le di mi dirección. Entonces, él puso unas monedas en la mesa e insistió en pagar la cuenta de las bebidas de ambos. Se podrá decir lo que sea de los britanos, y los dioses saben que tienen sus defectos, pero Carataco me demostró una notable generosidad durante todo el tiempo que pasamos juntos.

Mucho más que la mayoría de los habitantes más adinerados de nuestra ciudad, añadiría.

Carataco me lanzó una mirada penetrante.

–Cuando volvamos a vernos, te contaré la despiadada guerra que se entabló entre mi gente y los atrebates. Sabíamos que el futuro de todo lo que más queríamos estaba en juego… Una gran potencia contemplaba nuestras luchas con creciente apetito, preparada para cruzar el mar, hacer pedazos a las tribus de Britania y devorar nuestras tierras. No lo entendimos plenamente por aquel entonces, pero la guerra era un anticipo de los horrores que se avecinaban.

CUARTA PARTE

HERMANOS DE LA ESPADA

CAPÍTULO VEINTITRÉS

Roma, 61 d. C.

Los días anteriores a mi siguiente encuentro con Carataco, en todas las posadas y las casas de baños de Roma corrían febriles cotilleos sobre el asesinato del prefecto de la ciudad, Lucio Pedanio Secundo, por parte de uno de sus esclavos. El Senado, en su infinita sabiduría, había dictaminado como castigo que se matara de inmediato a los cuatrocientos esclavos de Secundo. Cuando Nerón decidió levantar la sentencia de muerte, la multitud respondió con una furia predecible. Hubo muchos tumultos y se saquearon tiendas y hogares, hasta que el emperador ordenó que los soldados salieran a las calles a restaurar el orden.

Era típico del gobierno de Nerón que el emperador se tambaleara de una crisis a otra, comprando tiempo constantemente mediante promesas imprudentes de pan gratis y más juegos para mantener distraída a la gente, mientras los senadores más valiosos eran demasiado cobardes como para enfrentarse a él. Ya había sucedido algo similar antes, y no me sentí alterado por todo aquello.

Excepto, claro está, por dos acontecimientos bastante curiosos.

El primero ocurrió en una lujosa cena que nos ofreció un amigo en el Quirinal. Nuestro anfitrión era un joven senador con gran empuje que me había pagado recientemente por la publicación de sus ilustres antepasados. Uno de mis mejores proyectos, aunque esté mal que yo lo diga. Pero es que yo había ido trazando muy hábilmente la historia de la familia de Apio Ovidio Calvo, retrocediendo hasta los días de los últimos reyes etruscos y omitiendo convenientemente cualquier atisbo de sangre plebeya en su linaje. En un brote de inspiración creativa, había colocado incluso a uno de sus parientes distantes junto al general Dentato durante su famosa victoria sobre Pirro en la batalla de Benevento, un detalle con el que casi con toda seguridad contribuí a su elección como uno de los dos censores del año. (Un consejo a cualquier joven hagiógrafo en ciernes: inserta siempre a tus clientes en batallas que tuvieron lugar al menos setenta años antes, pues así no quedará ningún superviviente que discuta tu versión de los hechos).

Aelia y yo, desde entonces, nos habíamos convertido en asistentes habituales a las reuniones sociales del senador, y, aunque a menudo eran muy tediosas, llenas de políticos engreídos de la peor especie y aristócratas ociosos, resultaban también una oportunidad útil de conseguir posibles encargos. También eran una fuente lucrativa de cotilleos de palacio, ya que Calvo estaba en buenos términos con varios de los amigos de Nerón. Hay un mercado presto para la información, como ocurre con cualquier otra mercancía, y de vez en cuando yo suplementaba mis modestos ingresos revelando los chismes de algún senador corrupto. Por el bien del interés público, como se comprenderá. Nunca se me podrá acusar de carecer de moral, querido lector.

Yo había pasado los primeros platos (alondras rellenas, ostras de Baiae y caracoles asados empapados en espesa salsa de *garum*), haciendo preguntas sobre el oficio a uno de los comensales, un abogado enormemente aburrido con una barriga enorme cuyo nombre afortunadamente se me ha olvidado.

El hombre me explicó que había estado pensando en cambiar de carrera; se había convencido a sí mismo de que ganarse la vida como escritor sería mucho más fácil. Es una afirmación que he escuchado algunas veces, y siempre dicha por aquellos que no tienen ni idea de las largas horas que uno debe pasar escribiendo de madrugada a la débil luz de una lámpara de aceite, o bien tratando con lacayos imperiales de buena cuna que aspiran a ser el siguiente Virgilio. En cuanto al abogado, creo que se sintió complacido cuando le señalé que estaba a mitad de camino de su objetivo gracias a la considerable práctica que había adquirido creando ficciones en la corte.

Después de que se llevaran los platos principales, los esclavos trajeron unas bandejas de plata de dátiles con miel, queso y nueces. Mientras los músicos (unos hispanos contratados a un precio exorbitante, según había observado discretamente Aelia) interpretaban uno de sus lamentos interminables, varios de los huéspedes se retiraron a un rincón de la sala a beber. Para mi inmenso alivio, el robusto futuro escritor se excusó de nuestra conversación y se fue en busca de Calvo, pues requería de él un asunto privado. Y en ese momento mi atención se centró en tres hombres que se encontraban al otro lado de la sala, vestidos con túnicas caras. Eran de hombros anchos, con los rizos muy bien aceitados, y su familiaridad sugería que eran viejos amigos. No los había visto nunca antes en las fiestas de Calvo, y no sé por qué motivo ese pequeño grupo despertó mi natural curiosidad. Por la forma de comportarse y los fragmentos de conversación que pude captar, supuse que eran militares. Cuando comenté esto en confianza al comensal que tenía al lado, éste me respondió con un breve asentimiento de cabeza.

–Son oficiales retirados –me explicó–. De la Vigésima. La valiente y victoriosa.

Me pareció que había un deje de amargura en su voz. Despaché con un gesto al sirviente que me ofrecía en ese momento rellenarme la copa y le dediqué toda mi atención. Parecía algo poco mayor que aquellos tres oficiales; tenía el rostro desfigurado por una llamativa cicatriz en la mejilla izquierda, los ojos inyectados en sangre y una barba bien recortada veteada de canas.

–¿Los conoces? –le pregunté.

–Sí, se podría decir que sí –respondió. Dio otro sorbo al mulsum y se llevó la mano a la boca para reprimir un bostezo–. Éramos compañeros. Antes, hace toda una vida.

Un recuerdo se removió en mí.

–¿La Vigésima Legión, dices? ¿No formó parte de la invasión de Britania?

–Sí, así es. Servimos bajo el legado Aculeo, los cuatro. Éramos centuriones de alto rango cuando cruzamos el mar.

–Debes de haber vivido mucha acción –le dije.

–Sí.

Esperé unos momentos a que aquel hombre me diera más explicaciones, pero, por el contrario, se limitó a mirar por encima de mi hombro. En el otro extremo de la sala, los tres oficiales se reían de algo. Luego, medio borrachos, empezaron a recitar los versos de una conocida canción de marcha, y sus recias voces ahogaron el gorjeo de los músicos que tocaban la lira. No sabía cuál de los dos sonidos era peor.

–Tus amigos están de buen humor, eso está claro –comenté para llenar el silencio.

–¿Por qué no iban a estarlo? –gruñó el hombre–. Están de celebración.

–¿Y cuál es la ocasión?

–La batalla de Durocornovio –respondió–. Hoy es el aniversario.

Yo asentí. Durocornovio había sido el lugar donde se diera un famoso enfrentamiento entre varias cohortes de la Vigésima Legión y Carataco y sus guerreros. Durante años después de la invasión, los astutos britanos y sus seguidores habían acosado a las fuerzas romanas por todo el sur de Britania, atacando las líneas de suministros y los puestos militares y entorpeciendo su ritmo del avance. El exorbitante coste de mantener las legiones en aquella lejana isla había causado malestar en el palacio imperial, e incluso se había llegado a comentar que Claudio podía verse obligado a ordenar una retirada táctica, muy similar a la que había llevado a cabo César una generación antes.

Pero entonces llegaron noticias de la asombrosa victoria sobre los britanos en una colina junto a un lugar llamado Durocornovio. Los hombres de Aculeo habían derrotado al ejército de Carataco en una batalla muy dura; las bajas del enemigo habían sido altísimas, y los pocos supervivientes se habían visto obligados a huir hacia el oeste, hacia las tribus montañosas de los siluros y los ordovicos. Como recompensa por sus esfuerzos, el legado Aculeo había sido nombrado más tarde gobernador de una de las provincias del este. Varios oficiales veteranos más también recibieron condecoraciones. La victoria había sido generosa, realmente.

Y aquello planteaba una cuestión obvia:

—Si esos caballeros son amigos tuyos, ¿por qué no estás bebiendo con ellos? Deberías estar celebrando un triunfo tan espléndido, ¿no?

De hecho, me di cuenta de que aquel hombre no se había dirigido a sus compañeros en toda la noche, pero me pareció que era imprudente señalárselo.

Él se encogió de hombros.

—Que seamos camaradas no significa que siempre estemos de acuerdo en determinados asuntos.

—¿Qué quieres decir con eso? —lo presioné.

Él me miró entrecerrando los ojos. Con la frente arrugada y los labios fruncidos, parecía un hombre que acabase de pisar una mierda de perro.

—Tú eres el historiador ése, ¿verdad?

–Cayo Placonio Felícito, a tu servicio.

Él asintió, como si esa noticia lo decepcionara.

–Haces demasiadas preguntas, Felícito.

Estoy acostumbrado a reacciones así de los aristócratas romanos. Después de todo, vivimos en una sociedad en la que una lengua un poco suelta o un pensamiento expresado descuidadamente pueden significar que algunos soldados de palacio te saquen de la cama en plena noche. Pero a mí no se me disuade tan fácilmente.

–Me temo que no me has dicho cómo te llamas, amigo.

–Vulcatio Arárico.

Aquel nombre no me decía nada. Todo aquello sucedió años antes de la conspiración que aseguró que fuera recordado para la posteridad. Por aquel entonces, Arárico tenía un papel muy pequeño en la administración imperial.

–¿Hace mucho que has vuelto a nuestra bonita ciudad?

–Dos años –respondió Arárico–. Pedí el traslado a Roma y serví con la Guardia Pretoriana. Luego me licencié.

–¿Y dejaste la Vigésima por algún motivo en particular? ¿Te cansaste de Britania?

Arárico se echó a reír. Cuando le pregunté qué le parecía tan divertido, me dirigió una mirada larga y dura.

–No has visitado la provincia, ¿verdad?

–No –respondí–. Me temo que no.

–Entonces considérate afortunado.

Normalmente, a la gente le gusta hablar conmigo. He averiguado que, si uno finge un interés genuino por la otra persona, a menudo ésta se suelta a hablar. Sobre todo, si ha tomado unas cuantas copas. Y eso ocurría con Arárico.

–Ese sitio es un agujero apestoso –continuó–. El tiempo en Britania en general es desagradable; la comida, apenas comestible, y la tierra está llena de pantanos, montañas y bosques. En cuanto a los bárbaros, cuanto menos se diga de ellos, mejor. Si me preguntas, deberíamos habernos ido de esa isla hace años y dejar que se pelearan entre ellos. Nos tendríamos que haber ahorrado las molestias.

La franqueza de aquel hombre me sorprendió. Uno raramente oye críticas de nuestra estrategia en Britania, y mucho menos por parte de una figura militar. La mayoría de los oficiales que han servido allí insisten una y otra vez en que la última adición al Imperio se estaba civilizando rápidamente y que pronto empezaría a compensar los agobiantes costes de su administración. E insisten en ello a pesar de que esa idea se había visto gravemente puesta a prueba por la reciente rebelión. Hice algún comentario intrascendente sobre las descripciones de Britania en las memorias militares que había leído, que sugerían un paisaje bucólico con abundantes granjas, mujeres con el pelo de un exótico color rojo fuego y guerreros nativos nobles, aunque un poco obtusos, que habían aceptado de mala gana el hipocausto, los impuestos y los muchos beneficios de la civilización romana.

—No deberías creer todo lo que lees —refunfuñó Arárico—. Precisamente tú deberías saberlo, escriba.

—Pero no puede ser todo tan malo, ¿no?

—Es un agujero que supone una sangría de dinero. No hay otra forma de decirlo. Años de lucha contra un enemigo que se nos ha resistido ferozmente en cada paso del camino. Ésa es mi experiencia de Britania.

—Aun así, no puede haber hecho tanto daño a tu carrera. Todo el mundo en la ciudad ha oído hablar de la batalla de Durocornovio. Es una de nuestras más grandes victorias.

—Si tú lo dices… —Arárico esbozó una sonrisa compungida—. Personalmente, yo no estoy tan seguro.

—Creo que no te entiendo.

El antiguo centurión miró otra vez a sus antiguos colegas. O quizá simplemente miraba hacia la oscuridad del jardín. Desde mi posición, era imposible saberlo.

–Las cosas no siempre son como parecen... Yo pensaba que las cosas estaban mal en las legiones, pero aquí...

Un relámpago momentáneo de sobriedad se impuso en Arárico, que se calló de repente.

–¿Sí? –pregunté, intrigado.

–Olvídalo. –Dejó su copa de vino y se levantó, y al momento pidió su litera.

–Tengo que irme.

–¿Tan pronto?

–Tengo deberes que cumplir al amanecer. Ha sido un placer conocerte.

–Quizá podamos hablar en alguna otra ocasión..., sobre tus experiencias en Britania. Estoy deseando saber más de la invasión.

Y era cierto. Pero, egoístamente, también me daba cuenta de que un punto de vista romano crítico contra la narrativa habitual podía resultarme útil. Arárico parecía tener una visión refrescantemente honrada de la provincia. Aunque sólo me sirviera para rellenar algún hueco en la memoria de Carataco.

–No tengo deseo alguno de publicar mis memorias, si es eso lo que quieres decir. Puede que tengas más suerte con mis amigos. –Arárico señaló hacia los tres oficiales–. Parece que tienen mucho talento para promocionarse.

Se despidió con un gesto al ver que un esclavo le indicaba que su litera estaba ya dispuesta. Me quedé mirándolo, preguntándome qué había detrás de su actitud desdeñosa hacia sus antiguos camaradas.

* * *

El segundo incidente ocurrió cuatro días después, en una lectura en una librería del Argileto. El autor, Marco Cominio Largo, era un antiguo amigo, escritor de talento modesto, que había probado a escribir teatro y luego se había decantado hacia las historias populares de la peor clase. Ya sabéis a qué me refiero: relatos patrióticos sobre heroicos oficiales romanos que aguantan firmes contra las hordas bárbaras en alguna sombría frontera del Imperio. Hasta el momento, su trabajo había sido tremendamente bien recibido, como bien cabe imaginar, y los numerosos encargos le habían permitido alquilar una gran casa en las colinas más elevadas del Celio. No me avergüenza reconocer que yo sentía cierta envidia ante su éxito, como cualquier escritor cuando a un colega le va demasiado bien.

Por la mañana, uno de los esclavos de Carataco se había presentado en mi casa para avisarme de que el britano estaba dispuesto a recibirme a mediodía. Como faltaban unas horas antes de nuestra cita, había decidido asistir a la lectura de Largo, más por puro aburrimiento que por entusiasmo por su obra. Me quedé de pie entre una pequeña multitud en los polvorientos confines de la librería mientras Largo leía un fragmento de su pomposa y nueva historia de las guerras samnitas. La obra tenía su nivel habitual, y eso significa que tenía todo el mérito literario de los dibujos que ocasionalmente vemos garabateados en las paredes de una letrina de la Subura (si creéis que estoy siendo injusto, es que no habéis leído nada de él). Cuando al fin terminó, yo ya prefería perecer en la batalla de Lautule antes que escuchar una sola palabra más de su prosa florida. Decidí marcharme aprovechando que la gente se mezclaba para charlar, pues así tendría tiempo de sobra para acudir a mi reunión con Carataco. Antes de que pudiera escabullirme, sin embargo, Largo cruzó rápidamente la sala para interceptarme.

–¡Felícito! ¡Estás aquí! –gritó, animadamente, agarrándome del antebrazo–. Me alegro mucho de que hayas podido venir.

–Por supuesto. Cualquier cosa para un hermano escriba.

–Dime, ¿qué opinas? –Señaló con el pulgar la pila de pergaminos que estaban situados en una mesa tras él–. Tienes que ser honrado. La verdad no podrá herirme.

–Una obra de primera categoría –respondí, poniendo una cara de seriedad admirable–. Casi me ha parecido que estaba haciendo campaña junto al general Rulliano en persona.

–Eso significa mucho para mí –dijo Largo–. De verdad.

–En absoluto, querido amigo. Y ahora, aunque me gustaría mucho quedarme a charlar contigo, tengo que irme, de verdad...

Empecé a dar excusas, pero Largo me interrumpió.

–En realidad, necesito hablar un momento contigo.

–Está bien, pero tiene que ser rápido.

–Tienes prisa, ¿eh?

–Pues sí, más o menos.

Aún asiéndome del brazo, Largo me llevó a un rincón tranquilo, lejos de los asistentes que devoraban dulces y vino barato. Por un espantoso momento temí que me fuera a pedir el respaldo de alguno de mis clientes ricos, y ya estaba inventándome una forma de librarme cuando me dijo:

–Escucha, Felícito, no sé cómo decirte esto de otro modo..., pero alguien ha estado preguntando por ti, y no de buena forma –añadió con énfasis.

En la Roma de Nerón, hay algo mucho peor a que no hablen de ti, y es que sí hablen de ti.

Su advertencia me conmocionó, y me costó un momento recobrar el habla.

–¿Quién?

–Uno de la camarilla del emperador –me dijo Largo–. No me dio el nombre, y no me atreví a preguntarle. Pero lo he visto en palacio alguna vez.

Una sensación de angustia se extendió por mi pecho.

–¿Y qué quería ese hombre, exactamente?

–Información. Dijo que sabía que estabas trabajando en un nuevo proyecto, algo que tenía que ver con la campaña de

Britania, y, como somos buenos amigos, se preguntaba si yo sabía algo. Toda la conversación fue un poco rara.

—¿Y tú qué le dijiste? —pregunté.

—La verdad. ¿Qué iba a decirle, si no? Que no nos habíamos visto desde hacía semanas, y que sé que no te gusta hablar de tus encargos hasta que has terminado de escribirlos. —Largo me miró con suspicacia—. ¿Qué estás tramando ahora, viejo amigo?

Ignoré la pregunta.

—¿Te dijo algo más?

Largo se encogió de hombros.

—Simplemente, me dijo que, si me enteraba de algo, se lo hiciese saber. Sugirió que podría conseguir una recompensa, incluso, si cooperaba. No le contaré los detalles de esta conversación, claro.

—Gracias, Largo.

Él sonrió y me pasó el brazo por encima de los hombros.

—Cualquier cosa por un hermano escriba. Y ahora, cuando acabe esto, ¿por qué no me pagas una jarra de vino y me cuentas qué está pasando realmente, eh?

Negué con la cabeza.

—No puedo. He quedado con alguien en la otra punta de la ciudad.

—¿Un amigo?

—Más bien un conocido.

—¿Alguien que yo conozca?

—Me temo que no.

—Ya veo. Pues en otra ocasión, entonces. —Yo asentí y me volví para irme—. Y… ¿Felícito?

Me detuve y me volví para volver a mirarlo.

—¿Sí?

—No me gustó nada el tono de ese tipo. Sea lo que sea lo que quiere saber acerca de ti, no pinta bien. Ten mucho cuidado.

–Gracias –respondí–. Eso haré.

Esta inquietante conversación me tuvo amargado mientras salía del Argileto y recorría las calles del distrito de Suburra, si bien tuve cuidado de no pisar los sucios charcos marrones, los montones de restos de verduras y cadáveres en descomposición de perros callejeros que inundaban las calles de ese fétido suburbio.

Me abrí camino por el Foro, abarrotado de vendedores ambulantes y de perfumes baratos, veteranos lisiados del ejército que mendigaban unas monedas y magos callejeros fenicios que intentaban desplumar a los turistas incautos, sin dejar de mirar de vez en cuando por encima de mi hombro para ver si me seguían. Era irracional, quizá, y totalmente inútil: si los espías imperiales me vigilaban de verdad, yo no iba a detectarlos entre tamaña multitud.

Al pasar por el Circo Máximo en mi camino hacia el Aventino, mis pensamientos seguían fijos en la conversación con Largo. Me preguntaba cómo habría llegado a palacio la noticia de mi proyecto con Carataco. Mi primera idea fue que Aelia lo podía haber nombrado en un descuido a alguna de sus amigas, pero rápidamente la deseché. La había obligado a jurar que guardaría silencio. Incluso mi querida esposa, con su sed insaciable de cotilleos, era capaz de comprender que no debía hablar de eso con nadie.

«Quizá Largo está exagerando», me dije. Siempre era posible que existiera una explicación inocente para que uno de los hombres de Nerón preguntase por mi trabajo. Pero en realidad sabía que era improbable, y, a medida que llegaba a la parte más alta del Aventino, la preocupación ya cargaba completamente mis hombros. Ya en casa de Carataco, seguí al portero y encontré al britano de pelo canoso sentado frente a sus estantes, examinando el texto de un pergamino. Levantó la vista y me hizo señas de que me sentara en el taburete que había frente a su escritorio.

–Siéntate –dijo–. Estaba releyendo algunos de los poemas tempranos de Virgilio.

La cara que puse debió de traicionarme, porque su expresión cambió.

–¿Te sorprendes? Siempre hay que intentar aprender de otros. De nuestros enemigos, sobre todo. Tienes que entender cómo piensan. Si no, no puedes esperar derrotarlos.

–Sabias palabras.

–Eso creo. Las pronunció mi padre hace muchos años.

Carataco guardó de nuevo el pergamino y ordenó a uno de los esclavos de la cocina que trajese una jarra de cerveza y unos vasos, y luego se arrellanó en la silla, detrás de su imponente escritorio.

–Antes de que empecemos –dije yo, con mucho cuidado–, creo que sería prudente que nos viéramos en algún otro lugar en el futuro. En un sitio un poco más discreto.

El britano arrugó sus gastados rasgos al fruncir el ceño.

–¿Por qué? ¿Ha pasado algo?

–No, no es nada –mentí–. Pero vives en una calle muy ajetreada...

–Tus poderes de observación son notables, Felícito.

Yo me incliné hacia delante.

–¿Y si tus vecinos sienten curiosidad por tu nuevo visitante? Eso podría producir algunas preguntas molestas, ¿no te parece? Sobre todo, si tenemos que mantener en secreto este proyecto en un futuro previsible.

–Mi portero, Davos, es perfectamente capaz de ocuparse de cualquier forastero inquisitivo.

–Eso no lo dudo. Pero, aun así, ¿no sería mejor extremar las precauciones?

Ya había decidido que no saldría nada bueno de confesarle la conversación que había tenido con Largo. Me había costado todo mi encanto natural persuadir a Carataco de que compartiese su historia, ya de entrada, y temía que cualquier mención al interés imperial podía hacer que él se cerrase en banda.

—Lugno puede ayudarnos con eso –dijo–. Mi amigo. El que conociste el otro día.

—¿El galo? ¿El dueño de El Jabalí Borracho, al pie de la colina?

Carataco asintió.

—Tiene algunas habitaciones en el piso superior de la taberna. Tendría que ponerme de acuerdo con él primero, pero podríamos reunirnos allí, en lugar de aquí.

—Creo que sería lo mejor –dije.

—¿Estás seguro de que no hay nada que te preocupe? ¿Nada en absoluto?

Yo negué con la cabeza.

—Simplemente, me parece que es mejor ir con cuidado. En esta ciudad, uno nunca sabe quién podría estar observándote.

Él soltó una sonora carcajada.

—Entonces, al menos en un aspecto, Roma no es tan diferente de la corte real de Camuloduno.

El esclavo volvió de las cocinas con una bandeja de plata en la que llevaba una jarra y un par de vasos. Carataco realizó el ritual familiar de servir las bebidas, y yo me dispuse a tomar notas.

—La última vez que hablamos, tu padre había declarado la guerra a los atrebates –comencé.

—Sí. –Carataco bebió un poco de cerveza. Diminutas burbujas de espuma quedaron prendidas en su frondoso bigote–. Eso ocurrió un poco después de la batalla del Crómlech. Fueron días negros para mi gente. Muchos nobles murieron en el combate, y los que sobrevivieron se sentían rabiosamente humillados. Sabíamos que a partir de ese momento se iniciaría una dura lucha contra los atrebates. Y muchos estaban ansiosos por empezarla.

»Nuestro reino no había sufrido ninguna amenaza desde hacía muchos años, desde el reinado de mi abuelo. Pero ahora nos enfrentábamos a una batalla a vida o muerte contra un enemigo muy poderoso, con una fuerza mucho más potente que la nuestra. La victoria no era segura, en absoluto. Eran muchos en la corte los que se temían que pudiéramos perder ante Verica y sus aliados.

–¿Y tú compartías esos miedos?

Carataco apoyó la barbilla en su puño cerrado.

–Tenía la sensación de que, si queríamos ganar, debíamos adaptar nuestra forma de ir a la guerra. Pero no deseaba un enfrentamiento sangriento entre las tribus.

–Es curioso que digas eso, dado que has pasado la mayor parte de tu vida luchando contra algún enemigo.

–Un hombre no tiene que disfrutar de la guerra para que se le dé bien, romano. Nunca me he sentido satisfecho por levantar mi espada en la batalla, y, en caso de ser posible, he intentado encontrar una forma de evitar el conflicto.

–Pero la guerra te ha convertido en lo que eres hoy… –señalé yo–. Sin ella, pocos en Roma habrían oído hablar de ti, y ahora, en cambio, eres el britano más famoso del Imperio.

–Creo que algunos no dirían eso, y menos dado el reciente levantamiento… Me atrevo a decir que el nombre de la reina Boudica pervivirá mucho más tiempo que el de Carataco, en los años venideros.

Sinceramente, yo dudaba de que la estrella de Boudica brillase más que la de Carataco, sobre todo en cuanto mi historia llenase los estantes de las librerías de Roma.

–¿La conocías?

–De pasada. A su marido, el rey Prasutago, sí lo conocí bien. Un hombre irritante en algunos aspectos; obstinado y orgulloso hasta la saciedad, como buen iceno. Tendría que habérselo pensado mejor antes de confiar en los romanos. Pero, aparte de eso, era un guerrero excelente.

Me di cuenta de que Carataco corría el peligro de deslizarse en una de sus ensoñaciones y podía comenzar a divagar sobre los aspectos menos importantes para mí sobre su anterior vida en Britania, de modo que decidí guiarlo de vuelta, aunque con amabilidad, hacia nuestra narración.

–Has dicho que había que adaptar vuestras formas de luchar... ¿Qué querías decir con ello?

–Yo sabía que no podíamos derrotar a Verica en el campo de batalla. No venceríamos contra una fuerza de semejante tamaño. La victoria sólo se podía conseguir si abrazábamos unos métodos de combate mucho menos tradicionales.

–Imagino que la gente de tu tribu no lo aceptaría bien, dado lo mucho que se enorgullecen de sus tradiciones.

Él esbozó una débil sonrisa.

–Pues no, efectivamente. Y Adminio el que menos. Él y muchos de sus amigos se opusieron a mis ideas. Pero nunca me ha parecido conveniente decir a la gente lo que quiere oír.

–¿Ah, sí?

–Sí. Lo único que me importa es la verdad, por dolorosa que sea. No estaría aquí sentado contigo si fuera de otro modo.

No había motivo alguno para no creerlo, pero yo noté de nuevo la inquietante sensación de que el viejo y astuto rey trataba de manipularme una vez más.

–Hablemos de la guerra con Verica –dije yo–. ¿Cuándo empezó?

–Cuando cumplí los diecinueve años. –Carataco se arrellanó en la silla, relajado–. Fue la última vez que tuvimos paz en muchos años. Ninguno de nosotros sabía por aquel entonces que la campaña contra los atrebates sería tan agotadora y duraría tanto.

CAPÍTULO VEINTICUATRO

Camuloduno, 26 d. C.

La batalla del Crómlech fue un desastre para mi tribu. Docenas de nuestros mejores guerreros y nobles fueron asesinados, y nos vimos sumergidos en una guerra feroz que tendría consecuen-cias catastróficas en gran parte de lo que vosotros, romanos, lla-máis Britania. Pero también me enseñó una lección importante: por primera vez me di cuenta de que Roma había conseguido un imperio gracias al sigilo y la astucia tanto como al valor y la fortaleza en el campo de batalla. Las legiones no son más que un arma entre las muchas que se despliegan en la persecución del poder. Y había algunos entre nosotros dispuestos a vender su alma a cambio de unas pocas monedas de plata y promesas de amistad. La conspiración para derribar al Gran Consejo de druidas fue el primer atisbo de lo que estaba por venir.

Pero, por aquel entonces, pocos lo comprendimos. La mayoría de mi tribu no consiguió ver que la sombra de Roma planeaba por encima de nuestra isla. No le preocupaban ni las conspiraciones extranjeras ni el lento incremento de la in-fluencia romana. Estaban demasiado ocupados preparándose para luchar contra los atrebates.

Después de aquella batalla, pasamos unos cuantos días llorando a los amigos perdidos y enterrando a los muertos. Conforme a las instrucciones de mi padre, a Epático y los demás heridos se les asignó un espacio en los alojamientos de invitados dentro del complejo real. Nuestras mujeres los atendieron lo mejor que supieron; los acomodaron, cuidaron y les cambiaron los vendajes. Pero muchos no sobrevivieron, y cada día una lúgubre procesión de dolientes pasaba por la puerta para entregar a sus seres queridos a la tierra consagrada más allá de la capital. Los guerreros bebían y juraban tomar venganza contra nuestros odiados enemigos; las mujeres lloraban su dolor, inconsolables, y los bardos cantaban sus canciones; y, entretanto, los druidas llevaban a cabo los ritos funerarios pertinentes. Cierto es que nuestra fe en los druidas había quedado afectada. Ellos, que según creíamos habían servido al culto con integridad, habían resultado al final ser más venales que un ladrón cualquiera. Y, sin embargo, a pesar de las pruebas de su corrupción, muchos se negaban a abandonar el respeto debido a los druidas.

Durante un tiempo, temí que Epático pudiera unirse a los muertos.

El sanador personal de mi padre se hizo cargo de su recuperación. Era un hombre escuálido que había llegado de una tribu belga y que, una vez entre nosotros, se había casado con la hija de un noble local y vivía en Camuloduno desde hacía algunos años. Tenía algunos conocimientos médicos rudimentarios, aprendidos en el tiempo que había pasado como ayudante de un médico griego en Lugduno. Tras un detallado estudio de la herida que había recibido Epático en el costado, el sanador la limpió con una mezcla de miel y vinagre para drenarla el pus. Luego la cerró con una sutura hecha con un hilo muy fino, y acabó aplicando una cataplasma fresca para ayudar a la curación.

—¿Qué posibilidades tiene? —le pregunté al ver que se limpiaba las manos en un trapo.

—Tendría que sobrevivir, señor —replicó el sanador, cautelosamente—. Tu tío ha perdido una cantidad importante de sangre, pero el borde de la espada lo ha herido por debajo de las costillas, de modo que el hueso no está fragmentado. Afortunadamente, no penetró más que unos centímetros. Debéis dar gracias a que la forma de ataque favorita en estas tierras sean los tajos.

–¿Por qué es eso importante?

–En la Galia, los gladiadores prefieren los pinchazos, pues eso les permite perforar a varios centímetros de profundidad. Si hubiesen apuñalado a tu tío, en lugar de darle una cuchillada de lado, le habrían perforado algún órgano, y ahora mismo estaría muerto. Pero, como no ha sido así, espero que se llegue a recuperar totalmente. Suponiendo que no se manifieste ningún envenenamiento de la sangre...

–¿Y si pasa eso?

–Lo sabremos enseguida, si la herida desprende mal olor. –El sanador se encogió de hombros–. Entonces su destino quedaría en manos de los dioses. La cura para tales situaciones está más allá de las habilidades de los simples mortales, señor.

Yo le dirigí una mirada glacial.

–Pues será mejor que te asegures de que no llega a ese estado.

Durante dos días, Epático estuvo inconsciente, y no se podía hacer nada más por él que llevar a cabo los sacrificios pertinentes a nuestros dioses. Pero al tercer día se despertó, y a partir de ahí fue mejorando, lentamente. El sanador se mostró optimista y aseveró que sobreviviría a sus heridas, aunque sí nos advirtió que quizá no pudiera volver al combate hasta al cabo de algunos meses.

Aquella misma tarde, mi padre llamó a sus nobles y los mejores guerreros al salón real. A medida que la oscuridad del ocaso iba aumentando, yo me dirigí hacia el terreno abierto que había junto al porche cubierto que conducía a la gran sede del poder de nuestra tribu. Bladoco caminaba a mi lado, porque el rey lo había convocado también a la reunión. Por delante de nosotros, unos cuantos ancianos iban convergiendo en la entrada.

—¿Para qué es este consejo de sabios, maestro? —pregunté—. No tendrá sentido pedir su consejo ahora, ¿no?

—Tu padre debe obtener el consentimiento del consejo antes de declarar la guerra —explicó Bladoco—. Es un movimiento sabio, si tiene que llevarse a su gente con él en la guerra que se avecina.

—No se lo pueden negar, ¿no? —Lo miré—. No después de las cobardes acciones de Verica en el bosquecillo…

—Ése —dijo Bladoco, en tono bajo— es el menor de los problemas de tu padre, me temo.

—¿Por qué dices eso, maestro?

El druida hizo un gesto señalando al grupo de figuras que entraban en el salón.

—Los miembros del consejo son muy volubles.

—¿Qué estás sugiriendo?

—Muchos de ellos estuvieron gobernados en tiempos por los grandes reyes trinovantes, hasta que las fuerzas de tu padre arrasaron sus tierras e hicieron huir al rey y su familia. Por un tiempo, los trinovantes gobernaron un reino poderoso. Y algunos quizás esperen volver a aquellos días, si vuestra tribu es humillada.

—¿Crees que nuestro reino se va a hundir? —Ya al decir aquellas palabras la idea me pareció increíble, porque nuestra tribu estaba entre las más poderosas de Britania por aquel entonces.

—Todos los reinos perecen más pronto o más temprano. Una dinastía no es más inmortal que el árbol más viejo del bosque. Sólo un idiota pensaría lo contrario. Un idiota o un romano. —Me dirigió una mirada seria—. ¿Ya has olvidado nuestras lecciones en el santuario?

—Aunque eso sea verdad, mi padre no se dejará derrotar tan fácilmente. Ya ha vencido a sus enemigos en el pasado —le recordé.

–Pero no esta vez. –Hizo una pausa, y luego añadió–: Verica ha tomado la medida a tu padre, según parece. Al menos, hasta ahora.

Noté un cosquilleo en el estómago.

–¿Realmente crees que tiene problemas, maestro?

–Un rey no puede soportar muchas derrotas. Ni siquiera uno tan poderoso como tu padre. Temo que sus enemigos, en el consejo de sabios y en la corte, no toleren otra humillación de manos de los atrebates. Si eso ocurriera, tal vez empiecen a buscar otro gobernante.

Yo tragué saliva y aparté la mirada. A veces odiaba al druida por decir la verdad.

–Deberían tener cuidado con lo que piden. Mi padre ha conquistado muchas tierras y conseguido grandes botines.

–Eso no importa ahora. Ningún rey sobrevive largo tiempo a sus glorias pasadas. La lealtad hay que ganársela continuamente, bien con hazañas heroicas, bien con monedas.

La atmósfera era tensa aquel día en el salón. Los sirvientes habían sacado fuera las mesas de caballetes, y una pequeña multitud de nobles de cara pétrea se habían reunido frente al estrado, al otro extremo del salón. Bladoco se unió a los demás druidas, y yo ocupé mi lugar junto a Togodumno, Adminio y los demás miembros de nuestra aristocracia.

Hubo un silencio respetuoso cuando mi padre, envuelto en un manto de piel, salió de sus aposentos privados, con uno de sus perros de caza favoritos caminando junto a él. Cuando se hubo subido al estrado y se sentó en el trono, puso las manos en el regazo y miró a su alrededor.

–Hermanos, la situación está clara –comenzó–. Todos conocéis el acto de traición que tuvo lugar en el sagrado crómlech. A petición de mis consejeros, he intentado por todos los medios posibles conseguir una solución pacífica al desacuerdo entre nosotros y los atrebates. Pero no hay manera, ese enfoque ha fallado. –Hizo una pausa como para subrayar la triste verdad–. Muchos de nuestros mejores y jóvenes guerreros yacen muertos ahora, y la facción atrebate que comanda Moricano sigue controlando Lhandain. Hemos sido traicionados por los druidas corruptos y sus conspiradores romanos. Por lo tanto, no nos queda otro remedio que tomar Lhandain por la fuerza y aplastar a nuestros enemigos.

»Será una dura lucha. Los atrebates han jurado defender a sus aliados en Lhandain. Y no nos equivoquemos: nos vemos ante un enemigo formidable, astuto y decidido. No lo derrotaremos fácilmente, y debemos estar preparados para pagar un precio muy alto si queremos vencer. Pero no veo ninguna otra forma posible de actuar. Es imperativo que nos hagamos con el control de Lhandain si queremos evitar que la influencia romana se extienda en nuestras tierras. El destino de este reino puede depender de ello. Desafío a cualquier hombre aquí a que diga algo distinto.

Los nobles y ancianos reunidos se miraron entre sí. Al fin, uno de ellos se atrevió a hablar, un hombre frágil con la cara larga y delgada y los ojos acuosos.

–Señor, creo que hablo por todos los presentes cuando digo que estamos dispuestos a apoyarte. Pero ¿cómo te propones derrotar a los atrebates? Conocemos los informes de nuestros espías en Calleva. Verica está reuniendo a una gran hueste de guerreros en su capital. Cuatro mil hombres, nos han dicho.

–Baloras dice la verdad –intervino un anciano corpulento llamado Trenico, y a sus palabras siguieron los murmullos de acuerdo de sus camaradas–. Aún más: la conquista de los regnios por parte de Verica significa que ahora controla las tierras más ricas del sur. Con el grano y el mineral de hierro de sus fraguas, los atrebates pueden hacer una guerra de desgaste, con sus hombres alimentados y bien equipados durante una larga campaña.

–El territorio del que hablas es un reino ocupado –replicó mi padre–. El jefe de los regnios no entró voluntariamente en una alianza con los atrebates.

–Quizá sea así, señor, pero apoyarán a Verica de todos modos. Los atrebates que custodian los asentamientos importantes se harán cargo de ello. No podemos confiar en derrotar a una fuerza de un tamaño semejante.

–Entonces reforzaremos nuestras tropas en los meses de invierno –dijo mi padre–. No habrá campaña alguna antes de la primavera, de todos modos. Los hombres de Verica, como los nuestros, estarán preocupados por almacenar el grano y finalizar las numerosas tareas que deben hacerse antes de que lleguen las heladas invernales. Para entonces, la estación habrá avanzado demasiado para organizar un ataque. Usaremos ese tiempo para reclutar a más guerreros. En cuanto se haya recogido la cosecha, convocaremos a todos los hombres disponibles para que cojan las armas. Estoy seguro de que todos estarán desesperados por vengar a sus familiares asesinados.

–Eso es cierto, señor. Pero me temo que no será suficiente… Los pueblos ya nos han proporcionado hombres en los años pasados. En algunos asentamientos apenas quedan los suficientes para recoger la cosecha este año. He oído decir que hay ancianos enfermos y niños que trabajan en los campos.

–Y por eso he enviado un emisario a nuestro aliado, el rey Antedio. Nuestros fieles aliados, los dobunios, han jurado proporcionarnos hombres para que luchen con nosotros. Llegarán para la primavera.

–¿Cuántos hombres, señor?

–He pedido unos mil –repuso mi padre–. Espero que Antedio nos proporcione al menos la mitad de ese número.

Baloras negó con la cabeza.

–Aun añadiendo todos esos guerreros nuevos, señor, no tendremos más de dos mil guerreros, mientras que Verica cuenta con casi el doble.

–Si tenemos que luchar con menos hombres que el enemigo, pues sea –intervino Bellocato. El rostro y los brazos del guerrero de ojos oscuros estaban cubiertos de cicatrices y hematomas a causa de la pelea en el crómlech–. Nosotros somos catuvelaunos –prosiguió con orgullo, golpeándose con el puño en el pecho–. No temblamos ante la presencia de nuestros enemigos. El espíritu combativo de nuestros guerreros y el favor de los dioses nos darán la victoria.

–El valor de nuestros hombres no está en cuestión –replicó Baloras, cauto–. Pero lucharán contra un enemigo mucho más numeroso, con o sin aliados dobunios…, y eso suponiendo que Verica no consiga atraer a más tribus hacia su bando en los meses venideros.

Mi padre soltó una risita seca.

–A Verica no le será fácil hacer nuevos amigos. Se lo ha ganado con sus actos en el crómlech. Hay pocas tribus que quieran hacer un juramento de fidelidad a un alguien que acepta monedas romanas. Nuestro objetivo debe ser solamente afianzar nuestras tropas y preparar lo necesario para la guerra que se avecina.

»Entretanto, he dado órdenes de que se mejoren las defensas, tanto aquí como en Verlamion. Cuando llegue la primavera, saldremos al campo de batalla y lucharemos con honor contra nuestros enemigos. Que los dioses nos acompañen –dijo mi padre para concluir la reunión.

Los nobles inclinaron la cabeza ante el rey y empezaron a volverse hacia la entrada, hablando en voz baja. En muchos de ellos pude ver expresiones angustiadas y un estado de ánimo apesadumbrado. Togodumno, que se encontraba a mi lado, bufó.

–Parece que tenías razón –murmuró en voz baja–. Esta campaña va a ser más dura que ninguna en el pasado.

–Yo pensaba que querías arreglar los desacuerdos con Verica en batalla…

—Y eso quiero. Pero preferiría luchar en términos de igualdad.

—Yo también —murmuré—. Pero ¿qué podemos hacer? Los atrebates tienen más hombres que nosotros, y los recursos necesarios para alimentarlos y equiparlos. Es tal como dice padre. Sólo podemos esperar que Verica no encuentre más aliados antes de la primavera.

—Quizá deberíamos atacar ahora mismo —dijo Togodumno—. Antes de las primeras nieves del invierno. Atacar Lhandain cuando Verica menos se lo espera.

—No funcionaría. No tenemos tanta fuerza ahora como para expulsar a nuestros enemigos —apreté la mandíbula, frustrado—. Una cosa es segura.

Togodumno inclinó la cabeza.

—¿El qué, hermano?

—Si nos creemos los informes sobre las fuerzas de Verica, entonces nuestras bandas de guerra se verán ampliamente superadas en número. A menos que podamos encontrar alguna manera de debilitar al enemigo, correremos el grave peligro de perder esta guerra antes de que haya empezado siquiera.

CAPÍTULO VEINTICINCO

Tres días después, a primera hora de la tarde, volví al salón para hablar con mi padre. El complejo real hervía de actividad debido al gran festín que se había convocado para aquella noche. Se había invitado a todos los jefes de los asentamientos más cercanos, y también a sus consejeros más importantes. El banquete serviría como oportunidad para anunciar la inminente campaña contra los atrebates y para renovar los juramentos de sangre que los jefes habían hecho al rey. Todos los hombres jurarían defender a su gobernante y su tierra, y los druidas harían muchos sacrificios a los dioses con la esperanza de una gran victoria en primavera. El olor a cerdo asado sobre las brasas ascendía por el aire, espeso, y los esclavos se atareaban junto a los fogones en las cocinas. Por su parte, el resto de sirvientes estaban muy ocupados llevando y trayendo barriles de cerveza, mesas y otros artículos de los almacenes reales.

Bladoco me acompañaba cuando me dirigí a las habitaciones privadas de mi padre. El druida había accedido a venir conmigo después de explicarle brevemente mi plan aquel mismo día. Yo era consciente de que mi propuesta tropezaría con una resistencia feroz, y sentía que la presencia de mi mentor podía ayudar a decantar los argumentos a mi favor.

El guardia golpeó con los nudillos en el marco de la puerta y nos hizo pasar con un gesto de la mano. Mi padre estaba sentado en un taburete tapizado a la cabeza de su mesa del consejo, escuchando a un par de ancianos sirvientes que discutían las diversiones planeadas para el festín de la noche. Ambos callaron en cuanto yo entré, y mi padre levantó la vista.

—¿Sí, hijo mío?

Con la cabeza gacha, le dije que deseaba hablar con él en privado por un asunto muy urgente. Mi padre me miró un tanto perplejo, pero enseguida despachó a sus consejeros y nos indicó por señas que nos sentáramos.

—¿Y bien? —preguntó, impaciente, en cuanto los nobles hubieron abandonado la sala—. ¿Qué es eso que quieres decirme y que no puede esperar?

Tras mirar de reojo a Bladoco, murmuré con mucha precaución:

—He estado pensando en el problema de cómo podríamos vencer a Verica en combate esta primavera...

—Es el tema que ahora mismo preocupa a todos los nobles y guerreros de Camuloduno —me contestó mi padre—. Estoy harto de escuchar opiniones de hombres que aseguran que sólo ellos saben cómo vencer a nuestros enemigos, Carataco.

—Sí, estoy seguro de que es así —respondí yo—. Pero creo que te gustará escuchar lo que tengo que decirte.

Mi padre suspiró.

—Nuestras bandas de guerra llevan años debilitadas por las luchas continuas. Las fuerzas que nos quedan se han dispersado por las tierras de los cantiacos, con la idea de cubrir a las guarniciones de los asentamientos más grandes y custodiar los almacenes de grano, ahora que los icenos vuelven a atacar de nuevo nuestras tierras. Además, he recibido informes fiables de que un cierto número de nobles dobunios ha protestado contra la decisión de su rey de apoyar nuestro bando, y Antedio quizá no dure mucho. Esta noche debo hablar ante los jefes... para explicarles que los llevaré a una guerra que nos costará la vida de muchos jóvenes valiosos y con pocas esperanzas de una victoria decisiva. ¿Qué te hace pensar que tienes un plan mejor que mis guerreros y consejeros más experimentados?

Yo inspiré con fuerza antes de hablar:

—Hay una forma de derrotar a los atrebates, padre. Una que no nos supone esperar a la primavera y que requiere sólo un pequeño número de hombres.

Instintivamente, mi padre volvió la mirada hacia Bladoco, como si buscara su opinión.

—Conozco su idea, señor —dijo el druida—. Vale la pena escuchar al chico.

El rey me miró con renovado interés.

—Sigue, pues. —El rey me observó con renovado interés—. Habla, Carataco.

Intercambié una breve mirada con Bladoco. Las semillas de mi plan se habían plantado en la reunión anterior entre mi padre y el consejo de sabios y rápidamente habían tomado forma en mi mente, pero yo sabía que todo dependía de cómo lo explicara todo. Nuestras tribus eran orgullosamente tradicionales, apegadas a las formas del pasado, y totalmente hostiles a las influencias exteriores. Nos resistíamos mucho a las nuevas ideas, aunque contuvieran la posibilidad de salvarnos de la destrucción a manos de nuestros enemigos.

—Padre, sabemos que Verica está reuniendo a un gran número de guerreros en Calleva. Cuatro mil hombres, según los espías. Gracias al puente a través del Támesis, Verica será capaz de tener reforzadas las defensas de Lhandain mucho antes de que empiece nuestro ataque. Contra una fuerza de ese tamaño, en una posición bien defendida, no tendremos posibilidad alguna de éxito, por muy bien que luchen nuestros hombres.

—¿Y qué hacemos, entonces?

–Si queremos tener alguna esperanza de victoria, debemos encontrar una forma de debilitar las fuerzas de Verica antes de la primavera.

–¿Y cómo te propones conseguir tal cosa, si se puede saber?

–Verica es muy despreciado por aquellos sobre los que gobierna, especialmente por las tribus que ha conquistado. Si conseguimos fomentar los disturbios entre ellos, tendrá que desviar a muchos de sus guerreros para mantenerlos controlados, especialmente en regiones como las tierras de los regnios –expliqué–. Ahí es donde tendríamos que atacar.

–Pero no estamos en guerra contra los regnios –replicó mi padre con cautela.

–No –asentí–. Pero los regnios cultivan las tierras más fértiles del sur. Verica depende de ellos para alimentar y equipar a sus hombres. A diferencia de los grandes asentamientos del norte, sus pueblos no están fortificados, en su mayoría. Cosa que los hace más vulnerables a los ataques.

»Dame un pequeño número de hombres, padre, y lucharemos contra Verica durante los meses de invierno. Viviremos de lo que nos dé la tierra y hostigaremos al enemigo a cada oportunidad que tengamos; quemaremos sus depósitos de grano y atacaremos las minas. De esa manera, privaremos a los atrebates de los suministros que necesitan y entorpeceremos su capacidad de ir aumentando sus fuerzas. Además, los ataques obligarán a Verica a desviar parte de sus fuerzas hacia el sur. No tendrá más remedio que incrementar las guarniciones de todos los asentamientos importantes del reino. Al final, eso lo dejará con un ejército mucho más reducido en Lhandain cuando empiece la primavera y comience la campaña.

Mi padre juntó entre sí los dedos en la mesa. Me miraba fijamente.

–Ciertamente –afirmó con cautela–, es una estrategia atrevida. Pero una partida de ataque no es una forma honorable de hacer la guerra, Carataco.

—A veces el honor solo no gana las guerras —repliqué yo—. Si insistimos en luchar a la manera tradicional de nuestro pueblo, más cuando nuestro enemigo está dispuesto a traicionarnos y apuñalarnos por la espalda sin vergüenza alguna, estaremos condenados a perder. Verica es el responsable de todo esto. Aunque ciertamente nos parezca difícil de asumir, debemos igualar sus métodos para sobrevivir. Es la única forma de ganar. Ojalá hubiese otra, padre, pero no la hay. O hacemos esto o nos enfrentamos a la posibilidad de una derrota en primavera.

Mi padre desvió su atención hacia Bladoco.

—¿Qué dices tú? No apoyarás este plan monstruoso, ¿no?

El druida inclinó ligeramente la cabeza.

—A veces, señor, la necesidad es más importante que los principios o la tradición. Hemos visto que hasta los más altos entre la hermandad de los druidas han roto con el honor y la tradición a cambio de la plata romana. Éstos son tiempos muy oscuros, y los tiempos oscuros requieren actos oscuros…, si queremos ver la luz de nuevo.

Las cejas de mi padre se levantaron un poco, mostrando su sorpresa.

—Es triste que un druida diga esto…

—Sin embargo, señor, creo que el plan del chico es ingenioso.

—¿Animarías a mi hijo a luchar de una manera que desaprueba el Gran Consejo Druida? ¿Tú, uno de sus miembros electos?

—Es mi creencia, señor —repuso Bladoco humildemente—, que el Gran Consejo ha perdido su autoridad moral en el mismo momento en que sus miembros han quedado estigmatizados por la vergüenza al aceptar sobornos de los romanos. Y ese acto atraerá la vergüenza hacia todos los demás druidas.

—Romper con la forma tradicional de la guerra es un asunto muy grave, Carataco —dijo mi padre—. No puedes pretender que sea de otro modo.

–Pues claro, señor. Pero lo que digo es que los catuve-launos están obligados a oponerse a la expansión de los atre-bates, dada la estrecha relación de Verica con Roma, por to-dos los medios que sean necesarios. Es vital que protejamos nuestra fe contra la vil corrupción que significa la influencia extranjera. ¿Te has creído por un momento que Roma va a respetar nuestras tradiciones? ¿Nuestro código de los gue-rreros?

–Aun así, el Gran Consejo todavía tiene poder sobre las tribus. Si tú o cualquiera de mis hombres fueran tomados pri-sioneros y se revelasen sus identidades, los druidas sin duda condenarían nuestra reputación en toda Britania. Todas las tribus del sur se volverían contra nosotros. Nuestras alianzas se desmoronarían.

–El chico ha pensado también en eso, señor –intervino Bladoco.

–¿Ah, sí? –Mi padre me miró con intensidad–. Explícate.

–Nos disfrazaremos de bandidos siluros –contesté de inmediato–. El engaño bastará para cumplir con nuestro co-metido. He pasado unos cuantos años viviendo entre siluros en Merladion. Conozco su dialecto y sus marcas tribales bas-tante bien. Además, nos aproximaremos desde el oeste, des-de las tierras de los dobunios. Cualquiera que vea a nuestra partida supondrá, naturalmente, que somos una banda de asaltantes.

–Pero los siluros no tienen frontera con los regnios… Sus jefes se sorprenderán de encontrar a hombres de las mon-tañas allí, ¿no?

–No necesariamente, señor –dijo Bladoco–. Las tribus vecinas de los siluros han mejorado sus defensas reciente-mente, después de años de ataques constantes. Los regnios asumi-rán que la partida se ha visto obligada a merodear aún más lejos, en busca de botín más fácil.

El rey entrecerró los ojos, pensativo.

–Eso podría funcionar... A corto plazo, quizá. Pero los atrebates seguramente descubrirían tu ardid al cabo de un tiempo.

–Sólo atacaremos en invierno –afirmé yo–. Podremos engañar al enemigo durante un breve tiempo. Lo suficiente para privar a Verica de sus suministros y que tenga que desplazar a sus hombres.

Bladoco me dirigió una mirada de soslayo.

–Naturalmente, cuantas menos personas conozcan el plan de Carataco menos oportunidades habrá de que el enemigo descubra la verdad.

Mi padre asintió.

–¿Y cómo te propones evadir a los atrebates? Suponiendo que tu plan tenga tanto éxito como esperas, los hombres de Verica saldrán en tu busca.

–Viajaremos a caballo y nos mantendremos siempre en marcha. Gran parte del territorio regnio está cubierto de espesos bosques, cosa que lo hace ideal para huir de las patrullas enemigas.

–¿Y te propones sobrevivir al aire libre en lo más duro del invierno? Creo que subestimas la escala de tu tarea, hijo mío.

Respondí con serenidad:

–Estoy dispuesto para cualquier prueba que los dioses hayan planeado para mí.

–No es probable que los hombres de Verica tengan demasiado apoyo de la población local –nos interrumpió Bladoco–. Es bien sabido que los regnios detestan a sus ocupantes. La escasez de grano puede animarlos incluso a rebelarse contra sus amos atrebates, señor.

Mi padre arqueó una ceja.

–Dudo de que los regnios aprecien que ataquen a sus gentes, a pesar de sus sentimientos hacia los atrebates.

Yo estaba preparado ya para responder a eso:

—Estoy en desacuerdo, padre. Los atrebates son responsables de la seguridad del reino. Su ira se dirigirá hacia Verica por no haber sido capaz de frenar los ataques.

—Eso, a su vez, requerirá que desplace a más guerreros hacia el sur —dijo Bladoco—. Lo último que quiere ahora Verica es que haya disturbios en el sur, no mientras el grueso de sus fuerzas está concentrado a lo largo del Támesis.

Mi padre no parecía convencido.

—El plan no carece de riesgos —concedí yo—. Pero es la única forma que tenemos de derrotar a Verica. Si se ve obligado a comprometer hombres para defender sus posesiones del sur, podremos enfrentarnos a él en igualdad de condiciones en Lhandain. O tomamos este camino o perdemos a muchos de nuestros guerreros en una lucha desigual cuando llegue la primavera.

Mi padre inclinó la cabeza a un lado, sumido en sus pensamientos.

—Si el druida cree que es necesario, me inclino a acceder. Pero es vital que el plan sea un secreto muy bien guardado. Fuera de esta sala, nadie más debe saber cuál es nuestro objetivo. Ni un alma. No podemos correr riesgos.

—Como desees, padre.

—¿Cuántos hombres crees que bastarán?

—Dame un centenar, y yo te demostraré lo que soy capaz de hacer.

—Puedes tener cincuenta.

Empecé a protestar, pero él me acalló.

—O cincuenta hombres o nada. No puedo prescindir de más.

—Cincuenta, entonces —accedí yo de mala gana.

—Te daré a mis mejores hombres…, la flor y nata de mis guerreros. —Mi padre se inclinó hacia delante y me miró a los ojos—. Si queremos que esta empresa tenga éxito, hay que hacerla como es debido. Necesitarás a hombres que sepan luchar y que puedan resistir todas las penalidades. Hombres que no tengan miedo alguno de vivir en la espesura más silvestre, rodeados por nuestros enemigos jurados.

Yo lo miré, captando bien la implicación de sus palabras.

—Eso significará elegir a algunos guerreros entre las filas de guerra de Adminio —dije. Mi padre había promovido recientemente a Adminio a una de sus más prestigiosas bandas de guerra tras nuestra derrota en la batalla del Crómlech—. No se sentirá nada complacido.

—Déjame a Adminio a mí —gruñó, brusco—. Le diré que te llevas a esos hombres para comprar caballos a las tribus del norte. También necesitarás un guía, alguien que conozca las tierras que te propones atacar. Ese plan no funcionará a menos que puedas recabar información de todos los pueblos.

—Sé que hay muchos regnios en Camuloduno —expuse—. Algunos huyeron de sus tierras cuando los atrebates invadieron su reino. Unos pocos incluso han servido en nuestras partidas de guerra. Estoy seguro de que encontraremos un guía adecuado entre ellos.

—Una idea excelente —dijo el rey, juntando las manos—. También necesitarás un buen subordinado…, alguien que conozca a los hombres. Ocho años es mucho tiempo lejos de nuestros guerreros.

—Tengo a alguien en mente, padre.

—¿Quién?

—Togodumno —afirmé yo—. Tiene el temple de un guerrero excelente. Quizá sea un poco cabezota, pero es muy valiente y los hombres lo respetan.

Mi padre se acarició la barbilla y me miró largo rato.

—Sí —dijo al fin—. No veo ningún motivo por el que tu hermano no pueda ir contigo. Aprovechará la oportunidad de manchar su espada con la sangre de nuestros enemigos. Al fin y al cabo, es un príncipe catuvelauno.

—Gracias, padre.

–Deberás llevar caballos y suministros. –Al ver que yo asentía, prosiguió–: Habla con mi mayordomo. Él te dará lo que necesites.

–Sí, padre.

–¿Tenéis alguna pregunta más, los dos? –preguntó, mirándonos a Bladoco y a mí. No la teníamos–. Entonces sugiero que empecéis los preparativos de inmediato. Yo hablaré con Adminio. Supongo que querréis partir lo antes posible…

–Sí, padre. No hay tiempo que perder, si queremos tener éxito.

–Muy bien. –Y, levantándose, el rey dijo con gravedad–: Espero que los dioses estén contigo, Carataco. Por el bien de todos nosotros.

CAPÍTULO VEINTISÉIS

Los días siguientes pasaron muy deprisa, porque había que hacer mucho trabajo antes de poder marchar a hostigar al enemigo. Mi primera tarea fue informar a Togodumno del plan y nombrarlo mi segundo al mando. Él recibió las noticias con una amplia sonrisa y un guiño de malicia en los ojos, como yo ya sabía que pasaría.

–Disfrutaremos de una buena caza, hermano –dijo, frotándose las manos, expectante–. Verica no espera problemas en el sur. Pillaremos por sorpresa a ese hijo de puta y le daremos una buena tunda.

–Eso espero –respondí yo–. Padre ha accedido a proporcionarnos a sus mejores hombres. Tú los conoces mejor que yo. Asegúrate de que sean en verdad los mejores, de que podamos confiar en ellos.

–¿Piensas que nuestro hermano intentará perjudicarnos?

–¿Cuándo no ha sido ése el caso?

–Claro, tienes razón. Adminio no querrá perder a sus mejores hombres y dejarlos en nuestras manos. Quizá lo vea como una oportunidad de librarse de alguna manzana podrida.

–Entonces debemos asegurarnos de que no tiene éxito.

Dejé que Togodumno se ocupara de Adminio y de que encontrara a un guía adecuado. Mientras tanto, yo me dediqué al equipo que debíamos llevar. La mayoría de nuestros hombres siempre prefieren sus armas individuales, armadura y escudos, pero en este caso no podíamos cargar con ellas, porque sus marcas identificarían a sus portadores como guerreros catuvelaunos. Por tanto, ordené a los herreros que fabricaran algunas espadas sencillas, junto con lanzas, arcos, flechas y algo de munición de plomo, con estrictas instrucciones de no marcar el trabajo de ninguna manera. Por otro lado, debíamos obtener provisiones de los almacenes reales, y suficientes para que durasen varios días, hasta que pudiéramos saquear un primer asentamiento donde conseguir más suministros. Y también necesitábamos equipo de caza, cerveza y unos mantos gruesos que nos pudieran permitir pasar por siluros.

Por aquel entonces, ya había concluido la estación de la cosecha, ese tiempo que llamamos los primeros días de oscuridad, cuando la noche se cierra y Lud abre las puertas del otro mundo para que las almas de nuestros parientes muertos puedan unirse a él. Nuestra tribu encendió grandes hogueras e hizo sacrificios para alejar a los malos espíritus que, escapados del dominio de Lud, vagan libremente por nuestras tierras. Los granjeros sacrificaron el ganado, y, después de que los druidas hubieran hecho las ofrendas a los dioses, los suministros de grano habían sido almacenados en pozos para los meses invernales. Por la noche hubo un gran festín en el salón, con peleas de perros y cochinillos asados para todos los comensales, así como mucha bebida. Se dejaron libres los lugares en las mesas para nuestros camaradas muertos. Y Bellocato reclamó la porción debida al héroe, pues ganó una competición amistosa contra uno de sus primos.

A la tarde siguiente, los cincuenta hombres elegidos fueron convocados por Togodumno cerca del complejo real. Yo les expliqué que partiríamos a la mañana siguiente hacia el norte para pasar unos cuantos meses comprando monturas a los brigantes, de modo que pudieran explicar esta mentira a sus familiares y amigos y así despistar a cualquier posible espía.

Todos y cada uno recibieron la orden de presentarse con las primeras luces ante la puerta principal con su caballo y sus alforjas.

A la mañana siguiente, tras una breve despedida, comenzamos a alejarnos hacia el norte. Sólo tras cabalgar unos cuantos kilómetros, nos detuvimos al borde de un claro, y entonces a los hombres se les entregaron sus armas, equipo y provisiones: petates, odres de agua, túnicas oscuras y pantalones del estilo de las tribus siluras y zurrones con sus raciones.

Era un bonito día de otoño, de cielo azul y claro, y una brisa fresca agitaba nuestros mantos de lana cuando di la orden de reunirnos en un círculo. Togodumno permanecía a mi lado, con sus musculosos brazos cruzados encima del pecho.

—Hermanos —me dirigí a los hombres recurriendo al vínculo que deseaba fomentar—, os he llamado aquí hoy para una misión de vital importancia para nuestro rey y nuestro pueblo. Nuestro viaje no nos llevará hasta los brigantes. Por el contrario, viajaremos hacia el sur, a las tierras de nuestros enemigos. Esta empresa requerirá grandes sacrificios y penalidades para cada uno de nosotros, pero debemos alcanzar el éxito, porque el destino de nuestra tribu depende de ello.

Me miraron con una mezcla de sorpresa y ansiedad. Eran hombres jóvenes y fuertes, en plenitud. Unos pertenecían a la banda de guerra de Adminio, y otros a la guardia personal del rey. Eran los guerreros más duros de todo Camuloduno, robustos y muy bien entrenados, con muchos años de experiencia de lucha. Y, en realidad, casi todos eran mayores que yo, lo que podía resultar un problema, porque aquellos veteranos habían pasado muchos años entrenándose para dominar las tácticas de combate tradicionales de nuestra tribu. Convencerlos de la necesidad de librar una guerra deshonesta contra los atrebates no sería fácil. Tendría que recurrir a su sentido de la lealtad hacia nuestro rey, al vínculo profundo de todo guerrero celta con su tribu y los espíritus de sus antepasados.

–Seré franco con vosotros –alcé la voz–. El futuro de nuestro pueblo pende de un hilo. La guerra que está a punto de empezar contra los atrebates será la mayor prueba de toda nuestra época. Si somos derrotados, toda la gloria que mi padre, nuestro rey, ha conseguido para los catuvelaunos se dispersará a los cuatro vientos. Las demás tribus ya no mirarán hacia nosotros en busca de liderazgo, sino que, por el contrario, seremos vasallos de Verica y los atrebates...

Hice una pausa y miré a aquellos hombres. Algunos de ellos meneaban la cabeza y murmuraban juramentos en voz baja.

–No creo que exista una mayor humillación que verse sometidos a un gobernante cuyo sentido del honor es más bajo que el vientre de una serpiente. Yo pelearía hasta mi último aliento para evitar un destino semejante. A veces, en la guerra, el mayor sacrificio lo pasan por alto aquellos que relatan las sagas a las generaciones venideras. Pero eso no disminuye el papel de las grandes hazañas.

»Puede ser que nuestra parte en la lucha que se avecina nunca se convierta en algo legendario. Sea. Los actos de los guerreros no requieren público para que sean juzgados como importantes. Hermanos, nosotros no debemos cuestionar la naturaleza del servicio que estamos a punto de emprender; nosotros sólo debemos llevarlo a cabo –dejé que mis palabras calasen en las mentes de mis compañeros y luego continué–: Habrá momentos en que os cuestionaréis el honor de nuestros actos. Vuestro corazón anhelará la gloria del combate y nuestra forma tradicional de hacer la guerra. A mí me ocurrirá lo mismo, os lo aseguro. Pero debemos atenernos a nuestro objetivo, que es conseguir la victoria contra nuestro mayor enemigo. Eso es lo único que cuenta. Es una cuestión de mente por encima del corazón.

»Lucharemos desde las sombras de la tierra de los regnios. Ese reino, como algunos de vosotros ya sabéis, es fundamental para los atrebates…, cosa que lo convierte en vulnerable. Ahí es donde cazaremos, hermanos; ahí atacaremos al enemigo a cada ocasión que tengamos. Quemaremos su grano, destruiremos sus granjas y les privaremos del hierro que necesitan para forjar sus armas. Tales actos, aunque nos parezcan crueles, son cruciales para la supervivencia futura de nuestra tribu. Vamos a extender el caos y el terror, hasta que esa serpiente de Verica y sus lacayos salten de miedo ante su propia sombra. Tal vez consideréis que esto es desagradable, poco honroso, pero recordad a vuestros amigos y familiares heridos o muertos que fueron atacados a traición en Senomago. Ese día los atrebates no mostraron misericordia alguna hacia nuestros hermanos… y ahora les vamos a devolver el favor. ¿Estáis conmigo?

Los guerreros intercambiaron miradas en silencio, mientras asimilaban mis palabras. Al cabo de una breve pausa, Togodumno se adelantó.

–Yo estoy contigo, hermano. Hasta el final. Ocurra lo que ocurra.

–Hasta el final –repetí yo pausadamente–. Ocurra lo que ocurra. Ése es el juramento.

Y uno por uno todos dieron un paso adelante y se hicieron eco del mismo compromiso. Para mi sorpresa y alivio, nadie pidió marcharse. Cuando el último de ellos hubo hablado, les dediqué una sonrisa de gratitud.

–Nos disfrazaremos de siluros en cuanto pasemos la frontera. A algunos igual no os parece bien esta treta, pero en ningún momento el enemigo debe sospechar que nuestra tribu está implicada; no al menos hasta que la guerra esté decidida. Cuando acabe el invierno, volveremos a cruzar la frontera y nos uniremos a los nuestros en la lucha por Lhandain.

»Y ésa es la buena noticia. La mala es que tendremos que pasar los próximos meses durmiendo al fresco, sin la perspectiva de encender un fuego para calentarnos. Significa que llevaremos el pelo en greñas, que nos crecerá una larga barba y que hablaremos como mujeres.

Un coro de risas sonó entre las filas. Era una broma muy mala, pero tuvo el efecto de soltar algo de tensión.

—Os advierto que será un trabajo desagradable y peligroso —proseguí—. Pero, si tenemos éxito, paralizaremos los intentos de Verica de defender Lhandain, obligándolo a desviar hombres hacia el sur. En caso contrario, si nos atrapan, no podemos esperar misericordia alguna. Os digo esto porque es justo que conozcáis los riesgos a los que vamos a enfrentarnos.

»Este plan requiere que dejemos a un lado el estilo tradicional de lucha de nuestra tribu. La situación que vivimos no nos deja otra elección. A menos que consigamos nuestro objetivo, conociendo la fuerza de nuestros enemigos, es casi seguro que nuestro reino acabará derrotado en batalla. Y para tener éxito debemos sobrevivir; tendremos que luchar como bandidos, atacando de repente, esquivando a las patrullas enemigas y manteniéndonos en marcha. En lo posible, evitaremos el combate.

»Pero no os hagáis ilusiones, hermanos. Los atrebates son adversarios valiosos. Algunos de nosotros no volveremos a casa la próxima primavera. Pero os prometo algo: conseguiremos un gran botín, y lo compartiremos con nuestros seres queridos. Quizá, si los dioses son amables, vuestras hazañas sean recordadas con honor. Entonces, cuando seáis ancianos acurrucados junto a la chimenea, en invierno, podréis decir que en tiempos cabalgasteis con Carataco. A vuestro alrededor se hará el silencio, y os mirarán ansiosos de escuchar vuestros relatos. Lo único que os pido es que no aburráis a muerte a esos pobres desgraciados…

Mis palabras tuvieron el efecto deseado. Los hombres se echaron a reír a carcajadas y lanzaron alegres vítores, dando puñetazos en el aire o sonriendo con emoción. Yo levanté un brazo y pedí silencio, y luego hice un gesto a Togodumno.

—Todos conocéis a mi hermano, Togodumno. Es mi segundo al mando. A partir de ahora, espero que obedezcáis cualquier orden que os demos cualquiera de los dos, sin discutirla.

Examiné los rostros de los guerreros, retándolos a que me desafiaran. Se hizo el silencio por unos instantes.

—Pues cabalgaremos hacia el oeste —dije al cabo— hasta adentrarnos en territorio dobunio. Sólo entonces nos volveremos hacia el sur. Cualquiera que nos vea cruzando la frontera informará de que ha visto a un grupo de asaltantes siluros acercándose desde las montañas. Preparad vuestras monturas.

Los hombres se dirigieron a sus caballos, y yo hice señas a Togodumno.

—¿Dónde está nuestro guía? —pregunté—. Quiero hablar con él antes de empezar la marcha.

Togodumno se volvió hacia el grupo de los guerreros y se acercó a una figura esbelta de aire juvenil.

—Éste es Nemobno —me lo presentó Togodumno—. Uno de los hombres de la banda de guerra de Adminio.

Nemobno inclinó la cabeza.

—Señor, es un gran honor luchar por el hijo del rey Cunobelino. —Me sorprendió su voz, con un fuerte acento que no había oído nunca antes, espeso y lento.

Nemobno tenía los ojos de un azul claro y unos dientes perfectos. Llevaba un manto con dibujos que parecía caro, y un bigote rubio le caía a ambos lados de su delicada boca. Había algo animal en sus movimientos y en su mirada alerta. Algunas de las marcas de su rostro y mejillas no pertenecían a nuestra tribu; eran las marcas de la casta de los guerreros regnios.

—¿Cuánto tiempo has servido con mi hermano, Nemobno? —le pregunté.

—Dos años, señor.

—¿Y qué hacías antes de eso?

–Era guerrero, señor. Al servicio de Tingeto, rey de los regnios. Vivía con mi familia en un pueblo a las afueras de Noviomago. Al menos fue así hasta que los atrebates invadieron nuestras tierras. –Vi un parpadeo de odio ardiendo detrás de aquellos ojos amables.

–¿Qué ocurrió?

–Nuestras fuerzas fueron desperdigadas en la batalla –explicó Nemobno–. Nos superaban mucho en número y no tuvimos ninguna oportunidad. En cuanto Tingeto cayó, muchos entraron en pánico y huyeron. Yo conseguí escapar antes de que los atrebates me apresaran y volví con mi familia. Planeaba llevarlos al norte, señor. Pero los hombres de Verica ya habían atacado y quemado el pueblo hasta los cimientos. Entonces fue cuando vi los cuerpos…

Nemobno apartó la mirada, como atenazado por una furia silenciosa.

–Los atrebates los habían asesinado –siguió–. Hombres, mujeres, ancianos…, incluso los bebés; nadie escapó de su furia. A mi mujer y mis dos hijos los habían arrojado al pozo del pueblo. Nunca olvidaré lo que vi aquel día. –Su voz se fue apagando–. Después de aquello, intenté ponerme en contacto con la familia de mi hermano en Noviomago, pero para entonces los atrebates ya habían capturado la capital, y nada podía hacer por ellos, de modo que hui al norte, a Camuloduno.

–¿Por qué con nosotros? –le pregunté.

–Tenía parientes en estos lugares, señor. Ahora vivo con ellos.

Estaba claro que Nemobno había sufrido horriblemente a manos de los hombres de Verica, como tantos otros de sus compañeros de tribu. Verica no respetaba el código de guerra establecido entre nuestras tribus; eso había quedado muy claro por sus actos en la batalla del Crómlech. Y su conquista sobre los regnios había sido también brutal: sus guerreros habían asesinado a la flor y nata de la nobleza, en lugar de respetar su vida y guardarlos para pedir rescate, como era la costumbre. Sus espantosos crímenes me llenaban de una fría rabia. Le dije a Nemobno que sentía mucho su pérdida y le aseguré que tendría la oportunidad de vengar la muerte de sus seres queridos bastante pronto. Él inclinó la cabeza ante mí de nuevo.

—Dame la oportunidad y pasaré a cuchillo a ese hijo de puta de Verica. A él y a todos sus compinches. Lo juro ante Lud: pagarán por lo que le hicieron a mi familia...

—Tú tendrás la tarea más peligrosa de todas, Nemobno —le dije—, pero también una de las más importantes. De vez en cuando deberás entrar en los asentamientos para recoger información de la gente.

—Eso puedo hacerlo bien, señor —replicó, confiado.

—¿Y qué historia les contarás?

Él pensó rápidamente.

—Me haré pasar por un bardo viajero, señor.

—¿Y funcionará? —preguntó Togodumno.

Nemobno sonrió.

—Mi tío era bardo. Me enseñó lo suficiente para salir del paso. Conozco todos los cuentos y las sagas. No tendré problemas en hacerme pasar por bardo.

—¿Y podrían reconocerte? —inquirí yo—. Después de todo, te estarás moviendo entre tu propia gente.

—No, señor. La mayoría de mi familia y conocidos fue asesinada cuando los atrebates se apoderaron de nuestras tierras.

—¿Y la familia de tu hermano? ¿Están vivos?

Nemobno se encogió de hombros.

—No los he visto desde que salimos del reino. Quizás hayan escapado.

—A menos que los hayan matado en Noviomago —murmuró Togodumno.

Nemobno le arrojó una mirada, pero no dijo nada.

–Nosotros también necesitaremos establecer un campamento base oculto –dije yo–. En algún lugar aislado, cerca de nuestros objetivos, pero también lo bastante cerca de la frontera como para poder cruzarla con rapidez si nos vemos comprometidos.

El guerrero se quedó pensativo.

–Conozco un lugar así, señor. Es un antiguo refugio de caza en el bosque, a medio día a caballo de Noviomago. Ese lugar lleva años abandonado.

–¿Y lo conocerán los atrebates?

–No, señor. Sólo unos pocos cazadores saben dónde está.

–Muy bien. Eso suena muy prometedor.

Un poco después salimos del valle, a caballo, y comenzamos a cabalgar hacia el oeste por una carretera cubierta de fango. Llevábamos los escudos ovales ligeros envueltos en cuero, las espadas sin marcar y unas dagas y lanzas realizadas por los artesanos más hábiles de nuestra tribu. Íbamos vestidos aún como catuvelianos, pues yo había decidido que no cambiaría de aspecto hasta que estuviéramos cerca de la frontera regnia. La visión de una horda de jinetes siluros podía provocar alarma entre los pueblos amigos, y nos arriesgábamos a alertar al enemigo de la verdadera identidad de nuestra partida.

Por delante teníamos un peligroso viaje hacia las tierras de nuestros enemigos jurados. En nuestros hombros descansaba nada menos que la supervivencia de nuestro pueblo y el vasto reino que nosotros gobernábamos. La carga era pesada para una persona tan joven, pero yo estaba decidido a hacer todo lo posible para destruir a los atrebates. Hice el juramento solemne a los dioses de que tendría éxito en mi plan o moriría intentándolo.

CAPÍTULO VEINTISIETE

Seguíamos cabalgando hacia el oeste a través de un paisaje yermo de campos empapados y árboles desnudos. La segunda tarde, acampamos en una extensión de terreno boscoso a unos pocos kilómetros de Verlamion. Al día siguiente, vadeamos con nuestros caballos el río que señalaba la frontera entre nuestra tribu y los dobunios. Ahora que avanzábamos por el reino de nuestros aliados, y mientras miraba el cielo de un gris plomizo, noté que temblaba bajo el manto. Pese a todo, me aterrorizaba la idea de pasar los meses siguientes sobreviviendo en los bosques y valles del sur.

En una pequeña granja compramos suministros suficientes de galletas, carne seca y cerveza para pasar el invierno. El campesino era un anciano decrépito, con esa mezcla de melancolía e ingenio peculiar de su oficio. Aceptó de buena fe nuestra historia de que íbamos al oeste para conseguir nuevas monturas y nos dijo que rezaría por nuestra seguridad. Cuando le pregunté por qué, hizo una mueca y señaló el paisaje que nos rodeaba.

–Será un invierno duro el de este año –afirmó con su acento gutural–. El pronóstico no es bueno. Los gansos ya han migrado, el mes pasado nació un potro sin las patas delanteras en Ledrid, y, cuando los druidas hicieron sus ofrendas de la cosecha a Lud, decían que habían visto a un cuervo negro volando hacia el este.

Togodumno se rio, burlón, cuando se lo conté más tarde.

–¿Realmente te crees esas historias de viejas? Los campesinos son casi tan malos como los videntes en lo que concierne a predecir el destino.

–Rezo para que tengas razón, hermano –le dije.

La sexta tarde llegamos a un valle aislado ya cerca de la frontera con el reino neutral de los belgas, por cuyas tierras tendríamos que pasar antes de adentrarnos en territorio enemigo. Allí descansamos y alimentamos a los caballos. Mientras llenábamos las tripas doloridas con trozos de pan y cordero salado, hice llamar a nuestros dos mejores jinetes.

Vassedo era un trinovante bajo y achaparrado con el pelo muy despeinado, las cejas pobladas y un brillo malévolo en los ojos. Educado en un pueblo a las afueras de Camuloduno e hijo de una familia de cazadores expertos, tenía el ojo avezado de un cazador y una percepción instintiva de la tierra y todo lo que vivía en ella. Era recio, duro y capaz de soportar cualquier penalidad.

El otro, Dubnocato, era alto y fibroso, y con el pelo oscuro. Poco mayor que yo, ya se había ganado la reputación de uno de los guerreros más cumplidos de nuestra tribu. Era tranquilo de conversación y pensativo, aunque temperamental. Como todos nuestros nobles, era un consumado jinete que habría igualado a cualquier parto. Nosotros, los catuvelaunos, teníamos la fama de ser los mejores jinetes de toda Britania. Criábamos las mejores monturas y empezábamos las lecciones de equitación en la niñez temprana, entrenándonos incansablemente hasta que cabalgar para nosotros era tan natural como respirar. Con un buen caballo, un catuvelauno puede cabalgar mil veces más que cualquier jinete de alguna de las otras tribus.

–A partir de ahora nos moveremos con cautela –les dije–. Vosotros dos cabalgaréis por delante, escudriñando el terreno en busca de cualquier señal de problemas. Si dais con alguna patrulla, no os metáis con ellos. Volveréis a informarme lo más rápido posible.

—¿Esperamos acaso problemas, señor? —preguntó Vassedo.

—Se supone que los belgas son neutrales —respondí yo—. Pero su jefe simpatiza con los atrebates, así que no podemos arriesgarnos a alertar al enemigo de nuestra presencia.

En cuanto hube terminado de informar a los exploradores, convoqué a Nemobno.

—Ese refugio abandonado de caza que decías… ¿está muy lejos de aquí?

El regnio guiñó los ojos hacia el horizonte e hizo un cálculo rápido.

—Tres días, señor, más o menos. Suponiendo que mantengamos buen paso.

Yo asentí.

—Cabalgarás por delante, con los exploradores, en cuanto crucemos la frontera. Cuando lleguemos al refugio, debemos prepararnos para nuestra primera incursión. No podemos permitirnos perder más tiempo, si queremos dañar a Verica.

Nemobno sonrió.

—Habrá muchísimos objetivos, señor, ahora que ha terminado la cosecha. Recuerda lo que te digo. Los pillaremos por sorpresa. No esperan problemas.

Muy temprano a la mañana siguiente, antes de continuar hacia el este, nos vestimos con las sencillas túnicas y los pantalones que hasta entonces guardábamos en los zurrones y nos trenzamos el pelo a la manera de los siluros. Las barbas nos tardarían un tiempo en crecer, pero desde cierta distancia, para un observador casual, estaba seguro de que podíamos pasar por una partida de ataque silura.

Nuestro viaje desde Camuloduno me había dado la oportunidad de ir conociendo mejor a los hombres, y empezaba a tener una idea mucho más clara de cuáles eran las cualidades de cada uno. Eso era importante, porque los comandantes celtas no se pueden permitir el lujo de imponer disciplina con un bastón de sarmiento, como vuestros centuriones, que manejan a los hombres como si fueran bueyes que aran un campo. En nuestras tribus lideramos sólo mediante el ejemplo.

Aparte de nuestros exploradores, Vassedo y Dubnocato, y nuestro guía regnio, Nemobno, estaba Maglocuno, un catuvelauno veterano de la guardia real de mi padre. Era un luchador de aspecto feroz, con una espesa barba roja y un parche de cuero que le cubría el ojo izquierdo. Las numerosas cicatrices en la cara y las manos señalaban las muchas batallas en las que había combatido bajo el estandarte de mi padre. Garmano, otro recluta de la guardia real, era un hombre enorme; le faltaban varios dientes y había sido luchador antes de hacer el juramento de defender a nuestro rey. Era un poco exaltado y se ofendía con rapidez, y a menudo se metía en peleas con sus camaradas, pero su valor en el calor de la batalla no se podía cuestionar.

Aquella noche acampamos no lejos del lugar que llamamos Sorvioduno. Dos días más tarde, cruzamos hacia el territorio de los regnios. El paisaje era exuberante: colinas y valles verdes salpicados de pequeños bosques y campos marrones erizados de rastrojos de trigo, con un puñado de asentamientos remotos ideales para las escaramuzas que yo había planeado.

A medida que avanzaba el día, el aire se iba volviendo más frío y el viento sopló con más fuerza. Nemobno nos condujo por una ruta serpenteante a través de un bosque espeso, manteniéndonos apartados de las rutas y poblados principales. Yo prohibí cualquier conversación, y durante horas no oímos nada más que el resoplido de los caballos y el susurro de las ramas desnudas agitadas por el intenso viento. Fue una jornada de mucha tensión, porque yo temía, en privado, que Verica pudiera haber descubierto mis planes, a pesar de las muchas precauciones que habíamos tomado, y la posibilidad de una emboscada enemiga atormentaba mi espíritu constantemente. Pero, para mi alivio, aquella zona resultó estar libre de amenazas.

Poco antes de que llegara el ocaso, nos detuvimos al borde de un amplio claro rodeado de grandes masas de esqueléticos robles y abedules, arbustos espinosos y fragmentos de brezo resecos. Un grupo de estructuras de madera medio derruidas formaban un semicírculo en el centro del claro, rodeado por una empalizada baja medio caída. Aquél era el lugar del antiguo refugio de caza de los regnios, y allí estableceríamos nuestro primer campamento temporal.

Los hombres estaban exhaustos por la larga marcha, pero inmediatamente les ordené que recogieran ramitas para improvisar unos petates rústicos. En cuanto se hizo de noche, encendimos un pequeño fuego en una grieta de los bosques, junto al refugio, y cenamos un poco de pan y cordero. La modesta calidez de las llamas no hizo gran cosa para calentar nuestros cuerpos, y, a medida que la oscuridad se iba instalando en el bosque, nos fuimos echando sobre nuestros mantos de invierno, acurrucados y temblando.

–Por los dioses, qué miseria –murmuró Togodumno. Se envolvió más apretadamente en el manto–. ¿Por qué habré accedido a este plan tuyo, joder?

Yo solté una risita.

–Lo has tenido todo demasiado fácil, hermano –repuse yo–. Todos estos años viviendo con todo lujo en casa… Intenta dormir en el suelo en una choza de Siluria durante años o comer sólo restos de carne y pan mohoso no apto ni para las fieras salvajes.

–Suena horrible.

–Si tienes demasiado frío para dormir, podemos pegarnos el uno al otro y compartir calor corporal.

–¿Cómo? –Togodumno me arrojó una mirada de asco–. ¿Acurrucarnos juntos? ¿Tú y yo? Debes estar de broma. No te ofendas, pero antes prefiero que se me hielen las pelotas.

Yo me encogí de hombros.

–A los siluros les funcionaba. Solían hacerlo para mantenerse calientes durante el invierno en Merladion.

Togodumno hizo una mueca.

–Tus amigos siluros tienen unas ideas muy raras. Debe de ser por el maldito aire de la montaña.

–Como prefieras.

A la mañana siguiente, hacía más frío aún, y el terreno fangoso se había endurecido y la vegetación amaneció con una pátina de escarcha. Yo era muy consciente de la necesidad de empezar a atacar antes de que los suministros comenzasen a menguar. Poco después del amanecer, envié a Nemobno y Vassedo hacia el sur para que se informaran sobre los asentamientos más cercanos. Mientras ellos se hallaban ausentes, mantuve ocupados a los hombres con las numerosas tareas para asegurar nuestro campamento. Colocamos centinelas en torno al claro, y una pequeña partida reparó las estructuras de madera y erigió una empalizada en torno al perímetro.

Togodumno dispuso al resto de los hombres en grupos de aprovisionamiento. La orden era que sólo podíamos encender fuegos durante las horas de oscuridad. A la luz del día, el rastro de humo más ligero podía revelar nuestra presencia. Unos cuantos hombres se fueron en busca de caza, y otros se encargaron de recoger raíces y hojas para preparar los tintes que necesitábamos si queríamos pasar por guerreros siluros.

Tres días después de nuestra llegada, en torno al mediodía, Nemobno y Vassedo volvieron al campamento. Escuché atentamente su informe y, al momento, llamé a los hombres a una reunión frente a las chozas.

–Ya es hora, hermanos –dije, y sonreí a Togodumno–. Mañana saldremos de caza…, pero una caza de un tipo muy distinto.

Capté la mirada de emoción de los hombres. Togodumno se frotaba las manos, expectante, y sus ojos brillaban de ilusión ante la inminente perspectiva de acción.

—¿Cuál es el objetivo, señor? —preguntó Maglocuno.

—Hay un pueblo que se llama Arundo, en la orilla del río Trisantonis. A medio día a caballo de aquí. —Hice un gesto hacia Nemobno y continué—: Nemobno se ha estado informando de los pueblos del sur, y ha sabido que hay unos almacenes de grano bastante importantes en Arundo, junto al recinto del jefe. El grano está preparado para ser enviado al norte para alimentar las fuerzas de Verica.

—¿Cómo podemos estar seguros de eso, señor? —preguntó Garmano.

Me volví hacia Nemobno, y éste habló:

—Oí a un par de nobles en la taberna ayer en Noviomago. La cosecha atrebate ha sido escasa este año, y los hombres de Verica se han apoderado del grano de los asentamientos locales. El jefe local ha accedido a entregar su excedente para ayudar a aprovisionar las bandas de guerra. En cuanto el resto de la cosecha se haya recogido, el grano será enviado a Calleva.

—No creo que sus habitantes se alegren de eso.

—Es un ultraje —replicó Nemobno—. Los campesinos normalmente obtienen un modesto ingreso vendiendo ese excedente de grano a sus vecinos del este. Ahora tienen que entregar el fruto de su trabajo a cambio de nada —escupió en el suelo—. Muchos pasarán hambre este invierno.

—¿Por qué iban a dar el grano a los atrebates? —preguntó Togodumno.

—El jefe es aliado de Verica —explicó Nemobno—. Todos los nobles del reino se han visto obligados a jurarle fidelidad. Si se niega a apoyarlo, lo eliminará a punta de espada y lo sustituirá por alguien más dócil.

—Arundo está mal defendido —añadí yo—. Está lejos de las fronteras, y la mayoría de los guerreros huyeron después de la conquista atrebate. Cosa que significa que el lugar está maduro para el saqueo... Atacaremos el poblado, tomando por sorpresa a los defensores, y quemaremos los almacenes de grano. Y, antes de salir corriendo, cogeremos todos los suministros que hallemos.

Maglocuno frunció la frente hosca.

—¿A cuántos defensores nos enfrentamos, señor?

—Verica ha permitido que el jefe local mantenga sólo un pequeño número de guardias. Treinta como máximo, creo. Quizá menos.

—¿Y el resto de los habitantes?

—Son campesinos y artesanos, sobre todo —dijo Nemobno—. No estarán armados con nada más peligroso que unas cuantas porras y lanzas. No supondrán una amenaza demasiado grave.

—Nuestro trabajo consiste en frustrar la capacidad guerrera de Verica —les recordé—. El grano es vital, pues Verica lo necesita para alimentar a sus hombres. Sin estos suministros del sur, se verá obligado a elegir entre alimentar a sus guerreros hambrientos o a su pueblo. No podrá hacer ambas cosas.

Veía la intranquilidad reflejada en la expresión de algunos hombres.

—Sé que éste es un trabajo sucio, hermanos. Es algo que ciertamente no me gusta; no me gusta tener que infligir sufrimiento a los súbditos de Verica, pues ellos no tienen la culpa de nada, pero, si él es derrotado y depuesto, vivirán tiempos mejores. Además, ¿creéis que él trataría a nuestro pueblo mejor en caso de obtener la victoria? Es la carga de la guerra, la que él ha echado sobre nuestros hombros. Nunca lo olvidéis.

Terminamos los preparativos a última hora de la tarde, en un estado de anticipación mezclado con nervios. Habíamos comprobado las armas y los equipos y, tras juntar las raíces y plantas recogidas en el bosque, las hervimos, para conseguir el tinte que completaría nuestro disfraz. Los hombres se quedaron mirando embobados mientras yo pintaba los brazos y la cara de

Dubnocato con los intrincados diseños que recordaba del tiempo que había pasado entre los siluros. Luego, se dividieron en parejas y empezaron a pintarse unos a otros con el mismo estilo. En cuanto hubieron terminado, los hice formar en una larga fila para inspeccionar su trabajo. La mayoría de sus marcas me parecieron lo bastante buenas para que la trampa funcionase, pero entonces mi mirada se posó en Togodumno.

–¿Y bien? –me preguntó, observando los motivos descoloridos que decoraban su rostro–. ¿Qué opinas?

–¿Quién te ha pintado? –le pregunté.

–Maglocuno. ¿Por qué? –Togodumno juntó las cejas–. ¿Qué pasa?

Los símbolos que llevaba en la frente empezaban a desteñir y chorrearle por el rostro formando finas venas. No pude evitar reírme ante aquella imagen ridícula, lo que enfureció más aún a mi hermano menor. Algunos de los demás se unieron a mí rápidamente.

–¿De qué mierda os estáis riendo? –soltó Togodumno, y un momento después la pintura empezó a gotearle de las cejas. Él frunció el ceño y se tocó la cara. Cuando apartó la mano, vio que un tinte desvaído le manchaba las puntas de los dedos–. ¡Oh, joder!

–Lo siento, señor –tartamudeaba Maglocuno, retorciéndose las manos–. Lo he hecho lo mejor que he sabido…

–Maldito idiota. –Togodumno lo miró furioso–. Pensaba que habías dicho que sabías hacerlo.

–Venga, lávate –dije a mi hermano, y luego me volví a Maglocuno–: Prueba otra vez. Usa una pintura más espesa. Queremos engañar al enemigo, Maglocuno –añadí con una ligera sonrisa–. No que se mueran de risa.

–Sí, señor. –El guerrero de la cara llena de cicatrices se sonrojó, violento.

–Los demás podéis comer algo y dormir. Partiremos a Arundo con las primeras luces.

CAPÍTULO VEINTIOCHO

Nos deslizamos fuera del campamento antes de que saliera el sol. Era un día apagado de invierno, y unas nubes grises y bajas parecían oprimir la tierra desde el cielo. Dejé a una media docena de hombres para que custodiaran el campamento bajo el mando de Garmano. Éste se sintió amargamente decepcionado por esta decisión, pero era un súbdito leal y no manifestó su protesta. Le dije que, si no volvíamos a la noche siguiente, debía asumir que nos habían capturado o matado y abandonar de inmediato el campamento y marchar de vuelta a Camuloduno.

El resto, equipados con escudos y armas, nos dirigimos hacia el sur. Al cabo de varios kilómetros, emergimos de la penumbra del bosque y continuamos a través de un tapiz de valles de laderas empinadas y estrechos caminos de cabras. Ocasionalmente nos encontrábamos con pruebas de la reciente invasión del reino por parte de los atrebates: montículos funerarios y restos ennegrecidos de granjas incendiadas. Incluso pasamos junto a las ruinas de un pequeño pueblo regnio. Los atrebates habían arrasado la mayor parte de las chozas hasta los cimientos, sin dejar atrás otra cosa que unas cuantas maderas ennegrecidas, pilas de piedras y los restos de algunos humanos y animales.

–¿Qué ocurrió aquí? –se preguntó Togodumno en voz alta.

A mi lado, vi que Nemobno miraba hacia el pueblo destruido con la mandíbula estrechamente apretada, y se me ocurrió que no estábamos lejos de su hogar.

–Lo mismo que en muchos otros lugares de nuestra tierra, señor –dijo él–. Verica y sus hombres no mostraron clemencia con nuestra gente. Saquearon cada poblado, mataron al jefe y a sus guerreros y obligaron a los demás a hacer un juramento de fidelidad a su rey. Aquellos que se negaron fueron asesinados o vendidos en los mercados de esclavos de la Galia.

–¿Cómo sabes todo esto? –le pregunté.

Nemobno se encogió de hombros.

–Tuve amigos aquí hace tiempo, señor. Uno escapó a Camuloduno y me contó la historia. Los otros no fueron tan afortunados.

Yo puse mi mano en su hombro.

–Tendrás pronto la oportunidad de vengarte, Nemobno. Si los dioses lo permiten.

–Sí, señor –replicó él con tristeza–. Pero ojalá no tuviera que ser así.

–¿No quieres vengar los espíritus de tus muertos?

–Preferiría beber en su compañía, señor. El mundo es un lugar muy solitario sin que la sonrisa de un amigo lo caliente un poco. La venganza es un mal sustituto.

Decía la verdad. Intenté pensar en algunas palabras de consuelo, pero no se me ocurrió ninguna.

Aquella tarde, al llegar a un pequeño claro, Nemobno levantó la mano para que nos detuviéramos. Yo me adelanté hacia él, y el regnio señaló hacia una colina herbosa y baja hacia el sur, coronada con una extensión de bosque.

–Arundo está al otro lado de esa cresta, señor.

Hice señas a Dubnocato.

–Quédate aquí con los hombres –le ordené–. Asegúrate de que guardáis un silencio absoluto. Ni un solo ruido, ¿me has entendido?

–¿A dónde vas, señor?

–A reconocer el pueblo.

Me bajé de la silla y, tras ordenar a Togodumno que viniera conmigo, caminamos por detrás de Nemobno por un estrecho sendero que conducía a la cima de la colina. Ya arriba, hicimos una pausa para recuperar el aliento, y luego, yendo más allá de la línea de los árboles, nos arrastramos hacia un barranco poco hondo. Desde aquella posición teníamos una buena perspectiva del asentamiento.

Situado en un valle, Arundo, en los años anteriores a la invasión, había constituido una serie de graneros, rediles y casas redondas diseminadas en un terreno elevado, junto a un recodo del río Trisantonis. Su localización había permitido a las gentes beneficiarse del floreciente comercio de perros de caza, esclavos y joyería con la Galia, y el lugar había ido creciendo poco a poco con el tiempo. Unos cuantos barquitos de río estaban anclados junto al embarcadero, como sombras oscuras sobre el agua gris. Igual que en tantos otros asentamientos regnios menores, no se había hecho intento alguno de establecer una fortificación defensiva o una zanja. Junto al muelle, más o menos a un kilómetro y medio de nuestra posición, un par de guerreros armados con unas lanzas hacían guardia junto a una estructura rectangular y grande.

–Ése es el almacén de grano de Arundo, señor –dijo Nemobno–. He oído que su jefe se niega a alimentar a los más pobres, y por eso sus hombres protegen el grano destinado a las bocas de los atrebates. Es el único lugar custodiado de todo el pueblo, aparte del alojamiento del jefe.

Maglocuno sonrió aprobadoramente, sin dejar de estudiar el pueblo.

–Este sitio está ahí para que lo tomemos. Será una victoria fácil.

–Ninguna lucha es fácil cuando los hombres defienden sus hogares –advertí yo.

371

Pasamos un rato más observando el pueblo, contando el número de guerreros y estudiando sus movimientos, hasta que al final empezó a imponerse la oscuridad.

–Vamos –dije yo–. Ya hemos visto bastante, hermanos. Vámonos.

Bajo la luz ya desfalleciente, volvimos sigilosamente por la parte más alejada de la colina hasta que salimos al claro. Una vez allí, reuní a los guerreros de mayor experiencia y tracé el plan de ataque.

Pasamos unas pocas horas preparando el asalto nocturno. No podíamos arriesgarnos a encender fogatas para cocinar estando tan próximos al pueblo, de modo que los hombres tuvieron que contentarse con unas raciones de pan basto y queso, que bajaron gracias a unos vasos de cerveza. Poco después, a la escasa luz que permitía la luna creciente, ordené montar de nuevo sobre los caballos.

–Recordad, hermanos –les dije–. Ahora somos siluros. Eso significa que debemos luchar como ellos. Actuad con rapidez, robad lo que podáis... y no tengáis piedad con aquellos que se atrevan a resistirse.

Salimos al trote, moviéndonos en silencio por un rústico camino que formaba una curva en torno a la base de la colina, tapado de la vista del pueblo por una densa extensión de pinos. Según íbamos cursando el sendero, yo oía el ruido sordo de los cascos sobre las hojas podridas, las plegarias susurradas de los hombres y el débil tintineo de los bocados.

Bajamos el suave desnivel hacia el fondo del valle, y entonces los bosques empezaron a clarear. Por delante, a no más de unos centenares de pasos, ya se divisaba el extenso asentamiento de Arundo, las formas oscuras de las casas redondas apenas visibles ante el cielo nocturno. A aquella hora tardía, la mayoría de sus habitantes estarían dormidos, y las únicas señales de vida eran las débiles luces de los hogares y algunas voces apagadas.

A mi orden, tiramos de las riendas y nos detuvimos detrás de un grupo de raquíticos abedules plateados. Los hombres, aún en silencio, desmontaron y hundieron unas estaquillas de madera unidas a las riendas en el blando suelo, para atar así a los caballos. Luego comenzamos a arrastrarnos por el terreno abierto, en medio de la negra noche, más allá de la línea de árboles, hasta que alcanzamos una colina cubierta de hierba donde, por seguro, llegarían los proyectiles del asentamiento. Allí encendimos algunas antorchas, y Togodumno, en voz baja, hizo avanzar a una docena de guerreros armados con material incendiario. Eran nuestros mejores arqueros. Mientras ellos descendían la colina, los demás nos mantuvimos a la espera. Y sólo cuando, un poco más adelante, se detuvieron, sacaron las flechas de sus aljabas, sujetando las puntas empapadas en brea junto a las antorchas que empuñaban sus camaradas. Togodumno susurró una orden, y los arqueros empezaron a disparar las flechas de fuego hacia los tejados de paja de las casas redondas y amontonadas.

Un velo irregular de astiles de un naranja reluciente formó un arco en el cielo nocturno hasta caer sobre el asentamiento. Varios proyectiles encontraron su objetivo y se clavaron en los tejados de las chozas y graneros más cercanos. Algunos otros dieron en el suelo, y unos pocos prendieron fuego a pajares o pilas de madera. Al cabo de unos momentos, el fuego se había extendido con rapidez, y ya devoraba con sus llamas retorcidas las pequeñas chozas. Al momento, los habitantes del pueblo comenzaron a salir de sus hogares, algunos con cubos para intentar apagar el fuego, aunque otros echaron a correr a toda prisa hacia las colinas seguidos por los chillidos de los niños.

En medio de aquella carnicería, vi a un hombre joven tirado en el suelo que se intentaba quitar una flecha que se le había clavado en el muslo. A otro le habían dado en el cuello mientras trataba de alejarse cojeando. Al mismo tiempo, un torrente de figuras salía corriendo del recinto del jefe. Unos sirvientes corrían hacia las casas redondas en llamas y se unían al frenético esfuerzo de apagar las llamas, en tanto que los guerreros tomaban lanzas y hachas, dispuestos a defenderse.

Nuestros arqueros soltaron otra temible andanada de flechas incendiarias. Un cierto número de proyectiles se quedaron cortos y no acertaron en ningún objetivo; aterrizaron entre los rediles de los animales, que al poco cayeron muertos. Las bestias aullaban, aterrorizadas y enloquecidas por el fuego y los proyectiles que llovían sobre ellas. Aumentó el griterío entre los habitantes del pueblo cuando el rebaño inició salió en estampida y aplastó la débil cerca. Algunos de los guerreros quedaron atrapados en el camino de los animales, y sus gritos aterrorizados hendieron la noche por un momento, hasta que acabaron pisoteados bajo los cascos. Los animales cargaron hacia los caminos principales en pequeños grupos, dejando atrás un rastro de maderas y cuerpos destrozados. Aquella escena me ponía enfermo, y tuve que recordarme a mí mismo una y otra vez por qué lo hacíamos. Maldije en silencio a Verica por obligarnos a llegar a tales extremos.

Cuando el asentamiento se sumió en una confusión completa, ordené a mis hombres que avanzaran. Corrimos colina abajo hacia el pueblo. Las botas resonaron en el suelo helado, y los gritos salvajes de mis hombres se entremezclaron con los de pánico de los locales, el salvaje bramido del ganado y el crepitar rugiente de las llamas. Miré hacia el otro lado, donde Togodumno y los arqueros ya desenvainaban sus espadas largas y echaban a correr para unirse a nosotros. Con los cuerpos pintados de glasto, el pelo trenzado y las armas relucientes, debíamos de ofrecer un aspecto terrorífico.

El hombre que iba delante de mí lanzó un grito de alarma cuando un toro herido, con el flanco envuelto en llamas, cargó hacia nosotros. El animal lo golpeó antes de que pudiera apartarse de su camino; el hombre quedó empalado en sus cuernos. Instintivamente, me aparté a un lado, evitando así por poco a la bestia herida, que pasó justo a mi lado en su huida hacia la negra masa de las colinas distantes.

–¡Quemad los almacenes! –grité a Togodumno, señalando los cobertizos de almacenamiento que daban a la orilla del río.

Él asintió y llamó a aquellos hombres entre nosotros que todavía llevaban antorchas. De inmediato, siguieron a mi hermano por el camino principal, directos hacia los cobertizos del grano. Mientras ellos destruían los suministros, el grueso de nuestra fuerza de ataque se ocuparía del jefe y su séquito.

Nos apresuramos hacia el recinto de mayor tamaño, situado en medio del pueblo, y rápidamente los guardaespaldas supervivientes se volvieron hacia nosotros, blandiendo sus lanzas y sus hachas de combate. Los dos bandos chocamos entre una ráfaga de puntas de espadas que se agitaban y reflejaban el resplandor del fuego. Oí un grito, y me di cuenta de que un guerrero con la cara ancha y el pelo con púas cargaba hacia mí, aullando en el incomprensible dialecto de los regnios.

Levanté el escudo a toda prisa, y se oyó un crujido de la madera cuando el hacha del regnio mordió hondamente la superficie. Yo rechiné los dientes y aguanté, pese al intenso dolor en el antebrazo debido al estremecedor impacto. El hombre del hacha rugió, frustrado, y liberó su arma de un tirón para volver a abalanzarse sobre mí una vez más. Yo retrocedí de un salto, evité el golpe por poco, y luego me trasladé a un lado y di un mandoble hacia arriba, cogiendo al guardaespaldas en su flanco sin defensa antes de que pudiera recuperarse. La espada abrió una profunda brecha a sólo unos centímetros de la axila del hombre, rebanando tendones y músculo. Antes de que yo pudiera saltar hacia delante para matarlo, alguien golpeó al hombre del hacha con la punta de su lanza, con tal fuerza que el golpe lo levantó del suelo.

En el camino principal, se había iniciado una lucha sin cuartel. Entre los guardias, me fijé en un hombre con el pelo como lavado con cal y un torques de oro que gritaba órdenes. Sus brazaletes ornamentados y los anillos brillantes de sus dedos lo identificaban claramente como el jefe del lugar. Sus hombres se veían superados en número, y sus filas, despojadas por la embestida de proyectiles y la fuerza destructiva del fuego. Pronto hicimos retroceder a los guerreros hacia el recinto de su jefe. El terreno era ahora un lodazal repleto de barro, sangre y vísceras, ya que la mayoría de los lugareños habían caído abatidos bajo los tajos y estocadas incesantes de nuestros hombres.

En medio de los cuerpos apelotonados, un anciano de pelo gris muy alborotado trató de arrojarse sobre mí con una lanza. La punta en forma de hoja desgarró la tela suelta de mi túnica y pinchó un poco la carne. Retrocedí dando tumbos, apenas consciente de una posible herida en el costado, cuando el regnio volvió a atacarme. Se movía con una agilidad y velocidad sorprendentes para su avanzada edad, lanzando una sucesión de estocadas y aguijonazos, y de repente, en el último instante, hizo girar su arma y me dio en la mandíbula con la base del mango. Mi cráneo se sacudió. Vi un relámpago blanco y caí indefenso hacia atrás. Aterricé en el suelo empapado de sangre.

La lanza brilló por encima de mí, y rodé desesperado hacia la izquierda, justo un momento antes de que abatiese el arma. La punta apuñaló el suelo, y yo golpeé al lancero sin que él pudiera darse la vuelta para volver a atacarme. La hoja le dio en la espinilla, y lo ataqué entonces en el cuello. Se oyó un agudo silbido cuando el aire se le escapó de la garganta sajada, y de inmediato la sangre brotó del tajo con un gorgoteo furioso. El hombre se derrumbó. Murió entre la mierda y los charcos de sangre, con los ojos desorbitados. Es raro que todavía pueda ver todos los detalles de ese hecho en mi mente después de tantos años. Pero algunas muertes uno no las olvida nunca. Los poetas y dramaturgos pueden decir lo que quieran, pero no hay gloria alguna en la guerra, sólo imágenes espantosas y el sonido de hombres desgarrándose unos a otros en una desesperada lucha por la supervivencia.

No sé muy bien cuánto pudo durar la escaramuza. Ciertamente, no fue mucho. Al cabo de un tiempo breve, más de la mitad de los guerreros locales yacían en el suelo, bien muertos o moribundos. A la luz parpadeante de las llamas, vi cómo Vassedo le abría a uno la cabeza con su hacha de combate, incrustándola hasta llegar a la mandíbula. Maglocuno rugía triunfante mientras clavaba su larga espada en el estómago de otro guerrero. Más lejos, un regnio salía dando tumbos de una casa redonda que se derrumbaba, con el cuerpo envuelto en llamas, y sus gritos de agonía perforaron el aire. El hombre fue dando mandobles a ciegas con la espada, pero no tardó en caer al suelo.

Varios de los guardaespaldas, viendo el inminente peligro para su jefe, se volvieron y se lo llevaron a toda prisa hacia las colinas boscosas distantes. Yo supe entonces que la lucha había terminado. Sólo un puñado de hombres mantenía aún el terreno, decididos a morir y dar tiempo al jefe de escapar. Unos cuantos arrojaron las armas y levantaron las manos en rendición, pero aquellos que estaban inmersos en la locura del combate los cortaron a pedacitos. En cuestión de segundos, todos los defensores habían sido asesinados.

Nuestros hombres comenzaron a celebrar la victoria, y entonces miré por encima del hombro. Noté un pinchazo de satisfacción al ver arder los almacenes de grano. En realidad, ardían todos los edificios, y el parpadeo de las llamas se reflejaba en las aguas negras del río.

De inmediato, comenzamos a saquear el asentamiento. Yo despaché a Vassedo al mando de unos cuantos para que registraran las chozas que todavía no habían ardido. Con él, media docena de guerreros exhaustos reunieron suministros de pan, avellanas, queso y cerdo salado, junto con unos cuantos pollos bien gordos y varias jarras de cerveza. Y, entretanto, pedí a Nemobno que buscara algunas mulas para transportar nuestro botín a nuestro escondite.

—Coged comida para los caballos también —añadí—. Toda la que podáis llevar.

También conseguimos algunos artículos de valor, tanto del alojamiento del jefe como aquellos que robamos a los muertos, torques y anillos. Esto era necesario para contribuir a nuestro engaño, porque ninguna fuerza silura de ataque que merezca tal nombre dejaría atrás un botín tan jugoso.

A nuestro alrededor, algunos desesperados habitantes del lugar, aquellos que no habían podido escapar, miraban impotentes cómo mis hombres se llevaban todo lo que encontraban. Las madres intentaban consolar a sus bebés, que lloraban. Los viejos nos miraban con odio.

Yo no deseaba quedarme en Arundo un momento más de lo necesario. El asentamiento importante más cercano estaba a menos de medio día a caballo de distancia, y no les sería difícil a los supervivientes, junto con su jefe, llegar hasta allí y dar la alarma.

Unos momentos después, Togodumno apareció por el camino del río para informar.

—¿Y bien? —le pregunté.

—Los almacenes han sido destruidos —me explicó—. Ya habían cargado parte de los suministros en los barcos, pero los chicos los abordaron antes de que las tripulaciones pudieran soltar las amarras, y también han prendido fuego a los barcos. Verica no recibirá ni un celemín de grano de este lugar. Este año, no.

Yo asentí con torva satisfacción. Togodumno examinaba el pueblo en ruinas con un silencio pétreo. Un hedor espantoso llenaba el aire, negro, espeso. Todavía lo huelo hoy en día. Era el hedor horrible de la carne quemada mezclada con el olor a madera ardiendo.

—Ha salido bien —dije.

Mi hermano sonrió con tristeza.

—Es verdad —respondió en voz baja—. Pero, de todos modos, ojalá no hubiéramos tenido que hacerlo. No hay honor alguno en atacar a campesinos y ancianos.

—Esto no tiene nada que ver con el honor —negué con la cabeza—. Los actos de Verica no nos han dejado elección. Es la única forma de salvar a nuestro pueblo. Si fallamos, acabaremos bajo el yugo de los atrebates, igual que los regnios.

—Ya lo sé —dijo él, deprimido—. Pero habría sido mejor luchar contra las bandas de guerra de Verica en el campo de batalla, como sabe hacer nuestra tribu. En eso sí que hay gloria, al menos.

Yo le dirigí una mirada dura, inflexible.

—Será una derrota gloriosa, hermano, si no privamos a Verica de sus suministros antes de que salgan las primeras flores. Si no tienes estómago para esto, quizá deberías volver a Camuloduno. Estoy seguro de que a padre le encantaría tenerte a su lado.

Togodumno se puso tieso y cuadró los hombros.

—Te hice un juramento, hermano. Hasta el final, ocurra lo que ocurra. Y me propongo mantenerlo. Antes morir que romper mi voto. Eso ya lo sabes.

—Tampoco me produce ningún placer todo esto…, pero es necesario. —Le di una palmada en la espalda—. No temas. Tendremos oportunidad de luchar en el campo de batalla, a su debido tiempo —lo tranquilicé—. Las probabilidades estarán a nuestro favor entonces. Cuando llegue la primavera, destruiremos a Verica y a los atrebates.

—Será mejor que sea así —gruñó Togodumno.

En ese momento, se acercó Nemobno.

—Las mulas están preparadas, señor.

Yo asentí.

–Reúne a los hombres –ordené a Togodumno–. Partimos de inmediato. Debemos poner una buena distancia entre nosotros y este pueblo antes de que despunte el día.

–Sí, señor.

Togodumno se llevó la mano en torno a la boca y comenzó a gritar las órdenes, esforzándose por hacerse oír por encima del incesante rugido del fuego. Cuando nos dirigíamos hacia las mulas que esperaban junto al destrozado redil del ganado, oí una voz que me llamaba. Miré a mi alrededor, y vi que uno de los habitantes del pueblo se acercaba a Nemobno. Era un hombre frágil, encorvado y arrugado, vestido con unos trapos raídos, apenas unos jirones. El viejo dio otro paso hacia Nemobno, hablando en la áspera lengua de los regnios con las manos tendidas en un gesto de súplica.

Nemobno fingió que no lo entendía, representando bien el papel de jinete siluro, pero el viejo continuó hablándole, al tiempo que hacía gestos hacia una mujer gordezuela y un chico de pelo rubio que estaban de pie junto a una de las casas redondas.

Nemobno, quieto, lo escuchaba en silencio. Negó con la cabeza y murmuró unas pocas palabras, y luego vino a reunirse con nosotros, que caminábamos ya hacia las mulas.

–¿Qué pasaba? –le pregunté.

–Un viejo que nos acusaba de haber destruido su forma de vida –nos explicó Nemobno–. Quería saber cómo iba a alimentar a su familia en los meses del invierno. No he sabido qué decirle.

Estaba claro que las punzantes palabras del viejo lo habían afectado.

–Es horrible que toda esta gente tenga que sufrir –murmuré yo.

–Es tal y como dices, señor –repuso Nemobno, cansado–. No podemos hacer otra cosa. Por muy duro que sea, Verica no nos ha dejado otra alternativa.

Salimos a toda prisa del asentamiento, mucho antes de las primeras luces, con las mulas cargadas de provisiones y sacos de monedas de plata, joyería y otros valores. Guie a los hombres de vuelta colina arriba, hasta nuestros caballos que estaban atados, y di la orden a los hombres de que montaran. El botín lo enterraríamos en un escondite en tierra sagrada, no lejos de nuestro escondite, para poder retirarlo a tiempo si necesitábamos procurarnos suministros frescos desde el otro lado de la frontera, en tierras de los belgas.

Ya sobre mi montura, arrojé una última mirada al poblado devastado que quedaba detrás de nosotros. De algún modo, admiré nuestra obra. Las llamas formaban remolinos en el cielo ventoso.

Nuestra guerra en las sombras contra los atrebates había empezado.

CAPÍTULO VEINTINUEVE

Roma, 61 d. C.

–Nuestro ataque a Arundo fue sólo el primero de muchos contra los regnios –dijo Carataco con ese tono de añoranza al que me había ido acostumbrando a lo largo de las últimas semanas–. A lo largo de los meses de invierno, quemamos docenas de graneros y pueblos. Pocos pueblos se atrevieron a defenderse. La visión de nuestros cuerpos pintados con glasto saliendo de pronto de la oscuridad, con las espadas y lanzas en la mano y aullando los gritos de combate de los siluros, bastaba para que la mayoría de los habitantes saliera corriendo. Aquellos que intentaban resistirse a nosotros lo pagaban con la vida. No tomábamos prisioneros. Sus cabezas acababan separadas de los cuerpos y empaladas en estacas, como advertencia para los que se atrevían a servir a Verica, y arrojábamos sus cadáveres a los vertederos para que los perros salvajes se dieran un festín. Yo lamentaba muchísimo la muerte de civiles, pero era necesaria, dada la importancia de nuestra misión. Ya no era una pequeña refriega tribal de las que habían plagado nuestras tierras durante tantísimos años. Estaba en juego nada menos que la supervivencia de nuestra tribu. La época de los héroes había quedado en el pasado. Vivíamos un tiempo de supervivientes y de mentiras, y en un mundo semejante no podía haber misericordia.

Contemplé a Carataco serio, en un silencio incómodo. Era duro ver cómo aquel viejo rey, un hombre de un ingenio e intelecto sorprendentes, a pesar de su debilidad, describía con toda calma el pillaje y asesinato descontrolado de sus compañeros britanos.

Carataco debió de notar mi inquietud, porque agachó la cabeza y me dirigió una mirada burlona. Era un tipo de mirada muy aguda a pesar de su avanzada edad; nada se le escapaba.

–¿Estás en desacuerdo con esas tácticas, Felícito? --me preguntó con su acento cadencioso.

Yo me removí, incómodo.

–Tal y como lo entiendo, los regnios eran víctimas de la agresión de los atrebates, y, sin embargo, tus hombres arrasaron esos pueblos, destruyendo sus hogares y su ganado y robándoles sus posesiones. A algunos quizá les podría costar entender cómo es posible que justificaras semejante violencia.

Carataco esbozó una sonrisa irónica.

–Tienes mucho que aprender sobre las legiones, romano, y lo que han hecho a mi pueblo.

–No soy ningún idiota, señor –repliqué yo–. No dudo de que unos cuantos de nuestros soldados cometieron algún acto indigno en Britania. Las guerras tienden a sacar la maldad de los corazones de los hombres.

La expresión del britano se endureció. Me miró con los ojos cargados de silenciosa furia.

–No me entiendes. No hablo de masacres aisladas. Lo que hicieron los romanos fue peor, mucho peor…

Apretó con fuerza la mandíbula y apartó la vista, luchando por controlar sus emociones. Me removí de nuevo, violentado, y fingí consultar mi tableta. El viejo mito de que los britanos eran gente de sangre caliente era sólo una media verdad, pensé. Si Carataco era un ejemplo del carácter tribal general, se veían guiados también por un sentimentalismo fácil. Incluso sus nobles eran dados a frecuentes exhibiciones de emoción, en agudo contraste con los modales austeros de nuestros propios aristócratas. (En público, al menos. A puerta cerrada, en la privacidad de sus propios hogares, la historia era completamente distinta. Pero eso ya lo contaré otro día).

Él se quedó mirando, distraído, a través de la abertura que había a un lado del estudio. Al cabo de unos pocos momentos, juzgué que ya era seguro volver a hablar.

–¿Qué has querido decir? –le pregunté–. Con eso de nuestros soldados en Britania...

Carataco meneó la cabeza vigorosamente.

–Hablaremos de eso más tarde. Hay mucho que contar antes de llegar a ese punto, y debo narrarte mi historia tal y como ocurrió.

Yo había pasado ya bastantes horas en compañía de Carataco para saber que era fútil discutir con él, de modo que tomé nota mentalmente de retomar el tema más adelante.

–Está bien –acepté–. Volvamos a las incursiones, entonces.

–¿Deseas saber cómo justificamos nuestras acciones contra los regnios? –yo asentí. Carataco dio un largo sorbo a la cerveza, tomándose su tiempo para pensarse la respuesta–. No eran nuestros enemigos, como tú señalas. Pero nosotros actuábamos como siluros, recuérdalo. Teníamos que representar ese papel para que nadie nos descubriera. Si hubiésemos mostrado compasión, los atrebates habrían detectado rápidamente nuestro truco. Y los regnios no eran víctimas inocentes en la lucha. Muchos de sus jefes y caudillos habían jurado alianza de buen grado a Verica. En cuanto a los demás, sólo se les podía culpar a ellos. No tenían que haber permitido que los sojuzgara el enemigo. Si hubieran opuesto una resistencia más encarnizada, no habrían sufrido nuestras espadas.

Mientras hablaba, empecé a comprender algo sobre la naturaleza de ese señor de la guerra, antes poderoso. Nosotros, los romanos, asumimos normalmente que las tribus celtas son poco más que un puñado de brutos incultos; tozudos y valientes, desde luego, pero sin astucia alguna. Sin embargo, estaba claro que Carataco era mucho más que un simple y orgulloso guerrero. Era un hombre de cálculo frío y de inteligencia táctica, dispuesto a soportar las penalidades y decidido a hacer lo necesario para derrotar a sus enemigos, aunque eso significase infligir un sufrimiento inaudito. En otra vida distinta, habría sido un brillante general romano. Algunos romanos se habían maravillado de que un montón de britanos peludos se hubiesen resistido a nuestras legiones durante tantos años, pero quizá también hubiéramos entendido mal eso. Dada la incompetencia de nuestros propios oficiales, muchos de los cuales están más interesados en medrar en sus propias carreras que en dominar los aspectos más finos de la guerra, la sorpresa en verdad es que Carataco no nos hubiese desafiado mucho más tiempo aún.

–¿Y tus hombres? –le pregunté–. ¿Ninguno tenía dudas sobre vuestras incursiones? Tú reconoces que muchos de tus compañeros detestaban unas prácticas tan innobles.

–Si fue así, nunca lo demostraron. Todos nuestros guerreros, creo, entendieron la importancia de nuestra misión. Además, me habían hecho un juramento ante los dioses. De donde yo vengo, no se puede romper tal cosa a la ligera. Y, en cualquier caso, apreciaron enseguida el éxito de nuestras incursiones. La victoria es un elixir poderoso. Pronto habíamos privado al enemigo de gran parte de sus fuentes de grano. Mis hombres destruyeron sus fraguas, mataron a su ganado y arrasaron los talleres donde se fabricaban sus carros y sus arcos. Matamos a los herreros y artesanos que conseguimos, porque tales habilidades no son fáciles de sustituir. Un poco más tarde nos enteramos de que había habido un levantamiento en Noviomago. La gente de la ciudad se había vuelto contra su rey por no haberlos protegido.

–¿Y tuvieron éxito?

–No. Los guardaespaldas del rey aplastaron la rebelión, y muchos perecieron. Pero Nemobno informó de que había un descontento creciente entre los ancianos. Eso eran buenas noticias, porque teníamos claro que estábamos molestando al enemigo, y los hombres se pusieron de buen humor. Pero yo también sabía que sólo era cuestión de tiempo que los atrebates respondieran.

–¿Y qué ocurrió entonces? –pregunté yo–. ¿Persististeis en los ataques a lo largo del invierno?

–Durante un tiempo –respondió Carataco–. Al cabo de un mes o así, juzgué que los hombres necesitaban un descanso, de modo que cambiamos de nuevo de vestimenta y cruzamos la frontera hacia el este, hacia la tierra de los cantiacos, para pasar unos cuantos días bebiendo y festejando con el jefe local, que era un aliado. Conocía a Dubnocato, y rápidamente creyó la historia de que andábamos patrullando la zona para expulsar a los ladrones de ganado. Togodumno se quejó del alto en nuestra campaña y dijo que yo era demasiado blando con los hombres, pero siempre he tenido la sensación de que los guerreros luchan mejor cuando están adecuadamente alimentados y descansados.

–¿Y los atrebates? ¿Qué pasaba con ellos?

–Al principio no sabíamos nada. –Carataco sonrió levemente–. Pero, cuando volvimos al campamento, nuestro guía nos dio unas noticias perturbadoras. Nemobno había hablado con un comerciante galo de un pueblo cercano, quien a su vez había oído un anuncio en Calleva varios días antes. Verica había hecho saber que pagaría una generosa cantidad de monedas de plata a cualquiera que proporcionara información que condujese a nuestra captura. Aquellos que fueran sospechosos de proporcionarnos ayuda serían ejecutados, junto con el resto de sus familias.

»Fue un movimiento muy astuto. El anuncio de Verica hizo que nos resultara mucho más difícil recabar información

de la gente de los pueblos. Los habitantes se volvieron descon-
fiados con los extranjeros. Antes podíamos comprar suministros a alguno de los jefes menos escrupulosos en los asentamientos de la frontera, pero ahora se negaban a vendernos
nada. Temían las represalias de los atrebates.

–Supongo que se podría decir que habíais tenido demasiado éxito.

Eso despertó una débil sonrisa en el britano.

–Sí. Pero yo sabía que nuestra suerte no podía durar.
En algún momento Verica reaccionaría a los ataques a sus líneas de suministro. Poco después, empezaron las patrullas.
Los atrebates enviaron a guerreros montados a los bosques
para cazarnos. En unas cuantas ocasiones, mis exploradores
escaparon por poco. Al mismo tiempo, Verica mandó a algunos hombres al sur para guarnecer los asentamientos más
grandes. En algunos lugares vimos que se juntaron más de
cien, bien dispuestos a defender a los habitantes del pueblo.
Conseguimos unas cuantas victorias más, pero cada vez era
más difícil encontrar objetivos. A veces reconocíamos un pueblo, sólo para encontrarnos con que los atrebates habían enviado a una fuerte guarnición cuando volvíamos a atacarlo
unos pocos días después. Togodumno sugirió atacar una de
las poblaciones más pequeñas; afirmó que así daríamos ejemplo a los defensores y obligaríamos a Verica a enviar más
hombres al sur, para reforzar sus posiciones, privando a sus
bandas de guerra de hombres para la campaña que se aveci-
naba. Pero yo me negué a comprometer nuestras vidas. «Su-
friríamos bajas, inevitablemente», le expliqué. «Sería una recompensa pequeña a cambio de la pérdida de muchos
hombres. Debemos ser pacientes». Se dieron entonces algunas peleas acaloradas entre nosotros. Pero nuestros problemas no habían hecho más que empezar. Lo peor estaba aún
por venir. Tenía que haber previsto el desastre que estaba a
punto de caer sobre nosotros.

–¿Qué quieres decir?

El viejo rey se llevó el puño a la boca y tosió. Yo esperé hasta que se aclaró la garganta ruidosamente y tomó un sorbo de cerveza. Su rostro se contorsionó, luchando por encontrar las palabras.

–Fue culpa mía –dijo, con la voz reducida a un áspero susurro–. Tenía que haberme dado cuenta. Debí...

Me miró, pero lo asaltó un nuevo ataque de tos que le sacudió el cuerpo y lo dejó encorvado en su silla, gimiendo de dolor. Yo salté del taburete y llamé en busca de ayuda. Carataco, aún sentado, respiraba con dificultad y se agarraba el pecho. Un momento más tarde, el robusto portero irrumpió en el estudio, y yo observé, impotente, cómo corría hacia su amo y se arrodillaba junto a él.

–¿Está bien? –pregunté yo estúpidamente.

Antes de que el esclavo pudiera responder, Mardicca llegó corriendo desde el patio.

–Lleva a mi marido a su habitación –ordenó al esclavo en un latín torpe–. Ahora, Davos.

–Sí, señora. –El portero pasó un brazo en torno a la espalda de Carataco y con suavidad lo ayudó a ponerse en pie.

Mardicca me dirigió una mirada de desprecio.

–Tienes que irte –dijo con tono helado–. Mi marido debe descansar.

–Estoy bien, querida –murmuró Carataco, débilmente–. Inflamación de los pulmones..., eso es todo –se volvió hacia mí e intentó sonreír–. Hablaremos otra vez... dentro de unos días. –Hizo una mueca por el esfuerzo–. Enviaré a Davos a buscarte a tu casa. Él... te hará saber dónde nos reuniremos.

Yo incliné la cabeza y a toda prisa recogí la tableta y el estilo y salí del estudio. Al atravesar el vestíbulo hacia la puerta principal, oí que Mardicca me llamaba por detrás. De inmediato, me volví en redondo. Ella ya salía deprisa del estudio. Tras ella, Davos sostenía el peso de su amo y lo conducía a otra parte de la casa. Mardicca cruzó los brazos y me miró ceñuda, con sus intensos ojos verdes ardiendo de ira.

—¿No has causado ya bastantes problemas? —me soltó—. ¿Cuánto tiempo planeas seguir atormentándonos?

La conmoción de que se dirigiera a mí de esa manera una rústica mujer celta me dejó momentáneamente sin habla. Cuando recobré la compostura, le repliqué lo más calmado que pude:

—Lo siento, señora, pero no tengo ni idea de qué me estás hablando.

—No juegues conmigo —gruñó Mardicca, con la voz quebrada por la furia. Señaló hacia la figura encorvada de Carataco—. ¿Es que no lo ves? Mi marido está enfermo…, muy enfermo. Tanto hablar de los viejos tiempos no es bueno para su salud. Hay demasiado dolor.

—Perdóname, señora, pero tu marido no me ha mencionado nada de ninguna enfermedad.

—Por supuesto que no —bufó ella—, es demasiado orgulloso. Como todos los guerreros de nuestra tribu. Pero este proyecto tuyo es lo último que necesita ahora mismo.

—Sólo lo estoy ayudando a contar su historia —repliqué, a la defensiva—. Es importante, señora.

—¿Para quién? ¿Para mi marido o para ti?

Decidí no contestarle.

—Uno de mis conocidos conoce a un excelente físico griego —dije, sin embargo—. Puedo pedirle que visite a tu marido, si quieres. Quizá pueda ayudar.

Mardicca se echó a reír con amargura.

—Somos celtas. En esta casa no nos sirve vuestra impía magia griega. Con los vuestros no existe eso de la ayuda gratuita, ¿verdad? Siempre queréis algo a cambio.

Bueno, en eso me había pillado, la verdad. Podía ser una fiera de lengua áspera, pero la mujer de Carataco no era idiota, eso resultaba evidente. No tenía sentido seguir peleándome con ella, así que murmuré una excusa y salí rápidamente por la puerta principal. Ella me miraba entretanto con un aire de desprecio más propio de una propietaria de burdel suburano que de la esposa de un noble rey extranjero.

Crucé el descuidado patio, abrí el oxidado cerrojo de la puerta, introducido en el muro perimetral, y salí al exterior. Era tarde ya y el ocaso empezaba a bañar la ciudad con su cálido brillo. Tres borrachos jugaban a los dados en una esquina de la calle, unos mendigos rebuscaban entre pilas de basura y un grupo de portadores de antorchas se preparaban para su comercio nocturno. Calculé que tenía el tiempo justo para volver a mi alojamiento en el lado más pobre de la colina Esquilina antes de que cayera la noche.

Nuestra entrevista había ido bien, pero, aun así, un pensamiento lúgubre me atormentaba al pasar junto a los baños. ¿Y si Carataco moría antes de acabar de contarme su historia? Si creía a Mardicca, su estado era grave. La perspectiva espantosa de un manuscrito sin terminar me hizo temblar; la mayor historia de heroísmo de nuestra época y mi propia fortuna arruinadas por una enfermedad. Tendría que redoblar mis esfuerzos por reunirme con él en cualquier oportunidad y rezar para que conservara la salud. Y aquélla no era mi única preocupación, pues mi mente volvió a mi anterior conversación con Largo: ahora también tenía que preocuparme por el interés de los compinches de Nerón por mi proyecto.

Estaba claro que escribir la historia de Carataco iba a ser algo más complicado y peligroso de lo que yo esperaba. Y, sin embargo, no podía evitar querer saber más. ¿Qué quería decir al asegurar que lo peor todavía estaba por llegar y que tenía que haber previsto el desastre? Estaba desesperado por reunirme de nuevo con él y conocer su historia.

QUINTA PARTE

EL SEÑOR DE LA GUERRA

CAPÍTULO TREINTA

Britania, principios del 27 d. C.

La memoria, como entendí más tarde, no siempre es un sier-
vo fiable de la verdad. La mente se corroe con la edad, eso es
tan cierto como que nuestros huesos se oxidan y nuestra carne se encoge. No me crees, romano, pero tú todavía eres
joven, y a su debido tiempo comprenderás lo que quiero decir. Nombres y rostros, en tiempos tan familiares, ahora se me
escapan, y ya no estoy seguro de la cronología de algunos acontecimientos; a menudo, mi pasado parece fragmentario y
confuso, un revoltijo de imágenes. Peo algunos detalles están
tan profundamente grabados en mi memoria que nunca los
olvidaré. Aunque los dioses me permitieran vivir cien años
más, siempre recordaría ese largo y terrible invierno que sopor-
tamos el primer año de la guerra entre nuestra tribu y nuestros enemigos jurados, los atrebates.

Llevábamos más de dos meses hostigando las tierras de
sus aliados regnios cuando el tiempo cambió. Nevó durante
varios días, y una espesa manta blanca cubrió el paisaje. Por
la noche, el aire era tan frío que parecía rascarme la garganta
cada vez que respiraba. Los hombres que hacían guardia pisa-
ban la nieve sin parar, tratando de mantenerse calientes, y los
guerreros maldecían y temblaban bajo sus mantas de lana.

Nuestro campamento estaba muy dentro del bosque, en
un pequeño claro de tierra desprovista de color excepto las

bayas rojas venenosas que colgaban de las ramas de los árboles congelados, y el sol se mostraba débil y pálido en el cielo encapotado. Los veteranos rezongaban en voz baja por las incomodidades y porque temían por su gente en casa, diciendo que pasarían hambre si el invierno duraba más de lo habitual.

Yo creía entonces que nuestro mayor problema sería continuar acosando al enemigo en unas condiciones tan malas. Pero estaba equivocado.

A lo largo de las semanas siguientes, conseguimos algún éxito esporádico, pero, como Verica había ordenado vigilar los asentamientos más ricos, era difícil encontrar objetivos que valiesen la pena. Las patrullas atrebates en nuestra busca se volvían más numerosas por momentos, y cada vez que mis exploradores se iban para reconocer un pueblo me preocupaba que los capturasen y los torturasen para que revelaran nuestro paradero. Cuando una de estas partidas me informó de que había algunos jinetes atrebates en el bosque, sólo a diez kilómetros de nuestra posición, decidí que ya era hora de trasladar nuestro campamento.

Togodumno estuvo en desacuerdo con esta decisión, porque estaríamos más lejos de la frontera con los belgas, al oeste. «Si nos metemos en problemas, será mucho más difícil escapar», argumentó.

Tenía razón, pero no podíamos quedarnos allí. Era sólo cuestión de tiempo que alguna patrulla enemiga nos descubriera. Además, seguramente no esperaban que atacásemos más hacia el este, y yo confiaba en que encontraríamos blancos más prometedores en esa dirección.

Levantamos el campamento a la mañana siguiente. El cielo estaba poblado por rebaños de nubes, y los únicos sonidos eran el gorjeo de los petirrojos, los resoplidos de los caballos y el suave crujido de la nieve bajo nuestros cascos. Viajamos la mayor parte de ese día a través de un paisaje de bosques desnudos y campos ondulantes erizados de rastrojos de cereal, donde unos ruidosos grajos picoteaban las cáscaras podridas. Ya por la tarde, cerca del ocaso, llegamos a un bosquecillo al final de un valle escondido. Nemobno nos condujo por un camino lleno de maleza hasta que llegamos a una zona de tierra despejada y protegida de la vista por los árboles de los alrededores, a medio día a caballo del pueblo grande más cercano. Ése fue nuestro siguiente campamento.

A pesar del entumecimiento por el frío, erigimos unos rústicos rediles para los animales que habíamos conseguido en las granjas. Espesos remolinos de nieve soplaban sobre la tierra. Pusimos centinelas para cubrir los accesos principales, y mandamos a algunos exploradores, entretanto, para reconocer el terreno. Pero una y otra vez volvían con las mismas decepcionantes noticias. Los pueblos estaban fuertemente protegidos, y no podíamos atacarlos sin pérdidas significativas de vidas. Muchos de los habitantes de los asentamientos más pequeños se habían trasladado a pueblos mejor defendidos, llevándose con ellos sus almacenes de grano. Buscamos en esos lugares, pero los bandidos locales los habían despojado ya de todo.

La moral empezó a resentirse. Los hombres, cada vez más frustrados ante la falta de acción, empezaron a pelearse entre ellos. Luego, poco tiempo después, Nemobno finalmente se enteró de un objetivo adecuado, tras una conversación con un comerciante de Malleva. Había un pueblo pequeño, a un día de distancia a caballo hacia el este, nos dijo, en una zona rica en depósitos de mineral de hierro. El jefe local vendía armas a los atrebates a cambio de monedas de plata, y, entre bebida y bebida, el comerciante había confesado a nuestro guía que el pueblo estaba mal defendido.

Yo necesitaba a alguien con experiencia para que se quedara a cargo del campamento. Elegí a Maglocuno: el veterano era un hombre de pocas palabras, pero tenía el respeto de los hombres y era resistente. Luego partí de inmediato con Nemobno, Togodumno y mis dos mejores jinetes, Vassedo y Dubnocato, para estudiar el lugar. El tiempo había mejorado y empezaba el deshielo, y la nieve se parecía entonces más a un lodo acuoso. Cabalgamos a través de una tierra boscosa y oscura, hasta que llegamos a una pequeña depresión a la sombra de una colina baja. Allí desmontamos y subimos a pie hasta la cima.

Por debajo, a no más de un kilómetro de distancia, se veía un gran número de casas redondas en medio de un amplio valle, con una zona separada de talleres construidos a un lado. Una bruma de humo se elevaba de las fraguas y los escoriales; cerca, un grupo de guerreros con el pecho desnudo se entrenaba con espadas y hachas en una serie de postes de madera. En el lado más alejado del asentamiento, otros hombres estaban ocupados construyendo una empalizada de aspecto robusto por encima de una zanja.

—Por Lud, debe de haber al menos cien guerreros ahí abajo —comentó Togodumno—. Se suponía que este lugar era un objetivo fácil…

—No lo entiendo. —Nemobno negó con la cabeza—. El comerciante dijo que estuvo aquí hace menos de un mes. Me dijo que el jefe no tenía más de veinte guerreros.

—Verica debe de haber enviado a sus hombres a reforzar el asentamiento desde entonces —comenté yo—. Apostaría algo a que esos hombres son guerreros atrebates.

—Ese hijo de puta… —bufó Vassedo—. Hará que sus hombres custodien todos los pueblos del reino antes de que pase mucho tiempo.

—Mira, señor —dijo Dubnocato—. Por allí.

El joven señaló un pequeño grupo de nobles reunidos en un extremo del asentamiento. Entre ellos sobresalía una figura alta, vestida de una forma muy distinta de los otros.

Ninguno de nosotros había visto jamás a un centurión romano, pero sin duda eso era. Habíamos pasado toda la niñez escuchando a nuestros mayores hablar de los demonios con crestas rojas que habían invadido nuestras tierras generaciones atrás, pero éste era el primer romano que veía en mi vida. Resplandeciente con su manto militar color escarlata, la cresta transversal de su casco y los medallones que llevaba en el arnés, que resplandecían apagadamente, parecía estar a cargo de las defensas del pueblo, pues emitía órdenes a los trabajadores e inspeccionaba la sección de la empalizada que estaban erigiendo.

–Parece que Verica ha hecho nuevos amigos –comentó Togodumno.

Yo apreté la mandíbula. No tendría que haberme sorprendido. Verica no había guardado en secreto su deseo de establecer mejores vínculos con Roma. Y tampoco era el primer jefe de tribus en postrarse a los pies del emperador.

Me pregunté entonces si Roma habría enviado a más hombres para ayudar a los atrebates. Quizás incluso un destacamento de legionarios se estuviera preparando en Calleva. Pero deseché ese pensamiento. Si un gran número de soldados extranjeros hubiesen desembarcado en nuestras costas, habríamos oído algo.

–Ya hemos visto suficiente –dije–. Vámonos, antes de que la brisa traiga el hedor del romano.

Al día siguiente, el frío arreció. Nevó toda la mañana, y por la tarde la temperatura era tan baja que heló la superficie del agua en el arroyo cercano. Encendíamos fogatas cada noche, pero no bastaba para calentar nuestros cuerpos, y nos acurrucábamos en parejas en torno a las llamas, en un triste intento de permanecer calientes.

Dos días más tarde, envié a Nemobno en busca de provisiones. Nuestro guía aseguraba que el jefe de uno de los pueblos de la frontera con los cantiacos era hijo de un antiguo amigo, pues en una ocasión había salvado la vida de su padre, y tenía la certeza de que no lo traicionaría. Togodumno no vio con buenos ojos esa empresa, pero llevábamos días de inacción, y decidí que valía la pena arriesgarse. La gente de esa zona era muy apegada a su clan y orgullosamente independiente, y no sentía el menor respeto por los que eran como Verica. Dos días después, Nemobno volvió con un paquete de carne, galletas duras y una jarra de cerveza; todo lo que pudieron entregarle los empobrecidos campesinos. También trajo la noticia de un objetivo prometedor: un asentamiento pequeño, pero rico, hacia el oeste, había sufrido muchos daños durante la última conquista atrebate, y las defensas todavía no habían sido reparadas. Yo pensé que valía la pena echarle un vistazo más de cerca, y a la mañana siguiente acompañé a Nemobno al oeste con dos docenas de hombres. Seguiríamos cerca, junto al pueblo, dispuestos para atacar si la situación era favorable.

El sol había salido ya cuando llegamos a un bosquecillo de robles. Nemobno se adelantó para explorar el pueblo vestido de bardo itinerante, con un manto rayado encima de un par de pantalones de un verde intenso. Los demás nos quedamos en aquel lugar, envueltos en nuestros mantos, soportando el viento helado que aullaba a nuestro alrededor.

–Qué suerte tiene ese hijo de puta –murmuró Togodumno una hora más tarde–. Estará disfrutando de una buena comida y un buen fuego, entreteniendo a los de la localidad con canciones, mientras nosotros estamos aquí sentados con las pelotas congeladas. –Masticó un trozo de galleta–. Será mejor que no sea otra expedición desperdiciada.

–Lo averiguaremos muy pronto –repliqué yo.

–Quizá deberíamos pensar en volver pronto a Camuloduno.

–No podemos. Debemos atenernos a nuestra misión.

–¿Por qué? ¿Qué sentido tiene quedarnos aquí, si Verica ha reforzado las guarniciones de todos los pueblos que vale la pena saquear? Han pasado semanas desde la última incursión que mereció la pena. –Togodumno se envolvió más estrechamente en el manto.

Yo quería muchísimo a mi hermano menor, pero carecía de la habilidad de captar la estrategia en su conjunto.

–Debemos mantener las fuerzas de Verica aquí todo el tiempo que nos sea posible –expliqué–. Cada guerrero que aposta para la defensa de su reino disminuye sus bandas de guerra. Ésa es la medida del éxito de nuestra misión.

–¿Y si no encontramos ya ningún sitio más que atacar? ¿Qué ocurrirá entonces?

–Nuestra suerte cambiará. Verica no puede defender hasta el último centímetro de esta tierra. Y, en cualquier caso, no tenemos otro remedio que quedarnos aquí hasta el principio de la próxima estación, cuando empiecen a llegar los refuerzos dobunios. Padre no podrá atacar Lhandain hasta entonces.

–Mientras el rey mantenga su promesa...

–Sí que lo hará. Me he reunido con Antedio –dije con firmeza, recordado la noche que había pasado como huésped del rey, de camino hacia el santuario druida en Merladion–. Es un hombre de honor. No nos dejará en la estacada.

–Es igual, el caso es que no son catuvelaunos. Personalmente, no confío en esos cabrones.

–Hay algunos de nuestra propia tribu en los que confiaría menos aún –dije yo, pensando en nuestro hermano mayor–. Vamos, no falta mucho para la primavera. Debemos continuar nuestras aventuras un tiempo más. Y luego volveremos a casa.

–Quizás esta puta nieve haya desaparecido entonces. –Togodumno escupió en el suelo–. Quizá los dioses no se muestren favorables a nuestras tácticas, y por eso nos infligen un tiempo tan malo.

El sol empezaba a ocultarse, pintando la nieve con un débil tono rosado, cuando Nemobno volvió finalmente. Yo me incorporé, un poco rígido, y lo saludé.

–Temo que el objetivo esté demasiado bien defendido, señor –dijo, ansioso y muy pálido–. He contado al menos ochenta guerreros.

–¿Y las defensas?

–Han reparado la empalizada, señor, y la puerta principal. Es imposible atacar sin sufrir grandes pérdidas.

Togodumno lanzó una maldición entre dientes.

–Verica se nos ha adelantado una vez más.

Yo apenas lo escuchaba. Miraba intensamente a Nemobno; trataba de escudriñar su cara blanca como la leche.

–¿Qué pasa? –le pregunté–. Parece que has visto al mismísimo Cruach.

El guía se removió, incómodo, y apartó la vista.

–No es nada, señor –murmuró.

–Vamos, dime. –Le puse una mano en el hombro para tranquilizarlo–. Estás entre hermanos, Nemobno. Puedes hablar con libertad. ¿Qué es lo que te preocupa?

Nemobno cerró los ojos un momento y luego aspiró aire hondamente y lo dejó escapar con fuerza.

–Ha habido un ataque a un pueblo al oeste de aquí, señor. He oído a algunos en el pueblo comentándolo entre ellos. Los atrebates han jurado tomar la vida de un regnio por cada guerrero perdido por nuestra partida de asalto. Han matado a todos los hombres del asentamiento y se han llevado a las mujeres y niños como esclavos a Noviomago para venderlos en los mercados de la Galia.

Togodumno se puso furioso.

–Ese hijo de puta de Verica está desesperado por capturarnos, parece ser.

–No es la primera vez que se han cometido semejantes atrocidades contra tu pueblo –dije yo, con seguridad–. ¿Por qué te lamentas tanto ahora?

Nemobno dudó.

–No deseo añadir nada a tu carga, señor. Creo que ya tienes los problemas suficientes...

–Eso lo decidiré yo. Dime la verdad, Nemobno. O te la sacaré yo.

—Mi hermano vivía en ese pueblo —replicó el regnio, con la voz rota por la desesperación—. Él, su mujer y sus dos hijos.

Bajó la mirada. Yo noté un mezcla de compasión y confusión.

—Pero nos dijiste que no tenías familia aquí. Dijiste que habían huido después de la conquista de los atrebates.

—Yo creía que era así, señor.

—Entonces, ¿cómo es posible que tu hermano y su familia vivieran todavía por aquí? —pregunté—. ¿Lo sabías cuando salimos de Camuloduno?

—No, señor. —Nemobno se humedeció los labios—. Un antiguo camarada me reconoció en Arundo, señor. Durante nuestro primer ataque. Me dijo que había visto a mi hermano en otro pueblo mientras estaba visitando allí a unos parientes, hace unos meses.

Yo lo miré y fruncí el ceño hondamente, recordando al campesino canoso que había estado hablando con el regnio durante nuestro primer ataque, meses atrás. Ahora me parecía que hacía toda una vida de aquello.

—¿Por qué se ha quedado tu hermano en esta zona, en lugar de huir y atravesar la frontera hacia territorio neutral? —le pregunté.

—Su mujer tiene familia en el pueblo, señor. O al menos la tenía… Debieron de refugiarse en su granja. Es un asentamiento pequeño, lejos de los pueblos importantes. Quizá pensaron que estarían seguros allí. —Nemobno tragó saliva—. Perdóname, señor. Temía que si sabías que me habían reconocido me ordenarías volver a Camuloduno. Creía, o esperaba, que a mis parientes no les pasara nada en el pueblo. Ahora veo que estaba equivocado.

Se mordió el labio y miró con angustia al resto de los hombres. Pero por unos momentos nadie dijo una sola palabra.

—¿Te ha reconocido alguien más en este tiempo? —le pregunté—. Responde con sinceridad.

–No, señor. Lo juro.

–Comprenderás que no podemos hacer nada por la familia de tu hermano, claro está. El ataque a Noviomago queda descartado. Ese lugar es una fortaleza.

Él asintió, solemne.

–Sólo te pido que me permitas quedarme, señor, para ayudarte a luchar contra el enemigo. Entonces, si los dioses nos son propicios, conseguiré mi venganza, cuando llegue la primavera, cuando el Támesis corra rojo con la sangre de esos perros atrebates.

Reflexioné sobre si hacer volver a Nemobno a Camuloduno como castigo, pero rápidamente lo descarté. El regnio conocía el dialecto local y el paisaje mucho mejor que ninguno de nosotros. Sin sus conocimientos, nuestros esfuerzos por encontrar algún objetivo se verían agravados. Tuve que reconocer, de mala gana, que no teníamos más remedio que aceptar a Nemobno entre nosotros, pero le dejé bien claro que si me volvía a engañar respondería por ello, y discretamente di instrucciones a Togodumno de que lo mantuviera bien vigilado en el futuro.

Volvimos al campamento a la mañana siguiente muy desanimados. Aquella tarde, los hombres parecían inusualmente tranquilos, y los hallamos sentados en pequeños grupos en torno a la fogata para cocinar. Nuestra continua dificultad en situar un blanco que valiese la pena no había hecho más que aumentar nuestra creciente sensación de abatimiento, e incluso yo mismo había empezado a desesperar. A menos que cambiase nuestra suerte, nos resultaría difícil mantener la campaña hasta la primavera. No nos quedaban demasiados suministros, y además debíamos esquivar a las patrullas de Verica y a sus amigos romanos… Los problemas pesaban mucho sobre mis hombros, y decidí que al día siguiente haríamos una ofrenda a Lud, con la esperanza de un rápido cambio en nuestra suerte. Al final, mi mente quedó nublada por el agotamiento y caí en un sueño inquieto.

Me desperté sobresaltado. El cielo estaba teñido con una franja ligerísima de luz, el amanecer no estaba lejos. A mi alrededor, la mayoría aún dormía bajo las mantas, cerca del calor que emanaba de la fogata. Vassedo se arrodilló a mi lado y me habló entre susurros.

—Tenemos compañía, señor —murmuró el recio cazador con voz angustiada.

Yo me incorporé de golpe y miré a mi alrededor, alarmado.

—¿Dónde?

Vassedo señaló la línea de los árboles que había más allá del claro.

—En esa dirección. He oído un ruido de hombres aproximándose. —Hizo una pausa—. Muchos hombres, señor.

Yo miré hacia el bosque por donde me había indicado Vassedo y agucé el oído, intentando captar el más ligero sonido, pero no escuché nada excepto el débil susurro de la brisa fría que soplaba entre los árboles y los chasquidos de la madera en el fuego cercano.

—¿Estás seguro? —pregunté a Vassedo en voz baja—. No oigo nada.

Nada más salir de mi boca aquellas palabras, se escuchó claramente un coro de zumbidos. Un instante más tarde, el guerrero que atendía el fuego dejó escapar un grito de alarma. Yo me volví en redondo justo en el instante en el que éste caía al suelo con una flecha sobresaliendo de su espalda. En ese mismo momento, más proyectiles golpearon en el suelo en torno a nuestro campamento, y pronto empezaron los gritos de dolor.

—¡A las armas! —rugí.

CAPÍTULO TREINTA Y UNO

En aquellos primeros momentos de frío terror, mientras las flechas caían en el claro, comprendí lo que había ocurrido. Los atrebates se habían enterado de dónde habíamos acampado y habían venido a por nosotros al amparo de la oscuridad. Aquélla era una noche de luna creciente, y, si estaban refugiados en los árboles, era improbable que los viéramos. En cuanto ocuparon sus posiciones, esperaron a atacar hasta la primera claridad del amanecer. Sus arqueros nos mantendrían clavados allí mientras la fuerza principal nos derrotaba. Una táctica perfecta.

El pánico se apoderó de mis hombres. Ya unos cuantos habían sido alcanzados por la andanada inicial, muertos o heridos mientras dormían, envueltos en sus mantos. Vi sus figuras retorciéndose bajo el centelleante resplandor de la hoguera; las flechas sobresalían de sus cuerpos y rostros. Agarré mi escudo y aullé para que los hombres formasen a mi alrededor. Teníamos sólo unos momentos para organizarnos, debíamos ser rápidos, y pronto los que habían sobrevivido tomaron sus armas y vinieron hasta mí, con los escudos levantados por encima de la cabeza para protegerse de las flechas.

Mientras los hombres corrían hacia el centro del claro, busqué con la mirada a Nemobno. Era el que conocía la mejor forma de salir por el bosque hacia el norte; necesitábamos de sus habilidades como guía para huir. Entonces, de repente, me di cuenta de que su petate estaba vacío. Faltaban sus mantas, su morral y su caballo. Supe entonces que habíamos sido traicionados. Nemobno había revelado nuestra posición al enemigo.

Pero no había tiempo de lamentarse. Todo era confusión a nuestro alrededor, y otro torrente de flechas ya cruzaba el aire. Garmano se agitó con un espasmo cuando dos astiles lo alcanzaron en la espalda. Se tambaleó un par de pasos y cayó sobre la nieve. Otro hombre chilló cuando una flecha le dio en el ojo derecho.

—¡Levantad los escudos! —grité yo.

Algunos proyectiles también alcanzaron a los caballos. Los animales relinchaban de agonía y caían pesadamente de lado, y unos pocos se liberaron de las estaquillas que los sujetaban al suelo y corrieron hacia los bosques. El enemigo lanzó dos andanadas más de flechas. Luego, una corneta de guerra emitió su intenso sonido, y entonces una horda de guerreros desmelenados surgió del bosque.

Eran muchos los atrebates que se lanzaron hacia nosotros, reconocibles por sus gritos de guerra guturales y sus marcas de glasto. En cuanto irrumpieron a través de la línea de los árboles, me di cuenta de que nos sobrepasaban tremendamente en número.

Nosotros éramos cincuenta, pero al menos una docena había quedado muerta o herida bajo las flechas. Algunos se dieron la vuelta para enfrentarse a los atrebates, y rápidamente desaparecieron entre un remolino de golpes de espadas y hachas. Cuando el enemigo se dispersó por todo el campamento, supe que el combate estaba perdido. Chillé con toda la fuerza de mis pulmones:

—¡Corred, hermanos! ¡Huid!

Mis hombres no necesitaron más. Les había dicho en muchas ocasiones que a veces se debe renunciar al valor a cambio de la supervivencia, aunque esto sea contrario a nuestras tradiciones. «Es mejor vivir para luchar otro día», les había dicho, «que morir inútilmente para que algún bardo pueda enriquecerse cantando vuestro heroísmo en las mesas de los festines».

No teníamos tiempo de recoger nuestros pertrechos ni de ensillar a nuestros caballos. Arrojamos a un lado los escudos, erizados de flechas, ya que su peso podía ralentizarnos, y sólo nos llevamos las armas que teníamos a mano. Por un momento consideré tomar la lanza en lugar de mi espada larga, pero al final decidí que no. La lanza tenía más alcance, pero el mango podía quedarse enganchado fácilmente en el sotobosque. En los confines cerrados del bosque, la espada sería mucho más útil. Vi que los hombres llevaban una gran variedad de hachas, hondas y arcos, y enseguida salimos corriendo para huir del enemigo, en dirección a la oscura masa de las colinas en el este, negra como el azabache, ante la franja de luz del cielo.

Cuando ya nos acercábamos a los árboles, volví la vista hacia el campamento. Los atrebates se estaban cebando con nuestros rezagados, que corrían en todas direcciones sin dejar de chillar. Muchos ya estaban muertos, y algunos pocos bajaban corriendo la ladera hacia el valle, pero los atrebates los perseguían. Pronto los cazaron, en solitario o en parejas, y rápidamente acabaron con ellos. Escuché el chillido de un hombre cuando le abrieron el cráneo por la mitad con un hacha de doble filo. Aquel amanecer terrible, la nieve quedó manchada con la sangre de muchos excelentes guerreros catuvelaunos.

–¡Conmigo! –rugí, corriendo hacia los árboles–. ¡Por aquí!

Apretamos el paso y nos internamos en el bosquecillo. Togodumno iba a mi lado, y su aliento helado le formaba una nubecilla en la boca. Por delante, el bosque se espesaba conforme entrabas, a un kilómetro y medio o así más allá de la ladera. Habíamos explorado la zona poco después de establecer nuestra base, y la espesura se extendía a lo largo de kilómetros. Allí teníamos una oportunidad de esquivar a nuestros perseguidores. Algunos de ellos, viendo nuestra intención, nos arrojaron las lanzas. La mayoría se quedó corta o dio en los troncos de los árboles. Pero una acertó en el muslo del robusto catavelauno que nos seguía cojeando. El hombre se derrumbó en la nieve y gritó pidiendo ayuda, pero enseguida dos atrebates cayeron sobre él.

Cien pasos más allá, la ladera empezó a empinarse, y yo hice una breve pausa y miré de nuevo hacia el campamento. Los atrebates habían matado ya a la mayoría de los defensores. Los más idiotas, aquellos que se rindieron, fueron asesinados al instante. Al pasear la mirada, me topé con un grupo de figuras montadas al otro lado del claro. A uno de ellos ya lo había visto antes. El centurión romano montaba un caballo blanco, y vestía su característica armadura y su casco con cresta. Nemobno estaba a su lado, sujetando las riendas de un poni de espeso pelaje. Una rabia negra me oprimió el corazón al ver al traidor. De inmediato, retomé la subida de la colina.

Once habíamos escapado a la emboscada. Aparte de mí mismo y de Togodumno, nuestro pequeño grupo comprendía a nuestros dos exploradores, Vassedo y Dubnocato, además de a Maglocuno y media docena de veteranos. Casi cuarenta de los mejores luchadores de nuestra tribu habían muerto, y sus pérdidas me impactaron como un puño en el estómago, pero no podía permitirme mostrar dolor. Ya habría tiempo más tarde para llorar a nuestros muertos.

Nos abrimos paso por el bosque con dificultad. Al cabo de un rato, los árboles comenzaron a clarear y dieron paso a matorrales de tojo y brezo. Poco después, cuando la luz del amanecer ya se extendía por el cielo, llegamos a la cima de una colina e hicimos una pausa. Miramos hacia atrás, vigilantes, por si alguien nos había seguido, pero no vimos señal alguna de perseguidores. Togodumno dejó escapar un suspiro de alivio.

–Parece que los hemos perdido, hermano –dijo.

Antes de que yo pudiera responder, Vassedo gritó:

–¡Allí, señor!

En la parte baja de la ladera, un grupo de hombres a caballo se abrían camino por el bosque hacia nosotros, a no más de un kilómetro y medio de distancia. Momentos más tarde desaparecieron detrás de unos espesos matorrales y matas de brezo.

–Tenemos que seguir –jadeé.

Bajamos a toda prisa el promontorio hacia el valle boscoso, vadeando ocasionalmente algún ventisquero nevado. Soplaba un cortante viento del este, y pronto empezamos a temblar bajo nuestros mantos invernales. No nos detuvimos para nada; nos movíamos tan rápido como nos permitían nuestros entumecidos cuerpos, pero la nieve nos dificultaba el camino y, cuando ascendimos a un montículo, unas oscuras y diminutas figuras se alzaban en la colina que teníamos detrás. Noté que se me encogía el corazón.

–Se están acercando –dijo Dubnocato–. No los perderemos.

–Sigamos –los apremié–. Hacia los árboles.

Nos persiguieron durante toda la mañana. Cada vez que salíamos a cielo abierto, nos deteníamos brevemente a mirar atrás, confiando fervientemente en haberlos perdido, pero siempre había jinetes a la vista. No teníamos ni comida ni agua para confortar nuestros cansados cuerpos, y nuestro paso empezó a hacerse más lento a medida que salíamos del valle. Los atrebates nos ganaban terreno, y Togodumno refunfuñaba con desesperación, incapaz de ver ninguna oportunidad de escapar de ellos.

Nos esforzamos durante dos kilómetros más, y entonces el terreno empezó a curvarse en torno a una estrecha garganta. Un par de colinas boscosas muy empinadas flanqueaban ambos lados del sendero. Me quedé por unos instantes observando los árboles, y una idea empezó a tomar forma en mi cabeza. Tras otro centenar de pasos, más o menos, pedí a mis compañeros que se detuvieran.

—¿Por qué nos paramos, señor? —me preguntó Maglocuno, con la expresión tensa y agotada.

Yo respiré hondo. El corazón me latía con fuerza.

—No podemos escapar. Llegarán a nosotros dentro de poco. Debemos plantar cara y luchar, si queremos evitar que nos cacen como a perros.

Togodumno sonrió con torva determinación.

—¿Qué sugieres?

—Escuchad atentamente —esbocé una tenue sonrisa—. Esto es lo que vamos a hacer.

Me miraron atentamente mientras les explicaba el plan. No hubo disensiones: todos comprendían que estábamos en una situación desesperada. En cuanto hube terminado, salimos del camino por la derecha y trepamos la empinada cuesta, dando marcha atrás, hasta que llegamos a un punto a cincuenta pasos más allá por el sendero, por encima de una curva de la corriente. Entonces nos desplazamos lentamente hacia los árboles y nos echamos de bruces sobre la nieve, dispuestos a esperar.

Pese al frío, estábamos muy quietos. Revisé el plan mentalmente, y me asaltaron las dudas, pero me tranquilicé diciéndome a mí mismo que aquél era un buen sitio para una emboscada.

Después de lo que nos pareció mucho rato, noté que Togodumno me tocaba el brazo. Al mirarlo, vi que me señalaba unos pinos corriente abajo. De entre sus sombras surgió lentamente una figura montada. Llevaba una piel de lobo encima del manto rayado y un gorro de piel de oveja. Busqué entre los árboles alguna señal de los demás jinetes, pero el hombre parecía ir solo.

—Su guía —susurró Togodumno—. Tiene que ser él.

Guardamos un silencio absoluto. El atrebate se detuvo a poca distancia del recodo, miró a su alrededor, se bajó de la silla y se inclinó a examinar las huellas que habíamos dejado en la nieve. Después de una pausa, levantó la mirada hacia las cuestas a ambos lados del camino, y por un momento temí que nos descubriera. Pero él se llevó las manos a la boca y llamó hacia los bosques. Poco a poco aparecieron tras él los demás jinetes.

Yo agarré con fuerza la empuñadura de mi espada, forrada de cuero, y concentré la mirada en el último jinete, tratando de averiguar si aún lo seguiría por el bosque algún otro hombre. Conté nueve enemigos en total, armados con lanzas largas, espadas envainadas y un pequeño escudo redondo. En torno a nosotros, el silencio muerto del paisaje, cubierto por una manta de nieve, se veía puntuado por el ligero tintineo de los arreos metálicos y el resoplido de los caballos.

Cuando el guía alcanzó el recodo, Togodumno se movió hacia delante, para intentar ver mejor al enemigo, y descuidadamente rozó algunas de las ramas inferiores de un pino. La nieve cayó, y el súbito movimiento atrajo la atención del guía, que tiró de las riendas y levantó la vista hacia la cuesta. Sus ojos se posaron en mí. Sin dejar de mirarme, levantó el brazo y lo movió frenéticamente para señalar nuestra posición, al tiempo que gritaba algo a los jinetes que tenía tras él. Éstos, de inmediato, detuvieron la marcha y se posicionaron para atacar.

—¡Ahora! —aullé yo.

A mi orden, mis hombres arrojaron las piedras que habíamos recogido, antes de que los jinetes tuvieran la oportunidad de levantar sus escudos. Apuntamos a los atrebates, en lugar de los caballos; los necesitaríamos para huir. Uno de nuestros proyectiles dio a un hombre en la cabeza, y éste cayó de su silla; en realidad, la mayoría de las rocas dieron en el blanco, aunque provocando sólo heridas menores.

—¡Cargad! —aullé yo entonces—. ¡Matadlos! ¡Matadlos a todos!

Bajamos la ladera con un rugido colectivo, con los pulmones ardiendo por el esfuerzo. Togodumno y otros cinco se dirigieron hacia la retaguardia de la columna, acatando las órdenes de atacar a los jinetes más rezagados, mientras los demás nos ocupábamos de los atrebates de la vanguardia. Nos encontramos con el enemigo al borde del sendero. Se oían por todas partes los agudos chasquidos de las espadas y las hachas golpeando contra los escudos, los gruñidos de los hombres que luchaban y el agudo relincho de los caballos aterrorizados.

Opusieron una feroz resistencia. Un hombre que tenía a mi derecha jadeaba, agonizando, con una espada clavada en la entrepierna. Otros dos habían sido arrojados al suelo por los caballos, y pisoteados tanto por los animales desbocados y los hombres. Yo paré unos lanzazos y me abalancé con furia sobre el jinete que tenía más cerca, una figura alta con una piel de ciervo envuelta en torno a los hombros. El atrebate rechinó los dientes y me atacó en un ángulo bajo. Yo arrojé todo mi peso a la derecha, y la punta en forma de hoja pasó siseando junto a mi torso; luego me arrojé hacia delante y lo golpeé en el cuello. Mi espada dio en su escudo, y él rugió con la ira propia del combate y me golpeó con la defensa, obligándome a retroceder. Entonces ataqué al brazo que tenía expuesto y le abrí una profunda herida en la carne. El jinete aulló, la sangre empezó a salir a borbotones, y, sin darle tiempo a recuperarse, le hundí la espada en las entrañas. Se oyó un sonido como el de un cuchillo rasgando una tela de saco, y el hombre aterrizó con un sordo golpe en la nieve ya manchada de sangre.

La lucha terminó con rapidez. Entre los cuerpos apretados de hombres y caballos a lo largo del camino, las largas lanzas no eran más que un estorbo. Caímos como bestias salvajes sobre los jinetes, apuñalando con saña. Los nueve atrebates acabaron muertos, y alguno de los nuestros también cayó. Tras rematar a los heridos, dejamos a nuestros muertos a un lado, con los brazos cruzados por encima de sus armas. Otros dos estaban heridos, y, mientras Togodumno les vendaba las heridas con tiras de tela, busqué en las alforjas en busca de provisiones. Contenían sólo unas magras tiras de carne salada, unas pocas galletas y unos odres de agua, así como bolsas de alimento para los caballos, apenas lo suficiente para mantenernos unos dos días.

—¿Y ahora qué, señor? —preguntó Maglocuno.

—Nos dirigiremos al este, hacia el río Mead Way, hasta que caiga la noche. Supondrán que vamos a las tierras de los cantiacos, ya que ellos son nuestros aliados más cercanos, pero cambiaremos de dirección en cuanto oscurezca y nos volveremos hacia el norte, hacia el Támesis. No hay otro puente cerca de Lhandain. —Suspiré—. Tenemos los caballos. Podemos encontrar alguna zona de bajíos y hacerlos nadar hasta la otra orilla sin demasiada dificultad. Muchos han cruzado el Támesis de esa manera.

—Pero esa ruta nos lleva a través del corazón del territorio atrebate —señaló Magloun—. Si alguien nos ve, estamos jodidos.

—No necesariamente —respondí yo, con alma—. Con este duro invierno, la gente estará confinada en sus casas. Deberíamos poder movernos fácilmente sin que nos vean.

—Aparte de las patrullas... —me recordó Vassedo.

—Eso es. Pero eso nos pasará siempre, sea cual sea la dirección que tomemos.

Maglocuno aspiró el frío aire entre los dientes y dijo con voz calmada:

—De todos modos, es peligroso. Quizá sería mejor ir hacia la frontera de los cantiacos. Son nuestros aliados y, como has dicho, están más cerca.

Yo dirigí una mirada intensa al guerrero veterano.

—No podemos ir hacia el este. El enemigo esperará que huyamos en esa dirección y tratará de atajarnos. Es un viaje de dos días, y ellos tendrían la ventaja de acceso a monturas frescas y un camino fácil. Nos interceptarían antes de que alcanzáramos el territorio amigo.

–Podríamos ir hacia el oeste, señor –sugirió Dubnocato. El joven de rasgos suaves miró a su alrededor, como buscando la aprobación de los mayores. No llegó, pero aun así continuó–: Podríamos engañar a los atrebates haciéndoles creer que nos dirigimos a Siluria, y luego cortar hacia el norte, hacia los dobunios.

–No se lo creerían. –Vassedo negó con la cabeza–. Verica y sus hombres saben que no somos siluros. Tenemos que suponer que Nemobno se lo ha contado absolutamente todo al enemigo.

–Esa serpiente… –dijo Togodumno–. Me gustaría arrancarle las tripas.

Yo tenía muchas preguntas sobre Nemobno. ¿Siempre había pretendido vendernos al enemigo? Yo no lo creía así. Nemobno había servido a nuestra tribu durante años, ganándose la confianza de mi padre como uno de sus guerreros más leales. No. Lo más probable es que le hubiese surgido una oportunidad de hacer un trato con el centurión después de enterarse del destino de la familia de su hermano. Tan simple como ofrecerse a conducir a los atrebates y a su consejero romano hasta nuestro campamento a cambio de ahorrar a la mujer de su hermano y sus hijos los horrores de la esclavitud en una granja de la Galia.

Volví a centrar mis pensamientos en nuestra situación inmediata.

–Viajar hacia el oeste nos apartaría mucho más de nuestras tierras. No. Debemos ir hacia el Támesis, si queremos tener alguna probabilidad de esquivar al enemigo. Ésa es mi decisión. –Miré desafiante a los demás. Aparte de Togodumno y Dubnocato, todos eran mayores que yo, y sabía que debía cortar de raíz cualquier amago de desobediencia antes de que la cosa degenerase.

–Estoy de acuerdo –repuso Togodumno después de un incómodo silencio–. Estoy contigo, hermano. Y también los demás. –Miró a los otros por turno, como retándolos a que me desafiaran–. Como siempre.

Maglocuno y Vassedo murmuraron por lo bajo con un asentimiento. El resto aprobó también el plan, aunque sin demasiado entusiasmo. Quizá se mostraran reacios a desobedecer a su comandante, o quizá, sencillamente, comprendiesen que nuestras opciones eran bastante penosas.

Yo me enderecé y me aclaré la garganta.

–Partimos de inmediato.

Montamos, asegurándonos bien en las sillas, y presionamos con los talones en los flancos de los caballos. Éstos relincharon y resoplaron como protesta por tener que moverse de nuevo tan pronto después de tan arduo viaje por la nieve, pero pronto tomaron un trote ligero. Y partimos hacia el este, hacia el Mead Way y la frontera con los cantiacos.

CAPÍTULO TREINTA Y DOS

El tiempo empeoró aquella tarde. El viento se hizo más intenso y comenzó a levantar los copos de nieve en grandes ráfagas, y el paisaje quedó tapado por una sábana blanca impenetrable. Pronto resultó imposible ver a más de dos lanzas de distancia en cualquier dirección, cosa que ayudaba a ocultarnos del enemigo, pero también significaba que no sabíamos si nos perseguían o no, y, ante el riesgo constante de dar con una patrulla atrebate, decidimos marchar a un paso muy lento. Vassedo era el que encabezaba nuestro grupo, porque había sido explorador antes y conocía el terreno. De vez en cuando, el achaparrado cazador levantaba una mano para que nos detuviéramos, y él se acercaba a comprobar algún rasgo distintivo local.

El frío era casi insoportable. El viento feroz acuchillaba las colinas y nos mordía las manos y las caras, y el dolor que sentíamos en los huesos era el peor que había experimentado en mi vida. Al anochecer, nos refugiamos al pie de una colina rocosa. Los caballos comieron el forraje que llevábamos atado a nuestros arneses, y nosotros, un poco de galleta y cerdo salado. Mientras los hombres reunían helechos secos y cortaban juncos de una corriente cercana para formar unos rústicos petates, yo examiné un poco las estrellas nocturnas, recordando las lecciones de navegación de los druidas en Merladion. Encontré la constelación que nuestro pueblo conoce como el Arado de Lud, no sé qué nombre le dais vosotros, y, ya orientado, coloqué una flecha señalando hacia el este, para saber en qué dirección ir al día siguiente.

La noche fue dura. Nos cubrimos con los mantos y descansamos las cabezas sobre las sillas de montar, pero el viento ululaba constantemente y nos despertamos nada más amanecer. Estábamos muertos de frío y exhaustos, y comprendí entonces que no podíamos sobrevivir así mucho tiempo más.

Nevó todo el día siguiente. Pero seguimos hacia el este a través de un tapiz de antiguos bosques, páramos y colinas ondulantes. Cada vez que nos acercábamos a un pueblo, dábamos un rodeo antes de reemprender nuestro viaje hacia el este, a unos cuantos cientos de pasos de distancia. Togodumno afirmaba que tal precaución era innecesaria y que no hacíamos otra cosa que retrasarnos, pero yo no quería correr ningún riesgo. Los regnios de aquella parte del reino eran conocidos por su simpatía hacia los atrebates, y yo no tenía duda alguna de que los alertarían en cuanto nos localizaran.

A primera hora de la tarde nos acercamos a un lugar llamado Crulaigh, no lejos de donde fluía el río Mead Way, la frontera entre los regnios y los cantiacos. Allí cambiamos de rumbo hacia el norte por el Támesis. La nieve recién caída ayudaba a ocultar nuestras huellas, pero, aun así, yo miraba constantemente hacia atrás. Pero en ningún momento vi señal alguna de perseguidores y, a medida que pasaban las horas, empecé a creer que nuestra treta había funcionado. Pero cualquier sensación de alivio se vio rápidamente reemplazada por la preocupación por el estado de mis hombres. Debíamos de ofrecer una imagen patética: hambrientos y cansados, con las ropas empapadas. Al cabo de unas pocas horas, uno de nuestros heridos, Vellodno, empezó a tiritar de fiebre. Una lanza atrebate le había perforado el costado durante la lucha en la garganta, y, a pesar de nuestros intentos de limpiar y vendarle la herida, estaba pálido y confuso, y temí que no durase hasta la noche.

Al oscurecer, decidimos descansar en un barranco poco hondo, donde nuestros cuerpos rotos quedarían protegidos de la tormenta de nieve. Di instrucciones a Vassedo de que procurase poner a Vellodno lo más cómodo posible, pero al nacer el nuevo día descubrimos su cadáver rígido. Intentamos enterrarlo, pero todo a nuestro alrededor estaba congelado y la tierra, muy dura, y nos vimos obligados a desistir. Esto fue un golpe anímico importante para los hombres, porque sabían que, sin el entierro ceremonial, el espíritu de nuestro camarada quizá no pudiese hacer el viaje al otro mundo.

La nieve dejó de caer al fin poco después de que amaneciese. Partimos hacia el norte de nuevo, bajo un cielo claro pero con el ánimo sombrío. Pasamos por delante de unas cuantas granjas repartidas por allí; parecían bastante tranquilas, y las únicas señales de estar habitadas eran los diminutos jirones de humo que formaba remolinos en el cielo desde los tejados de paja.

–Parece que las gentes de por aquí están metidas en sus casas, señor –observó Dubnocato con algo de envidia en su voz. Supe lo que estaba pensando: yo también habría dado cualquier cosa por calentarme las manos frente a un hogar.

–No son tontos. –Togodumno rio amargamente–. Hay que estar loco para aventurarse a salir con este tiempo. Loco o desesperado… –Y se sacudió la nieve del pelo.

–¿Cuánto falta? –pregunté a Vassedo–. Para llegar al Támesis…

El cazador entrecerró los ojos, miró hacia el horizonte e hizo un cálculo rápido.

–Medio día a caballo, señor. No más. Deberíamos llegar al río poco después de que se ponga el sol. Siempre y cuando se mantenga este tiempo.

–No creo que pueda empeorar más –dijo Maglocuno, exasperado–. Los dioses ya nos han castigado bastante.

—No son los dioses lo que me preocupa —murmuré yo, como respuesta. Miré hacia atrás, al camino de donde veníamos.

Togodumno dijo, inseguro:

—¿Crees que todavía podrían seguirnos?

—No lo creo. Pero de una cosa estoy seguro…

—¿Qué es?

—Los atrebates quieren evitar que huyamos. La captura de dos hijos de Cunobelino representaría un botín fabuloso para Verica.

—Si llega el momento, debemos asegurarnos de no vivir para convertirnos en botín, hermano —dijo Togodumno.

Seguimos a través del pie de una serie de colinas y pasamos por un valle boscoso, donde vivía un rebaño de ciervos. Una hora o así más tarde, noté un movimiento en el extremo más alejado del valle que acabábamos de cruzar. A unos tres kilómetros de distancia, una fila de jinetes trotaba colina abajo hacia nosotros.

Togodumno frunció el ceño.

—No —dijo ásperamente—. No puede ser…

Maglocuno miró las figuras, incrédulo.

—No lo entiendo. ¿Cómo han conseguido seguirnos hasta aquí, señor? No hemos dejado ningún rastro, y la nieve habrá cubierto todas las huellas…

—Deben de llevar a un guía muy experto —respondió Vassedo—. Uno de los rastreadores de caza de Verica, apostaría. Son los únicos capaces de rastrearnos en estas condiciones.

—¿Y cómo nos libramos de ellos?

—No podemos. Esos hombres tienen los instintos de un perro de caza. En cuanto encuentran un rastro, ya no lo pierden más.

—Vámonos —los urgí yo—. Debemos seguir avanzando.

Durante las horas siguientes cabalgamos sin descanso. Los flancos de nuestras monturas palpitaban por el peso que habíamos colocado sobre ellas. Pese a nuestros esfuerzos, por la tarde, el enemigo había acortado las distancias, y cuando miré de nuevo atrás calculé que estaban a un kilómetro de distancia. Un poco más tarde, dos de nuestros caballos se desplomaron, agotados. Tuvimos que abandonar a los pobres animales, y sus jinetes se subieron a los dos caballos más fuertes que nos quedaban. Los animales protestaron ante el peso extra que se veían obligados a llevar, y pronto empezó a costarles mantener un buen paso.

–¿Cómo han conseguido acercarse tanto, en el nombre de Lud? –gruñó Togodumno cuando las figuras aparecieron en la cresta de la colina detrás de nosotros.

–Están en territorio amigo –les recordé–. Tienen acceso a monturas frescas de la gente de los pueblos y conocen las rutas más rápidas a través del campo abierto.

–Nos atraparán enseguida –dijo Magocluno, e hizo una mueca.

–¿Qué vamos a hacer? –preguntó Togodumno.

Yo cogí con fuerza las riendas.

–Seguir cabalgando. Si conseguimos llegar al Támesis, los perderemos en la otra orilla.

Y eso hicimos, aun cuando teníamos siempre a la vista en el horizonte a nuestros perseguidores. Y yo no dejaba de pensar que la cosa iba muy justa para llegar al Támesis antes de que pudieran atraparnos.

Media hora más tarde, rodeábamos el pie de una colina baja. Cien pasos más, y llegamos a un estrecho sendero bordeado de pinos, cuyas ramas habían protegido el suelo de la nieve. Ordené detenernos y conducir a los caballos por en medio del bosque, ya que la falta de nieve dificultaría mucho seguirnos el rastro. Además, atamos unas ramas caídas a la cola de nuestras monturas, para que barrieran el terreno detrás de nosotros y así pudieran cubrir las huellas de los cascos. Avanzamos hacia el norte durante más de un kilómetro, por aquel camino que corría paralelo a un suave arroyo, antes de emer-

ger en un pequeño valle que conducía hacia una serie de colinas desnudas de vegetación.

–¿Crees que funcionará? –preguntó Togodumno cuando hicimos una pausa para otear las colinas por detrás, media
hora después.

–No lo sé. –Me encogí de hombros–. Deberíamos poder
conseguir algo de tiempo, al menos. Ni siquiera los rastreadores pueden seguir lo que no está.

–De todos modos, si son tan buenos como asegura Vassedo, no tardarán en encontrar de nuevo nuestro olor...

–Esperemos que para entonces ya hayamos cruzado el
río –respondí yo, lacónicamente.

Apretamos el paso a las monturas hasta el límite de su
resistencia. Los animales jadeaban por el esfuerzo, respiraban
con fuerza por los ollares, pero nuestro paso se volvía más lento a cada rato. Al final, los animales estaban ya demasiado débiles para cargar con nosotros, y tuvimos que desmontar y
abandonar a las infortunadas bestias junto al camino. En la
oscuridad creciente, a pie, llegamos al fin a las marismas de
la parte sur del Támesis y tomamos un sendero animal por una
zona de corrientes heladas, árboles atrofiados y densas masas
de matorrales y de espinos. Los repliegues del terreno nos
obligaron a caminar más lentamente, y no dejamos de vigilar
con angustia por encima de nuestros hombros, pero no vimos
señal alguna de los jinetes enemigos a través de la niebla que se
cernía sobre el paisaje.

Unos tres kilómetros más allá, alcanzamos un fragmento
de terreno más firme, apenas más alto que el pantano que lo
rodeaba y coronado por un pequeño bosquecillo. Seguimos a
Vassedo a través de unas matas de tojo hacia un cañaveral que
se extendía por la orilla sur del Támesis. Reptamos entre los
juncos, manteniéndonos agachados para ocultarnos de cualquier posible transeúnte, hasta que llegamos a la orilla del río.
Y allí nos detuvimos para estudiar el paisaje.

El Támesis estaba helado en algunas zonas. Se habían formado unos ventisqueros de nieve en los bordes de los cañaverales, y las zonas congeladas del río mostraban una ligera cobertura de nieve por encima del hielo. Todo estaba perfectamente quieto y silencioso.

A algo menos de un kilómetro hacia el oeste, un puente de madera corría desde la orilla hasta el conjunto de chozas y edificios de madera que formaban Lhandain. En la otra orilla, a unos cien metros de distancia, una hilera de almacenes iluminados por antorchas se alzaba frente al muelle. Un puñado de barcas de pesca y pequeños barquitos estaban fondeados allí. Por delante nuestro, un par de kilómetros río abajo, se extendía una lúgubre marisma, apenas visible entre la neblina gris. El propio Lhandain ocupaba un par de colinas bajas que se elevaban sobre el Támesis, dividido en dos por un riachuelo bastante estrecho. En la ribera más cercana, no lejos del puente, ardía una fogata.

—Los dioses se burlan de nosotros —dijo Vassedo—. No podemos cruzar por aquí. El hielo no aguantaría nuestro peso.

Maglocuno chasqueó la lengua.

—Vassedo tiene razón, señor. He visto ríos así por esta zona antes, y el hielo no debe tener más de cinco centímetros de grueso. Temo que no sea lo bastante fuerte para soportar el peso de un hombre.

—Desde aquí a mí me parece bastante sólido —comenté.

—Es demasiado arriesgado, señor —dijo Vassedo—. Si el hielo no aguanta, nos ahogaremos.

Yo siseé, impaciente.

—Pero ¿qué remedio nos queda? No podemos quedarnos aquí, ni tampoco podemos probar suerte a seguir marchando. Será lo mismo.

—¿Y por qué no podemos cruzar el puente? —preguntó Togodumno—. Sería más fácil que probar suerte por el hielo.

Yo señalé la fogata distante.

–Lo más probable es que los que custodian el puente sean hombres de Verica. Éste es el único punto para llegar a Lhandain, y Verica pretende asegurar una línea de retirada por si sus fuerzas acaban derrotadas.

Maglocuno asintió de mala gana.

–Aunque logremos vencer a los guardias, alguien dará la alarma, y entonces nos quedaremos atrapados en Lhandain sin poder salir.

–Podemos atravesarlo a nado –sugirió Vassedo–. Puede que esté tan frío que nos congele las pelotas, pero, si nos pillan en este lado, perder las pelotas será lo mínimo que nos haga el enemigo. –Señaló una zona de agua más profunda cerca del muelle, río abajo–. El río no se ha congelado ahí, señor.

Yo ya lo había pensado.

–Pero está demasiado cerca del puente. Los centinelas nos verían, y nos matarían antes de que pudiéramos llegar al agua siquiera.

Togodumno gruñó, frustrado.

–Tiene que haber alguna otra forma de cruzar. Tiene que haberla, maldita sea.

Yo centré mi atención de nuevo en el río, buscando cómo cruzar o algún lugar donde escondernos. Pero el único techo a la vista era una granja junto al puente, apenas distinguible a la luz de la fogata. Un par de carretas descansaban delante de la choza redonda, junto al habitual grupo de graneros, cobertizos de almacenaje y rediles para animales. Ponerse a resguardo allí era imposible.

Aquella noche nos quedamos escondidos entre los juncos, pensando cuál podía ser nuestro siguiente movimiento. A menos que encontrásemos una forma de cruzar al otro lado, quedaríamos a manos de nuestros enemigos, que bien seguro seguían patrullando la zona. Verica no nos mostraría misericordia alguna si nos capturaba. «Nos matará», me dije. Seríamos desollados y empalados, o quemados vivos en uno de los hombres de mimbre que tanto gustaban al culto druídico de los atrebates.

Poco antes de amanecer, decidí que no podíamos esperar más. Teníamos que arriesgarnos a cruzar antes de que el sol hubiera salido del todo y quedáramos a plena vista para los centinelas del puente. Antes de poder dar la orden, Maglocuno señaló levantando el brazo.

–¡Señor! Por ahí ¡Mira! –susurró.

Yo guiñé los ojos en la oscuridad. Una figura solitaria emergía por entre la niebla, abriéndose camino por el hielo. El hombre llevaba un arco de caza en la mano derecha, y una aljaba llena de flechas colgaba de su cinturón. El cazador parecía dirigirse a un punto de la orilla sur, a unos cincuenta pasos al oeste, junto a un sauce que se inclinaba hacia la corriente helada.

–¿Qué estará haciendo con este tiempo? –preguntó Dubnocato, en voz baja.

–Quizá se dirija al valle por el que vinimos ayer –dijo Vassedo–. Allí es posible que haya caza.

–¿Qué más da? –dijo Togodumno–. Lo que importa es que se puede cruzar el río. ¡Ahí tenemos la prueba! ¿A qué estamos esperando?

–Todavía no –siseé yo, cortante–. Por lo que sabemos, el hielo podría ser lo bastante grueso sólo en algunos puntos. Esperemos a que nuestro amigo llegue hasta esta orilla. Entonces podremos interrogarlo.

–¿Y qué te hace pensar que va a cooperar, señor? –preguntó Maglocuno.

Yo sonreí.

–Somos ocho tipos de aspecto desesperado y con armas. No nos costará mucho convencerlo.

Salimos agazapados de los juncos y caminamos con cuidado por la orilla, dirigiéndonos hacia el sauce que quedaba al oeste. Allí encontramos un estrecho hueco entre los juncos, parcialmente oculto de la vista por una masa de zarzas. Desde lejos, quedábamos bastante ocultos.

Mis compañeros se agacharon entre los juncos, mientras yo atisbaba entre las espadañas con la punta en forma de pincho para espiar al desconocido. Aunque veíamos con toda claridad al cazador, estábamos ocultos detrás de la tupida junquera, y, con aquella media luz, él no podía vernos. Hasta que fue demasiado tarde.

Togodumno cayó sobre él en cuanto salió. El hombre jadeó cuando el impacto le quitó el aire de los pulmones y soltó el arco de caza por el susto. Antes de que pudiera abrir la boca y dar la alarma, yo había colocado la punta de mi espada a unos centímetros de su cara.

–Una sola palabra y juro por los dioses que será la última que digas.

El cazador vio una salvaje determinación en mis ojos y asintió rápidamente. Yo incliné la cabeza hacia Vassedo. Él se alejó un poco con Dubnocato, para vigilar la marisma que nos rodeaba, dispuesto a dar la voz de alarma si se acercaba alguien. El tipo nos miraba, parpadeando lleno de confusión y terror, mientras yo lo examinaba. Era un hombre delgado, y su cara demacrada y sus dientes estropeados hablaban de toda una vida de trabajo y penalidades.

–No temas –le dije–. No queremos hacerte daño, a menos que sea necesario. Sólo tenemos que hacerte algunas preguntas.

El cazador se humedeció los labios.

–¿Quiénes sois? –preguntó nervioso–. ¿Bandidos?

–¡Silencio! –lo cortó secamente Togodumno–. Somos nosotros los que hacemos las preguntas, no tú.

El cazador achicó los ojos al mirar a mi hermano.

–Reconozco ese acento. Sois catuvelaunos…

Antes de que yo pudiera responder, Togodumno golpeó al cazador en la mandíbula con el puño. La cabeza del hombre saltó hacia atrás, y él dejó escapar un agudo grito de dolor. Yo agarré a mi hermano por el hombro y lo aparté con rudeza.

—¿Qué crees que estás haciendo, en el nombre de Lud? —exclamó.

—Este maldito necesita que le den una buena paliza —replicó Togodumno, a la defensiva—. Es la mejor manera de que hable rápido.

—Este hombre no es nuestro enemigo —le dije con una mirada pétrea—. No tenemos por qué hacerle daño para que coopere con nosotros.

Me volví hacia el cazador. Él me miró con cautela; la sangre le manchaba ya el labio inferior.

—¿Cómo te llamas? —le pregunté.

—Andoco, de Lhandain —respondió, vacilante—. Por favor —dijo con tristeza—, soy un hombre pobre, con muchas bocas que alimentar en casa. No busco problemas.

—Ni nosotros tampoco, Andoco. Sólo respuestas a nuestras preguntas.

Él miró a mi hermano y luego asintió.

—¿Y qué es lo que queréis saber?

—El río —dije yo—. Te hemos visto cruzarlo. Hay un vado en el hielo, supongo…

—Sí, así es —respondió Andoco, ansioso—. Hay unos cuantos bajíos con un vado que pasa entre ellos. En verano se puede cruzar el río a pie. En invierno se hiela lo suficiente para aguantar el peso de un hombre. Aunque muy justo.

—¿Y cómo lo sabes?

—Unos cuantos cazadores usamos el vado. Es un secreto entre nosotros. Mi tío me enseñó el vado cuando era un chico. Lo he usado desde entonces.

—¿Y por qué no vas por el puente? —preguntó Maglocunoi.

El cazador rio, burlón.

—Si lo hiciera tendría que pagar el peaje. La vida ya es lo bastante dura.

–¿Qué quieres decir? –le pregunté.

–No queda mucho grano desde que han llegado las bandas de guerra de Verica. Se han apoderado de la mayor parte de la comida. –La voz le temblaba de ira–. En el pueblo nos morimos de hambre.

Yo intercambié una mirada alarmada con Togodumno.

–¿Los atrebates están aquí?

El cazador asintió.

–Verica y sus guerreros llegaron hace varios días. Un romano venía con él –escupió con desprecio–. El rumor es que están en Lhandain, haciendo sus preparativos para la batalla contra los catuvelaunos.

–¿Y dónde está el campamento catuvelauno? –pregunté.

El cazador señaló con un brazo esquelético en dirección a Lhandain.

–Por ahí. Al norte de aquí, no lejos del lugar donde están enterrados los viejos reyes de Lhandain. –Hizo una pausa–. Dicen que Cunobelino ha reunido un gran ejército. Todos los jefes catuvelaunos y trinovantes han unido sus fuerzas con él. Dicen que aplastará a los guerreros de Verica cuando ofrezca batalla.

Hablaba en un tono que sugería que esperaba un resultado semejante.

–Si es ése el caso, ¿por qué no ha ofrecido ya batalla Cunobelino? –preguntó Maglocuno.

Andoco se encogió de hombros.

–Quizá sus druidas esperen los augurios favorables de los dioses antes de dar su consentimiento.

–Es posible –repuso Togodumno–. No querría arriesgarse a ofender a los dioses luchando sin su bendición.

–Ese vado del hielo… –miré al cazador–, ¿cómo podemos usarlo, amigo?

–¿Amigo? –El hombre me devolvió la mirada, suspicaz.

–Está claro que no tienes amistad con los atrebates. Nuestro enemigo es el mismo.

–Cierto. –Andoco pensó un momento y luego asintió. Levantó un brazo y señaló al otro lado del río–. ¿Veis esos dos postes de madera en los barrizales, directamente hacia el norte desde aquí?

Yo guiñé los ojos y escruté la orilla lejana. A la débil luz veía apenas un par de recios postes de madera, colocados a cierta distancia el uno del otro, frente a los juncos y arbustos.

–Esos dos postes los colocaron para guiar a los cazadores por el vado. Si os mantenéis alineados con ellos, podréis llegar a salvo a través del hielo al otro lado.

–¿Y eso es todo?

–Es bastante fácil. –Se encogió de hombros–. Hasta un niño podría hacerlo. Pero no os desviéis del rumbo –añadió, grave–. El agua es mucho más honda a los lados, y el hielo no sería lo suficientemente grueso para soportar vuestro peso. Algunos han muerto por descuido.

–Estamos en deuda contigo –le dije–. Cuando hayamos vencido, me aseguraré de que nuestro rey te recompense.

El cazador negó con la cabeza.

–Es muy amable de tu parte, pero no necesito recompensa alguna. Cuanto antes sean expulsados de Lhandain los atrebates, mejor.

–Entonces reza a Lud por nuestra victoria en el campo de batalla. –Lo miré un momento, admirando su robustez y su tranquila dignidad ante la agobiante lucha diaria por la vida. Si algunos de nuestros jefes hubieran tenido tantos principios como aquel hombre, quizá la invasión de nuestra isla habría tenido un resultado muy distinto–. Gracias, Andoco. –Me aparté de él y ladré una orden a Maglocuno, que tomó el arco del suelo y se lo tendió al cazador–. Eres libre de irte.

–Espera –intervino Togodumno–. ¿Qué te hace pensar que podemos confiar en él?

Yo todavía me sentía humillado por la traición de Nemobno, pero creía haber visto lo suficiente del corazón del cazador para conocer su odio a los atrebates.

—Está con nosotros. Ya has oído lo que ha dicho.

—Pero...

—Es mi decisión. Nos ha ayudado. Confío en él.

El cazador asintió, nos dio las gracias y se fue al momento, moviéndose por el terreno con la facilidad de un rastreador nato. Unos instantes más tarde había desaparecido detrás de las oscuras ramas de los árboles.

—Esperemos que no dé con los atrebates en su camino hacia el sur —observó Togodumno—. Algo me dice que esos jinetes no lo tratarían tan bien como hemos hecho nosotros.

—Si los dioses son justos, lo protegerán.

—¿Cuál es el plan, señor? —preguntó Maglocuno.

Yo miré los postes.

—Debemos cruzar el vado ahora mismo y dirigirnos al campamento de mi padre. Si mantenemos un buen paso, podríamos llegar allí antes de mediodía.

—Suponiendo que el cazador haya dicho la verdad sobre la ruta a través del río... —murmuró Togodumno—. Si no, iremos derechos a la muerte.

Yo no tenía deseo alguno de continuar aquella discusión. Me volví hacia mis compañeros.

—Dejad todo lo que no sea imprescindible. Nos quedaremos aquí hasta que haya la luz suficiente para ver los postes con claridad. Y entonces cruzaremos por el hielo.

CAPÍTULO TREINTA Y TRES

Avanzamos por entre los juncos en la oscuridad gris que antecede al amanecer. Yo abría la marcha, y Togodumno y los demás me seguían en fila india. Habíamos dejado los odres de agua y los morrales, así como cualquier otra cosa que nos ayudara a reducir el peso sobre el hielo. Había decidido que cruzaríamos juntos, porque el amanecer se acercaba rápidamente y tardaríamos demasiado si lo hacíamos uno a uno. Cuando ya nos aproximábamos al borde del cañaveral, miré al otro lado, y me pareció de repente que la otra orilla estaba muy lejos.

Detrás de mí, Togodumno djo:

—¿Estás seguro de que es buena idea?

—Si tienes una mejor, ahora sería el momento de compartirla.

Él no respondió.

El primer asomo de la aurora apareció en el horizonte por el este, y yo me obligué mentalmente a relajarme, y estiré los músculos, mientras di un paso indeciso más allá de los juncos. Espesos montones de nieve, azul bajo aquella luz pálida, acolchaban las orillas del río; resultaba imposible saber dónde acababa la orilla y dónde empezaba el agua. Más allá se veía un mosaico de nieve en ventisqueros y fragmentos de hielo. En algunos lugares, el hielo era del color del humo de madera; en otros, parecía tan claro y liso como el cristal.

Avancé con precaución. La superficie era resbaladiza bajo las suelas de cuero de mis botas, y tuve que dar pasos cortos para evitar perder el equilibrio. A cada momento, hacía una pausa para volver a mirar la orilla lejana y examinaba los dos postes de madera que sobresalían del río como dientes rotos, tratando de mantenerlos exactamente en línea. Bajo mi peso, el hielo crujía un poquito de vez en cuando, y en algún instante estuve seguro de que se rompería debajo de nuestro peso. Ya me imaginaba sumergido en aquellas aguas heladas, agitando salvajemente los brazos mientras me hundía hasta el fondo del río.

Oí un grito de pánico detrás de mí, acompañado de un golpe. Miré hacia atrás, y vi a Togodumno caído en el hielo, meneando la cabeza y maldiciendo vilmente.

–¿Estás bien? –pregunté en voz baja.

Él se puso de pie y resopló, enfurecido.

–Pensaba que el cazador había dicho que cruzar este río sería fácil…

–Sigue andando –dije yo–. Y, por el amor de Lud, vigila dónde pones los pies, para no caerte y romper el hielo.

Seguimos nuestro lento caminar a través del vado. Por delante, la niebla cubría la marisma, dificultando mucho la visión más allá de los juncos, pero cada vez había más luz, lo que aumentaba el riesgo de ser vistos por los centinelas del puente. Pronto quedaríamos peligrosamente expuestos, lo sabía, y tuve que luchar contra la urgencia compulsiva de acelerar el paso y correr hacia la orilla opuesta.

Estábamos quizás a mitad de camino cuando el vado pasaba por una zona de hielo más delgado. Un crujido agudo perforó el aire. Miré hacia abajo, y noté que se me cerraba la garganta al ver que el hielo se fracturaba bajo mis pies; unas grietas muy finas que se ampliaban en los márgenes, como si unos martillos invisibles lo estuvieran golpeando. Me detuve en seco, levanté la mano y en silencio hice señas a los demás de que parasen. Durante un largo rato no nos atrevimos a seguir. Cuando el hielo dejó de romperse, muy despacio, volví a moverme, casi centímetro a centímetro, comprobando que el hielo soportaba el peso de mi cuerpo. Sólo cuando estuve seguro de que la superficie podía sujetarme daba un nuevo paso.

Me pareció una eternidad lo que nos costó llegar a la orilla norte, pero al final entramos entre los altos juncos de esa ribera. Aliviados de estar en terreno firme, hicimos una pausa y, agachados, tratamos de orientarnos. Hacia el este, a menos de un kilómetro río abajo, se divisaba la oscura masa de los terraplenes defensivos que rodeaban Lhandain. Por delante, teníamos un pequeño valle atravesado por una ligera corriente. Más hacia el oeste, una extensión desolada de marisma se extendía hacia un espeso banco de niebla blanca.

–¿Y ahora hacia dónde? –preguntó Togodumno en voz baja.

–Seguiremos la corriente –respondí yo–. Por ahí, al final, llegaremos a nuestro campamento.

Comenzamos nuestro camino manteniéndonos cerca de los densos matorrales de tojo y arbustos de moras que recorrían el pantanoso terreno en las riberas del agua. El cansancio por nuestra larga huida y el frío mordiente se habían cobrado su peaje, y nuestro paso fue haciéndose más lento hasta prácticamente arrastrarnos a través del sotobosque enmarañado. Vassedo iba el primero, atento a cualquier señal de centinelas enemigos, pero permaneciendo siempre a la vista.

Una media hora más tarde, llegamos a una extensión de bosque denso. Allí, un rastro cubierto de nieve serpenteaba entre los tejos hacia el norte de Lhandain. En tenso silencio, nuestro pequeño grupo continuó a través de la niebla. Las ramas desnudas colgaban por encima como dedos entrelazados, y el silencio mortal sólo se veía roto ocasionalmente por el croar de unos cuervos invisibles que contribuían aún más a oprimirnos el pecho.

Poco tardé en darme cuenta de que el camino parecía llevarnos en la dirección equivocada. El sol ya salía por nuestra derecha, cosa que significaba que el campamento debía de verse ya en algún lugar por delante, pero, sin embargo, la senda giraba hacia el oeste. Un poco más tarde, la niebla empezó a levantarse, y entonces pudimos distinguir un montículo bajo a un lado del camino. Decidí acercarme, pues tal vez desde ese punto elevado tendríamos una mejor perspectiva de la zona. Una vez arriba, Vassedo se agachó y se quedó inmóvil. Tras ordenar a los demás que se detuvieran, yo me reuní con el cazador y me puse de rodillas.

–¿Qué pasa? –pregunté.

–Escucha, señor –replicó Vassedo en tono urgente.

Yo agucé el oído y me concentré. Al principio, no escuché nada, y me pregunté si Vassedo no habría empezado a imaginarse cosas dada la fatiga. Luego, muy suavemente, oí un sonido ahogado que se transmitía por el aire.

–Voces, señor –dijo Vassedo.

–¿Cuántos, crees tú?

–Pues bastantes, diría yo.

–¿Nuestros? ¿O suyos?

Vassedo escuchó atentamente y negó con la cabeza.

–Demasiado lejos para saberlo.

–No creo que nuestros centinelas estén tan lejos de nuestro campamento –observé.

–No, señor.

–Espera aquí.

Me acerqué de nuevo a Togodumno y le di instrucciones de que todos ellos permanecieran resguardados detrás de unos zarzales, y al momento volví junto a Vassedo, que seguía aguzando el oído y escrutando el paisaje en busca de las figuras invisibles. Parecían estar justo delante de nosotros, en algún lugar más allá de la niebla, y, a medida que las voces se iban acercando, pude distinguir la cadencia áspera y familiar del dialecto atrebate. Vassedo me tocó el brazo y me indicó un tronco arrancado entre una mata de ortigas y juncias, a no más de doce pasos de distancia. Nos pusimos a cuatro patas y gateamos por encima del tronco cubierto de musgo. A poca distancia, el terreno bajaba hacia un amplio claro rodeado de abedules. En el lado más cercano, a no más de cincuenta pasos de distancia, descubrimos a varias figuras agachadas en torno a unas tiendas; sus sólidas formas resultaban apenas visibles apenas entre la neblina que ya clareaba.

–Guerreros, señor –susurró Vassedo–. Un grupo pequeño, pero eso parece.

–¿Hombres de Verica? –pregunté, aunque conocía la respuesta.

–Seguramente –asintió Vassedo–. ¿Quién iba a andar por aquí, si no?

En silencio, los observamos un rato. Poco a poco, la niebla se levantaba, como si la tripulación de un barco fuera izando lentamente la vela mayor, y dejó a la vista un vasto conjunto de tiendas y guerreros repartidos por todo el claro.

–Por Lud –dijo Vassedo en voz muy baja–. Debe de haber cientos de esos hijos de puta ahí.

Yo asentí con la cabeza.

–¿Qué estarán haciendo en los bosques? –me preguntó.

–Pues no lo sé. Pero no puede ser nada bueno para nosotros. –Me aparté del tronco–. Vamos. Volvamos con los demás, antes de que nos vean.

Volvimos a bajar el terraplén con precaución, cuidando de no estorbar el sotobosque o romper ninguna ramita. Al llegar a las zarzas donde se escondían Togodumno y el resto de los hombres, les conté lo que habíamos visto.

–No lo entiendo. –Togodumno meneó la cabeza–. ¿Por qué iba a trasladar Verica a algunos de sus guerreros a los bosques?

–No tenemos tiempo para preocuparnos de eso. Debemos marcharnos de inmediato, antes de que se den cuenta de que estamos aquí.

Señalé un estrecho camino que serpenteaba hacia el este, junto a unos cuantos robles retorcidos.

–Nos iremos por ahí. Ese camino nos llevará lejos del campamento. Llegaremos al borde del bosque, más tarde o más temprano.

–Esperemos que sea así –murmuró Maglocuno–. Ya estoy harto de este sitio maldito. Si los atrebates están ahí, habrán apostado centinelas, señor. El bosque estará abarrotado de ellos.

–Entonces debemos confiar en que los dioses estén de nuestro lado.

Continuamos por el bosque en dirección hacia el este, o eso esperaba yo, abriéndonos camino con cuidado entre los helechos muertos y las ramas caídas. Pronto la niebla se espesó de nuevo; a veces, no veíamos a más de diez o quince pasos por delante, y nos vimos obligados a vigilar dónde pisábamos para evitar tropezar con las raíces de algunos árboles viejos. En tales condiciones, mantener un ritmo regular era casi imposible. El aire húmedo y la proximidad del campamento atrebate aumentaban la intranquilidad de nuestra pequeña columna, y cada chasquido de una ramita o roce de alguna hoja hacía que echáramos mano a las armas.

Tardamos un rato en llegar a una zona plana de monte bajo rodeada por todas partes de espeso bosque. A cuarenta pasos por delante, el camino se curvaba más allá de un pequeño estanque de agua salobre y, mientras nos acercábamos hacia allí, oímos los débiles ecos de los cascos de algunos caballos que venían de algún lugar más allá de la blancura. De inmediato, nos echamos al suelo, tratando de escondernos entre los matorrales. Los resoplidos de los animales se oían cada vez más cercanos, pero no veíamos nada a través de la niebla impenetrable.

–Mierda. Vienen por aquí –dijo Togodumno–. Quienesquiera que sean.

–¡Calla! –susurré yo–. ¡Quieto! Que nadie se mueva.

Apoyé la mano en el pomo de mi espada y me concentré en los sonidos que nos rodeaban. Los cascos sonaban peligrosamente cerca ya. Y, entonces, atisbé la forma espectral de un guerrero montado a no más de quince pasos de distancia. Estaba armado con una lanza, que llevaba alzada para arrojarla si fuera necesario, y detrás de él había dos figuras más, aunque apenas visibles entre la niebla y el bosque. Mientras los observábamos en silencio, ellos desmontaron junto al estanque, a no más de veinte pasos de nosotros, y dejaron que sus caballos abrevaran. Uno dijo algo a sus dos compañeros. Por el acento, sin duda eran atrebates.

–Una patrulla –dijo Vassedo, en voz muy baja–. Del campamento, supongo.

–Deberíamos salir de aquí –susurró Togodumno.

–Nos verán en cuanto nos movamos –respondí yo–. En cualquier caso, el camino los llevará hacia nosotros… Debemos atacar. En cuanto dé la orden.

Me tensé, al tiempo que agarraba con fuerza la empuñadura de la espada fuertemente. Desde algún lugar alto, en las ramas de los árboles, el graznido ronco de un cuervo rompió el silencio. Uno de los atrebates se volvió y dejó caer su mirada en nuestra dirección, y de inmediato su mano se movió hacia la espada. Pero, tras unos momentos, apartó la vista. En cuanto se giró hacia sus compañeros, yo salté de nuestro escondrijo, con la espada en la mano y gritando a mis compañeros para que me siguieran.

A un tiempo, los atrebates se volvieron para enfrentarse a nosotros. Pero estábamos encima de ellos antes de que tuvieran tiempo de moverse. Yo me arrojé con todo el cuerpo sobre el que tenía más cerca, evitando diestramente el empuje irregular de su lanza. Su rostro se contrajo cuando le clavé la espada en los intestinos. El hombre se derrumbó hacia atrás en el suelo. Vassedo, Togodumno y los demás también luchaban ya con los otros dos atrebates. Uno de ellos intentó subirse a su caballo, pero el animal reculó, aterrorizado, y él cayó al suelo. A pocos pasos de distancia, su compañero arrojó a un lado su arma y levantó las manos por encima de la cabeza.

—¡Por favor, no! —suplicó. Era un hombre pálido, alto y fibroso—. ¡No! Me rindo.

Togodumno se acercó al hombre con una sonrisa, levantando la espada para rematarlo.

—¡No! —salté yo—. Déjalos vivir.

Mi hermano, de mala gana, bajó el arma, mientras Maglocuno levantaba al jinete caído y lo ponía de pie. Yo sequé mi hoja en el manto del atrebate muerto, me enderecé todo lo alto que era y me acerqué a nuestros enemigos. El hombre pálido era de mediana edad, y su compañero, mucho más joven, no debía de tener más de dieciséis o diecisiete años, aunque era muy robusto, con las mejillas pecosas y el pelo rubio muy claro.

—No nos mates —dijo el más viejo, con voz temblorosa. Su frente relucía de sudor y tenía los ojos dilatados por el terror—. Por favor.

Ambos llevaban unas túnicas desgastadas y unos pantalones andrajosos, a diferencia de su camarada muerto, me di cuenta, cuyo bonito torques de oro y el caro manto lo delataban como miembro de la nobleza atrebate. Vassedo y Dubnocato los llevaron junto a unos matorrales de arbustos espinosos, mientras los demás soltaban a los caballos y arrastraban al muerto fuera del camino.

—¿Cómo os llamáis? —les pregunté.

—Senecio —respondió el hombre delgado.

—Caladoco —tembló el joven con el pelo rubio claro.

—¿Están cerca vuestros compañeros?

—Nadie, señor —respondió Senecio—. Estamos solos. Lo juro ante el mismo Lud.

–Chorradas –espetó Togodumno–. ¿Por qué vamos a creer lo que digan estos apestosos? Podrían ser exploradores de una fuerza mucho mayor. Yo digo que los destripemos y nos vayamos de aquí mientras tengamos la oportunidad.

–Senecio dice la verdad, señor –insistió Caladoco–. Sólo somos tres... Quiero decir, dos. –Miró el cuerpo sin vida de su compañero y agachó la cabeza.

Miré de cerca a Senecio. Hablaba con un acento extraño, y no reconocí las marcas de sus mejillas.

–¿De dónde sois? No parecéis atrebates.

–Yo nací en Leucomago, señor –replicó Senecio–. En tierras belgas.

–Lo conozco. ¿Cómo has acabado sirviendo a un noble atrebate?

–Me casé con la hija de un granjero, señor, en un pequeño asentamiento junto a Calleva. Vivíamos allí, y muy felices. Pero el mes pasado aparecieron los hombres de Verica y nos reclutaron para servir en sus bandas de guerra. Cualquiera que fuera apto para empuñar una lanza fue apartado de los campos y obligado a jurarle servicio. –Señaló el cuerpo del noble caído–. Nos hicieron marchar hacia Lhandain.

Había amargura en su voz. A aquel hombre no le gustaban ni Verica ni sus amigos.

Maglocuno dijo en voz muy baja:

–Verica debe de estar desesperado por encontrar hombres, si está reclutando a campesinos, señor. Parece que nuestras escaramuzas han funcionado mucho mejor de lo que podíamos haber esperado.

–Sí –respondí, y miré a los dos escoltas a los ojos–. ¿Qué estáis haciendo aquí, en el bosque?

Los dos atrebates se miraron entre sí.

–Decid la verdad, y rápido. O, si no, mis hombres os matarán.

Caladoco se mordió los labios, reacio a traicionar a sus amos. Senecio, sin embargo, me miró con suspicacia y temor, y al fin habló:

—Se nos ordenó que escoltáramos a nuestro amo al este, al campamento de nuestros aliados, los durotriges. Allí es donde nos dirigíamos. Teníamos un mensaje para su rey.

—Mientes —gruñí—. Los durotriges no tienen ninguna alianza con los atrebates.

—Ahora sí que la tienen, señor. Oí a mi amo discutirlo con otros nobles. El rey Bogiodubno se pasó al lado de Verica tras la batalla del Crómlech junto a Lhandain, por temor a desafiarlo...

—¿Y dónde están los durotriges ahora?

—A un día de marcha río arriba. —Me dio el nombre de un pueblo—. El rey Bogiodubno llegó hace unos días, después de que Verica llamase a sus aliados para que se unieran a la gran batalla contra los catuvelaunos.

—Pero no se han desplazado al este para unirse a Verica... ¿Por qué?

—Bogiodubno está esperando al resto de sus fuerzas. El terreno aquí es pantanoso y difícil de recorrer, y eso ha ralentizado su avance. Verica le ha ordenado que se apresure a ir hacia el este para que pueda unirse al combate mañana. Es el mensaje que llevaba nuestro amo.

—¿Cunobelino va a ofrecer batalla mañana?

El prisionero asintió.

—¿Y cuántos hombres tiene Bogiodubno?

—Mil, según creo, señor.

Maglocuno hinchó las mejillas.

—Eso ciertamente inclinaría la batalla a su favor. Con los refuerzos de sus aliados y los guerreros acampados ahí fuera, superarían en número a los nuestros.

Togodumno intervino:

—¿Por qué han cruzado los durotriges río arriba, en lugar de unirse a sus aliados aquí, en Lhandain?

–Por el mismo motivo que Verica ha ocultado a algunos de sus guerreros en el bosque –expuso Maglocuno–. Ese hijo de puta quiere que creamos que tenemos ventaja, que somos más, para poder llevarnos a una trampa.

–¿Cuál es el plan de Verica para esos hombres que ha puesto en el bosque? –pregunté a los prisioneros.

–No lo sabemos, señor. –Senecio se encogió de hombros, impotente.

–Pero debéis de tener alguna idea sobre su objetivo. Responded, si valoráis vuestra vida.

Senecio y Caladoco intercambiaron una mirada.

–Lo único que sé –dijo al fin Senecio– es que anoche nuestro amo asistió a una reunión del consejo de guerra de Verica. Dijo que mañana, cuando Cunobelino ofrezca batalla y avance desde el norte, le aguardaría una sorpresa. Dijo que los campos fuera de Lhandain quedarían sembrados de los cadáveres enemigos al final del día, que las cabezas de los nobles catuvelaunos colgarían de las vigas del gran salón de Calleva y que los bardos cantarían sus hazañas durante generaciones.

–¿Cuántos hombres hay acampados en el bosque?

Caladoco reflexionó un momento.

–Al menos cuatrocientos. Bajo el mando del príncipe Moricano.

–¿Ha sido visto por aquí cerca alguno de vuestros exploradores?

–No.

–¿Estás seguro?

–Todo lo que es posible. Si el enemigo hubiese estado explorando esta zona, no habría llegado muy lejos. Verica ordenó a Moricano que doblase el número de centinelas en el campamento.

Yo me volví hacia mis hombres.

–El plan de Verica está claro, entonces.

–¿Ah, sí? –dijo Togodumno.

–Pretende lanzar un ataque sorpresa –expliqué–. Moricano esperará hasta que se formen las líneas de batalla frente a Lhandain y ambos bandos estén ocupados. Nuestros guerreros no sabrán que hay enemigos emboscados y que, cuando suene la señal, saldrán del bosque para cargar sobre ellos y masacrarlos por el flanco.

La cara de Togodumno cambió de expresión al entender el plan.

–Ese perro… Deshonra a nuestros antepasados con unas tácticas tan rastreras.

–No peor que las nuestras… –señalé yo–. Me temo, hermano, que no habrá demasiado honor en esta guerra. Verica se está jugando demasiado. No se detendrá ante nada para extender su influencia al norte del Támesis. Él y sus amigos romanos –añadí con amargura, recordando al centurión que habíamos visto acompañando a los atrebates. Pero entonces caí en algo que me había estado molestando durante toda la conversación y me encaré de nuevo con los dos hombres–: ¿Cómo conoce Verica nuestra intención de atacar mañana?

Senecio miró al joven antes de hablar:

–Verica ha metido un traidor en vuestro campamento, señor. He oído a nuestro amo hablar de él con el consejo de guerra. Lleva meses pasando información.

Una sensación de oquedad se instaló en mi estómago.

–¿Quién?

–Eso no lo sé. Su nombre no se ha mencionado… Al menos, no en nuestra presencia. Su identidad sólo la conocen los miembros del círculo más íntimo de Verica.

–Mierda –dijo Togodumno, entre los dientes apretados–. Un traidor. Eso es justamente lo que necesitamos.

–Nuestro padre está en grave peligro –murmuré–. Debemos llegar hasta el campamento lo antes posible y advertirle del peligro, antes de que caiga en la trampa.

–¿Y qué hacemos con estos dos, señor? –preguntó Dubnocato, señalando a los escoltas.

–Yo digo que los matemos –susurró Vassedo.

–¡No, por favor! –gritó Senecio–. Te lo ruego, señor. Hemos hecho lo que nos pedías. Déjanos ir…

–¿Cómo? ¿Y dejar que nos traicionéis a la primera patrulla enemiga que os encontréis? –Maglocuno lanzó una risa cruel–. ¿Por qué íbamos a hacer eso? Es mucho más sencillo mataros a los dos ahora mismo.

–Podríamos tomarlos como prisioneros –comentó Dubnocato–. El rey quizá quiera interrogarlos…

–Ni hablar. No podemos llevarlos con nosotros –argumentó Maglocuno en voz baja–. Ya estamos todos demasiado cansados. Tener que cuidar a esos dos idiotas es lo último que necesitamos.

Me volví hacia los prisioneros, que me miraban aterrorizados. Sopesé el riesgo de dejarlos vivir y volver a su hogar, en el extremo más alejado del río, contra la posibilidad de que nos traicionaran. Al examinarlos, noté un pinchazo de compasión. Esos desdichados se habían visto arrastrados a un conflicto que apenas comprendían, a luchar porque su rey había reclamado un territorio que ellos jamás habían visto antes, mientras que sus tierras quedaban desatendidas y en ruinas; no resultaba sorprendente que estuvieran resentidos por haber tenido que tomar las armas en las bandas de guerra de Verica.

Togodumno me tomó del brazo con suavidad.

–No podemos correr ningún riesgo, hermano. Hay demasiado en juego.

–Nuestra lucha no es con el pueblo atrebate –dije al fin–. Sólo con su gobernante y el resto de sus jefes. No obtendremos provecho alguno matando a unos hombres que no desean luchar por su rey.

–¿Y si se encuentran con sus compañeros en su viaje hacia la marisma? Si Verica se entera de que conocemos su plan y de que nos hemos enterado de la llegada de los durotriges, enviará a todos los hombres que pueda a por nosotros para que no podamos avisar a nuestra tribu.

Yo me quedé callado un momento, reacio a admitir que tenía razón. Nunca me había gustado la perspectiva de matar a nadie a sangre fría, a menos que la situación lo exigiese. Pero mi hermano decía la verdad. Había demasiado en juego. Mis principios debían ser una víctima más de aquel amargo dilema. Así que al final asentí.

—¿Quieres que me encargue de ellos? —me preguntó.

—No. La decisión es mía.

Togodumno señaló al noble atrebate muerto.

—¿Y qué hacemos con él? ¿Y con ellos? No podemos dejar sus cuerpos aquí para que los encuentren...

—Los ataremos con piedras y los hundiremos en el estanque. Pero conserva la cabeza del noble.

—¿Su cabeza? —repitió Togodumno, haciendo una mueca—. No es hora de trofeos, hermano.

—No —dije yo—. Pero igual la necesitamos.

Los prisioneros, atentos a nuestra conversación, miraban con silenciosa desesperación a Maglocuno, que ya desenvainaba su espada. Colocó una bota sobre el pie del atrebate muerto y dejó caer la espada en tres poderosos cortes, como si estuviera cortando madera. Se oyó un crujido horrible cuando la hoja le rebanó el cuello, y entonces el recio guerrero se agachó para recoger la cabeza; luego, la envolvió en un trapo y la metió en una alforja.

Yo me encaré a los prisioneros. Mis hombres formaban un círculo a su alrededor para evitar cualquier posible intento de escapar.

—De rodillas.

CAPÍTULO TREINTA Y CUATRO

Aquella misma mañana, cuando salió el sol invernal, recorrimos el camino que serpenteaba por la ladera de una montaña. Subimos por la ladera hasta que llegamos a un terreno repleto de tojos. Desde allí, teníamos una visión muy clara a través del campo ondulante que había más allá de Lhandain. Directamente por el norte de la ciudad se extendía una amplia llanura, limitada en en su lado occidental por estrechos ríos y corrientes, bosques talados y pequeñas colinas, algunas coronadas con prominentes montículos de enterramiento. Hacia el este, la marisma bordeada la llanura, cortada en parte por alguno de los numerosos afluentes del Támesis. Hacia el norte, una nube de humo impregnaba el aire por encima de un gran campamento con tiendas situado en una pequeña colina, apenas a tres kilómetros de la puerta norte de Lhandain. Más allá, el terreno se alzaba en diversos promontorios y bajas crestas boscosas.

Nuestro ánimo mejoró al darnos cuenta de que por fin estábamos cerca de los nuestros, y bajamos a la carrera y con buen humor por la ladera opuesta de la colina, pasando por entre el poco espeso robledal que conducía a los límites de la llanura. En el borde del bosque, nos detuvimos para estudiar las huellas que cruzaban la tierra de labor que se extendía ante nosotros, pero la zona parecía bastante tranquila, y la mayoría de los habitantes o bien habían huido al norte o bien se habían refugiado en Lhandain antes de que comenzara la batalla. Evitando los caminos principales y en alerta constante, pronto seguimos hacia el campamento.

A lo largo de todo este tiempo, el temor por ser capturados ocupaba mi mente. A menos que pudiéramos alertar a mi padre, nuestras bandas de guerra caerían en la trampa de Verica. Ocultos entre los arbustos y brezos a lo largo de los árboles, nuestras fuerzas no podrían distinguir al enemigo hasta que resultase demasiado tarde. La aplastante victoria de los atrebates sobre nuestros hombres en Lhandain volvería contra nosotros a los aliados que aún teníamos. Camuloduno caería inevitablemente, y nuestra familia sería expulsada de las tierras de nuestros antepasados, destinada a extinguirse en la oscuridad junto a las tribus de Galia o Germania, como tantas nobles familias britanas exiliadas en el pasado.

Esos pensamientos lúgubres persistieron hasta que nos encontramos a sólo unos centenares de pasos del campamento. Enfundamos nuestras armas y, sin abandonar las precauciones, conscientes de que podíamos ser confundidos con enemigos, retomamos el camino. Si un centinela nervioso nos veía de lejos, fácilmente podía hacer sonar la alarma y dar la orden de atacar a esos extraños que se acercaban al campamento.

Al cabo de cincuenta pasos, ordené a mis hombres que se detuvieran y llamé a los centinelas, que sabía que debían de estar ocultos entre el espeso brezo y aulaga. Un joven guerrero a quien no reconocí apareció por entre la maleza no muy lejos apuntándome con la lanza. Mirando fijamente nuestras figuras desaliñadas, nos pidió el santo y seña.

Yo levanté las manos en señal de paz y dije mi nombre. El guerrero se burló.

—Príncipe Carataco, ¡los cojones! Largaos de aquí. Venga, fuera, largaos.

—Ya me he cansado de este mierdecilla —gruñó Maglocuno—. Nadie puede hablar así al príncipe Carataco. —Y dio un paso adelante, buscando su espada.

–¡No! –le grité, y me encaré de nuevo con el centinela–. Déjanos pasar de inmediato. Es una orden. Tenemos noticias de suma importancia para el rey.

–Nadie pasa por las líneas sin permiso. Órdenes del rey.

Justo entonces, un veterano lleno de cicatrices se acercó a nosotros para investigar qué sucedía. A él, sí lo conocía. Parvilio había servido en la guardia de mi padre durante muchos años y nos había acompañado a aquella fatídica asamblea con los druidas del otoño anterior. Intercambiamos calurosos saludos, el centinela se disculpó, tartamudeando, y de inmediato Parvilio nos escoltó a través de las tiendas de cuero, carros y monturas atadas hacia el alojamiento de mi padre, en el centro del campamento.

Los cuatro guardias que, con largas lanzas, custodiaban la tienda, mostraron su sincero asombro cuando Parvilio les explicó quiénes éramos. Supongo que yo debía de parecer más un apestoso vagabundo que el hijo del gran rey de los catuvelaunos. Se apartaron de inmediato, y pasé por los faldones de piel de cabra por delante de Togodumno, mientras el resto de nuestra harapienta banda nos esperaba fuera, en el barro y la nieve.

Mi padre estaba sentado en un taburete, acompañado por los miembros de confianza del consejo de guerra. Mi mentor, el druida Bladoco, también estaba allí.

–Carataco… Togodumno. –Mi padre parpadeó sorprendido y se puso de pie para saludarnos–. Hijos míos…

–Padre –incliné la cabeza.

No nos abrazó, pues mantenía la creencia en las antiguas costumbres de nuestra tribu, con las que los reyes enseñaban a sus hijos a ser fuertes, intrépidos y respetuosos del rango. Yo admiraba a mi padre por lo que había conseguido para nuestro pueblo; su dominio de la política tribal, sus habilidades de combate y su capacidad para identificar las debilidades de los demás le habían permitido establecer a nuestra tribu como el poder más grande de todo el norte del Támesis. Pero era un hombre severo, áspero y distante, y nunca supe realmente qué pensaba. Eso mismo es lo que lo convertía en un adversario tan peligroso, supongo.

Nos agarramos del antebrazo Epático y yo, aliviado al ver a mi tío al fin recuperado tras las heridas sufridas en la batalla del Crómlech, y saludé también a Adminio. Al lado de mi hermano había un hombre a quien no había visto antes. Tenía el pelo aceitado y oscuro, la barba sin afeitar, la piel olivácea, y en su rostro no se veían marcas o tatuajes que indicaran su afiliación tribal. Sus manos y mejillas estaban cubiertas de pequeñas cicatrices rosas; su torso sin pelo se ondulaba con unos músculos bien torneados. Si tenía que adivinar su profesión, yo habría dicho que era un soldado romano o un luchador itinerante.

–¿Un nuevo amigo? –le pregunté.

Adminio esbozó lo que sólo se podía describir como una mueca burlona.

–Es mi nuevo guardaespaldas, Tejanus. Es un gladiador retirado. Ha luchado en varias ocasiones en los juegos en el anfiteatro Estatilio.

Había oído hablar de ese sitio; incluso los britanos conocíamos la costumbre romana de obligar a los hombres a pelear entre sí a muerte para entretener a su élite.

–No estoy seguro de que me guste ése –me susurró Togodumno al oído.

Mi padre alzó la mano.

–Sois bienvenidos, aunque os presentáis de la forma más inesperada –comentó, observando nuestro aspecto desaliñado y nuestra ropa desgarrada–. Pero... ¿dónde está el resto de los hombres?

–Fuera, padre –respondí–. Sólo quedan cinco.

–Ya veo. –Se tensó por un momento y entrecerró los ojos, en un movimiento tan sutil que casi se podía haber pasar por alto, pero fue suficiente para que yo comprendiera su disgusto–. ¿Y los demás?

–Muertos –dijo Togodumno, sencillamente–. El enemigo nos tendió una emboscada hace unos días.

–¿El enemigo? –repitió Bellocato. El veterano de pelo oscuro parecía asombrado–. Nos habían dicho que habíais viajado al norte para comprar monturas a los brigantes durante el invierno.

Hubo una pausa incómoda. Togodumno se puso de un rojo escarlata. Yo tosí.

–Lo que mi hermano quiere decir –dije al fin– es que dimos con algunos bandoleros de vuelta hacia aquí. Nos robaron las monturas, nos quitaron el dinero y mataron a nuestros compañeros antes de que pudiéramos escapar.

Por el rabillo del ojo, vi que Tejanus susurraba algo al oído de Adminio. Me volví hacia mi padre y dije:

–Quizá podríamos hablar en privado, padre. Tengo noticias urgentes para ti.

Mi padre se dirigió a los nobles:

–Bladoco, Epático, podéis quedaros. Los demás volved con vuestros hombres. Más tarde reemprenderemos esta discusión.

Adminio lo miró con expresión ultrajada.

–¿Y yo, padre?

–Déjanos. Hablaremos esta tarde.

Adminio soltó una risa de incredulidad.

–Soy el segundo en la línea del trono. Cualquier cosa que deseen decir mis queridos hermanos debería oírla yo también.

–No discutas conmigo, Adminio.

–Pero, padre...

–Vete. Es una orden.

Adminio protestó una vez más; luego apretó los labios estrechamente y me miró con una fría furia. Soltó algo a su guardaespaldas en latín, y entonces los dos siguieron a los otros nobles y salieron de la tienda. En cuanto nos quedamos solos, mi padre se sentó.

–¿Cuáles son esas noticias tan urgentes?

Vacilé por un momento, y mis ojos se volvieron hacia Epático.

–Está bien –continuó mi padre–. Epático conoce cuál era el verdadero objetivo de tu misión. Puedes hablar con libertad.

Y entonces le hablé de las fuerzas de Moricano en los bosques al oeste de Lhandain. Él se enderezó en su asiento, inquieto, y sus cejas se juntaron.

–¿En el bosque, dices?

–Sí, padre. Al oeste de la llanura. Dimos con un campamento enemigo de camino hacia aquí. Moricano y sus hombres esperan en el claro. Son unos cuatrocientos.

Sus arrugas se volvieron más hondas aún.

–Pero Adminio ha explorado toda esa zona. Me ha asegurado que el bosque está limpio de enemigos.

–Pues entonces miente –espetó Togodumno.

–No es eso lo que hemos visto en el bosque –dije yo, calmado–. Hay una gran fuerza de guerreros durotriges dirigida por Bogiodubno río arriba, a no más de un día de marcha. Mil hombres. Verica ha llamado a sus aliados para que se unan a él mañana en la batalla; así se asegurará nuestra derrota, en cuanto Moricano haya atacado nuestro flanco. Al menos, ése es su plan.

–¿Y cómo te has enterado de todo eso?

Hice una seña a Togodumno.

–Enséñasela.

Mi hermano salió de la tienda y llamó a Maglocuno. Un momento más tarde, entró de nuevo acompañado por él, que rebuscó en su zurrón y sacó la cabeza cortada del mensajero atrebate. Cogiéndola por el pelo grasiento, se inclinó hacia el rey, me la tendió y salió de nuevo a toda prisa. Yo tiré la cabeza al suelo, y ésta rodó hasta detenerse suavemente a los pies de mi padre.

–Puedes ver las marcas de un guerrero atrebate –dijo Epático, agachándose para examinar los tatuajes de las mejillas.

–¿Dónde lo habéis encontrado? –preguntó el rey.

–En el bosque –describí el encuentro y la información que habíamos extraído de los escoltas del noble.

–¿Y os creéis esta historia? ¿No sospecháis que pueda ser un engaño?

–No tenían motivo alguno para mentirnos.

El rostro de mi padre se ensombreció al comprender la enormidad de la trampa que Verica había ideado. A su lado, Bladoco escuchaba con la cara pétrea.

–Y hay más –añadí.

–¿Sí?

–Los escoltas aseguraban que hay un traidor entre nuestras filas. Alguien ha estado pasando información a los atrebates, alguien que conoce estos planes de emboscada y tu intención de presentar batalla en Lhandain mañana.

El rostro de Epático se ensombreció.

–Eso es imposible. Sólo el consejo de guerra conoce los detalles de nuestra campaña.

–Sin embargo, creo que es cierto. ¿Cómo, si no, iba a saber Verica que te proponías atacar mañana?

–Quizá lo haya adivinado…

Yo negué con la cabeza. Había pensado en todo esto cuidadosamente desde que salimos de los bosques.

–Verica no habría ordenado a los durotriges que corrieran a reunirse con él a menos que estuviera absolutamente seguro de tus intenciones. Sólo hay una forma de que pudiera conocer la verdad: alguien está compartiendo tus planes con él.

Mi padre miró a Bladoco como pidiéndole consejo. Éste negó con suavidad y dijo, con su espeso acento galo:

–Me inclino a estar de acuerdo, señor. Nosotros tenemos nuestros espías en la corte de Calleva; no cuesta demasiado imaginar que Verica tenga los suyos en la nuestra.

–Entonces, ¿quién es ese traidor? –preguntó mi padre–. ¿Te revelaron su nombre los prisioneros?

–Me temo que no. Y tengo noticias de otro traidor. –Y entonces le conté que Nemobno nos había traicionado a los atrebates, con devastadoras consecuencias.

–Este asunto con Nemobno… Imagino, por lo que me habéis contado, que Verica sabe que sois vosotros quienes estáis detrás de los ataques contra los aliados, ¿no? –preguntó mi padre, mirándonos a Togodumno y a mí alternativamente.

–Sí. Seguramente se habrá enterado. Nemobno se lo debió contar todo.

–Esto es muy desafortunado. Tendrías que haber sido más cuidadoso, Carataco. Has perdido a cuarenta de mis mejores hombres. Y el coste podría ser mayor todavía, si los atrebates convencen a las otras tribus de que eres tú, y no los siluros, el responsable de los ataques a sus campesinos y aliados.

–Tienen a Nemobno –dijo Epático–. Ésa será la prueba suficiente.

–El testimonio de un traidor raramente no debería ser una prueba convincente de nuestra implicación –intervino Bladoco.

Mi padre se quedó reflexionando unos instantes.

–¿Hay algo más que nos vincule con esos ataques? –preguntó de repente, volviéndose hacia mí.

Yo lo pensé bien y luego negué con la cabeza.

–No, padre. Tuvimos mucho cuidado de ir vestidos de siluros en todo momento. No llevábamos nada que pudiera identificarnos como catuvelaunos.

—Entonces parece que estamos libres, señor —dijo Bladoco—. Dudo de que Verica insista en este tema, dada su implicación entre las filas corruptas del Gran Consejo druida. El
tema sería un ultraje hacia las otras tribus de la isla.

Epático se echó a reír amargamente.

—Yo pensaba que los druidas eran leales a los miembros
de su culto.

—Éstos son tiempos de guerra —repuso Bladoco—. Si los
catuvelaunos son derrotados, ¿quién dirigirá a las tribus cuando los romanos lleguen a nuestras tierras, como vendrán con
toda seguridad? Uno debe hacer lo que es necesario para el
bien mayor a largo plazo. Por eso los catuvelaunos deben vencer ahora. Aunque se dañe la reputación de los druidas en el
proceso.

Mi padre se quedó mirando la cabeza cortada, pensativo.

—Parece que Verica nos ha preparado perfectamente,
con mucha astucia, una trampa, con la ayuda de su espía. Por
supuesto, eso significa que debemos repensar nuestro plan…,
aunque no nos quede mucho tiempo. Más tarde ya nos enfrentaremos al traidor, en cuanto descubramos su identidad.

—Entonces ¿aún quieres presentar batalla mañana? —pregunté.

—Sí. Lucharemos en la llanura norte, a quinientos pasos
de Lhandain. Nuestras bandas no avanzarán hasta la tarde, en
cuanto los dobunios se hayan unido a nosotros y tengan ocasión de descansar un rato.

Nuestros aliados, nos explicó mi padre, habían salido de
sus tierras hacía unos días y estaban aún de camino. Poco antes, Antedio, rey de los dobunios, había enviado un mensajero
a nuestro campamento; su avanzadilla había alcanzado un pequeño lugar llamado Brigando, a medio día de marcha hacia
el oeste. El resto de las tropas debían llegar al lugar con la
anochecida.

—¿Cuántos hombres trae Antedio?

–Cuatrocientos. Los mejores guerreros dobunios, me han dicho.

–¿Y eso es todo?

–Esperábamos más –intervino Bladoco–. Pero la decisión del rey de apoyarnos ha dividido a su tribu. Muchos de los nobles se niegan a dirigir a sus guerreros contra los atrebates por miedo a la venganza de Verica, en el caso de que realmente nos gane en la contienda.

–Es una lástima –dijo mi padre–. Pero me honra contar con Antedio, y los que están con él se unirán a nosotros en la batalla. La cuestión sigue siendo, señores, ¿cómo vamos a contrarrestar el plan de Verica?

Y yo ya había pensado en ello.

–¿Cuántos hombres tiene Verica bajo su mando en Lhandain?

–Un poco menos de dos mil guerreros, si los informes de nuestros exploradores son correctos.

–Un poco menos que nuestras bandas de guerra, entonces.

–Sí. Pero, con los hombres escondidos en el bosque, nos superará en número.

–Y no nos olvidemos de los durotriges –señaló Togodumno–. Hay mil acampados río arriba, si esos hombres que capturamos decían la verdad. ¿Qué vamos a hacer con ellos?

–Los durotriges están atrapados ahora mismo en los pantanos, a la espera de que el resto de sus fuerzas se unan a ellos –señalé yo–. No se moverán hasta recibir las órdenes de Verica, y pasará un día, más o menos, antes de que los atrebates se den cuenta de que su mensajero se ha perdido. Eso nos da una oportunidad de actuar de inmediato y derrotar a los atrebates antes de que lleguen sus aliados.

–Decidamos lo que decidamos, debemos luchar mañana –exclamó mi padre–. Si no ofrecemos batalla, Verica tendrá tiempo para enviar a los durotriges, y perderemos la iniciativa.

–¿Por qué deberíamos temer a los atrebates? –preguntó Epático. Se golpeó el pecho con el puño como desafío–. Somos catuvelaunos. Nuestros guerreros están bien entrenados. Si los dioses lo desean, barreremos a los atrebates, como hicimos en Duroverno contra las fuerzas de Epilo.

–No es cuestión de que los dioses lo quieran –gruñó el rey–. Ni tampoco es una cuestión de valentía. Carataco tiene razón. Los hombres acampados en el bosque nos atacarán por el flanco río arriba en cuanto nuestras fuerzas estén dispuestas. No podemos limitarnos a caer en la trampa de Verica y confiar en que nuestras habilidades en el combate sean superiores. –Dirigió una mirada cáustica a Epático–. No, está bien claro. Debemos encontrar una forma de volver el plan de Verica en su contra, y sin revelar al traidor.

Togodumno dijo, con desánimo:

–Es una lástima que no podamos montar una trampa nosotros también. Me gustaría ver a nuestros enemigos retorciéndose bajo la punta de nuestras lanzas.

A lo largo de toda la conversación, yo había ido pensando a toda velocidad. Y, en un momento de inspiración, se me había ocurrido una idea: el vado de hielo que atravesaba el Támesis, el puente custodiado por centinelas atrebates, las fuerzas dobunias que se apresuraban hacia nuestro campamento…

–¿Quién sabe que los dobunios se van a unir a nosotros mañana?

El rey respondió con rapidez.

–Yo mismo, Epático, Bladoco y mis mensajeros.

–¿Nadie más?

–No –afirmó–. Decidimos mantener en secreto su llegada, por si el enemigo se enteraba de nuestros planes. ¿Por qué?

–Quizás exista una forma de derrotar a Verica… –murmuré yo.

Las cejas de mi padre se alzaron.

–¿Otro de tus planes, Carataco? ¿Cuántos hombres me costará esta vez? –preguntó, glacial.

Sin dejarme intimidar, continué:

–No carece de riesgos, pero, si funciona, dará a nuestros hombres la oportunidad de expulsar a las fuerzas atrebates de Lhandain... de una vez y para siempre.

–¿Y por qué iba a confiar en ti, dado que me has costado casi cuarenta de mis mejores hombres en tu última misión?

–Al menos deberíamos escucharlo, señor –intervino Bladoco–. Sus escaramuzas han conseguido comprometer a muchos guerreros enemigos, después de todo, y no se le puede culpar por el hecho de que uno de sus hombres lo traicionara...

Mi padre tamborileó con los dedos en su muslo y me miró unos momentos.

–Muy bien, Carataco –suspiró–. Cuéntanos tu plan.

Yo inspiré con fuerza antes de hablar:

–Si queremos tener alguna posibilidad de victoria mañana, padre, debemos hacer que la trampa del enemigo recaiga sobre ellos mismos. Y esto es lo que debemos hacer.

CAPÍTULO TREINTA Y CINCO

Exhausto tras nuestra huida del territorio enemigo, aquella noche dormí como un tronco. A la mañana siguiente, los dos mil hombres que formaban el ejército de catuvelaunos, trinovantes y cantiacos se aprestaron a prepararse para enfrentarse a las huestes atrebates en terreno abierto junto a Lhandain, en la gran lucha que decidiría el destino del sur de Britania. Con las primeras luces del día resonaron los cuernos de guerra para despertar a los guerreros de su sueño. Siguiendo las órdenes de mi padre, a cada hombre se le había permitido beber solamente un cuerno de cerveza la noche anterior, porque queríamos que estuvieran descansados y con la cabeza clara. Habíamos conseguido ovejas de las granjas circundantes, y se olía por todas partes el intenso aroma de la carne asada. Desayunamos un poco de carne, pan y queso; era la última colación hasta que llegase el momento de cargar contra el enemigo.

El campamento bullía de actividad: hombres que corrían de aquí para allá, gritos y órdenes, caballos que relinchaban, siervos que llevaban equipo desde los carros de los pertrechos al final del campamento. En la tienda de mi padre, una corriente continua de mensajeros entraba y salía con órdenes para los dobunios que venían desde Brigando, nuestros aliados y nuestras bandas de guerra. Los intérpretes afinaban sus cárnices. Los druidas arrojaban sus varillas de adivinación y salmodiaban sus encantamientos para incitar la ira de los dioses hacia el enemigo. Bladoco anunció que se había visto a un cuervo posado en la copa de un tejo antes de volar hacia el sur, señal cierta de que los augurios eran favorables. Los hombres ayudaban a sus amos a ponerse la armadura de cota de malla y los pulidos cascos ornamentados que llevarían durante la batalla, y los cocheros engrasaban los ejes de los vehículos con grasa animal. Al fin, los druidas trajeron una cabra blanca, y mi padre le cortó la garganta como ofrenda a los dioses.

Pronto los hombres estuvieron reunidos en torno a los estandartes de sus bandas de guerra, esperando la orden de avanzar hacia el enemigo. Algunos ofrecían oraciones a los dioses para que los librasen de heridas incapacitantes, o peor, de la vergüenza de la cobardía. Los guerreros menos experimentados comprobaban, nerviosos, el agarre de su escudo y la punta de su arma; otros hacían burdas bromas o hablaban ansiosamente del festín que disfrutarían en Lhandain aquella noche. Se hacía cualquier cosa posible con tal de apartar de la mente el conocimiento terrible de que estaban a punto de cargar hacia la muerte, hacia las puntas de las espadas enemigas. Los más avezados, aquellos que conocían el asunto, se contentaban con ahorrar energía y contemplar tranquilamente al enemigo, situado al otro lado de la llanura.

A unos centenares de pasos de distancia, al otro lado de un terreno cubierto de nieve, los atrebates comandados por Verica habían formado frente a Lhandain, junto a la puerta norte. Las puntas de sus lanzas y espadas centelleaban con el brillo cegador del sol matutino. Casi dos mil guerreros estaban dispuestos para enfrentarse con nosotros, alineados en tres filas de profundidad. Los estandartes ondeaban con la ligera brisa. Más cerca, se veían los carros de la casa real de Calleva, rodeados por un grupo de asistentes y druidas, miembros del culto que seguían los atrebates.

Era una mañana despejada y bonita, con el cielo tan azul como las aguas de vuestro querido Mediterráneo. La nieve relucía prístina como el mármol, y el calor del sol en nuestras mejillas traía la promesa temprana de la próxima primavera. A mi lado, Epático dijo que era un buen día para luchar.

–¿Crees que funcionará este plan tuyo, chico? –me preguntó.

Yo miré a mi tío. Estábamos de pie en un promontorio junto a la llanura. Mi padre se encontraba a varios pasos de distancia, rodeado por su séquito de guardaespaldas y jefes tribales, contemplando al enemigo mientras formaban nuestras filas. Cerca de mi padre, vi a Adminio; llevaba un peto de armadura de cota de malla, un par de brazaletes de cuero y un casco de bronce con un cuervo decorativo en la cresta. La empuñadura de su espada con incrustaciones de coral brillaba bajo el sol. Su hombre de confianza, Tejanus, permanecía obedientemente a su lado, y descansaba su mano carnosa en el pomo de su espada envainada. La mirada de Adminio y la mía se encontraron un momento, y luego él se volvió a mirar a los otros nobles.

–Todos los planes pueden salir mal –repuse yo.

Aparté la vista, esperando que Epático no notase lo tenso que estaba, aunque seguramente se reflejaba en mi cara. Saber que teníamos un traidor en la corte había convencido a mi padre de no compartir los detalles del plan con los miembros de su consejo de guerra. Aparte del rey y de mí mismo, sólo Epático, Bellocato y Bladoco estaban al tanto, pero, si de alguna manera Verica conseguía la información, a pesar de nuestras precauciones, el resultado de la batalla podía ser fatal para nosotros.

Una derrota sería catastrófica para nuestra tribu. Estaba en juego mucho más que la propiedad de Lhandain: significaría el fin del dominio catuvelauno. Verica conseguiría un asidero en las tierras del norte del Támesis y, con el apoyo de los durotriges, sería libre de atacar más hacia el norte, amenazando nuestra capital, y con ello mis esperanzas de cumplir el destino que mi mentor druida había previsto un día: reclamar el trono de nuestro pueblo y unir a las tribus para enfrentarnos a Roma.

–Roguemos porque los dioses estén con nosotros hoy, entonces –murmuró Epático–. Algo me dice que necesitaremos su ayuda.

–¿Tienes dudas?

Él frunció los labios, pensativo.

–No es la forma de luchar que yo habría elegido. Pero soy un guerrero, no un estadista, a diferencia de tu padre. Él ha accedido a aplicar tu estratagema, y eso es suficiente para mí. Siempre y cuando acabemos celebrando nuestra victoria en Lhandain esta noche…

–Mucho depende de los dobunios –reconocí–. Y de Togodumno. Pero es nuestra mejor esperanza. Si todo sale conforme al plan, venceremos.

–Bien. Porque no pienso dejar que un feo cabrón atrebate vaya enseñando mi cabeza por toda Calleva.

Sonreí torvamente.

–Yo tampoco.

Me quedé callado y volví la mirada a la escena que tenía ante mí. Así era cómo estaban las cosas la mañana de la batalla: hacia el sur de nuestro campamento, a quinientos pasos de la retaguardia de las fuerzas atrebates, se alzaba el rico asentamiento de Lhandain; más allá, al otro lado del embarcadero, el puente de madera cruzaba el punto más estrecho del Támesis, y en la otra orilla, entre los juncos y las espadañas, la granja que marcaba el lugar por donde nosotros habíamos cruzado.

A un par de kilómetros más o menos hacia el oeste de la llanura aluvial, se encontraba el bosque donde el príncipe Moricano y sus fuerzas esperaban para desencadenar la emboscada sobre nuestras bandas de guerra. A cinco kilómetros hacia el este, las traicioneras marismas se extendían hasta el horizonte. Si nuestro plan fallaba, los hombres de Verica sin duda pretenderían disgregar a nuestros hombres por todo el pantano, donde seríamos presa fácil. A nuestra derecha, a varios centenares de pasos de nuestro campamento, los exploradores ocupaban un punto elevado en las bajas crestas que estaban enfrente del paisaje ondulado, más al oeste de Lhandain. Harían guardia todo el día, prestos a alertarnos a la menor señal de fuerzas dobunias.

El plan que yo había trazado la noche anterior era relativamente sencillo. Nos dispondríamos para la batalla en la llanura, a la espera de una señal de los exploradores de que los dobunios estaban a la vista. Entonces avanzaríamos sobre las huestes enemigas, con algunos hombres escogidos en nuestro flanco río arriba, preparados para embocar a las tropas enemigas escondidas en los bosques. Para completar la treta, irían vestidos con túnicas sencillas y pintados con glasto sobre los tatuajes más llamativos que los identificaban como guerreros de élite. Al mismo tiempo, Togodumno y un pequeño grupo de guerreros aguardarían entre los juncos de la otra orilla del Támesis. Habían llegado allí a través del vado en el hielo en las horas más oscuras de la noche, con órdenes de matar los pocos guardias que permanecían en el puente, formar una barricada con las carretas de la granja y prender fuego a las maderas.

Al cortarles la única salida, los atrebates se verían obligados a elegir entre quedarse y luchar, huir hacia los pantanos o probar suerte en el río helado. Mi plan funcionaría, me tranquilicé a mí mismo, si los dobunios no se retrasaban y todo el mundo siguiera las órdenes.

–Recuerda –había dicho a Togodumno durante la reunión en la tienda de mi padre, la tarde anterior–: Debes esperar hasta que Moricano ataque desde el bosque, cuando las fuerzas de Verica estén ocupadas plenamente en la batalla. Si te adelantas, se darán cuenta e intentarán detenerte. Y entonces no podremos ayudarte.

–¿Y si los atrebates tienen algunas de sus fuerzas en reserva en la orilla sur del río? No tendríamos ninguna oportunidad... Será una misión suicida.

–Sería una locura táctica para Verica dejar un cuerpo de hombres en la orilla sur. Si requiriera refuerzos, tendría que meterlos por el estrecho puente durante el combate. No, Verica habrá pasado a todas sus fuerzas al norte. Es el movimiento más lógico. Confía en mí, no tendrás que ocuparte más que de unos pocos centinelas. Cuando pases el río, asegúrate de que tus hombres descansen. Estás exhausto, hermano. Te necesito en forma para el combate mañana.

Mi hermano había asentido, pero aun así lo vi partir aquella noche con un asomo de duda. Pocos podían igualarlo en cuanto a su valentía en la lucha, pero sabía muy bien que su naturaleza impulsiva podía conducirlo a hacer juicios precipitados.

Cuando el sol se alzó por encima de las copas de los árboles en el bosque distante, los atrebates se entregaron a un frenesí salvaje, golpeando rítmicamente las espadas contra los escudos, lanzando sus gritos de guerra y aullando insultos a nuestros guerreros y a sus madres con el lenguaje más vil, mientras sus bardos proclamaban con voz estentórea las muchas y gloriosas hazañas de sus nobles. Como respuesta, nuestros hombres y bardos replicaron con un coro de coloridas ofensas y amenazas.

–¡Mirad a los perros de los atrebates! –chillaba furiosamente un bardo–. ¡Ved cómo tiembla su maldito líder ante la gloria de Cunobelino! ¡Vuestro rey, que mató a mil enemigos, el héroe más grande de nuestra época, os implora que destruyáis al enemigo y os ganéis vuestro lugar en la gloria eterna del otro mundo!

El tipo siguió con su interminable perorata hasta que alguien con ingenio le gritó:

–¡Gánate tú tu propio lugar, hijo de puta! ¡Toma una lanza y únete a nosotros! –Y todos se echaron a reír al ver que el bardo se retiraba avergonzado tras la seguridad de las filas.

El sordo resonar de las espadas golpeando los escudos hacía eco en la llanura, aumentando su sonido en un crescendo ensordecedor que iba acompañado por los vítores y chillidos de ambos ejércitos. Me di cuenta entonces de la gran determinación de nuestros hombres para enfrentarse con el enemigo. Los que estaban en vanguardia, justo frente a los atrebates, respondieron dándonos la espalda; bajaron sus pantalones y quedaron desnudas sus pálidas nalgas en nuestra dirección, provocando vítores delirantes de sus compañeros, que nos desafiaban a atacarlos.

–Esos cabrones se están burlando de nosotros. –Epático escupió y miró torvamente al enemigo–. Deberíamos destripar a esas sabandijas, en lugar de dejar que nos insulten.

–Aún no podemos atacar –contesté–. Debemos esperar hasta que los dobunios estén a la vista. Sólo entonces padre dará la orden de avanzar con total seguridad.

Epático miró con angustia por encima de su hombro a los exploradores que observaban las bajas colinas hacia el oeste.

–Esperemos que lleguen pronto. Si tenemos que escuchar más chorradas de éstas, acabaré lanzándome contra la gentuza de Verica y haciéndolos callar yo personalmente.

Un súbito movimiento en el puente captó mi atención. Una procesión de carretas tiradas por mulas cruzaba hacia la orilla sur del Támesis; en ellas iban montados unos cuantos atrebates, y uno de ellos portaba el estandarte de la casa real.

Epático dijo:

–Es el tren de bagaje de Verica –respondió Epático–. Debe de estar mandando sus posesiones a Lhandain, mientras sus guerreros se preparan. Es buena señal; teme la derrota, a pesar de sus planes –escupió en la nieve–. Sin embargo, nos es bueno que pasen esas carretas. Los chicos querían procurarse algo de botín en cuanto acabara la lucha.

–Habrá muchísimo botín para todos –exclamé yo.

Nos quedamos mirando las carretas. Los centinelas del puente las dejaron pasar enseguida, y al momento me fijé en que unas siluetas oscuras surgían entre los juncos, directamente por debajo de la granja derruida. Al momento, cargaron hacia el punto de cruce, a poca distancia río abajo desde la granja, armados con una mezcla de lanzas y espadas.

–Ésos son Togodumno y sus hombres –dijo Epático, haciéndose sombra ante los ojos para protegerse del ardiente sol–. ¿Qué cojones están haciendo?

Yo capté sus intenciones de inmediato, y noté un nudo en el estómago por el temor.

–Van a atacar el tren de bagaje.

–¿Por qué iba a hacer tu hermano una cosa semejante? Sus órdenes eran esperar nuestra señal.

–Igual cree que Verica está intentando escapar –comenté, sin dejar de observar el estandarte real que ondeaba con la suave brisa–. Querrá la gloria de capturar al rey.

–Mierda. –Epático se golpeó en el muslo con el puño cerrado–. Ese idiota va a joder todo el plan.

Me quedé allí mirando, impotente, y maldije la imprudencia de mi hermano. En el extremo sur del puente, en cuanto se dieron cuenta de que los catuvelaunos iban tras los jinetes, los guardias se volvieron para enfrentarse a ellos. El resto de hombres se arremolinaron alrededor de las carretas, y los conductores saltaron de los vehículos y echaron a correr hacia Lhandain.

Evalué la situación con rapidez. Mi hermano tenía a veinte veteranos bajo su mando, unos guerreros recios, seleccionados cuidadosamente por mi padre para la tarea de asegurar el puente y quemarlo. Superaban en número a los defensores del pueblo, pero por un margen estrecho, y era cuestión de poco tiempo que los conductores llegasen a Lhandain y alertasen a sus compañeros de la amenaza. Corrí hacia mi padre, pero Bellocato ya había atraído su atención hacia la pelea que se estaba librando en la otra orilla.

–Padre –empecé, luchando por sofocar la tensión de mi voz–, debemos avanzar hacia el enemigo de inmediato. No podemos perder ni un momento.

–¿Atacar ahora? –dijo Adminio con una mueca glacial–. ¿Es que has perdido la cabeza, hermano? Todavía no es el momento. Nuestros exploradores no han avistado aún a los dobunios.

Yo me mordí la lengua, tratando de calmar la ira, y me dirigí directamente a mi padre.

–Si no atacamos de inmediato, Verica se enterará del ataque en el puente. Togodumno y sus hombres morirán.

–¿Togodumno? –Adminio miró la escaramuza que estaba llegando a su fin en el lado más alejado del río–. ¿Qué está haciendo ahí? –Y se volvió hacia mí–. ¿Qué está pasando, hijo de puta intrigante?

Yo no respondí, y Adminio miró a mi padre con los ojos muy abiertos.

–¡El puente! Togodumno va a quemarlo, ¿verdad? Va a cortar la vía de escape. –El rey asintió, y Adminio lo miró con una expresión de rabia ardiente–. Me has mentido. Me habías dicho que Togodumno iba a entregar un mensaje a los dobunios.

–No es el momento para esto, hijo mío.

Entonces, Adminio se volvió hacia mí.

–¿Por qué no se me ha informado de todo esto? ¿Qué más me habéis ocultado, hermano? ¿Qué loco veneno has introducido en el corazón de nuestro padre?

Ignoré a mi hermano y apelé al rey para que salvara a Togodumno y atacara de inmediato.

–Es culpa suya solamente –respondió él, furioso–. No podemos salvarlo, a riesgo de la vida de nuestros hombres, sólo porque se le ha subido la sangre a la cabeza.

–Pero no se trata solamente de Togodumno –rechacé yo–. Si fracasa, nuestro plan quedará completamente arruinado. Si queremos tener alguna posibilidad de destruir las fuerzas de Verica y evitar que escape, debemos hacerlo ahora mismo.

–Sin los dobunios –respondió Adminio, con una mueca–, no tenemos hombres suficientes para vencer al enemigo en el campo de batalla. Si nuestro imprudente hermano ha atacado antes de tiempo, es su problema, no el nuestro.

–Nuestro flanco del río es lo suficientemente fuerte para contener al enemigo –dije yo–. Podríamos detener a los guerreros de Moricano, al menos hasta que lleguen los dobunios.

Bellocato me contestó secamente:

–Es un riesgo, señor. Si los dobunios se retrasan o, los dioses no lo permitan, se pierden por el camino, nos destrozarán por completo.

Nuestro padre había permanecido callado durante nuestra conversación, contemplando la hueste enemiga al otro lado de la llanura con una mirada cansada. Entonces se volvió hacia Bellocato y dijo:

–Da la orden. Avanzaremos ahora.

–Pero, señor, es demasiado pronto…

–Los dobunios, me han dicho, salieron de su campamento antes de amanecer. Eso significa que no pueden estar lejos. Debemos atacar ahora, y roguemos a los dioses porque lleguen pronto.

Bellocato empezó a protestar de nuevo, pero el rey lo silenció con un breve movimiento de la mano.

–Ya he tomado una decisión. Estamos en manos de los dioses. Da la señal o te relevo del mando.

–Sí, señor.

Bellocato cogió aire y dio un alarido. Sus subordinados pasaron la orden, y al momento siguiente los cuernos de guerra hicieron sonar unas notas profundas, un estruendo resonante que ahogó las canciones de los bardos. Nuestros guerreros agarraron sus escudos y armas a toda prisa y cerraron filas bajo los estandartes de cola de serpiente que exhibían los colores de nuestras tribus: rojo para los catuvelaunos, morado para los trinovantes y amarillo para los hombres de Cantio. Los sirvientes y esclavos se ocultaron en la retaguardia de las líneas de batalla, junto a los carros vacíos, dispuestos para llevarse a los heridos del campo. Los jefes ocuparon sus posiciones en las filas delanteras. Mi padre se subió a su carro y agarró una lanza casi tan larga como un hombre. Los paneles laterales de cuero del carro llevaban pintadas imágenes de perros y venados. A varios pasos de distancia, Adminio se subió a la parte trasera de un carro más lujoso todavía, decorado con oro y coral. El resto de nuestra fuerza montada, unos cincuenta carros en total, se mantenían como reserva, dispuestos a cargar y rellenar cualquier hueco que hubiese en nuestras filas. Yo ocupé mi sitio a pie, en el extremo del flanco derecho, junto a Epático y Bellocato. Para cumplir nuestro plan, esa sección de la línea se había reforzado con guerreros de élite mezclados con un poco de infantería regular, prestos para luchar con los hombres que se escondían en los bosques.

Al otro lado del puente, Togodumno y sus hombres se habían ocupado ya de los guardias del tren de bagaje, y ya se ocupaban de empujar las carretas abandonadas hacia el puente para bloquearlo. A lo lejos, vi que un grupo de guerreros atrebates corría desde los almacenes para enfrentarse a ellos. Se encontraron con mi hermano y los suyos en la improvisada barricada; desde la distancia parecían bastante igualados, y yo pensé que nuestras perspectivas de victoria y el futuro de nuestra tribu estaban en juego en aquel puente.

En cuanto mi padre creyó que nuestras fuerzas estaban ya listas para el ataque, señaló con su lanza la hueste atrebate y aulló la orden de avanzar. No hubo ningún discurso elocuente antes del ataque, como los que he encontrado en las obras de fantasía de vuestros historiadores. Por el contrario, sólo resonaron los cuernos, los gritos de los comandantes, los relinchos de las monturas, el ruido de los cascos en la nieve, el tintineo de los arneses metálicos, el traqueteo de las ruedas de los carros, los gritos e imprecaciones de los druidas, convocando a Lud para que hiciera añicos a los atrebates, y los gritos de batalla de dos mil hombres que convergían en nuestro odiado enemigo.

–¡Senomago! –gritó alguien–. ¡Recordad a nuestros hermanos que cayeron en Senomago!

Otros recogieron el grito, y pronto todos gritaban el mismo nombre al unísono. Al instante, comenzamos a descender la ladera y a avanzar por el terreno abierto hacia la línea de los atrebates, que ya nos esperaban. Cuando estábamos a unos veinte pasos, llegó la llamada de los comandantes de las bandas de guerra, y los guerreros armados con lanzas las arrojaron hacia el enemigo. Un torrente de hojas se hundió en el valle de escudos levantados. Desde mi posición, era imposible saber cuántas alcanzaron su objetivo, pero tuvo el efecto de extender la confusión y el pánico en las filas de los atrebates, y los gritos de los heridos todavía hendían el aire cuando nuestras trompetas dieron la señal y nos lanzamos en una carga enloquecida.

Un momento más tarde, los atrebates nos lanzaron una andanada irregular de jabalinas. A tan poca distancia, era casi imposible que fallasen, y docenas de nuestros hombres cayeron en esa lluvia inicial. Oí un grito de agonía a mi derecha, y vi a un hombre arrodillarse y agarrar el mango de una lanza que se le había clavado en las tripas. Muchos otros quedaron caídos y aplastados bajo los pies de sus propios camaradas. La ferocidad de la andanada detuvo momentáneamente nuestro avance, y entonces sus trompetas resonaron, y las huestes enemigas cargaron hacia nosotros con un grito ensordecedor.

Nuestras tribus se encontraron con estrépito y entrechocar de espadas contra escudos. Cada hombre se lanzó hacia su
oponente más cercano, y la lucha rápidamente se deshizo en
una serie de pequeñas luchas y combates singulares a lo largo
de la línea de batalla. Vi a mi padre y a Adminio arrojar sus
jabalinas a quemarropa al enemigo, y luego saltaron a la nieve, con la espada en la mano, y corriendo para unirse al combate. Los cocheros maniobraron hábilmente con los vehículos
hacia la retaguardia, donde podían esperar a una distancia
segura, listos para rescatar a sus pasajeros si éstos resultaban
heridos o estaban demasiado exhaustos para continuar; y también por si se les daba la orden de la retirada.

—¡Adelante, chicos! —gritó Epático por encima del clamor
del combate y de los hombres que morían a su alrededor—.
¡Matad a estos cabrones! ¡Matadlos a todos, hasta el último!

Yo tropecé con un cuerpo caído y despatarrado en la
nieve. Cuando recuperé el equilibrio, al levantar la vista me
encontré con un guerrero atrebate que, desnudo de cintura
para arriba, con su torso musculoso embadurnado de marcas
de glasto y enseñando los dientes con una expresión de rabia,
venía hacia mí. Una estrecha banda de cuero con orejas humanas y dientes de lobo le rodeaba el cuello, y la superficie
de su escudo de cuero estaba decorada con la imagen de un
jabalí salvaje, el animal sagrado de los atrebates. Lanzó un mandoble hacia abajo. Yo levanté mi escudo y se oyó un agudo sonido cuando su hoja golpeó la banda reforzada de metal. Él
maldijo y volvió a atacar de nuevo. El brazo se resintió por
el esfuerzo de bloquear desesperadamente una sucesión de
golpes terribles.

Cuando el atrebate recuperó el aliento, me di cuenta
de que su espada, sin duda de mala calidad, se había doblado
por la fuerza de los impactos. Sin embargo, absorbido por el
frenesí del combate, él no parecía haberse dado cuenta de
aquella deformidad. Esperé su siguiente ataque, y la hoja tor-

cida chocó débilmente contra el borde del escudo, y entonces yo empujé y lo golpeé en la cara con el tachón redondo del escudo. Antes de que tuviera ocasión de recuperarse, me adelanté y le asesté un tajo horizontal en el cuello. El golpe segó carne y tendones, y la sangre brotó como una fuente del amplio corte, y él cayó en la nieve, agarrándose inútilmente la herida con una mano.

A nuestro alrededor, los guerreros en nuestro reforzado flanco derecho presentaban una batalla cruenta, pero al precio de debilitar el centro de nuestra línea; y me di cuenta de que, a mi izquierda, poco a poco íbamos retrocediendo en la lucha contra los guerreros de élite de Verica. Mi padre estaba en lo más espeso de la batalla, atacando al enemigo sin parar, flanqueado por sus dos mejores guardaespaldas. A diferencia de vuestros generales, romano, se espera que nuestros jefes ocupen su lugar junto a sus guerreros en la línea de combate, en lugar de contemplar la lucha desde lejos. La tierra se había vuelto ya resbaladiza con la sangre derramada y las entrañas brillantes, y el aire se espesó con el espantoso hedor a sudor, orina y mierda propio de la batalla. Miré a mi alrededor, y vi que Epático abatía a un guerrero desnudo, mientras chillaba como un loco al ver a su siguiente enemigo, con la espada empapada de sangre.

—¿Quién cojones quiere esto? ¿Quién de vosotros, cabrones, quiere ser el siguiente que luche conmigo?

Entonces resonó la nota estridente de un cuerno de guerra a nuestra derecha. Miré hacia allí. Los atrebates, encabezados por el príncipe Moricano, salían de los bosques con un estrépito triunfante. Docenas de carros corrían a la cabeza de una oleada de humanidad aullante. Los conductores, hábiles, sortearon los fragmentos de barro pisoteado y nieve fundida con gran facilidad.

Al instante, Bellocato rugió una nueva orden. Los veteranos que habían sido colocados deliberadamente a la retaguardia de la línea corrieron hacia el flanco derecho para unirse a nosotros. Yo me dejé caer en cuclillas, encogiéndome detrás del escudo, cuando un noble en un carro de combate, que llevaba un manto con dibujo de cuadros, apoyó la rodilla derecha contra las bandas de mimbre para estabilizarse y me lanzó una jabalina. La punta de hierro penetró en mi escudo con un crujido de astillas, y no me dio en la cara por unos centímetros nada más. Cuando eché a un lado la defensa, ya inútil, vi que el noble saltaba del carro y se abalanzaba hacia mí con su larga espada. Tenía el pelo largo, oscuro y suelto, unos músculos tensos y los brazos cubiertos de tatuajes. Bajo su fluido manto llevaba un gran colgante con coral incrustado. Yo conseguí parar sus golpes, aunque los músculos del brazo me ardían con cada impacto. Si quieres saber por qué nos costaba tanto ganar a vuestras legiones, deberías intentar luchar con una espada larga. El peso de la hoja hace que sea mucho más difícil defenderse que con las armas cortas que preferís los romanos, poniendo en desventaja a la infantería britana. Pero, por supuesto, los gobernantes nunca se atreverían a admitir una cosa semejante.

Desvié otro golpe durísimo, y el noble de pelo oscuro siguió con un sablazo bajo, hizo una finta y me hizo un corte hondo en el bíceps derecho… Todavía tengo la cicatriz hoy en día. Yo jadeé, dolorido, por unos momentos. Solté la espada instintivamente y me lancé de lado, para evitar su siguiente ataque, agradecido de que mis entrenadores siluros en Merladion hubieran insistido en instruirme en agilidad y velocidad, así como en habilidad con las armas. El atrebate rechinó los dientes y me atacó de nuevo con furia. Yo me tiré al suelo, cogí un venablo corto que yacía entre las armas olvidadas y los cuerpos mutilados, y me di la vuelta en redondo; en movimiento, empujé hacia arriba y metí la punta en la suave carne por debajo de la barbilla de mi oponente. El hombre se agitó con un espasmo, como si lo hubiese golpeado un martillo invisible, y luego tosió sangre. Unas gotitas calientes me salpicaron la cara. Él cayó al suelo, al tiempo que yo rápidamente me ponía en pie, ya que otro robusto guerrero se adelantaba para ocupar su lugar en la línea de batalla. A éste lo envié al otro mundo con un golpe en ángulo a los intestinos.

Ahora la batalla pivotaba en el lado derecho de nuestra línea. A mi izquierda, junto al centro de la línea, el combate se mostraba a favor del enemigo, que avanzaba las líneas poco a poco. El ataque por el flanco, en el cual Verica había puesto sus esperanzas para una victoria aplastante, se había estancado ante nuestra fiera oposición. Sin duda, Moricano y los suyos debían haberse sorprendido al verse frente a unos guerreros endurecidos en el combate, pero la verdad es que carecíamos de los números suficientes para conseguir que retrocedieran o para romper sus filas, y ya notaba que mis hombres empezaban a flaquear en sus esfuerzos, porque el estilo de lucha y las armas pesadas en las que sobresalían nuestras tribus requerían un vigor que ponía a prueba los límites de cualquiera, hasta de los más curtidos guerreros. Entre la carnicería, vi a Bellocato, a unos pasos de distancia, con los músculos del pecho subiendo y bajando por el agotamiento.

–¿Dónde están esos malditos dobunios? –jadeó, entre aliento y aliento–. Tendrían que estar aquí ya…

Un poco hacia mi derecha, mi padre aullaba instando a nuestros hombres a seguir combatiendo y a no dar cuartel a esa maldita escoria del sur. Animados, volvieron a arrojarse contra los atrebates, pero, cuando uno de ellos se cansaba, otro se adelantaba para ocupar su lugar, mientras que nosotros no teníamos reserva alguna, ya que nuestros conductores estaban ya ocupados apoyándonos por el centro de la contienda. No sé durante cuánto tiempo luchamos. En el calor de la batalla, los momentos pueden parecer horas. En un momento dado, levanté la vista. Unas espesas nubes de humo gris se elevaban por encima del Támesis. Supe entonces que Togodumno había conseguido prender fuego al puente, pero su logro no contaría para nada si Antedio y sus fuerzas nos alcanzaran a tiempo. Todo dependía ya de los dobunios.

Por encima de los golpes sordos, gruñidos y sonidos metálicos del combate, oí que uno de los atrebates llamaba muy emocionado a sus camaradas. Cerca, otro vitoreaba y señalaba con la espada el terreno alto al norte de los bosques, en los bordes de la llanura aluvial. Levanté la vista: una línea de figuras armadas, algunos en carros, se reunía en la cresta de la eminencia más cercana. Al momento siguiente, bajaron la ladera en carga hacia nosotros, en loca precipitación. Estaban demasiado lejos para comprender los detalles, pero por encima del bosque de lanzas ondeaba un estandarte negro de cola de serpiente, un estandarte que instilaba el miedo en el corazón de todas las tribus de Britania.

–¡Mierda…, son los durotriges! –chilló Bellocato, desesperado–. ¡Estamos acabados!

CAPÍTULO TREINTA Y SEIS

El desánimo se extendió por nuestras exhaustas filas al ver la masa de guerreros en plena forma que se abalanzaban sobre nosotros por la llanura. Algunos de nuestros hombres se quedaron momentáneamente paralizados, como si no fueran capaces de creer lo que veían; otros musitaron maldiciones y maldijeron a los dobunios por no tener honor en nuestros momentos de mayor necesidad.

Los atrebates situados más cerca de la retaguardia se volvieron a saludar a las fuerzas que venían con estridentes gritos de entusiasmo y alivio, seguros de que su llegada inclinaría la lucha a su favor. Aquello era demasiado para Adminio: se alejó de la lucha y corrió a ver al rey, con la cara pálida de terror.

–Tenemos que salir de aquí, padre –dijo, con voz temblorosa–. Ahora, mientras aún tengamos la oportunidad.

–¡Silencio! ¡Quédate donde estás! –le grité yo.

–¿Por qué, estás loco? –Adminio agitó la mano en dirección a los nuevos enemigos que venían a por nosotros–. Esto va a ser una masacre, idiota. Vamos –añadió, agarrando a mi padre por el bíceps.

El rey se lo sacudió de encima, furioso.

–¡Suéltame, maldito seas!

–¡Pero… los durotriges…! –gritó Adminio, exasperado–. Nos harán pedazos. Por Lud, debes dar la señal de retirada.

–Aguantaremos y pelearemos. Ésa es mi orden.

Adminio nos miró sin comprender, con la boca abierta. Entonces tomó una decisión y llamó a su conductor, que al momento sacudió las riendas. Los caballos avanzaron, y las ruedas traquetearon a través del campo de batalla. Adminio saltó a la plataforma, se agarró a los paneles laterales para estabilizarse y chilló al conductor que se dirigiera al campamento. El carro se alejó por la llanura, pero no habían avanzado más de veinte pasos cuando las ruedas se quedaron atascadas entre la nieve y el barro pisoteados. El cochero agitó su látigo para azuzar a las monturas, pero las pesadas ruedas estaban completamente hundidas, y mi hermano lanzó un aullido de frustración. Luego llamó a gritos a su guardaespaldas, y Tejanus acudió a la carrera, apoyó los pies y empezó a empujar el vehículo, tensando todos los tendones de su cuerpo en su esfuerzo por soltarlo.

Yo di la vuelta en redondo hacia el combate. Las primeras filas de los guerreros vestidos de negro estaban ahora sólo a unos centenares de pasos de distancia. Mantuvimos la resistencia, incluso cuando los atrebates se lanzaron contra nosotros con renovada resolución y entusiasmo. Por encima de sus voces, oí que Moricano espoleaba a sus hombres, prometiéndoles que pronto serían relevados. Al mismo tiempo, nuestro rey pidió a sus valientes guerreros que permanecieran firmes, pero estábamos en grave peligro de vernos desbordados. Por el rabillo del ojo vi que Parvilio caía de rodillas con una espada enterrada en el pecho. A pesar de las heridas, todos atacaban desesperadamente al enemigo, prefiriendo la muerte de un héroe a la humillación de la rendición.

Entonces, en el último momento, el estandarte negro de cola de serpiente de las fuerzas que ondeaban las fuerzas enemigas que ya se aproximaban bajó de repente, y en su lugar el portaestandartes alzó el estandarte verde intenso de los dobunios.

Los vítores del enemigo se transformaron de inmediato en gritos de alarma, y una oleada de pánico atravesó sus líneas. Los atrebates no habían hecho intento alguno de defender su flanco occidental, y no tuvieron tiempo de organizarse antes de que nuestros aliados se abalanzaran sobre ellos. Los que estaban inmediatamente por delante quedaron atrapados en un estrecho amontonamiento de cuerpos entre nuestros combatientes y los dobunios. Carecían de espacio para utilizar con efectividad sus espadas largas, y muchos acabaron abatidos o aplastados y muertos en la primera carga, lo que levantó rugidos de júbilo de nuestro bando. Al momento, los que estaban lejos del encontronazo intentaron salir del terreno de la muerte y huir hacia el sur, hacia Lhandain.

Pese a la batalla, vi por el rabillo del ojo que Moricano intentaba escapar en su carro. Traté de avisar a mis compañeros justo cuando el vehículo aceleraba, aplastando a los heridos bajo sus ruedas. Entonces, un dobunio alanceó a uno de sus caballos en el flanco antes de que pudieran escapar. El animal relinchó de dolor y cayó pesadamente, haciendo volcar el carro de lado. Moricano cayó al suelo con un grito, y su conductor, aun herido, huyó a la carrera, ignorando las súplicas del príncipe de que lo ayudara. Tres dobunios se arremolinaron en torno a Moricano antes de que pudiera ponerse de pie y acabaron con él sin piedad. Con la muerte de su líder, el entusiasmo de los hombres desapareció, y docenas de ellos se retiraron hacia Lhandain.

Entretanto, nuestros hombres se habían reunido con los dobunios en medio del combate. Y, entonces, nuestras fuerzas combinadas consiguieron contener el centro de la línea de los atrebates en la retaguardia, cerrando así la trampa. Ahora superábamos enormemente en número al enemigo, y la llegada de los dobunios había dado nuevos ímpetus a nuestros cansados guerreros. Contra una fuerza semejante, los atrebates no tenían ninguna oportunidad. Los más sabios de las bandas de guerra de Verica, sabiendo que todo estaba perdido, llevaron a cabo una lucha en retirada hacia el asentamiento. Muchos murieron sin poder pedir clemencia, abatidos por nuestros hombres, poseídos por un frenesí asesino. Tomamos pocos prisioneros aquel día, tal era nuestro odio hacia los atrebates. Dudo de que nuestros hombres hubiesen obedecido, de haberles ordenado mi padre otra cosa.

La línea enemiga vaciló un momento más y luego se rompió del todo. El desorden fue absoluto. Sus estandartes cayeron y fueron pisoteados, y la masa de combatientes corrió en desorden hacia Lhandain, sin duda pretendiendo pasar a toda velocidad por el puente y dirigirse a sus tierras, tal y como yo había previsto. En su conmoción y terror, no se habían percatado de la nube de humo que se levantaba por encima de los almacenes. O quizá la habían visto, pero no les preocupaba o pensaban que alguna de las estructuras de madera se había incendiado. Incluso era probable que supieran lo que había sucedido, pero sólo sabían que el puente era su único medio de escapar a la carnicería que tenían tras ellos. No importaba: nuestro plan estaba funcionando. Los atrebates se verían atrapados en una trampa para la cual no había escapatoria. Quedarían retenidos en el asentamiento, entre el puente y nuestras bandas de guerra.

–¡Ya los tenemos! –rugió Epático–. ¡Matadlos a todos! ¡No dejéis escapar a ninguno!

Un ejército en plena desbandada es algo bello y a la vez terrible de contemplar para el vencedor, demasiado consciente de lo incierto que es siempre el resultado de una batalla. Nuestras fuerzas persiguieron al enemigo por todo el asentamiento, regodeándose con salvajismo en su sufrimiento, cazándolos de uno en uno o en pequeños grupos, espoleados por una implacable sed de venganza. Algunos lhandianos se refugiaban aterrorizados en los callejones o detrás de los puestos de un mercado, y alguno hubo también que animó a gritos a nuestra tribu, pero la mayoría se habían resguardado en sus chozas, aguardando el resultado de la terrible lucha. Los rostros asomaban por las puertas entreabiertas con expresión de temor. No los culpaba: debíamos de tener un aspecto terrorífico.

La fuerza principal de los atrebates, o más bien lo que quedaba de ella, se dirigió hacia el río. Para entonces, el fuego había devorado completamente el otro extremo del puente, envolviendo las tablas de madera y los postes en humo y llamas. El calor abrasador detuvo en seco a los atrebates. Desesperados, algunos se escabulleron por la derecha, hacia la puerta más pequeña del lado occidental de Lhandain. Mi padre había anticipado ese movimiento, y había dispuesto a un grupo de hombres encabezados por Bellocato para que rodeara el asentamiento y cortara el paso al enemigo antes de que pudieran alcanzar la torre de entrada. Los atrebates, la mayoría de los cuales habían arrojado a un lado sus pesados escudos, dejaron escapar agudos gritos de sorpresa al chocar contra los catuvelaunos, que rápidamente los abatieron. Al cabo de unos momentos nada más, el terreno quedó sembrado de enemigos muertos.

Al otro lado del asentamiento, más hombres murieron donde estaban o fueron alcanzados vergonzosamente por la espalda con las jabalinas, mientras intentaban huir. Ni siquiera se respetó a los muertos: destrozamos los cuerpos de los nobles caídos y nos llevamos las cabezas como trofeos, y empezaron a surgir peleas entre algunos de nuestros guerreros, que discutían y competían por quedarse con ellas. No era inusual que tales disputas se volvieran violentas, y yo incluso había oído hablar de hombres que mataban a sus compañeros para hacerse con la cabeza-trofeo de un enemigo preciado.

Empujé a un lado a un atrebate herido que se agarraba el pecho empapado de sangre. Luego evité la lanza que sobresalía de un guardaespaldas real y le clavé la espada en la entrepierna, y entonces me arrojé hacia la lucha que tenía lugar en el muelle, donde unos cuantos atrebates resistían hasta el final. Allí estaba mi padre, y también Epático, y quizá dos docenas de guerreros más, hombres curtidos en el combate que intercambiaban golpes brutales. Verica estaba con sus hombres; tenía su manto bordeado de piel todo manchado de sangre, y se lo veía rodeado por un grupito de guardaespaldas leales que luchaban furiosamente. Su voz retumbante resonó por encima de los sonidos de la batalla, implorando a sus hombres que resistieran hasta el último aliento.

Detrás de ellos, las llamas de un naranja intenso consumían el puente, elevándose en el cielo matutino, acompañadas por el crujido y rugido de las maderas. El calor era insoportable. Recuerdo haber sentido su fiero aliento socarrándome el pelo y el humo acre irritándome los ojos y la garganta. En torno a mí, los hombres tosían con violencia, y las llamas enseguida se propagaron desde el puente a uno de los almacenes. El infierno se había desatado en la orilla norte.

Los últimos atrebates estaban ofreciendo una resistencia denodada, como yo había imaginado que harían, porque hay pocos oponentes más peligrosos que aquellos que saben que no tienen esperanza alguna de huida o de rendición. Luchaban con una intensidad incomparable, decididos a proteger a su rey a toda costa, pero éramos muy superiores en número y se agotaron enseguida. Aquellos a los que no liquidamos se alejaron de la lucha y se dirigieron hacia el hielo, esperando poder escapar a través de los fragmentos helados del río.

Unos cuantos atrebates habían alcanzado casi las diminutas isletas en medio del Támesis, río arriba del puente, donde el hielo no estaba roto, cuando un crujido estruendoso resonó en el aire. El hielo se agrietó, y las figuras que estaban más lejos de la orilla chillaron aterrorizadas y al momento siguiente se sumergían en el agua gris y congelada. Los demás se quedaron inmóviles, indecisos y aterrorizados, a medida que el hielo iban derrumbándose a su alrededor, y al cabo de unos momentos la mayoría desapareció en el río, agitando los miembros débilmente y agarrándose en vano con las manos a los fragmentos de hielo. Muchos guerreros se ahogaron aquel día en el Támesis. El resto, los que pudieron nadar, murieron a manos de nuestros lanceros, alineados en la orilla cercana, que ensartaron a las figuras indefensas en los bajíos. Junto a mi hombro, Epático rugía, aprobadoramente, y ordenaba que nadie se detuviera hasta que todos los atrebates hubieran exhalado su último aliento. Tenía más motivos que la mayoría para odiar a los sureños: casi le habían arrebatado la vida en Senomago.

En ese momento pensé que había perdido de vista a Verica.

–¿Dónde está Verica? –dije, roncamente, sin poder oír apenas mi propia voz por encima de las súplicas de clemencia del enemigo. Paseé los ojos por el río, pero no había señal alguna de él ni de sus guardaespaldas entre los cadáveres flotantes ni por entre los cuerpos que se amontonaban en el muelle.

–¡Señor! –Bellocato llamó a mi padre–. ¡Ahí!

Me volví rápidamente, y vi que un pequeño grupo corría junto a los almacenes y talleres de piedra, hacia un buque de carga que estaba fondeado más allá en el muelle, directamente frente a la zona del río menos congelada. Varios pasos por delante, un par de nobles atrebates subían torpemente a bordo. Un tercer hombre, vestido con la ropa sencilla de un sirviente, estaba arrodillado intentando soltar las amarras de un recio poste de madera. Antes de que pudiera soltar el cabo, tres guardaespaldas cayeron sobre él con las hojas desenvainadas, gritando al sirviente con su dialecto gutural. Vi que una de las hojas relampagueaba en un arco horizontal, y el cadáver sin cabeza del hombre cayó al muelle, La sangre manó como un surtidor del cuello desgarrado. Los dos nobles gritaron y levantaron las manos en señal de rendición, y entonces los sacaron a rastras del barco y Verica y su séquito subieron a bordo.

–¡Ese hijo de puta se larga! –gritó Epático–. ¡Vamos!

Yo eché a correr junto a mi tío, atragantado y con los pulmones llenos de humo. Verica gritó a uno de sus hombres, y éste empujó la proa fuera de la orilla al tiempo que los guardaespaldas empezaban a tirar de los remos, y pronto propulsaron el barco por aguas abiertas y encima de las delgadas láminas de hielo de la superficie del Támesis, levantando y hundiendo los remos rítmicamente bajo la superficie de aspecto metálico. Ya estaban bastante lejos cuando llegamos al desembarcadero. Bellocato cogió una lanza de uno de los guerreros muertos y la arrojó hacia el barco. El proyectil describió un arco bajo por encima del río y luego se sumergió inofensiva en el agua, tras la estela del barco.

Epático rechinó los dientes, frustrado, y lanzó una retahíla de maldiciones al rey que huía. Bellocato se golpeó el muslo, furioso. En el Támesis, el barco alzaba enérgicamente los remos en busca de la seguridad de la orilla sur. Pasaron junto a dos de los hombres que se agitaban frenéticamente en el agua: uno de ellos consiguió agarrarse a los remos, pidiendo ayuda, e hizo oscilar el barco de costado. Los guardias aporrearon al pobre hombre con un remo, y al momento desapareció debajo del agua.

Miré hacia el asentamiento. Los últimos atrebates con vida, atrapados en Lhandain, se habían dado cuenta de que su rey los había abandonado, y en ese mismo momento perdieron la voluntad de seguir luchando y arrojaron sus armas. La mayoría fueron ejecutados, y tomamos como prisioneros a unos cuantos nobles. A lo largo del muelle, algunos se habían apelotonado río abajo, en las barcas de pesca, justo donde el agua estaba abierta, en su mayor parte. Los barcos se habían hundido peligrosamente, abarrotados como estaban de hombres desesperados, y la lucha causó muchas bajas. Los enemigos que se echaron a nadar o que intentaron andar sobre el hielo fueron presa fácil de nuestros arqueros. Por algún milagro, unos pocos consiguieron escapar a la otra orilla, donde el barco de Verica encalló entre los juncos.

Nos quedamos allí de pie, exhaustos, viendo cómo Verica se escabullía entre las lúgubres marismas al sur del río, seguido de cerca por los supervivientes de su séquito. El rey de los atrebates se detuvo brevemente y se nos quedó mirando. Sacó la espada y señaló en nuestra dirección, con gesto desafiante. Luego se volvió y desapareció en el pantano.

–Hijo de puta… –jadeó Bellocato–. Casi lo teníamos.

–¿Qué más da? –dijo Epático–. Hemos ganado. Eso es lo que cuenta. Hemos derrotado a esos cabrones.

–Espera. Tu hermano –dijo Bellocato, volviéndose hacia mí, horrorizado al darse cuenta–. Está ahí todavía. Y los demás.

Yo negué con la cabeza.

–Estarán a salvo. Togodumno tenía órdenes de retirarse en cuanto hubiesen prendido fuego al puente. Volverán a través del hielo cuando sea seguro.

–Con un montón de botín del tesoro personal de Verica, espero –añadió mi tío.

Se volvió hacia mí con una amplia sonrisa. Su rostro curtido estaba embadurnado de sangre y tierra.

–Lo conseguimos. –Me dio una palmada en el hombro–. Lo conseguimos, joder, muchacho. ¡Lhandain es nuestro!

CAPÍTULO TREINTA Y SIETE

La batalla de Lhandain acabó con las ambiciones territoriales de Verica en el norte del Támesis. Sus pérdidas fueron inmensas: más de la mitad de sus hombres quedaron muertos o heridos tras el combate, y la mayor parte de los que quedaron perecieron en su huida a través del Támesis. En su frenético intento de escape, los atrebates habían abandonado sus carretas de suministros, caballos, carros y gran parte de sus armas y equipos. Y eso no era todo: poco antes de su retirada, Togodumno y sus hombres se habían apoderado de varios sacos grandes de monedas de plata romanas del tren de bagaje de Verica, junto con muchos otros tesoros saqueados a los nobles de Lhandain, para más humillación del enemigo. Los bardos más tarde declararían que aquélla fue la victoria más gloriosa en toda la historia de la tribu de los catuvelaunos. Pero el fin de la guerra todavía estaba lejos. Mientras Verica se agarrase al poder, no podríamos descansar.

Lhandain tampoco había escapado a la devastación. El fuerte viento del norte propagó las llamas desde el puente y arreció las llamas en varios de los edificios de madera que se alienaban junto al muelle, también en los almacenes de grano. Epático destacó una partida de nuestros agotados hombres a intentar apagar los fuegos. Formaron una cadena a lo largo de la orilla, pasándose cubos llenos de agua. Fueron ayudados por los comerciantes locales de la comunidad, que se dieron cuenta enseguida de que su forma de vida corría peligro, y al cabo de poco rato el fuego estaba ya controlado. El resto de los habitantes de Lhandain aprovecharon la oportunidad para despojar a los muertos y robarles torques, brazaletes, cinturones, zapatos, mantos y cualquier cosa de valor. Se me quedó prendida la imagen de un viejo arrodillado junto a un guardia moribundo quitándole los anillos de los dedos cuando éste todavía suplicaba agua.

Grupos de sirvientes y esclavos reales tenían la misión de reunir el equipo diseminado por todo el campo de batalla, y se enviaron también partidas de búsqueda para encontrar a nuestros desaparecidos. Algunos de los guardias de mi padre quedaron apostados delante del gran salón y los otros lugares importantes del asentamiento, para evitar los saqueos, y enviaron a otros a buscar al consejo de comerciantes romanos. Éstos, sin embargo, habían huido durante los frenéticos primeros momentos del asalto, dejando atrás sus cómodos y bien provistos hogares. Todo el botín lo reunieron unos grupos de nuestros guerreros y lo llevaron al salón real, de modo que pudiera ser compartido entre los nobles y sus hombres y cada uno recibiese una cuota. Los artículos más valiosos fueron entregados a los druidas, que luego los arrojaron al Támesis para dedicar la victoria a nuestros dioses.

Todos los caminos se veían alfombrados de cuerpos. Los enemigos muertos fueron conducidos a un vertedero más allá de las murallas defensivas, para que los devorasen los perros salvajes y las aves. Nuestros caídos, sin embargo, fueron enterrados en una zona cercana al campo de batalla, conforme a nuestras costumbres. Se erigieron unas tiendas improvisadas en la plaza del mercado, contigua al muelle, de modo que los sanadores pudieran atender a los heridos, y se oían sin cesar los angustiosos gemidos de los hombres mutilados y moribundos.

Más allá del muelle, entreví cadáveres hinchados atrapados entre los juncos, en los bajíos, entre los desechos del puente destruido. Unos tocones ennegrecidos y unos cuantos fragmentos negros de madera quemada eran lo único que quedaba. Un grupo de prisioneros estaba sentado en el suelo, a corta distancia, vigilados por un puñado de guardias. Les habían quitado sus trajes buenos y llevaban sólo los taparrabos; tenían el pelo y la barba enmarañados y cubiertos de sangre, y llevaban las muñecas apretadamente ligadas con cuerda. Nos miraban con una expresión de hosco resentimiento. Unos cuantos serían entregados a los druidas para sus sacrificios rituales; el resto serían vendidos a los comerciantes y enviados al otro lado del mar, donde alcanzarían un buen precio en el mercado de esclavos de la Galia. Los nobles de buena cuna se ahorrarían ese terrible destino: serían custodiados como rehenes de nuestra tribu hasta que su familia pagase el rescate correspondiente.

–Ha sido una buena victoria, hermano –dijo Togodumno–. Esos cerdos de atrebates no nos molestarán nunca más después de la paliza que les hemos dado hoy. Eso es seguro, joder.

Nos habíamos sentado en un banco al borde del mercado destruido y bebíamos de nuestros cuernos. Mi padre había ordenado a sus sirvientes que erigieran un refugio improvisado para proporcionar descanso y bebida a sus cansados guerreros, mientras él conferenciaba con Antedio y los comandantes de sus bandas de guerra en el gran salón de Lhandain. Los demás descansábamos tranquilamente en pequeños grupos de dos o tres, bebiendo y llorando a los amigos muertos. Yo había encontrado a Togodumno en la tienda con otros hombres de su partida. Dos de sus guerreros habían caído en batalla; un tercero había recibido una coz en la cabeza por parte de un caballo enemigo, y no se esperaba que sobreviviera. Escuché su relato de cómo se habían retirado con la plata después de prender fuego al puente; sólo cruzaron el vado del hielo cuando estuvieron seguros de que los últimos atrebates habían huido a los pantanos. Yo podía haber reñido a mi hermano por atacar el puente demasiado pronto y poner en peligro nuestro plan y las vidas de nuestros guerreros, pero no vi provecho alguno en ello. Como había señalado acertadamente Epático, habíamos ganado. Y eso era lo único que importaba. Por el momento.

Aun así, la victoria nos había costado un alto precio. Habíamos sufrido unas bajas terribles: más de trescientos hombres habían caído en batalla, y dos veces ese número estaban heridos; en realidad, muchos de ellos no sobrevivirían a sus heridas, a pesar de los esfuerzos de nuestros sanadores y los sacrificios que harían sus familias a los dioses. La banda de guerra real había perdido más de la mitad de sus guerreros, incluyendo a algunos de los más experimentados.

–Hemos ganado la batalla –sonreí torvamente–, con una considerable pérdida de vidas. Pero todavía hay que ganar una guerra, y Verica no será derrotado fácilmente. Estará desesperado por vengarse después de esto.

–Tendrá que reconstruir su ejército primero –dijo Togodumno–. Si Verica consigue sobrevivir tanto… A los ancianos atrebates no les gustará nada una derrota tan completa.

–Quizá –repuse yo.

Pero no estaba tan seguro. Verica había demostrado que era un gobernante astuto y lleno de recursos, capaz de comprar la influencia de numerosos cultos druídicos, buscar alianzas con tribus opuestas al dominio de mi padre y establecer vínculos más estrechos todavía con Roma. Si alguien era capaz de sobrevivir a la derrota de Lhandain, ése era el rey atrebate.

–¿Dónde está Adminio? –preguntó Togodumno, mientras examinaba con la mirada el asentamiento–. No lo he visto por ninguna parte.

Yo señalé hacia el lado de tierra de Lhandain.

–En el salón real, me imagino. Con el resto de los comandantes de padre.

Mi padre era un hombre inquieto. Mientras sus guerreros celebraban el fin de la batalla con comida, bebida y descanso, él había estado muy ocupado preparando la defensa de Lhandain. Se habían despachado exploradores para que vigilasen los accesos occidentales de los durotriges, y las bandas de guerra más descansadas habían sido apostadas en torno a los terraplenes, con suministros de bolas de plomo, haces de flechas y lanzas, con el fin de impedir cualquier ataque. Pero Epático calculaba que era muy improbable que esto sucediera, y yo estuve de acuerdo con él. Los durotriges eran una tribu ferozmente independiente y guerrera, y sólo habían unido sus fuerzas con los atrebates por la posibilidad de saquear y matar. Sin duda se retirarían al otro lado del río en cuanto se enterasen de la aplastante derrota de sus aliados.

—No me imagino que Adminio se sienta muy feliz por haberle ocultado tu treta con el falso estandarte —comentó Togodumno.

—Ésa ha sido una decisión de padre tanto como mía. Y era lo que había que hacer, piense lo que piense Adminio. No podíamos arriesgarnos a que el traidor tuviese noticias de nuestro plan.

—Hablando de eso… ¿Alguna idea de quién puede ser?

—Yo tengo mis sospechas —dije con precaución.

Él me miró intensamente.

—¿Quién?

—No quiero decirlo aún. Ahora mismo es sólo un instinto, nada más. Necesito tener alguna prueba concreta. Mientras tanto, debemos estar atentos, para no advertir al enemigo de nuestras sospechas. No decirle a nadie que sospechamos que hay un traidor entre nuestras filas. ¿Lo entiendes?

Antes de que pudiera responder, una voz familiar me llamó desde el otro lado de la tienda.

—¡Carataco! Por los dioses…

Miré a mi alrededor, y noté que mi corazón se henchía de felicidad al ver al fornido y poderoso dobunio que venía hacia mí.

–¡Sediaco! –exclamé.

Nos agarramos por los antebrazos mientras Togodumno nos miraba lleno de curiosidad.

–¿Es amigo tuyo? –preguntó, brusco.

Presenté a Sediaco a mi hermano menor y le expliqué que nos habíamos conocido unos años antes en el santuario druídico de Merladion. Recordé entonces las penalidades que habíamos sufrido juntos, el entrenamiento agotador con los siluros, el acoso a manos de algunos de los alumnos mayores… Cuántas cosas habían pasado desde entonces. Nuestra época en Merladion a menudo parecía un sueño más que un recuerdo.

–Es maravilloso volver a verte, viejo amigo –dijo él, y sonrió–. Y ya estás con tus viejos trucos otra vez. Cuando llegó tu mensajero a nuestro campamento, supe enseguida que tenía que ser obra tuya. A nadie más se le habría ocurrido una cosa semejante.

–No habría funcionado si nuestros hombres no hubiesen luchado como demonios –contesté yo–. Los nuestros… y los tuyos. –Me fijé en los tatuajes que adornaban sus mejillas–. No sabía que eras uno de los hombres elegidos por el rey.

–Soy el líder de la guardia del rey –respondió Sediaco–. Ambos hemos tenido éxito en la vida.

Yo le ofrecí mi felicitación de todo corazón, pero él simplemente hizo una mueca.

–No es un logro tan grande como parece.

–¿Por qué?

–El rey me ascendió después de que unos traidores se rebelasen contra su gobierno y huyesen al sur. Bueno, siempre existen las oportunidades, incluso entre las garras de la desgracia, si uno está dispuesto a aprovecharlas, como solían decir los druidas.

Le dije que había oído hablar de la división entre los nobles de la corte real del rey dobunio.

–Es mejor que el rey sepa quiénes son leales entre su pueblo y quiénes traidores –afirmó Sediaco–. Dudo de que los rebeldes consigan mucho apoyo para su causa…, y menos después de lo de hoy. Ahora que los atrebates han sido aplastados en batalla, la posición del rey será más segura que nunca, y sus enemigos se cuidarán mucho de hacer ningún movimiento contra él. Durante un tiempo, al menos. –Me dio una palmada en la espalda, con un gesto de evidente alivio en el rostro–. Es buena cosa que hayamos ganado, amigo mío. Para nuestras dos tribus.

–Sí –dije yo, y noté que la tensión desaparecía de mis hombros por primera vez en meses–. Sí, así es.

Él se quedó mirando al infinito en silencio, con los labios fruncidos y la frente arrugada, pensativo.

–Es raro. He oído rumores de que un grupo de bandidos brutales ha causado graves problemas en torno a Noviomago, quemando pueblos y cosas semejantes. –Nos miró a los dos más de cerca–. No sabréis nada de esto, ¿verdad?

–He oído decir que eran siluros –dije con frialdad.

–Eso me han dicho también. Pero ahora no estoy seguro… Noviomago está muy lejos de Siluria, y sus partidas tendían a limitar sus ataques a sus vecinos inmediatos. ¿Por qué viajar tan lejos, hasta la tierra de los regnios?

–Quizá buscaban objetivos más fáciles.

–Quizá. Aun así, debo reconocer que es una gran coincidencia. Una partida de bandidos ataca a los aliados de Verica en el sur, quema sus suministros y lo obliga a enviar un gran número de sus hombres, justo cuando vuestras tribus están a punto de entrar en guerra. Y tú te entrenaste con los siluros durante muchos años…

–Como bien dices, es una coincidencia.

Sediaco me miró un momento, pero enseguida se encogió de hombros y apartó la vista, examinando los restos calcinados del puente, los cuerpos rotos que cubrían todo el asentamiento y los cadáveres que estaban aún sobre la lámina de hielo, con los torsos perforados por lanzas y flechas.

–Vaya imagen, ¿verdad? –murmuró–. No tengo palabras para explicarlo, pero es algo que nunca olvidaré.

Yo dije que sentía lo mismo, pero esperaba fervientemente no tener que presenciar escenas similares en el futuro.

–¿Por qué dices eso? –preguntó Sediaco–. Seguramente deseas ver a los atrebates aplastados, especialmente después de todos los problemas que ha causado Verica a vuestro pueblo, ¿no?

–Hay más amenazas –repliqué yo–. Unas a las que nuestras tribus tendrán que enfrentarse juntas, como un solo pueblo, si quieren tener alguna oportunidad de vencer. No podemos permitirnos seguir peleándonos unos con otros de esta manera.

–Hablas de Roma, supongo...

Yo asentí, pensando en mi mentor druida, Bladoco, y su ferviente deseo de que nuestras tribus algún día dejaran a un lado sus diferencias y se unieran bajo un estandarte común contra los romanos, cuando éstos volvieran en masa a nuestras costas. Como ocurriría, inevitablemente.

Togodumno dijo:

–Aunque eso sea verdad, primero tenemos que acabar con Verica. La suerte está ahora de nuestro lado. Verica está acabado... Es sólo cuestión de tiempo que sea expulsado de su trono.

–No, si busca ayuda entre sus amigos al otro lado del mar.

Sediaco hizo una mueca.

–¿Crees que Verica irá a pedir ayuda a los romanos?

–No lo sé. Es posible. Verica ya ha buscado su ayuda en el pasado. No hace falta mucha imaginación para pensar que puede pedirles que intervengan en nuestros asuntos. Especialmente, si está desesperado.

–¿Y crees realmente que caería tan bajo?

–Temo que Verica sea capaz de todo, si eso sirve a sus intereses políticos.

Nos quedamos en sombrío silencio un rato, hasta que Epático salió del salón real. Saludó con una inclinación de cabeza a Sediaco, a quien también conocía, y luego se volvió hacia mí y me dijo muy serio:

–Ven conmigo, chico.

–¿Para qué?

–Tu padre quiere hablarte.

–¿Ahora? –Yo estaba cansado, me dolían horriblemente todos los músculos, tenía la cara y la ropa manchadas de suciedad y sangre seca de los enemigos a los que había matado en el campo de batalla y sentía la boca seca. No ansiaba nada más que una comida caliente y unas pocas horas de descanso en un petate.

–Tú ven conmigo.

Me incorporé, tendí mi cuerno de beber a Sediaco y seguí a mi tío al salón real. Una gran multitud de nuestros guerreros y nobles se había reunido a ambos lados del pasillo central, y sus cicatrices de batalla quedaban iluminadas por el parpadeante resplandor del fuego en las chimeneas. Vi rostros aún cubiertos de sangre seca, túnicas y pantalones desgarrados, hombres con heridas vendadas con tiras de tela ligera y rostros magullados.

Al final de la avenida estaba mi padre, el rey Cunobelino, flanqueado por sus guardias reales. Adminio se encontraba de pie a su lado con gesto furioso. Bladoco estaba allí también. Al verme, mi padre me hizo señas, y yo me acerqué, sin tener ni idea de cuál era el propósito de aquella convocatoria, notando que los ojos de los guerreros me seguían con intensidad. Cuando llegué junto al estrado de piedra, mi padre se acercó a mí y señaló a un hombre delgado que vestía una bonita túnica. El sirviente se acercó a mi padre y le tendió un torques de oro en espiral, con un par de cabezas de perro en los remates. Mi padre se volvió hacia mí, con una sonrisa en las comisuras de los labios, y entonces no pude obviar una sonrisa también.

–Hijo mío –empezó, y su voz estentórea resonó en todo el salón donde habían gobernado en tiempos los príncipes de Lhandain–. Nuestro reino ha ganado una gran batalla hoy, que será recordada por las generaciones venideras. Nuestros descendientes hablarán con reverencia de la batalla de Lhandain y las heroicas hazañas de nuestros hombres, tan seguro como que nuestras bandas cantan las valientes hazañas de Tasciovano y Casivelauno. Contigo, Carataco, tenemos una gran deuda, porque has representado un gran papel para conseguir la derrota de los atrebates. Tus actos en el campo de batalla han demostrado, más allá de toda duda, tus habilidades de combate y tu talento para superar en ingenio al enemigo. Ésas son cualidades raras en un hombre tan joven, y las necesitaremos en abundancia en la larga lucha que nos espera no sólo contra los atrebates, sino contra todos aquellos que quieran negarnos nuestro lugar legítimo como el reino más poderoso de Britania. Desagradamos a los dioses cuando tales logros no son reconocidos. Por lo tanto, te nombro ahora señor de la guerra del reino de los catuvelaunos y comandante supremo de nuestros guerreros.

Y, dicho esto, mi padre me puso el torques en el cuello. Yo di la bienvenida al peso del trofeo de oro con un brote de orgullo. Bellocato le tendió una espada ornamentada con la empuñadura llena de gemas incrustadas, al tiempo que yo hincaba una rodilla en tierra ante mi padre. Bladoco se acercó y, conmigo todavía arrodillado, recitó el juramento sagrado por el cual me comprometía a defender a mi tribu y mi rey de todos los peligros, aun al coste de mi propia vida. Entonces mi padre me dio un ligero golpecito en el hombro con la parte plana de la espada, y mi tío chilló, con toda la potencia de su voz:

–¡Saludemos todos a Carataco!

De inmediato los guerreros reunidos alzaron sus espadas al aire, vitoreándome en voz alta y rugiendo mi nombre:

–¡Carataco! ¡Carataco! ¡Carataco!

Y así, romano, es como me convertí en señor de la guerra de mi pueblo y como más tarde me convertiría en el azote de vuestras legiones.

CAPÍTULO TREINTA Y OCHO

Roma, 61 d. C.

Carataco se quedó en silencio. Estábamos sentados a una mesa de una habitación escasamente amueblada, en el piso superior de El Jabalí Borracho, en la ladera inferior del Aventino. Un petate barato relleno de paja ocupaba un rincón del lúgubre espacio, junto a un par de cubos de agua. Los postigos de madera estaban abiertos para que entrase algo de luz, lo que tenía la desagradable consecuencia de revelar los movimientos de las cucarachas que correteaban por las tablas del suelo. Un hedor a mierda y a carne asada subía desde la calle de abajo, mezclado con el acre y punzante olor del humo de leña que parecía colgar permanentemente sobre la ciudad.

Habían pasado horas desde que Carataco empezara a hablar. Yo me había metido tanto en su relato que casi me había olvidado del entorno sombrío de nuestra última entrevista.

–Vaya historia –dije yo, reacio a volver al presente.

Miré mis notas garabateadas a toda prisa. Tenía muchas preguntas. ¿Qué fue del rey Verica, después de que sus fuerzas hubieran sufrido una increíble derrota en Lhandain? ¿Cómo reaccionó Adminio a la promoción de su hermano como señor de la guerra? ¿Cuánto duró el enfrentamiento entre los catuvelaunos y los atrebates, y cómo acabó? ¿Qué preparativos hicieron para la invasión romana? ¿Y quién sospechaba Carataco que era el traidor en el consejo de guerra de su padre?

Antes de que pudiera decir nada, Carataco se levantó de su taburete, señalando así que nuestra sesión había terminado.

–Te he dado sólo el principio de mi relato, Felícito. Hay mucho más que contar…, pero eso será otro día. –Me dedicó una sonrisa cansada–. Hace veinte años me habría quedado aquí sentado y habría hablado toda la noche, reviviendo los viejos tiempos, pero ya no tengo la misma fuerza que antes. Podemos reemprender la historia en otro momento.

–¿Cuándo?

–Mañana. A la hora sexta. Entonces te hablaré de una aventura aún mayor, romano. Hablaremos de la batalla final contra Verica, la terrible traición que dividió a nuestra tribu, enfrentando a padre contra hijo, hermano contra hermano, y el día en que las legiones de Roma volvieron a nuestra isla…, como yo siempre supe que harían.

Carataco se irguió entonces. Un cierto orgullo brillaba en sus ojos profundos; sus rasgos llenos de cicatrices y su impresionante presencia dominaban la sala. En su porte, capté un atisbo del poderoso guerrero que había librado una guerra sin cuartel contra nosotros durante tanto tiempo. Había una parte de él que no había visto aún: un contraste extraordinario con el hombre fibroso en el que había puesto los ojos por primera vez en el banquete de Nerón. Allí se veía realmente. Carataco, señor de la guerra de Britania. El hombre que desafió al mayor imperio que había conocido el mundo.

–Vuestro emperador Claudio y vuestros generales pensaron que sería fácil conquistarnos. Tal es la naturaleza de la arrogancia romana. Miraban a nuestras pequeñas bandas de guerra con desprecio, y planearon una victoria rápida. Pero se olvidaron de una simple verdad.

–¿Cuál?

–Que nosotros luchábamos por nuestra tierra. Por nuestras creencias. Por nuestra forma de vida. Que éramos los últimos celtas sin conquistar. Algunos se conformaron con rendirse sin luchar, pero muchos más estuvimos dispuestos a morir para defender todo esto. Y, cuando llegaron las legiones romanas, nos aseguramos de que se enfrentaban a un desafío más duro de lo que habían imaginado jamás…

EPÍLOGO

Hace algunos años, durante el tiempo del consulado de Tur-
piliano y Cesenio, empecé la tarea de escribir la historia del
difunto y gran rey de los britanos conocido como Carataco.
Por motivos que escapan al control del autor, que se vio obligado a salvaguardar los rollos a costa de considerables riesgos
y gastos, la obra no se ha podido publicar hasta ahora. Es mi
ferviente esperanza que esta historia ayude a restaurar la reputación de un gran guerrero, uno de los adversarios más notorios de Roma.

Tuve el gran placer de conocer a Carataco en sus últimos
años en Roma. Contrariamente a la popular imagen de los
britanos como salvajes ignorantes, resultó que era un testigo
elocuente de los acontecimientos que vivió y me narró. Su relato siempre fue clarividente y meticuloso. En lo posible, he
intentado conservar la fuerza y el espíritu de su voz, de modo
que ha bastado con una ligera corrección.

Para evitar la confusión para mis lectores romanos, he
mantenido nuestras expresiones en lo posible. Además, he empleado las versiones romanas de lugares britanos y nombres
personales, excepto en los casos en que la versión celta es más
familiar o no existen equivalentes latinos. Algunos pueden ob-
jetar a este enfoque, pero mi objetivo ha sido siempre hacer
la historia accesible al público en general, no aplacar a oscuros eruditos de la lengua celta.

Los lectores observadores notarán que varios episodios relatados por Carataco contradicen la versión establecida de los hechos documentada por nuestros historiadores y memorialistas de la campaña de Britania. He intentado, en lo posible, verificar el relato de Carataco. En otros casos, me he mantenido fiel a sus recuerdos, ya que me ha jurado que su versión de los hechos es la verdad, sin mancha alguna de versión por su lado o por otro cualquiera.

La violenta rebelión de la reina Boudica no es más que un recuerdo distante ahora. Desde esa llamarada final de revuelta, el mundo de los britanos ha cambiado irrevocablemente. Villas, arenas, templos y baños han ocupado el lugar de sus bosquecillos sagrados y salones con vigas de madera donde en tiempos festejaban los reyes y sus cortesanos.

Es hora de que se cuente la verdad sobre ellos, representados a menudo por los propagandistas romanos como poco más que bárbaros groseros. Quizás ahora, con esta historia del mayor de todos los britanos, podamos restaurar a Carataco y a su pueblo a su lugar legítimo como valiosos enemigos y últimos defensores de una forma de vida olvidada.

Cayo Placonio Felícito,
en el año del Consulado de Baso y Craso,
ochocientos diecisiete años después
de la fundación de Roma

NOTA HISTÓRICA

Las tribus de la Edad de Hierro de Britania existieron en los bordes envueltos en niebla del mundo romano. Los britanos (aunque ellos no se habrían llamado así a sí mismos) eran, en gran medida, iletrados, y no dejaron relatos escritos de sus leyes, costumbres o cultura. El historiador debe confiar sólo en los registros arqueológicos, la distribución de monedas y las fuentes clásicas, pero el retrato que emerge de ahí a menudo es frustrantemente incompleto.

Dentro de esas limitaciones, se puede conjurar una cierta vida en Britania a principios del siglo I d. C. En esa época, algunas partes de la isla estaban experimentando un rápido cambio social y cultural. Las tribus del sur habían desarrollado extensos vínculos comerciales con la Galia: los excesos de grano permitían a las élites tribales intercambiar cereales, ganado y esclavos por aceite de oliva, vino y otros lujos. Los reyes más ricos y más poderosos, como Cunobelino, incluso habían empezado a acuñar su propia moneda. Pero esa prosperidad no condujo a la paz precisamente. La sociedad celta ponía un gran énfasis en el heroísmo individual y las proezas en la guerra. Las tribus más importantes se veían abocadas a un estado de conflicto casi constante, y siempre competían por prestigio, tierras y riquezas. A largo plazo, las profundas divisiones tribales resultarían fatales para su supervivencia.

Sólo el culto druida tuvo la habilidad de unir a varias facciones. Contrariamente a la imaginación popular, que los considera unas figuras con túnicas blancas, una especie de místicos o sacerdotes, es probable que los druidas fueran algo más: estaban muy bien considerados como sabios y expertos en adivinación, dirimían las disputas tribales y educaban a los hijos de la nobleza.

Más controvertida era su participación en rituales de sacrificio humano. Los romanos escribieron morbosos relatos de víctimas quemadas vivas en gigantescos hombres de mimbre, en siniestros bosquecillos sagrados y altares empapados en sangre. Es imposible decir hoy en día, con un cierto grado de seguridad, qué parte de todo esto es verdad. Pero tales relatos, ciertamente, ayudaron a justificar el argumento de Roma de que los britanos eran «bárbaros» atrasados que necesitaban la mano civilizadora del Imperio. Los romanos reconocieron rápidamente a los druidas como una amenaza para la paz en la nueva provincia, y de ahí sus esfuerzos para eliminar el culto durante las conquistas de la Galia y más tarde de Britania.

Uno se puede imaginar a los druidas de Britania escuchando horrorizados las últimas noticias del otro lado del canal: la destrucción de bosquecillos sagrados, la masacre de miembros del culto y los edictos imperiales declarando ilegales sus prácticas rituales. Los que no estaban cegados por la codicia o por el interés propio seguramente comprendieron la grave amenaza que para Britania suponían los romanos. Resulta fácil imaginar a algunos de los druidas más visionarios procurando apoyar la fortuna política de aquellos que suponían la mejor oportunidad de resistir a las legiones. Al ser la tribu más poderosa y numerosa de la época, los catuvelaunos representaban la mayor esperanza de victoria sobre Roma.

Cuando concluye *Guerrero*, Verica ha sido derrotado y el poder catuvelauno va en ascenso. Pero la lucha por la supremacía entre las tribus británicas más poderosas está lejos de haber concluido. En la campaña que se avecina, Cunobelino y sus hijos verán sus lealtades puestas a prueba, y deberán enfrentarse a sus enemigos tanto en el campo de batalla como en el turbio mundo de la corte real. Carataco necesitará todo su ingenio si quiere eliminar las amenazas al reino de su padre y prepararse para el día en que Roma vuelva a las costas romanas…, en una guerra que determinará el destino de la isla.

Simon Scarrow
y T. J. Andrews,
enero de 2023

BIBLIOGRAFÍA

Adkins, Lesley y Adkins, Roy A., *Handbook to Life in Ancient Rome*, Oxford University Press, 1994.

Allen, Stephen, *Lords of Battle*, Osprey Publishing, 2007.

Angela, Alberto, *A Day in the Life of Ancient Rome*, Europa Editions, 2009. [*Un día en la antigua Roma: vida cotidiana, secretos y curiosidades*, La Esfera de los Libros, Madrid, 2009, traducción de Alejandro Pradera].

Berresford Ellis, Peter, *The Druids*, William B Eerdmans Publishing. Company, 1994. [*Druidas: el espíritu del mundo celta*, Anaya, Madrid, 2001, traducción de Javier Alonso].

Chadwick, Nora, *The Celts*, Penguin Random House, 1997.

Cottrell, Leonard, *The Great Invasion*, Readers Union, 1958.

Cunliffe, Barry, *The Ancient Celts. Second Edition*, OUP Oxford (2018).

———, *Iron Age Communities in Britain*, Book Club Associates, 1975.

De la Bédoyère, Guy, *Defying Rome*, The History Press, 2003.

———, *The Real Lives of Roman Britain*, Yale University. Press, 2015.

———, Guy, *Roman Britain*, Thames and Hudson, 2010.

Frere, Sheppard, *Britannia*, Cardinal Books, 1974.

Green, Miranda J., *Celtic Myths*, British Museum Press, 1993. [*Mitos celtas*, Akal, Tres Cantos, 1995].

Green, Miranda J., ed., *The Celtic World*, Routledge, 1995. [*Guía completa del mundo celta*, Oberon, Madrid, 1995, traducción de Javier Alonso].

Green, Miranda & Howell, Ray, *Celtic Wales,* University of Wales. Press, 2000.

Haywood, John, *The Historical Atlas of the Celtic World,* Thames and Hudson, 2009.

Henig, Martin, *The Heirs of King Verica,* Amberley Publishing, 2010.

Hutton, Ronald, *Blood and Mistletoe,* Yale University Press, 2011.

Mattingly, David, *An Imperial Possession,* Penguin Random House, 2007.

Matyszak, Philip, *Ancient Rome on Five Denarii a Day,* Thames and Hudson, 2007. [*La antigua Roma por cinco denarios al día,* Akal, Madrid, 2014, traducción de David Govantes].

Piggott, Stuart, *The Druids,* Penguin Random House,1975.

Pryor, Francis, *Britain BC,* New Ed. HarperCollins, 2004.

Richmond, I. A., *Roman Britain,* Penguin Random House, 1967.

Roberts, Alice, *The Celts,* Heron Books, 2015.

Ross, Ann, *Everyday Life of the Pagan Celts,* New Ed. Corgi Childrens, 1972.

Russell, Miles & Laycock, Stuart, *UnRoman Britain,* The History Press, 2010.

Salway, Peter, *A History of Roman Britain,* Oxford University Press, 1997.

Webster, Graham, *Rome Against Caratacus,* Routledge, 1993.

Webster, Graham, *The Roman Invasion of Britain,* 2.ª ed., Routledge, 1993.

Wheeler, R. E. M., *Prehistoric & Roman Wales,* Oxford Clarendon. Press, 1925.

Wilcox, Peter, *Rome's Enemies (2): Gallic & British Celts,* Osprey Publishing, 1988.

Esta edición de *Guerrero*,
de Simon Scarrow y T. J. Andrews,
se terminó de imprimir en CPI Black Print,
el 26 de marzo de 2025